文脉

桐城凤仪坊

陶善才 著

复旦大学出版社

序

方 平[①]

桐城是一座有"文气"的小城。读桐城,就是读文脉。

桐城很小,桐城又很大。曾引领有清一代文坛200余年,参与人数最多、影响最大的文学流派——桐城派,就崛起于这座皖江北岸、龙眠山下的蕞尔小城。

这里西北环山,东南滨水,有着表里山河的小环境,却不闭塞。明清时代,作为南畿要塞、江淮屏蔽,桐城向称"七省通衢",颇得风气之先。曾几何时,无论是居庙堂之高,还是处江湖之远,人们竞相以"桐城"为旗帜,乃至出现"家家桐城,人人方姚"的奇观,也就有了"天下文章其出于桐城乎"的惊世之问。

来到这座小城,一定要走走龙眠河上的紫来桥。那深深的车辙里,还叠印着数百年的记忆。当你跨过紫来桥,仅仅一步之间,就仿佛踏入南宋末年的烟云:诸多移民携家带口,从江南冒锋镝北上,陆续结居于桐山下、枞水边。与别的移民最初只在乡野插草为标不同,方德益的眼光独到,他把家安在了城里学宫附近——这里正是凤仪坊。这位曾修建桐溪桥(今称紫来桥)、割地让学宫,被誉为"好德而笃行"的方德益,就是我们桐城桂林方氏的迁桐始祖。方家从此就在这里繁衍生息,历明而清,巍然为巨族。

[①] 方平,中共蚌埠市委原书记,安庆市桐城文化教育发展基金会执行理事长。

现在摆在我面前的这本《文脉：桐城凤仪坊》，即将付梓，这是作者历十多年研究的结晶。作为国家历史文化名城，桐城历史悠久，传统格局、历史风貌和地域文化特色鲜明，文化底蕴和历史遗存丰富，每一条坊巷都能感受到"人习诗书、家崇礼让、世守气节"的厚重气息，激发无数学者的研究兴趣。但目前来看，尚无对桐城凤仪坊的专门研究。从这个意义上来说，这本书填补了一个空白。

本书第一章从"话说文脉凤仪坊"讲起。原来，凤仪坊是明清时代桐城老城的一座居民社区，是海内闻名的文化世家桐城桂林方氏的首迁地。姚氏、左氏、马氏、叶氏、赵氏、何氏、钱氏、戴氏等在乡村经过几代积累，也陆续往城中集聚，多聚居于凤仪坊，与这里的凤仪方氏（后称桂林方氏）、东门胡氏、盛氏等庭连院接，彼此之间更是世代姻亲。据有关统计，明清两代桐城进士243人。算起来，凤仪坊文化世家进士数量要占全部桐城的一半以上，其中，方氏进士31人，姚氏进士21人，一家之兴盛就超过了其他诸多县邑。正如书中所说，这些文化世家"阀阅之盛、轩冕之荣、文学之光、家声之美，皆振起于斯"。

话到桐城必数方。桐城桂林方氏是凤仪坊最早的居户之一，被誉为海内第一等的文化世家。令我最为感兴趣的是，书中先后有两章讲到方氏桂林第与远心堂。

桂林第，原是方氏第六世先祖方自勉与方自宽兄弟联手创建，后成为方氏七大房的龙眠世屋。桂林第由明而清，历数百年兴衰，内有六世祖方自勉的龠乐堂、九世祖方克的孚萃堂、十二世祖方大美的光启堂。门楣内外有"桂林"与"进士第"匾，大门前耸立着"光前启后""科第承芳""谏台济美""诰敕显扬"四座牌坊。清初诗人方育盛曾作《光启堂桂树歌》，其中有句云："光启堂前双桂树，三百年来深雨露。堂构何人树种谁？自勉公从六世住。堂高树古传至今，居者应知作者心。顾问儿孙指坊额，吾氏胡为称桂林？""相传子孙孙复子，子孙世共德星里。垂训不得售他人，族之贵者当奋起。"方育盛是方大美之孙，桐城派鼻祖方苞是方象乾曾孙、方大美玄孙。远心堂则为方氏第十一世布衣大儒方学渐创建,也是明末清初哲学家、科学家、文学家方以智的出生地与成长地。

"忠孝传家久,诗书继世长。"探究桐城文化的内核,其实也不复杂,就是这看似平常的十个字,也是刻在桐城人骨子里的基因。这座小城,通衢曲巷诵声不绝,竹林茅舍弦歌琅琅。而这本《文脉:桐城凤仪坊》让我感觉,这座小城的书声,最早就是从凤仪坊传出来的。书中写到方氏四世祖母程太君抚孤读书继箕裘,写到六世先祖方自勉训子读书,写到十世先祖方祉卖田送子上学并深夜陪读,写到方以智万里流离仍著述不断,写到方拱乾、方登峄、方式济等流放苦寒之地仍写成东北首部志史,写到方苞在死囚牢里仍读书写作……女子也读书著书,彤管流徽,吾桐最盛,方氏"三节"尤其是清芬阁方维仪影响深远。读书明至理,读书识大节,读书知忠孝。凤仪坊诸多文化世家皆是如此。这些读书故事,其实讲的不正是桐城文化兴盛不衰的根本吗?

如果说读桐城就是读文脉,那么读凤仪坊,就是读桐城文脉之根、读桐城文化之魂。翻开这本《文脉:桐城凤仪坊》,那些海内闻名的文化世家,那些彪炳史书的前贤往哲,那些可歌可泣的忠孝节义故事,都如龙眠河的流水一样潺潺不绝,数百年的历史风云在眼前一幕幕展演。

书中还分别有专章讲述"桐城方氏学派与凤仪坊""皖江三诗人与凤仪坊""桐城派与凤仪坊",以及那些从凤仪坊走来的星光灿烂的才媛群体。把学术史上有着重要影响的桐城学派、桐城文派、桐城诗派,与这座小城几乎不为人知的坊巷联系起来,这一尝试以前还没有人做过。但读过后,我觉得这样写是很有道理的。

正如书中所说,"凤仪坊可谓研究中国文化世家集群的一个极佳范本。诸多闻名海内外的名门望族在这里比邻而居,结成了稳固的世代姻戚关系网,也形成了联袂共生的学术和文学生态,绵延数百年传承不断。这种浓郁而鲜明的区域人文气象,仿佛'宋画第一'龙眠居士李公麟笔下的云蒸霞蔚,寓示着中国优秀传统文化的强大生命力、凝聚力和创新力"。

行尽桐城都是诗。书中最后一章,专门讲述与凤仪坊前贤有关的桐城人文地理。从前那些不为人知的地名,或是我们熟视无睹的自然山水,在作者的笔下变得生动起来,见证着桐城"十步之内,必有芳草"。难怪老宰相张英说桐城"地灵之结聚,风气之蟠郁,洵江南之奥区"。戴名世也说过:"吾桐山水奇秀,甲于他县。"印象深刻的是,书中讲到一个故事:秋天一夕,暑气消散,淡月在天,高柳熏风,城上青山,绕城碧水,群鸥也似乎游来凑兴。众人就在桐川会馆前、龙眠河堤上,摆放炊具,把杯论道,分韵赋诗。方孔炤援笔书写大字"斯",张幔于溪上,并制联曰:"风吟高柳天光外,月弄清溪云影中。"他的父亲方大镇笑了,亦作联曰:"泌乐衡栖明主赐,雩风沂浴大家春。"

由此,我很自然地就想到"斯文在兹"这四个字。

源浚者流长,根深者叶茂。探寻桐城文脉,解码文化桐城,讲好中国故事,推动中华优秀传统文化创造性转化和创新性发展,凤仪坊不失为一个很好的观察视角。

是为序。

目 录

第一章 话说"文脉凤仪坊" ····· 1
话说"文脉凤仪坊" ····· 2
桐城凤仪坊的那些名门望族 ····· 11

第二章 凤仪坊,他们一直都在 ····· 27
方德益:方氏迁桐始祖之谜探寻 ····· 28
方法:方氏"忠孝节义"之精魂 ····· 36
凤仪坊,他们一直都在 ····· 44
桐城方氏:中国文化世家的绝唱 ····· 52

第三章 凤仪坊"桂林第"叙事 ····· 63
方懋:创建桂林第"族乃大" ····· 64
"吾氏胡为称桂林":方氏"桂林"族名探源 ····· 69
方梦旸:泯默笃行的真君子 ····· 76
方大美:因"贤且贵"继承祖宅 ····· 83
方孝标与龙眠世屋桂林第 ····· 89
"一门三秉节钺":方氏直隶三总督传奇 ····· 99

第四章 凤仪坊"远心堂"叙事 ····· 107
廷尉公方大镇及其"远心堂"探由 ····· 108

方孔炤：从桐溪边走出的文武兼备奇才……………… 114
　　方以智出生于凤仪坊廷尉第……………………………… 120
　　方其义：白马骄驰游侠儿…………………………………… 138
　　康熙丙寅年远心堂的那场火灾…………………………… 144
　　鱼飞鸢跃漆园吏，水峙山流太史公
　　　　——从桐城方以智故居的一副楹联说起……… 161

第五章　桐城方氏学派与凤仪坊………………………… 169
　　理学名儒：桐城方氏学派的先声………………………… 170
　　崇实躬行：方学渐建馆桐川之上………………………… 176
　　至善为宗：方大镇的继承和发展………………………… 187
　　继往开来：方孔炤、方以智及其子孙的复兴努力……… 194
　　方大镇《慕诗四篇》中的方学渐行实………………… 202
　　天留一磬击新声……………………………………………… 220

第六章　"皖江三诗人"与凤仪坊………………………… 229
　　桐城有诗派，方氏称第一…………………………………… 230
　　方文：少年才气亦飞扬……………………………………… 235
　　这对闻名天下的诗人是堂兄弟…………………………… 243
　　"怀西楼"上那轮明月……………………………………… 254

第七章　桐城派与凤仪坊…………………………………… 259
　　从桐城方氏学派到桐城派………………………………… 260
　　这对山遥水隔的表兄弟走到了一起…………………… 264
　　一桩奇案又连着另一桩奇案……………………………… 267
　　转身，他成了百代文章宗师……………………………… 272
　　方苞究竟是不是桐城人？………………………………… 276
　　从"家家桐城，人人方姚"说起………………………… 283

第八章　从凤仪坊走来的那些才媛 ……………………… 293
"贞老姑"方川贞事迹考 …………………………………… 294
桐溪畔的方家"春晖楼"往事 ……………………………… 302
有大丈夫志概的方氏"三节" ……………………………… 311
进出"清芬阁"的那些才媛 ………………………………… 322
在鲁王墩拜谒方维仪 ……………………………………… 334
潘翟：为何千里万里追寻 ………………………………… 340

第九章　与凤仪坊前贤有关的桐城人文地理 ………… 351
这位大儒笔下的桐城北乡山水 …………………………… 352
桐城方氏研究中的"连理"之谜探析 ……………………… 360
桐城东郭乌石冈的风节气概 ……………………………… 378
龙年也说龙眠这座山 ……………………………………… 383
桐子溪边的仗剑少年
　　——纪念方以智诞辰412周年 ………………………… 387
紫来桥：一座古桥的叙事方式 …………………………… 395
你不知道的灵泉山风雅韵事 ……………………………… 400
你不知道的龙眠河风雅韵事 ……………………………… 407
灵泉寺里那位大器晚成的读书人 ………………………… 413
一座梁碑亭，百年风雅事 ………………………………… 418
你不知道的大关名山莲花峰 ……………………………… 422

跋 ………………………………………………………………… 428

后记 ……………………………………………………………… 431

1 第一章
话说"文脉凤仪坊"

凤仪坊又称凤仪里,是明清时代桐城县城十三个"衢市坊"之一,涌现了方法、左光斗、方以智、方苞、姚鼐、姚莹等无数以忠孝节义、文章学术名播海内的旷世英杰。这里还是研究中国文化世家群落的一个极佳范本,不仅可管窥桐城"人习诗书、家崇礼让、世守气节"的人文盛概,也可寻绎中国优秀传统文化生生不息、生机勃勃的传承脉络。

话说"文脉凤仪坊"①

如果说六尺巷体现的是桐城礼让之风、和谐之美,那么凤仪坊在一定意义上来说,就是桐城的文脉之源、文化之根。

正是这一巷一坊,高耸着这座小城的傲然风骨,诠释着这座小城的人文精神。

慕名而来的旅人,基本都走过六尺巷。可是凤仪坊在哪里?除了发黄的旧家谱还有零星的记载,除了文史学者偶尔提及、发出惊叹,除了老一辈人的遥远传说,更多的人甚是茫然。凤仪坊这个名字,似乎消失很久了。

直到有一天,康熙三十五年(1696)纂修的《桐城县志》被发现,其所载城郭图(图1)明确标示了凤仪坊所在的具体方位,这里的人们才恍

图1 康熙三十五年(1696)《桐城县志》城郭图中的凤仪坊

---

① 本文2020年首发于"六尺巷文化"公众号,收入本书时略有修改。

然大悟：自己来来去去、穿出穿进，天天与之"耳鬓厮磨"的这条街巷，就是曾经声名赫赫的凤仪坊，就是桐城方、姚等著族数百年来的列居之地！

站在凤仪坊，我们回望的不只是历史的沧桑，更能感受到自宋元、历明清，激荡而来的浩荡文风，感受到龙眠山麓、桐子溪边这座小城的厚重人文积淀。

一、方氏祖居之里

方以智曾在自述家史的《慕述》诗里说："方氏自逢辰公之后，由池迁桐，居凤仪里。"①而《桐城桂林方氏家谱》记载，方氏迁桐时始居凤仪坊，并强调"吾家素市，籍县市一图五甲，为坊长"。② 方以智所说的凤仪里与其家谱中所称凤仪坊，其实是一致的。明末吏部尚书郑三俊撰《方贞述先生墓志铭》亦称，明善先生"子三，二成进士……凤仪坊称二凤焉"。③ 方贞述，即方以智父亲方孔炤，明善先生是方以智的曾祖父、布衣大儒方学渐，"凤仪坊二凤"即方以智的祖父方大镇与仲祖父方大铉。方以智《慕述》诗里也有"教成双凤，乃坊其里"之句。可见，凤仪里即凤仪坊。

郑国、李书峰在《唐宋里坊制演变及其对当前的启示》一文里指出：从先秦到北魏，中国城市的居住区被称为"里"。里，最初是一个基本的农业生产组织单元，后被移植到城市成为基本居住单元。里的周围有围墙，围墙上的门称为"闾"。东汉后期开始，出现了"坊"的称呼，并逐步取代了里。④ 徐兆奎、韩光辉在《中国地名史话》中指出，坊市作为城市的管理单位和城市平面布局的一部分，由汉代闾里名称向坊市过渡。⑤ 古代城市"里坊制"到了两宋时代，突破了以前管理森严的格局，

---

① 方以智：《慕述》，载黄德宽、诸伟奇主编《方以智全书》第十册，黄山书社，2019年，第366页。
② 方传理：《桐城桂林方氏家谱》卷九，清光绪六年（1880）刻本，第5页。
③ 郑三俊：《方贞述先生墓志铭》，载方昌翰辑、彭君华校点《桐城桂林方氏七代遗书》七代系传，黄山书社，2019年，第11页。
④ 郑国、李书峰：《唐宋里坊制演变及其对当前的启示——国家与社会关系的视角》，《城市发展研究》2017年第3期。
⑤ 徐兆奎、韩光辉：《中国地名史话》，中国国际广播出版社，2016年，第57页。

出现了新型的"坊巷制",即以街巷地段来划分聚居单位,坊巷入口处,叠立坊牌,上书坊名;坊巷内的道路与城市干道相连通,坊巷之间可以自由来往。元代以后,基本继承了两宋以来的坊巷制。

从桐城来看,自明代弘治《桐城县志》,到清代康熙三十五年(1696)《桐城县志》,凤仪坊的记载一直未变。方氏迁桐时间在宋末元初,其家谱草创于第六世方懋(字自勉),他所处的时代距元代并不远。从草创到后来几次续修,方氏家谱始终保持着凤仪坊的记录,与县志中的凤仪坊记载是可以相互印证的。这表明,至少在桐城,整个明代一直到清初,仍然保留了两宋以来的坊巷制。

方氏族人甚至还曾自称"凤仪方氏"。如布衣大儒方学渐在续修家谱序中就说:"方自宋末籍桐,历世十三,历年三百有五十。始称凤仪,继称桂林。"①这就意味着,至少在方学渐所处的嘉靖、万历时代,"凤仪方氏"已改称"桂林方氏",具体改称时间,本书有文另述,在此不表。

值得注意的是,尽管后来已经改称"桂林",但"凤仪"二字,仍时常出现在明清两朝方氏族人的文字中,这不仅因为凤仪坊是方氏祖居世德之里,更因为方氏阀阅之盛、轩冕之荣、文学之光、家声之美,皆振起于斯。尤其是方懋的父亲方法,以洪武己卯(1399)举人出仕四川都指挥司断事,为方氏家族崛起第一人。但他在明成祖朱棣发起靖难时,效其师方孝孺而大节不夺,毅然跳江殉国;其女方川贞也与母亲郑氏守节以终。他们的忠孝节义,成为感召方氏后人最宝贵的精神遗产,被子孙世代讴歌。故而方以智在《慕述》中强调:"以此传家,凤仪雍雍。"这时已是清初,方以智仍然没忘记"凤仪"两个字。先是他的伯姑方孟式,在济南抗清失败后投湖自尽,后来他自己也毅然蹈水自沉,显然都是效随先祖方法。

随着清代社会逐渐稳定,城市商业、手工业和各种行业的日益繁荣,又出现了新型的"街巷",逐步取代了原来的"坊巷",这大概是道光《桐城续修县志》上再也看不到"坊名"、只有街衢名称的原因吧。

但无论城中坊巷怎么变迁,无论方氏子孙开枝散叶到何地、流寓到

---

① 方传理:《桐城桂林方氏家谱》卷首"前刊家谱序",清光绪六年(1880)刻本,第3页。

何方,他们基本没有忘记"凤仪"二字。"重宗"意识很强的方氏子孙,始终保持着对祖先的缅怀,始终保持着对祖居故地、世德之里的崇敬。

二、世族列居之地

你还记得小时候,经常与小伙伴们唱的这首儿歌吗?

桐城人来桐城人,我打广谜子可知情?桐城城墙多少垛?四门八扇多少钉?

你四两来妹半斤,你要不服上秤称!桐城城墙三千七百零二垛,四门八扇九万钉,九万钉,你扳着指头数数清!

桐城自古就有"江南巨邑,七省通衢"之谓。坐落于龙眠山麓的千年古城,依山滨河,椭圆龟背状,城中曲巷长街交错,构成了以里、间、坊为主要结构的居民社区单元。《桐城文化志》指出:桐城古城墙初为土夯城,为唐开元二十二年(734)移龙眠河东同安县治于今址时所筑。明万历三年(1575),邑人户部侍郎盛汝谦、河南布政使吴一介,会同当时知县陈于阶,倡议改土城为砖城,由盛汝谦监造,计耗银两万一千二百两,历三月城成。城正圆形,周长3千米,面积3.2平方千米;城高3.6丈(合12米),雉堞1673垛。城门楼6座:东曰"东作门",东南曰"向阳门",南曰"南薰门",西曰"西成门",西北曰"宜民门",北曰"北拱门"。崇祯间,在城北又加筑"北月城",周长18丈(合60米)。整个城布局风格独特,城堞坚厚,楼橹峥嵘。东南就龙眠河环护,西北借求雨、金鸡、金盆三山作势,雄踞长江之北,耸立龙眠山口,历为兵家必争地。崇祯八年(1635),张献忠出川时,带甲数十万,连破七十余城,围困桐城县城时,虽强攻十四昼夜,城终不破,故有"铁打桐城"之称。[①]

康熙朝大学士张英曾在《龙眠古文序》中说:"吾里多阀阅,先后相望,或十数世,或数百年,蝉联不替。"道光《桐城续修县志》指出:"城中皆世族列居。唯东南两街有市廛。子弟无贫富,皆教之读,通衢曲巷,书声夜半不绝。"同时,还有这样的描述:"士人晨夕以文学往来相攻错,

---

① 方尔文:《桐城文化志》,安徽人民出版社,1992年,第96页。

明以来多讲性理之学,近时穷究经术,多习考据。以诗古文辞闻于艺苑者尤多。"①在明清时代,桐城"荐绅布满九列,荣戟相望",诸多名门世族在这座古城里比邻而居、庭连院接,彼此又是世代姻戚,他们在为文为学上相互影响,在科举和仕宦上相互促进,以忠孝节义相互砥砺,形成了一种非常罕见的"文化世家集群"现象,构成了有利于人才不断井喷、文化世代相承迭兴的独特生态。

其中,方氏、张氏、姚氏,称得上是桐城顶流的三大文化世家,科举最盛、人才喷涌。方以智、方苞、方观承、姚鼐、姚莹、张英、张廷玉等无数英杰彪炳史书。自明代以来,他们就结成世代婚姻网络,形成抱团发展之势,可谓你中有我、我中有你。

与这三大家族保持"次紧密层"关系的,主要有吴氏、叶氏、何氏、左氏、马氏、赵氏、盛氏、江氏、胡氏、戴氏、阮氏等家族,他们也都因科举仕宦发迹,而跻身桐城一流的文化世家。

什么是世家?曾夺得嘉靖十九年(1540)乡试第一,与兄赵锐同时中榜,不久又成为二甲进士的赵鈇,被誉为嘉靖文坛"四杰"之一,累官至贵州巡抚,他对"世家"下过这样的定义:"自有宇宙以来所共推运会,以为得天之久远者,必曰世家。然所重者有二,最难得者世禄,其次世科。"②综观桐城这些文化世家,主要还是以"世科"为主。诚如赵鈇所言,他们"有聪明颖慧之资,足以敦诗书而悦礼义",以科举起家,后代子孙也继起不断,且多名臣、多循吏,兼而又以忠节、儒林、孝义称盛,乃至彪炳史册者不可胜书。

桐城这些顶流的文化世家,除了凤仪坊方氏算是城中土著外,其他家族基本上是历经数代磨砺奋发,再迁入城中的。方以智在《鹞石周氏续修序》中就指出:"吾桐大姓,十常五六自外来,稍稍赡给,即大门闾,入居市鄽。"③

从"稍稍赡给,即大门闾,入居市鄽"的世家来看,以始居麻溪的吴氏进城相对较早,散居于城中四地,如布政使吴一介、宫谕吴应宾等属

---

① 廖大闻:《道光桐城续修县志》卷之三"附风俗",第14页。
② 赵鈇:《阮氏世科贺言》,载《无闻堂稿》卷四,明隆庆六年(1572)玄对楼刻本,第12篇。
③ 见桐城《鹞石周氏尚义堂支谱》续修谱序。

于麻溪"东一股",总督吴用先等属于麻溪"东二股",廷尉吴应琦、知州吴叔度等属于麻溪"西股"。他们的家族祠堂就在县城西城内,由吴堂等人购江氏宅祠之基始创。故而早在明代嘉靖癸丑(1553),麻溪吴氏第九世吴世朝就在谱序中指出:"宋末我祖真一公讳应真,携弟真二公讳天佑者,避兵桐城之源子港,寻卜居麻溪之上,而真一公能聚众保障一方,故有总辖之号,是为麻溪始祖。公生四子,长即受一公,厥第一,居桐城之市。今乡进士泮、太学生治,其裔也,一居市之西门,一居麻溪北三里许。"①明末姚康在《吴氏祭宫谕先生》中说:"(吴应宾)以岁甲戌孟秋闰月之朔卒于南湾之别墅,又以后身说法示前人之不可远也。则久之,子某复以其主返于西城之故第,第在祖祠之右也。"②足见吴应宾的故第在西城吴氏祖祠之右。对此,吴应宾独子、进士吴道凝也有诗曰:"宅与西城近,山临北郭藏。先生开凤穴,门弟集鳣堂。"③而据张英《叠翠楼歌》,则知与六尺巷相邻之吴府即"延陵世宅",叠翠楼主人为其姐夫吴式昭,吴式昭乃吴一介曾孙、吴应寰孙。吴应寰是吴应宾的三兄,吴应宾本来亦居此"世宅",乡试中举那年迁居于西城祖祠之右,生子吴道凝。清初,麻溪吴氏第十三世吴日跻(字乳星),在为家谱作序时指出:"麻溪,源也;桐溪,流也。"④桐溪,代指县城所在地。其家族城居以后,遂与城中方氏、胡氏等结为世代姻戚。清河张氏(俗称宰相张氏)发达进城后,也与麻溪吴氏缔结成稳固的姻亲网络。

与方氏、姚氏亲缘关系最为紧密、可称"铁三角"的清河张氏,虽然直到明代中叶以后才进城(居城南),比吴氏、姚氏进城都晚得多,但他们后来居上,明清进士举人总数可谓登峰造极,出现了父子宰相、兄弟学政、四代帝师、六代翰林的奇迹,更以"六尺巷"礼让故事闻名天下。

而位于城东的凤仪坊,在晚明产生了以方以智为集大成者的桐城方氏学派,在清代又产生了以方苞、姚鼐为代表的桐城派。难怪有人以"礼仁六尺巷,文脉凤仪坊",来高度概括桐城这座古城厚重的历史人文

---

① 见桐城《麻溪吴氏族谱》卷首旧序《世朝公癸丑谱序略》。
② 见姚康:《休那遗稿》卷十二,清光绪十五年(1889)桐城姚氏五桂山房活字本,第495页。
③ 吴道凝:《哭先大夫六十韵有序》,载潘江辑、彭君华主编《龙眠风雅全编》第四册,黄山书社,2013年,第1829页。
④ 见桐城《麻溪吴氏族谱》卷首旧序《乳星公延州家传原序》。

积淀。

三、位居衢市之首

"箫韶九成,凤凰来仪。"《尚书》里的这个记载,反映的是舜帝之时"致治、功成、道洽、礼备"的太平之世。而百鸟之王凤凰翩翩起舞,正寓意着世道谐和、人民安康、百业兴旺的祥瑞来临。桐城城郭之东北有凤凰山(投子山,山若凤凰),城内又有凤仪坊,大约都取意于此。①

桐城的历史可以上溯到春秋时代的桐国,诸多学者结合出土文物和史传记载,对桐国的历史进行过考证。但是,"家谱编修重复重,宋元旧已失先踪"(方照诗)。由于历代战乱、民不宁居、故城倾圮等,涉及今天这座古城坊巷的文献记载,已经阙失不全。好在现存几本古志,还能找到一些蛛丝马迹。

现存最早的桐城县志,为明代弘治三年(1490)陈勉、许浩纂修,共2卷刻本(以下简称"陈版县志"),专门辟有"坊镇"一节,凤仪坊赫然在列,其址标示"在县东"。这里的"县"当是指县级衙署所在地,县学、文庙、书院等都集中于此,自然是一县的行政和文化教育中心。则凤仪坊在县衙署之东。这应该是目前关于凤仪坊最早的权威记载了。此时,桐城的城墙尚是可有可无的土城墙。

康熙二十三年(1684)《桐城县志》8卷抄本(胡必选原本,王凝命增修,以下简称"胡版县志"),虽然是手抄版,但容量已经大大超过了陈版县志,且专门辟有"城池"一卷,内容记载更为详细。比如,在"衢市"栏中,与陈版弘治县志将居民社区与功名坊、节孝坊等混列不同,胡版县志单独列出了十三个衢市,凤仪坊则居十三个衢市之首。

这十三个衢市在城中的具体位置,依然是以"县"为坐标原点,也即以县衙署为参照系:凤仪坊、杨林坊俱在县东;世美坊、治平坊俱在县西;牧爱坊在县前;太平坊、丹桂坊、佑文坊俱在县南;五圣坊在县北;仁和坊、辅德坊、仁厚坊、里仁坊俱在城内。此外,还有北龙望坊、指廪坊

---

① 关于投子山即凤凰山,乡邦文献记载甚夥。赵钺《借乐亭记》谓"桐四塞皆山。其最近者,则龙眠山、凤凰山、灵泉山"。其侄女婿方学渐也在《迩训》中写方与义(方向)"登凤凰山,题投子寺壁诗"。

等,可能不属于独立的衢市建制,所以不列于十三衢市中。

随着互联网的快速发展,历史文献电子化的不断推进,一些从前罕见的古籍逐渐上网,大大方便了检索查询。桐城"稽古堂"微信群师友近年来在网上爬梳,又获得另一版本康熙版县志,即增修于康熙三十五年(1696)的8卷本《桐城县志》(高攀桂续增,以下简称"高版县志")。引人注目的是,该版县志增加了一幅"城郭之图",这幅图极为难得的地方在于明确标示了凤仪坊的具体位置,是目前所见历史文献中唯一标有凤仪坊字样的古城图,殊为珍贵。

图 2　坐落在桐城北大街的凤仪坊牌坊

从该图来看,凤仪坊西与县圣庙(今称"文庙")明伦堂、尊经阁相望,中间有一条大路隔开,此路向北,通向北拱门,左忠毅公祠、左氏怀西楼、姚氏天尺楼在焉;凤仪坊之北与北龙望坊相接,其左有"新巷"(这个名字至今犹存),向东则为东作门,城墙外是东河堤。其大致范围即今天北大街(旧称"东大街")区域(图2)。这一区域的重点建构,还有察院(监察御史按临所寓)、邑厉坛、恩楼、文昌阁(在县学之东)等。

结合前文所述坊巷的历史变迁,必须指出的是,明代特别是明以前的凤仪坊,可能与清代城郭图中所示并不完全相符。笔者认为,在宋末元初乃至明代中期以前,凤仪坊的范围要比清初城郭图上所示范围大得多,也即包括桐溪桥以东原文庙所在区域,其时方家始迁祖方德益所居,即与旧文庙相邻。随着城市的发展、人口的增长和居户的增多,乃至土城墙改为砖石城墙,都会改变原来坊巷的格局。方德益原居桐溪桥东就属于凤仪坊,但从高版县志来看,后来凤仪坊的范围缩小,并移入城墙内,仍与新的文庙相邻近。而方家六世祖方懋、方恕兄弟创建的桂林第,也选址于寺巷口,已经在城墙内了。

高版县志的撰修时间,距胡版县志不远。故而其"城池"卷内容与胡版基本一致,且"城郭之图"与"城池"所记载的内容互有补充。涉及凤仪坊区域的建构,除前介绍以外,还有一些地标,如:大宁寺、寺巷、僧会司、方公祠(祀桐川会宗方学渐,应该就是理学祠)、阴阳学、乡约(在大宁寺)、际留仓(预备仓)、社仓、急递铺等。其中大宁寺,旧名不动山大宁禅寺,宋代建于县西,洪武二年(1369)移建凤仪坊。据赵鈜《无闻堂稿》记载,当时邑中学者常会讲于大宁寺。可见大宁寺也曾是邑中学术重地之一。

总而言之,"一座凤仪坊,半部桐城史"。虽然凤仪坊只是桐城这座小城之一隅,却崛起了诸多影响深远的文化世家,涌现出无数以忠孝节义、文章学术名播海内的旷世英杰。这里有"坐集千古、会通中外"而与时俱进的学术襟怀,有"根源经史、堂奥八家"而薪火相传的文章道统,有"端重严恪、不近纷华"而崇实躬行的士人风范,有"捐躯国难、赴死如归"而舍生取义的凛然气节。

曾经,走过包容无限大的六尺巷,你的胸怀更加宽广;而今,走过可探源桐城文脉、触摸桐城风骨的凤仪坊,你的胸中也一定会充溢着浩然之气,激扬着浩荡文风。

桐城凤仪坊的那些名门望族[①]

一、从姚鼐的"初复堂"说起

大清乾隆四年(1739),姚鼐8岁。

这一年,他的父亲姚淑与伯父姚范,变卖了位于南门的老宅"树德堂"(姚鼐出生于此),举家迁入北门口。姚鼐在《先宅记》里称新宅为"初复堂",位于今天的桐城中学校园内。[②]

60余年后,在南京钟山书院讲学的姚鼐,仍回忆着"初复堂"的少年时光。他在《左笔泉先生时文序》里写道:那时,邻居左笔泉(左世容,字学冲,号笔泉)先生经常踱步而来,与在姚家教书的方泽先生谈诗论文。少年姚鼐最喜欢听他们取古人之文吟诵,"抗声引喈","不待说而文之深意毕出"。[③]

今天,我们走在与北京大学渊源极深的百年名校桐城中学校园里,已经找不到"初复堂"的踪迹。20世纪初,桐城中学校园经历了多次扩张改造,拆除了周边大量的民房。姚鼐家的"初复堂"、他的邻居左笔泉家宅,也未摆脱被拆除而并入校园的命运。但校园里书声琅琅,依稀就是那"初复堂"传出的"抗声引喈"。难怪笔者每次读姚鼐的文章,总要不由自主地高声吟诵起来呢。

庆幸的是,姚鼐手植的那株银杏树,仿佛是他留下的隐喻:如同引领有清一代文坛200余年的桐城派那样,至今仍苍劲挺拔、枝繁叶茂。

[①] 本文发表于《书屋》杂志2020年第7期。
[②] 姚鼐:《先宅记》,载《清代诗文集汇编》第三百七十七册《惜抱轩文后集十》,上海古籍出版社,2010年,第523页。
[③] 姚鼐:《左笔泉先生时文序》,载《清代诗文集汇编》第三百七十七册《惜抱轩文集四》,上海古籍出版社,2010年,第347页。

这让笔者想起钱锺书的诗句:"旷世心期推栗里,故乡宗派守桐城。"①也就因此理解:为什么今天来桐城的旅游者都喜欢到这里打卡。

这是位于长江北岸、龙眠山麓的千年古城,桐城中学正好坐落在明清时代的凤仪坊之北。凤仪坊又称凤仪里,是明清时代城中十三个"衢市坊"之一。凤仪坊旧名虽已不存,但明清时代的格局仍在,作为桐城老城四条省级历史文化街区之一,"旧时王谢堂前燕,飞入寻常百姓家"。今日的游人徜徉于此,当会由衷感叹这里的历史名人故居之多。天空似乎还飘洒着明清时代的杏花春雨,无数彪炳史册的名臣、循吏、忠节、学者、文人,正匆匆与我们擦肩而过。

诚如历史学者汤纲所说:"城镇的功能除了贸迁场所之外,城镇也是许多望族士大夫的出生地、栖身处或原籍。"清代《道光桐城续修县志》在"风俗"卷中也有同样的表述:"城中皆世族列居。"这座千年古城"人习诗书、家崇礼让、世守气节",至今每一条坊巷,仍然能感受到那厚重的人文气象。

而姚鼐家族所聚居的凤仪坊,可谓研究中国文化世家集群的一个极佳范本。诸多闻名海内外的名门望族在这里比邻而居,结成了稳固的世代姻戚关系网,也形成了联袂共生的学术和文学生态,绵延数百年传承不断。这种浓郁而鲜明的区域人文气象,仿佛"宋画第一"龙眠居士李公麟笔下的云蒸霞蔚,喻示着中国优秀传统文化的强大生命力、凝聚力和创新力。

二、从"桂林第"到"潇洒园"

在《方染露传》中,姚鼐讲述了这样一件事:一天,邻居方染露在姚家"共阅《王氏万岁通天地帖》,疑草书数字不能释。君次日走告余曰:'昨暮吾妻为释之矣。举其字,果当也!'"②方染露即方赐豪,染露是他

---

① 钱锺书:《马先之厚文嘱题诗稿》,全诗是:"先公宿许老门生,行谊文章异俗情。旷世心期推栗里,故乡宗派守桐城。风恬春雨知时霁,潦尽秋潭澈底清。把玩新编重品目,卅年惆怅溯诗盟。"载钱锺书《槐聚诗存》,生活·读书·新知三联书店,2001年,第122页。
② 姚鼐:《方染露传》,载《清代诗文集汇编》第三百七十七册《惜抱轩文后集十》,上海古籍出版社,2010年,第396页。

的字,家居凤仪坊寺巷(今属桐城北大街)的潇洒园,其高祖正是"明季四公子"之一的方以智。而潇洒园的前身,则是方以智曾祖方学渐的"崇实居",因为他一生倡导"崇实躬行"。

"曲曲龙眠河,磊磊河中石。步石渡河流,雨后河中立。"这是邑人敬称"布衣大儒"的方学渐,踏河而过时所吟咏的诗。那磊磊河中石,其实就是本地人所称的黄花石,人们喜欢挑拣出体积较小的,铺设成花纹精致的街巷道路,或用来砌筑院墙。今天,我们走在古老的凤仪坊,不经意间还能遇见别致的黄花石风景,折射着历史的沧桑感,也是中国古代城镇那种古典美学的呈现。

"崇实居"几经更名。方学渐儿子方大镇官至大理寺左少卿时,邑人即以古官职名称其宅为"廷尉第"。当方大镇退职归来,讲学桐川时,其宅第又名"远心堂"。这里产生了闻名海内外的桐城方氏学派,诞生了该学派集大成者——方以智。方以智之孙方正瑗又将此第改称"潇洒园",与曾国藩并称的清代中兴名臣彭玉麟,题写了匾额,此匾现存桐城博物馆。①

万历十九年(1591),官至陕西布政使司参政的张淳(方染露妻子张氏的六世祖),刚刚50岁就辞官归里。方学渐很高兴,他与同是布衣学者的姚希颜一起,找到张淳筹划一件大事。不久,就在龙眠河畔、方家的宗祠边,三人以方学渐的"崇实会"为基础,联创"桐川会馆"。从此,邑中学者再也不至于"乐群无所"了。他们有着共同的学术旨趣,主于躬行,不尚虚无。

方学渐的金陵同学焦竑,是万历十七年(1589)己丑科状元,方大镇是这科三甲。焦竑应邀来到桐城,看到"馆负城临流,据一方之盛",欣然撰作《桐川会馆记》,详细记载了这个会馆的位置及会讲时的盛况。

入明以来,凤仪坊著族崛起最早者当属桐城桂林方氏。其家谱载有明代弘治六年(1493)桐城训导许浩所作谱序,指出:"方氏其先由广信迁鄱阳,由鄱阳迁徽之休宁,宋季讳德益者迁池之池口,元初又迁安

---

① 关于崇实居、廷尉第、远心堂与潇洒园的关系,可参阅本书第四章:凤仪坊"远心堂"叙事。

庆桐城之凤仪坊。"①

宋末元初，由江南辗转迁徙而来，定居于学宫附近的方德益，慷慨捐资捐物，将龙眠河旧有的木桥改建为石鳌桥，时称"桐溪桥"，后来称"子来桥""良弼桥"，今称"紫来桥"。他还让出宅基地一半，以增宽学宫前的道路。方德益因多有义举，积德甚厚，至今为邑人称颂。他选择与学宫为邻，目的是让后世子孙沐浴儒学书香，可见其目光远大，深谙诗礼传家、文德兴邦之旨。

方学渐正是方德益的十一世孙。他于万历年间续修家谱，并在谱序中写道："方自宋末籍桐，始称凤仪，继称桂林。"家谱明确指出："吾家素市，籍县市一图五甲，为坊长。"桂林方氏宋末元初迁桐时，最初居地在"县东门而南"，以坊巷所在地命名其族称"凤仪方氏"。随着儒术传家兴起，科甲折桂如林，而宅前有官府所立"桂林"五举人坊，第七世方佑成进士并开府桂林，故以"桂林"为荣而名其族称"桂林方氏"。

位于寺巷口的"桂林第"，是宣德年间第六世方自勉兄弟创建，为第七世七大房的祖居，门前曾有两株高大的桂树。桂林第后来为第十二世方大美继承，他将中庭称为"光啟堂"，表达"仰承列祖箕裘"之志。这里就是引领有清一代文坛的"桐城派"鼻祖方苞的祖屋，也是清代中期"方氏三总督"方观承、方维甸、方受畴的"龙眠世屋"。清顺治诗人方育盛有诗曰："光啟堂前双桂树，三百年来深雨露。""相传子孙孙复子，子孙世共德星里。"②

"话到桐城必数方。"这是已故著名作家黄苗子的诗句。数百年来，桐城桂林方氏名人辈出。明清两季，这个家族先后有31人考中进士，数量不仅居桐城各姓氏之首，在全国著名世家中也较罕见。清初学者潘江赞曰："龙眠巨族称桂林，文章节义世所钦。"当代作家梁实秋认为："桐城方氏，其门望之隆也许是仅次于曲阜孔氏。"学者钱理群也不无夸张地表示："桐城方氏是继曲阜孔氏以后对中国文化影响最大的家族。

---

① 方传理：《桐城桂林方氏家谱》卷首"旧序"，清光绪六年（1880）刻本，第11页。
② 方育盛：《光啟堂桂树歌》，载潘江辑、彭君华主编《龙眠风雅全编》第九册，黄山书社，2013年，第4371页。

可以说桐城方氏家族是中国文化世家的一个绝唱。"①

三、从"栗子冈"到"慎宜轩"

"桐城张姚二姓,占却半部缙绅。"

"家家桐城,人人方姚。"

这是清季以来,朝野出现频率颇高的两句话。当"张姚"并称时,是基于两个显赫家族的仕宦而言;当"方姚"并称时,则基于两个文学家族而言,而"方姚"几乎是"桐城派"的代名词。这两句话合起来,表达的意思就是"文章甲天下,冠盖满京华"。

姚鼐曾应其连襟方汝葵之邀,撰《方氏文忠房支谱序》(文忠为方以智谥号)指出:"方氏与姚氏自元来居桐城,略相先后,其相交好为婚媾二三百年。"②其实在桐城,张、方、姚这三大家族自明清到民国,世世代代的姻娅关系最是回还往复,也是桐城声名最显赫的三个家族。

张氏家族主要聚居于城南"阳和坊",故不在本文赘述。而姚氏迁城以来,城东、城南、城北、城西都有聚居,城居宅第诸如锦丛堂、竹笑轩、正定堂、亦园、兹园、雁轩、咏园、竹叶亭、树德堂等遍布,其中,凤仪坊为主要聚居地,历有初复堂、中复堂、慎宜轩、十幸斋等。

"望出姚江,文重桐国。"谱载姚氏"初自余姚来桐城大有乡之麻溪,人谓麻溪姚氏"。麻溪姚氏究竟何时由乡入城,说法不一,有说自五世姚旭始,也有说自十世姚之兰始。其中有个关键人物姚希廉。

姚鼐在《先宅记》中提及:"八世葵轩公居栗子冈南。"葵轩公即第八世姚希廉,而第十六世姚鼐正是他的直系后裔。关于"栗子冈南",据桐城博物馆原馆长张泽国先生撰《桐城麻溪姚氏源流考识》,此地有姚家山和姚家大屋,位于桐城市孔城镇跃进村,姚氏故居遗迹尚存,残存构件时有所见。③

姚希廉孙之骐、之兰先后中进士,居县城,"遂世其家为显族"(马其

---

① 周为筠:《在台湾——国学大师的1949》,金城出版社,2008年,第129页。
② 姚鼐:《方氏文忠房支谱序》,载《清代诗文集汇编》第三百七十七册《惜抱轩文后集一》,上海古籍出版社,2010年,第450页。
③ 张泽国:《桐城麻溪姚氏源流考识》,载《桐城历史考信录》,黄山书社,2021年,第225页。

昶《桐城耆旧传》)。其中,姚之兰一支居城东"天尺楼"。依张泽国先生《桐城麻溪姚氏城中宅第》考证,天尺楼与初复堂相距不远,抑或初复堂原址。其大概位置,在东作门以西,北拱门以南,北大街(今名北后街)以东的北城区范围。①这个位置正好处在凤仪坊以内。

虽然"天尺楼"今已不存,但寺巷内与方以智故居"潇洒园"相邻的"中复堂",依旧庭院深深、古朴厚重,这是姚氏第十八世姚莹(姚范曾孙)故居,已经得到初步修复。

姚莹是姚鼐的侄孙,也是他的得意弟子,曾任台湾首任兵备道,为文提倡经世致用,与林则徐一样"睁眼看世界"。江南乡试第一(俗称"解元")、曾任安徽第一所师范学校校长、北京大学文科学长的姚永概,在祖父故居里营造了自己的书斋——"慎宜轩"。旧时院落有竹、梅点缀其间,清丽雅洁,前轩有联云:"门临青竹邀君子,窗有红梅见故人。"从姚范到姚永概,姚氏仅"中复堂"就有14人被录入《桐城文学渊源考》,不愧为名闻天下的文学家族。

"儿童五六饥寒迫,生计萧条事业孤。"这是姚希廉曾在《麦饭诗》中的自状。但他遵循"富贵在天,唯学在人"理念,"经理田畴,千里延师以教诸子"。他的后裔因此人文蔚起。《明清进士题名碑录》上记载了明清时期麻溪姚氏家族中进士者21人,其中,明代7人,清代14人。从《清代朱卷集成》中姚永概的朱卷来看,仅姚永概一支,就有中进士者14人,中举人者30人。有学者统计,清代桐城麻溪姚氏家族入仕者约448人,贯穿整个清代。

姚莹在《先德传序》中感叹:"自明季以来读书仕宦,人物称盛者皆葵轩后也。"明季以来姚氏历史文化名人皆出自姚希廉的直系后裔,姚氏家族可谓中国著名的文化世家和仕宦望族。清末乔树枏惊叹:"国朝自康、雍以来,父子祖孙踵为大儒,著述之多,赓续之二世三世者,或有其人,如桐城姚氏,代有著述,历三百年而未有已,则未之前闻。求之史籍,亦罕其匹。"②

---

① 张泽国:《桐城麻溪姚氏源流考识》,载《桐城历史考信录》,黄山书社,2021年,第233页。
② 语见李大防:《蜕私轩续集序》,载姚永朴《蜕私轩续集》卷首,民国铅印本。

四、从"啾椒堂"到"告春及轩"

与姚鼐同里并以文砥砺的终生好友中,还有左世经、左世瑯(左一青)兄弟等。姚鼐在一篇写左世经的文章中说:"君为余丈人行,然年相若,少而志相善也。其妻之弟应宿(张若兆),及君兄一青,及余四人,少者十馀岁,长者二十馀。里居无他交,独四人相交不厌。"①

左氏自从左出颖于明代万历年间居城以来,加入凤仪坊望族姻亲网,人才蔚兴,跻身桐城张、姚、马、左、方五大名门,明清以来共有7位进士、31位举人。左世经的祖母姚孺人正是姚鼐的曾祖姑。姚鼐的第三子姚雉,原配为左光先的七世孙女、续配则是左光斗的七世孙女。而左世经、左世瑯的高祖左光先,是"天启六君子"之一左光斗的七弟。

据桐城左氏家谱记载,左氏系出济阳,其先江南泾县人,有后裔"由泾而皖,由皖而潜",又有代一公,由潜迁桐之东乡,为桐之始迁祖。其裔孙左出颖(为桐城左氏第十世)育有九子,开始了城居,"卜筑傍龙眠,云深一径穿"。②

然左氏究竟何时迁入城中凤仪坊的?谱载《孝子左还贞公传》云:"殆忠毅公登贤书迎养两尊人于城。"表明是左光斗乡试中举后迎双亲入城。这个时间节点当是万历二十八年(1600),意味着左氏正式城居。谱载左国棅《天柱公传》也有类似的表述:天柱公左光弼(左光斗九弟),"肄业之余奉鸠杖以承颜。及迎养双亲入城,公亦与俱下帷,龙眠山房伯叔子侄攻制艺,互相砥砺"。

天启五年(1625)七月,受阉党魏忠贤陷害的左光斗在诏狱中被折磨致死,同狱死者六人,时称"天启六君子"。崇祯初赠右都御史、太子少保,崇祀乡贤祠、名宦祠,特赐谕祭,敕建桐邑忠祠春秋致祭,谕葬桐城北乡吕亭驿之松鹤山。福王立国,追谥忠毅。左忠毅公祠暨左光斗故居啾椒堂(今人写作"啖椒堂")现为安徽省文物保护单位(省政府2004年11月8日公布)。啾椒堂为左光斗幼子左国材继承,姚康《啾

---

① 姚鼐:《左仲郭权厝铭并序》,载《惜抱轩全集》文集卷十二,中国书店,1991年,第140页。
② 左光斗:《忆龙眠山居》,载《四库禁毁书丛刊》集部第四十六册《左忠毅公集》,北京出版社,1997年,第269页。

椒堂记》曰:"是堂也,盖左氏忠毅之旧物。乃予为名之曰噉椒。"

左氏城中宅第,并不止噉椒堂这一处。仅在东城内(也即凤仪坊内),就有左光斗长子左国柱的醒园、仲子左国棅的既滋堂,以及左国昌的息园等。而龙眠山有左国治的九峰别业,龙眠山口还有左光斗所建的读书别业"三都馆",为左光斗四个儿子(人称"龙眠四杰")分而据之,各有嘉名,如越巢、如抱蜀堂等。

被称为"诗史"的明末诗人钱澄之,其《田间文集》卷九提及"怀西楼":"吾友左夏子居,负北郭建小楼,其居之左侧正望西山,题曰怀西楼。"左夏子即左光先的长子左国鼎,乃是方孔炤女婿。与姚鼐"志相善"的左世经、左世瑯,正是左国鼎的曾孙。

左国鼎对钱澄之曰:"吾之居,吾祖父创也。"其祖父正是左出颖。考今北大街左家大屋,与钱澄之所写的怀西楼位置颇为契合。而姚康在《为左太夫人七十寿》中写"予两岁中客左长公之夏梅斋",此左长公即左国鼎。这说明怀西楼可能又称夏梅斋。这个位置距左忠毅公祠、噉椒堂很近,距姚氏故居"初复堂"不远,而与姚莹故居"中复堂"庭连院接。

值得一提的是,还有一处很古朴的建筑"告春及轩",乃是左氏后裔著名报人左挺澄于民国年间所建,今为桐城派陈列馆。其前有文庙,后有北大街,处于凤仪坊核心位置。楼凡两进,每进五间,足有400多平米。四围"走马通楼",造型别致。轩名源于陶渊明《归去来兮辞》:"农人告余以春及,将有事于西畴。"这很容易让人想起明末崇祯时代的大学士何如宠,他在朝政纷乱时归隐桐城,于龙眠山筑"泻园"孝养老母,这时他的别号就是"西畴老人"。

五、从"怡园"到"抱润轩"

"相逢多下泪,欲别且攀轮。"明代天启五年(1625)三月,当京城如狼似虎的缇骑扑到桐城时,左光斗慨然坐进了囚车。只是面对白发双亲,他止不住泪如雨下。这时,其邻居马孟祯不顾缇骑威胁,毅然上前"任其家事",答应帮助照顾左氏全家,还毫无顾忌地将曾孙女许配给光斗的冢孙左之乾。

马孟祯是谁？何以如此大胆？原来其先系出扶风，本姓赵，始祖赵骥原籍庐州府六安州，明永乐年间入赘桐城马家，因两位妻兄皆早卒而无嗣，赵骥遵岳父嘱，慨然更姓继宗，"设誓戒子孙富贵时无得复姓"。而赵骥家族实际上又源自固始县的祝姓，"其始祝为赵婿，有两子，一子归祝，一子继赵"。先世两度更姓，亦是传奇！

马家始居桐城西乡竹城墩（今属桐城市金神镇），第三世马宪"以侠义闻乡里"，为救江西逃难卖艺者，不惧连坐之罪，将他们藏于自家房屋夹层之中；第四世马騑也"义侠著声"，逢凶年恶岁，即开仓煮粥，耗竭家产，尽全力救济难民。马孟祯为第六世，可见其重义任侠是家风传承。

自从万历二十六年（1598），马孟祯成为进士后，其族乃大，发迹入城，分居城东与城南。其中，马孟祯这支居城东凤仪坊，也是马氏人才最为兴盛的一支。马孟祯为官谔谔敢言，抨击攀附权奸，检举贪污纳贿罪行，疏论广开言路、录用正直臣子、人才取舍、体恤百姓、急筹边饷等大事。

天启年间，阉党魏忠贤专政，马孟祯等一批桐城在朝正直官员多被削去官职，闲居在家。左光斗更是"以无影之事"被逮赴诏狱，受到严刑拷打，直至"面额焦烂不可辨，左膝以下，筋骨尽脱"。当阉党追缴左光斗所谓"两万两赃银"时，马孟祯除了"任其家事"外，还积极参与同乡发起的为左光斗募捐活动，其中，方象乾（方苞曾祖）捐千金，这也充分体现了一荣共荣、一损俱损的同里兼世戚关系。

马孟祯的后裔、清末桐城派殿军马其昶曾感叹："吾族丁单，且无大官显秩，然县人皆推其族望，与方姚张左并。盖自太仆起家为名臣，厥后遂以清白世守，文儒史义之彦，往往而有也。"①实际上，桐城马氏"人尚实学，不竞浮名"，其文学成就几乎可比肩桐城方姚。明代有马懋勋、马懋学、马懋德、马懋赞、马之瑛、马之瑜"怡园六子"，竹林骚雅，盛极一时。此后一门彬彬汇起，风雅代不乏人。第十五世马树华曾搜集明万历至清道光年间马氏家族 72 位诗人的 4 326 首诗作，纂成《桐城马氏

---

① 马其昶：《马霞松公传》，载马其昶撰、彭君华校点《桐城耆旧传》，黄山书社，2013 年，第 38 页。

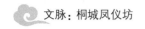

诗钞》70卷。

嘉庆丙寅(1806)八月,姚鼐的四妹七十初度;过了半年,妹夫马仪颛也七十初度。在《马仪颛夫妇双寿序》中,姚鼐写道:"仪颛之孙献生(马瑞辰),前一年登第入翰林,告归而称家庆。夫妇一堂,俯见两曾孙挟笑而就家塾。此族戚所为喜也。仪颛有才子吾甥鲁陈,甫登第而陨,赖有孙继起而速尔。"①

姚鼐的四妹对马宗琏和马瑞辰两代人的家庭教育都极其严厉:"教子宗琏,器之甚切。能言,教之诗;稍长,训以经义;入塾,归必背诵所受书。后卒成进士,为通儒。其后教孙瑞辰献生亦如之。"②而姚莹也曾有诗赠他的连襟马瑞辰:"谈经绛帐是家风,早岁才名冀北空。"马瑞辰是清代中期《诗经》研究的大家,被梁启超列为清代乾嘉汉学中《诗经》学研究的代表人物。

马氏世宅双桂楼,东与左忠毅公祠相接,西与张姓相邻。大院内原有山有水有桥有亭有洞,其中,需两人合抱的桂树两棵,枝繁叶茂,花开时香气袭人。南门上方悬有"抱润轩"小横匾,抱润轩即马其昶书斋也。而双桂楼对面,就是姚家长房姚文烈一脉的祖居,姚文烈的妻子为方拱乾女,儿子姚士陛又娶方拱乾孙女。姚文烈的伯母即抚教方以智成人的一代才媛方维仪,姚文烈的三弟是清初刑部尚书姚文然(姚鼐高祖)。

六、从"三窟之谋"到"操江巷"

凤仪坊名门望族之间回还往复的姻亲纽带,大约自明初就已开始。比如永乐年间,方氏与盛氏之间的一桩婚姻事件,至今仍为学者所关注。

方氏家谱记载:"桐有凤仪坊,方居其北,盛居其南。"盛家有子(未知其名),方家有女方川贞,两家议婚。可惜的是盛郎因痘病早逝,方川贞虽然未嫁,却"制衰服,请自临丧",后来"守贞待字,不妇而节"。其母

---

① 姚鼐:《马仪颛夫妇双寿序》,载《清代诗文集汇编》第三百七十七册《惜抱轩文后集四》,上海古籍出版社,2010年,第470页。
② 同上。

郑孺人也肯定女儿"从一而终,妇道哉"。① 方川贞直到成化七年(1471)68岁时去世,她的守贞忠节,亦如其殉难建文皇帝而自沉长江的父亲方法一样,为后人称颂。

方川贞故事在桐城家喻户晓,从中可以看出盛氏当时也居凤仪坊。

提及盛氏,不能不提及曾让桐城人引以为豪的桐城古城墙。据康熙《桐城县志》记载,万历四年(1576)知县陈于阶与邑绅南京户部侍郎盛汝谦、河南布政使吴一介联名上书申请建造砖城,募银两万一千余两,起窑四十余处,城周长六里(合3 000米)、西北负山、东南瞰河,有城门六座。南京礼部尚书翁大立为此专门撰记,勒石于东城外。这次修建的城墙高大雄伟坚固,经受了明末几十万农民起义军连续多次围攻的考验,而周边县城纷纷溃破,桐城县城遂有"铁打桐城""过了桐城不说城"之誉。直至抗日战争时才被拆除,邑人至今仍痛惜"盛吴伟业"遭毁。

桐城老城犹有"操江巷"这一古地名。它的得名,正是源于盛汝谦,他曾以南京都察院右佥都御史"提督操江",管理上下江防事。这里至今仍有盛氏聚居,属于城西大街。而盛氏最初居地就在凤仪坊。由于盛汝谦的父亲盛仪,曾一度在白兔湖畔筑梅塘别业,以寄情山水,今人遂以为盛氏世居白兔湖畔,其实不然。

明代吴中四才子之一的祝允明(祝枝山)曾为盛健撰铭曰:"盛氏世为安庆桐城人,居凤仪坊。"盛健就是盛汝谦的祖父,而盛健是盛华二之孙。据其家谱:盛氏自周封国,派衍广陵,(明)国初受乙公,雁行有三,避元末之乱挟策占籍于桐,为望族。受乙公居东乡,入赘韩氏,六世后复姓;受乙公的仲弟华二公,先移家会宫板桥,继而移家县城旁"冷水涧"(东门小街附近),后又移家于城中凤仪坊。盛氏家谱赞华二公此举是"三窟之谋"。

由此可见,盛氏早自明初华二公即已聚居凤仪坊,而盛氏颖出人才皆源于华二公支。华二公之孙盛健,育有三子:盛隆、盛仪、盛德。盛德在弘治甲子年(1504)登贤书为举人,是盛氏科举第一人。自此,盛氏

---

① 方传理:《桐城桂林方氏家谱》第五十五卷"外传",清光绪六年(1880)刻本。

"科第之荣,代不乏人"。其中,以盛仪的后裔人才最为突出。据盛氏家谱载:"仪子谦为少司农;仪孙万安令翼、大勋卿承,父子兄弟进士起家,仪曾孙光禄寺少卿藩、户部主政黄,一则靖难边储,一则守死关市,盖由宋元以来,人文仕绩,世系渊源,载在谱帙。"

明代万历年间,桐城流行一句民谚:"张不张威,张秉文文焕天下;盛有盛德,盛可藩藩屏王家。"这个谚语被记载在盛氏家谱里,说的就是:张淳之孙张秉文,与盛汝谦之孙盛可藩,同举于乡,乡人立万人旗以题贺。后来这句谚语又被清初文华殿大学士、礼部尚书张英(张淳的曾孙)记到了《聪训斋语》里,随着《父子宰相家训》的传播而广为人知。

七、从"东郭居"到"万卷楼"

乾隆四十年(1775),姚鼐自刑部辞归故里,自此不复为仕,开始了漫长的讲学生涯,门下生徒众多。有个贫寒后生胡虔,为学十分刻苦,引起了他的注意。

十多年后,胡虔到江西学政翁方纲手下当幕僚。姚鼐自桐城致书主持纂修《南昌府志》的谢启昆,对胡虔至赣省"觅馆"表示关切,并请其"鼎力多方助之"。又十多年后,胡虔到武昌入湖广总督毕沅幕,与章学诚共纂《史籍考》《湖北通志》,姚鼐又自桐城寄书武昌,询问虔至鄂后情形,虔回信告知在鄂苦状。姚鼐立即致书已任江南河库道的谢启昆,请他关照胡虔,并表示自己今冬或明春,一定去看望胡虔。

"安得将尊酒,相邀慰此辰。"这是姚鼐写给胡虔的诗句。一代文宗姚鼐如此一再关注的胡虔,究竟是谁呢?原来他是清代乾嘉时期,与钱大昭、陈鳣并称的学术大咖,出自凤仪坊东门胡氏(又称"川门胡氏")。

据《桐城耆旧传》云:其"先世有曰会者,自徽州徙桐城,是为东门胡氏",出自徽州婺源清华胡一族,其聚居地在城东凤仪坊。方学渐《桐彝》云:"第五世胡效才'筑东郭与弟同居'。"清道光《桐城续修县志》说胡效才事继母极孝,虽然"家贫,授徒以养",但"怀高识,厉希圣之志,四方从学者众,而同里方明善尤著称焉"。他的高足方明善,即前文提及的布衣大儒方学渐。其实,方以智的曾外祖父吴一介(居城南),也是胡效才的学生。

胡效才是嘉靖四十四年(1565)进士,学者私谥"文孝先生",入祀乡贤祠。胡效才的儿子胡瓒,亦是名臣和学者。他自幼好学,手不释卷,是万历二十三年(1595)进士,一生事业主修水利,曾著《泉河史》十五卷,晚年官至江西布政使司参政,年老乞归桐城,建"万卷楼",藏书极丰,在这里留下的著述也甚富。胡虔为纪念其六世祖读书治学,请广西学政钱锴绘制《万卷楼图》,描绘了寻壑处、洗耳亭、白云隈、鹿游山房、石门飞瀑、荷薪草堂等诸多名胜,当时的名流学者纷纷赋诗以贺。

胡瓒有个妹夫吴应宾,即方以智的外祖父,也是著名学者,曾有诗给胡瓒:"家在城中甲第开,连枝玉树倚云栽。"极赞胡氏家族贵显。胡瓒之后有第七世胡吴祚,著述极丰,包罗博络,"虽当世宿儒莫能难",娶山东左布政使刘尚志女,状元刘若宰胞娣,生第八世胡弥禅,虽处明末乱世,弥禅仍博学强识、克绍家学。弥禅原配清兵部尚书张秉贞女,早卒,继配为福建兵备道潘映娄女,苦节40年,将儿子胡宗绪培育成人。宗绪为雍正进士,与同乡方苞、刘大櫆交游,为文不拘泥成法、自成一家,天文、历算等方面成就尤为显著。第十世胡承泽也是雍正进士,晚年汲引后进,"巍科膴仕,半出门下,乡人贤之"。

到了胡虔这辈,已是东门胡氏第十一世。可惜他父母早亡,家境没落,生活贫困。姚鼐辞官归里讲学时,将其收入门下,细加点拨。胡虔因此奠定了扎实的学术基础,成了清代乾嘉之际颇有作为的学者。谢启昆有诗赞曰:"安定之望桐城胡,古文今文述尚书。"

后来崛起的桐城派著名学者方东树、陈用光、刘开、姚春木、王文治等皆是胡虔的师弟,他们曾与胡虔相互切磋、取长补短。与他们不同的是,胡虔仿佛是一位"隐身大师":他虽然治学范围很广,在史学、方志学、小学、目录学、考据学、历史地理学、天文历法等诸多领域作出了重要贡献,但由于幕僚身份,其学术成果大多是他人主名或署名,而自己的著述传本很少,残稿散佚,以致其在学术界地位长期湮没,令人惋叹。

凤仪坊东门胡氏真可谓"奕叶敦儒、学者辈出"矣!

八、安知后游者,声迹永相望

张淳的曾孙张英是清初名臣,他曾在《恒产琐言》里提出一个观点:

"乡城、耕读,相为循环。"他还认为"子弟有二三千金之产,方能城居""若千金以下之业,则断不宜城居矣!"可见城居之不易。尤其是桐城这样的"江南巨邑,七省通衢",即使那些绵延数百年传承不断的文化世家,也常常要"乡城循环"。但如果不能长久地扎根于县城,扎根于政治文化教育资源最为集中之地,乃至与其他文化世家结成稳固的姻戚关系和学术联系,就很有可能走向式微。这就是为什么有些家族只兴盛了几代就渐渐湮没无闻的原因。

"天地之道,阴阳刚柔而已。"这是姚鼐总结的为文之道,他认为阳刚、阴柔不可"一有一绝无"。借用他这个创作理论来看待凤仪坊世族,那么:有的氏族人文蔚起、门祚绵长数百年不衰,是名扬海内外的文化世家,可谓之"阳刚",如前文所述的那些名门望族;而有的氏族或曾一度辉煌过,或只在城中过渡,可谓之"阴柔",但都共同为凤仪坊乃至桐城文脉传承兴盛作出了贡献。

从凤仪坊世族来看,可归于"阴柔"之美的主要有:**鹿城黄氏**:在凤仪坊崛起较早,其中,黄金、黄宪同登明天顺丁丑(1457)榜,在桐城最早写下了兄弟同榜进士佳话。黄氏家族与方氏、姚氏等都有姻戚关系。方氏桂林第的寺巷口地基即购自举人黄镕。**桐陂赵氏**:自第五世由乡迁居入城,第十世赵釴有诗曰:"吾家世据桐陂水,水源远出龙眠里。"又说"桐东门外河壖之地,所谓桐陂"。可见其世居凤仪坊。赵釴与赵锐堂兄弟亦同榜中举,而赵釴为乡试解元,中进士后为名臣,文学乃"嘉靖四杰"之一①,自此家族发迹,人才兴盛。赵锐官至均州知府,后辞归,讲学城东颜乐巷,从游学者甚众,馆甥方学渐成为知名学者。方大镇续修桐川会馆时,因地隘曾购进赵氏地基。**香山戴氏**:其家谱载,戴完嘉靖进士,官居江西提学、贵州按察司副使,却因雅志理学,42岁时即辞归,于城东门外宅前河壖辟"东林会馆",与林有望、胡效才、赵釴等时贤会讲,聚四方生徒讲学37年,日从游者不下数百人。"天启六君子"之一的左光斗即其孙女婿。清末民初诗人吴光祖《北拱门》诗曰:"姚方通

---

① 关于赵釴是"嘉靖四杰"之一的说法,马其昶《桐城耆旧传》"赵巡抚传弟二十"云:"居谏垣时,与编修陆树声辈号'嘉靖四杰'。文辞典丽。"今人程绍颐编著《安庆历代名人》称:"赵釴文词典丽,与陆树声、余у献、朱日藩同有文名,号称嘉靖四杰。"

故宅,左戴比邻封。"可见左氏戴氏也是比邻而居的。

此外,还有**吴越钱氏**。桂林方氏第四世方有道,有旧居在儒学前稍东,明初第五世方伯常居之。历六世,于嘉靖间鬻钱如畿为御书楼。钱如畿所居龙眠河畔多柳,故号"柳溪";而他的兄长钱如京居于桐溪塥,故号"桐溪"。至今城中仍有"钱尚书院巷",乃是钱氏家族聚居之地。**东门王氏**(又名"东楼王氏"),乃赵釴祖母氏族,元末明初始迁城。其与凤仪坊名门望联姻戚关系较深。**桐城祝氏**,宅南与方学渐所筑的桐川会馆为邻,钱澄之晚年入城常饮于祝琪宅,祝琪正是老宰相张英的老师。**汝南殷氏**,谱载"自寿一公元末由徽州婺源渡江迁桐,卜居于凤仪坊,置田列籍,是为迁桐始祖"。**龙眠李氏**,张英的同学李雅,始居凤仪坊,后迁东皋草堂,家谱称龙眠居士李公麟为其先世。**横溪章氏**,章文焕居于邑东凤仪坊,长子章纶为进士,官至知府;次子章纲10岁侍父读书,后辟"东郭闲居"自颐以终。

姚鼐曾有诗句曰:"安知后游者,声迹永相望。"无论是"阳刚"之名门,还是"阴柔"之世族,他们都在凤仪坊交融汇集中彼此成就,以学问道德相标榜,以文学行谊相砥砺。凤仪坊虽然只是这座千年老城中众多"衢市坊"之一,还有诸多世族未能在本文尽列,但仅此一隅,不仅可管窥桐城"人习诗书、家崇礼让、世守气节"的人文盛概,也可寻绎中国优秀传统文化生生不息、生机勃勃的传承脉络。

第二章
凤仪坊,他们一直都在

"朱栏照赤水,白石凌波苍。"提及桐城紫来桥,就不能不提宋末元初慨然捐资建桥的邑人方德益,他是桐城桂林方氏始祖,还曾让出居地之半以宽文庙前衢。由于年代久远,有关他的事迹基本失考,但他的后裔忠孝贤杰,迭起代兴,成为龙眠巨室,门祚绵延 700 余年而未艾。有学者不由得惊叹:"桐城方氏是继曲阜孔氏以后对中国文化影响最大的家族。可以说,桐城方氏家族是中国文化世家的一个绝唱,在未来社会是不可能出现的了。"

方德益：方氏迁桐始祖之谜探寻

春风里的龙眠河，仿佛从龙眠居士李公麟的笔端逶迤而来，清波荡漾、疏烟袅袅，两岸碧树繁花、层楼掩映间，一座古桥横跨东西。"朱栏照赤水，白石凌波苍。"提及桐城这座古桥，就不能不提宋末元初慨然捐资建桥的邑人方德益。

方德益就是桐城桂林方氏始祖。正如方氏家谱所言，由于年代久远，方德益"生卒无征"，有关他的事迹基本失考。从地方文献和桐城桂林方氏家谱来看，涉及其迁桐年代、修建桐溪桥、让出居地之半以广学宫前衢、后裔多以军籍科举，以及卒葬野狐墩等几大谜团，几百年来众说纷纭，未能确证。本文试作以下探寻。

一、捐金所造究何桥？

龙眠河旧称桐溪。它并不总是安宁温顺的，山洪暴发时往往狂涛怒卷、堤溃屋塌，老百姓称之为"动蛟"。但好在宋末元初时，有义士挺身而出。乾隆《江南通志》云：方德益"以好义称。……桐溪水出龙眠，暴涨则激石漂木不可渡。议桥者难焉。德益捐金造桥，甃石坚缴，迄嘉靖末犹赖之。"

在方氏家谱中，方德益此番义举亦有类似记载："桐溪水出龙眠，暴涨则激厜漂木不可渡。议桥者难之。公首事捐金，甃石桥，坚缴踰三百载，至嘉靖初始圮，圮八十年莫能复甃。"

方德益慷慨捐资捐物，建成一座石甃桥，时称"桐溪桥"，不仅解决了百姓屡遭"动蛟"之苦，更为重要的是，畅通了桐城这座七省通衢要道。这座桥如此重要，显然不是普通的小桥。故而，乾隆《江南通志》以及现存明清府县志书都郑重记载表彰。

此桥就是今天紫来桥的前身。《江南通志》说此桥"迄嘉靖末犹赖之",而方氏家谱说"桥坚缜踰三百载"。这表明,方德益建桥后的300多年间,此桥在龙眠河两岸通行中一直发挥着重要作用。

但方氏家谱又说"至嘉靖初始圮,圮八十年莫能复甃",这与《江南通志》"迄嘉靖末犹赖之"之说似乎有冲突,实际上并不矛盾。方德益修造的桐溪桥坚固耐用,虽然嘉靖初"始圮",但直到嘉靖末可能仍在将就着使用。

因为一直"莫能复甃",为便于通行,后来易为木桥。天启间,桐城知县陈赞化倡捐集资,终于修复了石桥。崇祯八年(1635),张献忠率农民军攻打桐城,此桥再度被毁。

27年后的顺治十八年(1661),县令邬汝楫在重建邑治谯楼的同时,又复建了东门桥。邑绅陈焞撰《桐城县重造东门桥记》提及:"昔之使君,曾营是桥矣。上有会而下有赋,署以子来,原名子来桥,志趋事之勤也。"可见天启间修复的东门石桥,已更名为"子来。"①可惜的是,邬汝楫这番所修的桥,被陈焞称颂为"坚好辉灼,较昔有加",能比美于闽之宋代万安渡桥,却并没有支撑多少年,复毁于山洪。

同样,康熙七年(1668),知县胡必选再度"建木桥利涉",然"每山水大至,桥辄坏"(张廷玉《良弼桥记》)。

与这几位县令比起来,从前方德益私人捐金修建的石桥,居然能"坚缜踰三百载",简直就是奇迹。

直到雍正末,大学士张廷玉有感于前贤笃行,捐出朝廷赐祭其父张英万金的一半,再度重修此桥,乾隆二年(1737)完工,邑人遂改称"良弼桥",以志张廷玉之功。这座历经700余年沧桑的古桥,几经重修,至今仍雄跨在东作门外的大河之上。

与张廷玉同时代的方世举(方德益的十六世孙),在其诗集《春及堂》第四集中写道:"稽古士君子,好德先一乡。毓贤县学地,县志由吾方。利涉东门桥,又纪渊源长。"并自注曰:"两事皆先德益公创建。桥

---

① 陈焞:《桐城县重造东门桥记》,载张楷康熙六十年(1722)《安庆府志》卷二十七《艺文志》。

之重修,虽赖清河,然碑记所载,仍推本焉。"其诗和自注,都提及其先祖方德益"毓贤县学地""利涉东门桥"两事。所谓"桥之重修,虽赖清河",即指张廷玉重修东门桥,然"碑记所载,仍推本焉",意即张廷玉在《良弼桥记》中提到"旧有石桥,倾毁近百年矣",盖指东门桥之前身即其始祖方德益所修石桥。

二、割宅广衢究何地？

乾隆《江南通志》在孝义篇还记载了方德益的另一件事:方德益"所居邻学宫,衢隘,割宅地之半,以广之"。这件事,其实也记载在方氏家谱中,而康熙安庆府志"笃行"、康熙《桐城县志》"义厚"和道光《桐城续修县志》"笃行"亦作如是记载。但方德益所割之宅究竟在哪里？所让之地,难道就是今天文庙所在地吗？显然不是。

由于朝代更替、战火无情,诸多历史文献都灰飞烟灭了。春秋为桐国故地的桐城,有"志"才始于明朝弘治时代。弘治《桐城县志》指出,桐城县学宫"旧在县东桐溪桥之东,元延祐初,知县中山温士谦、太原武子春相继创建,毁于兵火。本朝洪武初知县瞿那海徙建县东南佑文坊"。

可见温士谦、武子春于元延祐(1314—1320)年间创建的学宫,并不在今址文庙(佑文坊),而在桐溪桥之东。彼时,县城居民还较少、里坊也不多,凤仪坊的区域范围应该是跨越龙眠河两岸的。

而方德益始居之地,可能也在桐溪桥之东。否则就不能解释:方德益"始迁凤仪坊"而又与学宫为邻。

桐城元代之前,历朝亦必有学宫。由于文献遗失,目前只能查到曾担任过桐城主簿的梅尧臣撰有《桐城县学记》。梅氏在文中说,他于28年前"佐是邑"(任桐城主簿),在"持丧前一月"时,"著作佐郎、知桐城县洪君寘,绝江三百里,置书求记其县之新学"。① 查吴孟复先生遗作《梅庶臣事迹考略》,认为梅氏"初任桐城主簿,当在天圣五年(1027)或六年(1028)"。② 则28年后应是1055年或1056年。又查吴孟复先生遗著

---

① 见曾枣庄等主编《全宋文》,上海辞书出版社,2006年,第二十八册第166页。
② 吴孟复:《梅尧臣事迹考略》,《安徽大学学报》(哲学社会科学版)1988年第2期。

《梅尧臣年谱》知,宋皇祐五年(1053)秋,梅氏52岁那年,嫡母丧(4年前父亲已去世于宣城),冬扶母柩南归。可见洪鲎此信应该就是写于这年冬。梅氏被誉为"宋诗开山祖师",与欧阳修并称"欧梅"。这也难怪桐城知县洪鲎要求他为县学作记。

弘治《桐城县志》的记载不啻告诉我们:当方德益宋末携家挈幼,从池口越江而上,始迁凤仪坊,其居也必在桐溪桥之东,很可能就是前代县学宫所在地附近,只是前代学宫已经毁于宋末的战火。此时,新的县学宫还未创建。否则,方德益建宅时,就有挤占新学宫前衢之嫌。

到了元初,知县温士谦、武子春接续创建新的学宫时,发现城内外民居已经越来越繁密,而新建学宫的前衢实在是太狭窄了。于是,方德益毅然"割宅地之半",以广学宫前衢。

三、始迁桐城究何年?

关于方德益迁桐时间,目前主要有以下三种说法:一是清道光《桐城续修县志》载,方德益"元末自池口徙桐";二是马其昶《桐城耆旧传》"方断事传"载,"宋末有德益公者徙桐城";三是方氏家谱,小传载"宋末迁池口,元初迁桐城凤仪坊",列传载"在宋元间自池口徙桐城"。

其实,由前述家谱载方德益所造"桥坚缜逾三百载,至嘉靖初始圮",可进行前推。嘉靖帝自1522年登基,共为政45年,以前10年为嘉靖初,即以嘉靖十年(1531)计,前溯300年则为1231年,也即方德益"捐金甃石"造桥的时间,大概在南宋绍定以后,此时距南宋1279年灭亡尚有四五十年时间,后面至少还有将近十代帝王存续,这么长的时间说是宋末似乎为时过早。

而已知的是,明代弘治《桐城县志》和清代安庆、桐城两级县志,都记载县学宫修建于元延祐年间(1314—1320),也即方德益在元延祐时还健在。他的儿子方秀实、孙子方谦虽然生卒年也失考,但其曾孙方圆生于元致和元年(1328)是家谱中明确记载的。古人生育早,按照20年一代计算,则其孙方谦有可能生于1300年,其子方秀实有可能生于1280年,方德益就有可能生于1260年,此时正是南宋景定时期,距南宋灭亡还有20多年,距蒙元1271年称号建国仅10多年。

马其昶显然查过方氏家谱,他在《桐城耆旧传》"方断事传"中说:"宋末有德益公者徙桐城,至公五世矣。"方断事,即方氏第五世方法,曾官四川都指挥司断事,其生年在方谱中是有确切记载的:"生洪武戊申九月十五日。"方法出生于洪武元年(1368),但他上面还有生卒未详的兄方端,不知兄弟二人年纪相差若何?从方法出生的1368年,回溯到前述方德益可能出生的年份1260年,已经相距92年,仍按20年一代计算,也差不多五代人。

但是,有关桐溪桥"坚致逾三百载",很可能流传于民间,其言并不虚。何况,乾隆《江南通志》亦云"迄嘉靖末犹赖之"。方德益捐金修桥时,至少是30岁的成年人。如果他生于1260年左右,30岁就是1290年左右,此时元代已经建国近20年,不符合"元初"这一语境。300多年后,则是1590年,已经是万历末,也不符合建桥后,到"嘉靖初(1522)"甚至"嘉靖末(1566)"已经300多年的传说。

笔者认为,方德益最有可能出生于1231年。

忽必烈于1260年3月正式登基称大汗,改元中统。以此年为标志,至蒙古1271年建国仅11年,也即这11年正是"宋末"。1276年临安失守,1279年宋帝投海,南宋彻底灭亡,这近10年基本已是"元初"。方德益迁桐的时间应该就在这个"宋末""元初",也就是所谓"宋元间"。

《桐城县志》(1993年版)大事记载:"南宋末,因避元兵,县治迁枞阳,再迁贵池李阳河,元初迁回今址。"方德益很可能就是在这11年的"宋末"时间段内,恰好由休宁迁居李阳河。当南宋彻底灭亡,硝烟散去,社会形势渐稳,桐城县城迁回今址时,方德益也就随迁。

那么,在这11年的"宋末"里,方德益究竟是哪一年迁居桐城?综合《安庆史话》(1979年版)载文"安庆建制和建城经过",以及《安庆地区志》(1993年版)《安庆市志》(1993年版)和《桐城县志》(1993年版)的大事记,也许可以发现这个具体的时间指向。这几本史志的编纂者经过考证认为,端平三年(1236)十一月,蒙古将领口温不花进入淮西,安庆府守将惧敌逃跑,人马粮械尽为蒙古军所得。安庆府迁治贵池西六十里的罗刹洲(又名太子矶),又移杨槎洲;桐城县则迁治贵池县附近的李阳河;怀宁县迁治皖口。景定元年(1260)三月,沿江制置大使马光祖改筑宜城完工，定为府治。怀宁县附廓。则桐城县治很可能也是1260年以后回到今址，方德益随之而迁入桐城。如果方德益此时捐金修桥，年纪也恰好30岁左右，正是年富力强。则到嘉靖末(1566)，这座桥的历史差不多"逾三百年"。

德祐元年(1275)，安庆知府范文虎向元军伯颜投降献城，安庆府通判夏椅拒降自尽。意味着桐城也差不多此时进入元朝统治。随着硝烟散去，桐城百废待兴。元延祐元年(1314)，新的学宫开始创建，方德益割宅以广学宫前衢时，已是80多岁的高龄老人了。

可惜，方德益宋末由休宁迁池口，再由池口迁居桐城凤仪坊以后，他的父母兄弟情况，以及他自己的生卒、葬地野狐墩(桐城西乡)等，后来都统统失载了。而清道光《桐城续修县志》所谓方德益"元末自池口徙桐"，显然属于误记。至于明代的池口乃至婺源有方氏曾联宗桐城，方学渐有《合谱辩》均予以否定，表示"席自勉之创谋，缵侍御之绪论，断以德益为桐始祖。凡我子姓，毋厌近睹慕远闻，以渎我先人之实录"。①

四、方氏缘何是军籍？

凡昌炽之门，其始必有冥冥默默的笃行君子。方德益义举笃行、积善蕴德，故后裔簪缨不绝、硕儒继踵。自明而清，方氏计有进士31人；举人和秀才更是不可胜数。然在明代，方氏10位进士中，有7人为军籍，还有3人为民籍。这种"一户多籍"情况，究竟是什么缘故呢？

因方德益生平无考，不能确定他迁桐时是否军户，但可以从方氏迁桐第二世、第三世的情况来探讨。据方氏家谱记载，在元代，方氏第二世方秀实曾担任过彰德主簿。主簿是各级主官属下掌管文书的佐吏，正九品，主管户籍、缉捕、文书办理事务等，其中有缉捕事，可能与军队有关，方秀实隐然疑似军籍。方氏第三世担任过望亭巡检，而巡检这个职务，已经是方氏为军籍的直接证据。

巡检始于五代，初为统兵打仗的武官，北宋时为机动武力，后来逐

---

① 方学渐：《合谱辩》，载方传理《桐城桂林方氏家谱》卷首"前谱论辩"，清光绪六年(1880)刻本。

渐演变为州县节制的地方治安武官,一般为正九品,有时甚至是从九品。

迁居寿州的方震孺家族称来源于桐城桂林方第二世"子实公"支。方震孺,字孩未,万历四十一年(1613)进士,累官至右佥都御史、广西巡抚。他与桐城士绅尤其桐城本地方氏交游甚为密切,方以智就称方震孺"孩未伯",但其登科录、齿录均提及是"寿州卫"官籍(军籍)。而桐城方氏文献并未发现"卫所"记载。这意味着,方德益家族如果不是随军驻守的卫所军士移民来桐,则其军籍很可能与元代的户等制规定有关。

元代根据居民的财产和劳动力情况,将全体居户划分为上、中、下三等,中等户往往成为军户的主要来源。这是因为下等户家中劳力少,出人当兵的可能性低;上等户承担赋役数额大,隶入军户则影响赋役征缴。而签发中等户从军,留下的赋役主要由上等户承担,下等户也负担小部分,影响不大。而且,元朝政府在赋役方面对军户实行豁免和优待,作为他们承担军役的补偿。

因此,方德益家族有可能在元初作为中等户被编入军户。

明代基本承继元代体制。据《明史》"兵志"卷,在明代的民、军、匠、灶等诸多户籍类别中,终明之世,于军籍最严。《后湖志》卷九提道:"天下之根本莫重于黄册;而黄册内所重者,莫甚于户籍,尤莫甚于军籍。凡军籍丁尽户绝者,不许开除。见有人丁者,不许析户。"可见,军户是世代世袭,专门造册登记的,不但不得更籍,而且不许析户。

方氏家谱卷九载:"明初,徙民豪者实市。我素家市,籍县市一图五甲,为坊长。"明朝建国之初,为发展城镇,将一些大户、富户迁徙到城镇。而方德益一开始就居住在县城,不仅占籍一图五甲,且是坊长。作为军户,按规定是不允许析产分家的。故而方家在第八世时,尽管人口渐繁,兄弟分田分产而各有别居,却仍占籍城中凤仪坊,以桂林第为祖宅,兄弟轮流回到祖居执秉家政。

自方法开创方家科举仕宦之途以来,其子孙读书仕进者渐众。第七世方佑(三房)、第八世方向(四房)都是以军籍成进士;第九世方克可能因为读书成绩优异,受到天恩异典被豁除军籍。《大明会典》卷之一百五十四载,洪武二十九年(1396)规定:"生员应起解者送翰林院考试,成效者开伍,发回读书。不成者,照旧补役。"方克也许就是"成效者"之一而被"开伍",也即被豁除军籍。万历时期成进士的第十二世方大美、方大任、方大镇、方大铉,第十三世方孔炤都是军籍。崇祯时期成进士的第十三世方拱乾、第十四世方以智却是民籍,此后一直到清代,方氏不再是军籍。究其原因,或与曾任河南巡按御史的方大美有关。

方谱载方孝标撰《南阳别传记》:"冏卿(方大美曾任太仆寺卿)公为巡按御史,援嘉靖十四年令,遍查诸藩卫逃亡军籍不应补,而奏免其勾考之累者千余人,河南人至今颂之。考其数千家驴之名在焉,余始惧然。知我宗军籍之除,冏卿公除之也。公因宗人而知百千家之苦累,泽及百千家,而本宗并受其福。乃既不以告之家人,又不以其疏留子孙,可不谓阴行其德者欤?嗟呼!推冏卿公之为国非为家也,为宗非为名也,故不欲令后世知。"①方大美巡按河南时,曾援引旧例,上疏奏免河南诸藩逃亡军籍百千户,其中方氏南阳支也在其中,并因此泽及桐城本宗也免除了军籍。所以,此后的方拱乾、方以智皆以民籍成进士。

到了清代,方氏进士基本都是民籍了。这说明,方家在明末已经脱离了自宋末以来的军户管理,成为普通民籍。

关于方孝标提及的方氏南阳支军籍情况,这里顺便作个补充介绍。据方氏家谱,第四世有兄弟四人。其中,方智(方谦次子)"字有庆,行二,明初从军,册所称庆寿者也,配沈氏,生卒葬俱未详,二子亨、昇,具军籍篇"。方学渐续修家谱时,还专门列有"军需篇"。对此,后修谱称:"南阳军籍别传自愨敏公,易其名也,旧名军需篇。明善公承旧谱编有庆公后裔之世次,为图为传至十一世而止,附于小传之末。愨敏公以军需之征既免,其裔世隶军籍,久未来桐,而居桐者其后又无可考,故称为南阳军籍,以著其实。"

---

① 见方传理:《桐城桂林方氏家谱》卷四十八"南阳别传",清光绪六年(1880)刻本。

方法:方氏"忠孝节义"之精魂[①]

沿着龙眠河堤溯流而上,一路波光潋滟,晴开山色,花放崖壁。过明季"东林君子"左光斗"三都馆"遗址,越颂嘉湖(今称境主庙水库)之浩渺,穿"小三峡"碾玉峡之幽邃,继续蜿蜒向上,可抵达东龙眠人文胜迹"黄龙出洞"处。只见一岭巍然矗立于崇峦之间,岭腰安息着的正是桐城历史上赫赫有名的"断事公"方法,以及他的曾孙方向和方岳。

在明初朝廷发生争夺大位"靖难"时,方法效法屈原的壮举,纵身一跃,沉江殉国。而与他忠魂相伴的"黄龙"(清溪),激石奔湍,流经北宋大画家李公麟的龙眠山庄,双溪汇合直下,一变而为滔滔之势,经年累月涵养着山下千年古城的浩荡文脉和浩然正气。

一、他在安庆跳江自沉

江流汹涌,露冷风凄。大明永乐二年(1404)的一个深夜,一艘官船由四川顺江而下。船上的人大多已进入梦乡。

"先生,已到安庆望江县境了。"此时,有人悄悄地说。

"好,这是我父母之邦了!请宽我械具,容治酒北向而拜,以尽人子之思。"一个身形高大的人站了起来。在他的请求下,身边的狱卒嘟囔着将其枷锁打开。

谢过了狱卒,整理好衣服,他转身向北,泪眼婆娑。仆从已摆好酒具。他取过仆从递来的笔,匆匆草就几首诗递于仆从,嘱其连同携带的包裹一起收好。又举杯倾酒于江中,再向北面的故乡深深鞠躬,拜了三

[①] 本文首发于 2020 年 7 月 11 日"六尺巷文化"公众号,收入本书时略有删改。

拜，又反复磕了头，然后慨然说道："龙眠在北，得望我先人庐舍，足矣！"随即"扑通"一声，跃入波涛滚滚的江流中。

"先生！先生！"有人大声惊呼。

"不好！有狱囚跳江了！"狱卒惊惶失措。

船上所有的人都惊醒，手忙脚乱地开展搜救。然而，激流卷起巨大的浪花，如狂奔的野马一样飞驰而去。

这个纵身一跃的人，就是方法。

方法出生于安庆府桐城县城。其家族世居凤仪坊，故而称"凤仪方氏"。父母为他取名法，字伯通，或许寄予了为人正直、为学融通的厚望吧。被逮捕之前，他的身份是四川都指挥司断事，故后人尊称为"断事公"。

经过4年的"靖难"之役，燕王朱棣终于夺取了侄子朱允炆的皇位，于建文四年（1402）六月登基，改年号为永乐。同时，大开杀戒，剪除异己。作为一个"身居百僚底"且又远在四川的小臣，方法何以也成为永乐朝廷的罪囚？为什么船刚到了安庆境内，他就毅然跳江自沉？

二、寡母抚育他一举成名

洪武元年（1368），方法还不到1岁，父亲就因病去世了。正逢国初，世乱未平，民风浮薄，乡里有力者斗狠欺弱，而方家宗戚大多离散四方。母亲程太君只得以方家户主身份来占籍，独自守节于旧庐，依靠纺麻织布，含辛茹苦地抚育方法兄弟。方法幼年的生活经历，可谓充满了艰难与坎坷。

经过洪武皇帝的励精图治，大明王朝从元末的暴乱逐步走向休养生息，国家开始蒸蒸日上。但民间仍然保留着谈兵论剑、舞刀弄枪的戎马习惯，喜爱读书的士子并不多。

程太君虽是一个普通妇人，却看准了天下大治、亟需人才，遂将家中存书整理出来，亲自教授孩子们读书。她叮嘱孩子们："圣明定天下，行且偃武而修文，孺子不以文德绍箕裘，未亡人其何藉手报地下！"她认为，国家武事将偃，文治将兴，孩子们应该继承耕读传统，说不定将来能做治国栋梁，光耀门楣。

方法英敏过人,理解母亲苦节的不易,对待母亲极为孝顺。他奉母训,刻苦攻读举子之业,专心致志于《尚书》,成为县学里最优秀的学生。但他并不是一个只顾埋头死读书的书呆子,也不是毫无主见、随波逐流的庸俗流辈,而是将其所学与时事关联,经常慷慨激昂地讽论不公正的人或事。人们都称赞他正直果敢有担当,将来一定能够建功立业、济世安邦。

"放荡游江湖,飞飞慕黄鹄。"这是方法充满豪情的诗句。建文元年(1399)秋,他参加了应天府乡试。果然,他不负厚望,一举成名。母亲程太君喜极而泣,她的一番心血没有白费。方法不仅勇夺科举功名,也从此开辟了方氏家族读书仕进、报效国家的通道。

三、他牢记大节不夺的教诲

洪武朝后期,天下虽然一派升平气象,但由于太子朱标突然病逝,各地藩王遂蠢蠢欲动,纷纷窥伺着首都南京。朱元璋废宰相、杀权臣、严法令,但最终没来得及解决这个危机。留给他的皇太孙朱允炆的,是几个孱弱的文臣武将,还有一个闲居的读书人。

这个闲居的读书人就是方法的老师方孝孺,人称"正学先生"。他向来提倡以仁义治天下。而开国之初的洪武时代,朱元璋多以重典治世,方孝孺的施政理念显然不合时宜。建文帝朱允炆即位,天下承平既久,就遵朱元璋遗训,召方孝孺入京,委以重任,并与大臣齐泰、黄子澄等谋划削藩,最后的目标直指燕王朱棣。时局瞬息万变。朱棣抓住了有利时机,借口"清君侧"起兵"靖难"。自此,战事不断。朱允炆的有关讨伐、诏令、檄文皆出于方孝孺手笔。

方孝孺慨然以"托孤寄命"为己任。在主持应天府乡试时,他的命题就是"托孤寄命,大节不夺"。这句话语出《论语·泰伯》:可以托六尺之孤,可以寄百里之命,临大节而不可夺也。君子人欤?君子人也。方孝孺要求自己的学生,做志向坚定的君子,即使生死关头也决不动摇、决不屈服。

方法出色地完成了答卷,以一百零九名的优异成绩,成为桐城方家第一个取得科举功名的人,次年即"历政台寺",后改任职四川"都司断事"。断事虽为六品小官,但负责刑狱断案,相当于军事法院,职责十分重要。无论是在朝廷,还是在地方,方法都始终牢记着老师的教导,践行忠君报国之志,为政廉直有声,执法刚正不阿。

四、他坚决不肯署名贺表

作为方孝孺门生,方法极为敬重老师的文章操守。远在四川的他,得知"靖难"起时,悲愤于兵戈满地、尸横遍野,赋诗曰:"方今兵戈兴,死者道相属。闻之拔剑舞,慷慨为谁告?引领望京师,安知我踯躅?"慨然有拔剑而起、为君分忧之志。

建文四年(1402)六月,燕王朱棣的大兵攻入首都南京。

对不肯投顺的建文旧臣,朱棣进行了残酷打击甚至屠戮。轮到方孝孺时,朱棣犹豫了。因为有谋士曾提醒:不能杀方孝孺,否则天下读书种子绝矣!所以,朱棣不仅对方孝孺以礼相待,甚至还想请他草拟即位诏书。方孝孺断然拒绝。

方孝孺的死极为惨烈。《明史·方孝孺传》载:方孝孺边哭边骂,掷笔于地。朱棣问:"难道不怕诛九族?""便诛十族又如何?"朱棣大怒,命令将方孝孺车裂于街市(有说凌迟处死)。方孝孺家乡的《宁海县志》详记了其被株连十族、坐死873人的故实。

朱棣终于登上了皇位。天下震慑,诸藩与各地臣僚纷纷起草贺表。所谓贺表,也即服从朱棣新朝的投降书。诏书到了四川,当别人都排队在贺表上署名时,方法却"抗不署名"。他严词质问上官:"国家以重臣守本司,封疆民社之责,视藩臬更重。纵不能兴师匡复,可自陷于逆乱乎?"方法掷笔于地,愤然走出门去。

上官被质问得面红耳赤,众人也以为方法疯了:人家叔侄争夺大位,况且朱棣已经登上皇帝宝座,你一个远在千里之外的小臣,又何必如此迂腐、不识时务?上官仍然好心地将方法的名字列到贺表上。但方法竟然以必死之心坚决拒之。上官只好下令将他关入牢中,以候朝廷旨意。

很快,朝廷就将方法列入方孝孺"十族"(门生)诏逮。"野旷天阴日欲西,北风吹雪雁行低。交河路断行人少,一片寒沙没马蹄。"方法的这首《渡黄河》,正是他此际心境的写照:对故君失去大位的悲怆感,对"路断行人少"而缺少同道的孤独感,对大明朝未来"天阴日西"的渺茫感,还有那种"北风吹雪""一片寒沙"的壮怀激烈。

五、他留下了两首"绝命辞"

官船押解着方法,沿长江直下,前往大明首都南京。当经过安庆望江县华阳镇的江面时,方法纵身一跃,用自己的生命给"托孤寄命,大节不夺"这个命题,作出了最后的答案。

《论语》有言:"志士仁人,无求生以害仁,有杀身以成仁。"从屈原"亦余心之所善兮,虽九死其犹未悔"而自沉汨罗,到文天祥高唱"人生自古谁无死,留取丹心照汗青"英勇就义,自古以来,中国无数的志士仁人践行着"舍生取义"的殉道理想。

方法和他的老师方孝孺也是如此。诚如马其昶在《桐城耆旧传》中所感慨的那样:"悲哉,靖难之事!正学不肯草诏,赤十族;公(方法)以小臣,亦不肯署表死,大节不夺,殆无愧哉!"

方法沉江殉国难时,年才37岁。沉江前,他留下了《绝命辞》诗两首。

那是"生当殉国难"的凛然大义:"休嗟臣被逮,是报主恩时。不草归降表,聊吟绝命辞。生当殉国难,死岂论官卑?千载风波里,无惭正学师。"方法以舍身一跃、生殉国难的壮烈,回报了恩师方孝孺的教诲。其虽官职卑微,"生居百僚底",其死却能"夺万夫英"。故而后来仍然得到了朝廷旌表,立"显忠祠"于成都,配享金陵方正学"表忠祠";在安庆的望江县华阳镇跳江处,以及桐城凤仪坊故里,分别建有"忠烈祠",并入祀乡贤祠。可谓垂名青史、流芳百世。

那是"爪发寄家人"的人子之情:"闻到望江县,知为故国滨。衣冠拜邱垄,爪发寄家人。魂定从高帝,心将愧叛臣!相知当贺我,不用泪沾巾。"诗中再现了方法沉江前那惊心动魄的一幕。自古忠孝难以两全。当他跃入滚滚江流时,心中最难以割舍的,必然是那至亲之情。虽然他提前留下了自己的爪发,但那怎能抚平母亲和妻儿的巨伤巨痛?

六、他的母亲和妻女抱节冰霜

方法跳江自沉时,母亲程老太君已年近古稀。

《桐城桂林方氏家谱》"内传"称:老太君经历了"三难":时乱也、宗孤也、子幼也。但她独自顽强地"亢孤宗、抚襁褓、鞠遗腹"。儿子方法自沉长江殉国,她又一次与媳妇郑孺人"相吊守",抚孤幼13年。方氏家族赖以振兴并有了后来的辉煌。因此,方氏家谱将老太君尊奉为守节第一人。

郑孺人时年才34岁。她自幼熟读《孝经》《列女传》《论语》,佐丈夫寒暑攻读成就功名。在四川闻"靖难"时,她又以"妇道臣道一也"与丈夫相勉励。如今,丈夫沉江,尽管她也认为"寰土腥秽,固宜濯骨清江"(《桐彝》),但怎能洗尽她心中无限悲苦?何况丈夫的"绝命辞"已有郑重相托之意,她并不能跟着一死了之。回到桐城后,守节近40年。这漫长的岁月,其艰难可想而知,她究竟是怎么对抗那流转的时光?

《桐城耆旧传》说郑孺人"收其余发、爪甲于巾笥",她在孝养婆婆、抚育幼孤的同时,唯有与丈夫的爪发相伴。方氏家谱记载,里中父老有感于郑孺人的事迹,请府县官员上报朝廷,她却让长子方自勉代以谢绝:丈夫"逢阳九逐鸥夷万里涛,未亡人无从释憾,奈何以空唯买名?"郑孺人卒后,"遗命以伯通(方法)之发爪纳怀中敛而葬"。

方法的八世孙女、明末才媛方维仪,有诗如此抒写郑氏老祖母:"当初归皖邑,肠断不堪闻。抱发悲昏日,看江思故君。家门宁寂寞,儿女共辛勤。母教风声远,千秋皎白云。"写尽了老祖母那种断肠思念,那种"抱发悲昏日"的愁苦,但又甘守寂寞、孜孜于母教,千辛万苦地把儿女抚教成人,带给家族振兴的希望。所以方氏家谱称郑太君"植孤而誓柏舟",足当"夫子之节烈"。

"忠魂应稍慰,有女是男儿。"(方苞诗)据《方望溪遗集》"展川贞姑墓小引":方法的女儿方川贞,在父亲沉江后,她也准备跳江随父,但毕竟上有白发、下有幼弟,而未婚夫又病逝,遂与母亲相守一室,苦节终生,一心协助母亲抚育方家子弟成才。桐城烈女祠中,即以郑孺人居首,次则方川贞(族人与邑人皆敬称贞老姑)。

七、他是激励后昆的精神偶像

"我祖昔沉渊,家风八代传。"这是明遗民诗人方文的诗句。方氏子孙的诗文浩瀚,而追念先祖断事公的篇章比比皆是。康熙四十七年(1708),方法的十一世孙方苞与族弟方世举等,前往龙眠山"黄龙出洞"处展墓,慨然吟诗二首,极赞断事公"壮心同岳柱",表示"拜瞻常怵惕,忠孝检身疏"。又到东郭乌石冈拜谒了川姑墓,亦吟诗高咏"忠魂应稍慰,有女是男儿"。方苞是一代文宗,不以诗鸣,这三首诗却因"雅洁淳正""流连悱恻"而为人称道。

方法慷慨沉江、大节不夺,是为忠义;其母亲与妻女终生苦节,是为节烈。他们已成为激励方氏后裔的精神偶像,故而方以智说:"以此传家,凤仪雍雍。"方氏家族要求每世每支的长辈,都负有向后辈讲述断事公忠烈事迹的责任。家谱还作出规定:凡方氏子孙,为官者须守官箴、竭忠尽;因执法而获谴的,合族议贺;因廉洁而致贫的,合族议助;因不忠尽而腐败的,合族不许迎候,以之为愧。为民者要明德尚义,无论种田或从事工商,都要依法纳赋。

方法与妻女的事迹,激励着方氏子孙追念感怀、立身处世,也造就了无数雄才英杰,涌现了许多可歌可泣的事迹。如附葬在断事公墓边的曾孙方向,本是成化皇帝身边的京官,前途不可限量,然而他崇尚先辈气节,刚正不阿,因此触动了权贵利益,不断受到贬谪,却矢志不渝。附葬方法的曾孙方岳,少时即孤,与弟弟方壶同育于老姑方川贞,虽一介布衣,一生波折,仍然"孤不废家,贫不失志"。在明清鼎革的大时代,方法更赋予方氏子孙忠孝报国、坚守气节的精神力量。最典型的如方孟式在丈夫壮烈牺牲、济南城破时,效先祖断事公毅然投身大明湖。方以智在国破家残之际,于金陵拜表忠祠、谒断事公位,写长诗悲叹"衣冠今日异,拜跪小民同"。后亦于江西万安惶恐滩自沉殉国。

明代天顺朝以来,方氏子孙名臣硕儒辈出,文人学者灿若星河。从影响深远的"桐城方氏学派""桐城诗派",到引领清代文坛200余年的"桐城派",皆为方法的后裔开创或领袖其中。这或许正是人们称赞"话到桐城必数方"(黄苗子语),桐城方氏"族望重江南"(马其昶语)的原因吧！梁实秋更是惊叹："桐城方氏,其门望之隆也许是仅次于曲阜孔氏。"而学者高阳也不禁感慨："方氏一门,忠孝节义,四字俱全,是我国第一等的诗礼之家。"

一切巨流皆有渊源。方以智说："东西龙眠皆先垄,今日伯时不待尽画矣。"陪伴方法忠魂的"黄龙出洞"清溪,与流经北宋李公麟（字伯时,号龙眠居士）龙眠山庄的双溪,汇合直下,绕城东去,那激石奔湍之声,仿佛历史的不绝回响。如果说,李公麟的笔墨滋润了龙眠山水,激活了桐城这座千年古城的浩荡文脉；那么,方法的凛然正气和精神操守,不仅成就了方氏家族的门望之隆,也成就了这座千年古城在中国文学史和思想史上的云蒸霞蔚。

凤仪坊,他们一直都在①

6年前,四川有一位孜孜觅求古代才媛诗文作品的学者朱先生,为了访求方维仪姐妹史迹,千里奔波、风尘仆仆,来到了桐城,拍摄了大量的老城照片。作为一个有着深邃人文眼光的学者,他的照片让平素对老城熟视无睹的人们震撼,也让笔者这个离开家乡20余年的桐城人叹为观止。自那以后,笔者每次回桐城,要么独自一人,要么与友人一起,一定要去老城的古朴街巷徜徉,踩着麻石路上的千年沧桑,倾听着仿佛与笔者擦肩而过的古人的笑语悲歌。

而这样的徜徉,每一次都让笔者深深感觉:那最先以"凤仪"作为族名,并让"凤仪坊"至今名扬海内外的桐城方氏子孙,尤其是那包括方以智、方苞在内的无数名留史册的方氏先贤,一直都与"凤仪坊"同在。这种感觉,每经过紫来桥时,就更为真切。

一、一次流芳百世的"义举"

"诸山何处是龙眠?旧日龙眠今不眠。"当龙眠山汇奔而来的潺潺清溪,流经桐城县城东作门前时,陡然变得更加雄浑激荡。只是每逢雨季,山洪暴发,激石漂木,来往行人十分不便。

宋末元初,由江南辗转迁徙而来,定居于凤仪坊学宫附近、桐溪之畔的方德益,遂慷慨捐资捐物,将旧有的木桥改建为石礅桥,时称"桐溪桥",今称"紫来桥"。这座历经700余年沧桑的古桥,几经重修,至今仍雄跨在东作门外的大河之上。关于桐溪桥就是今天的紫来桥,方世举曾有诗曰:"稽古士君子,好德先一乡。毓贤县学地,县志由吾方。利

---

① 本文最初发表于"六尺巷文化"公众号,后修改刊发于《江淮文史》2018年第5期。

涉东门桥,又纪渊源长"。并自注曰:"(县学及东门桥)两事皆先德益公创建。桥之重修,虽赖清河,然碑记所载,仍推本焉。"①所谓"虽赖清河""仍推本焉",盖指张廷玉重修此桥,撰《良弼桥记》称"旧有石桥,倾毁近百年",此旧石桥即方德益所建。

方德益即方氏迁桐始祖。他选择与学宫为邻,为的是让后世子孙沐浴儒学书香,可见其目光远大,深谙诗礼传家、文德兴邦之旨。当然,他的义举远不止修桥,还曾让出一半宅基地,以增宽学宫前的道路等。方德益倜傥忠厚、勇于为义的形象,不仅刻印在《江南通志》以及桐城县志等各类乡邦文献里,也流传在世世代代的邑人口碑中。

"方氏科第相承,而家日以大,自非德益府君之积于前,司理公父子之培于后,其盍臻兹? 方氏子孙亦其知所自乎? 知其所自,而以三祖之心为心,益积而益培,则其后必昌矣。"②弘治六年(1493),浙江余姚人、桐城儒学训导许浩(字克大)为方氏家谱作序时如是说,意思是祖辈的积德善行必然惠及后人。果然,建文元年,第五世方法(字伯通,即许浩所称"司理公")乡试得中举人,授四川都指挥司"断事"(掌刑政狱讼的官),成为方家科举发迹第一人。方法两子,方懋"孝友,英特,有大略""乡里有不平者咸就正之",方恕"德望威仪,亚于其兄",乡人称他们为"双璧"。自此以后,方家子弟"以三祖之心为心"(三祖,即始祖方德益,以及方法、方懋父子),簪缨不绝,历出闻人,代有学者,门祚绵延 700 余年而不衰。

"方自宋末籍桐,历世十三,历年三百有五十,始称凤仪,继称桂林。"万历二十七年(1599),方学渐经过 16 年的努力,终于完成了《桐城桂林方氏家谱》的重修,在谱序里写下了这句话。方学渐正是方德益的第十一世孙、方法的第六世孙。方学渐也是百科全书式大学者方以智的曾祖父。

二、一回名扬海内的"题门"

大约是明代宣德年间,方氏第六世方自勉与方自宽兄弟二人,于城

---

① 见方世举:《春及堂四集》,载《清代诗文集汇编》第二百三十七册,上海古籍出版社,2010年,第 33 页。
② 许浩的方氏谱序,载方传理《桐城桂林方氏家谱》卷首"旧序",清光绪六年(1880)刻本,第 13 页。

东"廊所居构断事坊",将其原来的旧房子进行了改扩建。之所以称"断事坊",应是袭其父方法的"断事"官职名。方自勉勇于为义,受到邑中百姓的信任,"有不平者,不求直于官,而求直于自勉"。因此,这个"断事坊"也可能是邑人的尊称。

从方氏家谱所载方自宽的列传来看,谱中说兄弟二人"创桂林新第,材料皆自宽手料"。可见,"断事坊"其实就是"桂林第"。

虽然与学宫相邻的始祖方德益旧居已经不可考,但第四世方圆(方自勉的祖父)的旧居还在"儒学前稍东",仍然与学宫为邻。这个第四世旧居由方法的哥哥方端后裔继承,后来卖给了钱如畿家族为"御书楼"。方自勉兄弟在东郭新创的桂林第,买的是乡进士黄镕基地,方氏家谱云:"是为七房之祖居。"所谓"七房",是指方自勉有五子,方自宽有两子,合起来正是七大房。

300多年后,方氏第十四世方孝标,写了一篇《光启堂记》。他在文章中说,桂林第在寺巷口,创于"宣德间",这与方氏家谱所说基本一致:当时桂林第建好后,"宏丽甲一邑",以至于在庆祝时"邑人观者填巷"。

方孝标文中又提及:"雁行七室,递秉家政,诸姒职舂爨,三世同居无间言。"方氏家谱八世的列传中,也屡有"诸父以序秉家政"等字眼出现。这说明,自勉与自宽两公去世后,他们的子辈即第七世共七人,是轮流执家政的,且七人各有家室,并已有孙辈,所以"三世同居无间言",此也即家谱所云"同庖三世"。

方孝标的三弟方育盛,曾作有《光启堂桂树歌》,其中有句云:"光启堂前双桂树,三百年来深雨露。堂构何人树种谁?自勉公从六世住。堂高树古传至今,居者应知作者心。顾问儿孙指坊额,吾氏胡为称桂林?"①

方家因始居于县城凤仪坊,所以最初以"凤仪"名族而称"凤仪方"。为与县城之外的其他方氏相区分,人们又称其为"县市方""县里方"。随着"宏丽甲于一邑"的桂林第创建,方家科甲连绵,方自勉的五个儿

---

① 方育盛:《光启堂桂树歌》,载潘江辑、彭君华主编《龙眠风雅全编》第九册,黄山书社,2013年,第4371页。

子,或中进士,或中举人,时人有"五龙"之誉,且有族子方佑开府桂林,而方氏第八世又有方向等五人中了举人,可谓"折桂如林",朝廷还敕建"桂林"五举人坊于城东大街。

当时的都谏王瑞,曾于方家门额题写了"桂林"二字。王瑞,字良璧,望江人,明成化五年(1469)进士,盘桓谏垣10多年,以耿直敢言闻名天下。正是由于有这样一个名人给方氏门额题了名,从此,"桂林方"名扬海内。所以方氏家谱强调说,(王瑞题门后)"族乃大"。

王瑞与方家也有姻亲关系。其子王栎之妻,为八世方印的第三女,正是方学渐的九世祖姑。

三、一场顺理成章的"散居"

虽然"三世同居无间言",但也就是从第七世开始,方家进行了分房。老大方琳这一房,因祖父方法排行居中而称"中一房",以区别于伯祖父方端的长房,而叔祖父方震这一支称前三房。方琳还有母弟四人,依次称二房、三房、四房、六房;堂弟二人,依次称五房、七房。《桐城桂林方氏家谱》将长房与前三房都纳入,共九大房,方学渐在其重修的家谱中称:"吾宗九叶,人文蔚起。"长房和前三房不居桂林第,所以本文重点谈桂林第中各房情况。

随着"桂林第"里的方家子弟开枝散叶、族众裔繁,特别是到了第八世时,乡下田产不断扩张,族人开始由凤仪坊向城外"散居",也就顺理成章了。

由于元末动乱,土地大片荒芜。明朝建立后,从洪武初年(1368)开始,历朝都出台了对民垦予以减免差役田租、给钞备农具等措施,以鼓励垦荒、发展生产。在这样的惠农政策支持下,桐城各家族都积极垦荒造田。方氏家谱列传显示,方家子弟坚持能读书者读书制举,能力田者垦荒力田。

如方氏第八世有方台(与宪公)、方圭(与执公)、方夏(与安公)兄弟三人,他们均属于六房。方台苦学"不问生业",方圭先是奉寡母吴氏"徙七里冈之胡庄"。七里冈离城七里,旧属城郊南演乡,位于今开发区龙达集团附近。方圭"奋力耕","创乔庄,有田三百亩"。乔庄即乔冈庄,在今吕亭镇政府附近。

方圭还"复合伯氏,代为家",和兄长方台合居在一起,耕田和家政都不让兄长操心,方台因此能得暇攻书。而方圭正是桐城派鼻祖方苞的八世祖。

再以方氏第八世方印、方塘兄弟为例,他们均属于"中一房"。方印也是"为学不事生"。弟弟方塘"代家督、力田","耿耿善治生",置下了孔城、白杨、松山、白塥四大田庄。当然方塘自己并不是住在那些田庄,而是"筑居东郭乌石冈"。他还取号"东冈半隐",颇是潇然。① 所谓"东冈",即东郭乌石冈的简称,这里离城仅三里。

四、一次没有成功的"析产"

诚如明代贵州巡抚赵釴所言,"方氏在桐为亢族,其田宅多冠一邑"(《无闻堂稿》)。所谓"亢族",就是巨族、望族。赵釴称赞方家田产之多,为一邑之冠。由此可见,方家子弟置办田产之勤。

但紧接着,进行析分家产、割宅而居,也就成了必须讨论的议题。而面对这样的议题,各房的意见并不统一。方氏家谱中,第八世方向有述经过。当在外为官的他,接到哥哥方玺(排行第四,故称四兄)的家书,得知家里诸位兄弟已经共同议定"人各一庄",也就是要分家了。他不由得神情黯然,认为分家不是好事,在回信中写道:"愚窃以为,可以流泪,可为痛哭,不祥莫大焉。"

尽管如此,从第八世开始,人各一庄,基本确定。弘治年间,许浩受六房方台的邀请,为方氏家谱作序时,甚至不厌其烦地将第八世各房兄弟所拥有的乡下田庄,都全部列示出来,这也进一步佐证了方氏"田宅多冠一邑"。

田产虽然达成"人各一庄"意见,但祖宅桂林第仍为各房公有,诸兄弟户籍仍在城中凤仪坊。方孝标《光启堂记》指出:(桂林第)"后析为七,与义公力言不可"。与义公即是方向,字与义,成化十七年(1481)辛丑科二甲进士,风节声动天下,却因得罪权臣遭贬,后官至琼州太守。

---

① 方塘事迹详见本书第九章《桐城东郭乌石冈的风节气概》。

方向反对析分桂林第,于是各房共同议定,仍然坚持"诸父轮流秉家政"。方向的仲兄方舟,在轮到父亲方瑜秉家政时,就说过这样的话:"大人秉家,当入城。儿代耕仙塸。"

方学渐在其重修的家谱中说:"我家素市,籍县市一图五甲,为坊长。"县市,即县城。可见,方家所居的凤仪坊,属于县城"一图五甲"。所谓"图",又称"里",常与"甲"连在一起,称"里甲",是城中坊巷的名字。

朱元璋开国时期进行过一次大规模的土地丈量。洪武时期所编的鱼鳞图册(即户籍),一直被沿用到万历时期,故有"开国之籍未去也"之说。按照明初实行的黄册制度,以一百一十户为一里(又称图),推丁粮多者十户为长,每里编十甲,每甲有一户为里长。里编为册,册首总为一图。

《康熙桐城县志》卷一"衢市"篇,"凤仪"居城中十三图之首,与"杨林"俱在县东。方家居于凤仪坊第五甲,而且是坊长,可见其家在明初时即已是"丁粮多者"之户。

方舟"大人秉家,当入城。儿代耕仙塸"这句话表明,方氏第八世开始,各房虽然"散居"于乡下田庄,但还只是"耕作力田"之需,"籍"仍在凤仪坊,"家"仍在"桂林第"。方印的列传则揭示,仲父方佑"居闲万松别墅",可见乡下别业对方佑来说只是"居闲",10多年后方佑就去世了。方印的列传还进一步指出,"时同居凤仪坊,五服之属萃一堂",表明那时"五服"之内还是"同居凤仪坊"的。

五、一种与世不同的"规则"

四房的方瑜(1419—1496),是第七世七个兄弟中最高寿者,卒于弘治丙辰(1496)十月,其堂弟、七房的方玠,出生较迟,比最年长的"中一房"方琳小了36岁,卒于弘治壬戌(1502)。按照方家"诸父轮流秉家政"的规定,意味着直到弘治壬戌(1502)之前,七世方玠仍可能在"秉家政",管理着这个大家族。尽管此时,"中一房"方印的孙辈(第十世)如方初(出生于1498年)都已经在地上欢快地奔跑了。

随着方玠的离世,桂林第究竟是析分为七股,还是只归哪一房继承?这样的现实问题,已不容方氏七大房后裔回避了。显然,方家并没有如一般人家那样,简单地将桂林第一分为七。据方氏家谱"家政"篇信息,曾经有析分为七股的讨论,因为方向"力书不可",析产并没有成功。但到了嘉靖间,"并归惟力"。惟力是方向的侄子方克,四房第九世,嘉靖五年(1526)进士,因曾官桐乡、泉州(旧称刺桐城),所以号"双桐",又因是桐城人,故亦号"三桐"。方克历官三十载,官至陕西苑马寺少卿。

方克因为"贵且贤",深孚合族众望,避免了桂林第的析分。他继承桂林第,应该是在告归以后,也即嘉靖三十五年(1556)之后。他对桂林第进行了修饰,其中包括六世方自勉的"翕乐堂",该堂原属七大房的"中一房"方琳继承。福建莆田人、景泰状元、翰林院经筵柯潜撰有《翕乐堂记》,门楣上"翕乐"二字还是同邑名贤姚旭所题。方克将自己的堂号名之为"孚萃堂"。可惜的是,后来因他的两个儿子都夭折,桂林第又面临选择新的继承者问题。

这时,六房惟裕公(第九世),即方台的次子方绰,任浙江布政司理问,在同辈中属于"贵且贤者"。但他"不受价",并写信告诫族人,要防止桂林第转到外人之手。不久,合族议定,桂林第由"中一房"第十世方迓(子孝公)继承。方迓的次子是方学华,据今天的方氏族人说,其后裔数量庞大,已达几万人之巨。

万历年间,六房方大美(第十二世)中举后崛起,而大美的祖父方梦旸(东谷公)仍健在,因"有盛德于宗族",按照"贵且贤"的继承原则,合族皆敬悦:"是居也,舍思济其谁?"思济即方大美的字。于是方大美出钱将整个桂林第买了下来,并在其中修了自己的堂第"光启堂"。方孝标《光启堂记》和方氏家谱对此都有记载。自此,桂林第就成了方大美后裔的"龙眠世屋"。

方大美即是方苞的高祖。虽然方苞的曾祖父方象乾(方大美第三子),因为明末避兵乱而寓居金陵(今南京),方苞也不出生于桐城,他的父亲方仲舒入赘六合县留稼村吴氏,他就出生在那个小村庄。但他仍然保留了桐城籍,回桐城参加童子试和祭祖时,依旧居住在祖屋桂林第。他从凤仪坊出发,开创了桐城"义法",成为引领有清一代文坛的桐城派鼻祖,于是,"天下文章,其出于桐城乎?"其影响一直延续到今天。

六、一句不能忘却的"叮嘱"

每当徜徉到寺巷口时,笔者总在想,当年方圭奉寡母吴氏出城,前往七里冈胡庄时,他回望凤仪坊的坚毅神情,一定是在告诉人们:凤仪坊,祖先的故里,他的子孙,将永远不会离开这里。

果然,方圭的玄孙方大美,陪着东谷公方梦旸回到了凤仪坊。方大美的后裔没有辜负先祖的期望。桂林第从万历年间归六房后,一直到新中国成立之初,方大美后裔都与桂林第相依相守。而方印的曾孙方学渐,也早在方大美继承桂林第之前,就已经举家由白沙岭迁回凤仪坊,构建了"崇实居",与寺巷口的桂林第相距并不远。

凤仪坊哺育了他们。而他们又高高擎起忠孝节义的旗帜,以先辈顽强的垦荒精神,以天下为己任和经世致用的情怀,成为凤仪坊永不飘散的精魂。

如今,凤仪坊仍在,桂林第遗址尚存,桂林第的子孙们仍然活跃在其附近,海内外追寻桐城方氏、追寻凤仪坊的目光,仍然不断聚焦到这里。

盛世重来,国运昌和。2017年清明时节,桐城桂林方氏举办了新中国成立以来的首次公祭。公祭仪式的主场,就在城北投子山边的方家月山。无数根在凤仪坊的方氏族人,从海内外各个方向赶了过来。笔者有幸应邀参加了这场盛典。桐城当地领导及相关部门负责人也应邀参加,显示了他们对这个为桐城文化作出巨大贡献的家族的无比崇敬。

公祭仪式结束后,笔者还随"中一房"方学渐的在桐后裔、"中六房"方大美的在桐后裔,一起前往龙眠深处,拜祭了被誉为方氏"精神佛祖"的五世方法(断事公,又称司理公)之墓,也拜祭了以忠正廉直闻于天下的八世方向之墓。

当笔者站在龙眠山的高处,眺望着山脚下的千年古城,倾听着那欢快奔流的山溪,不由得想起方以智的祖父方大镇在方氏《祠堂续纪》里的叮嘱:"一本之深心,家政百年之永计也。"所谓"一本",以今天的视角来理解,不仅是强调凤仪坊为桐城桂林方氏的根本之所在,激励着方氏后裔,也必然启发和鼓舞着今天的人们,不忘根本,继往开来。

桐城方氏：中国文化世家的绝唱[①]

近代以来，许多学者在研究桐城方氏时，无不称赞有加。梁实秋说："桐城方氏，其门望之隆也许是仅次于曲阜孔氏。"学者钱理群认为："桐城方氏是继曲阜孔氏以后对中国文化影响最大的家族。可以说桐城方氏家族是中国文化世家的一个绝唱。"[②]中国台湾著名学者高阳说："桐城方氏为海内有名的世家"，"方氏一门，忠孝节义，四字俱全，中国第一等的诗礼之家"。[③] 桐城方氏以桂林方氏与鲁谼方氏最为兴盛，两方差不多都是宋元之交自徽州迁桐，不过前者来自休宁，后者来自婺源。两方迁桐后，都门庭兴旺、硕儒辈出、名哲继踵，蔚然为巨族。桐城桂林方氏还创建了博大精深的"桐城方氏学派"，引领了主导有清一代文坛200多年的"桐城派"。桐城鲁谼方氏则发微于明，崛起于清，影响及当代。学者郭谦《影响百年中国的文化世家》一书，辟专章重点介绍鲁谼方氏，其标题就是"中国第二大文化名门"。两方虽都是桐城方氏，然而今人多不易区分，笼统地称誉为首屈一指的文化世家。本文就桐城桂林方氏文化脉系稍作如下梳理。

一、有凤来仪，雷惊石破

历史学家汤纲认为："城镇的功能除了贸迁场所之外，城镇也是许多望族士大夫的出生地、栖身处或原籍。"明清时期的桐城一向是人文荟萃之地，而作为政治经济文化中心的县城，由于是七省通衢、江淮大邑，也是巨家望族集中之地，其中张、姚、马、左、方等家族尤为显赫。这

[①] 本文发表于《书屋》2011年第7期，仅将其中桐城桂林方氏部分收入本书，略有删改。
[②] 周为筠：《在台湾——国学大师的1949》，金城出版社，2008年，第129页。
[③] 高阳：《明末四公子》，华夏出版社，2004年，第40、67页。

些家族多从江南等地外迁而来,有的首迁之地为县城,如桂林方氏的首迁之地即县城凤仪坊;有的虽然首迁之地始于乡野,如麻溪姚氏、宰相张氏、鲁谼方氏、麻溪吴氏、香山戴氏等,但随后都相继迁入县城;而桐城左氏则由江南泾县首迁潜山,次迁横埠,后也迁入县城。这些家族迁入县城后,都人文蔚起、门祚绵长。他们在县城不仅构有华堂大屋、游宴园林,还热衷于开办私学、兴建书院,尤其在筑城墙、架桥梁、缮文庙、助里民等方面作出了许多贡献,促进了县城的经济文化繁荣。他们兴旺发迹之后,又以巨资在本县乡下择买田地、山场、水面,建构别业,以备闲时耕读,变世时则隐而居之,有时也作为卜葬之地。

然则,桂林方氏到底何时迁桐?方大镇在《祠堂续纪》里说:"我方籍于桐二百余年。"方大镇生于明世宗嘉靖三十九年(1560),往上倒推200余年,则大约是在元季。而据方学渐所编《家谱》,则称始迁桐为宋末,籍于桐已经300余年。清末学者马其昶著《桐城耆旧传》取折衷说法:"方氏宋元间徙桐城。"苏惇元辑《方苞年谱》也持此说:"始祖号德益,于宋元之际,由休宁迁桐城县凤仪坊。"宋元之际,胡骑南侵,铁马金戈,一时间江北人家多避兵江南,方德益何以舍江南之安而冒锋镝北上呢?原来,宋端平三年(1236),蒙元兵犯淮西,安庆府治被迫南迁入长江绝岛太子矶办公,后又移杨槎洲。桐城县治也随之迁治江南乌沙李阳河。元初形势稳定后,安庆府回迁至江北桐城境内的盛唐湾宜城渡,作为属县的桐城县治也当随之回迁。1277年,蒙元政府在安庆设路,则桐城县治最迟在1277年已不在江南。当桐城县治迁出李阳河时,方德益很有可能随之北迁。至于他是县衙中文职人员,或是卫所(方家是军籍)人员,或是迫于王命北迁的富户,已无从知晓。元延祐元年(1314),桐城复建学宫文庙,当时方德益让出居地一半,用以拓宽通向学宫文庙的街衢。则据此至少可以确定,方德益迁居桐城是在公元1314年之前。而方德益第五世孙方法,生于洪武元年(1368),古人生育年龄小,若以20年为一代,上溯100年至方德益时代正好是1268年(安庆府回迁是1260年),而终元一朝仅96年,则方德益迁桐时间基本可确定在宋末元初。

方德益举全家定居桐城后,开枝散叶、人丁繁兴,其后裔先后担任元政府的地方主簿、巡检、宣使等职,虽官位低微,却为后来的人才蔚兴作了很好的铺垫。入明以后,及至第五世孙方法,由县学生举于乡,授四川都指挥司断事,因号"断事公"。方法廉直刚正。朱棣发起"靖难"、兵取南京后,天下诸藩皆有贺表,方法却效其门师方孝孺,不肯署名附贺。不久朝廷诏逮诸藩不贺不服者,方法随即被逮捕。囚船顺江而下至望江县,他整理衣冠,立于船头向家乡方向再拜,拜毕即跃入滚滚江流。夫人郑氏苦节40年,怀抱方法的爪发,葬于龙眠山。女儿大概出生于四川官舍,因名川贞。《桐城耆旧传》载:断事公死难后,夫人郑氏归里,以女川贞许盛氏,受彩礼。"比徵女笄有日矣,盛氏子病殁,女请临丧。""自是贞女与母同寝处二十余年。舅姑丧,服衰母室。孺人殁后,贞女遂独居一室。卒年六十八。"方法殉义沉江及其妻女苦节自守的事迹,成为方氏后裔引以为荣的一笔精神遗产,他们认同先祖笃守节义、忠贞、孝悌的价值取向。在这种精神力量感召下,桐城县凤仪坊方氏到了第六代,终于"雷声惊石破"(方以智诗句),蔚然成为巨族了。

二、龙眠钟气,代起人豪

在桐城城北龙眠山口的外方、求雨顶的对面,有一座小山峦,远看宛如一弯新月卧在长溪北岸,故称月山;走近后,但见山势陡直险峻,故而又称陡岭。自从方氏第六世先祖方懋归卧于此山以来,后裔以科名仕宦、道德文章著称,蔚然为文化巨族,几百年来兴盛不衰。故此山名气很大,被誉为桐城桂林方氏的"发祥山",乡人则称其为方家月山。《桐城耆旧传》载,方法长子方懋,字自勉,与里人金腾高、史仲宏结为莫逆之交。会看风水的史仲宏相中月山这块"吉壤",既不敢私有,也不肯明珠暗投。他先到金家,只见孩子们有的在猜拳行令,有的在赌博,喧闹不已,便摇头默退。而到了方家,但听西厢纺绩声声,东厢诵读琅琅,与金家气氛迥异,遂高兴地对方自勉说:"将来你的子孙定会发达、富贵!"就把月山这块"吉壤"指给他,说这就是天意!于是月山就成了方家祖坟山。似乎就是依靠这块"吉壤"庇佑,方自勉的后嗣果然兴盛不衰、名贤继踵。其实,史仲宏"闻书声"而窥破方氏将来必贵的玄机:方自勉重视教育,"训诸子厉学",家教得法,子孙也勤恳向上、刻苦学习,这种良好的家风只要世代相传,方家日后必将发达贵显。

方自勉在父亲殉难后,将祖居让给了伯父,与弟自宽奉母别居。他们勤奋创业,且"训诸子能文学",故被里人称为"凤仪坊双璧"。随着家道日丰,子孙渐繁,兄弟俩扩建所居,构"断事坊",宏丽甲一邑。方自勉五子皆贤,时人有"五龙"之誉。老三方佑成进士,老五方瑾中举人,吏科给事中王瑞题其门曰"桂林"。古称科举及第为"蟾宫折桂"。这"桂林"二字既是赞辞,也是祝福。因此,"桂林"二字也就理所当然地成了该族的光荣标志。① 也就是从方自勉、方自宽的孙辈开始,方家开始分为七大房。大概是为了区别于伯祖父方端、叔祖父方震的后裔(分别称老长房和前三房),故方自勉、方自宽后裔各房前都加一个"中"字。其后,方家子孙开枝散叶,人才兴旺,门庭日盛,门祚绵延数百年至今,堪称中国首屈一指的文化世家。明清两季,桐城桂林方氏进士有31人,中举者更多,而进入太学、府学、县学的生员秀才则不计其数。

这里以方氏"中一房"为例。方自勉长子方琳曾担任桐城县的"阴阳训术"。② 所谓"阴阳训术",是指明代地方所设的教授天文、地理与术数的先生。方琳之子方印为明朝成化举人,授天台令,虽为令仅九月就病逝,但其"薄负省刑,劝农桑,崇学校",爱民如子,化风成俗,深受县民拥戴,死时囊橐空空,依靠吏民助棺才能入殓,当地士大夫竞相为诗文哀悼,以致汇编成帙;天台合邑共立的方公祠,几百年来崇祀不断。

方印的曾孙、生于嘉靖时期的方学渐,堪称桐城文化的"蹈火者"。他受业于南太学耿定向和县教谕汉阳张甑山,以里中先正何唐为榜样,拜赵恒庵锐、戴浑庵完、胡泽庵效才、方石洲效等为师。虽然早年久困场屋,但始终崇奉理学,躬行实践,揭旨"良知"。晚年以布衣主坛席,并与邹守益、冯从吾、顾宪成、高攀龙等名士交游,高攀龙曾把他和顾宪成并称。方学渐的学术活动影响深远,有三大关键因素奠定了他在桐城文化中的历史地位。首先,他于县城龙眠河畔构建桐川会馆,馆"负城临流,据一方之胜"(焦竑《桐川会馆记》),县人从此有了专供讲习、研讨

---

① 关于桂林方氏的得名,详见本书第三章《"吾氏胡为称桂林":方氏"桂林"族名探源》。
② 据《元史·选举志一》:"世祖至元二十八年夏六月,始置诸路阴阳学。"《明史·职官志四》:"阴阳学。府,正术一人。州,典术一人。县,训术一人。"

学问的地方，这里也成了全县的学术中心，四大乡乃至县外学者也奉为旗帜。其次，他一生从事教育，门下弟子多达数百人，使大多数读书人都自觉不自觉地继承了程、朱衣钵；直至清末的一些文人也未能脱其窠臼。最后，更重要的是，方学渐还是"桐城方氏学派"奠基人。方学渐殁后，学者私谥"明善先生"。清初文华殿大学士张英说："明善先生以布衣振风教，食其泽者代有传人。"清初学者朱彝尊说："方氏门才之盛，甲于皖江，明善先生实浚其源。东南学者，推为帜志焉。"

明善先生长子方大镇，是万历进士，起家大名府推官，巡按两浙、河南，累迁大理寺左少卿。他在方氏学术上起了承前启后的作用，悉心培养了方孟式、方维仪、方孔炤姐弟。大镇子方孔炤，万历进士，历任兵部职方、尚宝卿、佥都御史、湖广巡抚等。孔炤子方以智，崇祯进士，官翰林院检讨、永历朝礼部侍郎、东阁大学士。以智三子中德、中通、中履，"不析父财，而分父学"，各有成就。最突出者是次子方中通，博学多才，天文历算数学成就堪与宣城梅文鼎比肩。明善先生次子方大铉亦为万历进士，累官至户部主事，与其兄方大镇被里人合称为"凤仪坊双凤"。但他早年科举不顺，居家时于城北陋巷构"搴兰馆"，于龙眠碾玉峡构筑"玉峡山房"，读书啸咏其中，不与流辈为伍。大铉次子方文，好学擅诗，明亡后改号"明农""嵞山"，隐居山野，以诗纪行和反映社会现实，其独创的"嵞山体"与施闰章的"宣城体"、吴伟业的"梅村体"等并称。明善先生第三子方大钦，为郡诸生，科举虽不及两兄，亦授经自若，以子仲嘉之后最盛。此外，"中一房"还有顺治丁亥（1647）进士方若斑，历官至户部郎中；乾隆丁未（1787）进士方建钟，历官至吏部主事；方锡庆历官太仓、松江、凤翔、临江知府；方正瑗官内阁中书、工部郎中、潼关守道；道光进士方宝庆，历官至彰州知府；光绪进士方履中授翰林院编修，先后任两淮盐运使、四川提学使、安徽矿务总理。

尤为值得称道的是，明末桐城名媛诗社的方维仪，身边聚集了诸多大家闺秀，她们诗文秀洁、才调绝人，不仅《明史艺文志》有载，而且被清以来许多"诗话"所称道，《历代妇女著作考》《安徽才媛纪略》等都有专述。清人朱彝尊《静志居诗话》赞云："龙眠闺阁多才，方、吴二门称盛。"方维仪孀居66年，守志"清芬阁"，在弟媳吴令仪不幸早逝后，毅然接下了抚教侄子侄女的重担。方以智这位大学者的成长,是与其仲姑方维仪呕心沥血的培育分不开的。

再以方氏"中六房"(一般称六房)为例。方大美,字思济,方德益第十二世孙。他勤奋治学,饱览经书,科场得意,可谓六房发祥的奠基人。万历十四年(1586),方大美中进士,授湖广常德府推官,后擢御史巡按江西,再巡河南顺天,旋迁太仆寺卿,可谓一路春风。方大美有五子一女,其中长子方体乾、次子方承乾、第四子方应乾为恩贡生;第三子方象乾是贡生,官居海防同知、广州府同知、按察司副使;第五子方拱乾是进士,官少詹事、宏文院侍讲学士。到了清初,方大美子孙虽经历两次被流放的打击,却依然再度崛起,达到鼎盛。仅方拱乾就有六子、二十二孙,个个成才,一门风雅。其中,方孝标官至东宫侍读学士,方亨咸官至监察御史,方世俊官至贵州、湖南巡抚,方保升官至翰林院庶吉士,方登峰(为中一房方兆及嗣子)官至工部主事,方式济官至内阁中书。尤其是出了一代文宗、桐城派鼻祖方苞,官至礼部侍郎。方观承及其子进士方维甸、从子方受畴都先后官至直隶总督,享有"一门三总督"之荣耀。清末马其昶不禁叹曰:"一门之内,三秉节钺,何其盛也!"方维甸之子、进士方传穆也官至翰林院编修、沅州知府。其同辈方传植官至濮州知府,方传穟官至台湾知府。

桐城桂林方氏其他各房也是人才辈出。如三房的方佑为天顺元年(1457)进士,曾授监察御史,巡三省,"俱有风采,玺书褒之"(见《龙眠风雅》小传),因廉直刚正而为忌者所劾,谪知攸县,治下天下第一,将擢用时,却抑知桂林。他工诗,著有《省庵集》。四房的方向为成化十七年(1481)进士,授南户科给事中,弘治中疏劾中贵,竟被陷下狱,后谪官云南多罗驿丞,擢知湖广安陆州,官终琼州知府,著有《素亭集》。方向的从子方克为嘉靖五年(1526)进士,先后知贵溪、桐乡二县,擢南京四川道御史。曾疏劾中贵人专恣不法。后一度归乡,再起为泉州知府(泉州又名刺桐城,方克因号"三桐寄主"),迁陕西苑马寺少卿,致仕归,著有《西川文集》。方向的玄孙方大任,万历四十四年(1616)中式进士时,已年近花甲,却在十几年间就从一介七品县令,飙升到蓟辽总督、兵部尚书,最后得授资德大夫、正治上卿,特进一阶加授银青荣禄大夫、上柱国,可谓一时旷典,远远超过了那些少年登科者。这当然也与他确实有点本事,又赶上崇祯末年多事之秋而临危受命有关。他一生酷爱诗书,著有《霞起楼诗集》数十卷,另有《强舌吟》《胥靡吟》《归田草》《出塞吟》《后出塞吟》等,皆盛唐之流响。方氏第七房明清时亦多有文人骚客,乾隆时期有进士方玉麟;清末则有道光进士方奎焵,官至四川打箭炉同知。奎焵弟方江,天资卓越,以知县官蜀,其诗若有天授,著有《海云诗抄》十三卷行世,又著有《家园记》《同善集》《悟香音室文集》《赊月山房杂著》等。奎焵第四子方铸(出嗣方江)为光绪进士,官至户部郎中;第五子方旭,拔贡生,署四川提学使、蓬州知州等,能诗善书工画,为蜀中"五老七贤"之一。

三、群星丽天,巨峰鼎立

几百年来,桐城桂林方氏名贤迭出,群星丽天,形成了蔚为壮观的"桐城方氏学派""桐城派"。其中有三位文化巨人,堪称鼎立的三座文化巨峰。

第一座文化巨峰是方以智。方以智(1611—1671),字密之,号曼公,又号鹿起、龙眠愚者等。他是方氏第十四世,属于中一房,万历三十九年(1611)辛亥十月二十六日生于明南直隶安庆府桐城县凤仪坊,卒于清康熙十年(1671)辛亥十月七日。少年随父宦游,天启二年(1622)12岁时,母亲吴令仪不幸逝世,与弟妹归养于仲姑方维仪,维仪抚之如己出。天启五年(1625)15岁时,师事白瑜,通剑术,群经、子、史,略能背诵。天启七年(1627)17岁时,师事王宣,自此终生受其影响甚深。后流寓南京,为复社成员,也是"明季四公子"之一。崇祯十二年(1639)中举、次年联捷成进士,授翰林院检讨,为永王、定王讲官。明亡后为僧,法名弘智、大智,号无可、药地等。《清史稿》评曰:方以智"生有异禀,博涉多通,自天文、舆地、礼乐、律数、声音、文字、书画、医药、技勇之属,皆能考其源流、析其旨趣"。他还将知识分为三类:"考测天地之家,象数、律历、音声、医药之说皆质之通者也,皆物理也;专方治教,则实宰理也;专言通几,则所以为物之至理也。"这种学科分类,在我国还是第一次。他强调"质测"(实验科学),主张"寓通几(哲学)于质测",哲学寓于科学,科学以哲学作指导。他接受了明末西方传来的科学知识,但反对同时传入的基督教神学,批判西学"详于质测而拙于言通几",认为"一切物皆气(物质)所为也,空皆气所实也",反对"离气以言理""离气以言道",提出"宙(时间)轮于宇(空间)",宙在宇中,宇在宙中,整个宇宙都是物质的。他还提出了"合二而一"和"一分为三"的哲学命题。他发现"光不走直线""光肥影瘦",其立论与200多年后爱因斯坦的"光线在引力场中发生弯曲"的论断有相通之处。方以智一生著作有一百多种,包括《通雅》《物理小识》《东西均》《药地炮庄》等,合计四百万言之巨,多有散佚,存世作品尚有数十种,内容广博,文、史、哲、地、医药、物理,无所不包。方以智是明清之际伟大的思想家、文学家、科学家,十七世纪"中国的百科全书派大哲学家"。

第二座文化巨峰是方苞。方苞(1668—1749),字凤九,一字灵皋,晚年号望溪。他是方氏第十六世,属于六房。其高祖方大美,明神宗万历十四年(1586)进士,曾任太仆寺少卿。曾祖方象乾,明恩贡生,曾任按察司使,充岑西左江兵备道,明末,因避乱寓居江宁(今南京)。祖父方帜,曾任芜湖训导、调任兴化县教谕。父仲舒,国子监生,家境日落,入赘江苏六合县留稼村吴氏,方苞即出生于这里。方苞自幼聪明,4岁能作对联,5岁能背诵经文章句,6岁随家由六合迁江宁旧居,仍保留桐城籍。16岁随父回桐城安庆参加县试府试。24岁至京城,入国子监,以文会友,名声大振,被称为"江南第一"。大学士李光地称赞方苞文章是"韩欧复出,北宋后无此作也"。方苞32岁考取江南乡试第一名(解元)。康熙四十五年(1706)会试第四名,闻母病而急忙回乡,未应殿试。康熙五十年(1711),戴名世《南山集》案发,方苞因给《南山集》作序,受株连下江宁县监狱。不久,解到京城下刑部狱,定为死刑。康熙五十二年(1713),重臣李光地极力营救,始得康熙皇帝亲笔批示"方苞学问天下莫不闻",遂免死出狱,以布衣入值南书房,成为皇帝文学侍从,后移养蒙斋编修《乐律》。康熙六十一年(1722),充武英殿修书总裁。雍正九年(1731)解除旗籍,授詹事府左春坊左中允,次年迁翰林院侍讲学士。雍正十一年(1733),提升为内阁学士,任礼部侍郎,充《一统志》总裁。雍正十三年(1735),充《皇清文颖》副总裁。清乾隆元年(1736),再入南书房,充《三礼书》副总裁。乾隆四年(1739),被谴革职,仍留三礼馆修书。乾隆七年(1742),因病告老还乡,乾隆帝赐翰林院侍讲衔。从此,他闭门谢客著书,乾隆十四年(1749)病逝,享年82岁,葬于江宁。方苞尊奉程朱理学,以儒家经典为基础,首创"义法"说,倡"道""文"统一,强调:"义即《易》之所谓言有物也,法即《易》之所谓言有序也。以义为经,而法纬之,然后为成体之文。"论文提倡内容形式两者相统一,以"雅洁"为尚,反对俚俗和繁芜,做到"明于体要""于义以求法""虚实详略""或逆或顺,或前或后",言之有序,有条不紊,创造语言清正雅正、严谨朴质的文风。这为桐城派散文理论奠定了基础。后来继起的姚鼐,以方苞"义法"为纲领,继续发展完善,形成主盟清代文坛的桐城派,方苞也因此被尊为桐城派鼻祖。桐城派影响深远,引领有清一代文坛200余年,当时可谓"家家桐城、人人方姚",在中国文学史上占有重要地位。

第三座文化巨峰是方东美。 方东美(1899—1977),名珣,字德怀,后改字东美,曾用笔名方东英,1899年2月生于安徽桐城,是三房桂林知府方佑的后裔,可谓世代书香。3岁始读《诗经》,在儒学的家庭氛围中长大。14岁进入桐城中学,与后来在美学、文学批评方面卓然成家的朱光潜先生是同学。1917年就读南京金陵大学文科哲学系,1918年与王光祈、曾慕韩、陈愚生等人发起少年中国学会,欲"本科学的精神,为社会的活动,以创造少年中国"。1921年赴美国留学,留美期间喜好实用主义哲学,后来深为柏拉图吸引,热爱希腊哲学。回国后任国立东南大学(1928年改名中央大学)哲学系教授,曾任国立中央大学(1949年于大陆更名南京大学,1962年在中国台湾复校)哲学系主任。1948年任中国台湾大学哲学系教授、系主任。方东美以出自桐城桂林方氏而自豪。曾有学生向其请教某句文义,他答后不久,学生又另请教他人,所获答案竟然不同,大为不解,又回头再向他请教。他告诉学生:"请转告那位教授,这是你老师讲的。他若问你老师是谁? 你就说姓方。若问哪里人,就说是安徽桐城人,这就够了!"学生们感叹老先生对他那桐城家学十分自负。[①] 方东美晚年致力于建立"新儒学"体系,被

---

① 见周为筠:《在台湾——国学大师的1949》,金城出版社,2008年,第129页。

推崇为新儒学的哲学起源。1965年出席由美国夏威夷大学主办的第四届东西哲学家会议,宣读的论文引起各国学者极高评价。大会的发起人、夏威夷大学哲学系主任查理摩尔(Charlie Moore)教授说:"我今天才知道谁真正是中国最伟大的哲学家。"英国牛津大学中国明代思想史研究专家麦克慕兰(McMullan)教授说:"真未想到一位东方人,以英文著述,向西方介绍中国哲学思想,其英文之造诣如此优美典雅,求之于当世之英美学者亦不多见。"方东美在从事哲学教学和研究的一生中,始终以开放的胸怀对待中国传统文化的各种思想流派,潜心钻研原始儒家、原始道家、大乘佛学、宋明理学,并力图贯穿古今、统摄诸家。他以宽广的视角审视世界哲学的发展,深入中西哲学的殿堂,融汇百家,又最终回归于中国文化本位。他十分注重吸纳中国古代的生活哲学思想,以《易经》为纬,圆融佛儒道,会通中西哲学与文化,建构了他的宏大精深的哲学体系,从而为中国哲学与文化的现代转折指点了一条全新路径,创造了一个富有特色的哲学系统,因此被称为新儒学"一代大哲"。同时,方东美还是一位才华横溢的诗人,撰有《坚白精舍诗集》,存诗一千余首,享有"东方诗哲"之美誉。在方东美先生的学术世界中,诗意的叙述与逻辑的体系,形上的理境与形下的灿烂,华美的文采与宏阔的构思,完美地统一在他的四百万言著作之中。

"龙眠巨室推桂林,文章节义世所钦。"(潘江《怀方尔止子留》诗)桐城方氏自宋元之际迁桐以来,忠孝贤杰,迭起代兴,累叶敦儒,族望峻大,门祚绵延数百年而未艾。如今,桐城方氏后裔已经遍布世界各地,在各行各业继续作出贡献,但他们大多不忘根在桐城、根在凤仪坊;寓居在外年代已久的方氏后裔回桐城寻宗不断,他们仍努力从家族的历史和祖先的辉煌中汲取不懈进取的精神力量。

第三章
凤仪坊"桂林第"叙事

方家究竟何时开始"发家"？又何时开始称"桂林"？这两个问题似乎一直争论不休。明代弘治时期的桐城县训导许浩认为，方氏迁桐始祖方德益、五世祖忠烈公方断事、六世祖赠御史公方自勉，这"三祖"是方家"其后必昌"的原因。而成化时期的名人王瑞为方氏门楣题写"桂林"，人们就认为方氏因此得名且"族乃大"。方学渐续修家谱时说："始称凤仪，继称桂林。"至于为什么称"桂林方"？他也没解释。当今学界更是说法不一。清初的方育盛也提过同样的问题："顾问儿孙指坊额，吾氏胡为称桂林？"

方懋：创建桂林第"族乃大"

话说明代永乐到正统年间，桐城有三位布衣而任侠的义士——方懋、金腾高和史仲宏，他们"与四方鸿硕之士游，邑中称三杰云"。① 金腾高轻财好义，急人之困；史仲宏入赘并师从城中黄氏，能掐会算懂风水，被称为"堪舆大师"；方懋（1390—1440）则以"孝友、英特、负大略"而称名于时，他就是桐城桂林方氏第六世先祖，字自勉，曾与弟方恕（字自宽）联手创建桂林第，方氏家族因他而"族乃大"。②

一、谆谆务世德，藜藿亦相欢

《桐城桂林方氏家谱》方懋列传载："（年）十五，父死于官，茕茕归。孝母友弟，以所事父者事世父。世父时同居，颇裕资产，自勉悉捐让无所取，自购邑东隅地，筑茅茨居母及弟，藜藿相欢，视曩资产漠如也。"③ 这段记载，涉及著名的忠烈公方断事，以及方懋兄弟创建桂林第的史实。

建文元年（1399）是乡试年，方孝孺担任应天府乡试考官，其《乙卯京闱小录后序》云："秋八月，天下当大比。太学暨畿内士集于京府者千五百人。……屏芜黜陋，选擢俊良。盖去者几十之八，而登名于籍者二百十四人……"④这次录取率并不高。依方孝孺的说法，这是新皇帝登基后举办的第一次乡试，"后世将于是观盛美焉，而不敢弗慎也"。竞争虽然激烈，方懋的父亲方法还是以一百零九名的优异成绩，幸运荣登榜

---

① 方传理：《桐城桂林方氏家谱》卷五十一"列传"，清光绪六年（1880）刻本。
② 同上。
③ 同上。
④ 方孝孺：《乙卯京闱小录后序》，载《逊志集》（上）卷十二，日本内阁文库藏明刻本。

上,次年即"历政台寺"(在朝廷御史台、大理寺等台阁任职),后改任职四川"都司断事",后裔因此尊称"断事公"。但不久,朱棣就发起了"靖难"之役,夺取建文皇位,并诛方孝孺十族。方法效其师方孝孺,忠于建文帝,被逮捕归南京监狱时,自沉江流。①

方法的忠孝节义,深刻影响了儿子方懋。父亲去世这一年,方懋才十五岁,却已经知道自立自强。他陪母亲、携弟妹回到桐城,与伯父方端一家同居。此时家里还有古稀祖母程老太君,与母亲郑孺人"相吊守"。虽然家境还比较宽裕,但伯父伯母可能渐有怨言。母亲郑孺人遂告诫方懋:"务世德、无务世居。"②于是,方懋毅然将祖居让给了伯父,与弟方恕奉母亲及祖母别居。从前与伯父方端同居时的那些财产,方懋也是分文不取。方氏这个"世居",不是三世祖方谦所居的东郭乌石冈(方谦葬在这里的宅近),而是四世祖方圆(方懋的祖父有道公)创建,其址在城内儒学前稍东。但方端的后裔并没有守住,于嘉靖年间卖给了钱如畿,成为钱氏家族的"御书楼"。③

二、创建新宅第,宏丽甲一邑

方学渐在续修的家谱里说:"明初徙民豪者实市。我家素市,籍县市一图五甲,为坊长。"④怎么理解这句话?从方家三世祖方谦所居在东郭乌石冈(始祖方德益所居,与桐溪桥以东原文庙相邻,尚不明白方谦何以迁到乌石冈)、四世祖居在城内儒学前稍东来看,说明方家也是因"明初徙民豪者实市"要求而迁回城中的,此时的儒学所在地应属于当时的凤仪坊,方家所居在"一图五甲"。⑤那个时候,城居是要有经济实力的,不是"民豪"就是官员,或者至少要秀才以上,才有城居的经济条件。方家二世祖方秀实、三世祖方谦、四世方圆都是元代基层官吏,经济实力是有的。

方懋自购的所谓"邑东隅地",应该就是今天寺巷附近的方氏"桂林

---

① 方法事迹,参见本书第二章《方法:方氏"忠烈节义"之精魂》。
② 方传理:《桐城桂林方氏家谱》卷五十四"内传",清光绪六年(1880)刻本。
③ 方传理:《桐城桂林方氏家谱》卷六十一"家政",清光绪六年(1880)刻本。
④ 方传理:《桐城桂林方氏家谱》卷九"小传",清光绪六年(1880)刻本。
⑤ 关于凤仪坊的变迁,可参见本书第一章《话说"文脉凤仪坊"》。

第"旧址一带。方懋虽然离开了祖父有道公创建的祖居（伯父方端继承），但他并没有离城，仍"籍县市"且仍属于"凤仪坊一图五甲"。此时他的财力还不够盈实，所以只能"筑茅茨居母及弟，藜藿相欢"。

人勤则家兴。方懋"治家勤，家日丰"。他与弟弟方恕勤奋创业，一个用智，一个用力，联手创建的新宅第，富丽雄伟，在全县首屈一指。对此，家谱中方懋的列传称："以子息蕃，廊所居，构断事坊，闳丽甲一邑。"之所以叫"断事坊"，显然是为了纪念曾任职"断事"的父亲方法。至于为什么不称"第"而称"坊"，很可能也与"子息蕃"有关。方懋有五子，弟方恕有两子，子又有子，也即所谓"以子息蕃"，则创建的新宅占地面积大、房间也较多，以至于类似于一个独立的居民社区（坊），十分引人注目。所以房子落成当天，"邑人观者填巷"。

又据方恕"列传"载："自宽公十岁孤，严事其兄。拮据家政，躬纤细而总其成于兄，所获无多少，不入私室。创'桂林新第'，材木皆自宽手料。德望、威仪严于其兄，乡人称'双璧'。吾宗之兴，自勉运智，自宽运力，犄角之功也。"①明确指出所创宅第就是"桂林新第"，也即后来十分著名的"桂林第"。当然，无论叫"断事坊"，还是叫"桂林第"，都源于他们的父亲方法："断事"是方法曾经的官职，"桂林"则指向方法的举人身份。②当以刚直闻名的都谏王瑞，为方氏题门"桂林"后，"方氏之族乃大"③，方氏家族就越来越兴盛了。

三、布衣而任侠，训子能文学

有一次，安庆知府陈谊上京述职时路过桐城，亲顾方懋家，并召来金腾高、史仲宏，向他们"访民情、问民意"。三个人见知府大人毫无架子，也就无所顾忌地放开纵谈。陈谊认真听后，深为感慨地说："你们三人都很有才识！以腾高之才，可胜任天官；以仲宏之才，可胜任地官。自勉文质彬彬，又很有正气，这样的才学与德行，完全能胜任大宗伯！"

---

① 方传理：《桐城桂林方氏家谱》卷五十一"列传"，清光绪六年（1880）刻本。
② 参见本书第三章《"吾氏胡为称桂林"：方氏"桂林"族名探源》。
③ 马其昶：《方自勉公传》，载马其昶撰、彭君华校点《桐城耆旧传》卷一，黄山书社，2013年，第9页。

陈谊的话迅速传开来,三个人的名气就更大了。老百姓有事甚至不诉至官府,而是直接来找方懋评理,毕竟方懋是知府大人称赞的"大宗伯"啊。

史仲宏还做了一件事,至今在桐城传为美谈。据马其昶《桐城耆旧传》载:"仲宏得吉地,欲授腾高,至其家不言。出,过自勉,曰:君后嗣必庶,富且贵,请以地授子。"①原来,史仲宏察堪得城北月山这块宝地,先是想到了好友金腾高。但到他家时,见他的几个儿子正在"与客博",又是划拳行令,又是斗牌赌钱,闹得不可开交,不由得摇头叹气再三。随即转身出门到了隔壁的方家,顿时感觉氛围不同,就决定把月山这块宝地指给方懋。

方懋很是不解,问:"为什么?"在马其昶的描述里,史仲宏的回答很是传神:"即君门,闻儿声,此庶徵也;既入,闻纺绩声,此富徵也;既坐,闻书声,此贵徵也。吾过金氏,金氏子方与客博。谁能违天而福之?"史仲宏层层递进式地叙述,由衷称赞方懋家里人丁兴旺、儿女勤劳,最关键的是还有读书声。史仲宏由此得出结论:上天是要将月山这块宝地赐给方家啊,方家子孙将来一定会发达、贵显!

史仲宏的眼光果然毒辣,他的预言太精准了!方懋的五个儿子果然个个成才成器,被时人誉为"五龙":其中,第三子方佑后来成了方家第一位进士;第六子方瓘成了举人;其他三人也分别各有成就,如长子方琳为知县赵公所重,被辟为县阴阳训术,曾与当时的京城名流姚旭、柯潜、张宁等交游;次子方玘,既耕且商,资雄乡里,有一年全县大饥,他输谷千斛,广赈贷,以义授文林郎,弟佑、瓘读书,他在旁边伸纸研墨,经常陪读到半夜,两个弟弟先后登第,他高兴至极:"吾可藉手下报吾两大人矣!"第四子方瑜,安心于布衣畎亩,耕余教授子弟,幼子方向成进士。方懋后来因子方佑贵而得到朝廷敕赠御史。

"于是,都谏王瑞题其门曰桂林,而方氏之族乃大。"②这个传说流传了几百年。城北月山因方懋葬于此,也就成了方家月山,披上了一层

---

① 马其昶:《方自勉公传》,载马其昶撰、彭君华校点《桐城耆旧传》卷一,黄山书社,2013年,第9页。
② 同上。

神秘的色彩。民间以为方家兴旺发达、子孙世代贵显,都是得益于史仲宏指赠的这块宝地庇佑。其实,根本原因还是史仲宏注意到方懋能够"务世德",坚持耕读传家,尤为重视教育、"训诸子能文学"。从方懋开始形成的这种良好家风,一直世代传承,方氏家族因此得以绵延几百年而兴盛不衰,成为中国著名的文化世家之一。

"吾氏胡为称桂林"：方氏"桂林"族名探源①

方学渐在万历时期续修《桐城桂林方氏家谱》并作序说："方自宋末籍桐，历世十三，历年三百有五十。始称凤仪，继称桂林。"②又指出，"明初徙民豪者实市。我素家市，籍县市一图五甲，为坊长。伯通公（方法）以科显，郑太君子以节著，方从此昌矣"。③可见，方氏因一世祖方德益始迁居桐城县市（旧时县城所在地称县市）凤仪坊，累世为坊长，方家始称"凤仪方"，继而又改称"桂林方"。此外，桐城民间还有"县里方"（因家居县城）、"大方"（另一支鲁谼方与之相对称"小方"）之称。至于为什么会称"桂林方"？学界说法不一。清初的方育盛在《光啟堂桂树歌》中也提过同样的问题："顾问儿孙指坊额，吾氏胡为称桂林？"

一、王瑞题门"族乃大"

马其昶《桐城耆旧传》中的《方自勉公传》："方氏自宋元间由池口徙桐城，六世至公，有五子：长廷献，讳琳，称中一房；次廷瑞，二房；廷辅三房；廷实，四房；第五子廷璋，称六房。廷辅讳佑成进士，廷璋讳瓘举于乡。于是都谏王瑞题其门曰'桂林'，而方氏之族乃大。"④由马其昶所说，桂林方氏得名当是源于两个因素：一是廷辅方佑成进士、廷璋方瓘举于乡；二是都谏王瑞题门"桂林"。在这两个因素中，前者是主因，而后者既是原因，也是结果：题门"桂林"，于是"桂林"方氏"族乃大"。

---

① 本文于2021年11月首发于"渡菴删馀"公众号，收入本书时略有删改。
② 方传理：《桐城桂林方氏家谱》卷首"前刊家谱序"，清光绪六年（1880）刻本，第3页。
③ 方传理：《桐城桂林方氏家谱》卷九"小传"，清光绪六年（1880）刻本，第5页。
④ 马其昶撰《桐城耆旧传》卷一，彭君华校点，黄山书社，2013年，第9页。

已故桐城学者毛伯舟先生校注《桐城耆旧传》,由黄山书社于1990年出版。他曾在报纸副刊撰有《闲话桐城桂林方》一文,指出:古称科举及第为"蟾宫折桂","桂林"二字既是赞辞,也是祝福,因此也就理所当然地成了该族的光荣标志,大概这就是"桂林方"的来历吧。很显然,毛伯舟先生的结论与马其昶之说密切相关。

实际上,马其昶之说也不是空穴来风,其根据就是《桐城桂林方氏家谱》中的方懋"列传":"自勉(方懋,方佑父)五子有五龙之目,已而仲氏方佑成进士,季氏瓘举于乡,自勉五十一而卒,至成化元年以佑贵敕赠四川监察御史,都谏王瑞题其门曰桂林,族乃大。"①

而在当代学者中,比毛伯舟先生更早撰文论述桐城"桂林方"得名的,应该是蒋国保教授。早在1987年出版的《方以智哲学思想研究》中,蒋国保教授就引用了《桐城桂林方氏家谱》中的方懋"列传",并强调:"这段材料乃方学渐于嘉靖间修谱时所记,它说明方氏改'凤仪'称'桂林',始于成化元年,事出于都谏王瑞对方懋教子有方的赞扬。"但紧接着,蒋教授也指出,方氏家谱说方氏兄弟创建"桂林第"始于六世,而"方佑成进士在天顺元年,巡按广西在成化元年,则凤仪方改称桂林方,其直接根由非因方佑巡按广西明矣"。②

桐城派大家马其昶的撰述,当代学人专著的严肃性,散文随笔的可读性,使得方氏因教子有方、科举"折桂"进而得到都谏王瑞题门"桂林",因此,"族乃大"之说,流布甚广,不仅为后来的学者竞相引用,也为坊间津津乐道。

二、王瑞缘何题"桂林"

《桐城桂林方氏家谱》和《桐城耆旧传》都强调:"都谏王瑞题其门曰桂林,族乃大。"这给人的印象,似乎就是王瑞这个人题门"桂林"后,方氏家族越来越兴旺、越来越声名远播,甚至有可能就是"桂林方"得名的重要原因。值得推敲的是:王瑞究竟是何人?何时题门?为何要题写

---

① 方传理:《桐城桂林方氏家谱》卷五十一"列传",清光绪六年(1880)刻本,第9页。
② 蒋国保:《方以智哲学思想研究》,安徽人民出版社,1987年,第1—2页。

"桂林"二字？他为什么有这么大的影响力？

首先看王瑞究竟是何人。据《乾隆望江县志·人物》："王瑞,字良璧,登明成化间进士,授吏科给事中。瑞正色立朝,多所建白。……辛丑晋都给事中……后擢湖广布政司参议。任湖三年,多嘉绩。以请告归。"①

查《成化五年进士登科録》：王瑞,字良璧,第二甲第十六名。籍贯：直隶安庆府望江县。户籍：医籍。科目：诗经。年龄：三十二。据望江县《雷池文化史略》,王瑞是望江"凤栖王氏",历官谏台15年,在湖广任职3年。后因病辞归,卒于家。王瑞一身正气,敢言敢谏,显名于当时,事迹载于《明史》,他的《各官朝觐疏》《揭帖核实疏》和《劾李荣萧敬疏》载入了《明史·宪章录》。

其次看王瑞究竟何时题门。方氏家谱谓：方自勉于成化元年(1465)受赠四川道御史,紧接着又写都谏王瑞题门,给人印象似乎王瑞题门就在成化元年(1465)。语言表述,一不慎就令读者产生歧义,尤其是惜墨如金的古文。实际上,王瑞在成化元年(1465)时还不是进士,不可能去给曾任江西道御史、巡按桂林的方佑题门。何况,方佑在御史任上,因"风裁凝峻,孤厉而贞"而有"真御史""铁面御史"之称。因此,王瑞只有在成为进士后,也即至少要到成化五年(1469)以后,给方家题门才较为合理。

王瑞与方佑一样,也是直声满朝。这种同朝为官、声气相投,又为乡党（都是安庆府籍）,很可能是他们结为亲家的原因。据方氏家谱,方佑侄子方印有女"次适望江王栎,给舍瑞子",意味着两家成亲时,王瑞还未擢升为都给事中。那么,王瑞题门的时间就有两种可能。

一是很可能在成化五年(1469)之后、成化十七年辛丑(1481)之前。此时,王瑞虽然还不是都谏,但续谱如果在成化年之后（在方学渐续修家谱之前,还有先辈分别于弘治、嘉靖时期续修过家谱）,古人向以职位较高的官秩敬称,则方谱称"都谏王瑞"似也没问题。

二是很可能在成化十七年(1481)之后,此时王瑞已经官为都谏。

---

① 清乾隆《望江县志》卷七"人物·宦绩",第17页。

但不可能是任职湖广布政司参议这3年时间。而王瑞在谏台有15年时间,则至少在成化二十年(1484)及之前题门,才符合"都谏王瑞"之称。否则方谱应称"湖广布政使司参议王瑞题门"。

因此,王瑞题门的具体时间,也可能就在成化十七年辛丑(1481)至成化二十年甲辰(1484)这4年之间。

最后看王瑞缘何要题"桂林"。 文献搜索发现,明清时代凡是获得举人身份,虽仅为一人,亦可立坊"桂林""折桂"。则被题门"桂林"者,应该至少是获得举人身份者。而"进士"则应题"进士第",毕竟进士更为稀缺。实际上,据方氏家谱记载,方氏旧居"桂林第"确实就叫"进士第",不过,另一面又是王瑞题写的"桂林"两字。

其实,早在建文元年(1399),方法就已经中举。由前述惯例,则方家已具备立坊"桂林"或"折桂"的条件了。

方氏家谱"列传"载:"自宽公十岁孤,严事其兄。拮据家政,躬纤细而总其成于兄,所获无多少,不入私室。创'桂林新第',材木皆自宽手料,德望、威仪严于其兄,乡人称'双璧'。吾宗之兴,自勉运智,自宽运力,犄角之功也。"①这段记载明确指出,方懋、方恕兄弟创建府第时,就已经称为"桂林"第。他们以父亲方法的举人身份而命名新宅第为"桂林",是完全合乎当时法理的。

而在成化五年(1469)之后、成化十七年(1481)之前,方家又有两人中举,分别是:方瓘,成化元年(1465)中举;方印,成化丁酉(1477)中举。在成化十七年(1481)辛丑之后、二十年甲辰(1484)之前,新增一人中举:方向,成化庚子(1480)中举。此时方家已经合计有四位举人,完全符合题门"桂林"的条件。方佑早在正统丁卯(1447)就成为举人,但他已是天顺丁丑(1457)进士。

可见,王瑞在成化甲辰(1484)之前,为方家题门"桂林"的条件是充分的,毕竟方家已经有了这么多举人。至于"都谏王瑞题其门曰'桂林',族乃大"之说,并非说题门后,家族才壮大,盖指因名人王瑞题门"桂林"后,门第增辉,方家声望因而更隆吧。

---

① 方传理:《桐城桂林方氏家谱》卷五十一"列传",清光绪六年(1880)刻本,第9页。

三、"桂林坊"立更名扬

查阅桐城现存最早的弘治版县志时发现,早在明代弘治时代乃至更早,县城东部的凤仪坊(图3)内外,就已经有林立的科第功名牌坊。其中以方氏家族最多:

"**绣衣坊**",在县东大街,乃是成化丙午(1486),知县陈勉为监察御史方佑立;

"**司谏坊**",在县东大街,乃是成化戊申(1488),监察御史李善和知县陈勉为给事中方向立;

"**进士坊**",在猪市巷(康熙版桐城县志标为"居市巷",其实很可能就是"居士巷",因为这里有始建于宋代的大宁寺)口,乃是为成化辛丑进士方向立。

以下五坊,均在凤仪坊内:

"**世科坊**",乃是为洪武己卯(1399)举人方法立;

"**联芳坊**",乃是为正统丁卯(1447)举人方佑立;

"**奎光坊**",乃是成化己酉为举人方瓘立(注,成化没有己酉年,弘治有己酉年,即弘治二年,1489年;但也可能是乙酉之误,那么就可能是成化元年1465年。查方氏家谱,方瓘果然是成化元年乙酉应天乡试第二十九名)。

"**登庸坊**",乃是为成化丁酉(1477)举人方印立;

"**桂林坊**",乃是弘治戊申(1488)知县陈勉为方氏五举人立。

以上八座方家科举功名牌坊中,准确记载为成化年间立坊的是:"绣衣坊""司谏坊""进士坊""奎光坊""登庸坊"共五座。未准确记载立坊时间的是"世科坊""联芳坊"。而在方氏家谱"旧序"中,桐城训导许浩也郑重提及这些科第坊。

令人颇为感兴趣的,就是那座五举人"桂林坊"。正因为陈勉所立"桂林坊"在弘治戊申(1488)即弘治元年,故可以推证,王瑞题门必早于1488年。

前有名人都谏王瑞题门"桂林"作铺垫,表彰方氏举人之盛,后有县令陈勉又再立五举人"桂林坊",此时还把两位进士方佑、方向也包含进来,更是突破了大概仅为举人立"桂林"牌坊的所谓惯例和界限,这足以证明陈勉建立五举人"桂林坊",就是用来表彰方氏科甲连绵、人才之盛的。

图3　巍然矗立的凤仪坊

在整个桐城,截至弘治元年(1488),一个家族拥有两名进士、三名举人,这样的科举盛况,还是独一无二的。而且,前有名人都谏王瑞题门"桂林",后有当地县政府为家族五举人再立"桂林坊",盛况前后相继,这是一个家族何等的光荣和骄傲,必然产生了不小的轰动影响。

四、家谱编成世泽长

考察桐城"桂林方"得名缘由,还应联系其家谱的编修情况来看。

方氏家谱经第六世方懋(赠御史方自勉)草创,再经第七世方佑(监察御史)、第八世方玺(处士)和方向(给舍)、第九世方克(少卿)三修之后,又历40年,十一世方学恒想担起续修重任,因病逝未能实现。但都不明当时他们修的方谱,究竟叫"凤仪方"谱,还是叫"桂林方"谱。

方学渐早在弱冠时,就与婺源来谋合谱者进行激辩,否决了桐城方氏与婺源方氏的亲缘关系。后来因"久困诸生铅椠,不遑从事"续谱事宜。直到万历时期,才肩负起续修重任。他在谱序中说:"方自宋末籍桐,历世十三,历年三百有五十。始称凤仪,继称桂林。"可见,方谱在方学渐续谱时已经称"桂林方"。

方学渐的侄子兼学生方大美,在谱序中说:"先大父雅称族望,先生(方学渐)文行冠人伦,相与提衡其间,式微之运,赖以复振。"方大美的先大父(祖父)即第十世方梦旸,号东谷,曾官南海,也有续谱愿望,常与方学渐议及谱事。惜不久年老去世。方学渐遂提出:"乃何不当我而明吾宗,增饰润色,勒一家之言?"经过16年的努力,方学渐续谱告竣,可谓"纲目烂然,林林乎十有三世。所可知者图之,曰世系;茫茫上世,蔓此徽池,所不可知者删之,阙阙疑……岂独家谱,殆家史也"。①

方学渐续修的方谱,体例大备,"远近有事修谱者,奉为模范"。方谱也成为传扬方氏"桂林"嘉名的重要载体。从方谱可以看到,方氏人才之盛,世泽绵长,为桐城文化的崛起和兴盛作出了重要贡献。诚如方学渐在序中慨叹:"庶几千百身而为一身,而长有我方之桐国乎?"②难怪清初方育盛游楚时,偶然读到《安陆志》中的八世族祖《方向传》,激动地赋诗曰:"海内知桂林,桂林乃吾族。"③方氏祖先的炳炳功德,已经让"桂林"二字闻名海内了。

综上,探讨方氏"始称凤仪,继称桂林",其最直接的源头可能就是方懋、方恕兄弟创建"桂林新第";继而方佑开府桂林被尊为"桂林公",都谏王瑞题门"桂林",知县陈勉再立"桂林坊","桂林"二字的影响也就越来越大。尤其是"桂林坊"牌坊的建立,类似于之前方家以居住地"凤仪坊"而称"凤仪方",现在由"桂林坊"而称"桂林方"也是顺理成章的。方学渐续修的方氏家谱也就名正言顺地改称"桐城桂林方氏"了。

---

① 方传理:《桐城桂林方氏家谱》卷首"前刊家谱序",清光绪六年(1880)刻本,第4、5页。
② 方学渐谱序见《桐城桂林方氏家谱》卷首"前刊家谱序"。
③ 方育盛诗句,载潘江辑、彭君华主编《龙眠风雅全编》第九册,黄山书社,2013年,第4381页。

方梦旸：泯默笃行的真君子①

明代著名文学家袁宗道，为一位曾任福建南安县丞的桐城人撰写行状，由衷地感叹："凡昌炽之门，其始必有笃行君子，泯泯默默，不显其声名，以深其根，故其发必大。"这位官秩才八品的南安县丞，就是方苞的十世祖方梦旸。他"轻资财如尘砾，急仁义若衣食。自少至老，唯知施恩，不计其怨。人之怨有加，而先生之施无倦"。袁宗道认为，即使过去典籍所载的长者奇行，恐怕都没有胜过方梦旸的。这大概正是方家"其发必大"的主要原因。

一、一让再让，让到别人愧服

乾隆甲子年(1744)十一月，方苞又一次从金陵回桐城祭祖，并为邑治东北的寄母山(在今大关镇白沙岭东南三里)祖墓复立新碑，作《复田保公阴碑记》："邑治东北寄母山，方氏九世邹太君、十世南安丞东谷公墓在焉。"东谷公正是方苞的十世先祖方梦旸(1519—1581)，字子旦，别号东谷。谷，本义是指山谷，东谷即指鲁谼山谷。方学渐有《鲁王墩》诗云："鲁谷空千古，临风一惘然。"据方氏家谱，方家从第七世开始分房，六房第八世方圭先是奉寡母吴氏"徙七里冈之胡庄"，又"奋力耕，创乔庄，有田三百亩"。乔庄在今桐城吕亭镇政府附近，也即所谓"鲁谷"之东，此地又曰"东阳村"。这大概就是方梦旸别号"东谷"的由来吧。

祖父方圭的勤奋创业，为后辈留下了厚实的家底。父亲野航公是太学生，因侍亲医药而无暇科举，就专心经营家业，又善于精打细算，积

---

① 本文首发于2024年5月16日《新安晚报》"徽派人物"版。所举方梦旸事迹，主要出自袁宗道《迪功郎南安少尹方先生行状》，同时参考了《桐城桂林方氏家谱》和《方孝标文集》"光敞堂记"等。

累了巨万财富。弟弟海航公同产不分家,野航公鼓励并资助弟弟读书交友。海航公厌谈钱谷之事,攻书制义丙夜不休,于嘉靖元年(1522)乡试中举,可惜不久得寒病,两年后去世。

野航公年老,方梦旸开始执家政,一些人就觊觎方家的财产。有人想以更便宜的钱买方梦旸的田地,方梦旸就按他的价格卖给了他,都已经画押立字了,这人却诡言说地太薄,方梦旸就退了百余金给他。有个邻居盘算着方梦旸的家宅遭受火灾,田契可能已化为灰烬,遂侵占其地数十丈。方梦旸知道情况后,写了一封信给这个邻居,信中也没有多余的话,就两句诗:"尺土皆隶皇家籍,古来割据几何年?"这个邻居"愧服而止"。

有一次乘船渡江,风浪很大,同舟几位商人却因为钱包丢失而大打出手。方梦旸制止了他们:"你丢失的钱包被我的仆人捡到了,你拿去吧。"等到了岸边,丢钱人又找到了自己的钱包,正奇怪时,方梦旸笑着说:"钱与生命相比,哪个更重要?你们在船上争打很危险,船沉了怎么办?"大家叹服而去。

二、一忍再忍,忍到亲友相贺

叔父海航公无嗣,临终前对妻子刘氏说:"我和哥哥没分家,我侄儿梦旸很贤能,你就把他当自己的儿子看待吧。"叔父去世后,族中再从兄弟争着要做海航公嗣子,甚至打起了官司。族中有些狡猾者四处活动,不仅向方梦旸索要钱财,还蛊惑叔母刘氏分家。

方梦旸说:"我父亲与叔叔义不析庖。现在叔母一定要分开别居。我也不能强求在一起。"就将家产分了一半给叔母,而他自己只要最贫瘠的土地和低洼处的房产,僮仆也只要年老的。又立从弟梦贤为叔母继子,但梦贤没几年就将分得的家产"尽废",还经常故意错怪方梦旸。方梦旸也不计较,时时以儿子的礼节去看望照顾叔母,毫无怨言地帮助梦贤。

有一次,方梦贤的奴仆骑马时,不小心惊跑了邻居家的猪,自己也坠地被马拖伤。邻居怒气冲冲地来索赔。方梦贤在严厉责骂奴仆时,与邻居争吵不休。方梦旸听说后,就劝道:"何必以一场意外的事来相互责难？"方梦旸拿出五百金给邻居，作为丢猪的赔偿；又将受伤的仆人引到自己家里，让其安心养伤，直到一个月后痊愈。方梦贤的女婿犯事被逮到庐江，梦旸听说后，不待梦贤来找，立即赶往庐江，妥善处理了此事。这一切，叔母刘氏看在眼里、记在心里，非常感动，拉着梦旸的手痛哭不已："我以前错怪了你！"刘氏卒后，梦旸为其具衣备棺，一切设灵祭祀之事都亲自操办，并将婶母与自己嫡母高氏一起安葬到龙眠山祖坟。

有豪强拿刀劫持了方梦旸："不拿出千金，就立即杀了你！"方梦旸就给了他千金，忍辱退却，散财为安。不料，还有大盗趁月黑风高摸上门来，不仅连斩数仆，还尽窃家藏，临走又纵火焚烧，烈焰竟日不息。方梦旸恰好去官府纳租，未遭到陷害，保住了性命。他因此长叹道："钱财其实都是为大盗积累的啊！"县令捕获盗贼，让失主来认领，方梦旸却不再过问。在贵州当巡抚的老同学赵钍听说后，来信安慰："物有必至，事有固然。一切成败聚散悉委之。"在河南当官的同学吴承恩别驾也写信相劝："失去的财产都是孽资。财去，我为你相贺！"

因接连遭盗遭陷害，不得已，方梦旸遂奉嫡母高氏与生母邹氏回到县城居住。从第八世方圭离城而乡居拓耕，到第十世方梦旸返回城中，方氏"中六房"这一支开始了新的崛起。

有一次，为帮助叔母刘氏处理家庭变故，方梦旸到金陵找人，却有两个刺客暗中跟随，准备行刺。方梦旸察觉后，从小道赶回家，也绝不向别人透露此事。直到30多年后，携孙方大美到金陵应举，舟过当年差点被害之地，不由泪下："这是我万死一生的地方啊！"孙亦泣下。

三、一帮再帮，帮到植德更奇

方梦旸出生的时候，父亲梦日入室，故为子取名梦旸。他"广眉丰颡美髯，目光射人""颜若渥丹，丰神愈整"，用现在的话来说，就是标准的帅哥儿。但他并不是纨绔子弟，有其先祖方德益好义善施的秉性，毫不看重钱财，经常热情帮助他人。族戚和乡邻遇有缓急，到他家拿钱拿物就像取自己的暂存一样。父亲去世后，方梦旸又将其生前应收利息一千余金的票据拿出来，召集所有欠债者，当着他们的面，付之一炬。

在太学读书期间,同乡阮鹗家贫,妻子又病卒,方梦旸出钱为其办丧事,钱不够就将自己乘的骡子卖掉,还将阮鹗的孩子抱回家让自己夫人喂养,并帮助阮鹗再娶。阮鹗感而泣下,发奋读书,后来得中进士,官至浙闽巡抚。

同学吴檄虽然科举之路顺畅,但家贫且早卒,其孤子吴自峒还不到10岁。方梦旸不仅毅然抚孤,还花钱为其择师,送其上学,稍长又将女儿嫁给了他。吴自峒也没有让方、吴两个家族失望,嘉靖辛酉(1561)中举后,第二年就联捷壬戌科(1562)进士,历官至太常寺卿、通政。方梦旸"时以大义箴规",要求女婿为官清正自守。

荆州司理刘坤到了45岁还没有孩子,遂决定不再"谋子"。方梦旸劝他:"夫何不念百世?"并出钱为刘坤纳姬,不久刘坤得育二子。刘坤的父亲刘焴及弟刘炯,在岁饥之年都向方梦旸借了钱。几年后,刘炯亡故。方梦旸说:"何忍收死友债?"就将刘焴与刘炯的债务全部免除。

方梦旸对嫡母高氏一直百依百顺。高氏却把娘家侄子高倬当儿子看待,经常悄悄地给钱给物。方梦旸也不闻不问。高倬还使计骗梦旸的钱财,梦旸也如数奉给,乃至质田给他都毫不吝惜。高倬深受感动,从此与梦旸终生相好。生母邹氏老家是金陵的,虽然路途遥远,方梦旸还是经常遥问讯息。有一次金陵的伯舅因为织造之事,与岭南客商发生争执,"不胜,法当死"。方梦旸千方百计帮助其脱祸免灾。伯舅的孙子邹应祥来到桐城,方梦旸视为自己的孩子,不仅给以居食,还帮他纳妻。方梦旸告诫儿子们:"你们如果没有忘记我母亲,就要好好对待这个孩子。"

袁宗道写到这里,大发感叹:"嗟乎!世路羊肠,德施仇反,屡衔屈而不辩。至于欲杀其身,而终不忍言。先生所遇之祸固奇,所植之德亦奇矣!"

四、一进再进,进到名士满门

方梦旸的曾祖父方瑾(字廷璋),为方懋的幼子。方懋的好友、太守章纶善毛诗,著书名曰《心见》,以授其子方佑。方佑就对章太守说:"先大父业《尚书》,未捷南宫,不肖孤期以《尚书》酬先志。雅惠甚盛,请授弟瓘酬父执可乎？"①方佑想让章太守教弟弟方瓘《诗经》，而自己一心想读《尚书》成进士，以弥补从前祖父断事公方法"未捷南宫"（未中进士）的遗憾。后来，方佑果然以治《尚书》得中进士，方瓘也以治《诗经》中式成化乙酉(1465)应天乡试第二十九名举人。

虽然祖父方圭"躬耒耞艺南亩"②，未能得尝读书求学之愿，但父亲野航公、叔父海航公都饱读诗书，一为太学生，一为举人。方梦旸在"时以诗歌相讽励"③的家风中深受熏染，读书非常用功。对此，袁宗道也有描述：方梦旸"少年即日诵千言，十岁善属文，能作大书，书辄工。出试，邑令奇之，置巨匾命之书。叹曰：'孺子腕不胜锥，而能擅敬脱之技，何奇也！'十六补郡学弟子。郡守吴君，西吴名士，大加赏识，曰：'若能作贾生耶？吾不难作吴公矣！'"

但科举之路岂能一帆风顺？方梦旸久困场屋，不再想出仕。桐城教谕张甑山赠以袍带，鼓励他说："可以自效者，何必科第？"当时，科举未及第，但太学生也可以出仕。方梦旸听劝就参与了朝廷谒选，成为八品小官南安县丞，所谓"以名家子隐于小吏"。南安遭受兵燹不久，其民多逃亡在外，欠税赋也较多。方梦旸就经常以自己的俸禄代为交税；居官3年，也不带家人和仆从，还把老家的粮食卖了贴补官邸之用。老百姓听说后，非常感动，争相纳粮，南安县因此上交公粮最多，按例应该享受"馈遗"，但方梦旸丝毫不受，一分钱也不入私囊。南安是泉州支县，方氏第九世方克曾经任职泉州太守。方梦旸"感念先泽，欲辉前躅"，修复了洛阳桥上的"西川甘雨"碑（西川即方克的号）。虽因多有善政，常受上司褒奖，方梦旸还是以"垂老参佐，故园松柏待人"，不恋此官而辞归，"南安民如失慈母"。

虽说归来后，方梦旸本打算"量晴较雨，探节数时"，过陶公般的退隐生活，但实际上还是牵挂着子孙读书，忙着为邑北祖坟月山（陡岭山）赎回祭田，并修缮享堂，支持从子方学渐续修家谱、创建祠堂，"族凡千指，祭则会，会则置酒张乐"，"申家训，莫不大悦"。正如方大美在方氏

---

① 方传理：《桐城桂林方氏家谱》"第七世列传"，清光绪六年(1880)刻本。
② 方传理：《桐城桂林方氏家谱》"第八世列传"，清光绪六年(1880)刻本。
③ 方传理：《桐城桂林方氏家谱》"第九世列传"，清光绪六年(1880)刻本。

家谱的己亥序言所云:"先大父(方梦旸)雅称族望,先生(方学渐)文行冠人伦,相与提衡其间,式微之运赖以复振。"因为方梦旸与方学渐的共同努力,方氏家族的命运开始复振。

万历丙子(1576),孙方大美中举,方梦旸感叹:"有孙如此,吾复何忧?"方氏合族也都称扬说:"东谷公有盛德,思济(方大美)既贤且贵,桂林第舍思济谁归?"① 于是,城中方氏祖宅桂林第就归由方大美继承。从此,桂林第科甲连绵,包括方拱乾、方苞、方孝标、方亨咸、方世举、方贞观以及有"一门三总督"之誉的方观承、方维甸、方受畴等在内,可谓名臣硕儒满门。而方学渐所在的"中一房"也是科第迭起,才俊辈出。方氏家族因此被称为"海内第一等的诗礼之家"。②

万历辛巳(1581)春,全县大饥荒,方梦旸遍施里中。这年仲夏,他偶得病疽,即令治后事:"我一生多灾多难,有好几次差点送了命。现在能寿终正寝,我还有什么不满足的呢?"等到安葬到城东北寄母山(图4)那一天,远近数百人跟着棺材号哭不已。

图4　民国地图中的邑治东北寄母山,距大关镇白沙岭(三十里铺)很近

---

① 方孝标:《光启堂记》,载方孝标撰、石钟扬等校点《方孝标文集》卷四,黄山书社,2007年,第314页。
② 高阳:《明末四公子》,华夏出版社,2004年,第67页。

袁宗道最后在文尾感叹道："东谷先生生平所受横逆,盖人情所谓腐心塞咽不能堪者,而甘之若饴","爰及曾玄,兰玉相映。此里人所艳说,而余则谓此特先生报缘之馀耳","余闻先生奇行,且仰且愧,不揣固陋,状之以待鸿笔君子"。

方梦旸盛德奇行,不仅为时人称颂,亦为后来人褒扬。"天启六君子"之一的左光斗,与方大美同朝为官,对其祖父东谷先生事迹闻之甚详,也曾随大美访东谷先生山庄和环青亭,有诗《题东谷先生山庄》曰:

予生之辰苦不早,父老犹能说乡老。乡老显者郁相望,德行无如东谷好。东谷先生古隐沦,结庐直与杜陵邻。十里绮疆分地巧,千年古木拂天匀。乃翁拮据复不小,为亭杳霭更天矫。载阳春日鸟关关,清夜月明涛晶晶。人言亭榭多潇洒,翁有馀悲托松槚。血泪频添翠竹斑,白云时起龙鳞下。龙鳞下有千秋苓,千秋魂魄归斯亭。少陵已没杜陵改,居人定复指还青。予不识翁识翁处,识翁之孙名侍御。善哉矍铄一歔欷,低回怀之不能去。予之视翁不翅曾,有女新尚翁之仍。琳瑯玉树干霄汉,亭榭区区安足凭。①

---

① 见《四库禁毁书丛刊》集部第四十六册,北京出版社,1997年,第261页。

方大美：因"贤且贵"继承祖宅

万历丙子(1576)秋试放榜,年才23岁的方大美以第十九名的优异成绩高中举人,捷报传至家乡桐城,方氏家族立即沸腾起来。方氏族长、各支族人代表等,早已在凤仪坊的祖宅桂林第恭候并决定:"是居也,舍思济其谁?"[①]思济是方大美的字。合族共推方大美继承祖宅桂林第,这件流传至今的美谈,载于方孝标的《光啟堂记》里。方大美,字思济,一字黄中,桂林方氏第十二世,曾官至太仆寺少卿。

一、继承祖宅桂林第

说到桐城桂林方氏名人,其主体部分基本上都是从凤仪坊的桂林第和廷尉第走出的。其中,桂林第祖宅为第六世方自勉、方自宽兄弟购买乡进士黄镕的地基,创建于明代宣德年间,其址位于今桐城北大街寺巷口;廷尉第,又称远心堂,主要是第十一世方学渐的后裔,位于寺巷内西首。单从明代来看,方学渐后裔有兄弟进士方大镇、方大铉,里人赞为"凤仪坊双凤",有祖孙、父子皆进士的方大镇、方孔炤、方以智;桂林第先后有进士方佑、方向、方克、方大美、方大任、方拱乾。第七世方佑出生于桂林第,到第八世方向时,仍然是"同居凤仪坊,五服之属萃一堂",兄弟轮流执家政。[②]故而后来兄弟分家,方向还是依依不舍地表示:"九世而同居也,此情此意,天地鬼神实鉴临之。今乃如此,我何幸也!"要求大家即使分家了,也要于"农隙之际,复聚祖居,叙寒温,

---

① 方孝标:《光啟堂记》,载方孝标撰、石钟扬等校点《方孝标文集》卷四,黄山书社,2007年,第314页。
② 方传理:《桐城桂林方氏家谱》卷五十一"方印列传",清光绪六年(1880)刻本。

83

话天论"。①

根据"子孙世守,不能守则让族之贤者"的家训②,到第九世时,桂林第由"贤且贵"的少卿公方克继承,但方克无嗣,直到方大美因中举而"贵"、且其祖父东谷公"有盛德于宗族",得以继承祖宅③,桂林第遂成为其孙方孝标所称"龙眠世屋"。入清以后,尽管方氏家族受江南丁酉科考案和《南山集》案"文字狱株连,遭到两次几乎毁灭性的打击,却仍然顽强挺起,如清初的侍读学士、文学家方孝标,进士、书画家方亨咸,桐城派鼻祖方苞,方氏三诗人中的方贞观、方世举,清中叶的"方氏三总督"方观承、方维甸、方受畴等,可谓盛极一时。

二、儒家学问饱熏陶

方大美曾经从学于里中先辈戴完(号浑庵)。据戴氏家谱中的戴君禧《封承德寺丞公传》:"副宪(戴完)解组归来,开东林会馆,聚四方生徒,穷日问难,从游者不下百人。公(戴君子禧)秉义方之训,不惜赀费周旋其间,居则给饔食,去则资粮,尝偕太仆方冲含(方大美)、侍御方鲁岳(方大镇)、大参胡心泽(胡瓒)、太史吴观我(吴应宾)诸先达潜心正学,共相砥砺。"④

明代中叶以来,桐城理学盛行。何唐开桐城聚徒讲学之先河,被称为桐城儒宗。方效、赵锐、赵釴、戴完、胡效才等先后讲学里中,桐城讲学之风至此极盛。何唐去世得早,他的高足赵锐是方学渐的岳父,故方学渐说:"学渐生后时,不得亲炙其道,犹及赵均州而私淑焉。"他还撰有《理学何省斋先生传》,表彰何唐"卓然不愧于圣人之徒"。方效(号石洲)是方学渐的从叔,"张皋比于城东乌石冈下","指授经义沛若悬河"。方学渐说"不肖学渐年十六受业于石洲先生"。⑤ 作为侄女婿,方学渐也曾从游于赵釴,而赵釴又是赵锐之弟。戴完虽是赵锐的入室弟子,却

---

① 方传理:《桐城桂林方氏家谱》卷六十一"家政",清光绪六年(1880)刻本。
② 同上。
③ 方孝标:《光启堂记》,载方孝标撰、石钟扬等校点《方孝标文集》卷四,黄山书社,2007年,第314页。
④ 《封承德寺丞公传》,见《皖桐香山戴氏宗谱》卷二十二,清同治七年(1868)木活字版印本。
⑤ 方传理:《桐城桂林方氏家谱》卷五十一"方效列传",清光绪六年(1880)刻本。

也是方学渐的老师之一,曾开"东林馆"于龙眠河畔。

当方学渐接武先辈,以布衣主坛席时,县内县外学者鳞集,方大美、吴应宾、方大镇、王宣、胡瓒等时流才俊,也都是方学渐的高足。桐城方氏家谱《方学尹传》:"子大美之生也,早入塾。征学渐为之师,七年不离讲席。大美之业成,丙子举孝廉。"①方学尹为了把儿子大美培养出来,可谓费尽心力。方梦旸也欣慰地说:"有孙如此,吾复何忧?"6年后的万历壬午(1582),方学渐的长子方大镇亦中式举人。

10年后的万历丙戌年(1586),方大美成进士,又3年方大镇亦成进士。凤仪坊的方家喜讯连连。方大美初授湖广常德府推官,以考绩最优,擢福建道监察御史。这是方家自方佑以来的第四位御史,前三位分别是方佑、方向(给谏)、方克。此后,方大美巡按江西,再按河南,复按顺天,秩满晋太仆寺少卿,因母亲春秋已高,遂"奉板舆归里"。

三、直节介行真君子

据方氏家谱"列传",方大美为官"直节介行"。初任常德推官时,查明辰州一囚犯,还是个童子时,自村塾暮归,遇群盗被胁迫执火炬,导致系狱10多年,还不知何日能出狱。大美"廉得其情,释之"。可谓沉冤得以昭雪。

巡按江西时,方大美了解到有税珰骄奢横行、胡作非为,甚至肆意加码加征,以致民怨沸腾,遂裁决其必须按法按规办税,否则严惩不贷。税珰虽然内心畏惧,却仗着来自大内,依旧横行如故。老百姓不堪其扰,聚众而起,必欲杀之而后快。大家围住税珰住所,或射箭,或抛石,喊杀喊打,一时间群情鼎沸。税珰逃窜无门,吓得准备自杀谢罪。方大美瞅准时机,出面安抚义愤填膺的百姓,表示将按章按法严肃处理,税珰也连忙点头哈腰、痛哭流涕,跪求巡按大人惩处。围攻的百姓知道方大美刚正不阿、执法不挠,遂自行散去。税珰感激涕零,由是敛迹。

万历癸卯(1603),方大美监察河南乡试,发现有500余位诸生因字写得不好而被罢落,遂废除了这项规定。揭榜后,字写得不好的,仍有

---

① 方传理:《桐城桂林方氏家谱》卷五十一"方学尹列传",清光绪六年(1880)刻本。

15人被录取。

方大美为官几十年,诸如裁减中贵、捐金赈灾、抚恤孤残、清理藩王护卫军籍①等,惠政甚多;同时性能知人,推荐提拔了不少廉干官员。但他不事张扬,不存谏疏。这些功绩,直到神宗实录告成,人们才知晓,可谓官场难得的真君子。

四、倡文重教复"游梁"

因来自文风昌盛、讲学盛行的桐城,深受先辈重学倡教的影响,方大美对历官之地的士风培育和人才培养更为关注。巡按河南时,他就捐金修复并扩建了省会所在地大梁(开封)的游梁书院,也把家乡的讲学之风带到了这里。

方大美是一位学者,也是一位文人,可惜其毕生文字基本佚失,他的形象也就因此模糊不清。《河南通志》却保留了他的《游梁书院碑记》,既是一篇难得的史料,更是学术性与思想性兼具的美文,也有利于我们认识方大美其人其学,故全文照录并校点于下。

游梁书院碑记②

方大美

观风之命,揽辔中原,顾瞻嵩河之遗。首莅大梁,喟然叹曰:"此孟轲氏远应惠王币聘之邦也,庶几哉仁义之风犹有存者乎!"然而未暇详观也。乃先之卫,睹淇水而兴思,曰:"洋洋乎此武公之耄而勤学,诗人所为赋《淇澳》也。"今之人,其有以学问相切磨者乎?而胡未之闻也?于前儒得邵伯雍焉,为之更饰其祠宇,奕如也。及之周南而溯瀍涧之流,曰:"洋洋乎周公之所卜而定都者,禾黍之嗟久矣!"千载而下,有程伯淳兄弟者崛起,以续孟氏之传,开道南之绪,而今将安归也?无已于二先生祠加饰焉,庶其有兴乎?之汝而思文王之化,曰:"菉朴之遗教固在,何髦髦之寥也。"之蔡而

---

① 关于方大美请裁藩王护卫军籍之事,参见本书第二章《方德益:方氏迁桐始祖之谜探寻》。
② 方大美:《游梁书院碑记》,载田文镜等编《河南通志》卷四三,影印文渊阁四库全书本。

忆蔡仲之命,曰:"迈迹诚在我,嗟乎!谢良佐见其去一矜字焉,今亡矣。"夫及之陈之宋则曰:"羲皇画卦之迹遐哉邈矣,后之言《易》者何纷纷也哉!"考孔子绝粮伐木故处,今俨然庙貌在焉。岂不树斯文之帜哉!顾谁过而问之至受,而巡历所及,车辙遍乎中原之境矣。

乃还,而税驾于大梁焉。以语于藩臬诸大夫,曰:"世降道微,圣贤不作,朴散淳浇久矣。向予观于四境,犹会省也;今观于会省者,亦犹四境也。彝门豪侠遗韵尚存,而仁义之风渺矣,奈何挽而昭揭之?"诸大夫起而应曰:"观风设教,唯先生职;端轨齐物,唯先生能。仆辈第受成事已耳,唯所命之。"予曰:"风俗之表倡在士人,士人之兴起在教化。语云:立的以示之,标射者期焉;设炉以鼓之,铸顽者化焉。树标莫如崇贤,善铸莫如敬业。孟氏仁义之学,士人之标的也。倘惠徼圣贤之灵,群弟子而讲席之。炉冶之中,其有顽金乎?为之奈何?"佥曰:"游梁有祠以祀孟子。其规制故隘可撤而新也,其学舍未备可创而构也。祠修则崇贤有仪,馆备则敬业有所。崇贤以示之标,敬业以鼓之铸,不亦可乎?"予曰:"善哉!"乃捐赀三百馀金,檄有司鸠工而葺之,中为殿六楹,祀孟夫子其上,以万章、公孙丑诸弟子配。前为门,题曰"仁义之门"。又前为门,曰"游梁祠",仍其旧也。殿之北,建讲堂六楹,扁曰"性善"。其东西各列号舍十八间,以斯处诸生。亦既备矣,然供仪之费无从出也。于是,诸大夫各捐赎羡,买地若干顷,坐落祥符之某乡,岁收租银若干,贮之理问所,支给听之守道,循环报之本院,著为令甲。至若督率必简师儒,教育务得英士,学术一尊孔孟。诸大夫均有师率之寄,不得诿焉。

吁嗟乎,首善之地在省会,教化之任在官司,学问之宗在圣贤。性善、仁义之学,固孟氏所以愿学孔子,而继伏羲、周文之统者也。士患舍此弗学耳。诚学焉,如卫武切磨之功,耄而靡倦;如两程子之先识仁,以诚敬存之,弹上蔡切问近思之,力究康节内圣外王之学,济济彬彬,入(以)表率乎乡里,出以桢干乎邦家。俾后之观风者曰:"中原古圣神明区,今犹昔也。"猗欤休哉!予于诸大夫今日作人之举,不有荣施哉?是所望于诸来学者。爰书之为此祠记。是役也,首其事者不佞大美,赞其成者方伯易君登瀛、袁君奎,宪长蔡君逢时,大参徐君即登、朱君思明,宪副何君大化、梅君守和,宪佥延君论,洎开封府太守冯君盛明,董之者郡倅朱勒,而知事者薛国俊,效奔走也,例得并书云。

大梁旧为孟子见梁惠王之地,为河南省会所在,原有孟子祠,但"规制故隘""学舍未备"。方大美针对当时"世降道微,圣贤不作,朴散淳浇久矣"的实际,为了宣扬他的"风俗之表倡在士人,士人之兴起在教化"主张,以"观风"之命为由,煞费苦心地自大梁出发,将中原逆时针地转了一圈,重点巡视了北部的卫地,西部的洛阳,南部的汝水,东部的蔡、陈、宋等地,最后又回到了大梁。这篇碑记,就是通过对这些地方的见闻,来追慕古代圣贤,系统阐述祭祀孟子的理由和意义,并带头捐金修复扩建大梁的游梁书院,号召河南的各级官员尊师重教。其强调的"性善仁义"观点,也是赵釴、戴完、方学渐等桐城理学先辈的学术思想;特别是游梁书院里所设"性善堂",也很容易让我们想到方学渐的著作《性善绎》,以及方大镇缮修桐川会馆后又续建的"至善堂"。

从方氏房头来看,方大美属于"中六房",而他的从弟方大镇属于"中一房"。值得注意的是,方大美孙孝标第五子登峄,后来出嗣给"中一房"方兆及,而方兆及正是方大镇三弟方大钦之孙,清中叶的"方氏三总督"就是方登峄后裔。

方孝标与龙眠世屋桂林第

明末清初的桐城方氏先贤中,有一个人非常奇怪。

与方以智、方文相比,他虽然年纪小几岁而稍稍晚出,但亦曾闻名于当时:28岁举于乡,31岁进士及第,改庶吉士,授翰林院编修,任内弘文院侍读学士,两充会试同考官。因才学坚实,他成了年轻的顺治皇帝近臣,是皇帝亲选的七位侍讲官之一,除他是学士而外,另六位都是内阁大臣,可谓破例,时人称他为"异数"。皇帝与他亲密到直呼其别号"楼冈",甚至说:"方学士面冷,可作吏部尚书。"这让人们觉得他太风光了,前程不可限量。然而,他很快就遭遇了一桩千古奇案,从云端跌下了地狱。随后一家老小连同亲属数十口人,被流放东北苦寒之地。3年后侥幸赦归,从此养亲、还债,不问世事。但去世多年后又无辜陷入另一桩更大的奇案,殃及白骨乃至子孙,至惨至悲。

他就是桐城桂林方氏第十四世方孝标(1618—1696),初名玄成,后因避康熙皇帝的名讳,遂以字行。方拱乾为儿子们取名颇有意思,都是"文头武脚":长子玄成(字孝标,号楼冈,进士)、仲子亨咸(字吉偶,号邵村,进士)、三子育盛(字与三,号栲舟,举人)、四子膏茂(字敦四,号寄山,举人)、五子章钺(字世五,号丹皋,举人)、六子奕箴(字谦六,号陶谷,县学生)。据说顺治皇帝有次跟方拱乾开玩笑:"於戏、哀哉,亦是文头武脚。"真是一语成谶,后来方家受到两次几乎毁灭性的打击。

一、他未曾忘记故乡风物人情

康熙十年(1671),方孝标听从了母亲的意见,将金陵翟氏的一处弃园买了下来,更名为"依园",正式定居金陵。①

或许,此刻他想起了17岁那年,也即崇祯七年(1634),桐城发生的一件大事。那年闰八月,有汪姓与黄姓两个人带头举事,趁县令更换并到安庆出差之际,领了一批人攻进城中,放火烧了好几户巨家大室的房子,砍了几个大户人家奴仆的头,然后就在城北吕亭的胡家山庄扎寨为营。②

因是甲戌年,故这起大事被称为"甲戌桐变";又因起事者分别姓汪姓黄,所以也称"汪黄暴动"。桐城这座历史文化厚重的小城,承平日久,民不知兵。方以智说过,"吾桐素多游宴园林",但经过这场"汪黄暴动"后,城中瓦砾遍地。而汪、黄又与秦地农民起义军遥相呼应,自此兵火迭起。世家大族纷纷外逃,他们或流寓南都金陵,或暂栖江南太平府等地。方孝标也一度随父母寓居金陵。

甲申明亡,历史翻篇。方孝标与父亲方拱乾、弟弟方亨咸先后入仕,成为新朝的风云人物。但随后的几十年,方孝标经历了诸多比"甲戌桐变"更为惊心动魄的大事件。最刻骨铭心的就是顺治十四年(1657)的江南丁酉科考案。弟章钺被责板后,家产入官;孝标及父母、兄弟、妻子一大家口并流东北宁古塔。3年后朝廷出台新政,"流人"(指被流放的罪人)可筹钱认修京城城楼,孝标一家因认修阜城门,又恰值康熙登极,才得以侥幸生还。

"维桑与梓,必恭敬止。"无论是春风得意的朝堂胜日,还是出塞入塞、称贷奔走的困窘之时,方孝标都不曾忘怀故乡风物人情,凡诗集文集署款多"龙眠方孝标"。他忆及童年受学于乡耆老蒋臣先生之门:"先宫詹交遍海宇,独拳拳故乡同学之六骏……尤独倾倒先师司农公,亲为立传,几于颊上三毫矣。谪居塞外,赋八哀诗,又曰'我交天下士,如公才无两。'先师真人杰也哉!小子少受业门下……凡小子管窥蠡测之所得,皆先师耳提面命之赐也。"③及长授婚于乡里大儒刘鸿人先生馆,胡

---

① 方孝标:《依园记》,载方孝标撰、石钟扬等校点《方孝标文集》,黄山书社,2007年,第315页。
② 这场"桐变"影响深刻,时人多有记述,史料颇丰,故而笔者在《方维仪传》里也有专章呈现。
③ 蒋臣:《无他技堂遗稿》,《四部禁毁书丛刊》集部第七十二册,北京出版社,1997年,第459页。

绥山老先生教为诗歌古文辞:"余兄弟成童时,见先生已经五十馀,先生甚幸爱愚兄弟,时时教以诗、古文法,甚或具饮相觞,从旁边剟古人书篇颛而句栉之,不倦。余兄弟每奏一诗一文,未尝不遍赞宾客,曰:'此金华殿中语也。'"①蒋臣、刘鸿人、胡绥山、叶组、姚孙森与方拱乾六人,年轻时在家乡结社交游,被称为"龙眠六骏",后来结为儿女亲家也就顺理成章了。

虽然多年来,屡屡返桐。他为老家的姑母姚太孺人诰封称贺(姑父是姚孙森),为表弟姚经三的文集、从兄方环青(方畿)、外甥江皋的诗选集精心推敲,也热情为老家的一些氏族修谱作序,凡此都不遗余力;虽然弟侄和儿辈们先后归居桐城,父老比邻面,躬耕故园田。可是,对方孝标来说,时代变迁,乡愁虽在,年华老去,故乡再也回不去了,老母亲更不愿意回到故乡触目伤情。这次定居金陵,新筑"依园",其中有小楼,登可四望,但未有名。母亲对他说:

> 昔汝父读书龙眠山中,有楼巢群峰之胜,其制朴小,颇类比。汝父尝与我观积雪其上,颜之曰"先雪楼"。我今老,不能归故乡,而梦见彼楼数十年如昨日。汝其即以名斯楼,可乎?②

方孝标"唯唯"。他大约也想起,二弟方亨咸曾为六弟奕箴画《家山读书图》,父亲方拱乾有诗曰:"画山原不尽,画自具山奇。树石归形似,楼台任意为。弥增当日胜,益重客中思。举目邗江壁,桐溪秋晓时。"以父亲曾读书龙眠山中的"先雪楼"之名,移名此楼,并作《先雪楼记》,亦是不忘当年庭训,不忘故里人情,不忘龙眠山川而已。外甥张仲华自故乡来,有《雪中过先雪楼和大舅父韵》,其中有句曰:"底事他乡梦,徒思故国山。"当是明白舅父的乡愁之深。

方母所说的龙眠山中先雪楼,就在城西"龙井"和"披雪瀑"附近,此处水曲峰回,风景如画,有溪曰"画溪",有瀑曰"披雪"。乾隆时期的诗人姚兴泉《龙眠杂忆》咏赞:"桐城好,听雪款云扉。谁家别墅开屏障,几

---

① 方孝标:《山居诗序》,载方孝标撰、石钟扬等校点《方孝标文集》,黄山书社,2007年,第195页。
② 方孝标:《先雪楼记》,载方孝标撰、石钟扬等校点《方孝标文集》,黄山书社,2007年,第317页。

处平桥掩石矶。空际响泉飞。"并附注:"距'披雪'里许,有别墅曰'听雪'。林壑幽深,可以游息。"①,后来桐城派大家姚鼐则称"披雪瀑"为"吾邑之奇"。

大概因为父亲方学尹就葬在此处附近,方拱乾(字肃之,号坦庵)在此构有"龙井山房"别业和"先雪楼"读书楼。其亲家翁姚孙棐(长子文烈娶方拱乾女,文烈子士陛又娶孝标女)屡过"龙井",听泉观瀑怀人,有《过龙井怀方坦庵》《龙井石上小饮因怀方坦庵》等诗,感叹"人世嗟海田,山川自古今"。

二、他未曾忘记龙眠礼乐风雅

在福建为官的表弟姚文燮,编成《龙眠诗传》一书,方孝标不禁欢欣鼓舞,作序以力赞其成:"吾乡自有明三百余年来,诗人林立,其专稿、选稿行世者多,而汇而集之则自《龙眠诗传》始","夫推挽相须,虽远在千里且然,而况父母之邦乎?"②北面再拜后展函而读,尤为感奋的是:"则自吾祖断事公而下,以迄列代之名儒硕辅,为诗者无不具载。而遗草散佚者,犹将博访,以补未备。其诗人各为卷,卷首各载小传,以纪其行事之本末。或编年,或分体,粲然在纲,诚盛举也。"③

在热情称赞的同时,方孝标也表示:"而余小子于此有三益焉,一以得先贤为学之实心也,一以窥吾乡诗学之原本也,一以见风俗之淳厚也。"在序中,他又热情抒写故乡桐城:"屏蔽江淮,控吴带楚,衣裳文献,会盟中原,屹然称巨区者","盖吾乡重名教,耻轻肥。父兄之教子弟,不仅制艺,自其初学,即训以音切对偶,为诗赋古文之学。故自城邑以达乡里,虽妇人童子,多能操觚吟咏。而士大夫立德立功者,又皆言满天下。人皆以为生材之异,由今观之,岂非原本于先教乎?"④

由《龙眠诗传序》可知,方孝标谙熟乡邦人物、文献故旧,若早岁不在家乡消磨,后来不牵挂故乡风物人情,又何以能如此?其实,方孝标

---

① 姚兴泉:《龙眠杂忆》,桐城文物管理所1982年翻印,第42页。
② 方孝标:《龙眠诗传序》,载方孝标撰、石钟扬等校点《方孝标文集》,黄山书社,2007年,第11页。
③ 同上。
④ 同上书,第12页。

也有志于编选乡先正诗作,也曾"每欲捃拾旧闻,整齐散佚,仿《襄阳耆旧》《河岳英灵》之遗意为一书"。但因为"洊更患难,奔走四方,挟册屡失,力不从心"。① 在友人处得潘江《龙眠风雅》稿本,立即借而读之,惜很快就被索还,未能读完,但已知大略。于是,他写信给潘江,称赞"足下此举,诚可不朽于家邦矣"。在信中,他将潘江此书与钱谦益的《列朝诗选》进行了比较,批评钱氏"于索般隐刺之言则详,敷扬盛美则略;门户玄黄之事则艳称长纪,而和平正大之气往往不足"。表彰潘江"传贤贵者既详悉有度,而于隐逸之老、穷约之儒,尤加扬诩,访咨遗迹极备,而又皆芟繁辨伪,抡善阐幽,毫无吐茹于其间,仆于此为足下服,且为足下庆矣"。② 由是而知,潘江的编书理念与方孝标甚合,方孝标多年来希望能编纂乡邦文献的愿望,终于通过潘江得到了实现。

正如古人所云"千秋万世名,寂寞身后事"。奇怪的是,《龙眠风雅》这本皇皇诗歌总集最后刻成时,方孝标还在世,也收入了方孝标的序,却并没有收入方孝标的诗;同样奇怪的是,清末徐璈的《桐旧集》也未收其诗。而方孝标的父、祖、兄弟和子孙都有诗入编。方孝标似乎隐身了。

在《馀斋诗集序》中,他借父亲方拱乾言曰:"于当时之号称能诗者率鲜当意,而独谬以余与余兄环青为稍可与言,其次则许余弟邵村、与三、敦四而已。"可见方孝标对自己的诗作是颇为自信的。在《钝斋诗选》自序中,方孝标称"余自七岁学诗,迄今五十馀年"。表示"余又何敢异诗于文于道,而不思所以传之乎?"那么,是否意味着,方孝标诗作的"失编",并非他本人有意"隐身"? 这大概要归因于后来的"南山集案",导致他的诗文尽毁。

清末民初学者周退舟,不意于湖北书肆中收得《钝斋诗选》残本,遂"携至京师以讯桐城友人光君农闻,转询其乡马通伯、姚叔节诸先生及方氏后人,均无其书"。他感慨:"昔戴褐夫之被祸也,《南山》一集虽经禁毁,不绝流传。独方氏文集一经毁弃,只字无存。近时桐城诸老号称能

---

① 方孝标:《与潘木厓书》,载潘江辑、彭君华主编《龙眠风雅全编》第一册,黄山书社,2013年,第12页。
② 同上书,第13页。

文,足以表彰先哲者多矣。独于楼冈不甚措意,昭雪之举,犹待他年。"①

三、他未曾忘记桂林炳炳祖德

方孝标的三弟方育盛游楚时,偶然读到《安陆志》中的八世族祖"方向传",激动地赋诗歌曰:"家乘载未详,国史略不录。赖此方舆志,里巷留歌哭。至今二百年,姓名香版牍。"由此进一步感叹"海内知桂林,桂林乃吾族。"②祖先的炳炳功德,是方氏族人百折不挠的精神源泉所在。

自东北宁古塔归来,方孝标除了奔波谋生、筹钱还债外,对整理乡邦文献、续修家谱等一直有着迫切的期盼。从兄方豫立(字子建,号竹西)在老家桐城参与修志,孝标得知消息,遂撰写高曾以下先祖七传,寄回故乡,并赋长诗,历数先辈事迹,表达"龙眠礼乐区,邑乘急清宴"的迫切心情:

> 兵久前籍荒,修坠期后彦。龙眠礼乐区,邑乘急清宴。寓书救先徽,责岂徒称善。吾家箕裘遥,节从断事见。西川闻靖难,麻衣哭行殿。殉身中江流,气大水如线。两嗣奉节母,忠孝启贻燕。七贤挺桂林,簪绂塤篪衒。侍御暨给事,伉直摧珰弁。惟力掺如霜,惟朴笔如电。旁多醇儒宗,更播循良传。柏舟内范崇,同㸑义门擅。貂蝉奕叶光,中落芳踪践。吾祖理论风,三狩摇畿甸。诞生先宫詹,丝纶承异眷。人知芝醴长,安识根源衍。粤稽高祖父,万善泯欣羡。好施而忍诟,钜细书难遍。曾祖性直方,万石和风扇。至今堂构隆,谁非缔造延。代远家乘佚,隐逸遗坛墠。小子昨还里,掫采历游翾。奈无世系详,复鲜碑碣谖。旧谱虽略存,爱憎语多眩。况自万历后,陵谷屡更变。幸兹令尹贤,易俗文章先。百拜溯前猷,万一征文献。更有张夫人,吾祖侧宝媛。维石同子留,笃行凛霜霰。令德冀阐幽,并上輶轩掾。非曰垂家声,亦以光国撰。绍衣与传信,黾勉名山奠。③

---

① 周退舟:《钝斋诗选跋》,载方孝标撰、唐根生等点校《钝斋诗选》附录一,黄山书社,1996年,第402页。
② 方育盛诗句,载潘江辑、彭君华主编《龙眠风雅全编》第九册,黄山书社,2013年,第4381页。
③ 方孝标:《桐城修志寓书求先传》,载方孝标撰、唐根生等点校《钝斋诗选》,黄山书社,1996年,第67页。

在给方豫立的信中,方孝标热情写道:"以兄之才,未得执笔承明,网罗当世之得失,而仅与二三君子进退乡邦,何足为兄喜?而喜为吾家、为吾邑也!""然吾乡兵燹频仍,经纶草昧,老成凋丧,典籍散亡,保无有见闻异词、传闻异词者乎?保无有伪者当正、缺者当补者乎?"①

他最迫切的希望是什么呢?且看他在信中如此写道:"为兄言,请先言吾家。吾家祖宗功德炳炳日星,虽志不能尽载,而载者必详必信乃可。如德益公,郡志曰'方耶,字耶。'又曰'耶捐金甃石。'此何说也?夫'耶',疑词也,代远迹湮,家谱只传为始祖而不知德益之为讳为字耳。而郡志如此,可不釐正之乎?断事公之争光日月,岂不当特立一大传乎?而寥寥等凡例。凡其绝命词虽与信国、叠山之歌诗并垂何让,而不录,何也?七世祖这雁行七人,显名潜德,均足千秋,乃止载迁献、廷辅、廷实、廷璋四公之事迹,而馀无传,何也?若至琼州公之《活柱俘疏》、给舍公之《劾大珰陈祖生封事》、天台公之《廉节谏词》、少卿公之治行及与王遵岩、唐荆川诸先生往来之尺牍,海航公之《上张太守书》、南淙公之诗、石洲公之文、审理公之耿介、子时公之《孝友三难直道之集》、《幽忠显忠之录》,或未采,或采而未详,今可不博考而节略之,以入邑志之《人物考》《艺文志》乎?内言虽不出阃,然而程太君、郑太君之节,吴太君、盛太君之孝,姚太君姐妹、张太君姑妇之烈,盛老姑及王门姑、吴门姑、周门姑之贞,可不入之《节烈传》乎?至近代如赠廷尉公之理学,冏卿公之厚德大业,廷尉、司农两公之功绩孝弟,中丞公之刚方,临湘公之清风,曲靖公之惠政,建宁公之恬正,羽南公之深于《易》理,中丞公之沉略,宫詹公之道义文章,太史公之苦行,金宪公之谨守,以及文士、端人、圣母、贤妇不可胜数,采之可不博乎?"②

除了不厌其烦地罗列方氏历代先辈事迹,期望"载者必详必信"外,方孝标还在信中提及桐城的历代前贤,强调"至若吾乡诸先正之隆功伟伐,厚德鸿文",虽然已经"犁然赫然不待具论",但还有"一二之近于阐幽者,如齐金宪蓉川公之功在边陲,而诗集和雅有唐人风;何文端芝岳

---

① 方孝标:《与从兄子建论修邑志书》,载方孝标撰、石钟扬等校点《方孝标文集》,黄山书社,2007年,第382页。
② 同上。

公之邃养若木鸡,而曾以侃直忤魏南乐相,几不测;叶文庄增城公之博学,而垂老读书如诸生,日有常课,见后进一诗一文足称,必手抄而熟读之,手录书盈千卷;刘廷尉沔水公之风流豪宕,而三治剧邑,决狱如神,有断野淫亡子、锄陈氏豪、活易中丞诸事,至远近有龙图之目。吴宫谕观我公之病废数十年,而通禅学,著书充栋,人以杨大年、张无垢称之。他如胡大参心宅公之《禹贡》注、赵中丞巨野公之《草木子》、蒋计部一个公之《足国三议》、胡太学吉甫公之《山居诗》、姚驾部戍生公之《天尺楼集》、姚司理绳先公之《珠树堂稿》、王寓士化卿公之《风姬易溯能马言》、齐处士调御公之《姓史》、李处士葵阳公之《学〈易〉书》",等等,这些前辈或显或隐,其书或存或亡,也应当"访而志之,不则亦必存其目,纪其事,以报其苦心"。① 这都是后人应该担负起的责任。

四、他未曾忘记凤仪坊龙眠世屋

老家桐城凤仪坊的龙眠祖屋桂林第,创建于明代宣德正统年间,到方孝标时代已有几百年。自其祖父方大美继承以来②,父辈及孝标兄弟都出生于此。孝标在给从兄方豫立的诗中写道:"至今堂构隆,谁非缔造延。"三弟方育盛也有长诗《光啟堂桂树歌》,记述了桂林第的厚重历史,表达"克荷先人"的意愿:

> 光啟堂前双桂树,三百年来深雨露。堂构何人树种谁?自勉公从六世住。堂高树古传至今,居者应知作者心。顾问儿孙指坊额,吾氏胡为称桂林?断事公初死靖难,忠臣之子家涂炭。洪宣朝间始再兴,伐木为居壮里闬。是有五子苦读书,中子贵乘骢马车。刚直左迁桂林守,人以桂林颜斯庐。相传子孙孙复子,子孙世共德星里。垂训不得售他人,族之贵者当奋起。遂归吾祖又吾兄,不共沧桑嗟变更。门内遗留一百载,我今来见倍多情。回忆当年植桂意,亦只庭除等闲事。安知官与氏皆符,手泽先机思不匮。人生在德不在文,一草一木同殷勤。即今轮囷高台峙,虽未花时气已芬。

---

① 方孝标:《与从兄子建论修邑志书》,载方孝标撰、石钟扬等校点《方孝标文集》,黄山书社,2007年,第382页。
② 关于桂林第由方大美继承,参见本书第七章《方苞究竟是不是桐城人?》。

第三章 凤仪坊"桂林第"叙事

纵然奕叶追先世,克荷人当矢述继。宗器无劳重更新,天香百代环门第,噫!天香百代环门第!①

方育盛诗中提及桂林第,时已归属于其兄方孝标("遂归吾祖又吾兄")。但在《光啟堂记》一文中,方孝标谓桂林第原本归属从兄方畿(方体乾独子,字奕于,号还青,又号还山、四松)。此文不长,但信息量甚大,不烦照录:

> 光啟堂者,吾家桂林第之中庭也。吾家自宋季迁桐,居凡三易。《德益公传》云:"居凤仪坊,学衢隘,公割其地之半以广衢。"然则居必在县庠侧,今不可考矣。《程太君传》云:"家人仳离散四方,独太君守旧庐,占籍而居是。"有道公又别有《居家政考》云:"有道旧居在儒学东,明初伯常居之,历六世后,鬻钱氏。"然则是居非吾有矣。独桂林第在寺巷口,乃宣德间自勉公创建者。雁行七室,递秉家政,诸姒职春爨,三世同居无间言。后析为七,与义公力言不可。嘉靖间惟力公贤且贵,并归惟力公。公无传,寻属子孝公。万历间先王父同卿公举于乡,高王父东谷公犹健食,东谷公有盛德于宗族,皆敬悦之,曰:"是居也,舍思济谁归?"思济者,同卿公字也。于是同卿公捐金输所主,而是居遂为同卿公之私第矣。同卿公居数十年,授伯父青林公,青林公授兄还山。还山有子四人,以其叔云磬为兄维石后,故还山析箸,唯以是居授其伯仲季而磬无与。顺治庚子,还山致政,归橐萧然,且贷富家息,不能偿,而惟力公再易之耶?抑同卿公见其前列之四坊而掇取于此耶?
>
> 由今绎之,翕乐堂者,颂词也。孚萃、光啟者,皆勉词也。为吾祖友也者,既嘉棠棣之盛事,而为其子孙者可念其翕乐之施而思所以孚之萃之乎?又可不念翕乐、孚萃之源流,而思所以光之啟之乎?夫翕乐之堂,自勉公之堂也;孚萃之堂,惟力公之堂也;光啟之堂,同卿公之堂矣。登同卿公之堂者,可不勉承同卿公绍衣德闻之志,而思衍此轮焉奂焉者于世世,以仰承列祖之箕裘乎哉?用是为

---

① 方育盛:《光啟堂桂树歌》,载潘江辑、彭君华主编《龙眠风雅全编》第九册,黄山书社,2013年,第4371页。

记,揭楣间,祖宗式之,子孙保之矣。十四孙孝标谨书。①

由方孝标此文可知,桂林第中有翕乐堂,乃其六世先祖方自勉之堂;有孚萃之堂,乃方氏九世祖方克之堂;有光啟之堂,乃其祖父方大美之堂。方大美育有五子,其中第三子方象乾,为方苞的高祖;第五子方拱乾,为方孝标的父亲。从桐城桂林方氏这株叶茂枝繁的参天大树来看,方孝标与方苞在血缘关系上,同属于五世方法后裔;自第七世枝分以来,又同属于方氏中六房。而从辈分上来说,方孝标是方苞的从祖父辈。因此,桐城凤仪坊的"桂林第",既是方苞的祖居,也是方孝标希望"子孙保之"的龙眠世屋。

需要注意的是,《光啟堂记》作于1655年之前,江南丁酉科考大案还未发生,方孝标还是顺治皇帝眼里亲切的"楼冈"。而此时,原来继承桂林第的方畿,"归橐萧然,且贷富家息,不能偿"。桂林第可能就转由"贤且贵"的方孝标继承,故而方孝标特撰此记。其弟方育盛《光啟堂桂树歌》因此诗曰:"族之贵者当奋起,遂归吾祖又吾兄,不共沧桑嗟变更。"诗中还特别自注"吾兄"即"学士公名孝标"。

---

① 方孝标:《光啟堂记》,载方孝标撰、石钟扬等校点《方孝标文集》卷四,黄山书社,2007年,第314页。

"一门三秉节钺":方氏直隶三总督传奇[①]

乾隆时期,方观承由"流人"子弟、一介寒士,崛起为朝廷重臣,与子维甸、侄受畴三人相继官至直隶总督,旷代未有,显赫之极。须知,元以来,直隶便是中国的统治重心,也是拱卫京师的要地;清代直隶省主体包括今河北、天津、北京三地,并辖有山东、辽宁、内蒙古等部分地区,所谓"直隶乱则天下乱,直隶稳则天下安"。可见直隶地区的治乱兴衰对于国家的稳定和发展是何其重要,朝廷对方氏直隶三总督又是何其倚重。难怪方受畴不无感慨地说:"六十年来,三持使节,洵殊遇也!"马其昶在《桐城耆旧传》也极为称扬:桐城桂林方氏"一门之内,三秉节钺,何其盛也!"[②]

一、年少何多悲,不坠青云志

"去去摧肝肠,何以慰边陬。"一对衣冠不整的少年,艰难地徒步跋涉在尘埃蔽天、咫尺皆迷的绝漠冰霜中,他们就是方观承、方观永兄弟,自江南出发,要到万里之遥的黑龙江卜魁(今齐齐哈尔市)寻找祖父和父亲。

方观承(1698—1768),字遐谷,又字嘉谷;号问亭,又号开宁、宜田,方式济次子,桐城桂林方氏第十七世。姚鼐在《方恪敏公家传》中说:"桐城方氏自明以来,以文学名数世矣,而亦被文字之累。"入清不久,桐城桂林方氏就受到"江南丁酉科考案"的牵连和打击。康熙五十年(1711),因戴名世所著《南山集》参考了方孝标《滇黔纪闻》中的南明史

---

① 本文原刊于《德厚龙眠——桐城市优秀廉政文化集萃》,收入本书时有删改。
② 马其昶撰《桐城耆旧传》,彭君华校点,黄山书社,2013年,第284页。

事,沿用弘光、隆武、永历年号,左都御史赵申乔上疏弹劾戴名世"肆口游谈""语多狂悖"而"大逆不道"。《南山集》案发,株连甚众,桐城方氏家族再次牵涉其中。此时,方孝标已去世多年,仍被掘墓而"戮其骸骨";其第五子方登峰(为方兆及嗣子)、其孙方式济被判死刑,后从宽流放万里之外的黑龙江卜魁。

方观承与乃兄观永因年少而免于流放。本来,作为世家子弟,方观承兄弟完全可以走上一条由科举而仕进的人生坦途。岂料家难突如其来,兄弟二人一夜之间就成了孤儿,成了"流人"(指被流放到东北苦寒地区的罪人)子弟。他们寄居在清凉寺,含泪度日,备尝艰辛,却念念不忘远在极寒塞外的祖父祖母和父亲母亲。在寺僧和亲朋好友的帮助下,他们自此开始了漫漫寻亲路。

为了探视远在卜魁的亲人,方观承十几年间南北往返七趟,正如他诗中所写的那样,可谓"麻衣万里呼天泪,冻雪千山负米心"。有一年,方观承再次北上省亲,途中遇到进京赶考的两位举子,分别是浙人沈廷芳与琼岛陈镳。时沈、陈二人乘坐马车,方氏徒步而行,沈、陈见其衣敝而神情坚毅,奇而询之,遂邀同行。无奈车小,不能容坐三人,于是轮番乘车、步行,每三十里(合 15 000 米)一换,方观承得以省却六十里(合 30 000 米)之奔劳而到达京城。分别时,沈、陈又赠以新衣毡笠,以御道途风寒。多年后,已身为封疆大吏的方观承得知沈廷芳(后官山东道御史)、陈镳(后官至云南首府官)赴京述职途经其官邸驻地,立即派人将沈、陈二人请到府上,故人相见,感慨不已,涕泪纵横。此即清人笔记中常提到的"车笠之交"。

二、以书记起用,古有今则无

祖父方登峰和父亲方式济相继于卜魁去世后,方观承兄弟更加困顿。其间,方观承曾入奉天督学任奕鏧幕府,也曾南游至湖广等地,又几度往来北京和金陵谋生。虽身处逆境,却不忘"暇辄读书,穷讨经籍",做到"学积寸阴随处惜",把自己历练成了饱读诗书、见多识广、人情练达的一代经世之才。

与平郡王福彭的偶尔相遇,成为方观承命运转机的开始。一天,福彭在街上偶见方观承的书法,称赏不已,便四处查访。方观承有位族人知道后,立即向平郡王作了推荐。但福彭屡次约见方观承,他都没有应约相见。直到雍正十年(1732)秋,方观承北上盛京时,适逢福彭前往盛京祭陵,遂谒见福彭于行馆。晤谈后,平郡王对方观承过往经历,以及知晓南北边塞民情土俗,深为叹服,遂邀入幕府,两人情谊日厚。时值福彭以定边大将军率师讨准噶尔,奏请以方观承为记室。雍正帝召其入对,允许其以记室身份随行。平乱归来,方观承因功被赐以内阁中书衔(正七品)。一个连秀才身份都不是的落魄子弟,从此仕途青云直上。

因博学多才,且谙悉下情,干事老练,方观承逐渐得到同僚们的尊重。乾隆二年(1737),方观承擢升军机章京,进入皇帝的视野,益受赏识,认为其处事"不穿凿而富有条例"。不久,就被任命为吏部郎中。乾隆七年(1742),外放为地方官,授直隶清河道;次年即迁按察使,后擢布政使,再署山东巡抚,复迁浙江巡抚。乾隆十四年(1749),方观承被任命为直隶总督,兼理河道,成为朝廷倚重的封疆大吏。其间,由于西北战事所需,方观承一度被乾隆帝加太子太保衔而委为陕甘总督。不久,西北军情缓和,方观承又重新回到直隶任上,前后任直隶总督近20年。

"以书记起用,古有今则无。有之只一人,曰惟观承夫。"乾隆皇帝在《故直隶总督方观承》诗中不无感叹。方观承一介布衣,未经科举,却从军中记室起步而成为独掌一方的封疆大吏,有清一代仅此一人。这应归于其早期异于常人的磨炼,历尽人世艰难,知晓民间疾苦。诚如姚鼐在《方恪敏公家传》所言:"厉志气,勤学问,遍知天下利病、人情、风俗、所当设施,遂蓄为巨才矣。"

三、在直二十年,勤干实有馀

《清史稿》总结方观承的为官特点是"政无巨细,皆殚心力赴之",乾隆皇帝也写诗称赞他"在直二十年,勤干实有馀"。或许是早年那种"流人"子弟的贫贱生活历练,让方观承格外关注民生,他的许多政绩都与倾尽精力治河、推广棉花种植以及广建义仓、育婴堂和留养局等民生有关。

方观承虽非"河臣",但对直隶最为难治的永定河等主要河流都进行了有效治理,解除了京师水患威胁,保障了老百姓的生命财产安全。他还曾奉乾隆皇帝命前往河南、山东,对黄河决堤泛滥成灾采取了有效措施,收到了事半功倍的效果。在靠天吃饭的中国古代,储粮备荒是关系国计民生的大事。方观承任职各地时十分重视义仓建设,仅在直隶就营建义仓1000余座,贮谷28万余石,为周济贫苦和救济灾荒之年提供了良好保障。

方观承还在直隶大力推广经济作物棉花,使种植面积达到了耕地总面积的二至三成。他组织绘制的16幅《棉花图》,描述了从种棉到染织成布全过程的技术和方法,且每幅画面都配有方观承亲笔撰写的解说文字。乾隆皇帝倍加赞许,欣然为每幅图各题七绝一首。

或许是从前家族的悲惨遭遇,让方观承更加体恤民情、关心贫弱、珍视生命。针对浙江"穷民生女每多违禁溺弃"的情况,他鼓励创办育婴堂,筹备育婴资金;针对直隶地处北方,冬季寒冷且临近京师,是山东等大量贫民北出口外谋生的必经之地,他创办留养局,以适应流民往来较多的需要。

有一年,治下的磁州发生匪乱,方观承平乱后,上奏拟斩3人、绞7人。乾隆皇帝却认为杀人太少,威慑不够,疑其"有所纵驰",一天之内连下13道圣旨,要求从严从重。方观承却坚持只处理这10名罪大恶极者,决不肯滥杀无辜以逢迎上意。乾隆皇帝怒不可遏,下旨由九卿和军机大臣直接会审。此时,方观承家人惊慌不已,唯恐圣意不测。最后复审发现,方观承是严格按照《大清律》办案的,并无枉纵。乾隆皇帝也冷静下来,"遂卒如公议,而从此上愈重公"。

方观承身居高位,却能坚守为官道德节操,不拉帮结派,对乾隆朝政局的良性发展,发挥了积极作用。他克己奉公,从不索贿受贿,"及薨,家无余财",朝廷钦赐祭葬,谥号"恪敏",祀直隶名宦祠及贤良祠,是当之无愧的一代贤臣。方观承勤于学而工于诗,著有《薇香集》《燕香集》《燕香二集》《问亭集》《述本堂诗》等行于世。

四、世德未相忘,传奇夸异殊

从早年历尽苦难的"流人"子弟,到后来位极人臣,方观承始终不忘桐城故里,始终秉承方氏家风。他牢记父亲关于桐城祖宅和宗祠的谆谆嘱托,热心于方氏宗族公益事务。曾陪同从叔方苞回桐城祭祖,为五世祖方法墓赎回祭田、补树荫,为其直系十世祖东谷公方梦旸重新立碑、增置祭田。他还多次回桐城,对各处祖墓祭田进行梳理、追回,明确管理和奖惩措施。在皖省及望江县等地方官员的支持下,于华阳镇建成五世祖方法的忠烈祠,置祠田、明谒仪。他热心续修家谱,修缮方氏宗祠,将因家难而被迫转卖的祖宅桂林第赎回,建成桂林方氏小宗祠,并添置祭田。他在《桂林宗祠记》中说:"……阅三百馀年。转入他姓,今复归于我。乃据朱子《家礼》,酌古《礼经》,立桂林方氏宗祠。"他还与兄方观永在江宁置义庄义田,以养族之贫者,田产逐渐扩张到数千亩,受到朝廷肯定,乾隆皇帝亲自赐匾"谊敦收族"鼓励;又置试资田,以资助包括本族在内的桐城全县士子科举考试费用,后形成本族惯例,田产不断扩张,一直到清末,桐城士子多受其益。

  作为一代巨才,方观承生涯际遇之大落大起,命运之跌宕起伏,充满了传奇色彩,各种清代笔记有关他的传说甚多。清人笔记《妙香室丛话》记载,有一年年底,寒风凛冽,衣衫褴褛的方观承想到亲戚家讨几个钱,却被看门人拦住不让进,只好依靠帮忙屠户记账才度过年关。后前往杭州,西湖边有相士,一见他就作揖道:"贵人至矣!"说他将来必定封爵拜相。方观承摇头苦笑,以为是戏谑。相士却郑重其事地赠他二十两银子让他上京,结果路上行李包括那二十两银子都被人偷去。行抵白河,正值大雪纷飞,饥寒交迫的方观承"不辨道路,扑跌入河水,僵不能起"。河上有一座寺庙,住持老僧正围炉假寐,梦见伽蓝神说:"贵人有难,速往救之。"老僧出外一看,"见河内伏一白虎",就回到屋里躺下,又梦见伽蓝神怒曰:"出家人以慈悲为本,见死不救,祸且及汝。"老僧赶紧又去,才发现是个冻僵了的乞丐,将他从河里捞出,"去湿衣,温以棉被,进姜汤而苏"。

  清末藏书家萧穆,曾在句容看到方观承的画像,"公红顶,花翎,蟒袍,补褂,均如今式;公身长,面黄黑,面上圆下稍锐而短,须眉均疏不浓,宛如乡间一老诸生"。萧穆想起从前听乡人传说,"方观承少贫,游扬州客盐商家,盐商有母,审公于末座中,知他日当为贵人,命其子厚馈之"。又想起有关方观承的相士赠银传说,现在看方观承的画像,"了无以异于常人",认为"唯相士识公,必微窥别有奇表,器宇非凡。特不知扬商之母何由识之,岂此母亦素具人伦风鑑,有非寻常女子者邪?"①

五、子侄前后继,旧政续新猷

且说方观承多年劳于政务,到61岁时始得一子,遂高兴地制作一联:"与吾同甲子,添汝作中秋。"当此子4岁时,方观承携其拜见乾隆皇帝。乾隆皇帝见这小儿跪拜如礼,极为喜欢,遂抱至膝上,解所佩金丝荷囊赐之。

此子即方维甸(1759—1815),字南藕,号葆岩。与其父布衣出身不同,方维甸23岁成进士,授吏部主事,于军机处当职,此后的生涯基本上都在东征西讨中,并因军功不断升迁。嘉庆五年(1800),方维甸授山东按察使、迁河南布政使,年富力强的他开始独当一面。后调迁陕西布政使、陕西巡抚。

嘉庆十四年(1809),方维甸擢升闽浙总督时,台湾的嘉义、彰化等地居民大规模械斗正在激烈进行。他亲自率师渡海前往弹压,惩治首犯,使械斗各方受到震慑。这是他自29岁那年随福康安赴台平定林爽文之乱,时隔20余年再次率兵登台湾。这次,通过建立层层制约的基层行政框架,基本上从源头控制了械斗。同时,他还以稳、准、狠的凌厉手段打击海盗。在闽浙总督任上,方维甸几乎把全部的精力都投在了台湾。在他卓有成效的治理下,台海区域逐渐趋向平静。

嘉庆十八年(1813),方维甸母亲去世。适逢天理教徒林清叛乱,嘉庆皇帝以五百里加急命方维甸"夺情",立刻赶赴保定,以军机大臣接任直隶总督,在任守制。由于长期奔波在外,过于操劳政务,方维甸疲弱不堪,再加上母亲病逝,哀伤过度,他终于一病不起。嘉庆皇帝对方维甸的去世深感痛惜,称其"忠诚尽职,清慎著名",赠太子少保,谥"勤襄"并赐祭葬。方维甸为官勤奋清廉,清道光《桐城续修县志》称其"清介":

---

① 萧穆:《记方恪敏画像》,载萧穆撰、项纯文点校《敬孚类稿》,黄山书社,1992年,第264页。

"在官每难自给,率典质以济";《桐城耆旧传》亦称其"清介干济,有孝义之称"。

也就在嘉庆十八年(1813)三月,直隶布政使方受畴晋升为浙江巡抚。在杭州巡抚署中,他看到叔父方观承题写的一副对联:"湖上剧清吟,吏亦称仙,始信昔人才大;海边销霸气,民还喻水,愿看此日潮平。"面对这副对联,方受畴心潮澎湃:"今继叔父之后,亦由直隶藩司擢任;余弟维甸又曾以总督权抚事,六十年来三持使节,洵殊遇也。"想到这,他续写了一副对联:"两浙再停骖,有守无偏,敬奉丹豪遵宝训;一门三秉节,新猷旧政,勉期素志绍家声。"

嘉庆二十一年(1816),直隶总督那彦成因在陕甘总督任上挪用赈灾银事发,被革职拿问。十五天后,方受畴再次临危受命,由河南赶赴直隶,接任直隶总督。

出身太学的方受畴,最初也只是捐盐大使,却一路迁升至河南按察使、直隶布政使,再升任浙江巡抚、晋河南巡抚、直隶总督并加太子少保,与其叔父方观承、堂弟方维甸鼎足而三称"一门三总督",俱为乾、嘉、道时期的朝廷股肱重臣。每到一地,方受畴都勤慎有加,大力整顿吏治,积极推行德政,促进民生改善,保持了社会大局的稳定。道光二年(1822),宣宗得知方受畴患病,特命御医前往诊治。方受畴请求回籍养病,得到允准,最终卒于途中,"归装简素,人服其廉"。《桐城桂林方氏家谱》载:"公明晓达事体,服官四十余年,家无余资,生平不营封殖,田宅仍先世之旧,无所增,后人几有不能自给者。抚豫时著有《恤灾银河》一书,至今言荒政者多取法焉。"

第四章
凤仪坊"远心堂"叙事

布衣大儒方学渐在"崇实居"里度过了近50年岁月。其子方大镇官至大理寺,所居因称"廷尉第",其孙方孔炤自幼就在龙眠山下、桐子溪边"诵南山章",读书问学。方其义与兄方以智是"远心堂里双飞雁"。不料,方家"远心堂"发生一起火灾,方中通兄弟合力予以修复。乾隆年间,方正瑗修复祖宅并更名为"潇洒园"。由"崇实居"到"廷尉第""远心堂"再到"潇洒园",其实是传承有序的。清末民初的方叔文,有言"密之公生于安徽桐城方廷尉第""廷尉第为文孝公住宅,在桐邑之东城,又名远心堂,即今潇洒园",完全可信可征。

廷尉公方大镇及其"远心堂"探由[①]

清末民初的方叔文是方以智十世孙,撰有《方密之先生年谱》(2018年重新整理出版时更名为《方以智先生年谱》),明确指出"密之公生于安徽桐城方廷尉第""廷尉第为文孝公住宅,在桐邑之东城,又名远心堂,即今潇洒园"。[②] 其中提到的"方廷尉""文孝公",都是指方以智的祖父方大镇。

方大镇(1561—1631),字君静,号鲁岳,又号桐川,明直隶安庆府桐城人,桐城桂林方氏第十二世,为明末著名学者方以智的祖父。万历壬午(1582)举于乡,己丑(1589)成进士,初授大名府推官,擢江西道御史,因病乞休。后起复,巡盐两浙,再巡按河南,调贵州道,改京畿道。再起巡盐浙江。最后升迁大理丞晋左少卿,因称"廷尉公"。阉党乱政时,提前辞官归隐。年七十庐母墓而终,祀本邑忠孝祠、乡贤祠、浙江名宦祠,门人私谥为"文孝先生"。

一、承父训,名节相期

"西风初动井梧寒,衡水归舟下急湍。两岸波光摇草树,片帆云影带峰峦。"大明万历二十四年(1596),正是梧桐叶落秋将暮时。直隶大名府的卫河,舟船相接竞发,两岸商贾云集。大名府推官(掌管案件审理和刑狱事)方大镇正携家人于渡口依依送别父母,心中有"陶潜当日留三径,毛义何情恋一官"之叹,唯祝两位老亲"此去故园松菊好,青精早晚倍加餐"。[③]

---

① 本文首发《江淮文史》2019年第6期,原题《方大镇:忧民忧君的文孝先生》。收入本书时略有删改。
② 方叔文:《方以智先生年谱》,安徽师范大学出版社,2018年,第1页。
③ 方大镇:《丙申两尊人南还舟中赋别》,载陈济生辑《天启崇祯两朝遗诗》,中华书局,1958年,第275页。

皖江布衣大儒方学渐(字达卿,号本庵),于"万历癸巳(1593)应岁升廷试毕,过大名视伯子"(叶灿《方明善先生行状》)。这年春天,方学渐赴京参加廷试,结束后顺道来大名府,看望长子方大镇。自从中了进士、授大名府推官以来,方大镇离开家乡桐城已有5年。

方学渐在大名府逗留了近3年。在这里,他遇到了时任大名知府的著名学者涂时相。方氏父子与涂时相辩学甚欢。涂时相颇有宋代名臣范仲淹"先忧后乐,以天下为己任"的情怀,居官谨慎,秉公无私,大名府所辖十一郡,多施以惠政。他著作也甚丰,其中《仕学肤言》主要结合自己的为官实践,针对在职官员,讲究做官规范。其言行对方大镇颇有影响。

"五载驱驰千里外,一官迎养二亲来。异乡难得庭闱聚,秋水俄惊别棹催。直北风沙高皖岳,江南米价贱燕台。我行自足桑榆计,不必看云首重回。"[①]方学渐南归桐城,给方大镇留下这首诗,叮嘱儿子:我虽年将花甲,但回去还能自给自足,你应该以名节为重,做到勤政清廉,不必过于惦念我和母亲。他要求儿子以涂时相为师,力求"仕学相济""先忧后乐"。方大镇恪守父训,以"无我而因物则,薪火而养诚明"为座右铭,表达自己坚持操守、秉公办事,以及不忘传承家学的决心。

一年后的中秋之夜,仍在大名府推官任上的方大镇,想起去年今夜合家团聚,怀乡思亲之情日益殷切,遂赋诗以记:"去年今夜极承欢,今夜遥怜行路难。千里黄河将棹急,三山明月对江看。子长涉历文章绝,庾亮登临酒兴宽。何处系舟应北望,高秋莫遣客衣单。"[②]猜想父亲一定也惆怅不能合家团圆吧。而重阳佳节将至,父亲是否会乘着秋兴,把酒登高,北望远在大名府的子孙呢?方大镇想告诉父亲的是,自己没有辜负老人家的殷切期望。

二、倡性善,平反冤狱

在官场上,方大镇经历了由地方七品小官到朝堂正四品大臣的曲

---

① 方学渐:《天雄别儿大镇》,载潘江辑、彭君华主编《龙眠风雅全编》第一册,黄山书社,2013年,第228页。
② 方大镇:《中秋忆两尊人舟次》,载陈济生辑《天启崇祯两朝遗诗》,中华书局,1958年,第275页。

折道路。值得一提的是,从初授大名府推官,到退休前任职大理寺左少卿,他的仕途多与掌管案件审理和刑狱事密切。

万历十七年(1589),28岁的方大镇中了进士,在京观政了一段时间,于万历十九年(1591)授任大名府推官。他怀着一腔为国担当的热血,甫一上任,就认真审案断案。在处理积案时,发现了诸多被冤入狱者,而这些冤狱涉及错综复杂的官绅关系。他顶住压力,细密审理,予以纠正,其中有一百三十余名死刑犯受到减刑或无罪释放。

方大镇所处的时代,正是晚明吏治相对混乱的时期,明朝开国之初奠定的"重典治吏"基础早已被破坏殆尽,不仅皇帝昏聩、大臣专权、宦官乱政,无数大小官吏更是任意践踏法律、欺压良善,或是以权谋私、滥施刑罚,或是糊涂判案、草菅人命。在这种恶劣的环境下,方大镇依然以涂时相为榜样,坚持守身如玉,始终奉行其父方学渐的"崇实"和"性善"原则,避免了诸多冤假错案的发生。

此后,方大镇历迁御史、巡按、大理寺丞、左少卿,无论在哪个岗位上,都始终坚持实事求是、理性处事。但到了以魏忠贤为首的阉党乱政时期,朝中诸多正直大臣屡遭无情打击,同邑左光斗被迫害致死,极为惨烈。面对如此恶劣政治氛围,方大镇仍然坚持公正执法,纠正错案、平反冤案,全活死囚十三人。

三、谋民利,造福百姓

方大镇始终关注民瘼、体恤民艰,尽最大努力去造福地方百姓。在大名府推官任上,为资助耕农发展生产,曾"摄府篆",拿出自己的官印作担保,借钱为农民买了七十头母牛。待母牛数量增长几倍后,归还本钱,将所得利息全部捐出,仅此一举,就至少养活了万家耕农。这说明他并非迂腐,而是能够创造性通过"资本运作"来为民谋利的官僚。

在御史任上20余年,方大镇察吏勤民、锄豪扶弱、芟恶掖善、俾安教化,可谓勤勤恳恳、政绩斐然。如在巡盐浙江的任上,当时所谓"九边"军饷,半数取之盐课。自万历二十七年(1599),新增盐税均加在两万六千多号盐商和灶户头上。由于税负太重,大量的盐商和灶户歇业,边疆军饷因此供给不上。方大镇立条规、除积弊、减税负,并释放因贩私盐而充军的数千人。虽然他疏请朝廷减少商、灶新税之半,却促进了商、灶的再度繁荣,国库税入反而增加了,得以充实西北饷额之半。此举受到朝野称赞。

方大镇巡按河南时发现,封国在洛阳的福王仗着皇帝的宠爱,肆意加税加赋,以洛阳四万顷田赋增加私人收入,还在每年盐税里支取藩银十二万两,这明显加重了百姓负担,不仅严重影响一方稳定,也影响九边之饷的征收。方大镇不畏权贵,一面积极与福王沟通,一面连番上疏朝廷,陈说利害。最终,他提出减半田赋和盐税的建议取得了朝廷支持。

四、崇风教,以正人心

方大镇素有"致君尧舜上,再使风俗淳"的抱负。他辗转仕途,每到一地,必褒崇理学,强调"明仁义、宗至善",呼唤良知良能,以正人心、淳风气。

巡盐两浙时,他上疏朝廷为低级官员陈献章、布衣胡居仁请补谥号,认为这二人虽已入祀孔庙,但其理学贡献有利于"楷模世教",补颁谥号可以"表斯文之英,彰祀典之美"。经过不懈努力,终于得到朝廷批准,陈献章被补谥为"文恭",胡居仁被补谥为"文敬"。别轻看了这种补谥,这对于消除当时混乱的社会思潮,挽救濒危的时局国运,是非常及时、非常迫切的。今天来看,有明一代,布衣之士得谥号的,仅胡居仁一人而已。

在巡按河南时,方大镇有感于时政衰败,民变兵乱接踵,他又以"风教攸关"为由,上疏请褒崇王艮、顾宪成、罗汝芳三位理学名臣。他在奏议中说:"世道之升降本乎人心,人心之邪正系乎学术。圣王在上,哲相在列,必讲明学术,以为世道标;必褒崇名理之臣,以为学术标。"请求朝廷"使先进之风独振于叔季,枝叶之论不胜其本根"。

迁任大理寺要职,适逢天启皇帝登基不久,方大镇似乎看到了朝政振兴的新希望,即与东林党人讲学"首善书院",宣扬"论学以性善为宗,论治必求君德",试图将日趋混乱的人心唤回,让一言九鼎的君王推行"德政"。他还将父亲方学渐早年所写的《治平十二策》整理后上献朝廷,可谓忠心体国。可惜的是,明末政局乱势已无可挽回。随着"首善书院"被魏忠贤禁毁,同乡左光斗遭受冤狱,方大镇只得引疾乞归。

五、归桐川,见志远心

万历末,方大镇利用告假在家时机,与邑绅吴叔度一起,找到县令王廷式商量:桐城东门大河一段堤岸,向未筑堤,常受水患侵扰,每次发洪水总要决去数百丈,最惨烈时甚至漂去几百户人家。前任县令虽然启动了修堤工程,不料中途被调走,致使工程搁置10余年,其间灾害不断,对东城居民威胁越来越大,有必要在新一轮洪水来临之前,重启东门大河段堤岸修筑工程。

县令王廷式犹豫不决地表示,目前县库收入有限,而且多被征作兵饷,筑堤资金短缺。方大镇当即表示愿捐个人俸禄六十金。王廷式深受感动,也捐资六十金。时在安庆检查工作的两淮巡盐御史龙遇奇听说后,又拨帑币二百金。士绅闻讯亦纷纷解囊。这个城防工程遂得以顺利进行,并在洪水到来之前竣工,可谓"鸠工累石,屹屹岩岩",洪水之势明显趋缓,城防安全得到保障。因当时方大镇和龙遇奇都是御史,故邑人感其德,将这段河堤名为"绣衣堤",以不忘其恩。

值得一提的是,明代皖属六邑百姓均食黑盐,导致许多人因缺碘而患病。方大镇上疏力陈,争取桐城改食淮北白盐,并从此著为定例。

因曾官至大理寺要职,邑人遂以古"廷尉"称方大镇为"廷尉公",称其所居为"方廷尉第"。至于廷尉第为何又称"远心堂",从其欲辞官归里而写的《和归去来兮辞》,或可一窥端倪。

万历四十一年(1613)秋,方大镇巡按中州(今河南)时,身体有恙,于飒飒秋风中,归思愈甚。他在《和归去来兮辞》前序中说:"余每爱陶靖节之为人,盖忠与清合者也,而一本于无所为而为之心,庶几仁矣。……秋飚飒飒,归思勃然。取其赋读之,因和其韵,聊以见志。"辞中有句曰:"既屏迹而寡营,亦纵心而远观。"[①]表达了与陶渊明一样辞官归隐、洁身自好的情操。而陶渊明《饮酒》系列诗其五亦有名句:"结庐在人境,

---

① 方大镇:《和归去来兮辞》,载方大镇《荷薪韵义》之《荷薪韵》一,日本内阁文库藏明刻本。

而无车马喧。问君何能尔？心远地自偏。"意为只要心地高远，就是居在闹市(结庐人境)亦如身在山林。这甚契合方大镇欲追求"无为而无不为"的哲学旨趣。何况龙眠山下的这座小城，不仅有高龄父母，还有父亲毕生致力的桐川讲学事业，需要他"美成在久"地继承弘扬呢。大概正因为有此理念，其所居又称"远心堂"吧。

万历乙卯(1615)五月，方学渐去世。方大镇不忘父亲布衣振风教的壮举，以"荷薪传火"为己任，拿出自己的俸禄，与桐川社友合力修缮了龙眠河畔父亲构建用来讲学的"桐川会馆"，续置了新馆"至善堂"，并将功能进一步扩展，兵道张公题匾"鸣鹤书院"；又在会馆之北新建了"荷薪斋"，为之题匾曰"宁澹"。① 后来方大镇干脆辞官归里，专致于讲学桐川会馆，积极为邑中培养人才；整理父亲遗稿，潜心撰述，训教子孙。四方学者名流也纷纷前来桐川，与方大镇辩难论学。桐川会馆又再现了从前生徒鳞集麇至的盛况。

崇祯四年(1631)七月，方大镇在白沙岭对面的天马山为母亲庐墓时去世，门人私谥"文孝先生"。独子方孔炤作《棘庐述》诗曰："我祖开讲堂，我父继其志。锡山相埧篦，首善诚盛事。通籍四十年，强半丘壑置。晚筮号野同，七十庐墓次。端居《归逸篇》，启予早自记。悲歌以当号，不孝恐负累。晨起诵《孝经》，一行一洒泪。"②这首诗基本概括了其父仕学并举、继志荷薪的一生。

---

① 关于荷薪斋与宁澹居，可参阅本章《康熙丙寅年远心堂的那场火灾》中方中通诗提及正瑑讲学之事。
② 方孔炤：《棘庐述》，载潘江辑、彭君华主编《龙眠风雅全编》第二册，黄山书社，2013年，第642页。关于方大镇讲学桐川之事，具体参见本书第五章《至善为宗：方大镇的继承和发展》。

方孔炤:从桐溪边走出的文武兼备奇才①

"三峰矗矗,桐水汤汤。我祖基之,爰开讲堂。我父绍之,荷薪在旁。颜曰宁澹,三命循墙。小子舞象,咏南山章。"②这首四言诗的作者是方孔炤。诗中的"三峰",即桐城城后的龙眠三峰山,为方家历代祖坟所在;"桐水"指桐溪,今称龙眠河;"讲堂"即其祖父方学渐开创的桐川会馆,"荷薪"指其父方大镇的荷薪馆(也称荷薪斋);而他自幼在这里"咏南山章",读书问学。方孔炤这首四言诗题为《家训》,意在要求后人铭记。

方孔炤是谁?今天的人们可能对他相当陌生。但如果提起他的儿子——"明末四公子"之一的方以智,人们或许会恍然大悟。由于明清鼎革、时代变幻,这位走出桐溪、曾经叱咤风云的文武兼备奇才,其功名事迹随着他的去世而逐渐湮没无闻。近代以来,方以智研究趋热,但方孔炤依旧隐身在其子方以智的巨大光环之后。

一、出身名门、声动朝野的旷世奇才

方孔炤(1591—1655),原名若海,字潜夫,桐城桂林方氏第十三世。其号"仁植",源于祖父方学渐庭前"枫杞连理"祥瑞。③ 提及桐城桂林方氏,不能不提及其第五世方法。当明成祖朱棣发起靖难时,方法正在四川任都司断事。他效其师方孝孺"托孤寄命、大节不夺",不肯附署贺表而被逮,舟过安庆江面时,遥拜家乡龙眠后,遂投身江水以殉建文帝。

---

① 本文刊《书屋》2019年第11期,原题是《文武兼备的乱世奇才》。收入本书时略有删改。
② 方孔炤:《家训》,载于毅《桐城方氏诗辑》之《环中堂诗集》卷二,清道光六年(1826)饲经堂藏版刻本。
③ 关于方学渐"枫杞连理"祥瑞,可参见本书第九章《桐城方氏研究中的"连理"之谜探析》。

方法的忠烈大义成为方氏家族的精神象征,激励着世世代代的方氏子孙坚持忠孝传家、节义为本。方孔炤的先辈中,方佑被称为"铁面御史",受到朝廷颁旨嘉奖;方向被称为刚正不阿的"真男子";方印、方克都享有"循吏"美誉;方学渐是理学大师,名动皖江和东吴;方大美、方大镇、方大任都曾历官地方,又都以御史立朝端严,而分别官至太仆寺卿、大理寺卿和顺天巡抚,可谓一时名臣;方大铉官至户部主事,仕学并重、立朝耿介。时人遂有"龙眠巨族称桂林"之说。因此,方孔炤可谓"名门之后"。

方孔炤出生时,其父方大镇在直隶大名府任推官不久。方大镇以先辈为榜样,为官谨肃、守身如玉,颇有廉正之声。特别是在处理积案时,发现了诸多被冤入狱者,都认真予以纠正,其中,有130余名死刑犯被减刑或无罪释放,受到朝野的高评。此后,方大镇有20余年盘桓在御史台,先后巡盐江浙、巡按河南等地,政声卓著,天启年间迁任大理寺左少卿。他一生以理学为宗,与当时邹元标、冯从吾、顾宪成等著名的理学达人交游甚深,并受东林人士之邀,讲学于北京"首善书院",曾名震一时,人们尊称他为"方大理""方桐川"。可惜后来魏忠贤乱政,"首善书院"被毁,同乡左光斗被逮至诏狱折磨至死,方大镇侥幸得以归隐故乡。因此,方孔炤可谓"名父之子"。

方孔炤其实还是"名子之父"。被侯外庐誉为"中国的百科全书派大哲学家"的方以智,因为其明代遗民身份和曾经参与组织过抗清复明活动,被清廷执逮,舟过江西万安惶恐滩时,效其先辈方法,投江殉国,其著作多被焚毁,从此湮没无闻了数百年。但近代以来,随着梁启超、庞朴、张永堂、蒋国保等海内外学者的关注,特别是随着《明末四公子》《方以智晚节考》等书籍的畅销,方以智已逐渐为人们所熟知。安徽古籍整理出版委员会历尽20年艰辛搜讨,整理编校了《方以智全书》,已于2019年7月出版,必将掀起新一轮研究热潮。

实际上,比起父亲方大镇、儿子方以智,方孔炤的声名、才情、成就丝毫不逊色,可以说是明末那个"天下大势,如沸如蒸"的乱世中,极其罕见的文武兼备的奇才,在当时亦是声震朝野、名满天下。作为桐城方氏学派的中坚人物,方孔炤对其子方以智的成长和学问的渊深亦有着极大影响;而作为万历末期从知州成长起来的封疆大吏,其清正廉洁、忠诚刚直的为官操守,又深受其父方大镇的影响,也对后世有着很强的启迪和典范意义。

二、发奸如神、所至有声的忠直官员

万历四十四年(1616)春,方孔炤高中丙辰科殿试金榜二甲二十五名,这一年他才25岁,与他同在二甲但排在第四十二名的同乡吴叔度,却年长他20余岁。这科同榜中式的还有已年近花甲的伯父方大任,以及比他年长3岁的同乡阮大铖,但都位居三甲。方孔炤的岳父、翰林院编修吴应宾非常高兴,赋诗喜贺。此时,方孔炤的父亲方大镇还在监察御史(御史古称柱下史)任上,叔父方大铉在刑部任主事,大镇、大铉有"凤仪坊双凤"之誉。所以吴应宾诗中有句赞曰:"柱下又看麟一角,楼中真喜双凤鸣"。

方孔炤少年得志,更加英姿勃发。在兵部观政结束后,于次年四月赴嘉定(今四川乐山)任知州。在他为官之后,父亲方大镇连续多次写信,嘱咐他要"勤以办职、慎以出言、谦以待人、廉以临财"。方孔炤遵循父亲教导,勤于政事,尤其是办案精细善断,达到了"发奸如神"的地步。他年轻气盛,不畏当地豪贵范侍郎对地方行政的强行干预,力出高孝廉于冤狱,"活一人以不死十数人",为当时朝野所脍炙。时人称赞他"以一年立一任之基,以一任立终身之基"。但也因此得罪了上官,一年后就被平调到福宁任知州。

万历末期,朝政日趋浊乱,各地常有民变兵变。福宁前不久就发生了一场兵变。方孔炤到任后,采取有力措施,保障了局势的稳定。他不因曾在嘉定忤上官而有受挫感,愈发果毅刚直。任期内,因有德政,当地士民为他在太姥山建了生祠。任满后,吏部考核上等,于天启三年(1623)被擢为兵部员外郎。

天启一朝,魏忠贤阉珰专权乱政。方孔炤作为兵部武选职方,不畏权贵,敢于清查冗官,并多次上疏揭露将帅贿选之事,弹劾总兵官等将弁十五人,矛头直指魏忠贤及其附逆崔呈秀。当魏忠贤徇私舞弊,推荐冒功的侄子魏良卿为伯爵时,方孔炤坚决反对,"执不复"。魏忠贤怒不可遏,将他削职为民。

崇祯初,方孔炤官复兵部原职。他将乡居时潜心写就的《全边略记》等著作,献策朝廷,并赋诗明志:"紫阁金茎露向晨,钟声催出日重轮。青龙匜扇迎丰岁,白兽开尊待直臣。闾阖风生三部乐,玲珑仪转九州春。职方将上图舆考,不羡甘泉献赋人。"有人趁机行贿请托,这在当时的兵部已习以为常。方孔炤随即予以揭发,并借此机会深入清查了30余名将帅贿选和贪污枉法之事,提出或革任、或勘问、或昭雪、或拘捕的建议。崇祯帝因此称赞他"洁己、发奸、优叙、示劝",将其名刻到朝廷殿柱上予以嘉奖,并迁升尚宝卿,此事历年罕见旷典,朝野为之震动。自此以后,朝廷行贿请托积习为之一洗。

三、历尽硝烟、英勇杀敌的封疆大吏

崇祯四年(1631)七月,因父亲去世,方孔炤乞假归桐丁外艰。3年服阕期满,却适逢桐城发生民变。乡民汪国华、黄文鼎等为首聚集了数百人攻进城里,焚烧大户房屋,甚至砍杀了几个富家奴仆,并在城北二十里外结寨扬旗,大有与西北李自成、张献忠农民军遥相呼应之势,导致城中巨族纷纷逃离。方孔炤受合邑乡绅所托,协助郡县,设计平定了这场民变。不久,张献忠、李自成的农民军长驱直入,横扫楚皖一带,并屡次围攻桐城。方孔炤又临危受命,参与谋划防守。其家"远心堂"成了合邑士绅运筹定策的"指挥部",县城因此得以保全。其子方以智《思远心》诗有句曰:"远心堂中日百人,中有孙子同苦辛。日日议事夜上城,五更作书分请兵。"其中,"孙子"是指其妹婿孙临(字克咸,号武公)。在周边县城相继失守情况下,桐城却坚不可摧,遂有"铁打桐城"之誉。

崇祯十一年(1638),方孔炤以右佥都御史巡抚湖广,与张献忠、李自成率领的农民军连续作战,取得八战八捷的战果,立下赫赫战功。张献忠、李自成在明军的分化瓦解下,相继投降。时任总理军务的熊文灿将张献忠部安置于谷城。方孔炤上疏力言招抚之误,并条上八策:一令散归各籍,二不许在均州荆襄等地,三有杀头目献功者授官,四先缴枪刀弓箭,五尽缴骡马,六不许分民田租,七不许杀良民,八不许安官射利煽惑。却不被以杨嗣昌为中枢的内阁采纳。方孔炤坚持己见,厉兵

秣马，为战守之备。杨嗣昌却上疏崇祯，认为流寇虽然有负于朝廷，但招降了后就是"朝廷之赤子"。后来的事实证明，方孔炤的意见是对的。被招降的张献忠果然复叛。是时，兵部尚书傅宗龙建议由方孔炤代熊文灿督师，朝廷不许，依旧重用杨嗣昌。杨嗣昌既与方孔炤意见不合，又刻忌方孔炤有先见之明，于是寻故弹劾方孔炤。

崇祯十三年（1640）一月，方孔炤被下诏狱。新科进士方以智伏阙泣血为父申冤，因崇祯有感于"求忠臣必出孝子之门"，方孔炤才得以免死，谪戍绍兴。后经人推荐复官，得崇祯召见，遂痛陈时弊，上万字《刍荛小言》，受命以左金都御史总理山东、河北屯田。不久，军情危急，朝廷驰命他兼督大名、广平二监司军务，抵御农民军。命令刚下，李自成的大顺军已攻陷北京，皇太极率领的大清军则马不停蹄横扫明军。而南明弘光小朝廷在马士英、阮大铖把持下乌烟瘴气，他们排挤方孔炤等正直臣工。方孔炤上疏请求北上抗击清军，马、阮等柄政者却视为邀功，容不下他。方孔炤无奈，只得奉87岁老母归隐桐城。

桐城名士周岐听说方孔炤归隐桐城后，赋诗《方仁植中丞归里》以慰："欲返离骚问汨罗，至今声老洞庭波。云中旧牧坚言战，丞相神机只讲和。狂客悲来三策废，仙人舟去五湖多。归思岂为鲈鱼鲙，满耳秋潭渔父歌。"诗中的"旧牧"是指方孔炤曾任湖广巡抚；"丞相"是指杨嗣昌、熊文灿等人。显然，周岐为方孔炤悲愤不平，将他类比于屈原；批判熊文灿、杨嗣昌误国。

四、一生著书、经世致用的旷世学者

方孔炤幼承家风，文武兼备，一生著述颇丰。其中影响较大者为《全边略记》（十二卷），乃是方孔炤天启年间任兵部职方时所撰，成书于崇祯元年（1628）。明朝后期，内外诸多矛盾突出，方孔炤试图探索破解之道。这本十二卷大著，充分体现了他关心时局的"经世致用"思想和"以史为鉴"的良苦用心，具有珍贵的史料价值。

作为学者型官员，方孔炤为官期间仍不忘钻研学问，撰写了《〈尚书〉世论》《〈诗经〉永论》《〈春秋〉窃论》《〈礼记〉节论》《〈四书〉当问》等大量的著作。任职兵部和抚楚及屯田山东、河北期间，关心时事国运，又留下了《职方旧草》《治师篇》《出题中表》《抚楚疏稿》《抚楚公牍》《堪楚节抄》《刍荛小言》《屯抚垦荒节要》《保障二议》等著作。

易学为方孔炤家传之学。他受祖父方学渐和父亲方大镇的影响，成为家学易学的集大成者和发展者，加上他对明末开始输入的西学亦有浓厚的兴趣，热衷于动手实验，其学问因而具有博大之特色，为其子方以智"坐集千古、会通中外"作了较好的铺垫。方孔炤还针对阳明心学缺乏一套研究自然的正确方法，针对朱子格物穷理不够周密精详的缺陷，提出了"质测"与"通几"两大研究宇宙的方法论，并创造性地划分"宰理"（人文学）、"物理"（自然科学）、"至理"（会通人文与自然科学之理），以矫正明末学术界流于虚玄的时弊。

明亡归隐时，方孔炤又在儿子方以智的助力下，著述了十五卷的《周易时论》，表示"以此答天下，报祖宗，亦孤臣一缕心血所自滴也"。是书打破了三教九流界限，也打破了自然科学与天文学及数学的界限，做到了博采众家，理论阐述更具深度，具有强烈的思辨色彩。值得注意的是，这本书集中阐发了方孔炤对"时"的形而上意义的理解。首先，他增加了"时"的内容，将其扩展到一切知识领域。其次，他依靠"中统有无""中五"等范畴，揭示了事物的三层本质规定，以作为"时"的形而上意义。最后，他还利用"格物"说表达了本体和认知统一的思想，实现了本体之"时"和价值之"时"的沟通。

此外，方孔炤还著述有《环中堂诗集》《环中堂文集》《石言》《知生或问》《抱一斋当问》《西库随笔》《过庭实录》《庸书广》《不佞集》《知言鉴》《明善述》《学易中旁通》《古文诗集》《金陵诫子书》等，每类著作都是数卷甚至十数卷以上，可谓著作等身。

"死去元知万事空，但悲不见九州同。"晚年的方孔炤沉浸在家破国亡的极度悲愤之中。特别是长子方以智为避清廷迫害只得逃禅世外，次子方其义年甫30就忧愤而逝。这让他如槁木枯灰一般，每每哭诵陆游《示儿》诗不能自已，才60余岁就过早地含恨离世。马其昶在《桐城耆旧传》中感慨："（公）效忠乱朝，才用未尽，可胜慨哉！"

方以智出生于凤仪坊廷尉第

"冬炼三时传旧火,天留一磬击新声。"这是位于安徽省桐城市方以智(图5)故居展馆的一副对联,选自《青原愚者智禅师语录》。① 所谓"冬炼三时",意思是冬季的阴气中,潜伏着阳气之生机,一如死灰可以复燃,因而练就了春、夏、秋三时。所谓"天留一磬",就是故国"旧火"仍存一线生机。这副对联,其实是方以智与儿子方中通等人的对话,方以智还有"儿孙努力"四个字的郑重嘱托,表达了为传故国旧火,不畏生死考验,要从天道规律里求得绝处逢生的坚定信念。方以智就出生在这座原名"廷尉第"、今名潇洒园的老宅里。

一、众说纷纭

关于方以智的具体出生地点,他的十世孙方叔文所著《方密之先生年谱》有直接指明:"生于桐城方廷尉第。按廷尉第为文孝公住宅,在桐邑之东城,又名远心堂,即今潇洒园。"②方叔文所处的时代还是清末民初,其时桐枞没有分县。方叔文的侄子、方以智十一世孙方鸿寿,于1961年完稿的《方文忠公年谱》也指出:方以智"明万历三十九年辛亥十月二十六日生于桐邑廷尉第"。③ 由于战火频仍和特殊年代影响,诸多历史文献遗失,今天已再无其他直接线索,但并非不能稽考。学者蒋国保先生在20世纪80年代出版了《方以智哲学思想研究》,其中就有专节考证方以智的出生,认为方以智出生于今桐城市大关(古称北峡关)白沙岭。还有其他一些当代人写的传记或论文,也对方以智出生地

---

① 邢益海编《冬炼三时传旧火——港台学人论方以智》,华夏出版社,2012年,第121页。
② 方叔文:《方以智先生年谱》,安徽师范大学出版社,2018年,第1页。
③ 李仁群主编:《方以智研究》第一辑,安徽大学出版社,2021年,第2页。

第四章 凤仪坊"远心堂"叙事

图 5 方以智画像

提出了不同看法。既然众说纷纭,也就有深入探讨的必要。

方以智的祖居地,明清时代属于县城城东的一个居民社区:凤仪坊。这里,西北枕靠绵延百余里的秀丽龙眠山,东南则是桐溪流水绕城蜿蜒而去。方氏自宋末德益公始居于此以来,一直到今天已历700余年繁衍兴盛,虽然代有迁徙,但这里作为方氏祖居地,始终有方氏子孙留守。

方以智之所以有着"绝处逢生"的坚定信念和坚强意志,必然与其坚持忠贞孝悌的家族有关,特别是其五世祖方法曾以自沉为建文皇帝殉节,成为方氏家族的精神佛祖,对方以智的影响是十分深刻的。方法有三位兄弟,他排行居中。为区别于长房和三房,其后裔房头前面往往加一个"中"字,方以智这一支就属于"中一房"。

方法的儿子方自勉与方自宽在城东创建了"桂林第",成为方氏家族在县城的主要祖宅。但这个祖宅无形中有"贤且贵者继承"的规矩,后来归于乡试中举的方大美,他是方苞的高祖,而方大美又属于"中六房"。①这就给今天的研究者带来了困惑:方以智既然不是中六房的,就肯定不出生于祖宅"桂林第",那么他究竟出生于哪里呢?蒋国保先生就是被这个问题挡住了,认为方以智不出生于"桂林第",所以必出生于大关(古称北峡关)白沙岭的方学渐旧居。

其实,无论是"中六房"还是"中一房",其先辈都曾有人离开过祖居地,在乡里盘桓了一段时间。②从中一房这支来看,第九世方敬(学渐的祖父)出生于城,因父亲方印与叔父方塘分家,故随父亲方印乡居,但他"岁徙无宁所",很可能是其家族迁居北峡关白沙岭的原因。而到了方学渐(第十一世)时代,又从北峡关(今属桐城市大关镇)的白沙岭回到了城中。③

方以智出生时,曾祖父方学渐(1540—1615)还在世,时年70。因此,方以智的出生地,也就与方学渐所居密切相关起来。

二、方学渐与崇实居

据笔者考证,方学渐于明隆庆二年(1568)左右,离开了北峡关白沙岭的乡居,回到了城中。④

而据方以智父亲方孔炤的叙述:"先大父居崇实居近五十年。"⑤这

---

① 可参阅本书第七章《方苞究竟是不是桐城人?》。
② 可参阅本书第二章《凤仪坊,他们一直都在》。
③ 可参阅本书第九章《桐城方氏研究中的"连理"之谜探析》。
④ 参见本书第九章《桐城方氏研究中的"连理"之谜探析》。
⑤ 方孔炤:《宁澹语跋》,载方昌翰辑、彭君华校点《桐城方氏七代遗书》,黄山书社,2019年,第252页。

第四章 凤仪坊"远心堂"叙事

个崇实居,应该就是方学渐在城中的宅第了。有人认为,方学渐在桐溪(今龙眠河)边结崇实社,立崇实会馆,而这个会馆因为在桐溪边,又被时人称为桐川会馆(以下统称"桐川会馆"),因此,方学渐的"崇实居"就是桐川会馆,则方以智出生于桐川会馆。从逻辑上来看,好像是这么回事。但仔细推敲,这个说法是不成立的。

因为根据叶灿《方明善先生行状》,方学渐创建桐川会馆是在万历癸巳(1593)左右,从这一年到他去世的万历四十三年乙卯(1615),仅20余年,不符合方孔炤的"近五十年"之说。且根据方大镇万历四十八年庚申(1620)正月有诗"先子旧业二十年,寂寞小溪环精舍"①,这时方学渐已经去世5年了。可见,方学渐居住了近50年的崇实居,决不是他仅操持了20年的"旧业"桐川会馆。

方学渐的这座崇实居,既然不可能是桐川会馆,也不可能是祖宅桂林第(已属方大美),则必然为方学渐自己所有,而其来源的可能性至少有如下几个。

一种可能是,方学渐赎回了城中的一处祖宅。

方学渐的曾祖父方印(1438—1494),中举后任天台县令,故称天台公,有在城中凤仪坊祖居地添置居宅的经济条件。这就不能不提方印与弟弟方塘的一次"分家事件"。据方氏家谱方印列传记载:

> 天台公讳印,字与信,别号朴庵,孝友型家。为县九月,民尸祝不能忘。与信事二亲,朝夕祗见,疾则废寝食忧形于色。时同居凤仪坊,五服之属萃一堂。亲殁,与信齿长矣,而事诸父如父,无大小必禀。……业已受书,委家秉于母弟塘,一钱寸帛不入私橐。例贡举坊直及当道有司馈遗,悉授塘,不问出入。久之家饶,塘请析而两之,曰:微兄之力不及此。与信曰:吾子一耳,弟子四,岂令我目诸子之厚薄其室也?五分之而自取白壤一硗确者以居。②

从这段叙述来看,方印成为县学生(业已授书)后,"委家秉于母弟塘"。可能因此不再缴纳有关赋税,还有县学里的补贴等各种收入,他

---

① 方大镇这首诗,见日本内阁文库藏明刻本《荷薪韵义》之《荷薪韵》一,第24页。
② 见《桐城桂林方氏家谱》卷五十一"方印列传",清光绪六年(1880)刻本,第18页。

不仅"一钱寸帛不入私橐",而且中举(例贡举)后,"坊直及当道有司馈遗,悉授塘,不问出入"。所有的收入都给了弟弟方塘经营管理。但就在"久之家饶"以后,方塘提出"请析而两之",也就是要分家。作为哥哥,自己仅一子,而弟弟有四子,显然不能简单地"析而两之",于是他将家产一分为五,自己仅取其中的一块贫瘠之地"一硗确者"以居。

而明末姚康撰有《方季公传》中又透露了另一个信息:

> (方季公)所隐地白塽,其居为公家先辈贤者天台令故物也。先是天台方宦游时,其弟某以其地瘠,故宅之以饵天台。及天台归,果安其地,遂居之,因令弟之子四人尽名其他田好者。而己子二人所名田,当弟之半,不令与取平。弟更用大愧。①

姚康(1578—1653)是明末桐城著名学者,他距方印时代不远,且与方氏家族诸多人士都有交游,所写这段轶事必非虚传。文中指出方印被其弟"饵"到了那块"瘠地",遂居之。但那里后来属于中六房台公的曾孙方季公(方学述):"(方季公)其居为公家先辈贤者天台令故物",仅强调是方印的"故物",而非其独子方敬或其孙方祉等的"故物",可见这块瘠地自方印以后,就转让给了方季公(方学述),也即意味着方印的独子方敬(1475—1528)曾随父方印居家这块瘠地,但后来他并没有坚守在这里。据方氏家谱记载:

> 唯恭公讳敬。重义而轻财,宁轻与,弗轻取。有盗牛者,觉,乃夜怀金倍牛直求免于有司。公以盗服厥辜贳之却金。姑适章,无子,求媛进之,卒于我殡。为宗督,宗人服其无私。祖茔地侵于豪,豪,公姻家,乃自以为庸,帅众复之。于是人皆义公。然激之义,即易勤或浮借,义徼其资,挥资若弃。常乘醉与人资,醒不复问。出谷于乡,及收责偾大窘则焚券去。琼州公遗之诗曰:"孳孳为义舜之徒。"然竟以此落矣。②

从这段叙述来看,方敬"重义而轻财,宁轻与,弗轻取"。经常借钱

---

① 姚康:《休那遗稿》卷七,清光绪十五年(1889)桐城姚氏五桂山房活字本,第388页。
② 《桐城桂林方氏家谱》卷五十一"方敬列传",清光绪六年(1880)刻本,第30页。

给别人,乃至"挥资若弃"。方敬的这种行为,还受到族叔方向的表扬:"孳孳为义舜之徒。"孳孳,即"孜孜",一心一意。可见方敬曾经很富裕。如果他没有坚守与叔父分家而得到的那一块瘠地,也就有可能又回城添置了房产。毕竟他还是"宗督",城居也有利于发挥作用(城中不仅是祖居地,且为方氏族人聚居地)。

但方敬太仗义疏财了,也因此而家道中落。方学渐为其父方祉(月山公)写的传中,就提到"大父家日落,岁徙无宁所"。大父,即方学渐的祖父方敬。表明方敬家道日衰而迁徙不定,有可能就迁居到北峡关白沙岭,那一带正是何唐讲学之地,也是贵州巡抚、理学家赵钹晚年退隐之地。而方学渐于隆庆二年(1568)自白沙岭重新回城后,就赎回了方敬曾经添置的房产。

另一种可能是,方学渐这个崇实居来源于岳父赵锐的故第。

方学渐的岳父赵锐,是何唐的弟子,桐城著名的理学家,曾于城东"辟颜乐巷,筑室贮书"①,聚徒讲学。据赵氏宗谱的记载,赵锐育有三女,将最喜爱的第三女嫁给了方学渐,并为女婿取字"达卿"。又据史孟麟撰《明封侍御明善先生本庵方翁墓表》:"至月山公而遗箸仅可百金许,先生悉推以与伯兄,而以一麈依均州公居。"②父亲去世时仅余百金,方学渐都让给了伯兄,而依岳父赵锐居。赵锐的原配邵氏去世早,这个爱女乃是继配杨夫人所出。赵锐去世后,杨夫人还存世27年,直到1590年8月才去世。杨夫人无嗣,这最后的20多年,很有可能是与女婿方学渐全家生活在一起。而其曾外孙方孔炤在她去世不久即出生(1591年2月)。③因此,方学渐的崇实居,也就有可能来源于岳父赵锐的城东"颜乐巷"旧居。方大镇修缮桐川会馆时还续置了"至善堂",提及地基不够,得到相邻赵氏的帮助:"基地苦隘,馆北邻则镇昔年所鬻于赵氏者,愿捐于公,而更助之资。"(方大镇《续置会馆颠末记》)

当然,还有第三种可能,也即方学渐进城后自己构建了新的崇实

---

① 赵立芳等纂修《桐陂赵氏宗谱·儒林》特传卷二十二,赵氏明宗堂木活字印刷本,清光绪九年(1883)修,第30页。
② 史孟麟撰《明封侍御明善先生本庵方翁墓表》,见桐城博物馆藏拓本。
③ 方传理:《桐城桂林方氏家谱》卷十二"孔炤小传",记其生于万历辛卯(1591)二月二十三日。

居。毕竟这个时候,他既是享有补贴待遇的府秀才,又能笔耕(授徒和售文等),还得到了岳父家的财力支持,有了城居的经济实力。

但方学渐的崇实居,无论是来源于祖父方敬的老宅,还是来源于岳父的"颜乐巷"旧居,或是他自己新购地基构建,都说明他已经返回凤仪坊城居了。他一生都奉行"实心实事"①,所以将宅第命名为"崇实居";又效法赵锐、赵鈜、戴完等邑中先正,于桐溪边结"崇实会",50岁以后又着手创建了"崇实会馆"(桐川会馆),可以说"崇实"二字就是他一生治学和德行的写照。

三、崇实居不是宁澹居(荷新馆)

那么方学渐的崇实居,与方大镇的宁澹居,究竟是什么关系?方以智又究竟出生于哪个"居"?

方孔炤说过:"家大人(方大镇)居宁澹居近二十年。"②根据这个记载,《桐城方氏研究中的"连理"之谜探析》认为:宁澹居必然在城中方学渐的府第内。已知方大镇出生于嘉靖辛酉(1561),中进士外出为官则是万历己丑(1589)已经28岁,减去宁澹居20年,表明其从出生到8岁的童年时代不居城,是随父母居住在白沙岭。方大镇8岁左右,也即隆庆二年(1568)左右,离开了他的出生地白沙岭,随父母城居。这时他还年幼,故而所居必在父母的"崇实居"里。因此,该文认为宁澹居正是建于此时,方大镇在其中读书、结婚、生子,住了将近20年,直到万历己丑(1589)28岁中进士、外出为官。当方大镇官迁大理寺时,被里戚尊称为廷尉公,其父崇实居和他自己的宁澹居又被统称为廷尉第。

但后来再读方孔炤《家训》诗后,笔者否定了自己当初这个判断。方孔炤《家训》诗如下:

  三峰矗矗,桐水汤汤。我祖基之,爰开讲堂。我父绍之,荷薪

---

① "实心实事",见叶灿:《方明善先生行状》,载方昌翰辑、彭君华校点《桐城方氏七代遗书》七代系传,黄山书社,2019年,第4页。
② 方孔炤:《宁澹语跋》,载方昌翰辑、彭君华校点《桐城方氏七代遗书》,黄山书社,2019年,第252页。

在旁。颜曰宁澹,三命循墙。小子舞象,咏南山章。①

方孔炤这首诗中的"三峰",即城后的龙眠山三峰,为方家历代祖坟所在,方学渐的父亲方祉就葬在这里。据方氏家谱《方祉小传》载:方祉卒于嘉靖丁巳十一月十六日,葬三峰山上,乾山巽向。②"桐水"即指桐溪,"讲堂"即指桐川会馆,"荷薪"语义双关,既指方大镇绍继父学,又指向方大镇的荷薪馆(也称"荷薪斋")。

关于荷薪馆,方中通曾有《癸酉喜儿琜设帐荷薪馆》,诗前有较长的序,进一步揭露了真相:

> 曾王父廷尉公建"至善堂",奉明善公木主于其后室,二丁邑祭毕,讌邑侯堂中,列子弟击磬歌诗,彬彬礼乐之风,诚盛事也。别构数楹于其北,颜之曰"荷薪斋"。子思有言:其父析薪,其子弗克负荷,仅每思之大恐,而不懈也。廷尉公之取义荷薪也,戒彼弗克耳。常著有《荷薪义》,遭乱后尽为墟矣。今四弟捐宅为明善公"崇实会馆",二丁公典永行于此,先是余兄弟复立"荷薪",适在此北,岁入赁租,贮以刊先人书,今年正琜愿输其赁,以为设帐之所。盖亦不敢以私废公也。③

方中通诗题曰"荷薪馆",诗序曰"荷薪斋",正琜七弟正璆有诗《茗溪授经荷薪馆》(茗溪为方正琜的号),可见荷薪馆其实就是荷薪斋,乃是方大镇在桐川会馆"至善堂"之北别构的数楹房子。这与方孔炤的《家训》所说"荷薪在旁"是一致的。可以说,《家训》这首诗,基本讲述了方学渐"爰开讲堂"(桐川会馆),方大镇"荷薪在旁""三命循墙"的经过,而方孔炤"舞象"(年少时)曾于荷薪馆"咏南山章"(读书问学)。

方孔炤又说荷薪馆"颜曰宁澹",这表明所谓"宁澹居"其实就是荷薪馆。而方大镇晚年也曾有号"宁澹居士""桐川宁澹居士",还有《宁澹

---

① 方孔炤:《家训》,载方于毂《桐城方氏诗辑》之《环中堂诗集》卷二,清道光六年(1826)饲经堂刻本。
② 《方祉小传》,载《桐城桂林方氏家谱》卷九,第51—52页。
③ 方中通:《癸酉喜儿琜设帐荷薪馆》,载《清代诗文集汇编》第一百三十三册之方中通《陪集·续陪》卷二,上海古籍出版社,2010年,第181页。

居集》。如此说来,荷薪馆并非方学渐为方大镇所建,而是方大镇自己所建,且建于至善堂之北。至善堂构建的日期是可以查到的,据方大镇《桐川会馆至善堂记》载:"堂肇于乙卯冬,弥月而落成。后有室,以祠先侍御。"乙卯冬即万历乙卯,为公元1615年。方大镇去世于崇祯四年(1631)七月十九日,则方大镇在宁澹居前后满打满算有17年,符合方孔炤跋文"家大人居宁澹居近二十年"之说。

由此可见,方大镇1615年冬构建宁澹居(荷薪馆)时,方以智已经5岁了。因此,方以智也不可能出生于这个宁澹居(荷薪馆)。

四、方大镇继承了崇实居

既然方大镇最初的宅第,不可能是他晚年所建荷薪馆(宁澹居),则方大镇最初所居,必然是方学渐的宅第,也即崇实居。

方大镇万历己丑(1589)28岁中进士、外出为官之前,其读书、结婚、生子,必然在父亲方学渐的崇实居内。

现在的问题是,方大镇兄弟三人,究竟是谁继承了崇实居?廷尉第(后称远心堂)是否方大镇为官后新建?

笔者认为,无论从中国嫡长子继承祖业的传统来看,还是从方氏桂林第祖宅"贤且贵者继承"[①]的惯例来看,崇实居很可能为方大镇所继承。

首先,方大镇中进士较早,有官声,可谓"贤且贵",其独子方孔炤也少年得志,中举、中进士都较早。而比大镇小3岁的仲弟大铉(1564—1618),大器晚成,直到万历癸卯(1603)才中得举人,万历癸丑(1613)近50岁时才得中进士,且为官不久就去世了。方大铉因"久艰于嗣",以三弟方大钦的第四子方孔一(1595—1676)为嗣。直到1612年开始,才接连有三个儿子出生,分别是方文(1612—1669)、方孔矩(1615—1673)、方孔性(1617—1661)。三弟方大钦仅为邑诸生。可见,大镇的这两位弟弟在继承方学渐宅第时,并没有优先权。

其次,方学渐对长子大镇最为器重。万历癸丑(1613),巡按御史方

---

① 参见本书第七章《方苞究竟是不是桐城人?》,方氏祖居继承原则就是"贤且贵者"继承。

大镇由中州解任归来,方学渐紧紧握住他的手,满是期待:"美必久而后成,道必守而兼创。吾意欲与汝共图会事。"正是肩负着父亲的厚望,方大镇修葺了桐川会馆旧馆,并在旁边续置了新馆至善堂,兵道张公为题"鸣鹤书院"匾;又在至善堂北增置了荷薪馆(宁澹居),要求子孙践行"创为守、久为美、光而大"的祖训。①

最后,方学渐夫人是随长子大镇生活的。方学渐去世后,赵老夫人(1544—1629)仍存世14年之久,她是与儿子方大镇在一起生活的。方大镇有一首诗《春晖楼》写道:"小楼树之背,晨昏幸得侍。海曙起城闉,远岑叠空翠。开窗纳新景,交木送凉吹。慈颜坐其中,翟冠霞为帔。羞醑娱芳晨,犹愧莱子意。春晖难报答,寸草还自致。"而在诗前序中,方大镇又说:"昔人云:'难将寸草心,报答三春晖。'盖为慈母咏也。吾母既寿而康,爰取诗义以名吾楼。"②

随之而来的问题是:既然崇实居由方大镇继承,那么他的两位弟弟方大铉、方大钦,分别住在哪里呢?

由方大镇为仲弟大铉《寨兰馆草》所作的序,可推知方大铉宅第之所在。方大镇在序中说:大铉"卜北郭之穷巷以居,辟馆小园中,题曰寨兰"。③ 可见,大铉宅第不是崇实居,而是另外卜选的"北郭之穷巷",宅叫称"寨兰馆"。

所谓穷巷、陋巷,都是古人谦称,以孔子高弟颜回"一箪食,一瓢饮,在陋巷"作类比,以表达安贫乐道之意。毕竟小城不大,方大铉的北郭小园"寨兰馆",实际上距方家的崇实居并不远。这里与县北的投子山隔河(桐溪)相望,所以大铉之子方文有诗自称"投子峰西一野人"。④

方大铉其实还有另外一处宅第。据方文诗《田间杂咏》:"嫡母萧安人,故是名阀子。若翁诸伯叔,累世家于此。厥名萧家园,周环四五里。自田虽瘠薄,风土自淳美。先君以馆甥,善价易诸彼。身后遗藐孤,粗足供簠簋。岂知兵寇乱,抛荒不复理。贱鬻良可悲,彷徨非得已。今年

---

① 方大镇:《至善堂记》,载《宁澹居文集》,四库全书文渊阁本。
② 方大镇:《春晖楼》诗,载《荷薪韵义》之《荷薪韵》二,日本内阁文库藏明刻本,第10页。
③ 方大镇:《寨兰馆草序》,载《宁澹居文集》,四库全书文渊阁本。
④ 方文:《初度书怀》,载《嵞山集》(上),上海古籍出版社,1979年,第331页。

三倍赎,虽贵亦可喜。瘠土何足珍,先业幸不毁。"其五曰:"今兹田百亩,既失还归余。"①原来,萧家园本为萧氏族人聚居和耕作之地,后为方大铉买得。彼时,方文等兄弟还未出生,而萧氏已育有两女,长适怀宁生员阮士铨,次方维则适太学生吴绍忠。方大铉买此田宅"以馆甥",即教授女婿(不知是阮士铨,还是吴绍忠)读书。他去世后,这里的田宅都归了方文兄弟,即"身后遗藐孤"。清初秬定,方文又花了三倍的价格将流到他人手中的萧家园旧宅重新赎回,尽管这是他中年以后的事了,但也说明方大铉曾经家居于此。萧家园在哪里呢?据《桐城桂林方氏家谱》"方畿小传":方畿葬于县东八里萧家园。则萧家园的位置也可以基本确定,其址位于城东八里。

方大钦的居所,其实也可以找到线索。方文有诗写给其从弟方孔炳(方大钦第四子),其中有句云"怪尔楼居对县门"②,可见方大钦的宅第正对着县门,县门应该是县衙署之门,今桐城北大街仍有明代县衙遗存,为桐城市文物保护单位,其相对之处并非廷尉第。

五、崇实居改称廷尉第(远心堂)

以上讨论了方学渐住了将近50年的崇实居,为其长子方大镇所继承,也即方大镇的宅第就是崇实居。那么方以智是否就出生在崇实居呢?

据《桐城桂林方氏家谱》,方大镇的儿子方孔炤出生于万历辛卯(1591),此时方大镇为官不久。而方孔炤由府学生中万历乙卯(1615)乡试举人,万历丙辰(1616)中进士,则他中举和中进士之前,也即1615年之前,肯定是与父母生活在一起的。毕竟他是独子,不可能别居他处,只能住在崇实居。

已知方以智出生于万历辛亥(1611),他必然出生于方孔炤的府第。而方孔炤的府第就是方大镇的府第,也即方学渐的崇实居。因此,方以智的出生地也就此昭然了:除了城中的崇实居,他还有可能出生于别的地方吗?不可能。

---

① 方文:《田居杂咏》,载《嵞山集》(上),上海古籍出版社,1979年,第91页。
② 方文:《八弟尔孚居丧结庐予为颜曰明发轩并系以诗》,载《嵞山集》(上),第342页。

但方叔文为什么说方以智"生于东城廷尉第"呢？很简单，因为方大镇后来官居大理寺左少卿，旧时人们习惯以古官职名来尊称府第。于是，崇实居又被里人称为"方廷尉第"，这又有什么奇怪的呢？

方家这个先称崇实居，后来又称廷尉第的宅子，面积很大，实际上是一座园林式住宅。究竟有多大呢？康熙丙寅(1686)的一场火灾为我们作了揭示。这场火灾发生于当年四月七日，方中通有三首《讯内》诗，第一首写火灾突发的不堪，第二首写未能及时归来的自责，第三首写亲戚援手相帮的情况。就是这第三首诗，交代了这座房子的基本结构：

> 弟舍半遭毁(三弟屋在正内楼者被灾)，兄居幸瓦全(伯兄拜火诚切，风息得免蔓延。止焚正楼廻楼厢楼，上下二十四间，即余亦尚存书室)。救焚如嗫酒，周急便资钱(伯兄当即惠五金布十五匹，更为球儿制衣)。推食延朝夕(三姊惠米二石，他物甚多。四弟惠谷四十石，瑑珠各三金)，羁栖历岁年(余归时，内子同子女尚居书室)。恩深惟手足，稽首泪涟涟。①

由方中通这首诗可知，这座方中德、方中通、方中履兄弟三个家庭同居的园林式住宅，除了方中德的房子"幸瓦全"、方中履的房子"半遭毁"外，仅正楼廻楼厢楼被烧毁的就有上下二十四间，方中通的书室所幸未损。

那么，这座遭受火灾的房子，是否就是从前的崇实居、后来的廷尉第呢？

钱澄之有尺牍为我们作了解疑。火灾发生后，隐居江上的钱澄之很快得知消息，他在《与方田伯》的尺牍中写道：

> 突闻回禄之变，恫骇累日。百年故居，一旦焦土！吾辈束发游宴，庭前阶下，唱和如昨，忽罹此阨，能无泫然？知世兄所居独全，然北堂受惊不小，伏望善为安慰。累世藏书，闻属位兄者尽毁，素伯亦未免零残。年来著作无恙否？念之痛惜！便羽附至鄙私，希为道及。②

---

① 方中通：《讯内》，载《清代诗文集汇编》第一百三十三册之《陪集·陪诗》卷七，上海古籍出版社，2010年，第151—152页。
② 钱澄之：《与方田伯》，载钱澄之撰、汤华泉校点《藏山阁集》卷一，黄山书社，2014年，第456页。

方田伯，即方中德，字田伯，号依岩，方以智长子。"回禄之变"即指康熙丙寅年（1686）这场火灾。文中所谓"世兄所居独全"，是指方中德的房子因风息而"幸瓦全"，未遭重大损失。这与方中通诗中所述是一致的。文中又说"累世藏书，闻属位兄者尽毁"，意味着方家藏书，属于方中通（位兄）的那部分"尽毁"。但从方中通诗来看，属于方中通的还有些残存，况书室没烧毁。文中还指出"素伯亦未免零残"，素伯即方中履，所谓"零残"，也即方中通诗中所言"半遭毁"。

钱澄之这封尺牍非常重要，指明了这座宅第乃方氏"百年故居"，不啻是交代了方氏祖宅的"百年"传承渊源。由前文所述，从方学渐隆庆二年（1568）左右迁城后，住崇实居，到康熙丙寅（1686）被火，正好118年左右。钱澄之在信中回忆"庭前阶下，唱和如昨"。那时他与方以智、方文、吴道凝、周岐等一班少年同学，结社城南泽园，到方家廷尉第游宴唱和，当是习以为常之事。方以智就曾写过他们这些同学少年："所志同，言之又同，往往酒酣，夜入深山，或歌市中，旁若无人。人人以我等狂生，我等亦谓天下狂生也。"①

然则，廷尉第从何时开始又称"远心堂"？这很可能与方大镇晚年有关。他在任河南巡按时，就有归隐家乡的念头，故作《和归去来兮辞》，其中有云："既屏迹而寡营，亦纵心而远观。"表达"永桐溪乎蔺轴，踵彭泽其焉疑"的心志，这显然与陶渊明"心远地自偏"是一致的。归来后讲学桐溪的方大镇，有一次召社友在家中称觞，就曾作有《远心堂晤语》记录此事。②此后，方氏诸贤有关"远心堂"的诗文就多了起来，这里不再枚举。

从"崇实居"到"廷尉第"称呼的改变，意味着方学渐这支方氏，已经从平民家庭跨入官僚贵族家庭。方氏房头支系众多。方学渐这支，仅七世祖方琳曾任县阴阳训术，八世祖方印由举人而任天台令基层官员，一直到方大镇中进士，才算真正改变了本支系的家族命运。方大镇又入为京官大理寺左少卿，更为时人钦慕。大理寺是明清时期全国三大

---

① 方以智：《孙武公集序》，载《方以智全书》第九册，黄山书社，2019年，第311页。
② 方大镇：《远心堂晤语》，载《荷薪韵义》之《荷薪韵》四，日本内阁文库藏明刻本，第22页。

司法机构之一,主要负责审判重案和审理复审案件。此时,方大镇成为官秩正四品的大员,可谓官位显赫。因此,由"崇实居"到"廷尉第"称呼的改变,虽然很可能是里人的敬称,但也肯定为方氏所接受。故直到近代方叔文,仍沿称"方廷尉第"。

而从"崇实居"到"远心堂"称呼的改变,表明方氏学人有着"大隐隐于市"的胸怀,有着与陶渊明一样的田园生活心态。陶渊明诗歌所描绘的理想化田园生活,不仅没有政治、战争、社会动荡等压力和生存困境,更有着自由、平和的气息,成为文人学者对摆脱束缚、回归自然的向往和追求。于是,身居城市、心在田园的那种"心远地自偏"的意境,就成了方氏学人的一种精神慰藉和治学境界。方大镇晚年虽然也在乡下置有别业,但实际上他一直坚守在城中桐川会馆,一直坚守在廷尉第也即远心堂,直到去世。

六、方以智生于廷尉第黻佩居(茂人斋)

从方学渐崇实居到方大镇廷尉第(远心堂),我们逐步推论的结果表明,方以智就出生于廷尉第,也即后来所称的远心堂。

那么,能否进一步考证出:他具体出生于廷尉第的哪间房子?

还真的可以。其实,笔者在撰述《明遗民方中通再造復楼之深刻寓意探析》[发表于《淮北师范大学学报》(哲学社会科学版)2022年第2期]一文时,就已经揭示了这个"秘密",这"秘密"就藏在方中通《讯内》第二首诗中:

> 客中因事异,问易便疑猜(丙寅四月七日家被灾,是日余在恩州因有跃卵之异,占得旅之三爻焚次丧仆俱验)。养志惭无状,承欢反被灾(向居迴楼西首)。郁攸神不恤,黻佩壶旋开(茂人斋有黻佩圆壶旧额,请老母居此,诚大孝也)。恨我书锓木,栖迟未早回(余梓数度衍将半,始闻灾信,不能中止,故待事竣始还)。①

据方中通这首诗可知,方母潘翟老夫人(方以智夫人)就住在远心

---

① 方中通:《讯内》,载《清代诗文集汇编》第一百三十三册《陪集·陪诗》,上海古籍出版社,2010年,第151页。

堂的"廻楼"西首。康熙丙寅(1686)四月七日,火灾突发,导致廻楼被毁,潘翟所幸无恙,遂移居远心堂里另一边未遭灾的"茂人斋"。

方中通在诗中自注说,"茂人斋有黻佩圆壸旧额,请老母居此,诚大孝也"。

请注意,方中通在这里有两处强调。首先强调的是:茂人斋有"黻佩圆壸"旧额。关注方以智的学者都知道,母亲吴令仪不到30岁去世后,方以智归养于仲姑方维仪,后受仲姑之命,为母亲编纂付梓了《黻佩居遗集》。可见,"黻佩"二字与吴令仪密切相关。潘江《龙眠风雅》卷十九"吴令仪传"指出,吴令仪"性颖慧幽闲,孝翁姑,相夫教子,具有仪法","随宦闽蜀,辅佐清政"。而从"黻佩圆壸"旧额来看,壸本指宫内道路,引申泛指妇女居住的内室;如壸政,即指家政。因此,所谓"圆壸",就是表彰母亲的茂德懿行。这也就坐实了茂人斋原来就是吴令仪的居室。

方中通在这首诗中还有一个强调:"请老母居此,诚大孝也。"因为火灾,母亲住的廻楼被火,于是请母亲潘翟(方以智夫人)住到了祖母吴令仪的茂人斋也即吴令仪的黻佩居,犹云"皇后住坤宁宫",故云"请老母居此,诚大孝也"。

康熙丁卯(1687)小年夜,方中发没有回白鹿山自己的家,而是留在城中,在茂人斋侍伯母潘翟饮。此时中德、中通还有几位侄子仍谋生在外未归,故方中发有诗《小年茂人斋侍伯母大人饮感呈叔兄因怀两兄诸侄》:"淹留岂惜颂椒花,秉烛围炉数岁华。为爱承欢深讳老,更贪聚首胜还家。门衰忧患何时歇,身病诗书夙愿差。骨月东西千万里,可能一一梦天涯。"①

行文至此,方以智的出生地相关证据链已全部锁定。

方以智1611年出生于父母所居之宅——茂人斋黻佩居,此时方孔炤虚龄21岁,吴令仪虚龄19岁;方孔炤万历丙辰(1616)年也即26岁中进士为官之前,必然是与方大镇一起居住生活的,则茂人斋黻佩居就在方大镇的府第内;而方大镇这个府第由方学渐的崇实居而来,后被称为"方廷尉第",也即方大镇晚年改称的"远心堂"。

---

① 方中发:《白鹿山房诗集》卷九,曹嫄校点,黄山书社,2020年,第282页。

七、廷尉第(远心堂)与潇洒园

最后的问题是：这个"远心堂"与今天的"潇洒园"又是什么关系呢？其实方氏后人的诗文中也有线索。

康熙丙寅(1686)火灾后不久，方中德即在城东另建"绍修堂"别居(其中有传经楼)，距"远心堂"并不远。方中发《伯兄移居绍修堂颜其书室曰沤招同仲兄小饮命题以诗》前两联即是："暂移别业傍城东，故第依然在眼中。绕膝儿孙来不断，隔邻烟火语相通。"①这是康熙乙亥(1695)秋。方中通也参加了这次聚饮，并赋诗《伯兄移居绍修堂招同四弟小饮沤室》："移居今日望衡新，杯酒相邀似结邻。的的青灯寒一室，萧萧白发影三人。须知湖海分离客，尚有团栾顷刻身。五世传家多少业，可怜消入此风尘。"②诗中仍在感叹"五世传家多少业"所遭受的康熙丙寅(1686)火灾。

方中通这首诗，同时也进一步告诉我们"远心堂"就是"五世传家"之业，也即由方学渐始到方中通正好五世。而直到 10 年后写这首诗时，远心堂也没有全部修复完好，所以说"可怜消入此风尘"。

方中通之所以说"萧萧白发影三人"，是因为三弟中履已经去世于康熙己巳(1689)。③这次聚饮后，中德、中通就送中发回百里之外的"鹿湖"。而中通自己早在康熙甲寅(1674)就在城南郊筑成了南宙别业，"南宙"二字乃中履所题。此地应该就是其父年轻时读书的南郊泽园。但中通为生计一直奔走于外，而家人仍居远心堂。晚年的方中通是在南宙度过并在这里去世的。

此后，方氏正字辈也屡有迁出城的。如方中德第二子方正瑷(其兄早殇)，就随方中发迁居鹿湖源庄，方中发赋《瑷侄移居源庄感示二首》，有句云："记得旧堂名翕乐，举头深愧昔人贤。"④此时方中发提及城中

---

① 方中发：《白鹿山房诗集》卷十，曹媛校点，黄山书社，2020 年，第 313 页。
② 方中通：《清代诗文集汇编》第一百三十三册之《陪集·续偝》卷之三，上海古籍出版社，2010 年，第 216 页。
③ 参见本章：《康熙丙寅年远心堂的那场火灾》。
④ 方中发：《瑷侄移居源庄感示二首》，载方中发著、曹媛校点《白鹿山房诗集》卷八，黄山书社，2020 年，第 258 页。

桂林第祖宅里"翕乐堂",意思当然还是教导兄弟们要友爱。

方正瑗(字景蘧,亦字引除,号方斋),在同辈兄弟中排行第十九。方以智孙辈虽多,除了早殇外,实际成人者仅十三人。雍正乙巳(1725),方正瑗考授内阁中书舍人,寻擢内阁侍读,雍正丁未(1727)七月初四转授工部都水司郎中,适陕甘需才,八月初二又改授潼商道。在任10年,直到乾隆丁巳(1737)年解组归桐,即居白沙岭。次年也即乾隆戊午(1738)做了两件大事:一是修复了白沙岭连理亭,二是潇洒园落成。

其《潇洒园落成》诗中有句曰:"锄开明月三分地,编得清风十丈篱。渐老借书犹且读,纵贫沽酒未尝辞。胸中但觉多生意,冷暖人间总不知。"所谓"锄开明月三分地",应该就是远心堂中原属于方中履的那一部分产权,在康熙丙寅(1686)火灾后,中履的房子曾经"半遭毁",而他又早逝。直到此时才由独子方正瑗正式修复,此即潇洒园之由来。

至于原属中德、中通的另两份产权归属,随着时代的变迁,今天已经不可考了。但从方中通幼子正璆的《题方斋潇洒园》(副题为"时归自潼商")诗中,还能读到一点端倪:"小筑初归隐,平分尺五强。岳云收宦雨,圆月到五乡。种竹才疏影,移花已妙香。十年风雨梦,不料共西堂。"①这表明正璆的房子是与正瑗的潇洒园相邻,而且是"共西堂"的。

由此可见,这座原称崇实居,继称廷尉第(远心堂),后来又被改称为潇洒园的明清园林式住宅,完全是传承有序的,正是无可辩驳的方以智出生地,也足证清末民初的方以智十世孙方叔文所言,是完全可信的:

> 是年十月二十六日,密之公生于安徽桐城方廷尉第。时公曾祖明善公尚健在,命名曰东林。公父贞述公辛亥生男乳名东林诗云:锡山建书院,桐溪大称善。小子既抱子,我祖相其面。名之曰东林,将来磨铁砚。弥月见家庙,冬至长一线。占易得硕果,珍重七日见。按:廷尉第为文孝公住宅,在桐邑之东城,又名远心堂,即今潇洒园。②

---

① 陈正璆:《题方斋潇洒园》,载《四库禁毁书丛刊》集部第一百六十七册陈正璆《五峰集》五律卷五,北京出版社,1997年,第178页。

② 方叔文:《方以智先生年谱》,安徽师范大学出版社,2018年,第1页。

正因为"生长龙眠,岁徜徉其间"(方以智《龙眠后游记》),方以智年轻时还以"龙眠山下有狂生"自许(方以智《柬农父及子远舅氏》)。国初,人们曾为司马迁究竟生于公元前145年、还是公元前135年进行探辩。因为早生10年,则《史记》是42岁到五十几岁的作品,那是一部成年人的东西;否则,晚生10年,《史记》便是32岁到四十几岁的作品,那便恰是一部血气方刚、精力弥漫的壮年人的东西了,我们对于他整个人格的了解也要随着变动。所以10年之差的研究,终究是值得的。同样,方以智究竟出生于城,还是出生于乡,对他整个人格的了解也将随之变动,所以这种考证也是值得的。

方其义：白马骄驰游侠儿①

明亡后，方以智逃难天涯。悲愤难抑的方其义，写诗怀念与哥哥曾经在远心堂的日常生活："远心堂里双飞雁，双栖双啄由来惯。以师事兄莫敢慢，风雨衣裳无有间。"②那时，岁月是何等安宁静好，兄弟俩是何等亲密无间。而在另一首《忆兄》中，方其义还深情回忆："老亲爱若双明珠，我啼夜乳兄朝餔。行行读书各成立，相期接武游天衢。"③因为母亲去世早，方其义从小就跟随着年长10岁的哥哥，"以师事兄"。在父亲方孔炤眼里，他们可谓是掌上"双明珠"。然而，时代的巨浪无情地拍碎了他们的梦想，才学并高、文武兼备的方其义，不到30岁就郁郁早死，何其悲哉！

一、远心堂里双飞雁

万历四十七年己未（1619）除夕。福建建宁府邸喜气洋洋，知府大人方孔炤的第五个孩子正好在这天出生，后来被取名为方其义，字直之。方孔炤曾有诗《名儿以智其义》："大儿方以智，天下藏于密。二儿方其义，所以用乾直。连理著《易蠡》，荷薪以《意》释。两儿念此名，根本在学《易》。"他以"连理"代指祖父方学渐的学问，以"荷薪"代指父亲方大镇的学问，热切地期望两个儿子能够传承光大家学。

但命运一开始就对方其义不公，不到3岁时，母亲吴令仪就去世了。盘桓于官场、力求匡时救世的父亲，只好将孩子们都托付给了母亲

---

① 本文部分内容改编自拙著《方维仪传》中的相关章节。
② 方其义：《时术堂遗诗》七言古《七悲》，载《四库禁毁书丛刊》集部第一百四十四册，北京出版社，1997年。
③ 方其义：《时术堂遗诗》七言古《忆兄》，载《四库禁毁书丛刊》集部第一百四十四册，北京出版社，1997年。

姚太夫人与仲姐方维仪。方维仪因丈夫早逝而大归,守志"清芬阁",这对孩子们来说似乎又很幸运,遇到了慈母般的仲姑和最好的老师。而方其义又有年长10岁、才气纵横的哥哥激励共进,加上自己天资聪颖,长大后更是风流儒雅,以"骚人任侠"闻名于当时,真可谓"白马骄驰任侠儿"。全家都对他们寄予厚望,以"远心堂里双飞雁"称许。

张克俪是方其义的少年伙伴兼同学,因在同辈中排行第五,人称张五。他是方其义的岳父张秉文第三子。在《时术堂遗诗》中,方其义有两首诗写给张五,其中一首写年少时与张五在龙眠河边嬉游的情景:"回首龙眠共朝夕,溪边散发弄斜晖。"诗中提及的"溪边"即龙眠河边,龙眠河旧称桐溪。这与其祖父方大镇、哥哥以智经常写的"溪边""溪上""河上""河边"等意象是一样的。①他又表示,"书生挟策容谁献,宰相求才想自怜","愁看壮士舞双剑,惟向室中弹素琴"。张五相信,以方其义的才情,假如不遭遇时乱国变,他完全能博得科举功名,同先辈一样班列于朝的名臣,或建功沙场的名将。

他与哥哥方以智一样早慧有异秉。方其义未入塾即能辨四声,随指一物嘱对,都能迅答如流,14岁就补为邑庠生。他还好为诗,虽不多作,但才思敏捷,即席不假思索而数十韵援笔立就,且字字吐自肺腑,不雕琢、不虚饰,往往与古人神似。《康熙桐城县志》"儒林传"云:"其兄愚者,诗名倾当世。其义出,遂与齐名。"

他与哥哥方以智一样博洽多艺。方其义幼时作字,有人说他的笔意似颜鲁公,因取《争座位帖》和《家庙碑》,略一临摹,不数时尽得其法,人称其书"冠于江左",桐城擅书者皆难以企及。他经常当众挥毫,被观赏者重重围住,但见他挽袖悬肘,运笔如飞。人们慨叹其肘有千斤之力,观其作书即可想见古之侠者"上马杀贼,下马草露布"之气概。他还长于篆刻,亦多为时人所宝。

他与哥哥方以智一样慷慨义气。方其义生得眉清目秀,是个风流儒雅的书生,为人却豪放直爽、挥霍大气,海内豪杰争与结交。他身手矫健、勇力过人,平时都是穿短衣、带跨刀、腰弓矢,跃马疾驰。父亲方

---

① 可参阅本书第九章《桐子溪边的仗剑少年——纪念方以智诞辰412周年》。

孔炤抚楚期间,他与同样喜欢武生打扮的姐夫孙临,一起随侍在侧,战斗中总是身先士卒,敢于深入,颇有"金戈铁马,气吞万里如虎"之势,为其父取得八战八捷立下赫赫大功,以至于"群贼骇服"。曾与诸将角射,出其弓,诸将尽力皆不能张满,而他取弓在手,一引即满;又取两弓,张左右臂分擘之,随意开合,面不改色,一军皆惊。随父谪戍越东时,舟程遇盗,他出舟与斗,不慎失足落水,随即浮至舟尾,一跃直上柁楼,大呼,连发数矢,群盗骇散,岸上观者皆以为神。

他与哥哥方以智一样以气节自负。虽然方其义早年未脱贵公子习气,曾有过一段轻狂自喜的岁月,但随着时事变迁而浮气渐失。他随兄长师友与南都复社、几社中人往来,与四方名士交游,每以气节自负、以忠孝自持。靖南侯黄得功素闻其名,延为上客。崇祯甲申(1644)国变,弘光小朝廷初立,马、阮秉政后再起党祸,到处追捕东林、复社人士。在哥哥万里逃奔之际,他不得已寄居靖南侯黄得功的府第。黄得功是弘光朝廷江北四镇之首,马、阮不得不倚重黄氏,故而不敢加害方其义。有一次,随靖南校射辕门,待诸将射毕,方其义取弓连发数矢皆中。靖南侯大惊,奏请监纪其军,他却因马阮专权而推辞不受,奉祖母、父亲、仲姑等归隐桐城。

二、空使书生泪如水

可叹可悲的是,自从父亲方孔炤被弹劾逮系大狱之后,方其义就一天天地憔悴下去。曾经那位"轻薄狂姿人欲杀"的年少狂生,那位"学挽强弓用长箭,侍父挥戈平楚甸"的豪迈侠士,随着国变朝改,很快就成了"力不缚鸡山难扳,双瞳泣血昏难察"①的文弱书生。

他的血泪之痛,痛在亲人壮烈殉国。岳父张秉文、岳母方孟式,同时也是他的姑父和伯姑,在济南与清兵激战中以身殉国,而严重渎职的高起潜等中官并没有受到应有的追责。

他的血泪之痛,痛在亲人连番遭受陷害。父亲方孔炤蒙受时相杨

---

① 方其义:《时术堂遗诗》七言古《七悲》,载《四库禁毁书丛刊》集部第一百四十四册,北京出版社,1997年。

嗣昌的诬陷,差点冤死于诏狱。虽然后来经过多方营救终于平反了,却遭到贬谪。他为父亲大鸣不平,写了《抚楚叹》《越征六首》等多首诗,痛斥泾渭不分、黑白颠倒。

他的血泪之痛,痛在爱妻不幸早逝。岳父、岳母殉难济南之后,妻子泪水涟涟,悲伤至极,不幸于崇祯十五年(1642)十二月十八日离世,留下了一双嗷嗷待哺的幼小儿女。为了让这一双儿女能有人照顾,在方维仪的安排下,他续娶了比自己小3岁的何氏女(吏部郎中、同乡何应奎女)。岂料何氏女因他的郁郁寡欢而心忧成疾,又不胜劳累,也于3年后病故。

他的血泪之痛,痛在兄长连遭跲祸。哥哥方以智一直是他的偶像,他以兄为师,努力上进。然而国破朝改后,哥哥被弘光小朝廷到处追杀,只得易姓更名亡命天涯。嫂子潘翟受祖母姚太夫人和父亲方孔炤之命,携幼子方中履万里寻夫,不知行踪。同样四处逃亡的还有与他亦师亦友的周岐、吴应箕、孙临、侯方域、钱澄之等人。

他的血泪之痛,更痛在天地倾覆。当清军占领南京时,方其义如失魂落魄一般,与舅氏吴道凝、姐夫孙临等人,衣着缟素,跌跌撞撞地捧着先祖断事公的牌位,前往钟山孝陵祭拜,哭不辍声:"痛哉万岁山忽崩,四海九州皆哭声。"孙临哭罢,携妻子与友人匆匆赶赴松江府华亭(今上海)投奔陈子龙,发誓集结天下豪杰义士,以图恢复中原。方其义踌躇着,却不能随他而去,毕竟父亲年迈,祖母高龄,仲姑白发,还有众多幼小子侄,这一大家口都需要他极力支撑,他不能如孙临那样意气而行、拔剑自去。他只能无可奈何地郁郁而归。

有一段时间,方其义每天抱着先祖断事公的牌位,悲叹连连,泪水不断。每日里,他写的都是血泪一般的诗句。诸如"庙堂无人真可耻,空使书生泪如水""弃捐妻子为君亲,剩得胸中一斗血""独怜一片在弘血,万劫长燃未成灰"等。尤其是他的《七悲诗》,从"呜呼一悲"写起,一直写到"呜呼七悲",每一首都断肠一般,真可谓一字一泪,双瞳泣血,令人不忍卒读!

三、雄心豪气耿如在

顺治六年己丑(1649)九月十六日。因为遭逢国难家仇,方其义经年郁郁,年纪轻轻就"疽发背"而病卒。

"天乎天!天何以不假汝年!"方其义不到30岁即忧愤而逝。仲姑方维仪痛心不已,叹自己虽不负弟媳吴令仪,将这几个孩子抚教成人成才,却有负姐姐方孟式,没有将她的爱婿爱侄其义从郁郁不振中拉回来。方孔炤赋诗哭儿:"汝真愁乱世,痛饮不求痊。仅得过三十,空教写五千。匣存投剑气,衣恨弃缥年。不作黄门死,庞公亦谢天!"①

自号默公的陈焯,也是方其义的少年同学。其家居桐城西城之清越楼。据陈拱璧的诗《清越楼歌示兄子默公》:"我曾伯祖尔高祖,丹黄所至耽楼居。特构此楼植双桂,岁与三槐叶交翠。"②则清越楼传至陈焯时,已历五世。崇祯十二年(1639)正月,方以智从南京归来,与一班同学友人放浪于龙眠山中,回城时就在陈焯家中写成《龙眠后游记》:"夜与诸左饭,援笔记之。记未成,晨起治家事,履又满。恐后此记终不成,遂过默公舍成之。"

因同城家居,陈焯与方以智、方其义兄弟都很熟悉,且交情不一般。故而,方其义去世后,陈焯鼓励其独子方有怀搜集整理其父遗诗付梓,并先后两次为序。

在第一次所作的序中,陈焯称方其义为"贵公子",乃因其出身不凡:"直之讳其义,桐城方中丞仁植公仲子,太史密之弟也。中丞父廷尉公鲁岳,鲁岳父封御史本庵,皆以理学名世。自本庵至密之,四世通显。直之席祖父兄之势,人罕目为贵公子,独以骚人任侠得名,非偶然也。"③

对于方其义的才学,陈焯也不吝笔墨称赞有加:"直之英分伉爽,性情真至,往往与古人神似。虽攻苦磨砻者不能过也。"方其义既多才多艺,又不以贵公子自居,且善处侪辈及下士,乃至"慕义者咸归方仲子云",手下因此聚集了一批义士,其目的就是"慨然欲倡导志士勠力中原"。因为生逢末世,天下纷乱,方其义并不甘心固守书斋。他与姐夫

---

① 方于榖:《桐城方氏诗辑》卷三,清道光元年(1821)饲经堂刻本。
② 陈拱璧:《清越楼歌示兄子默公》,载潘江辑、彭君华主编《龙眠风雅全编》第四册,黄山书社,2013年,第1486页。
③ 陈焯:《诗慰旧序》,载《四库禁毁书丛刊》集部第一百四十四册,北京出版社,1997年。

第四章 凤仪坊"远心堂"叙事

孙临一样热心于武艺,期盼纵横沙场,杀敌报国。他"拳勇绝伦,能纵生马,能挽五百斤强弓"。父亲方孔炤为湖广巡抚时,他曾作为前锋,身先士卒,立下赫赫战功。

但经历了父亲方孔炤被陷诏狱、明廷覆亡、弘光小朝廷谋害忠良、哥哥方以智被迫万里逃奔等残酷现实,方其义"痛国事无成,家难复剧,日夜流涕,向之矫若虓虎者提携如抱鸡焉"。最后,"悲愤卒不能解,眠食渐减,日益羸削,竟以蚤死。悲哉!"陈焯悲方其义早死,笔锋一转,又慨叹"直之幼慧不下密之,使假年以益其能,正未知"。

与方以智、方其义兄弟相交笃甚的陈名夏,次女嫁给了方以智仲子方中通;而方其义也有女嫁于陈名夏的次子。在陈名夏的眼中,方其义永远是那个"时有荷戈之慨"的英俊后生,表示"予窃服方氏兄弟奇不易得"。①

方以智季子方中履也在跋文中说:"吾叔父少负才名,慷慨有大志。善骑射,晓兵略,结客养士,辄弃千金如涕唾。其书法、诗歌已为时所藏弄,乃三十早卒,不唯济世之怀不获伸,而天限以年。著作遂终于此。良可悲夫!"

方中履写其叔父方其义之死的文字,今天读来尤为惊怵:"今读其诗,雄心豪气耿耿如在。闻之临绝,嚼齿椎床,至死不瞑目。"②

---

① 陈名夏:《时术堂遗诗序》,载《四库禁毁书丛刊》集部第一百四十四册,北京出版社,1997年。
② 方中履:《时术堂遗诗跋》,载《四库禁毁书丛刊》集部第一百四十四册,北京出版社,1997年。

康熙丙寅年远心堂的那场火灾①

康熙二十五年(1686)四月七日,安徽桐城方家祖宅"远心堂"发生了一起火灾。因此年是丙寅年,下文即称"丙寅火灾"。远心堂又称"方廷尉第",是明末清初著名思想家、哲学家、科学家方以智(1611—1671)的出生地②,也是他青少年时代的生活和成长地。丙寅火灾中,受损失最大的,就是其次子方中通(1634—1698)在远心堂祖宅中所属部分。"弟舍半遭毁,兄居幸瓦全"③,弟弟方中履的房子有一半遭毁,兄方中德的房子因风息而瓦全;方中通所居只剩下书室,先辈遗像和诸多著述、字画被焚毁。方中通、陈舜英(1635—1711)夫妇痛心疾首。直到7年后,方中通才在原址重新建造了一座新楼,名之曰"復楼"。

方中通,字位白,号陪翁,一生以父亲为榜样,坚持以遗民自守,著述繁富,主要成就在数学和天文学方面,所著《数度衍》二十四卷,内有"尺算"一卷,"几何约"一卷,"笔算"两卷及其他。当代较早关注其学术的,应是数学史家、科学史家严敦杰,曾在《安徽史学》1960年第1期发表《方中通〈数度衍〉评述》。近年来,则相继有徐君在《昭乌达蒙族师专学报》(自然科学版)2000年第3期发表《论方中通〈数度衍〉之"对数"》,郭世荣于《自然科学史研究》2002年第1期发表《方中通〈数度衍〉中所见的约瑟夫斯问题》,徐君在《内蒙古师范大学学报》(自然科学汉文版)2004年第1期发表《略论方中通的"四算"研究及其特点》,徐

---

① 本文发表于《淮北师范大学学报》(哲学社会科学版)2022年第2期,原题是《明遗民方中通再造復楼之深刻寓意探析》。
② 方以智十世孙方叔文明确指出,方以智出生于桐邑之东城方廷尉第,该第又称远心堂,即今潇洒园。见方叔文:《方以智先生年谱》,安徽师范大学出版社,2018年,第1页。
③ 方中通:《讯内》,载《清代诗文集汇编》第一百三十三册《陪集·陪诗》卷七,上海古籍出版社,2010年,第151—152页。

君、牛耀明在《阴山学刊》(自然科学版)2006年第3期发表《浅议方中通"九九图说"中的数学思想》,徐君在《阴山学刊》(自然科学版)2008年第1期发表《方中通"合破成立圆法"中的微积分思想》,张永义于《中山大学学报》(社会科学版)2018年第1期发表《方中通〈哀述〉诗释读》。但总体而言,与近代以来持续升温、渐成显学的方以智研究相比,当前有关方中通生平和学术的研究还较为冷清。值得一提的是,肖倩文最近的硕士学位论文《二代遗民方中通及其诗歌研究》(知网数据库),虽以方中通作为主要研究对象,附带介绍方中德和方中履的生平事迹以及诗文作品、遗民情结,惜对其遭遇丙寅火灾及再造"復楼"之关节也未能更多进行深入讨论。

鉴于方以智三个儿子当中,方中通学术造诣最高,遭遇最为曲折坎坷;方以智去世后,方中通的行迹也最为人们关注,而方中通也是清初坚守明遗民志节的典型。故本文旨在以方中通的人生经历和远心堂丙寅火灾叙事诗为线索,考述其再造的"復楼"与方氏祖宅远心堂的传承渊源,从而揭示其再造"復楼"所赋予的"不忘本来、继往开来"等深刻寓意。

一、远心堂祖宅与方中通的早年生活

方氏远心堂祖宅,在安徽桐城城区寺巷内,明清时这里属于"凤仪坊"。远心堂本是方中通高祖方学渐于隆庆二年(1568)以后创建的"崇实居",传承到方中通这一代时,已历经100余年。

方学渐一生致力洛、闽之道,融贯诸家,崇实为本。其孙方孔炤云:"先大父(方学渐)居崇实居近五十年。"[①] 晚年则于桐溪边创"桐川会馆"专门用来讲学,万历四十三年(1615)去世。其子方大镇于天启年间擢升大理寺左少卿,大理寺古称廷尉,故方大镇被称为"廷尉公",其居又被里人称为"方廷尉第",方家则称"远心堂"。关于远心堂祖宅,方氏子弟亲友诗文描述较多。仅举两例:方以智流寓金陵时,思念在家乡

---

① 方孔炤:《宁澹语》跋,载方昌翰辑、彭君华校点《桐城方氏七代遗书》,黄山书社,2019年,第252页。

桐城远心堂筹划保城御敌的父亲,写有一首《思远心》:"远心堂中日百人,中有孙子同苦辛。"①方其义在甲申(1644)明亡后,想念逃难在外的兄长方以智,写有《七悲》诗:"远心堂上双飞雁,双栖双啄由来惯。"②

自方学渐开始,到方以智出生于远心堂(又称"方廷尉第"),再到方以智长子方中德出生于此,远心堂居有方氏五代人。但方中通并不出生于此。由于明崇七年(1634)八月,桐城当地发生民变,不久又遭遇张献忠等农民军侵扰,方家与诸多大族遂流寓金陵。方中通正是这年十一月初八出生于金陵,故其小字"钟生"③,意即出生于金陵(钟山为金陵别称)。

因遭逢明清易代,方中通的一生极为坎坷。他在写给挚友梅文鼎的《与梅定九书》中自述:"通五岁就傅,九岁入都,旋遭丧乱,困顿流离,变名姓为他氏子,十四岁后归桐。"所谓"变姓为他氏子",据其"再至前马"诗中自述,甲申(1644)明亡国变后,祖父方孔炤曾命中通"改姓名托王实之送予至溧阳前马陈以元家"④,他被祖父托人送给溧阳陈以元,从此改姓为陈。陈以元夫人吕氏因为无子,遂以中通为子,携其逃难至金坛县。

3年后,叔父方其义从至交溧阳县令朱公处得知情况,中通才得以被送还桐城,回到祖父方孔炤身边。此时父亲方以智正流离万里之外的岭南,母亲潘翟携幼弟方中履追寻于后。次年即顺治四年(1647),长兄方中德亦由京师返里。⑤

方中通自14岁归桐,依祖父方孔炤隐居桐南白鹿山庄。该山庄乃是其曾祖父方大镇晚年创建的别业。⑥明朝廷覆亡后,方孔炤于顺治二年(1645)年七月朔,奉母姚太夫人,率领家小,自金陵回到桐城,本打

---

① 方以智:《思远心》,载黄德宽、诸伟奇主编《方以智全书》第九册,黄山书社,2019年,第71页。
② 方其义:《时术堂遗诗》七言古《七悲其二》,载《四库禁毁书丛刊》集部第一百四十四册,北京出版社,1999年,第416页。
③ 方中通:《文忠公垂示》,载《清代诗文集汇编》第一百三十三册《陪集》,上海古籍出版社,2010年,第3页。
④ 方中通:《再至前马》,载《清代诗文集汇编》第一百三十三册《陪集·陪诗》卷二"远游草",上海古籍出版社,2010年,第82页。
⑤ 方传理:《桐城桂林方氏家谱》卷五十四"孙太宜人内传",清光绪六年(1880),安徽省图书馆藏。
⑥ 方大镇:《归逸篇》,载《宁澹居文集》卷四,四库全书文渊阁本。

算回城中祖屋"远心堂",但船泊蛟台时,因"闻北来有营阵",觉得城中还不安全,遂"暂栖白鹿山庄"。① 没想到这一"暂栖",就是10年,直到他于顺治十二年(1655)秋病卒。

清顺治九年(1652),18岁的方中通与陈舜英成婚。据方中通"远别离"诗:"生为大家女,母家居江东。十七为我妇,十八来吾桐。"其妻陈舜英正是溧阳陈名夏第三女,陈名夏与方以智曾有指腹为婚之约。也是凑巧,陈以元与陈名夏恰好又是同族行辈。

也就是在这年冬,已出家为僧的方以智,在施闰章的帮助下,万里南还,行脚至江西。方孔炤命中德、中通两孙赴庐山相迎。此时距京都死别,方中通与父亲已有近10年未见面。故方以智诗云"五老峰头两不识,父一瞪目儿泪血"。②

方中通与兄方中德迎父亲于江西时,幸与母亲相遇于大庾岭青山舟中。母子抱头痛哭后,潘翟率子回到桐城,先赴白鹿山庄拜见了方孔炤,随即回到了城中远心堂。方中通在《奉母过白鹿山庄旋归远心堂》诗中记载:"烽烟阻绝路迢遥,日断飞鸿入九霄。不意黄头过大庾,得依白发到中条(祖父中丞公时隐居白鹿)。墓门松柏离人泪(庄在曾祖廷尉公姚太夫人墓侧),故国川原落日凋。回首天涯千万里,一枝今幸息鹪鹩。"③这首诗不啻告诉我们,也就是在顺治九年(1652),方家在中通母亲潘翟的带领下,又重新回到了城中远心堂。

方以智回桐后,愤于安庆巡抚逼其出仕清朝,随即奔赴金陵,正式受戒于高座寺觉浪道盛和尚,闭关看竹轩。3年后,方孔炤病卒。方以智破关回桐守丧,庐墓结束后禅游江西。康熙十年(1671)三月"粤难"突发,方以智被逮(所谓"粤难",实指清廷以方以智牵涉反清复明活动为由实施抓捕),不久逝世于万安"惶恐滩"舟中。这段史实,学者任道斌所著《方以智年谱》,以及方以智后裔方叔文、方鸿寿所著《方以智年谱》都有详考。

---

① 方叔文:《方以智先生年谱》,安徽师范大学出版社,2018年,第112页。
② 方以智:《五老峰上将中两儿来迎》,载黄德宽、诸伟奇主编《方以智全书》第十册,黄山书社,2019年,第279页。
③ 方中通:《奉母过白鹿山庄旋归远心堂》,载《清代诗文集汇编》第一百三十三册《陪集·陪诗》卷一"迎亲集",上海古籍出版社,2010年,第69页。

方中通自从与父亲庐山相见,直至父亲因"粤难"去世的19年时间里,他在兄弟三人中陪侍父亲时间最长,故后以"陪翁"自号,其诗文集亦命名为《陪集》《续陪》,基本上都是清顺治九年(1652)以后所作。这些年的陪侍,方中通不仅受到父亲的耳提面命、学问濡染,也受到父亲忠孝思想和遗民情结的深刻影响。

方以智"粤难"发作时,与第三子方中履一同被逮于吉安,长子方中德尚在南海未归。次子方中通在家乡桐城也被逮系于狱,中通堂弟方中发随即奔赴吉安寻求帮助。经亲友解围,方中通出狱,准备探父时,却又被幽禁于桐城祖宅远心堂附近的"尊经阁",他只得遣次子方正珠前往吉安侍奉方以智。十月初七,方以智于万安去世,在众亲友出具保状的情况下,方中通才被允许出狱奔丧万安。没想到"粤难"风波不息,次年四月,中通又再次以戴孝之身,被幽禁于桐城"尊经阁",此前方中德经海陵归来已经幽禁于阁中。期间,兄弟两人曾三次到安庆受审,直到两个月后,终于冤白释放。以上事实,方中通在他的《陪集·陪诗》"惶恐集"中诗记甚详,真可谓"一门涕泪天皆血,满纸淋漓字有声"。①

"粤难"案结以后,方中通兄弟三人及堂弟方中发都以遗民自守,以孝养老亲、刻传先世著述为己任。方中通虽然一边养病,一边编纂方以智遗作,但迫于生计,仍经常仆仆道途、奔波南北,与家人聚少离多。正如他在给甥马彤庚诗中说:"跋涉数千里,都为贫所驱。"②

二、远心堂祖宅丙寅火灾的诗文叙事

清康熙廿二年(1683),方中通已经50岁,仍不辞道远,前往岭南恩州,到友人佟俨若家任私塾先生。10多年前,方以智"粤难"案发,佟俨若父亲佟国祯时任安徽提刑按察使,曾是"粤案"审理者之一。当时佟俨若虽与方中通不曾谋面,但深为方中通的一片孝心感动,积极参与营救。"感余热血怜余痴""据我陈情详抚君,三省羽书急如箭。粤西题请

---

① 方中通:《具呈本县》,载《清代诗文集汇编》第一百三十三册《陪集·陪诗》卷四"惶恐集",上海古籍出版社,2010年,第101页。
② 方中通:《闻甥马彤庚至五羊》,载《清代诗文集汇编》第一百三十三册《陪集·续陪》卷三,上海古籍出版社,2010年,第201页。

请再三,江右释父江左释男。"①由于佟氏父子在其间颇多周旋,使方氏父子"粤案"终得题结解脱。所以方中通这次远赴恩州教授佟家私塾,既是谋生,也算是报恩之举。

哪知祸不单行。方中通滞留恩州未归时,老家桐城的远心堂祖宅突遭一场大火,不仅家产受损严重,还烧毁了诸多先辈著述、字画,方中通自己的多年诗文也焚毁殆尽。有关祖宅被火的诗文叙事,以方中通后来付梓的《陪集》及《续陪》记载最多、最为翔实,其他亲友也有诗文涉及,使得我们可以比较全面地了解当时的火灾情况。

(一) 方中通关于远心堂被火情况的诗文叙事

方中通的三首《讯内》诗,透露的信息量很大。所谓"讯内",就是通过询问妻子陈舜英而得知的具体受灾情况。

第一首,写火灾突起的不堪:

> 回忆逢灾日,亲朋尽一惊(皆为余太息不已,余归唯一自责)。徙薪无力仆(无一仆为余搬,故丝发不救),烂额有余甥(马千仞奔救被砖击)。湫隘存三代(当灾时余亲丁在家者三代,计十四口同栖书室度夏),艰难创数楹(内子向亲友假贷始创厂屋数间)。当时曾露处,亦足慰平生。②

这首写到当时火灾突发后,家人和亲戚忙于救火的情况。方中通既自责未能及时归来,也责怪家仆救灾不力。灾后,祖孙三代、一家十四口人(除外出),同栖于方中通未遭灾的书室。因拥挤不堪,妻子陈舜英只得又向亲友借贷了一些钱,临时搭建了数间棚舍(厂屋),以供家人暂为栖身。

第二首,写未能及时归来的自责:

> 客中因事异,问易便疑猜(丙寅四月七日家被灾,是日余在恩州因有跃卵之异,占得旅之三爻焚次丧仆俱验)。养志惭无状,承

---

① 方中通:《论交篇赠佟俨若》,载《清代诗文集汇编》第一百三十三册《陪集·陪诗》卷七"草草集",上海古籍出版社,2010年,第138页。
② 方中通:《讯内》,载《清代诗文集汇编》第一百三十三册《陪集·陪诗》,上海古籍出版社,2010年,第152页。

欢反被灾(向居廻楼西首)。郁攸神不愐,黻佩壶旋开(茂人斋有黻佩圆壶旧额,兄嫂请老母居此,诚大孝也)。恨我书锓未,栖迟未早回(余梓《数度衍》将半,始闻灾信,不能中止,故待事竣始还)。

这首诗交代了受灾的具体时间是丙寅(1686)四月七日。当时方母潘翟老夫人住在远心堂"廻楼"西首,火灾导致廻楼被毁,潘翟移居远心堂里另一边未遭灾的"茂人斋"。这条信息其实也是告诉人们:父亲方以智就是出生于此宅。因为"茂人斋"就是"黻佩居",原是方中通祖父方孔炤、祖母吴令仪的居处。吴令仪不到30岁就早逝,其诗文集由方以智后来编纂付梓,称《黻佩遗集》。现在,"茂人斋"仍留有"黻佩圆壶"旧额,与表彰茂德懿行的"茂人斋"之斋名,意思基本是一样的。这次让母亲住到"茂人斋",犹云"皇后住坤宁宫",故云"请老母居此,诚大孝也"。① 方中通感到尤为惭愧的是,当时他客居岭南,曾"问易"怀疑家中要受灾,后来果然灵验;接到灾信后,却因正忙于《数度衍》著述的锓板,仍未能及时归来。

第三首,写亲戚援手相帮:

弟舍半遭毁(三弟屋在正内楼者被灾),兄居幸瓦全(伯兄拜火诚切,风息得免蔓延。止焚正楼廻楼厢楼,上下二十四间,即余亦尚存书室)。救焚如噗酒,周急便资钱(伯兄当即惠五金布十五匹,更为球儿制衣)。推食延朝夕(三姊惠米二石,他物甚多。四弟惠谷四十石,琫珠各三金),羁栖历岁年(余归时,内子同子女尚居书室)。恩深唯手足,稽首泪涟涟。

从这首诗看,丙寅大火主要烧的是正楼、廻楼、厢楼,共烧毁了上下二十四间房屋。受损主要是方中通所居宅第,仅存书室;方中履在正楼内的房子也"半遭毁",只有方中德的房子,因风息而"幸瓦全"。火灾发生后,四弟方中发及三姊(嫁于城中左氏)等亲友积极援手相帮。

(二)关于藏书及著述受损情况的诗文叙事

火灾造成方中通藏书损失巨大,特别是先辈著述及字画受灾严重,

---

① 方中通:《讯内》,载《清代诗文集汇编》第一百三十三册《陪集·陪诗》,上海古籍出版社,2010年,第152页。

第四章 凤仪坊"远心堂"叙事

甚至无可挽回。方中通对此尤为痛心疾首,故有多首诗反复提起。

方中通得知家中被火时,已经是康熙二十六年(1687)夏,距火灾发生已经过去了一年时间。他在《丁卯夏初始闻家中去夏被灾》中写道:

> 身外何堪惜,家原是赤贫。只愁难慰母,不问可伤人。笔墨犹遭劫(先祖字先君字画先叔字及清芬阁字画俱烬),诗书岂避秦(先祖分授及余续购藏书凡三万馀卷,余手录书尚高三尺,皆付一炬)。视余为俗子,早报恐辛酸。①

这首诗主要写"笔墨遭劫"情况:一是先祖的字、先君(方以智)的字画、先叔(方其义)的字,以及祖姑清芬阁(方维仪)的字画,俱遭焚毁。另外,还有先祖分授(从这句看,此处先祖应该是指方孔炤)给方中通的有关书籍,以及方中通自己购买的藏书,共有三万余卷,另有他自己抄录的书(三尺高),都在火灾中付之一炬。看到一片残砖碎瓦,归来后的方中通,悲不能禁。正因损失太惨重,家人怕他过于辛酸,受不了打击,所以一直迟迟未报信给他:"视余为俗子,早报恐辛酸。"

方中通在《归里》诗中写道:

> 啼痕岭外促归来,触痛犹馀瓦碟堆。妄想门间从此大,那知堂构复成灰。破巢重破天难问,愁海添愁赋可哀。遗像不能逃此劫,图书应共变尘埃。②

想当初,祖父方孔炤丧事完毕,方中通兄弟三人奉母回到城中祖宅远心堂,还盼望着"妄想门间从此大",不料,"那知堂构复成灰"。这场意外发生的火灾造成了难以挽回的巨大损失,与之前的"粤难"联系起来,真可谓是"破巢重破天难问,愁海添愁赋可哀"。从这首诗来看,这场火灾烧掉的,除了前述所毁著述字画等图书外,应该还有先辈的遗像,尤令方中通痛彻心扉、不能自已。

关于先人著述及自己诗文受损的具体情况,方中通念念不忘,直到

---

① 方中通:《丁卯夏初始闻家中去夏被灾》,载《清代诗文集汇编》第一百三十三册《陪集·陪诗》卷七"草草集",上海古籍出版社,2010年,第150页。
② 方中通:《归里》,载《清代诗文集汇编》第一百三十三册《陪集·陪诗》卷七"草草集",上海古籍出版社,2010年,第151页。

60岁时,还在《续陪》卷二《物理小识编录缘起》一文前序中,再次详细列举:

> 丙寅夏余家被灾,凡先人书及余三十年钞纂并所著《周易深浅说》《四艺略》《揭方问答》《得学解》《今韵》诗文稿尽付之灰烬矣。《数度衍》《律衍》《篆隶辨从》《音韵切衍》幸于簏中相随入粤,故余诗文记忆不全,《陪集》中仅得十之三四。去岁归,祝老母寿,复得此篇,又忘之未携。儿辈今始邮寄。信乎,物之存亡,时之后先,俱不可强也。①

(三)同时代其他亲友对远心堂丙寅火灾的诗文叙事

方中通诗文记载丙寅火灾虽多,本文不必全部枚举。而同时代其他亲友的相关诗文,则以不同视角对丙寅火灾作了重要补充。

方中德给方中履《汗青阁文集》作序时提及:"尝欲论定《史核》一书,枕籍搜讨……又辑《四诗鼓吹》一编,丙寅之灾,忽罹煨烬。"②在《答阎百诗徵君书》中,他感叹:"唯恨先世所藏典籍,向经迁移散帙。其馀复罹煨烬。"③

方中履在《随衍室印谱题词》中说:

> 吾仲兄生平精于历律、数度、七音、六书之学,寤寐饮食未尝不在,而印章其馀事也……读其诗,然后可以观斯谱,惜乎被灾,吾兄诗文多不存。④

方中通的姐姐方御,为陈舜英《文阁诗选》作序也提到火灾损失情况:

> 篇什颇多,惜乎被灾。而弟妇之诗付之秦灰楚炬矣。今将复

---

① 方中通:《物理小识编录缘起》,载《清代诗文集汇编》第一百三十三册《陪集·续陪》卷二,上海古籍出版社,2010年,第188—189页。
② 方中德:《序汉清阁文集》,载方昌翰辑、彭君华校点《桐城方氏七代遗书》,黄山书社,2019年,第567页。
③ 方中德:《答阎百诗徵君书》,载方中德撰、徐学林校点《古事比》上,黄山书社,1998年,第3页。
④ 方中履:《随衍室印谱题词》,载方昌翰辑、彭君华校点《桐城方氏七代遗书》,黄山书社,2019年,第610页。

起文阁,而阁中之诗记忆者不二三。余检匦笥,凡所存弟妇诗,尽录以寄,并为数语志之。他日镂板或即以此为序,亦不负吾两人金陵之遇为最初云尔。①

方御此序中所谓"秦灰楚炬"即指丙寅火灾,而所谓"复起文阁",就是复起的"復楼"中的文阁。

丙寅火灾发生后,隐居江上的父执钱澄之很快得知消息。他的《与方田伯》尺牍,透露的信息量很大:

突闻回禄之变,恫骇累日。百年故居,一旦焦土!吾辈束发游宴,庭前阶下,唱和如昨,忽罹此阨,能无泫然?知世兄所居独全,然北堂受惊不小,伏望善为安慰。累世藏书,闻属位兄者尽毁,素伯亦未免零残。年来著作无恙否?念之痛惜!便羽附至鄙私,希为道及。②

方田伯,即方中德。"回禄之变"即指丙寅火灾。"世兄所居独全",是指方中德的房子因风息而"幸瓦全",未遭重大损失。"累世藏书,闻属位兄者尽毁",意味着方家藏书,属于方中通(位兄)的那部分"尽毁"(但依方中通自己的记载,还有些残存,况书室没烧毁)。"素伯亦未免零残",素伯即方中履,所谓"零残",也即方中通所言"半遭毁"。

钱澄之这封尺牍非常重要,指明了远心堂乃方氏"百年故居",不啻是交代了方氏祖宅远心堂的"百年"传承渊源。由前文所述,从方学渐隆庆二年(1568)迁城后创建崇实居(后称远心堂),到康熙丙寅(1686)被火,正好118年。钱澄之在信中回忆"庭前阶下,唱和如昨"。那时他与方以智、方文、吴道凝、周岐等一班少年同学,结社城南泽园,到方家远心堂游宴唱和,当是习以为常之事。方以智就曾写过他们这些同学少年:"所志同,言之又同,往往酒酣,夜入深山,或歌市中,旁若无人。

---

① 方御:《文阁诗选序》,载方中通《陪集·续陪》附《文阁诗选》,康熙继声堂刻本。
② 钱澄之:《与方田伯》,载钱澄之撰、汤华泉校点《藏山阁集》,黄山书社,2014年,第456页。

人人以我等狂生,我等亦谓天下狂生也。"①

三、方中通再造復楼之深刻寓意探析

康熙三十一年(1692),方中通从岭南回到桐城,决定在所属宅基旧址上重建一座楼。楼建成后,名之曰:"復楼",此时距丙寅火灾已经7年。他悲欢交集,感慨万端,赋诗记之:"重建一楼起,悲欢并在兹。病驱多难后,糊口暂归时。聊慰高堂志,应舒同室眉。独怜贫贱累,犹欲向天涯。"②方中通再造復楼,表达"聊慰高堂志",可是,他难道仅仅是在安慰年近八旬的老母亲吗?诗中所说的"高堂志"究竟是指什么?

妻子陈舜英也喜而赋诗《復楼落成》曰:"一自倾危后,荒凉七度秋。芙蓉先傍户,峦岫共登楼。暂息风尘倦,还教菽水酬。城横云雾里,树色到窗收。"③她为丈夫能够"暂息风尘倦",不再奔波南北而欣慰;为其"还教菽水酬",可以在家孝养老亲而欣慰。可是,陈舜英对復楼的落成,难道愿望仅仅止于此吗?

而四弟方中发对復楼建成的喜悦,于《再题復楼》诗中表达得更为直接:"兴废初何定,箕裘喜再开。世随千劫转,天自寸心回。丹穴新雏满,乌衣旧燕来。板舆登览便,恰上万年怀。"④诗后还有附注:伯母(潘翟)是年八旬,恰当楼成之日。这首诗的重心就在于"箕裘喜再开",应是契合了復楼之"復"意。

具体来说,方中通再造復楼,至少寄予了以下三层寓意。

一是表达"能传家学,不忘本来"的夙愿,唯如此才是"聊慰高堂志"。

由于远心堂并未全部焚毁,方中德所居"幸瓦全",方中履所居"半遭毁",唯方中通所居损失最为惨重。对祖宅的修缮和部分恢复重建,是逐步进行的。最先修复的就是远心堂西首的"廻楼"。时间是康熙二

---

① 方以智:《孙武公集序》,载黄德宽、诸伟奇主编《方以智全书》第九册《稽古堂》二集卷二,黄山书社,2019年,第311页。
② 方中通:《还家特起復楼》,载《清代诗文集汇编》第一百三十三册《陪集·续陪》卷一,上海古籍出版社,2010年,第177页。
③ 陈舜英:《復楼落成》,载方中通《陪集·续陪》附《文阁诗选》,康熙继声堂刻本。
④ 方中发:《再题復楼》,载方中发撰、曹娜校点《白鹿山房诗集》,黄山书社,2020年,第153页。

十八年(1689)。方中通有诗记载:"灾后复何急,安亲志便舒。抚心愁故址,努力建新居。择定乘秋熟,移来度岁除。弟兄同一愿,从此易门间。"①

廻楼修复后,兄弟三人拟定于秋熟时节,复迎暂住在"茂人斋"的老母,重新入住旧室"廻楼",可谓"安亲志便舒"。方中通因与岭南友人事先有约,加之迫于生计需要,尽管他已经56岁了,还是不得不又一次辞别老母,告别妻子,再至千里之外的恩州,一边谋生,一边刻书。但不久又接到凶信:三弟方中履因病去世了!中通《哭三弟》曰:"五岁貌孤全是痛,八旬衰白岂堪伤。"②

所谓"五岁貌孤",是指方中履独子方正瑗,实际此时才虚4岁;"八旬衰白"是指老母亲潘夫人,实际此年76岁(据《桐城桂林方氏家谱》)。按,方氏家谱中方中履的去世年份为康熙戊辰(1688)五月初六或有误,方中通此诗可证中履去世于康熙己巳(1689)。据张惣《龙眠风雅二集序》,潘江于康熙己巳(1689)去信九华,言"表弟方素北近又于蒲觞次日捐宾客"。③ 另方中发也有《除夕哭亡兄素北兼怀伯仲两兄》"主祭孤儿三尺许,尸飨老母七旬馀"④,此诗亦写于康熙己巳年(1689)除夕。

三弟方中履的过早去世,对方中通打击很大,其《哭三弟》诗曰:"飘摇恨我是饥驱,尔自成名作世儒。七略从来归少子,三荆此日惜同株。"他原本以谋生和刻书为最紧要任务,现在三弟早逝,让他更加感到"业世儒、传家学"的迫切性,故而在《慰母》诗中表示:"亡亲存泽遗书籍,慈母含悲训子孙。分内长贫何足虑,能传家学便酬恩。"⑤希望在孝养慈母的同时,不忧长贫,能传家学。

---

① 方中通:《己巳同伯兄三弟于廻楼故址建屋迎老母入内》,载《清代诗文集汇编》第一百三十三册《陪集·陪诗》卷七"草草集",上海古籍出版社,2010年,第153页。
② 方中通:《哭三弟》,载《清代诗文集汇编》第一百三十三册《陪集·陪诗》卷七"草草集",上海古籍出版社,2010年,第155页。
③ 潘江辑、彭君华主编《龙眠风雅全编》第七册,黄山书社,2013年,第1页。
④ 方中发:《除夕哭亡兄素北兼怀伯仲两兄》,载方中发撰、曹嫄校点《白鹿山房诗集》,黄山书社,2020年,第287页。
⑤ 方中通:《慰母》,载《清代诗文集汇编》第一百三十三册《陪集·陪诗》卷七,上海古籍出版社,2010年,第152页。

这种"弟兄同一愿"、以传承家学为使命的心情,对方中通来说,愈到后来愈迫切。他在给兄子方攷士的《管见録》作序时,强调:"余家五世以来,理学经济文章,为方内景仰。"①希望后辈不要忘记家世业儒的本来面目。在《心学宗续编自序》中,他又进一步明确表示:自高祖明善先生(方学渐)至其父文忠先生(方以智),"四世皆有书行世……独先君(方以智)遭乱出世,以象数讲三教,以柏树子讲木铎。知者固知为孔孟之功臣,而不知者只尊为菩萨佛祖而已。门庭各别,心虽可原,而迹实莫掩"。企图还原其父方以智的孔儒本来面目,表示"不敢负先君之教,以负吾屡世相传之教耳"。②

二是期望"愤志荷薪,继往开来",唯如此才是"箕裘喜再开"。

正如前面介绍的《归里》诗中所言:"妄想门闾从此大。"作为一个坚守志节的遗民,方中通最根本的愿望,当然还是希望子孙后代能够传承自高祖方学渐奠基的方氏累世家学。而他自己则处于承前启后的关键,因而更觉得重任在肩。故在《示璿珠琪瑢球五子》诗中,特别强调:"倘能负荷先人业,岂独逢时姓字扬。"嘱咐他们:"家学已惭捐一代,休教年少误翩翩。"③又写诗给兄子方正瑈,反复叮咛:"阿咸珍重文章好,五世书囊望尔担。"④凡此,都表现出他对传承家学的强烈愿望和担当意识。

清康熙三十二年(1693),也就是復楼建成的这一年,方中通次子方正瑝于"荷薪馆"内设帐讲学。这从方氏家学传承上来看,当是一起标志性事件。方中通非常高兴,赋诗曰:

  吾儿愤志及初春,最喜书声到荷薪。五世传家何可谢,六经遗教岂嫌贫。下帷更结英才伴,设帐翻成好士人。继往开来知不易,

---

① 方中通:《管见录序》,载《清代诗文集汇编》第一百三十三册《陪集·续陪》卷二,上海古籍出版社,2010年,第182页。
② 方中通:《心学宗续编自序》,载《清代诗文集汇编》第一百三十三册方中通《陪集·续陪》卷三,上海古籍出版社,2010年,第205页。
③ 方中通:《示璿珠琪瑢球五子》,载《清代诗文集汇编》第一百三十三册《陪集·续陪》卷三,上海古籍出版社,2010年,第202页。
④ 方中通:《答兄子瑈》,载《清代诗文集汇编》第一百三十三册《陪集·续陪》卷三,上海古籍出版社,2010年,第203页。

且将棉力任千钧。①

值得注意的是,这首诗还有一个较长的前序:

> 曾王父廷尉公建"至善堂",奉明善公木主于其后室,二丁邑祭毕,谯邑侯堂中,列子弟击磬歌诗,彬彬礼乐之风,诚盛事也。别构数楹于其北,颜之曰"荷薪斋"。子思有言:其父析薪,其子弗克负荷,仅每思之大恐,而不懈也。廷尉公之取义荷薪也,戒彼弗克耳。常著有《荷薪义》,遭乱后尽为墟矣。今四弟捐宅为明善公"崇实会馆",二丁公典永行于此,先是余兄弟复立"荷薪",适在此北,岁入赁租,贮以刊先人书,今年正瑝愿输其赁,以为设帐之所。盖亦不敢以私废公也。

从这首诗及前序可知,方中通认为,其次子正瑝于荷薪馆设帐讲学,意义非凡。"荷薪"之义,本来就是中通祖父方大镇(廷尉公)表达传承家学而命名的。方大镇曾表示:"先侍御(指方学渐)之学是谓正学,先侍御之教,是谓正教,独立而无所惑也。已书曰:'厥负基,厥子乃,费肯堂,矧肯构。'小子不敏,窃鳃鳃然堂构之。"②他的诗文集也多以"荷薪"命名,如《荷新义》《薪新韵》等。他在"桐川会馆"之北设立"至善堂",奉明善公方学渐木主于内;又于"至善堂"之北建"荷薪斋"。可惜此斋毁于兵乱,"遭乱后尽为墟矣。""荷薪斋"这片宅基地,估计后来归属于方中发,所以方中发又重新将其捐献出来,作为纪念明善公方学渐的"崇实会馆"。

至于为什么不利用原来的"桐川会馆"(含"至善堂"),而要另建"崇实会馆"? 很可能由于战乱,"桐川会馆"遭到了破坏甚至倾毁。这次四弟方中发捐出并"公典永行""崇实会馆",于是,方中通兄弟几人,在"崇实会馆"之北也复设"荷薪馆"。而中通之次子正瑝"愿输其赁,以为设帐之所",用来讲学和刊行先人之书,这不正是对"析薪负荷"的最好诠释吗?

---

① 方中通:《癸酉喜儿瑝设帐荷薪馆》,载《清代诗文集汇编》第一百三十三册《陪集·续陪》卷二,上海古籍出版社,2010年,第181页。
② 方大镇:《桐川会馆至善堂记》,载《宁澹居文集》卷四,四库全书文渊阁本。

如此,则兄弟四人主导的"荷薪馆"之复设,与方中通的复楼之"复"建,意义基本相同,都是"继往开来知不易,且将绵力任千钧"。其关键就在于"愤志荷薪,继往开来"八个字上。

三是寄予"冬炼三时,天留一磬",唯如此才能"果硕而仁复"。

方中通所说的"且将绵力任千钧",又并非仅仅是"荷薪"那么简单。从他专门为复楼写的《名復楼说》,可以一窥端倪:

> 天地之心,非復不见。曾知剥即为冬关乎?消息固不爽,使徒怨尤一往,不豁然有以復之,吾恐出入咸痰烂而不反也。不为时势所迷,幸此不远。休敦于频。人人独復,斯天地尽復矣。偶因灾后重建一楼,遂名之。①

显然,復楼之"復",源于《周易》復卦,卦象为一根阳爻居于五根阴爻之下,寓意为冬季极寒时节,雷在地中,阳气奋于下,其势必上。方氏家族历遭劫难,真可谓:"曾经逆贼乱天翻,不道还留此一门。应与北都同日尽,况遭西粤旧时冤。"②现在,包括丙寅火灾在内的这些劫难渐渐已远,极寒时节也终将成为过去,所谓"剥即为冬关",意味着春天必将到来,表明方中通对传承和复兴家学、重振家声的坚定信心和决心。

实际上,关于復卦,其父方以智生前亦多有垂示。在一次冬至日与子弟参禅时,方以智开示说:"天地之心,何处不在?然而非復不见,非剥不復","冬至是好时节,平气齐天,尤是吉祥"。认为天时四气统摄于一"冬",非到"冬"时,不足以春、不足以夏、不足以秋,也即冬季的阴气中潜伏着阳气之生机,一如死灰可以复燃,因而练就了春、夏、秋三时。这既是对天道规律的客观认识,也是对自身作为明遗民所处险恶政治环境的清醒。方中通曾对曰:"冬炼三时传旧火,天留一磬击新声。"③所谓"旧火",既是方氏累世家学,也是明遗民关于"故国之火"的隐语。

---

① 方中通:《名復楼说》,载《清代诗文集汇编》第一百三十三册《陪集·续陪》卷一,上海古籍出版社,2010年,第177页。
② 同上。
③ 方以智:《冬灰录》,载黄德宽、诸伟奇主编《方以智全书》第三册,黄山书社,2019年,第311、313页。

而"天留一磬击新声",意味着命脉未绝,只待发出天地之新声。方中通《名復楼说》其实正是对以上这段父子对话的温故,告诫自己要"不为时势所迷",而"天地之心,非復不见"。因为"天地是最毒之东西,则天地之孤最毒。不毒不孤,不孤不毒。天地托孤于冬,霜雪以忍之,剥落以空之,然后风雷以劈之,其果乃硕,其仁乃復"。①

对此,学者谢明阳认为:所谓"天地之孤",即方以智的自许。天地痛下杀手,以锤炼其孤,以霜雪忍之,以剥落空之,以风雷劈之,然后才能"其果乃硕,其仁乃復"。天地之孤同样也要经受生命苦难的洗礼,同样也要用最狠毒的手段自我砥砺、自我鞭策,这样才能开创时代的新局。② 因此,方中通再造"復楼",也表达了将天道规律转化为人事规律,为传故国"旧火"、期待"天地尽復"而努力的信心和决心。

四、余论

以遗民志节自守的方中通,何以如此重视在百年旧业中再造"復楼"? 这是因为:方氏祖宅远心堂,从高祖方学渐(明善公)创立以来,历经曾祖方大镇、祖父方孔炤、父亲方以智,传到清初方中通时,已历经五代学人、百余年时光,不唯是方氏祖德家声的象征,也是其累世家学传承的重要载体。"闻明善之教,即闻孔孟之教;传明善之心,即传孔孟之心。"③以遗民志节自守的方中通,处于家学家声传承"继往开来"的关键环节,丙寅火灾后再造復楼,并突出其名"復"字,寄予了十分深刻的寓意。而作为生死相从的兄弟,方中发自然是心领神会,于前述《再题復楼》诗之前,还有一首《復楼落成仲兄命赋五言》:"旧业馀荒址,楼惊不日成。地高尘一扫,天豁眼双明。復阁书充栋,虚窗山过城。漫疑规制简,著意在题名。"④明确表达了方中通再造復楼之目的:百年旧业

---

① 方以智:《象环寱记》,载黄德宽、诸伟奇主编《方以智全书》第一册,黄山书社,2019年,第395页。
② 谢明阳:《明遗民觉浪道盛与方以智"怨"的诗学精神》,载邢益海编《冬炼三时传旧火——港台学人论方以智》,华夏出版社,2012年,第121页。
③ 方中通:《上大兄议用牲醴合祭二亲书》,载《清代诗文集汇编》第一百三十三册《陪集·续陪》卷四,上海古籍出版社,2010年,第220—223页。
④ 方中发:《復楼落成仲兄命赋五言》,载方中发撰、曹嫄校点《白鹿山房诗集》卷六,黄山书社,2020年,第153页。

远心堂中,复楼终于重新落成,必将一扫尘俗、天豁眼明。只要不为时势所迷,坚守"不忘本来",坚持"继往开来",就一定能荷薪传火,也必将发出一磬天地之新声。尤其最后一句特别强调"著意在题名",更是对后人的着意提醒和郑重嘱托。

鱼飞鸢跃漆园吏,水峙山流太史公[①]
——从桐城方以智故居的一副楹联说起

在福建泉州仙山村,有一副朱熹手书联"鸢飞月窟地,鱼跃海中天"。在安徽桐城老城区寺巷内的方以智故居(潇洒园),也有一副名人手书联:"鱼飞鸢跃漆园吏,水峙山流太史公",有意思的是,上联不仅将朱熹的"鸢飞鱼跃"颠倒过来,写成"鱼飞鸢跃",下联还以"水峙山流"相对,看似不合自然常理,其实别具匠心,寓意深远。

方以智故居的这副名人手书联,是清代著名书画家姚元之于道光十六年(1836)九月所撰。上联有小字曰"丙申九月望后一日于贡院敬事堂",下联有小字曰"竹叶亭生姚元之"。《安徽名胜楹联辑注大全》与《安庆大观》两书在记载这则楹联轶事时,都以为"漆园吏"和"太史公"是指向潇洒不羁的方正瑗,显然属于误解。实际上,姚元之撰此联颇富深意,上下联中的"漆园吏"和"太史公",都是用来称誉方正瑗的祖父方以智。

一、方以智故居"潇洒园"的前尘往事

明末清初思想家、哲学家、科学家方以智(1611—1671),字密之,号曼公,南直隶安庆府桐城(今安徽桐城)人,"明季四公子"之一,虽然遭逢天崩地裂,一生曲折坎坷,但博学多才、著述宏富。著名历史学家侯外庐曾称方以智是"中国的百科全书派大哲学家"。

方以智故居位于桐城市老城古凤仪坊的寺巷内,原是曾任职明朝廷大理寺左少卿的方大镇故宅,称"方廷尉第",方以智就出生于此。这里偎倚

[①] 本文首发于《楹联博览》2023年第5期,收入本书时略有修改。

龙眠山的叠嶂层峦,一湾清亮亮的桐溪自山中奔出,绕经城东宅前。

方以智十世孙方叔文在《方密之先生年谱》里指出:"明万历三十九年,辛亥(1611),是年十月二十六日,公生于安徽桐城方廷尉第。按:廷尉第为文孝公(方大镇)住宅,在桐邑之东城,又名远心堂,即今之潇洒园。"

方以智出生时,正值无锡东林书院复建不久。曾祖父、著名学者方学渐应顾宪成、高攀龙之邀,赴无锡讲学,归来后为他看相,高兴地为他取乳名"东林",希望他将来能磨铁砚,传承家学,成为忧国忧民的经世栋梁。父亲方孔炤在他满月时,就抱他去见家庙,求祖宗神灵保佑他有远大的前程,并以诗《辛亥生男乳名东林》记曰:"锡山建书院,桐溪大称善。小子既抱子,我祖相其面。名之曰东林,将来磨铁砚。弥月见家庙,冬至长一线。占易得硕果,珍重七日见。"(《方密之先生年谱》)

祖父方大镇又引《易传》之典:"蓍圆而神,卦方以智。藏密同患,变易不易。"为他取名"方以智",字"密之"。方以智的弟弟方其义,名字也同样得之于《易传》:"直其正也,方其义也。敬以直内,义以方外。"易学是方氏累世家传之学,方大镇以易学术语为孙子命名与字,寄予了殷切厚望。这在方孔炤的《名儿以智、其义》诗中得到了较好的阐释:"大儿方以智,天下藏于密;二儿方其义,所以用乾直。连理著易篆,荷薪以意识。两儿念名,根本在学易。"(方于毂《桐城方氏诗辑》)

方以智后来果然不负厚望。"三岁知平仄,九岁能诗属文,年十五,诸经史汉皆能背诵。"未及弱冠,即著书数十万言。云间陈子龙倡几社,方以智则在龙眠遥为应和,时称"云龙社"。崇祯十三年(1640)成为进士,授翰林院检讨。可惜不久,京城陷落,崇祯帝自尽。方以智南奔金陵弘光朝,却值奸邪乱政,又不得不奔走闽粤。后无奈披缁出家,改名宏智,字无可;晚年驻锡青原山净居寺,号药地。康熙十年(1671)辛亥十月,赴吉安瞻拜文天祥墓,行及万安惶恐滩投水而没(据《桐城桂林方氏家谱》卷五十二"列传")。

方廷尉第又称"远心堂"。方其义曾有诗句"远心堂上双飞雁,双栖双啄由来惯"。此时其兄方以智正奔走天涯,方其义追忆往事,直抒思兄之情。"远心堂"之所以后来又改称"潇洒园",与方以智孙方正瑗

(1686—1747)关系极大。据《道光桐城续修县志》卷十三"人物志·宦绩"和《桐城桂林方氏家谱》卷五十二"列传"记载,康熙年间举人、方以智的孙子方正瑗,曾官至陕西潼商道,为官"以干局著称",也即以才干和器局而闻名。但他常常寄情山水,潇洒不羁,在考核时被"论归",因此自号"潇洒公"。回到家乡桐城后,对其所居祖宅进行了修缮,并署曰"潇洒园"。

光绪七年(1881),清两江总督、同光中兴四大名臣之一的彭玉麟,为潇洒园题写了匾额(图6)。此匾额今藏于桐城市博物馆。

图6 彭玉麟题写的潇洒园匾额

二、究竟谁是"太史公",谁是"漆园吏"

《安徽名胜楹联辑注大全》不足130字的介绍中,指出"潇洒园"在桐城县城,主人为方正瑗,今为城关镇人民政府后,为姚元之的"鱼飞鸢跃漆园吏,水峙山流太史公"楹联作简注曰:"漆园吏指庄子(周),太史公指汉代的司马迁,其所著《史记》即曾名《太史公书》。"如此笼统,给人的感觉,似乎这副楹联就是写方正瑗的。

与之相比,《安庆大观》关于这副楹联的介绍稍微详细一些,不仅指出"潇洒园"是方以智故居,还介绍了该园的由来、现存状况,认为"是昔年桐城名人、学者中品位最高、景色最雅、知名度最广的园林故居"。然而,作者在充满画面感地写出清代画家姚元之挥毫泼墨撰联后,却煞有介事地说姚元之"把方正瑗比作庄周、司马迁,褒誉之情,溢于字里行间"。

实际上,这两种介绍,都对姚元之楹联中的"太史公""漆园吏"有所误解。

明清以来,桐城拥有张、姚、方、吴、马、左、叶等诸多闻名海内的文化世家,基本上都是科举鼎盛、簪缨继世。但如果以明清进士数量排名,桐城桂林方氏家族无疑要排在第一位,是桐城拥有进士数量最多的家族。梁实秋曾不无夸张地说:"桐城方氏,其门望之隆也许是仅次于曲阜孔氏。"中国台湾学者高阳则认为:"桐城方氏为海内有名的世家,中国第一等的诗礼之家。"

尽管桐城桂林方氏家族世代簪缨,但支派繁多,而在"方廷尉第"(今"潇洒园")里,方以智及其后裔这一支派中,能称"太史公"的则只有方以智本人。

"太史"原为史官名,明清修史之职归之翰林院,故俗称翰林为"太史"。据《桐城桂林方氏家谱》卷五十二"列传",方以智于崇祯十三年(1640)中式二甲进士,授翰林院检讨,所以方以智又被称为"方太史"。而方以智的后裔,包括方正瑗在内,一直到姚元之时代,方家再也没有进入翰林院的。

其实,方以智入翰林院后,时人即称其为"方太史",有诸多诗文可证。如方以智的好友龚鼎孳有《中秋同阎古古孝廉集方密之太史曼寓分韵》诗,标题即称"方密之太史"(《龚鼎孳全集》)。方以智的同乡兼同学钱澄之,曾撰写《方太史夫人潘太君七十初度序》,为方以智妻子潘翟作寿序。他在文中说:"吾里方曼公先生夫人潘太君,以今年阳月七十初度,旧从先生游者,檄征四方诗文为夫人寿,而犹称太史夫人也……夫人与太史结发为婚,膏火笔砚相守者二十馀载。自通籍以来,太史未尝有一日仕宦之乐;夫人亦未尝一日以鱼轩象服之荣耀其闾里……今太史往矣,门庭寂寞……夫人之志,太史之志也……"(钱澄之《田间文集》卷第十九"寿序")。而方以智的表弟姚文燮则写有《方太史密之元配夫人七十》的寿诗,诗云:"太史声华振凤池,独留忠孝抒忠素。"(潘江《龙眠风雅》续集)

由此可见,姚元之下联"水峙山流太史公"即写方以智。按常理应该是"山峙水流",之所以写成"水峙山流",乃是姚元之此联的匠心别具,高度称赞方以智的学问和德行,如他家乡的龙眠山一样连绵不绝,山就有了流动感;而其渊深,又宛如静水一般,水就有了静深感。其实,方以智早年在其《静深堂记》一文中也写道:"先王父廷尉公书武侯之语而戒我曰,'非宁静无以致远,而本于澹泊明志。'诚以澹泊乃能深尔。才须学也,学须静也。谁观其深,乃得其静。"(方以智《稽古堂集》"静深堂记")。这种"静深"的阐述,是方以智的追求,无疑也是他学问和德行的写照。

至于姚元之上联"鱼飞鸢跃漆园吏",也分明是称誉方以智的"庄学"成就。战国时期的蒙人庄子,为道家学派代表人物,曾坚辞卿相,不受富贵,甘于做一个小小的漆园管理者,故称"漆园吏"。明亡后,方以智几次被清廷逼迫出仕,他坚辞清廷袍帽,于金陵高座寺受戒于觉浪道盛禅师。觉浪禅师原也是明廷命官,明亡出家。此时,他刚刚写成《庄子提正》初稿,着重评点了《庄子》内七篇。方以智受戒之后,就接受了觉浪禅师要求其完成全书的任务,以证明庄子为"孔门真孤",也即儒家嫡传。这其实是"不仕二姓"的明遗民们与庄子退隐哲学的心灵相通。方以智不负师托,前后历十年之功,终于完成了《药地炮庄》这部大书。"药地",即他晚年的号;"炮"读作 páo,炮制之义。医家制药,常对药材加热烘炒,以便去除毒性、增强功效。把同样的方法施诸《庄子》一书,就成了所谓的"炮庄"。方以智还在书中自称"正为漆园吐气耳"。因此,方以智与其师觉浪虽托身释门,但实际上仍是归宗于孔门的忠臣孝子,力图发《庄子》之毒,在末世里寻找济世良方。

值得一提的是,方以智在其哲学著作《易余》后有附录曰:"浴日蒸天,可不家食,何妨呼醒梦蝴蝶?瞥见鱼知跃、鸢能飞,尽覆载幽明外九万游息,时时是怒化之鲲鹏。"可见,方以智自己就表示"何妨呼醒梦蝴蝶",岂不是自认为就是漆园中人?而且他又"瞥见鱼知跃、鸢能飞",姚元之或许就由此受到启发。与"水峙山流"一样,姚元之也有意将"鱼跃鸢飞"颠倒过来,写成"鱼飞鸢跃",以表彰方以智这样一位旷古未有的奇才。方正瑗一生著述虽然也不少,但成就很难与其祖父方以智相提并论。因此,方以智才是姚元之所说的真正托身庄子(漆园吏)的"孔门真孤"。

三、方、姚两家的世代姻亲关系与学术联系

姚元之(1773—1852),字伯昂,号荐青。嘉庆乙丑(1805)进士,累

迁内阁学士兼礼部侍郎衔,后擢都察院左都御史。其直系先祖、著名书画家姚文燮为方以智表弟。姚元之是姚文燮六世孙,出身书画世家,擅绘人物、果品、花卉,书法尤精隶书。

姚元之祖居桐城凤仪坊"寺巷",源于这里原有北宋时期的佛寺"大宁寺",后迁出。著名的桐城桂林方氏、麻溪姚氏(姚鼐、姚元之家族),以及龙眠左氏(左光斗家族)等桐城文化世家,就分居于寺巷左右,深宅园林,庭连院接,诸族彼此之间也是世代回环的姻戚关系,学术上也是相互提携,彼此影响。姚元之的故居在今桐城市北街小学内,称"姚元之旧馆",历康熙而至现今,前后350多年,基本保存完好,为省级文保单位,楼西小桥流水,假山怪石,名木翠筼。原山旁,建有"竹叶亭",姚元之退职归来,终日著书、作画其间,其书画作品大多署"竹叶亭生姚元之",其著作之一就是《竹叶亭杂记》。

据笔者梳理方、姚家谱发现,方、姚两家结为姻戚,初始于明代成化年间。姚家五世祖姚旭(1417—1488)有一女,适方氏七世方佑的独子方隆(1458—1516)。而方家第八世方圭(1456—1512)也有一女适姚家第七世姚琛(1491—1535),自此以后,方姚两家保持这种回环往复的姻戚关系,一直至近代。

方、姚两大著族都是文学世家。方苞(方圭的八世孙)是引领有清一代文学流派"桐城派"的开山鼻祖,姚鼐(姚琛的九世孙)则是集大成者,两人合称"方姚",成为"桐城派"的代名词,旧时有"家家桐城,人人方姚"之说。

从方氏支系来看,人才最为兴盛的,就是方以智(方氏第十四世)所在的中一房和方苞(方氏第十六世)所在的中六房。其中,方以智是"桐城方氏学派"的集大成者。这个学派,由其曾祖方学渐奠基,历经其祖父方大镇、父亲方孔炤传承光大,经方以智"坐集千古、会通中外",直至其孙辈方正璪、方正瓀、方正瑗、方正珠等的接续,到清初虽然逐渐式微,却成为义理之学(桐城派)、考据之学(徽州朴学)等的源头。清人谭献就明确指出:"桐城方氏七世之家学,不独灵皋侍郎(方苞)文辞授受之先河,抑阎、顾之流一代经师之先河也已。"(《桐城方氏七代遗书》谭献序文)梁启超也说:"密之学风,确与明季之空疏武断相反,而为清代

考证学开其先河。"(梁启超《中国近三百年学术史》)

从桐城麻溪姚氏族系来看,姚家恰以姚琛这一支人才最为兴盛,姚元之就是姚琛的第十一世孙。姚元之的先辈除了其直系先祖姚文燮外,还有清初名臣姚文然,文学名家姚范,桐城派集大成者姚鼐,同辈中有抗英保台"五战五捷"的台湾首任兵备道姚莹等。而方以智的祖母就是姚元之的九世祖姑辈,抚教方以智成才成人的仲姑方维仪,正是姚元之的十二世祖母辈。

《清稗类钞》中有"十六画人"的记载,其中姚元之排在第十一位。清人震钧在《天咫偶闻》中称姚元之:"姚总宪工书画,有台阁气象,行书亦有风韵……一时声称满日下。"清人蒋宝林《墨林今话》亦称:"桐城姚伯昂元之,号竹叶亭生,亦乙丑进士、侍郎,为煦斋相国门下,行草、画笔工妙。"而姚元之担任侍郎时,正是道光十二年(1832)至十八年(1838)之间,已经年届60岁,艺术完全成熟,享有艺苑大名。

据《清代职官年表》,道光十六年丙申(1836)九月,刑部侍郎姚元之知武举。也就是身为刑部侍郎的姚元之,这年担任顺天府武举考务官时,或许受方氏后人所请,于"丙申望后一日"(九月十六日),为方以智故居撰写楹联。作为知名学者和书画家的姚元之,与方以智家族有着如此不同寻常的密切关系,他对潇洒园的前尘往事自然是十分熟悉,对方以智与其孙方正瑗的事迹和著述当然也十分了解。因此,他写下了"鱼飞鸢跃漆园吏,水峙山流太史公"这副突破常人视角的楹联,书法精美,寓意深刻,至今令人回味无穷。

【附记】在公众号转载后,安徽大学王国良教授读后认为,下联"太史公"亦指司马迁;上联表明方以智继承庄子,下联表明方以智继承司马迁。如此,对联内涵似更完整。中山大学张永义教授认为,此联把鸢飞鱼跃、水流山峙颠倒过来,可能还有借"桥流水不流"等公案,暗示方以智禅僧身份的意思。

第五章
桐城方氏学派与凤仪坊

　　桐城西北环山、东南滨水,有着表里山河的小环境,但并不闭塞。作为南畿之地、江淮屏蔽,向称七省通衢,又颇得风气之先。明代中叶以来,里中竞相结社讲学,其中影响最大的,就是方学渐狎主齐盟的"桐社",他创建的"桐川会馆",曾与无锡东林书院齐名。诚如焦竑《桐川会馆记》赞叹的那样:"是地也,虽追踪杏坛可也,而四书院者勿论矣。"而由方学渐奠基、方以智为集大成者的桐城方氏学派,其影响尤为深远。

理学名儒：桐城方氏学派的先声①

明代文人士子崇尚结社讲学，尤其是阳明心学流行后，各地结社讲学之风盛行。桐城西北环山、东南滨水，有着表里山河的小环境，但作为南畿之地、江淮屏蔽，向称七省通衢，亦得风气之先。境内桐川、岐岭、金山、枞川、孔城、斗冈（也称陡冈）等地竞相结社讲学，其中影响最大的，就是布衣大儒方学渐及其狎主齐盟的"桐社"，也称"桐川会""崇实会"。而在方学渐之前的正德、嘉靖时代，首开桐城讲学之风的则是何唐，被称为"桐城儒宗"；赵锐、赵釴兄弟，以及戴完、胡效才、方效等踵接其后。这些理学名儒，不仅是深刻影响方学渐的前辈，也为桐城方氏学派的崛起、桐城文化的兴盛，作了继往开来的重要铺垫。

一、"乡里大师"何唐：勇毅任道，讲学麒麟山

何唐家族先代迁自徽州婺源，世居桐城北乡洪涛山，是为北乡芦塘何氏。何唐（1487—1527），字宗尧，因慕曾子"三省"而以"省"名斋，学者称"省斋先生"。其高祖宗振，曾祖用德，祖孟容。父何恺，字令恺，邑庠生，以子贵封承德郎。仲父何怊，字至廉，明天顺八年（1464）甲申科进士，官至刑部员外郎，为桐城何氏进士第一人。叔父何悦，字扬休，邑庠生。季父何恂，字朝宠，附监生，恩赐中书。何唐家族可谓一门书香。

正德十四年（1519），何唐乡试中举。两年后，何唐中式辛巳科进士，选授热门职位给事中，但他意在事亲，无意于官大官小，以嫡母年迈不敢远离为由，奏请改授南京兵部主事，因尽责有为，很快擢升至郎中。

---

① 此文原题是《桐城方氏学派与桐川会馆》，全文2万余字，整理版刊于李仁群主编《方以智研究》第三辑，安徽大学出版社，2023年。本篇是原文的第一部分。

此时明廷积弊已深,何唐遂称疾辞归,讲学于家乡的麒麟山(今称岐岭)以终。马其昶谓何唐"论学日精,徒众甚盛,遂为乡里大师",称赞何唐"勇毅任道,不顾众嘲,风声流播,竟亦克变习俗。吾乡讲学之绪由此起"。何唐开创了桐城聚徒讲学之先河,其弟子尤以赵锐、彭宝、张爕、江鲸、朱杲等人最为知名。① 方学渐也说:"正德嘉靖间,崛起桐乡,倡明理学,为士人宗者,则有省斋何先生。"②

虽然年少时,父母就早逝,困顿不堪的何唐却依然安贫乐道,高吟"家无恒产读无书,敢作人间大丈夫"。方学渐在《理学何省斋先生传》里说,何唐年少就有自觉的圣贤意识。"十三四岁,便以道自任,其期待一以圣贤为归","耻为世俗章句之儒"。及长,更追求"严气正,性厉行,讲德耻",认为"人,生而不圣贤,非人也"。他讲学"以主敬为要,名节为基",要求弟子做到"立志、知学、居仁、由义、守礼、秉智、尽信"。强调"学则行,根于心","学以善其行也"。③ 邑中学者从游甚众。县中桐溪书院初立,何唐即曾受邀讲学其中。可惜,何唐壮志未酬身先死,41岁时不幸因急病而卒。

方学渐高度赞赏何唐"论敬、论恕、论志、论学、论中,悉迥出乎常情,而洞达乎至理……卓然不愧于圣人之徒",表示自己虽然"生后时,不得亲炙其道",但还能"犹及赵均州(赵锐)而私淑焉"。④

二、"圣门之狷"赵锐:学宗新建,聚徒颜乐巷

姚永朴《旧闻随笔》指出:"何唐布衣蔬食,而讲道日精。赵都宪鈜及其弟知均州锐继之,吾邑学风盖肇如此。"⑤文中提到的知均州锐,即桐陂赵氏第十世赵锐,字子恒,号恒庵,为何唐的得意弟子。据《桐陂赵氏宗谱》,赵锐实为赵鈜的堂兄,年龄比赵鈜大12岁,在堂兄弟十一人中排行第四。嘉靖十九年庚子(1540),赵锐与堂弟赵鈜同榜中

---

① 马其昶撰《桐城耆旧传》卷二,彭君华校点,黄山书社,2013年,第35页。
② 方学渐:《理学何省斋先生传》,载李雅、何永绍辑《龙眠古文》一集卷二十一,清道光五年(1825)刻本。
③ 同上。
④ 同上。
⑤ 姚永朴:《旧闻随笔》,张仁寿校点,黄山书社,2011年,第162页。

举,赵釴为解元,轰动一时。赵锐的外孙方大镇后来撰文述此盛事:"嘉靖庚子,吾桐举于乡者二,则吾外祖均州守恒庵先生及大中丞柱野先生昆弟云。"①

赵锐"甫弱冠,即知名当世",出为建宁令、擢均州知州,但他不苟于利禄,毅然辞归讲学,于东郭辟颜乐巷筑室贮书授徒,"学宗新建,倡道桐川"。其为学"论孟子告子、朱陆之学,论颜子尤为意所独得大旨",主张"去明归鲁、掩文归朴",所谓"明而慧、文而华,不如渊深静默者之为笃至也"。②赵锐筑室贮书,并讲学其中的东郭颜乐巷,正是凤仪坊所在地。

方学渐13岁丧母,17岁丧父,与兄学恒相依为命。赵锐"老无嗣,有一女,卜所为快婿者,索先生文,加称赏,遂为馆甥"。③因此,方学渐不仅是赵锐的女婿和嫡传弟子,也是何唐的再传弟子。关于赵锐的生平及讲学盛况,方学渐命其子方大镇撰文作记:"里中及支郡北面先生者,踵相藉。先生俨然皋比,津津理窟,语不局注脚,听者欢赞,得未曾有。"文中还指出,赵锐"尝师事驾部何省斋(何唐)先生。省斋自许以圣门之狂,而许先生以圣门之狷。……退而辟颜乐巷,研道敬群,䜣䜣如也。一时群贤如副枲戴公完辈多出其门"。④

三、"邦国典型"赵釴:揭旨良知,会讲宜秘洞

乾隆年间,浙江藏书家孙仰曾,得到《无闻堂稿》,遂于书后跋曰:"釴学出姚江,主良知之说。文颇磊落自喜,而亦微近七子之派。"⑤该书作者即赵釴,字鼎卿,号柱野,明嘉靖十九年庚子(1540)应天府中举解元,嘉靖二十三年(1544)二甲进士,曾官至南太仆寺卿、都察院右佥

---

① 方大镇:《恒庵公神道碑》,载赵立芳等纂修《桐陂赵氏宗谱》卷二十五,赵氏明宗堂木活字印刷本,清光绪九年(1883)修。
② 赵釴:《恒庵公六十寿序》,载赵立芳等纂修《桐陂赵氏宗谱》卷二十四,赵氏明宗堂木活字印刷本,清光绪九年(1883)修。
③ 叶灿:《方明善先生行状》,载方昌翰辑、彭君华校点《桐城方氏七代遗书》,黄山书社,2019年,第1页。
④ 方大镇:《恒庵公神道碑》,载赵立芳等纂修《桐陂赵氏宗谱》卷二十五,赵氏明宗堂木活字印刷本,清光绪九年(1883)修。
⑤ 赵釴:《无闻堂稿》,玄对楼刻本,明隆庆六年(1572)。

都御史、巡抚贵州兼理军务。居官南太仆寺时,赵釴大张旗鼓扩修了阳明书院,"每朔望辄率诸士阐良知之学"。在贵州任上,赵釴以阳明"龙场悟道"为激励,讨平叛乱,完备政令,访贫问苦,教会百姓耕种水田,贵州因此得到大治。①

赵釴辞官归里后,结"宜秘洞会",讲学其中,颇有影响。每日从游者,不仅有邑内外士子,还引起了当时著名学者如耿天台、史惺堂、罗近溪、焦弱侯、张甑山等的关注。江西著名学者史惺堂曾不期而至,与邑中乡绅士子会讲于"宜秘洞天",此即"宜秘洞天公案"。②所谓"宜秘洞天",其址在县北杜鹃山麓,与正学书院、辅仁会所相邻。赵釴撰有《宜秘洞纪事》:

> 出桐城柴巷口,山之北麓,有石负土而立,高可八九尺,长可二十馀丈。以竹为坡,以池为带,以仙姑井为液,以杜鹃山为弁,以灵泉山为左填,以道观山为右翼,以凤凰诸峰为屏几,以龙眠诸水为肠胃,以城郭高台为藩卫,且谽谺盤曲,若岩洞然。客有劝余辟之者,余不应,题曰:宜秘洞天。③

可见,灵泉山边的这方宜秘洞天,并不是类似王安石游过的褒禅山那样的山洞,而是一块"负土而立"的巨石,借势周边山水及城郭高台,使得这里看起来更像是一方洞天。赵釴又置义田一区,"租岁可三百二十斛,一以供洞中宾客之费;一以供祠堂二祭之需,馀则以济族人之贫乏者"。④

万历二十九年辛丑(1601)孟春之望,方学渐为赵氏撰《义田碑记》,提及"学渐于公为从子婿,曾从游宜秘洞"。关于宜秘洞义田的添置和宜秘洞讲会设立经过,方学渐在碑记中也有记述:赵釴"自贵阳归,方孺人度公不再出,脱珥易其弟北郭之田,将以偕老。公见之喜题其麓曰

---

① 盛汝谦:《中丞公行状》,载赵立芳等纂修《桐陂赵氏宗谱》卷二十五,赵氏明宗堂木活字印刷本,清光绪九年(1883)修。
② 赵釴:《宜秘洞纪事》,载《无闻堂稿》第六卷,玄对楼刻本,明隆庆六年(1572)。
③ 同上。
④ 盛汝谦:《中丞公行状》,载赵立芳等纂修《桐陂赵氏宗谱》卷二十五,赵氏明宗堂木活字印刷本,清光绪九年(1883)修。

宜秘洞,而为之说",并引用了赵釴《宜秘洞纪事》所谓"洞宜秘不宜辟"之言,赞其慕范仲淹之遗风,而不愿张扬义举。对此,方学渐感叹:"岂非达人之旷举,邦国之视为典型者乎?"①

四、"未老投闲"戴完:独宗新建,结社东林会

赵釴的好友戴完,字仲修,号浑庵,又号东林,年龄比赵釴小7岁,也出自赵锐门下。方学渐在《桐川会馆先正编序》中说:"浑庵受之赵恒庵先生,而恒庵,省斋之高弟也。学渐师事赵、戴,得闻省斋绪论。"②可见,方学渐也曾游学于戴完。

嘉靖二十三年甲辰(1544),戴完高中进士二甲第一名,与同里赵釴、阮鹗同榜,可谓年少得志。戴完历官户部主事、刑部郎中、江西提学、贵州佥事。权臣严嵩柄国时,希望将戴完延揽至麾下,戴完却称疾辞归,时年才42岁。后来张居正执掌内阁,也屡召不应。戴完悠游林泉,于东郭桐溪边结社"东林会"讲学,四方学者多归之。金陵诸生王元善,见桐城各地讲会兴起,士风大振,因慕"桐城有人",乃迁居桐城并置田数亩,以便于参加戴完的"东林会"。③

当赵釴也称病辞官归来,发现戴完讲学之地"东林馆",虽然只是简易的草棚,其境却很"幽绝",每天生徒弦诵不已,非常高兴。这里位于城东龙眠河畔、东门外河堨之地,与戴完宅第相近,与赵氏桐陂也相邻,"河水东徙,积沙成堤。因外衣以石,环城以棘,实以柽柳,间以花竹,不三四年遂蓊郁如幄。中构草棚,甚朴而敞日,弦诵其间,名曰东林,盖去市不数武,即车马不喧,杳然如在洲渚间也"。④ 于是,赵釴与好友胡沙墅、胡泽庵、林未轩等也经常参与其中,并撰《东林歌》五首以纪其闲适和盛况。其中第三首诗曰:"未老投闲隐药房,超然日在水云乡。水流

---

① 方学渐:《义田碑记》,载赵立芳等纂修《桐陂赵氏宗谱》卷二十五,赵氏明宗堂木活字印刷本,清光绪九年(1883)修。
② 方学渐:《桐川会馆先正编序》,载李雅、何永绍辑《龙眠古文》一集卷十二,清道光五年(1825)刻本。
③ 方学渐:《迩训》卷四,载《四库全书存目丛书》(子部)第二百四十一册,齐鲁书社,1995年,第594页。
④ 赵釴:《东林歌》,载《无闻堂稿》第十七卷,玄对楼刻本,明隆庆六年(1572)。

东去云长护,林外犹垂五色光。"第五首诗曰:"金石歌声日出林,个中谁最是知音。我来拾取溪头月,挂在檐前照客心。"

戴完"未老投闲",悠游林泉近 40 年,不仅主盟桐城本地的"东林会"讲学,还积极参加各地的讲会。其"论学独宗新建,与张甑山、罗近溪、王龙溪论难往复"。①嘉靖三十三年甲寅(1554),内阁大学士徐阶等人在北京灵济宫举行讲会,罗汝芳、欧阳德等名卿巨公数百人参与,联讲两个月,戴完也联讲其中,一时"人心翕然,称盛会也"。②

总的来看,明代正嘉时期的桐城学者,沿袭了宋明理学家惯用的聚众授徒方式,但更注重崇实躬行,做到与生活实际相结合,既能随时随地开展,又注重同志集会,形成了独特的地域讲学模式。特别是缙绅阶层的参与和主导,不仅解决了经费、场地等问题,也有效规避了政治风险。需要指出的是,同时期以讲学授徒闻名的,还有胡效才、方效、朱杲等人。东门胡氏胡效才,字用甫,号泽庵,嘉靖四十四年乙丑(1565)进士,学者称"文孝先生",他"怀高识,厉希圣之志。四方从学者众,而同里方明善尤著称焉"。③方学渐一生排斥佛老,可能也受到胡氏的影响。方效,字去病,号石州,嘉靖四年乙酉(1525)举人。何唐讲学乡里时,方效亦与赵锐是同学。何唐去世后,方效与赵锐"屹然为士林典型",方学渐"年十六受业于石洲先生"。④朱杲也是何唐弟子,他的讲学地点主要在西乡陡冈(又称斗冈),且与城中学者时有互动。

---

① 马其昶撰《桐城耆旧传》卷三,彭君华校点,黄山书社,2013 年,第 77 页。
② 罗汝芳:《盱坛直诠》卷下,转引自吴震《明代知识界讲学活动系年:1522—1602》,学林出版社,2003 年,第 185 页。
③ 马其昶撰《桐城耆旧传》卷三,彭君华校点,黄山书社,2013 年,第 65 页。
④ 方学渐:《方效列传》,载方传理《桐城桂林方氏家谱》卷五十一,清光绪六年(1880)刻本。

崇实躬行:方学渐建馆桐川之上①

方学渐是何唐的再传弟子,同时也"从戴宪副浑庵公、赵中丞柱野公、胡吏部郎中泽庵公游,称高足弟子,声称藉甚"②,直接受教于赵锐、赵钺、戴完、方效、胡效才等人。正德、嘉靖时期前辈的风范,激励着方学渐,毅然以道自任,于万历时代走向桐城学术前台,接武先辈、躬行为本,一直是他的自觉;而创建桐川会馆,也成为他后来最迫切的使命。他在《桐川会馆先正编序》里这样解释:"(学渐)窃闻其流润,敢负渊源,乃建馆桐川之上,以会同志。"③

一、沉毅颖敏,毅然有为圣贤之志

方学渐父母早逝,与伯兄方学恒相依为命。但他自幼聪颖过人,笃志好学。叶灿《方明善先生行状》指出:"先生生而沉毅颖敏,善读书,甫10岁,语特惊人。"父亲去世时,他"括父所遗,可百金,悉以奉伯兄,第教授以赡饔食而已"。方学渐年轻时家贫,好在赵锐给女儿的嫁妆甚厚。"当均州公之归孺人也,仅卜市一廛,田十数亩为食,而资产悉散诸从子。"④史孟麟撰《明封侍御明善先生本庵方翁墓表》也指出:"至月山公而遗箸仅可百金许,先生悉推以与伯兄,而以一廛依均州公居。"⑤因此,方学渐仍能专心于学问,"日唯键户下帷,孺人亦躬织纴佐读。久

---

① 此文原题是《桐城方氏学派与桐川会馆》,全文2万余字,整理版刊于李仁群主编《方以智研究》第三辑,安徽大学出版社,2023年。本篇是原文的第二部分。
② 据史孟麟撰《明封侍御明善先生本庵方翁墓表》拓本。
③ 方学渐:《桐川会馆先正编序》,载李雅、何永绍辑《龙眠古文》一集卷十二,清道光五年(1825)刻本。
④ 叶灿:《方明善先生行状》,载方昌翰辑、彭君华校点《桐城方氏七代遗书》,黄山书社,2019年,第1页。
⑤ 据史孟麟撰《明封侍御明善先生本庵方翁墓表》拓本。

之,名益譟"。①

方学渐素有圣贤之志,除了受到前辈风范的激励,也与桐城教谕张甑山的影响有很大关系。叶灿《方明善先生行状》指出:"是时,汉阳张甑山先生署桐之教谕,倡道作人,先生首称弟子,毅然有为圣贤之志。"张甑山,即张绪(1520—1593),字无意,湖北汉阳人,学者称"甑山先生"。张绪于嘉靖十九年庚子(1540)省试夺得易魁,年方弱冠,"入南雍,师邹文庄公,因以闻东越之学,知圣贤必可为"。② 所谓"东越之学",也即阳明之学。邹文庄公,即王阳明弟子邹守益,传播阳明心学不遗余力。需要指出的是,前述正德嘉靖年间的桐城诸老,也都是学宗阳明,特别是何唐更主张"人,生而不圣贤,非人也"受到方学渐的高度赞扬,以为只有这样,才能"卓然不愧于圣人之徒"。③

叶灿还特别讲了一件事:"耿天台先生督南畿学,下白衣应举令。甑山即属先生于邑侯包公。先生走匿深山,包公索之不得。甑山让之,先生曰:'功名有命。因人诡遇,吾不为也!'甑山避席以谢。"④关于方学渐不以布衣应考举人这件事,何如宠在《方本庵先生家史序》里也有提及:"自其弱冠时即不肯以荐应白衣举,耻诡遇功名之会,有道长者逊席矣。"⑤而耿天台督学南畿始于1562年,此时方学渐虚龄22岁。何如宠在序中称赞方学渐"先生生平饥餐渴饮,唯是贤圣为徒"。

二、效法先辈,实心实事地躬行

在方学渐身上,基本能看到正德嘉靖时代先辈的影子。他为赵氏撰《义田碑记》时,详述前辈赵鈘修谱建祠以及置义田、救贫弱诸多义

---

① 叶灿:《方明善先生行状》,载方昌翰辑、彭君华校点《桐城方氏七代遗书》,黄山书社,2019年,第1页。
② 焦竑:《张甑山先生墓志铭》,载焦竑撰、李剑雄点校《澹园集》卷三十一,中华书局,1999年,第477页。
③ 方学渐:《理学何省斋先生传》,载李雅、何永绍辑《龙眠古文》一集卷二十一,清道光五年(1825)刻本。
④ 叶灿:《方明善先生行状》,载方昌翰辑、彭君华校点《桐城方氏七代遗书》,黄山书社,2019年,第4页。
⑤ 何如宠:《方本庵先生家史序》,载李雅、何永绍辑《龙眠古文》一集卷十二,清道光五年(1825)刻本。

举,赞叹:"桐亦士国也,仅一中丞(指赵鈇)之祠若田,犹有希文遗风,岂非达人之旷举、邦国所视为典型者乎?"① 方学渐也花费了很多工夫续修宗谱、编订家训、创建祠堂、制定祠规,要求子孙世守;四处修缮祖墓,为大宗之子导之以习礼,帮其娶室延后,助宗党婚丧不举者;置办义田义山,收郊外骸瘗之;同时,还取乡梓人物行宜可法者撰成《迩训》、取忠孝义烈可风世者撰成《桐彝》,以教化乡里。凡此等等,都不遗余力,以实际行动践行阳明"良知"之旨。在此之前,他还让田割产与伯兄,以致堂前出现"枫杞二树,呈连理之祥"。故叶灿叹曰:"吾观先生,生平尊祖、敬宗、睦族、敦兄弟、笃朋友,根于天性,底于至诚,实心实事,里中无少长皆能传诵称道。此岂以谈说为学者哉?灿为状,愧不足以揄扬名德之万一,聊为述其梗概如此。"②

方学渐好学嗜道,躬行为本,平素"与同志讲习,日有孜孜诸所阐发,一自躬行心得者"。③ 他与同志的讲习,都来自活泼泼的实践心得,而对"佞禅"之风、"虚寂"之说,往往"斥而远之,如衣白行泽畔,唯恐濡足而涴躬。悯人之溺禅,如欲出入波中,傍徨叫号于岸侧不已"。④ 弟子周鼎曾以所谓"铿戛"进规,方学渐回答说:"吾愧不铿戛尔!昔人贼乡愿,禽兽杨墨,糠秕俗学,不以铿戛乎?"⑤这与何唐的观点如出一辙。在《心学宗》中,他批判"近世学者好谈心体,略于躬行,听之妙入玄虚,察之满腔利欲,则又以佛绪而饰伯述也"。极力反对王学末流"无善无恶"的虚寂之说。他排斥佛老,不赞同所谓"混三教而一",强调"吾心之理,即为万物之理",而"圣人之所以为圣者,自强不息之心耳"。⑥ 这些论述集中反映在他的著述《心学宗》里。可见,他与正嘉时代的前辈一样,也是学归姚江,奉行"究良知而归实",这也是桐城教谕张绪、南畿督

---

① 方学渐:《义田碑记》,载赵立芳等纂修《桐陂赵氏宗谱》卷二十五,赵氏明宗堂木活字印刷本。
② 叶灿:《方明善先生行状》,载方昌翰辑、彭君华校点《桐城方氏七代遗书》,黄山书社,2019年,第4页。
③ 方学渐:《桐川语续编周鼎序》,载武新立《明清稀见史籍叙录》,江苏古籍出版社,2000年,第169页。
④ 同上。
⑤ 同上。
⑥ 方学渐:《心学宗》,《四库全书存目丛书》子部第十二册,齐鲁书社,1995年,第168页。

学耿定向所积极倡导的学风。故方学渐在《心学宗》自序中明确宣示："学渐,桐之鄙人。尝受学于张甑山(张绪)、耿楚侗(耿定向)两先生。"①晚明著名学者焦竑在《桐川会馆记》里指出:"桐川之学,倡于何公省斋,耿恭简(耿定向)、张甑山(张绪)两公于此益倡明之。方本庵(方学渐)先生为两公门人,经明行修,不以汉儒所诣自安,而毅然以倡道做人为任。"同时,焦竑也表彰了桐城正嘉前辈,指出:"先生之乡先辈,辈望尊而学术美,亦无待余言。"②

三、狎主齐盟,四方长者推为牛耳

尽管遭遇万历初期禁毁书院,晚明士人讲学一度低潮,但张居正殁后,风气再兴。仅从桐城周边来看,上游曾有邹守益举办的青原大会,盛况空前,安福的"惜阴会"也与"青原会"无缝对接,万历时期这一带又成为传播阳明良知之学的中心。下游有宁国府泾县的"水西会",著名学者王畿、钱德洪、邹守益、罗汝芳曾先后主持。桐城长江对面的九华、齐山、石埭,以及江南徽州,也都有阳明门徒的讲会活动。尤其是嘉靖四十一年(1562)至隆庆元年(1567),督学南都的耿定向,巡行各府,广收门徒,亲自主持讲会,更是将阳明学的讲会推向了新高潮。

在这种风潮影响下,正嘉之后的桐城阳明学讲会活动,仍然与周边地区遥相呼应。方学渐的会讲因为切合实际而广受欢迎。据叶灿《方明善先生行状》,方学渐自"岁丙寅(嘉靖四十五年,1566)始籍诸生,庚午(隆庆四年,1570)试高等,受诸生饩"后,声誉渐起,讲学的影响也与日俱增。"时张大参淳、任大参可容、吴都谏岳秀、颜大理素,皆与先生结社论文,里中弟子十五出门下,庐、舒、英、六学文者重跰来。"③当时有诸多名流与方学渐结社论文,里中弟子半出门下,周边学者也纷至沓来。叶灿在行状里描述盛况:"四方长者悦其风,竞为社会,会必推牛耳

---

① 方学渐:《心学宗》,《四库全书存目丛书》子部第十二册,齐鲁书社,1995年,第168页。
② 焦竑:《桐川会馆记》,载焦竑撰、李剑雄点校《澹园集》续集卷四,北京:中华书局,1999年,第829页。
③ 叶灿:《方明善先生行状》,载方昌翰辑、彭君华校点《桐城方氏七代遗书》,黄山书社,2019年,第4页。

先生。先生狎主齐盟。西有斗冈,东有孔川,南有枞川,北有金山,旁郡则有九华、齐山、祁闾、龙舒、庐江,如期往赴。"

需要指出的是,何如宠在《方本庵先生家史序》里说:方学渐"居恒以崇本名堂、崇实名会"。这说明方学渐所居宅第称"崇本堂",所结社会叫"崇实会"。① 因为崇实会就在桐川之上,故也被人们习惯称为桐川会。而方学渐的号本庵,当是他的自号"崇本庵人"的简称。如《桐彝引》落款就是"桐国崇本庵人方学渐"。该号也可能与他所居"崇本堂"有关。每次同志会集讲学,方学渐都被推为"牛耳",他还受邀赴邑内外各地会讲,会讲内容也被学者记录下来,并整理成《东游》《北游》《南游》等诸记。

四、因念乐群无所,乃建馆桐川之上

这一时期,为了保持讲会的持续发展,各地讲会纷纷创办会馆、书院。嘉靖四十五年丙寅(1566),耿定向在南京创办以宣讲阳明学说为宗旨的崇正书院,选拔江南十四郡士子前来读书讲学,焦竑被指定为学生之长,代耿定向主持书院讲习之事。也就在这一年,张绪升任南京国子监博士。

方学渐与同仁所结的会社,因为在桐溪(今桐城城区龙眠河)边,所以叫桐川社,也叫桐社。随着门徒的扩大,方学渐与其同仁也觉得有创建会馆的必要:

> 桐,小国也,春秋时附庸于楚,仲尼之辙所不至。汉以来,乡先生及宦游之名贤,岂曰无之? 而未有以理学鸣者,其俗淳朴未漓,士庶之善良不少,然但因其气质所近,以自好于乡里,而不得闻圣贤之大道。正德、嘉靖之间,何省斋先生崛起而谈理学;省斋殁三十余年,张甑山先生为桐城谕,树赤帜而鼓之,由是桐人始知学。戴浑庵(戴完)先生之东林馆,赵柱野(赵釴)先生之宜秘洞,皆有会,继此而会駸多。浑庵受之赵恒庵先生,而恒庵,省斋之高弟也,

---

① 何如宠:《方本庵先生家史序》,载李雅、何永绍辑《龙眠古文》一集卷十二,清道光五年(1825)刻本。

学渐师事赵、戴,得闻省斋绪论,又受业于甑山,窃闻其流润,敢负渊源? 乃建馆桐川之上,以会同志。①

在这篇《桐川会馆先正编序》里,方学渐解释为什么要创建桐川会馆,明确指出,桐城过去难以得闻圣贤之道,直至正德、嘉靖之间,何省斋(何唐)"崛起而谈理学",桐城教谕张甑山"树赤帜而鼓之","由是桐人始知学"。而戴完、赵钺等都有讲学之会,自己又受学于何唐高弟赵锐先生,受教于赵钺与戴完,受业于张甑山,"窃闻其流润,敢负渊源?"于是"建馆桐川之上,以会同志"。

焦竑应方学渐之请,撰《桐川会馆记》,指出:"方士响臻,先生(方学渐)念乐群无所,乃筑室桐川,待共学者居焉。"②由前述可知,从正德、嘉靖时代,一直到方学渐走上学术会讲前台,桐城各种讲会都没有固定的住所,如赵锐的颜乐巷,顾名思义就是一个巷子;赵钺的宜秘洞,其实就是城郊结合处的一块露天之地;戴完的东林馆也只是河边的一个草棚。而这次方学渐创建的桐川会馆,为共学者提供了可研习、可食宿的固定会所。会馆建得宏伟壮观,各种设施齐全。据焦竑在《桐川会馆记》记载:"中崇实堂三楹,堂之前,荣奉夫子像于中。有先正堂,有尽心斋,有左右室,有更衣所,有养正所,凡为祀往哲、群来学者,靡不备具。树以桐柏,群花翠筱,丛杂错出。川上植柳数百株,名曰柳坛。"③

五、有关桐川会馆需要辩证的几个问题

(一) 关于桐川会馆的具体创建时间,有两个节点值得关注

第一个时间节点,即万历癸巳(1593)。叶灿指出:"癸巳(万历二十一年,1593),先生应岁升廷试毕,过大名,视伯子治状,多平反,心窃窃然喜。又与大名守滇南涂公论学,语及潜见之际,遂谢天官不拜。旋以

---

① 方学渐:《桐川会馆先正编序》,载李雅、何永绍辑《龙眠古文》一集卷十二,清道光五年(1825)刻本。
② 焦竑:《桐川会馆记》,载焦竑撰、李剑雄点校《澹园集》续集卷四,中华书局,1999年,第829页。
③ 同上。

伯子贵,封如其官。归后,构桐川会馆,颜其堂曰崇实。"①学界一般都据此认为方学渐是万历癸巳(1593)归来后创建桐川会馆。但实际上,方学渐直到万历丙申(1596)初秋才返回桐城。方大镇有诗《丙申两尊人南还舟中赋别》为证:"西风初动井梧寒,衡水归舟下急湍。"②这意味着桐川会馆创建于万历二十四年(1596)之后。当然,他也有可能在大名府就开始了谋划建馆、筹集资金,并写家书让家人提前做好相关准备。如此,则以万历癸巳(1593)为创建年,似也不能算错。

  第二个时间节点,方学渐《桐川会馆先正编序》有落款时间,为"万历壬寅(1602)春三月之吉"。方学渐在此序中提及,"得焦弱侯所为志铭"③,但未注明焦若侯(焦竑)撰"志铭"即《桐川会馆记》的具体时间。前面我们已指出,赵鸿赐于这年前往金陵拜会焦竑,与方学渐这个落款时间正好相合。而方大镇在《荷薪韵》中有长诗《庚申正月十三夜,儿子陈灯河洲,赋群龙水月;君典亦有诗。余讽此歌》,其中有句曰:"先子旧业二十年,寂寞小溪环精舍。"庚申年即万历四十八年(1620)。方学渐去世于万历四十三年乙卯(1615),往前倒推二十年正好1595年左右,与叶灿所言万历癸巳(1593)相近。因此,方学渐在先正编序里的落款时间,也不能证明就是会馆创建时间,只能作为疑似焦竑题碑时间。

(二)关于桐川会馆的具体创建地点

  曾有学者以为桐川会馆在桐城长江边,明显误断。会馆地址实际就在桐城县城龙眠河边,方学渐的居第、方氏祠堂、赵鸿赐宅第都与之相邻。方学渐在《桐川会馆先正编序》中说:"乃建馆桐川之上,以会同志。"④川,象形字,甲骨文像大河流水形,左右是岸,中间是流水。桐川,即今龙眠河,由龙眠山溪汇流而来,绕东城而下,旧称桐溪。方氏迁桐始祖方德益筑桥龙眠河上,称桐溪桥,今城区仍有桐溪塥。所谓"建

---

① 叶灿:《方明善先生行状》,载方昌翰辑、彭君华校点《桐城方氏七代遗书》,黄山书社,2019年,第2页。
② 方大镇:《丙申两尊人南还舟中赋别》,载陈济生辑《天启崇祯两朝遗诗》,中华书局,1958年,第275页。
③ 方学渐:《桐川会馆先正编序》,载李雅、何永绍辑《龙眠古文》一集卷十二,清道光五年(1825)刻本。
④ 方学渐:《桐川会馆先正编序》,载李雅、何永绍辑《龙眠古文》一集卷十二,清道光五年(1825)刻本。

馆桐川之上",也即建馆于桐川之岸。而《明清稀见史籍叙录》根据方学渐著述《桐川语》,谓方学渐"晚年专力儒学,筑馆桐溪之滨"。① 明确指出是"筑馆桐溪之滨",这与"建馆桐川之上"意思相同。方大镇《荷新韵》《荷新义》亦屡有"溪上""桐溪""河上"之语,他还自称"河上翁",并在《归去来兮辞》中高咏:"永桐溪乎蔼轴,踵彭泽其焉疑!"②表达慕往哲、归园田之思。焦竑《桐川会馆记》对馆址更有明确交代:近看,"馆负城临流,据一方之胜"。远望,则"自是东之枞川,西之陡冈,精舍相望,而一以桐川为宗"。③ 据焦竑的碑记,桐川会馆创建以后,县内之东的枞川辅仁会馆,之西的陡冈(亦称"斗冈")会馆,都以桐川会馆为宗。

(三) 关于桐川会馆的三个关键联创人

学界一般认为,桐川会馆就是方学渐创建的。但实际上,还有三个关键联创者也应重视。

一是方学渐的同里和同学张淳。叶灿在《大中大夫陕西参政怀琴张先生行略》中指出,张淳"以耿楚侗、张甑山为师,罗近溪、孙月峰、刘芝阳、李汉峰、张洪阳为友,联桐川会馆,与方本庵、吴观我言学,大旨主于躬行。迩来学者肆为虚无之说,静言庸违,颇中晋醒,先生以救世也"。④ 张淳(1540—1612),字希古,号怀琴,隆庆戊辰(1568)进士。张淳少即有文名,与方学渐同年岁,早年就曾共同结社。张淳任永康县令时,曾撰联:"敷政后刑名,务先教化;为学主实行,耻袭空言。"他历官至陕西参政,以病乞休,时年才五十,正逢方学渐谋划创建桐川会馆之时,遂参与"联创",也即叶灿所言"联桐川会馆",并讲学其中。方大镇曾有诗《悼张大参怀琴先生十六韵》,其中有句云:"朝廷有先生,隆厦擢云栋。乡里有先生,高冈览威凤。吾社有先生,淯言快折衷","弃官片语闲,岁月恣吟弄。乃与孺子游,忘年坐绳瓮。余如璞与粟,公为错与砻。

---

① 方学渐:《桐川语续编周鼎序》,载武新立《明清稀见史籍叙录》,江苏古籍出版社,2000年,第168页。
② 方大镇:《宁澹居文集》,四库全书文渊阁本。
③ 焦竑:《桐川会馆记》,载焦竑撰、李剑雄点校《澹园集》续集卷四,中华书局,1999年,第829页。
④ 张开枚等纂修《张氏宗谱》,民国二十二年(1933)铅印本。

复如百步的,引弓悉命中"。① 诗中明确指出,张淳也是桐川会馆"吾社"中人。

二是方学渐的同里和同学姚希颜。姚希颜是方大镇岳父,字崇孔,号寻乐子。他与方学渐一样,也是讲学乡里的布衣儒者。《康熙桐城县志》指出,姚希颜"晚与方明善讲学桐川会馆,人称克斋先生"。② 马其昶也指出,姚希颜"学重躬行,与方明善倡讲学之会"。③ 马其昶这句话,可能来源于《桐城麻溪姚氏先德传》"克斋公"条:"公治经精研传注多所发明,与同里方学渐倡讲学之会。"④ 方大镇在《姚克斋先生传》里说:"先生与家侍御(方学渐)交自许婚以来,数十年无间言。"⑤ 方学渐与姚希颜不仅是姻戚,也是学友、社友。当方学渐晚年筹建桐川会馆时,姚希颜必然要参与其中。

沈德潜编《桐城麻溪姚氏诗荟约选》,收入姚希颜诗75首,不乏与方氏学人交游之作。其中,《桐川杂兴六首》最后一首云:"讲罢吾无事,巡溪步几回。草昏山欲合,衫黑雨将来。昼卧邻僧病,春寒野店开。樵人归不歇,前路伴相催。"首联"讲罢吾无事,巡溪步几回",句后有作者自注:"时讲学桐川会馆。"⑥ 可是,依照前面相关考证,桐川会馆有可能创建于万历丙申(1596),也有可能早至万历癸巳(1593)创建。而方大镇在《姚克斋先生传》里指出,克斋先生本应参加万历甲午(1594)岁贡,却去世于万历癸巳(1593)。万历丙申(1596),方大镇遭夫人姚氏随公婆从大名返桐,处理岳父姚希颜的安葬事宜。如果姚希颜的自注无误,则桐川会馆的创建时间更早。沈德潜还指出:学者称姚希颜为克斋先生,里谥"文正",奉旨崇祀理学祠。这是肯定姚希颜的理学贡献。《康熙桐城县志》《道光桐城续修县志》《江南通志》等也将其归于"人物志·

---

① 方大镇:《荷薪韵一》诗,日本内阁文库藏刻本,第11页。
② 胡必选:《康熙桐城县志》,《中国地方志集成·安徽府县志(十二)》,江苏古籍出版社,1998年,卷四。
③ 马其昶撰《桐城耆旧传》卷四,彭君华校点,黄山书社,2013年,第75页。
④ 姚莹:《桐城麻溪姚氏先德传》卷四,载姚国桢、姚联奎《桐城麻溪姚氏宗谱》,民国十年(1921)活字本。
⑤ 方大镇:《宁澹居文集》,四库全书文渊阁本。
⑥ 沈德潜编《桐城麻溪姚氏诗荟约选》(上)卷五,桐城图书馆藏民国二十六年(1937)重刊本,第9页。

理学"卷,但包括《桐城耆旧传》《麻溪姚氏宗谱》《姚氏先德传》在内,诸多文献都未载明其究竟有哪些著述。沈德潜则填补了这项空白,明确指出:姚希颜"著有《四书醒义》《伏生经书》《读易堂文稿》《梅花阁诗抄》《山海经杂述》《存真山房语录》行世"。

三是方学渐的郎舅同学赵鸿赐。赵鸿赐,字承元,明万历间太学生,其伯父赵锐、父赵钛,都是方学渐的老师。赵鸿赐号"枞江",可能与母亲是枞阳镇黄华方氏有关。他好读书,精通六经,旁及百家,也是当时著名的"桐川三老"之一,另外二老分别是方学渐与童自澄。童自澄的辅仁会馆虽偏居枞阳镇江湾一隅,但那里是桐城的水路要冲。方学渐与赵鸿赐经常去辅仁会馆参讲,童自澄也时来城中,参与桐川会馆的讲会。父亲赵钛退职归来,结宜秘洞会,赵鸿赐随父觞咏山水之间;曾访得邑北碧峰山披雪洞有宋绍圣年间四君子石刻,又搜得奇石,置于竹窗前。父亲去世后,遂罢陋巷会,晨夕跪吟,纂为《跪石斋吟稿》,友人齐琦名为序曰:"宋绍圣四君子得遇先生,而逸迹不泯。有兹集在,则披雪并彭泽襄阳不朽矣。"方大镇在《荷薪义》中提到与舅父赵鸿赐"淡菊斋"为邻,时常受教。他还将舅父制定的《陋巷会约》,吸收运用到桐川会馆的管理细则中。赵鸿赐的其他著述还有《无甚高论》《海鸥吟》等。

附:焦竑《桐川会馆记》碑记

古造士必于黉校。孔子顾聚徒杏坛,论道淑人,以辅王教所不及,此后世精舍所繇始也。汉兴,郡国有夫子庙而无学,且不置博士弟子员。然诸儒各以经教授于乡,从者至千百余人。齐、鲁、燕、赵间,经术名家者郁起。宋至元祐,学犹未兴,而四书院者独先有闻。盖以法为师,弟子或强之,有不欲,而出于乐学之心,则久而不废,亦其理也哉。

桐川之学,倡于何公省斋,耿恭简、张甑山两公于此益倡明之。方本庵先生为两公门人,经明行修,不以汉儒所诣自安,而毅然以倡道作人为任。当是时,士之保残守陋者,虽其退舍,而往往以清虚自命。先生虑其高简茫昧,或为浮诞者之所托,是以检束于身心者精,而教诫于朋侪者密。甚矣,先生之似吾恭简公也。

方士响臻,先生念乐群无所,乃筑室桐川,待共学者居焉。馆负城临流,据一方之胜。中崇实堂三楹,堂之前,荣奉夫子像于中。有先正堂,有尽心斋,有左右室,有更衣所,有养正所,凡为祀往哲、群来学者,靡不备具。树以桐柏,群花翠筱,丛杂错出。川上植柳数百株,名曰柳坛。月会者二,岁大会者一。乡荐绅、孝廉、文学、父老子弟,以及邻邑之贤豪,皆以时至。自是东之枞川,西之陡冈,精舍相望,而一以桐川为宗。兴起者益彬彬矣。

先生间属余为记。余谓仲尼之学,载于学、庸、论语、易大传,下学上达之矩矱在焉。学者潜心于是,即进之语上何难?而不能者,亦足以寡过。倘道之未明,而摆落古人之形迹,适以为罪而已。先生坊学之末放,而冀以闲先圣之道,其意甚盛,唯学者勉之,循其言以共蹦乎从心不逾矩之域。是地也,虽追踪杏坛可也,而四书院者勿论矣。余有言,无出所讲闻之外。而先生乡之先进,辈望尊而学术美,亦无待余言。聊书馆所繇作,而并系之岁月如此。

——(明)焦竑《澹园集·碑记·桐川会馆记》

至善为宗：方大镇的继承和发展[①]

"白发迎门喜,黄花注酒香。一经怀二鲁,羔雁愧元方。"[②]万历四十一年癸丑(1613)秋,巡按御史方大镇从河南解任回到桐城,为古稀老母亲祝寿,庆贺仲弟大铉成进士履任刑曹。父亲方学渐却握住他的手,郑重地将桐川会馆会务嘱托给他。"镇自大梁归。先君执手语曰：美必久而后成,道必守而兼创。吾意欲与汝共图会事。镇唯唯。"[③]从这一年开始,方大镇与桐川会馆的联系更加密切起来。

方大镇(1561—1631)是方学渐长子,字君静,号鲁岳,又号桐川,万历壬午(1582)举于乡,己丑(1589)成进士,累官至大理寺左少卿,因称"廷尉公",门人私谥为"文孝先生"。从他对家学和桐川会馆的继承与发展来看,实际上可以分为以下四个阶段。

一、青年时期：遵父训,坚持仕学相济

万历十七年己丑(1589),28岁的方大镇中了进士,初授任大名府推官。他遵照父训,坚持"仕学相济",践行"无我而因物则,薪火而养诚明",表达坚持操守、秉公办事、崇实躬行的决心。方大镇甫一上任,就认真审处多年积案,顶住错综复杂的官绅关系压力,纠正冤假错案,其中,有一百三十余名死刑犯受到减刑或无罪释放。在代理大名知府任上,为资助耕农发展生产,敢于"摄府篆",拿官印作担保,借钱为农民买了七十头母牛。待母牛数量增长几倍后,归还本钱,将所得利息全部捐

[①] 此文原题是《桐城方氏学派与桐川会馆》,全文2万余字,整理版刊于李仁群主编《方以智研究》第三辑,安徽大学出版社,2023年。本篇是原文的第三部分。
[②] 方大镇：《癸丑感作》,载潘江辑、彭君华主编《龙眠风雅全集》初编卷九,黄山书社,2013年,第294页。
[③] 方大镇：《宁澹居文集》,四库全书文渊阁本。

出,仅此一举,就至少养活了万家耕农。① 方学渐万历二十一年癸巳(1593)应岁升廷试毕,过大名府看望儿子,见其"治状,多平反,心窃窃然喜"。②

二、中年时期:倡性善,致力良知之旨

方大镇在大名府盘桓时间过久,故与人登山时,赋诗慨叹:"长安咫尺浮云隔,登眺还多太白愁","何处春风回赤甸,漫言吾道付沧州"。③ 他期盼能有更大作为。万历二十六年戊戌(1598)岁尾,方大镇被擢为江西道御史。此后调迁不断,曾巡盐两浙,再巡按河南,调贵州道,改京畿道,复起巡盐浙江,最后升迁大理丞晋左少卿。但现实情况不容乐观,此时正是晚明国衰民困、吏治混乱时期,不仅皇帝昏聩、宦官乱政、党争日趋激烈,民变兵乱亦接踵而来。方大镇辗转仕途,不忘传承其父"性善"学说,强调"至善"本体,反对蹈虚空谈,始终躬行"崇实"。他察吏勤民、锄豪扶弱、芟恶掖善、俾安教化,可谓勤勤恳恳、政绩斐然;每到一地,必褒崇理学,坚持"明仁义、宗至善",呼唤良知良能,以正人心、淳风气。他还曾上疏朝廷,为低级官员学者陈献章、布衣学者胡居仁请谥,以"表斯文之英,彰祀典之美"。巡按河南时,又以"风教攸关"为由,上疏请褒崇王艮、顾宪成、罗汝芳三位理学名臣。迁任大理寺要职,即与东林党人讲学"首善书院",宣扬"论学以性善为宗,论治必求君德",还将父亲方学渐早年所写的《治平十二策》整理后上献朝廷。④ 这些所作所为,既是他绍承父学的躬行,也是他对消除当时混乱的社会思潮,挽救濒危时局国运的不懈努力。

三、为官后期:忧时乱,求圣人之治

到了晚年,宦海沉浮,不堪险恶,方大镇越来越觉得"仕途百折如浮

---

① 陶善才:《方大镇:忧民忧君的文孝先生》,《江淮文史》2019年第6期。
② 叶灿:《方明善先生行状》,载方昌翰辑、彭君华校点《桐城方氏七代遗书》,黄山书社,2019年,第2页。
③ 陈济生编《天启崇祯两朝遗诗》卷四,中华书局,1958年,第274页。
④ 方大镇:《宁澹居文集》,四库全书文渊阁本。

海,客邸孤踪似出家"。① 常常不得不因病乞休。而一旦乡居病养,他就力求从父亲和乡先正学说里寻找解脱之道。万历三十年壬寅(1602),方大镇病归,于"白沙山中扫室问药",著书《田居乙记》②。万历三十二甲辰(1604)九月,方大镇赴桐城西乡斗冈会馆,目睹丹枫霜林,有感天道之变,以阳明良知之旨,向社友阐释"人皆可以为尧舜"。③万历三十三年乙巳(1605),方大镇卧病城北白沙岭连理亭旧居,与人辩学,乃作"白沙晤语",强调"圣人之心非异也。圣人固同,人自异之耳"。④ 当阉珰乱政,朝中诸多正直大臣屡遭无情打击,方大镇仍坚持公正执法,纠正错案、平反冤案,全活死囚十三人。可惜的是,明末政局乱势已无可挽回。随着"首善书院"被魏忠贤禁毁,同乡左光斗惨遭冤狱,方大镇只得引疾乞归。

四、晚年时期:承先志,力求美成在久

在兄弟三人中,方大镇最得其父期许。直到万历癸丑(1613),方学渐正式要求大镇"共图会事",希望"美成在久",这意味着接班"桐川会馆"的任务已经落到了方大镇的肩上。史孟麟《方明善先生墓表》写方学渐"易箦时,弟执御□□季公辈手曰:'汝毋忘会事、祠事,幸好为之。'毋他语"。⑤ 可见,方学渐直到临终仍念念不忘桐川会事、方氏祠事。方大镇毅然接受了这个重任,缵绪父业,彰明父教,兢兢笃行。从方大镇《续置会馆颠末纪》⑥来看,方大镇接手会事后,重点抓了以下五件事。

(一) 修缮旧馆、辟建新馆

"甲寅春(1614)乃议改创,并毁旧馆而新之。而基地苦隘,馆北邻则镇昔年所鬻于赵氏者,愿捐于公,而更助之资。"但不久方学渐病重,此事暂时搁置。直到"乙卯(1615)大忧",方学渐去世后,"越百日乃理

---

① 陈济生编《天启崇祯两朝遗诗》卷四,中华书局,1958年,第275页。
② 方大镇:《宁澹居文集》,四库全书文渊阁本。
③ 方大镇:《荷薪韵义》,日本内阁文库藏明刻本。
④ 同上。
⑤ 据史孟麟撰《明封侍御明善先生本庵方翁墓表》拓本。
⑥ 方大镇:《续置会馆颠末纪》,载《宁澹居文集》,四库全书文渊阁本。

前议,鸠工庀材,成先君之志。不毁旧馆,以明緜旧;而特创新馆,以表维新。""肇于仲秋之初旬,落成于仲冬之下旬,凡四阅月。"这次工程,花费颇多,"木石诸费计二百七十金有奇,钟鼓炉瓶器具之数可二十金有奇,基地价值及修理旧馆可百金有奇,弟支会租十七金。馀皆金独任"。建成后,为明确四界,方大镇还特别注明:会馆"基地西界祠后天井中心,东界河,南界旧馆,北界祝氏,风火及墙之址各不紊,是以续纪,以垂后来"。这是对焦竑《桐川会馆记》"馆负城临流"等描述的重要补充。

(二)筹集"会田资、供亿资"

虽然"先君既立会馆,并置周氏庄为会田,及诸器具书籍公之会众,始终条理载前纪中,亦既备矣"。但在修旧建新之前,方学渐还是作出决定,"余以小朱庄田价可百三十金,亦原捐于公,听其鬻之,为创馆之助。遂于六月廿三日手批出契,归于会长张道卿诸友,公藏之"。但实际修建时,为将来计,"朱庄田仍留而不鬻,以备会中供亿之需。荒歉频仍,度支弗办宾客祭祀,会课诸费则又镇一一为之区处矣"。这次修缮工程也得到各级当政的支持。如"盐院龙公(龙遇奇)慨然檄郡捐帑八十金,为会田资;予不佞亦另捐廿金,为供亿资。馆前河堤屡出锱铢修筑而无成者,龙公及王侯(王廷式)帅董诸君捐七十馀金,克底于成"。

(三)定"创为守、久为美"之策

方大镇认为,这次工程"屋新而田存。先君所谓创为守、久为美者,虽不能光而大之,亦庶几乎无所辱命。自揣僻乡薄力,颇惭固陋,唯吾同志相与仔肩维怀永图耳"。他热切地展望,"从兹以后,日新月异,近荷当道,留意次第嘉奖"。旧馆的正堂原称"崇实",旁边辟建的新馆则称为"至善"。方大镇为此专门写了一篇《至善堂纪》,解释说:"先侍御往矣,同社诸贤共笃斯盟,爰新讲堂,颜曰至善。学而求诸善,善而求其至,傥亦游泳于尽性,合天之渊,而不胥溺于虚无功利之壑。"[1]尤其是"兵道张公题为鸣鹤书院"[2],会馆得到了官方的重视和支持,具备了官学书院的性质。

---

[1] 方大镇:《至善堂纪》,载《宁澹居文集》,四库全书文渊阁本。
[2] 方大镇:《续置会馆颠末纪》,载《宁澹居文集》,四库全书文渊阁本。

（四）"申先侍御之说"

新的至善堂"后有寝室，以祠先侍御，而旧馆规制悉如先侍御之旧，盖三年无改之义"。为继承和光大父亲的学说，方大镇在《至善堂纪》中表示，"今而后，知先侍御之学是谓正学，先侍御之教是谓正教，独立而无所惑也已，《书》曰：厥父基，厥子乃弗肯堂，矧肯构？"表达以父学父教为正学正教的追求，以"永终令德，无坠桐川之绪"。① 万历四十八年庚申(1620)二月中和节这天，方大镇又撰《桐川会续纪》，重申"缵先君之绪"而又要不断发展的愿望："《崇实会纪》者，先君明善先生手笔也，复续纪何也？礼有所因，亦有所损益，盖其时也。所因者，不纪胡以传后？所损益者，不纪何以承前？余小子缵先君之绪，一切不敢不因，而亦不能不损不益。则必商榷于同社，请正于社长，又不敢以独臆妄为损益也。由今较昔，损少益多，由此以往，当亦如是。庶几会事不致失坠余小子。借手以报命九京，赖此帙存焉。"②

（五）主持讲学和会友

方大镇主持会事以后，一直以桐川会馆为主阵地进行会讲与会友，同时也屡屡奔赴邑内外各地讲学。周边郡县甚至江浙等地学者也纷纷前来桐川切磋学问。这些情况主要记载在他的二卷《荷薪韵》和六卷《荷薪义》中。从其《荷薪义序》可以看出他光大桐川会馆、矢志继承发展父学的决心："世不废业，其克昌乎？……闵余小子，夙夜敬止，苟其惟小，先德恬愉迟暮，黍离苞稂之弗伤，家鸡野鹜之弗恤，将何颜面以无遗九京忧？"③可见方大镇有着很强的使命感。他在序中还指出："而今之吴客卿、何康侯、夏伯孺及张道卿、王达夫诸友与舍弟君节辈，不忘先人，遗爱不弃。"再从其六卷《荷薪义》来看，社友还有安述之、汪崇正、范季直、金淳夫，以及斗冈会馆的朱志学等人，邑外甚至省外四方学者名流来桐川会馆参与会讲者也络绎不绝。又据桐城宰相张氏宗谱，张淳的长子张士维亦"专意于性命之学，与同里叶增城灿、方鲁岳大镇，立桐川会馆，讲求正学，振起宗风"。方大镇的儿子方孔炤不仅自幼在桐溪

---

① 方大镇：《续置会馆颠末纪》，载《宁澹居文集》，四库全书文渊阁本。
② 方大镇：《桐川会续纪》，载《宁澹居文集》，四库全书文渊阁本。
③ 方大镇：《荷薪义序》，载《宁澹居文集》，四库全书文渊阁。

"咏南山章",成年后也参与社事活动。可以想见方大镇主持会馆时讲学之盛况,学者名流阵容之强。

与方大镇关系极为密切的吴应宾(1565—1634),字尚之,一字客卿,号观我,早年中进士为翰林,因目疾而告归家居。他虽是方学渐的学生,却深受紫柏、憨山、云栖三大高僧的影响,致力于恢复废墟中的东乡浮渡道场。方大镇晚年退职归来,常与吴应宾辩学。好在吴应宾的家就在西城祖祠之右,与凤仪坊不过几百米之遥,他们辩学的地点,或在桐川会馆,或在彼此斋中。方以智说:"外祖吴观我宫谕精于西乾,与廷尉公辩证二十年。"直至崇祯甲戌(1634)桐城民变,吴应宾逊出城外,至南湾(今属桐城市吕亭镇)别墅,怅然天下从此不太平,绝食端坐而逝。方孔炤《环中堂诗集》有"桐变十九首",其中,第十五首就是写其岳父绝食坐逝之事,诗前序曰:"先生忧杞久矣,移于南湾,沐浴具衣冠,从容说三生因果。命其子凝进白汤、勿投粒,曰:吾八识田,清虚甚乐,宿疴悉除。如是者五昼夜,以甲戌仲秋之闰朔,端坐而逝。桐人士悲泰山焉。"

与父亲方学渐一样,晚年的方大镇也寓良知之学于实心实事躬行之中,热心家族事务和社会公益活动。如:作《祠堂续纪》,以为"一本之深心,家政百年之永计";续置祠田,在"先君子既立祠堂,乃置祠田于平坦,尊祖睦宗甚盛"的基础上,方大镇又"觅得姚氏田于十里铺,与平坦相近,便于管理。其值凡百八十金有奇,其租岁取谷二百六十斛,钱三千,输之祠堂,为祭祀赈助之用";定《祠约》,针对"成规具在"而"今稍息"的实际,重新制订了"十二款"祠约。对几处祖坟山制定三议:一议清明岁暮二祭事宜,二议祖茔丘木守护责任事宜,三议鹰窠树、道观山、东西龙眠二垄等祖茔禁葬事宜。[①] 方大镇尤其重视城东龙眠河堤的防洪。还是在御史时就曾组织对城东门而北一段最受洪水威胁的河堤,进行了彻底治理,"庶几不负公私之望,而逭于百年之责矣!"[②] 这段河堤因此被邑人称为"绣衣堤"。

---

① 方大镇:《祠堂续记及祠约等》,载《宁澹居文集》附文,四库全书文渊阁本。
② 方大镇:《新堤记》,载《宁澹居文集》附文,四库全书文渊阁本。

"先子旧业二十年,寂寞小溪环精舍。白头领此意无穷,日夕磨砻未可罢。"[1]为实现父亲方学渐"美成在久"的厚望,方大镇辞职归来,以"河上翁"自居,全身心地扑在桐川会馆的社事和族事、祠事上。尽管他已预感到明末乱世的不可避免,在百里之外的东乡浮渡山与南乡白鹿湖畔都创有别业,同时还拥有城南泽园、城后碾玉峡以及北峡关附近的白沙岭别业,为子孙作"三窟之谋",但他并不甘于就此潜隐,而是践行着他在《和归去来兮辞》中表达的"永桐溪乎遹轴,踵彭泽其焉疑"的决心。直至母亲去世,方大镇庐墓天马山(今属北乡大关镇)"慕亭",仍在接待邑外远道而来的学者,其诗《赠施下之》即是写青阳县学者施下之来"慕亭"论学之事,最后病卒于桐溪,真可谓鞠躬尽瘁、死而后已。

---

[1] 方大镇此诗,见日本内阁文库藏明刻本《荷薪韵义》之《荷薪韵》一,第24页。

继往开来:方孔炤、方以智及其子孙的复兴努力[①]

方孔炤(1591—1655),原名若海,字潜夫,以祖父庭前有"枫杞连理之祥"号仁植,桐城桂林方氏第十三世。他自幼就在桐川会馆"咏南山章"[②],年少得志,于万历四十四年(1616)中丙辰科进士外出为官,虽然调迁不定,但官暇也曾参与父亲方大镇的桐川会事。方以智出生虽晚,也未见他参与桐川会事的具体记载,但其在城郊泽园结社,也是效法先辈结社之举;祖父方大镇讲学桐川会馆、与外祖辩学,他当然也时有聆听。虽生逢乱世、国破家残,方以智长期奔波在外,无暇顾及桐川会事,但他对先辈的桐川事业仍念念未忘,对子孙复振斯文仍有所期冀。

一、斯文端与素心期

秋天一夕,暑气消散,淡月在天,高柳熏风,城上青山,绕城碧水,群鸥也似乎游来凑兴。众人就在龙眠河的平堤上摆放炊具,把杯论道,分韵赋诗。方孔炤以布幔为幕,援笔书"斯"字,张挂于溪上,制联曰:"风吟高柳天光外,月弄清溪云影中。"父亲方大镇笑了,也作联曰:"泌乐衡栖明主赐,雩风沂浴大家春。"方大镇还赋诗四首:

> 平堤横野霁,高柳纳熏风。暑气临流尽,鸥群浴水同。会心何处是,俗虑此时空。垂钓儿童喜,呼余河上翁。

> 开馆人何在,空余柳一坛。选工新命砌,佳客待和銮。樾荫堪

[①] 此文原题是《桐城方氏学派与桐川会馆》,全文2万余字,整理版刊于李仁群主编《方以智研究》第三辑,安徽大学出版社,2023年。本篇是原文的第四部分。
[②] 关于方孔炤"咏南山章"事,可参阅本书第四章《方孔炤:从桐溪边走出的文武兼备奇才》。

浮白,高年并渥丹。无愁山气紫,月色起栏杆。

昔爱园逼水,今喜石成堤。夹岸千家树,横桥一曲溪。山遥云覆幕,林静鸟希啼。逝者窥渊理,悠然造物齐。

小幕张溪上,佳名恰曰斯。原泉尼圣赞,春浴点狂宜。大化周环转,群生混息吹。向来濠濮意,端与素心期。①

这次"柳墅宴坐",未知确切时间。但从方大镇的诗句"开馆人何在,空余柳一坛"来看,方学渐已经去世多年。所以这次宴坐很可能在天启年间,方大镇不满朝政黑暗,辞去大理寺左少卿职务,提前退休归来;而兵部职方郎方孔炤也因忤阉珰被魏忠贤削职,恰好也归桐养亲。

所谓"柳墅",即桐川会馆前的一片柳林,方学渐曾于此筑柳坛进行课讲。方大镇退职归来,常与桐川社友于此宴坐。

方孔炤所书写的"斯"字,应与孔子"逝者如斯夫"之叹有关。方大镇诗中就有"原泉尼圣赞"句,孔子名丘字仲尼,尼圣就是对孔子的尊称;且方大镇还有诗句"逝者窥渊理",也指向孔子"逝者如斯夫"之叹。

但方氏学人从孔子之叹中,究竟"窥"到了什么渊理?这就涉及方氏学人历来强调的"时"观。

方学渐在其笔记《东游记》中记录了一段对话。高攀龙问:"立身行道,从何处下手?"方学渐答曰:"立身行道,日精日熟,与时俱进。"②方学渐强调的"与时俱进",深刻影响了其子方大镇。方大镇传承父亲"与时俱进"的理念,一方面体现在其诗学理念中,提倡"诗志也,诗时也,随时永志,有变变而不变者存"。③另一方面也体现在其"易理"观中:"《易》贵时用,用即是体。而用时专守一体,坐断寒岩,有何利乎?故当往见大人。卦象以刚中之五为大人;通举其理,则以前用为大人。"④认为人遇险阻,不能完全停滞、坐以待毙,而应审时度势,抓住机遇,于蹇

---

① 方大镇:《荷薪韵》,日本内阁文库藏明刻本,第14页。
② 方学渐:《东游记》卷一,载《四库未收书辑刊》四辑第二十一册,北京出版社,2000年,第606页。
③ 方以智:《陈卧子诗序》,载黄德宽、诸伟奇主编《方以智全书》第九册,黄山书社,2019年,第312页。
④ 方孔炤、方以智:《周易时论合编》,载《续修四库全书》第十五册,上海古籍出版社,2002年,第387页。

难之中济世利民。学者郭振香认为,方大镇的"《易》贵时用,用即是体"思想,不仅发扬了先秦儒学以天下为己任的治世精神,而且开启了明清之际黄宗羲、顾炎武、王夫之等人倡导的经世致用的学风。①

这种"与时俱进"理念也被方大镇独子方孔炤传承光大。方孔炤是万历四十四年(1616)进士,历官至湖广巡抚。他的视野极为开阔,对西学极为感兴趣,一生著述繁富,最重要的著作就是《周易时论合编》,是书为了达到"会通知时义",真正实现经世致用,而建立了一个融贯理学与心学、象数与义理、物理与性理、科学与易学的庞大理论体系,具有强烈的创新与思辨色彩。

斯者,时也;斯者,斯文在兹也。明末世道混乱,礼崩乐坏,国家动荡不安。方孔炤一定是想到了孔子赋予"斯文"的极高内涵——天道,想到了韩愈所说的"生人之治,本乎斯文",想到了曾巩致书欧阳修"志在于斯文",想到了如何发扬儒家以天下为己任的治世精神。由此可见,在这次桐川社友集会"柳墅宴坐"上,方孔炤书写"斯"字布幕,用意何其深远:他们多么希望社会不再混乱,希望天下能够盛世和平,人民能够"泌乐衡栖";希望斯文复振,士人能够"风吟高柳""月弄清溪"。而这不仅仅是"明主"(天道的力量和威严)所赐予的"大家春",更需要儒家充分发挥主观能动性,应时而为,有所作为。

其实,方孔炤这种博大的视野和经世致用的思想,来源于他自幼就在桐溪边的耳濡目染。他在《家训》诗中写道:"三峰矗矗,桐水汤汤。我祖基之,爰开讲堂。我父绍之,荷薪在旁。颜曰宁澹,三命循墙。小子舞象,咏南山章。"②所谓"三峰矗矗",三峰是指龙眠山的方家祖坟山,乡人称为方家龙窝;所谓"桐水汤汤",即指桐溪。这首《家训》诗基本讲述了其祖方学渐"爰开讲堂"(桐川会馆),其父方大镇"荷薪在旁"(续修会馆并创建荷薪斋),而自己"舞象"(年少时)在这里"咏南山章",接受父祖庭训、读书问学的经过。

顺治十二年(1655),饱经忧患的方孔炤,沉浸在家破国亡的极度悲

---

① 郭振香:《论方大镇的易学思想》,《安徽大学学报》(哲学社会科学版)2020年第3期。
② 方孔炤:《家训》,载方于穀《桐城方氏诗辑》之《环中堂诗集》卷二,清道光六年(1826)饲经堂刻本。

愤之中,哭诵陆游《示儿》诗不能自已,才 60 余岁就过早地含恨离世。他将毕生心血、最后的著述《周易时论》,托付给了儿子方以智。

二、又喜书声到荷薪

方以智出生虽晚,也未见他参与桐川会事的具体记载,但其在城郊泽园结社,也是效法先辈结社之举;祖父讲学桐川会馆,他年少时也必当然时有聆听。尤其是祖父与外祖父激扬辩学 20 年,少年方以智曾侍侧而叹"门庭各别",幸有老师王宣(号虚舟)以河洛合之,父亲方孔炤又会之于《周易时论》,这对方以智的影响可谓深刻。惜生逢乱世、国破家残,长期奔波在外、逃禅异类的他,无暇顾及桐川会事。

于乱世中仍然坚守桐川会事的,则是方以智的堂兄方豫立。方豫立,字子建,号竹西,是方大镇弟大钦之孙,因排行居长,又称启大。方以智曾有诗《以〈时论〉付启大竹西》,诗中提及他庐墓 3 年,整理父亲的著述《周易时论》,"合编曰《时论》,未尝与人称"。他将这本刚刚完成、还未公开的《周易时论》合编,郑重托付给堂兄方豫立,"病废录时论,拜付同堂兄。我兄孝不匮,会馆奉主盟。塞渊好学问,当教诸绳绳。请负小衍环,异类中孤行。秦望惠林寺,时履雪山冰。吼破狻猊胆,六龙雷雨兴"。①

《周易时论》不仅是方孔炤毕生心血、最后 10 年呕心之作,由于方以智也参与整理合编,因此也可谓桐城方氏学派集大成之作,诸多见解更是"发千古之所未发,决宇宙之大疑"。②方以智将如此重要的一部著作,郑重托付给在家主盟桐川会社的堂兄方豫立,称赞他"塞渊好学问",希望他"当教诸绳绳",其意义自不待言。

(一)愤志为荷薪:方氏兄弟修复桐川会馆传承先世学术的不懈努力

康熙二十九年庚午(1690)秋夜,方中发在崇实会馆招友看月,并作

---

① 方以智:《以时论付启大竹西》,载黄德宽、诸伟奇主编《方以智全书》第十册,黄山书社,2019 年,第 352—353 页。
② 方中通:《周易时论跋》,载《清代诗文集汇编》第一百三十三册《陪集·陪古》卷一,上海古籍出版社,2010 年,第 15 页。

诗以纪:"陋巷深藏十笏居,纸窗花竹意萧疏。特从耆旧开吟社,重散生徒自读书。万卷破时天可胜,寸心深处谷同虚。相携直欲游尘表,云净秋空月一梳。"①自康熙二十五年丙寅(1686)方氏祖宅远心堂遭遇火灾后,方以智三子中德、中通、中履及侄子中发逐步修葺祖居,并重建了崇实会馆。

这里需要说明的是,桐川会馆本名就叫"崇实会馆",由于建在桐川之上,故人们仍习惯称为"桐川会馆"。由前文可知,焦竑撰《桐川会馆记》称"中崇实堂三楹"。叶灿撰《方明善先生行状》称方学渐"构桐川会馆,颜其堂曰崇实"。何如宠撰《方本庵先生家史序》称方学渐"居恒以崇本名堂,崇实名会"。陈嘉猷《东游纪序》称"侍御本庵方先生倡道桐川,筑崇实之馆,以待四方同志之来会者"。楚人张楚培为方学渐《庸言》作引,称"吾友方达卿修道桐川之上,崇实黜虚"。而《庸言》第一篇文章就是《崇实论》。方大镇《荷薪韵》卷二有"崇实堂次君节韵二首"。凡此等等,都表明桐川会馆实际上叫"崇实会馆"。

入清以后,关于桐川会馆(崇实会馆)的修复,方中通在《癸酉喜儿琜设帐荷薪馆》前序中交代得很清楚:

> 曾王父廷尉公建至善堂,奉明善公木主于其后室,二丁邑祭毕,讌邑侯堂中,列子弟击磬歌诗,彬彬礼乐之风,诚盛事也。别构数楹于其北,颜之曰荷薪斋。子思有言:其父析薪,其子弗克负荷,仅每思之大恐,而不懈也。廷尉公之取义荷薪也,戒彼弗克耳。常著有《荷薪义》。遭乱后尽为墟矣。今四弟捐宅为明善公崇实会馆,二丁公典永行于此。先是余兄弟復立荷薪,适在此北,岁入赁租,贮以刊先人书。②

这就不啻交代了桐川会馆即崇实会馆与荷薪斋(又称"荷薪馆")的关系:荷薪馆,是方大镇在修缮桐川会馆、续建至善堂后,又"别构数楹于其北,颜之曰荷薪斋"。丙寅火灾后,方中通兄弟三人先修复了荷薪

---

① 方中发:《崇实会馆招友看月》,载方中发撰、曹媛校点《白鹿山房诗集》,黄山书社,2020年,第288页。
② 方中通:《癸酉喜儿琜设帐荷薪馆》,载《清代诗文集汇编》第一百三十三册《陪集·续陪》卷三,上海古籍出版社,2010年,第181页。

馆,四弟方中发又捐宅为明善公崇实会馆(桐川会馆),并"贮以刊先人书"。

桐城方氏学派自方学渐奠基,历经方大镇传承,方孔炤光大,方以智集大成,四世著述繁多,大多在生前即已刊行。即使明清鼎革,方以智流离中仍笔耕不辍、时有付梓。方中德、中通、中履兄弟三人,不析父亲之财,而专析父亲之学。方中通说:"余与伯氏(中德)季子(中履)析吾君子之学,伯氏论史,季氏博物,余唯象数物理音韵六书之学。"①兄弟三人始终以承继家学、愤志荷薪为使命。

康熙十年辛亥(1671),方以智"粤案"难发,押解途中卒于江西万安,卒前仍然记挂着未竟著述,嘱托少子方中履。方中履有诗记述此事:"易箦残编手授余,五更冰涕滴遗书。"②方鸿寿在《方文忠公年谱》中也提及:"时长子中德先至粤,次子中通代父系于里中,唯少子中履侍。以智之殁,一语不及世事,唯以未卒业诸书属少子中履踵成之。"从此,兄弟三人及堂弟中发坚持守护和整理先人遗著,露抄雪纂不已。这种使命感也传递给了第六代学人。方中通在《示瑑珠琪琇球五子》诗中,特别强调"倘能负荷先人业,岂独逢时姓字扬",嘱咐他们"家学已惭捐一代,休教年少误翩翩"。又写诗给兄子方正瑗,反复叮咛:"阿咸珍重文章好,五世书囊望尔担。"凡此,都表现出他对传承家学的强烈愿望和担当意识。

(二)箕裘喜再开:又喜书声到荷薪

康熙三十二年(1693),方中通次子方正瑑于荷薪馆内设帐讲学。从方氏家学传承来看,当是一起标志性事件。③

由于战乱,原桐川会馆和至善堂以及方大镇的荷薪馆都已成为废墟,兄弟三人重建荷薪斋,专事刊行先世著述。方中发又将属于自己的那块地基捐献出来,重建崇实会馆,奉明善公方学渐木主。方中通对次子正瑑设帐讲学非常高兴,专此赋诗《癸酉喜儿瑑设帐荷薪馆》:"吾儿

---

① 方中通:《陪翁训子语》,载《清代诗文集汇编》第一百三十三册《陪集·陪古》卷三,上海古籍出版社,2010年,第59页。
② 方中履:《惶恐集》,载于毅《桐城方氏诗辑》,道光辛巳(1821)镌饲经堂藏版刻本。
③ 陶善才:《明遗民方中通再造复楼之深刻寓意探析》,《淮北师范大学学报》(哲学社会科学版)2022年2期。

愤志及初春,最喜书声到荷薪。五世传家何可谢,六经遗教岂嫌贫。下帷更结英才伴,设帐翻成好士人。继往开来知不易,且将绵力任千钧。"①如前述,正是这首诗前序,明确指出了崇实会馆、至善堂、荷薪馆的传承关系:"曾王父廷尉公建至善堂……别构数楹于其北,颜之曰荷薪斋……遭乱后尽为墟矣。今四弟捐宅为明善公崇实会馆,二丁公典永行于此。先是余兄弟復立荷薪……今年正瑝愿输其赁,以为设帐之所。盖亦不敢以私废公也。"表明方正瑝于荷薪馆设帐讲学,意义非凡。"荷薪"之义,本来就是中通祖父方大镇(廷尉公)表达传承家学而命名的。所以方中发有诗曰:"兴废初何定,箕裘喜再开。世随千劫转,天自寸心回。丹穴新雏满,乌衣旧燕来。板舆登览便,恰上万年怀。"

方正瑝(1653—1729),据《桐城桂林方氏家谱》,他是方中通第二子,字鞴上,号茗溪。岁贡生,候选训导。其配为姑方御之长女,也即李氏武清侯宗纪女。家谱列传称方正瑝:"生有至性。童子时,母病,刲股入药,尝粪以验安危。与弟四人友爱无间。年二十食饩,三荐不售,叹曰命也。自是绝意仕进,设教荷薪馆,远近从学者月益众。经其指授,多知名士。雍正己酉诏内外臣工,各举所知,门人之服官者欲上公名,公致书力辞,明经需次亦不就。著有《四书深浅说》《培风诗文集》等。"②列传强调正瑝"设教荷薪馆"之事,并特别指出"远近从学者月益众。经其指授,多知名士"。

正瑝七弟陈正璆又有诗《茗溪授经荷薪馆》:"从游半江左,到处拥生徒。吾道竟安托,世人何独殊。守先留绝响,启后仗微躯。接武桐川上,遗风想步趋。"诗后还有小注曰:"先明善公讲学桐川,称会宗。立崇实会馆。文孝公称会长,更建鸣鹤书院、荷薪馆。"③陈正璆本姓方,母亲是溧阳陈名夏女陈舜英,随母姓。这首诗不仅写出了正瑝设教荷薪馆的声势之大,也指出了荷薪馆与其先辈桐川会馆的渊源,表达了方氏第六代学人接武桐川、步趋遗风的追求。

---

① 方中通:《癸酉喜儿瑝设帐荷薪馆》,载《见清代诗文集汇编》第一百三十三册《陪集·续陪》卷三,上海古籍出版社,2010年,第181页。
② 方传理:《桐城桂林方氏家谱》卷五十二"列传",清光绪六年(1880)刻本。
③ 陈正璆:《茗溪授经荷薪馆》,载《四库禁毁书丛刊》集部第一百六十七册《五峰集》,北京出版社,2000年,第141页。

三、方氏学派在桐川

总而言之,桐川之学,奠基于方学渐,结崇实会于溪上,树赤帜于东南。桐川会馆自万历时期创建,四方宗仰,名流往复,生徒云聚,曾与无锡东林书院齐名,诚为海内人文盛事。焦竑《桐川会馆记》赞叹:"是地也,虽追踪杏坛可也,而四书院者勿论矣。"方大镇在这里荷薪传道,方孔炤在这里"咏南山章",方以智在这里听前辈辩学。虽经历明清鼎革的战火,方豫立仍在这里接武主盟,方中通兄弟犹致力复兴,方正瑴又在这里设帐传经。方氏学人还写有专门文章,如方学渐撰有《崇实会纪》《桐川会馆先正编序》,方大镇撰有《续置会馆颠末纪》《至善堂纪》《桐川会续记》《荷薪韵》《荷新义》等,冀望于"美成在久"。

雍正三年乙巳(1725),方学渐的六世孙陈正瑴在崇实会馆对月看花,赋诗曰:"连理思先泽,家声自杞枫。百年双桂合,七叶一庭中。夜气生寒露,秋香散远风。雨馀吟独苦,残月过墙东。"①所谓"连理""杞枫",都是指向其先祖方学渐。②陈正瑴还有诗《七逸篇为伯妯七十初度》曰:"先公先太君,操家本崇实。"自注曰:"先明善公讲学桐川,立崇实会馆。"③他的先公即方中通,先太君即陈舜英。这些诗不仅明确指出了桐川会馆的渊源,更表达了方氏后裔坚持追维先泽、弘扬先正,以著述和讲学复兴桐城文化的决心。故而清末谭献指出:"桐城方氏七世之家学,不独灵皋侍郎文辞授受之先河,抑阎、顾之流一代经师之先河也已。"④

---

① 陈正瑴:《崇实馆对月看花》,载《四库禁毁书丛刊》集部第一百六十七册《五峰集》,北京出版社,2000年,第168页。
② 陶善才:《桐城方氏研究中的"连理"之谜探析》,《淮北师范大学学报》(哲学社会科学版)2020年第6期。
③ 陈正瑴:《七逸篇为伯妯七十初度》,载《四库禁毁书丛刊》集部第一百六十七册《五峰集》,北京出版社,2000年,第123页。
④ 谭献:《桐城方氏七代遗书序》,载方昌翰辑、彭君华校点《桐城方氏七代遗书》,黄山书社,2019年,第2页。

方大镇《慕诗四篇》中的方学渐行实①

明代桐城布衣大儒方学渐(1540—1615),字达卿,其崇实居有崇本堂,自称"桐国崇本庵人",因号本庵。② 七试南闱而不售,止于贡生,遂专事讲学,结社城东桐溪,讲学桐川秋浦之间,联袂无锡东林书院,与顾宪成、高攀龙等交游,四方学者多归之,私谥"明善先生"。他是对桐城兴教倡学、醇风化俗极有贡献的学者,也是桐城方氏学派(连理之学)③的奠基人。

方学渐育有三子一女。长子方大镇(1561—1631),字君静,号鲁岳,又号桐川宁澹居士,万历十七年(1589)进士,官至大理寺左少卿,为明季思想家、科学家方以智的祖父。方大镇任职京师时,曾应邹元标、冯从吾之邀,讲学"首善书院"。天启乙丑(1625),受阉珰排挤,方大镇遂绝意仕途,辞归桐城,主持其父创立的"崇实会馆"(俗称"桐川会馆"),续建至善堂,并在馆北建"荷薪斋",传承父学,专事著述。④

方学渐去世后,时人写有行状、碑志,其生平行实也通过方氏家谱、府志、县志以及其著述等各种文献传播。其子方大镇曾仿《诗经》四言

---

① 本文系参加安徽大学方以智研究中心与武汉大学哲学学院、中山大学哲学系,于2023年11月联合举办的"方以智学术研讨会"提交的论文,已收入李仁群主编《方以智研究》第四辑,安徽大学出版社,2023年。收入本书时略有删改。
② 方学渐在《桐彝引》一文后自署"桐国崇本庵人方学渐",或是其号"本庵"由来。见《桐彝》卷一,桐城官纸印刷所出版,民国乙丑年(1925)冬十二月。
③ 方学渐庭前曾有枫杞连理之祥,题其堂曰连理,署其集为《连理堂集》,"连理"二字遂成为方氏家风家学的象征。但自"五四"以后,研究者主张冠名"方氏学派",直到近年来研究者又主张冠以地域名称,即"桐城方氏学派"。关于"桐城方氏学派"的提出过程,邢益海对此进行了梳理,参见邢益海:《方以智研究进路及文献整理现状》,《现代哲学》2013年第1期。
④ 方中通在《续陪》中说,祖父方大镇在崇实会馆(俗称桐川会馆,下文"桐川"篇《慕诗》将论及)之北设有荷薪斋,即荷薪馆。见方中通:《癸酉喜儿琿设帐荷薪馆》,载《清代诗文集汇编》第一百三十三册《陪集·续陪》卷二,上海古籍出版社,2010年,第181页。

体式作《慕诗》四篇①(以下简称《慕诗》,仅在此处脚注出处,后文不再注明出处)追怀,为我们了解其父生平行实提供了另一种视角。方大镇四篇慕诗依次是《翏一》《桐川》《白沙》《莲山》,为便于理解,本文根据方学渐年龄由少壮至老年及其学术活动地点的时代,按照《白沙》《桐川》《翏一》《莲山》的顺序进行释读,并由此分析方大镇《慕诗》篇目那样排序的原因,同时探讨方学渐研究中的一些谜案。

一、崛起于白沙,奠基连理之学

方大镇《慕诗》第三篇《白沙》,写的是其父方学渐年轻时在白沙岭的行实。此篇共4章144字,前2章每章40字,后2章每章32字。原文如下:

白　　沙

白沙有杞,连理于枫。枫俯而围,杞昂而中。如兄如弟,或友或恭。於昭显考,淑气是钟。草木何情,犹此感通。

白沙有枫,连理于杞。嗟彼殊质,胡然一体。谁其召之,和德之以。於昭显考,休嘉是喜。中心怀之,曷维其已。

鸿山其崇,爱峙其东。爰开我亭,双树之丛。以堣以篾,挹彼和风。贻谋则远,以燕厥宗。

骢岭其巅,爰峙其北。爰饬我亭,双树其侧。悼焉作赋,使我心恻。事亡如存,永言不忒。

方大镇反复咏叹的是"白沙有杞,连理于枫""白沙有枫,连理于杞"。这源于方氏家族历史上的一起祥瑞事件。据《桐城桂林方氏家谱》(以下简称《方谱》)记载:"明善公讳学渐,与兄白居公同居。时庭有杞枫二树,自本及枝,纠结如一,因亭其下曰连理亭。"②

白沙,即白沙岭,今之研究者往往不知其具体方位,或曰其在东乡浮山,或曰其在南乡黄华,或曰北乡大关,争论不休。其实,方大镇在慕诗中已有明示:"鸿山其崇""骢岭其巅"。鸿山、骢岭都是邻近白沙岭的

---

① 方大镇:《慕诗》四篇,《荷薪韵义》之《荷薪韵》二,日本内阁文库藏明本。
② 方传理:《桐城桂林方氏家谱》卷五十一"方学渐列传",清光绪六年(1880)刻本。

山峰。其中,鸿山,即今桐城北乡大关镇的洪涛山,在白沙岭之东北,方学渐曾有《登洪涛山》诗。① 骢岭,即骢马岭,又称天马山,在今大关镇,位于白沙岭之西南,方学渐夫人墓葬于此,有方氏享堂,方大镇为母庐墓时,方维仪曾有《慕亭》诗:"盛夏炎蒸骢马岭,严冬冰雪木樨河。"②木樨河在骢马岭之西。③ 白居公,即方学渐的哥哥方学恒。之所以只有兄弟俩同居相守,是因为他们的父母早逝(据《方谱》,方学渐13岁时,母亲去世;17岁时,父亲去世,故兄弟二人相依为命)。有一天人们发现,他们住宅前枫与杞这两株不同种类的树木("嗟彼殊质"),居然连成一体了("自本及枝、纠结如一""胡然一体"),且高大的枫树俯身将杞树围在里面,而杞树则昂首其中("枫俯而围,杞昂其中")。

同里礼部尚书叶灿撰《方明善先生行状》也有这样的描述:"枫杞二树,连理者三,人以为孝友之祥。"④《安庆府志》也有类似记载:(庭前枫杞二树)"觌然连理,既开复合,观者以为昆弟之祥。"⑤这起引人注目的祥瑞事件,不仅地方史志文献多有记录,且方学渐后裔也在诗文中频频称颂。当然,最早写诗称颂的,就是方大镇。

方大镇在《慕诗》之《白沙》篇中,以枫杞连理来赞美"如兄如弟,或友或躬",讴歌"以埙以篪,挹彼和风"。方学渐之孙方文(字尔止,号嵞山,为方以智六叔,明末著名诗人),于崇祯戊寅(1638)为从侄方豫立(字子建,号竹西)所绘《连理图》赋诗,"我祖明善真大贤,白沙旧有桑麻田","今年(子建)与我重过白沙岭,栖息连理亭之偏。仰思二木发祥日,到今七十有九年"。⑥ 透露了"枫杞连理"发生时间在明嘉靖己未(1559)。

---

① 方学渐:《登洪涛山》,载潘江辑、彭君华主编《龙眠风雅全编》第一册,黄山书社,2013年,第233页。
② 方维仪:《己巳夏王母即世殡天马山父大人年七十庐墓侧如孺子为茅舍曰慕亭》,载潘江辑、彭君华主编《龙眠风雅全编》第二册,黄山书社,2013年,第549页。
③ 关于白沙岭的地理方位,以及方学渐为什么曾经居于白沙岭,本人在《桐城方氏研究中的"连理"之谜探析》一文中,有较为全面的考述。见陶善才:《桐城方氏研究中的"连理"之谜探析》,《淮北师范大学学报》(哲学社会科学版)2020年第6期。
④ 叶灿:《方明善先生行状》,载方昌翰辑、彭君华点校《桐城方氏七代遗书》,黄山书社,2019年,第2页。
⑤ 张楷:《安庆府志》,中华书局,2009年,第407页。
⑥ 方文:《启一子建作连理图赠予赋此答之》,载《嵞山集》,上海古籍出版社,1979年,第115—116页。

连理树形成后,方学渐题其堂曰"连理堂",不久又于树下构连理亭("爱开我亭"),其著述也称《连理堂稿》①,而"连理"也就成了方氏家风家学的代称甚至精神图腾。如其孙女方维仪有诗句曰"今日绳绳者,遗风连理华"②,"庐中七十徵连理,门下三千废蓼莪"。③ 其曾孙方以智也有诗文记述:"乌石托竹林,共读连理书"④"白沙手植枫杞,成连理之祥""连理堂传断事薪"等,并自注曰:"先曾祖明善先生讲学传经,敦善不息,家有杞枫连理之祥,号连理堂。"⑤

因此,白沙岭不仅是布衣大儒方学渐崛起之地,也是桐城方氏学派的奠基之地。故方大镇在《慕诗》中指出,"贻谋则远,以燕厥宗",表示要"事亡如存,永言不忒"。方氏后裔也确实遵循了方大镇的嘱咐,代代相守于白沙岭连理亭。方大镇玄孙方正瑗"连理亭"诗有前序曰:"亭在白沙岭,明隆庆间先明善公旧居,杞枫二树连理者三,世传孝友之祥。公讳学渐,赠御史,谥明善,崇祀理学祠。高祖谥文孝,讳大镇,万历进士,大理寺卿。曾祖谥贞述,讳孔炤,万历进士,湖广中丞。祖谥文忠,讳以智,崇祯进士,太史。父谥文逸,讳中履,隐居不仕。皆尝讲学此亭,今及不肖正瑗,凡六世矣。缅溯前徽,赋此自励。"⑥实际上,一直到清末的方昌翰,虽家居城中,仍常到连理亭闭关读书,有诗曰:"飞泉夜鸣白沙岭,开门晓对洪涛山。"⑦

二、倡道于桐川,为救天下虚无

方大镇《慕诗》第二篇《桐川》,写的是其父方学渐在县城桐溪(今称

---

① 方以智:《合山栾庐占》,载黄德宽、诸伟奇主编《方以智全书》第十册,黄山书社,2019年,第366页。
② 方维仪:《三叹诗》,载潘江辑、彭君华主编《龙眠风雅全编》第二册,黄山书社,2013年,第547页。
③ 方维仪:《己巳夏王母即世殡天马山父大人年七十庐墓侧如孺子为茅舍曰慕亭》,载潘江辑、彭君华主编《龙眠风雅全编》第二册,黄山书社,2013年,第549页。
④ 方以智:《送尔识六叔远游》,《方密之诗抄博依集(下)》,北京图书馆藏本。又见方于毅:《桐城方氏诗辑》卷二十三,清道光六年(1826)饲经堂刻本。
⑤ 方以智:《合山栾庐占》,载黄德宽、诸伟奇主编《方以智全书》第十册,黄山书社,2019年,第314页。
⑥ 方正瑗:《连理山人诗钞·金石集》,载《清代诗文集汇编》第三百一十三册,上海古籍出版社,2010年,第157页。
⑦ 方昌翰:《春明集连理亭省墓》,载《虚白集诗抄》卷一,清代刻本。

龙眠河)之畔结社讲学等行实,共4章128字。原文如下:

桐　　川

　　桐川之阳,有堂殖殖。偕我良朋,以作以息。维实斯崇,维善斯则。谁其尸之,万夫之特。

　　桐川之阳,有木森森。偕我良朋,鼓瑟与琴。划彼异调,统一正音。匪云寡和,欣此同心。

　　桐川之阳,新构孔煌。於昭显考,协于蒸尝。二三君子,明德不忘。缔造匪易,我心则伤。

　　裁裁雉堞,浩浩河流。有室其中,童冠与游。勖抽厥绪,光于前休。继绍匪易,我心则忧。

首章"桐川之阳,有堂殖殖。偕我良朋,以作以息。维实斯崇,维善斯则。谁其尸之,万夫之特"。次章"桐川之阳,有木森森。偕我良朋,鼓瑟与琴。划彼异调,统一正音。匪云寡和,欣此同心"。显然是指方学渐讲学桐川、创建崇实会馆的事。

所谓"桐川",即由龙眠山溪汇流而下,绕桐城县城而流一条河流,古称桐溪,今称龙眠河。方学渐或许喜欢称这条河流为"桐川",如其在东游无锡讲学时,就自称"桐川学渐";在《东游纪小引》(前序)中谦虚地表示,不能"缩缩然槁于桐川",而要"放舟而东下";在《东林别语》中也自谦说:"方子学渐窃自修于桐川之滨。"在《东游纪》卷之三《取是堂记》中写道:"辛亥之秋,桐川学渐叨于大会之末班。"①方学渐的诸多著述中,也有《桐川会纪》《桐川语》《桐川会言》《桐川语录》等这些以"桐川"名集的。

崇祯朝大学士何如宠称同里方学渐"以崇本名堂,以崇实名会"。意思是,方学渐在桐川之滨结社"崇实会",又以"崇本"命名其堂。可能正因为方学渐对"桐川"二字的重视,东吴学者陈嘉猷为《东游纪》作序时就称誉:"侍御本庵方先生倡道桐川,筑崇实之馆,以待四方同志之来

---

① 方学渐:《东游纪》,载方昌翰辑、彭君华校点《桐城方氏七代遗书》,黄山书社,2019年,第109页。

会者,鹿洞鹅湖不啻已。"①但崇实会馆这个名字,除了方氏历代学人经常提外,时人及后来学者一般多称"桐川会馆"。当时的著名学者、金陵状元焦竑就写有《桐川会馆记》,称"馆负城临流,据一方之胜"。也不吝美言:"是地也,虽追踪杏坛可也,而四书院者勿论矣。"②认为桐川会馆,即使追踪孔子杏坛也是可以的,其他四大书院(白鹿洞书院、岳麓书院、嵩阳书院、应天书院)就更不用说了。

方学渐在桐川之滨倡明性善之旨,不仅"偕我良朋,鼓瑟与琴",而且"划彼异调,统一正音"。诚如其四世孙方中通所言:"先高祖以明善为宗,以躬行为本,以崇实为教。尝谓:言非行匹,恶非善匹,盖知圣贤之所重也。又谓:圣学种种是真,邪说种种是假。特创会馆名曰'崇实',所以救天下之虚无也。"③桐城县官方对方学渐讲学桐川的贡献亦予表彰。据方大镇《荷薪义》,万历丁巳(1617)浴佛日(农历四月初八,为佛诞日),邑侯王公"惠临敝馆,表先君曰'名贤',匾其堂曰'道衍桐川',意甚盛也,诸生肃然"。④

《慕诗·桐川》第三章:"桐川之阳,新构孔煌。於昭显考,协于蒸尝。二三君子,明德不忘。缔造匪易,我心则伤。"讲的是方大镇修缮旧馆崇实会馆、续置至善堂的事。他在《至善堂纪》中表示要"无坠桐川之绪",而在《续置会馆颠末纪》中也表示,"不毁旧馆,以明繇旧;而特创新馆,以表维新"。此时会馆规模有所扩大,当时的兵备道张公,为其题写了"鸣鹤书院"匾额。⑤

因桐川会馆兼而有书院性质,方大镇遂在会馆之北,别构数楹为家学,是为"荷薪馆"(又称"荷薪斋")。对此,方孔炤也写有《家训》诗:"三峰矗矗,桐水汤汤。我祖基之,爰开讲堂。我父绍之,荷薪在旁。颜曰宁澹,三命循墙。小子舞象,咏南山章。"⑥基本讲述了其祖方学渐"爰

---

① 陈嘉猷:《东游纪序》,载方昌翰辑、彭君华校点《桐城方氏七代遗书》,黄山书社,2019年,第69页。
② 焦竑《桐川会馆记》,载焦竑撰、李剑雄点校《澹园集》卷四,中华书局,1999年,第830页。
③ 载《四库全书存目丛书·子部》第十二册,齐鲁书社,1995年,第210页。
④ 方大镇:《邑侯晤语》,载《荷薪韵义》之《荷薪义》三,日本内阁文库藏明刻本。
⑤ 方大镇:《至善堂纪》和《续置会馆颠末纪》,载《宁澹居文集》,四库全书文渊阁本。
⑥ 方孔炤:《环中堂诗集·家训》,载方于毂《桐城方氏诗辑》,清道光六年(1826)饲经堂刻本。

开讲堂",其父方大镇"荷薪在旁"的经过,而方孔炤年少时(舞象)曾在这里读书问学("咏南山章")的行实。

可惜桐川会馆与荷新馆,都毁于明清鼎革之际的战乱。新朝稳定后,方中通兄弟又在原址重建了崇实会馆,且恢复了会馆之北的荷薪馆。清康熙三十二年(1693),方中通次子方正瑝于荷薪馆内设帐讲学。[①] 方中通第七子陈正珣(跟母亲姓)有《茗溪授经荷薪馆》诗记之:"从游半江左,到处拥生徒。吾道竟安托,世人何独殊。守先留绝响,启后仗微躯。接武桐川上,遗风想步趋。"可见其生徒之众,已不亚于方学渐当年。茗溪(家谱写为苕溪)即方正瑝。陈正珣在诗下还有自注:"先明善公讲学桐川,称会宗,立崇实会馆;文孝公称会长,更建鸣鹤书院。"[②]

《慕诗·桐川》最后一章是:"峩峩雉堞,浩浩河流。有室其中,童冠与游。勖抽厥绪,光于前休。继绍匪易,我心则忧。"讲述其父从前讲学,"童冠与游"的盛况,而自己则忧心如何能够"继绍",以"光于前休"。雉堞,是指城上短墙,一般泛指城墙,前加饰词"峩峩",形容城墙高大。河流,即指由龙眠山溪汇流而来、绕东城而流的桐溪,今称龙眠河。这条河流,平时水势平缓,汛季往往山洪暴发,激石漂木。方大镇的诗文中则常见"溪上""溪边""川上"等语,而以"浩浩"称此河流,也有称誉其父学问渊深之意。

三、道归于寥一,清其源而正其本

方大镇《慕诗》第一篇《寥一》,共4章128字,很可能是写其父晚年在龙眠山寥一峰别业读书著述之事。原文如下:

寥　一

瞻彼寥一,白云其飞。委蛇哲人,栖息荆扉。腾焉遗宇,褰尔故衣。音容弗觏,我将安归。

---

① 方中通:《癸酉喜儿瑝设帐荷薪馆》,载《清代诗文集汇编》第一百三十三册《陪集·续陪》卷二,上海古籍出版社,2010年,第181页。
② 陈正珣:《五峰集》,载《四库禁毁书丛刊集部》第一百六十七册,北京出版社,2000年,第141页。

瞻彼翏一,白云其停,哲人攸蹈,既康且宁。履道淑德,邦之典刑。永宵不寐,徘徊中庭。

涓涓鸣泉,亭亭修竹。哲人攸居,清风肃穆。以咏以诵,有书连屋。手泽皎皎,使我心怵。

哑哑林鸟,受哺其雏。哀我劬劳,弃尔诸孤。欲养无及,今之弗如。擗兮踊兮,惟予之辜。

关于"翏一",并未查到这个词的源头。但方大镇之孙方以智有《龙眠后游记》提及"余幼读书处,在寥一峰下……寥一峰之右为碾玉峡,碾玉峡又余叔王父计部公瘗歌地也。此地为龙眠最胜,嶙峋壁立,飞泉澎湃。坐其下,耳无留声,泠然若有所忘"。① 他在《龙眠》随笔里还写道:"寥天一峰,即老父之跨涧游云阁也。"②

因此,疑"翏一"很可能指向龙眠山"寥一峰"。翏与寥这两个字不仅形近,而且读音也相同。陈鼓应先生在《庄子今注今译》中,将"翏"字注音为"liāo"。沈善增先生在《还吾庄子》一书中也赞成"翏"读"liāo"音,认为这样可与后面的"调调""刁刁"同韵。而依桐城人的读音,这两个字也音近。所以,很可能方大镇把这两个字混用,"翏一"也就是"寥一"。再从《庄子·大宗师》"乃入于寥天一"来看,意思就是与自然合一、与天合一,"游乎天地之一气"。而方以智关于"寥天一峰"中所谓"寥天一",应是取意于庄子"寥天一"。

《慕诗·翏一》篇第一章,有"荆扉""遗宇"等词语,可能是指方学渐的山居别业,也即"寥一峰"别业。这一章是写父亲故去,音容笑貌再也看不见,方大镇悲痛无比。第二章与前一章都写白云,"白云其飞""白云其停",显然是用"白云望亲"之典。方大镇称扬父亲是"履道淑德"的"邦之典型",徘徊思念父亲而永夜不寐。

后两章提及"翏一"所处的幽雅环境。如第三章:"涓涓鸣泉,亭亭修竹。哲人攸居,清风肃穆。"这里有鸣泉、修竹、清风,还有父亲看过的

---

① 方以智:《龙眠后游记》,载黄德宽、诸伟奇主编《方以智全书》第九册,黄山书社,2019年,第356页。
② 方以智:《浮庐愚者随笔·龙眠》,载黄德宽、诸伟奇主编《方以智全书》第十册,黄山书社,2019年,第115页。

书和写过的手稿,睹物思人,怎能不备感伤心?第四章前四句:"哑哑林鸟,受哺其雏。哀我劬劳,弃尔诸孤。"哑哑,禽鸟鸣声就像小儿呀呀之语,所谓"受哺其雏"是也。劬劳,是指劳累、劳苦,《诗·小雅·蓼莪》:"哀哀父母,生我劬劳。"后四句:"欲养无及,今之弗如。擗兮踊兮,惟予之辜。"擗兮踊兮,擗,捶胸;踊,以脚顿地,形容极度哀伤。《孝经·丧亲》:"擗踊哭泣,哀以送之。"

令人疑惑的是,方大镇撰《慕诗四篇》,为什么首篇就是"廖一"? 推测方学渐晚年的最后岁月,很可能就在"廖一"别业,也即在方以智所说龙眠山"寥一峰"别业度过的。所以方大镇从"廖(寥)一"开始写起,继而"桐川",再而"白沙"。这从其父生平行实来看是一种倒叙写法。最后,写父亲归葬于百里之外的"莲山"。

方学渐一生著作甚丰,可惜多毁于兵燹。遗著除了《桐彝》《迩训》两本史学书外,还有《庸言》(写于1602年)、《心学宗》(写于1604年)、《性善绎》(写于1610年)、《东游纪》(写于1611年)四部理学著作。中山大学张永义教授认为,这四部书共同的主题,就是以"崇实"批判"虚无"、以"性善论"批判"无善无恶说"。①

笔者认为,方学渐现存著作中,写于万历三十八年庚戌(1610)的《性善绎》,应该是他晚年甚至一生中最重要的著作,也是他对自己所有理学著述的最后总结。方昌翰在编《桐城方氏七代遗书》时,也将《性善绎》作为其先祖方学渐遗书的第一篇,可能正是基于这个原因。而这本《性善绎》很可能就是在龙眠山廖(寥)一峰别业的"一默轩"写就的。②

正如方学渐自己所言,他在58岁之前,"为天泉所惑,沉潜反覆,不得其解",58岁之后"始觉其非,体认良知,庶几亲切"。③ 在《性善绎》中,方学渐反复强调:"善,一也。一善而性之德管是矣。天下之大本,善之至也。""性一则心一。心之说二,而性之说岐矣。性之说何常? 惟一之归。""一善善也,万善善也。圣贤论本体,只一善;论功夫,只一为

---

① 张永义:《从〈心学宗〉看方学渐的学派归属问题》,《船山学刊》2016年第1期。
② 方学渐在《性善绎引》中的落款,即"万历庚戌仲夏之弦,皖桐方学渐书于一默轩"。
③ 方学渐:《性善绎》,载方昌翰辑、彭君华校点《桐城方氏七代遗书》,黄山书社,2019年,第63页。

善。""性,一善耳。心意知物何判有无? 学,一明善耳,上下中根何分途径?"等。① 安徽大学方以智研究中心蒋国保教授曾将方学渐的哲学概括为"生理一元论",认为方学渐主张"生理"为第一性的存在,而其所谓"生理",实质上是指流行于事物运动过程始终的"生生之机",所以方学渐的"理本说"明显具有唯物论倾向。②

方学渐的这些论述,从清其源而正其本出发,"划彼异调,统一正音",坚持"吾道一以贯之",宣扬"千圣一言、千言一言",可谓进入"寥天一"之辽阔深远之境。而方大镇《慕诗四篇》,首篇就是《寥一》,推测其用意,不仅指向龙眠山的寥一别业,还借"寥一"来总结推崇父亲"履道淑德"的"邦之典刑"和学术上的成就。

四、白云如奔马,蛟龙未隐眠

现在的问题是,为什么方学渐晚年的最后岁月,要在龙眠山"寥一峰"别业度过,以至于其子方大镇《慕诗四篇》,更是将《寥一》作为首篇? 笔者认为可能有以下原因。

首先,从孝道出发来看寥一峰别业。寥一峰距离方氏家族祖墓三峰山较近。三峰山,当地人又称"方龙窝"。据《桐城桂林方氏家谱》,方氏各房先辈葬在三峰山者尤多,方学渐的父亲方祉(月山公)的墓也在这里。方学渐作为孝友典型,于寥一峰创建山居别业,意味着能与祖墓相守。同时,寥一峰别业离其家族祖居地的桐城县城也很近,仅六里之遥。方学渐讲学授徒,结社城东桐川之滨(龙眠河畔),并创立崇实会馆,以待四方同志。他在《先正编序》中说:"乃建馆桐川之上,以会同志。"③这是他最为倾注心血的毕生事业。而闲暇时则可以到寥一峰别业读书著述、追思先辈。

"孝道"是儒家文化的核心。方学渐一向认为:"孝,即良知也。"④

---

① 方学渐:《性善绎》,载方昌翰辑、彭君华校点《桐城方氏七代遗书》,黄山书社,2019年,第42、43、54、55、62、63页。
② 蒋国保:《方以智哲学思想研究》,安徽人民出版社,1987年,第127页。
③ 方学渐:《先正编序》,载李雅、何永绍辑《龙眠古文一集》卷十二,清道光五年(1825)刻本。
④ 方学渐:《东游纪》,载方昌翰辑、彭君华校点《桐城方氏七代遗书》,黄山书社,2019年,第75页。

方学渐70岁东游无锡东林书院讲学时,开端就与众人讨论孔子《孝经》,认为"身是父母之遗体,道是天下之正路,立得住而后行得去。此身若倾倒而不立,则其道阏塞而不能行,有忝所生而不孝大矣"。① 方学渐并不是仅仅停留在口头上,而是坚持以崇实躬行为本。诚如叶灿在《方明善先生行状》里所表彰:"吾观先生,生平尊祖、敬宗、睦族、敦兄弟、笃朋友,根于天性,底于至诚。实心实事,里中无少长皆能传诵称道。此岂以谈说为学者哉? 灿为状,愧不足以揄扬名德之万一,聊为述其梗概如此。"因此,方学渐即使到了晚年的最后岁月,也坚持到三峰山祖墓附近的廖一峰,既是读书著述,又方便寄托对先辈的怀念。

其次,方学渐创建廖一峰别业,当然也有自我励志之意。方学渐曾以孔子"十五而志于学,便奋然为大人"为例,表示"立身行道,日精日熟,与时俱进。至耳顺、从心之年,其志未尝少解,终身此志,终身此学,孔子之所以成大圣者,志为之也"。② 这也是方学渐一生的遵循和践行。

方学渐有一首《龙眠精舍》诗,也隐然流露出这种心志:"高林散紫烟,列岫敞青天。水下丹崖曲,花开石涧边。坐茵分野鹿,鸣瑟应山鹃。谁信云深处,蛟龙未稳眠。"以前,受诗题"精舍"(儒家讲学的学社)二字影响,笔者曾经以为这首诗是写城东桐川会馆(崇实会馆)的,毕竟焦竑《桐川会馆记》里也有"精舍相望"之句。但与方大镇《慕诗·廖一》篇来对照,此诗显然是写廖一峰及附近碾玉峡。因为从桐川会馆所处位置来看,那里既没有"丹崖",也没有"石涧";而"野鹿"与"山鹃"也不似城中风物。尤其是"列岫敞青天""高林散紫烟"以及"云深"和"蛟龙"(鸣泉)等景象,分明与碾玉峡及廖一峰一带的风景契合。方学渐之孙方孔一《游玉龙峡》诗中,也有"摩空列青嶂"句,很可能受其祖方学渐"列岫敞青天"句的影响。③ 至于方学渐诗题中的所谓"精舍",其实也可用来指郊外空闲清净之处的读书修身之所,多在山中丛林或竹林中。

---

① 方学渐:《东游纪》,载方昌翰辑、彭君华校点《桐城方氏七代遗书》,黄山书社,2019年,第71—72页。
② 同上。
③ 方孔一:《游玉龙峡》,载胡必选《安庆府桐城县志》卷八《中国地方志集成·安徽府县志辑》,江苏古籍出版社,1998年,第243页。

需要指出的是,方学渐这首诗在《龙眠风雅》中,最后一句是"蛟龙未稳眠",而在《桐城方氏诗辑》中则是"蛟龙未敢眠",清末徐璈《桐旧集》中又变成了"蛟龙长隐眠"。笔者倾向于《龙眠风雅》和《桐城方氏诗辑》所录为正。因为刘大櫆也说这里"溪水自西北奔人,每往益杀,其中旁掐迫束,水激而鸣,声琮然,为跳珠喷玉之状"。① 这样日夜飞溅的瀑泉,用"未稳眠""未敢眠"来形容更切合实际,也符合方氏学人不甘隐沦的志向,他们于碾玉峡豹隐,于寥一峰暂时退藏,不过是为了更好地走向经世济民。这种志向,方中履也作过论述,即所谓"以忠孝为根柢,以忧患为师资,以经济为担荷,以学问为嗜欲"。②

最后,寥一峰别业环境幽雅,为方氏学人钟爱。方大镇在《慕诗》中描述的"寥一"环境,与女儿方孟式《拟春深诗》所述景象十分相似,进一步佐证了方学渐的别业就在寥一峰。方孟式《拟春深诗》曰:"何处春深好,寥天洞外峰。白云奔似马,明月放如弓。碧水环丛竹,幽崖立怪松。茅亭经一卷,钟度暝烟中。"③其中,"寥天洞外峰"句,明确了地点就在碾玉峡寥一峰。方以智又称此处为"寥一洞天"④,他年轻时喜欢纵马周游,回家后反思自己太放浪,于是又"策杖重归寥一洞",表示要在这里闭关读书。从"寥天洞"风景来看,方孟式说这里"白云奔似马",正如其父所言"白云其飞""白云其停";方孟式说这里"碧水环丛竹",也正如其父所言"涓涓鸣泉,亭亭修竹"。

并且,父女俩都不约而同地写到竹,可见竹多是此处一大特色,而竹也是古代文人学者的偏爱。这在方以智《秋歌寄怀尔止叔玉龙峡中》诗中也得到佐证:"但见西风满竹林。"⑤尔止即其六叔方文,两人年纪相仿。方文的父亲方大铉,是方大镇仲弟,在碾玉峡也有"玉龙山馆"别

---

① 刘大櫆:《游碾玉峡记》,载吴孟复标点《刘大櫆集》,上海古籍出版社,1990年,第303页。
② 方中履:《先贞述公诗集后序》,载方昌翰辑、彭君华校点《桐城方氏七代遗书》,黄山书社,2019年,第635页。
③ 方孟式:《拟春深诗》,载潘江辑、彭君华主编《龙眠风雅全编》第二册卷十六,黄山书社,2013年,第510页。
④ 方以智:《归寥一洞天寄周大》,载黄德款、诸伟奇主编《方以智全书》第八册,黄山书社,2019年,第241页。
⑤ 方以智:《秋歌寄怀尔止叔玉龙峡中》,载《方密之诗抄》卷上《博依集》下,北京图书馆藏清抄本。

业。而方大镇的族弟方大任《碾玉峡山房作》诗中,也有"竹气香烟尽日迷"之句。①

由于时间久远,受兵、虫、水、火等影响,乡邦文献佚失太多,我们并不能查清楚"寥一峰"究竟是谁命名的。但方氏学人特别是方学渐后裔的诗文中,常有"寥岭""寥峰""寥一"等词出现,而本邑其他族姓诗文中似乎并未发现。这也许表明,碾玉峡附近的寥一峰就是方氏私产或最为钟爱之处吧。

如方大铉(方学渐次子)《春日入龙眠》,有句曰"寥岭瀑泉松杪落,华崖晴雪日中悬"②;其兄方大镇《慕诗》中有"翏(寥)一"篇;方大镇女方孟式《拟春深诗》有"寥天洞外峰"。相对来说,方以智诗文中出现较多,不仅称此地为"寥一洞天",还云"策杖重归寥一洞",又自述"余幼读书处在寥一峰下","寥一峰之右为碾玉峡"等。③

而最早以"寥一"命名此峰的,或许就是方学渐。这也是方大镇《慕诗·翏一》这个篇名的由来。方学渐的"翏(寥)一"别业,后来为子孙所继承,仲子方大铉在这里有玉峡山庄,孙方孔炤在这里有游云阁。方以智在《龙眠》随笔里说:"寥天一峰,即老父(方孔炤)跨涧之游云阁也。"可惜明清鼎革,方孔炤欲回城中祖宅"远心堂"不得,"闻北来有营阵,乃暂栖白鹿山庄"。④ 在白鹿湖畔度过了他人生的最后10年。

五、山川有别目,方学渐手定其穴于百里之外

方大镇《慕诗》最后一篇是《莲山》,虽是状写方大镇守墓时的情境,未涉及其父方学渐生平行实,但《慕诗》中的"数数百里"之言,又值得我们考察方学渐为什么要卜选百里之外的"寿藏"。《莲山》共4章136字全文如下:

---

① 方大任:《碾玉峡山房作》,载胡必选《安庆府桐城县志》卷八《中国地方志集成·安徽府县志辑》,江苏古籍出版社,1998年,第246页。
② 方大铉:《春日入龙眠》,载胡必选《安庆府桐城县志》卷八《中国地方志集成·安徽府县志辑》,江苏古籍出版社,1998年,第258页。
③ 方以智:《龙眠后游记》,载黄德宽、诸伟奇主编《方以智全书》第九册,黄山书社,2019年,第356页。
④ 方叔文:《方以智先生年谱》,安徽师范大学出版社,2018年,第112页。

第五章　桐城方氏学派与凤仪坊

莲　山

瞻望莲池,有泣如雨。衣冠曷存,视此黄土。哀哀夜台,谁则与处。我欲从之,无可告语。

萧萧一丘,莲池之曲。昼也相依,暮也独宿。涕泪无时,断兮复续。有鸟长歌,以代子哭。

归省母氏,复返于原。数数百里,雨雪其奔。既老且病,曷以酬恩?为箕为裘,黯矣消魂。

载艺而木,蓊然林矣。载勒而石,屹然岑矣。知己之言,赏厥音矣。仲氏拮据,同厥心矣。洋洋如在,神其临矣。

首章"瞻望莲池",莲池即莲花池。查《方谱》知,方学渐"葬莲花池癸山丁向",《桐城地脉记》则称"松茂岭北枝为方明善公之墓"[①],可见方学渐墓地"莲山"俗称"松茂岭",今在枞阳二中校园内。莲山脚下的莲花池仿佛一方砚池,正前方则是白鹤峰屏障,桐城内湖菜子湖由长河绕经鹤峰,吞吐长江。据《安庆府桐城县志》载,此地距桐城县城(今桐城市区)有一百二十里(60千米)之遥。[②]

关于方学渐墓地,蒋国保老师在《方以智哲学思想研究》一书中也有阐述:"名山买墓地,其花费不在少数自不待言,即便不是名山,其花费也不会少。这可以拿方学渐的墓地为例。方学渐的墓葬在莲花山(今俗称'方家坟'),山本身不算大,但当时为了保护墓地的所谓风水,方学渐在买此山的同时还买进了山脚下的莲花池(今称'莲花湖'),其水面宽广有数十亩。这只是讲墓地。那么墓本身的规模又如何呢?据方氏后人讲,方学渐的墓用石块砌成廊形,棺用两根铁索悬空吊在廊顶。"[③]笔者曾前往枞阳镇拜谒,旧时格局大体还在,但已看不到"铁索悬空"了。

方大镇在《慕诗》中提及他"归省母氏,复返于原;数数百里,雨雪其

---

① 左殿荐:《桐城地脉记》,桐城左氏家藏清代刻本。
② 胡必选:《安庆府桐城县志·田赋》,载《中国地方志集成·安徽府县志辑》,江苏古籍出版社,1998年,第62页。
③ 蒋国保:《方以智哲学思想研究》,安徽人民出版社,1987年,第4页。

奔",这是一条很重要的信息:方大镇既要照顾好居住于桐城县城家中的母亲,又要不顾雨雪,不顾道远途艰,以疲病衰老之躯,奔波到百里之外的"莲山"去守墓,两边都要兼顾,可谓艰辛之至。正如其《慕诗》所言:"既老且病,曷以酬恩?为箕为裘,黯矣消魂!"

方学渐为什么葬在百里之外呢?古人墓址选择,一般遵循三个原则:首先是依附祖墓,主要是依附直系先祖;其次靠近家宅,便于后世子孙相守;最后是卜选其他"风水"形胜之地,为子孙计长远。方学渐属于桐城桂林方氏中一房第十一世。据《方谱》,方学渐的直系先辈,一世祖考墓址传说在西乡野狐铺,未能确定;二世祖考墓址在距城六十里(30千米)的松山,即今桐城市嬉子湖镇所在地;三世祖考墓在东郭乌石冈;四世祖考墓在县后道观山;五世祖考(断事公方法)墓在东龙眠山黄龙出洞;六世祖考(自勉公方懋)墓在县北方家月山;七世祖考(廷献公方琳)墓在西龙眠金交椅;八世祖考(天台令公方印)墓在西龙眠父墓下;九世祖考(方学渐祖父方敬)墓,原在西龙眠祖茔,后迁葬;十世祖考(方学渐父亲月山公方祉)墓在龙眠三峰山。三世及以后直系祖墓都离城很近。

龙眠三峰山这里,方氏各房祖墓最多,著名的"铁面御史"、方氏中三房七世祖桂林公方佑就葬在此处。当地人又称此地为"方龙窝",邻近方以智所称"龙眠最胜"碾玉峡。这里三面山峰,东临烟波浩渺的境主庙水库。水库乃建国后新建,本是龙眠山谷中一条大溪,将龙眠山隔成东西龙眠。此处风水之胜,正如方孔炤《家训》所言:"三峰矗矗,桐水汤汤。"①

由此可见,方学渐并无直系先辈葬在枞阳镇松茂岭。可是,他为什么最后卜选的墓址,却是离家一百二十里(60千米)远的"莲山"呢?《方谱》老长房十一世方之皋的"列传"透露了一些信息:

  之皋,字直卿。弱冠籍郡诸生,及壮,隐松山,缵父业,十年倍之。性刚直不轻然诺。习形家言,颇亦自意。学渐卜松山之峨,直

---

① 方孔炤:《环中堂诗集·家训》,载方于榖《桐城方氏诗辑》,清道光六年(1826)饲经堂刻本。

卿往观曰：殆非也。又往曰：穴法颇善，未见其土。开土五色，曰：茂林榛莽，未察其脉。三年，林伐，复往察脉，然后焕然称赏。学渐又卜江干，直卿闻之，独驰百里而观，返曰未解。问穴，又驰而观，曰穴亦未解。乃同往询故，跃然大叫曰："山川有别目，信哉！"是其所明，不是其所疑，吾何以观直卿乎？以此。①

这条"列传"正是《方谱》续修者方学渐所撰。从方氏支派来讲，早在第五世的时候，有方端、方法、方震兄弟三人分房，方之皋属于长房方端的六世孙，方学渐属于中房方法的六世孙。也就是说，方学渐与方之皋已经相隔五代了。尽管如此，方学渐与方之皋两人来往还是十分密切的。方之皋也很有才气，尤喜欢形家之事，热情帮助方学渐卜选墓址。方学渐很感动，在主修家谱时，特别将其中情节写进了《方之皋列传》（此时方之皋已经去世），却因此透露了他为什么选址到"莲山"的原因。

其实，方学渐最初选定的寿藏，就是依附松山母茔边。方学渐13岁时，母亲去世，葬于松山之崛。松山在今桐城市嬉子湖镇。当方学渐准备卜选自己的寿藏时，就拟依附母茔，此处风水也为方之皋"焕然称赏"。但方学渐后来还是驱驰百里之外，另外卜选了"莲山"。方之皋先后两次独自驱驰百里，去帮助考察，却认为"穴未解"。方学渐遂邀请他同往再考察，最后方之皋"跃然大叫曰：山川有别目，信哉！"

根据方大镇《归逸篇》的记载："（先君）甫五十即卜寿藏于枞阳之莲花山，手定其穴。"②方学渐50岁时，也即大约万历十八年（1590），开始自卜寿藏，并决定以"莲山"为自己百年后的归宿。但实际上，问题可能没有那么简单：方学渐卜选最后的寿藏，既不依龙眠祖墓，又不依松山母茔，一个人孤零零地葬到百里之外，似不合情理。

从方大镇《二垄纪事》里，也许能看出一些端倪：

依祖而葬，世固有之。然多葬者反为祖累。鹰窠树界虽定，而地犹窄，其封禁不再葬久矣。月山地稍宽，然山后为龙脉所自来，

---

① 方传理：《桐城桂林方氏家谱》"方之皋列传"，清光绪六年（1880）刻本。
② 方大镇：《归逸篇》，载《宁澹居文集》卷四，四库全书文渊阁本。

万无多葬之理。山前计十八塚亦已累累矣,此后宜封禁不可再葬。违者听户长议处。其先葬而无碑者,各宜补之。而议者又言:东西二龙眠及三峰、道观山,并宜申禁不再葬。众以为然,附于此。①

《二垄纪事》虽然写于万历戊午(1618)八月,附于新修家谱之《先垄编》后,主要是针对方氏祖茔越来越拥挤的现状,禁止族人再行附葬。但事情起因可以上溯到之前的多年。方氏东西二龙眠及三峰山、县后道观山祖茔,既有族人多葬之虞,也时与他族争议。如县北月山一带祖茔,方家占地十分之七,另有盛姓占十分之二,刘姓占十分之一,三家都是本地大族,疆界和茔木之争时有发生,直至万历戊午(1618)四月,官司打到了县衙。虽然最终达成和解,但对方氏祖茔如何做到长效维护,方大镇与族长及族中贤者最终议定:禁止族人再行附葬。而在方氏族内,之前也时有墓地纷争。如方学渐祖父方敬为宗督(可能就是族长)时,"祖茔侵于豪,豪公姻家,乃自以为庸,帅众复之,于是人皆义公"。②当自己的亲戚侵占方氏祖茔时,方敬深明大义,自己雇佣工人,恢复了祖茔地界,受到族人称赞。嘉靖戊子(1528)方敬卒后,最初就附葬于西龙眠祖茔。但到万历乙未(1595),方学渐又将祖父方敬迁出了祖茔地,可能也是基于祖茔地越来越拥挤的原因。而这也让方学渐在考虑自己百年归宿时,决定不依祖茔、另择佳城,为族人作出表率。

万历乙卯(1615)五月,方学渐去世。到了冬季,方大镇兄弟选择吉日,遵循礼制葬父于莲山。方大镇在《归逸篇》中写道:"(先君)甫五十即卜寿藏于枞阳之莲花山,手定其穴。廿有六年,林木蓊茂,戒余曰:'精神所注,栖息所安,异日必葬我于此。'乙卯冬,余兄弟因以遗命襄其事。"③方大镇开始了三年庐墓守制。守制结束,方大镇仍坚持每年正月初一,驱驰百里前往枞阳镇拜墓。他在《元日道中》写道:"问余何事当元日,年年雨雪奔枞川。余言不独省荒垅,实如世俗拜新年。假令先君今而在,独意徙居百里外?"④

---

① 方大镇:《二垄纪事》,载《宁澹居文集》(附),四库全书文渊阁本。
② 方传理:《桐城桂林方氏家谱》"方敬列传",清光绪六年(1880)刻本。
③ 方大镇:《归逸篇》,载《宁澹居文集》卷四,四库全书文渊阁本。
④ 方大镇:《元日道中》,载《荷薪韵义》之《荷薪韵》二,日本内阁文库藏明刻本。

想着父亲音容宛在,而今已是"萧萧一丘,莲池之曲",方大镇无比思念,在《慕诗》中写道:"瞻望莲池,有泣如雨""涕泪无时,断兮复续""昼也相依,暮也独宿"。方学渐远葬百里之外,也影响了后世子孙远葬。如方大镇自己就葬于南乡白鹿山(今属安庆宜秀区),这里距桐城县城也有一百多里(50多千米)。之所以选址于此,方大镇在《归逸篇》里有解释:"百年衣冠,则愿藏白鹿,以其局势宏敞,法度颇合,且与枞阳邻近,可随侍先君招呼于白云颠也!"[①]

---

① 方大镇:《归逸篇》,载《宁澹居文集》卷四,四库全书文渊阁本。

天留一磬击新声[①]

2021年是明末思想家、哲学家、科学家方以智诞辰410周年,以"集千古智"为主题的纪念方以智诞辰410周年文物展,在安徽省博物院开展。

方以智,字密之,号曼公、龙眠愚者,"明季四公子"之一,是与顾炎武、黄宗羲、王夫之比肩的杰出思想家,曾发誓要"坐集千古之智,折中其间"。梁启超称方以智"有许多新理解,先乾嘉学者而发明";历史学家、思想家侯外庐称方以智为"中国的百科全书派大哲学家""笛卡尔思想的中国版";当代学者蒋国保认为:"方以智是桐城方氏学派的代表人物,在理论上高出明末其他各派,对中国传统的朴素辩证法作出了划时代的建树。"

一、"早以文豪誉望动天下"

在"集千古智"主题文物展中,有一幅《龙眠玉峡图》,来自吉林省博物院所藏《名山图册页》,绘的是其家乡桐城龙眠山的碾玉峡。方以智曾在《龙眠后游记》里说:"余生长龙眠,岁徜徉其间。"又说:"寥一峰之右为碾玉峡。碾玉硖又余叔王父计部公瘗歌地也。此地为龙眠最胜,嶙峋壁立,飞泉澎湃。坐其下,耳无雷声,泠然若有所忘。"

所谓"叔王父计部公",是指他的叔祖方大铉,曾官户部主事,故称"计部公"。方大铉在碾玉峡构建有"玉峡山庄",并自号"玉峡"。而方以智的父亲方孔炤(曾官至湖广巡抚)也在此建有"游云阁"别业,方以智在另外一篇《龙眠》随笔里说:"寥天一峰,即老父跨涧之游云阁也。"

[①] 本文载2021年11月21日《光明日报》第13版,原文8 000余字,收入本书时略有删节。

寥天一峰，又称寥一峰。寥一，即庄子所言"寥天一"。也许是为了让子弟在物我两忘的苦读中，追求那种天人合一、道法自然的意境，方家族人多在此建有读书别业。在《龙眠后游记》里，方以智称："余幼读书处，在寥一峰下。有涧石急湍，可以流觞。"从《龙眠玉峡图》来看，寥一峰应该就是两山中间那座山峰，其右激流飞湍。在《龙眠》随笔里，方以智说："碾玉峡漂流最壮。"可见，他年轻时也曾在碾玉峡漂流、曲水流觞。

秀丽的桐城山水，激发了方以智的绘画创作灵感。而他自幼酷爱书画，与家族传承有很大关系。他的母亲吴令仪"诗字琴画刺绣，种种精绝"，伯姑方孟式、仲姑兼严师方维仪都工于书画。方维仪常临摹李公麟墨迹，所画观音大士像神采欲生。方以智自然是深得家传，又喜欢遍访奇书奇画，鉴观名人法帖，还力主将西洋画风格融入中国山水画。如此博采众长、折中诸家，其书画已是自成一体。他的存世作品目前散见于全国各地博物馆，乃至欧美等地。

自古书画不分家，方以智同时也醉心于书艺，学书至12岁时已颇具神采，以楷书见长，工整大方、秀丽磊落。他的隶书和草书，更是欹侧多姿、别具一格，时人称赞"隶草腾龙螭"。在他的巨著《通雅》里，也辟有"书法"专章，除广泛引用前人书论外，还提出了诸多独到的书学见解，被后人称为"对于其身后清代书坛的发展无疑是极妥帖的预言"（许庆君：《安徽历代书家小史》）。

在明清易代的天翻地覆中，天南海北逃名变姓的方以智，画风为之一变，所画山水多是超尘脱俗的霜尘寒柯。比如《疏树古亭图》，运墨疏淡，表现出一种空灵冷落、远避世俗的隐逸境界。据说此图是他去世前一年所作，满怀明遗民的凄苦悲恸，故而画面僻荒冷落。

但方以智终究不是以书画家的身份来立世的。

被称为"南国儒林第一人"的王夫之，与方以智惺惺相惜，称"桐城阁老"方以智（因方以智曾任南明永历东阁大学士，故有"阁老"之称）"姿抱畅达，早以文豪誉望动天下"。方以智的所谓"文豪誉"，最初就是以诗文之才名称誉天下的。在家学熏陶下，早慧的方以智五六岁时就能略知文史，而青少年时代用功最勤的则是作诗。

自古雄才多磨难。方以智不幸过早经历了丧母之痛,归养于俨如人师的仲姑方维仪,攻《离骚》、学五经,"历八年所,无间色矣"(方以智:《清芬阁集跋》)。这8年多的时间,方以智基本上是在泽园度过的。泽园,在桐城南薰门外南河边,又名南园,乃是方家专辟为方以智及其弟妹读书求学的园林。"南郊有小园,修广二十亩。开径荫松竹,临水垂杨柳。西北望列嶂,芙蓉青户牖。筑室曰退居,闭关此中久。晨起一卷书,向晚一尊酒。"方以智在《泽园永社诗》里这样描述。

母亲吴令仪自天启二年(1622)去世后,停柩泽园附近达14年之久。吴令仪是一位性格温淑、向佛崇禅的才女,她去世时,方以智仅12岁。少年丧母的疼痛感,伴随着他终生。但他历来意志坚强,在泽园常常天不亮即起,于母柩边诵读诗书,每逢初一就率弟妹祭拜母柩。在《博依集》卷七《慕歌》中,他写道:"余母以壬戌即世,殡城南,未及卜兆……余读书其侧,则朔伏临,非敢曰孝思,亦以识慕云尔。"

泽园读书期间,钱澄之、方文、周岐、孙临、吴道凝、方豫立等一批同邑少年次第加入进来,后称"泽园诸子",从此开始了他们一生的患难情谊。他们在这里组建了"永社",攻书作文,手不释卷,相互鼓励切磋,每有恍悟,皆喜不自禁;而击剑、引弓、驯马,乃至学耕,也是丝毫不敢松懈。

就说他们在泽园里开展的"十体会"活动吧,这是泽园诸子经常举办的一项重要文学活动。所谓"十体",就是在研习古歌辞时,以风雅体(四言)、五言、七言古诗,长、短歌行,近体五、七言律诗,绝句、排律等十种体裁为主。在这种宗旨指导下,方以智的诗情更加慷慨激昂、超迈豪爽,创作了大量的"十体诗",这些诗后来大多编入《博依集》——这是他的第一部诗歌集,共十卷、六百余首,囊括了他15岁至22岁创作的诗作,恰好是泽园时期的作品。

方以智现存诗作1 700余首,早期以泽园时期的《博依集》和流寓金陵时期的《流寓草》为代表。对这些诗作,他颇为自许,曾携《博依集》出游吴越,一时竟然"名噪吴门"。当时的盛况,据东林大儒文震孟的记载,"其人复翩翩俊异,洵一时之轶材也。吴会诸名人咸延颈愿交,长老先生亦皆折行辈称小友,唯恐不得当也,名噪吴会间籍甚"。

二、"好穷物理之癖"

方以智最终也不是以诗人的形象立世的。

年少就有倜傥大志的方以智,还在泽园读书时,就立誓"备天下万物、古今之数,明经论史,核世变之故,求名山而藏之"。泽园所临的南河,由上游的龙眠河分流而来。而上游的龙眠河流经城北时,有一处浅滩,河中磊磊圆石清晰可见。方以智的曾祖父——布衣大儒方学渐曾有诗曰:"曲曲龙眠河,磊磊河中石。步石渡河流,雨后河边立。"

论及方以智,我们无法绕开"明善先生"方学渐——这位桐城方氏学派的奠基人。他痛恨阳明后学的空泛和虚无,不喜欢玄言空谈,公然主张"崇实"。据明末邑人叶灿所写"行状",方学渐在县城方氏宗祠边"构桐川会馆,日与同志披剥性善良知之旨"。《桐城耆旧传》说方学渐门下士数百人,半月一小会,每月一大会,逢会开讲,可谓是"生徒云集,坐不能容"。来桐城向方学渐求学的东吴学者陈嘉猷,有感于当时东林书院、桐川会馆的讲学盛况,写文称"维时东林、桐社,若岱宗、华岳,相望于千里之外"。金陵状元焦竑也为桐川会馆写了碑记,认为桐川会馆不仅可追踪孔子杏坛,更可比于宋代四大书院。到了清初,大学士张英仍然称赞:"明善先生以布衣振风教,食其泽者代有传人。至于砥砺名节、讲贯文学,子弟孝友仁睦,流风余韵至今不替,皆先生之贻诒也。"

可以说,方学渐是桐城文化的蹈火者,其子方大镇(世称文孝先生,官至大理寺左少卿,尝与邹元标、冯从吾讲学京师首善书院)、其孙方孔炤(世称贞述先生,官至右金都御史、湖广巡抚,亦为著名学者)相继接续薪火,而其曾孙方以智成为桐城方氏学派的巅峰和代表,南河泽园就是通向这座巅峰的一个十分重要的驿站。

冬去春来,寒暑交替。自称"泽园主人"的方以智,牢记"长大磨铁砚"的祖训,加之内有仲姑方维仪的勤勉激励,外有延请的易学名师王宣、经史名师白瑜的精心指导,他的学业不断精进,注《周礼》,释《尔雅》,汇《史》《汉》章句,勤勉于著述。他的很多名作,诸如《通雅》《物理小识》《博依集》《龙眠浅说》等,实际上都起步于泽园,或直接创作于泽园。可以说，泽园的学习生活，奠定了方以智一生的学术基础。

方以智好友王夫之曾赞扬方以智的"质测之学"（科学），"诚学思兼致之实功"，并将方以智的"质测之学"作为批判道学的思想武器。

方以智的科学思维和探索精神，源于童年时代就有的"好穷物理之癖"。童年时，他随父宦游闽海，受热爱西学的父亲的影响，也常摆弄光仪，做过"小孔成像"实验。后来，方以智提出一种朴素的"气光波动"学说，认为光不走直线，并据此批驳了外国传教士有关太阳直径有日地距离三分之一大的说法，这是前无古人的学术贡献。他对于光的反射和折射，对于声音的发生、传播、反射、隔音效应，对于色散、炼焦、比重、磁效应等诸多问题的记述，都领先于同时代人。泽园读书时，他还制作"观玄仪"以观天文，造"木牛流马"探求机械原理；流寓金陵时，也曾向西方学者"问历算奇器"，仿西文作汉字字母"旋韵图"。

传统儒家兼顾"内圣""外王"，并以道德为"第一义"，视自然知识与科学技术等形而下的知识是"小道""末义"。而方以智的知识观则有了重大转折：视自然知识与技术为独立的专门学问，提出"智统一切""三德首知"这一与儒家仁知关系相反的命题，强调知识的准确性与可验性。可见，方以智是明末清初能够洞见传统儒家知识观弊端且在理论与实践上对其加以改造的重要学者。

有趣的是，方以智的《物理小识》在 17 世纪晚期传入日本后，影响很大，被评价为"当奈端（牛顿）之前，中国诚可以自豪的"著作，以至于日本学者据此把 Physics 译为"物理学"，这个译名后来又传回了中国。

三、"百科全书派"

方以智因博学宏通，乃有"百科全书派"之誉。

还在泽园读书时，方以智就养成了留心考稽、随时拾薪的习惯，后来著述成书也就水到渠成了。以他的代表作《通雅》为例。如果从崇祯二年（1629）左右他在泽园注释《尔雅》算起，到后来的逃亡途中不断增删修改完善，再经他的儿子和弟子们抄录、编集到最后装潢成帙，前后竟然历时 30 余年。他的泽园学友钱澄之在《通雅》序中说："要其三十年心血，尽在此一书矣。"

对于这部在当时就获得学界高评并迅速流行,到清中期却被执意打压的巨著,其学术价值直到近代才被重新发掘。中国维新派代表人物、思想家梁启超认为,《通雅》"总算近代第一流作品","每条都有自己独到的见解"。经济史学家、文字学家钱剑夫曾说:"《通雅》一书实属博大精深,几乎所有的学术都包罗无遗。"历史学家、思想家侯外庐说:"从著作的体例内容上讲,该书是百科全书派唯物主义的中国版。"

中国文化史上鸿篇巨制可谓夥矣,而《通雅》应该是其中最伟大的奇书之一。通过这部书,我们可以看到,立志"函雅故、通古今"的方以智,治学以"尊疑、尊证、尊今"为旨,把传统儒学的"格物致知"赋予了全新的思想内容,不啻是中国近代化思潮在晚明时期的发轫。

但因客观条件的变化,方以智并没有沿着博物学家的道路继续走下去。

为逃避清廷迫害,中年逃禅为僧后的方以智,开始倾力于研"易"、注"庄"、解"禅"。晚年驻锡江西青原山净居寺讲学时,曾"以书招王夫之甚勤",想与王夫之一起研究"三教归易",研究出世、入世与救世。但王夫之毕竟是据儒排佛的,他坚守的是中国儒家文化的正统,故寄诗"知恩不浅难忘此,别调相看更輓然",表示"不能披缁以行"。

而方以智则始终抱着"坐集千古之智,折中其间"的理想。最能反映方以智思想之深邃的,应该是《东西均》《易馀》《象环寤记》《性故》《一贯问答》《药地炮庄》等哲思禅语类的著述。也正是这些著述,方以智站到了中国思想家的高峰,"为中国哲学发展史写下了崭新的篇章"(蒋国保:《方以智哲学思想研究》),"他的哲学和王船山的哲学是同时代的大旗,是中国十七世纪时代精神的重要侧面"(侯外庐:《〈东西均〉序言》)。

方以智深邃的哲学思想,首先是建立在桐城方氏家传易学基础之上的。方氏家传易学,从方学渐释"易"兼取"义理派"与"象数派"开始奠基,到方大镇汲取庄老思想,再到方孔炤打破三教九流的界限,博采众家,并自觉地利用当时的自然科学知识,包括西方传来的天文学及数学,进一步发展其祖其父的易学思想,使之更具思辨性。方以智在此基础上,"悟三世之易",同时兼收其外祖父吴应宾"三教合一"理论、老师王宣的"象数学"理论。这时候,滔滔众流终于汇聚成汪洋大泽,方以智当之无愧地成为桐城方氏学派的集大成者,这使他具有了充分的"理论自信",发誓要融通中外、坐集千古,这是何等的气魄和抱负!

尤其是完成于 1652 年前后的《东西均》《易馀》这两部系统性的哲学著作,可谓"破天荒、发千古所未发、决宇宙之大疑"(方中通:《周易时论·跋》),更被当代历史学家、哲学史家庞朴称为"两朵哲学姐妹花"(庞朴:《〈东西均注释〉序言》)。

晚年的方以智曾不无感慨地说"吾不遭九死,几负一生"(施闰章:《无可大师六十序》),表明他逃禅为僧后却矢志于哲学研究,就是要以"不浪死虚生以负天地"的入世情怀来关怀现实,用"置之死地而后生"的忧患意识来磨炼人生,力图以儒家的救世精神来践行社会责任。

四、"冬炼三时传旧火"

本来,"长大磨铁砚",做一个忧国忧民的饱学之士,是先祖对方以智的厚望。方以智也确实没有辜负先祖的期望。

尽管生逢天崩地裂的乱世,方以智在刀山火海中奔走,罹难深重,但不管生存环境何等恶劣,他都从不气馁,著述不辍。可惜,他一生的著述虽等身,却因兵荒马乱、颠沛流离而多散佚,加之清廷"文字狱"的禁毁,侥幸传世的数十种、四百万言,也大多是手抄本,即便少数刻本亦多为孤本,都甚难得见。安徽省博物院此次展出的包括《东西均》等在内的诸多方以智遗著孤本,还是其后裔方鸿寿于 20 世纪 50 年代捐献的。这些遗著,自方以智之子方中通、方中履开始,经过十几代人,历经千险万难才终于被保留下来。

然而,综观方以智的一生,他又并非只是一个纯粹的才人、学人,也并非只是一个纯粹的哲学家。

方以智出生于钟鸣鼎食之家,自幼鲜衣怒马,泽园读书时往往酒酣,与同学少年夜入深山,或歌市中,旁若无人,以"龙眠山下一狂生""江左狂生""天下狂生"自居,20 岁以后常载书泛游江淮吴越间,与陈子龙、李雯、魏学濂等众多的时贤才俊交游,指点江山、激扬文字。方以智虽"自幼耻公卿",却不甘心过那种埋头著书的生活。13 岁时随父亲宦游北京,就感喟京城繁华和午门威仪,决心要做一世雄才、报国良臣。

崇祯七年(1634)八月,以黄尔成、汪国华为首的农民揭竿扬旗,攻进了桐城县城,桐城方家以及诸多巨族迁居金陵,方以智因此融入有"小东林"之称的复社精英圈。当时南京"侈美"风气浓厚,方以智或跃马饮酒、壮士满座,或引红妆、曼歌长啸,与陈贞慧、侯方域、冒襄成为当时著名的"复社四公子"。但他又保持理智和清醒,对天下纷乱的时局格外关心,一边积极准备应试科举,一边还随父出征湖广、冲锋陷阵。其间,又与下野朝臣、阉党旧部阮大铖势成水火。此时,农民起义风起云涌,后金(后改国号为清)也崛起于东北,大明局势危如累卵。方以智"太息文辞何所用",甚至为国事忧伤痛哭,希望能整伍扬旗,"而使法沙劳猛将,但令风雨逐匈奴",想以实际行动为国效力。

崇祯十三年(1640),方以智得中进士,跻身于公卿之列。但钱澄之说方以智"自通籍以来,未尝有一日仕宦之乐"。就在参加殿试时,八战八捷的方孔炤因忤时相杨嗣昌被逮诏狱,阮大铖也趁机谋以陷害,方以智"怀有血疏,日日于朝门外叩头呼号"鸣冤,并"欲以身代父刑"。崇祯皇帝出于"求忠臣必于孝子之门"的考虑,释方孔炤死罪,方以智得升翰林院检讨,并担任太子侍读。为报君恩,他决心"将挹东海之泽,洗天下之垢",与父亲先后积极上疏皇帝治国安邦之策,不惜以性命来报效朝廷。然而,朝争依旧,他们的意见并不受重视。方以智感叹:"悲我之得遇,犹之不遇然。"痛苦不能有所作为,只得在纵情诗酒中麻木自己。

大明江山至此气数已尽,方以智和钱澄之、孙临、周岐、方文等同学乡友,在残山剩水间时聚时散,相互鼓励慰藉。当欲救南明而不成,又坚决不屈服于清廷,方以智只得逃禅方外为僧。此时,他奔走于南方的刀光剑影间,吃尽了苦难,可谓九死一生,却仍然暗中与各派人士聚集、联络,并"俨然首座"。晚年,驻锡青原山净居寺,仍讲学不辍,人们尊他为"方相国""方学士""方阁学",写诗赞他"旷代才名流下界,半天人卧在高窗"。这引起了清廷的警惕,方以智因"粤难"被逮,于康熙十年(1671)农历十月初七,舟次万安惶恐滩时,"临难舍身,惊天一跃",跳江身亡。而在此前,他专程拜谒了文天祥墓。

后人又称誉方以智为"四真子":真孝子、真忠臣、真才子、真佛祖。

学者罗炽叹惋：一代伟大的哲人、考据学家，沟通中西"质测"（自然科学）与"通几"（哲学）之学、倡导三教归《易》的伟大思想家，一代重振曹洞宗风的伟大禅僧，用他大半个世纪的生命由入世到经世、由经世到避世、由避世到出世，出世又不忘救世，最后又罹于世，走完了探索、迷惘、沉溺、创新的坎坷历程，在人生的旅途上画下了一个深沉的句号。

但方以智也因"粤难"而从此被清朝统治者忌讳，几百年来销声匿迹了。相反，他的好友王夫之自清代中叶以来，先有邓显鹤为编书目，后有曾氏兄弟为刻遗书，继之有清末谭嗣同首开研究王夫之之风，民初更有长沙成立"船山学社"，并创办《船山学报》，从而跻身清初三大儒之一。难怪有学者叹息：本来在明末清初政界、学术界、思想界赫赫有名的方以智，却因无人褒扬而渐渐成为默默无闻、少有人知的人物。

这让我想起方以智晚年曾反复提及的"冬炼三时"术语。他认为天时四气统摄于一"冬"，非到"冬"时，不足以春、不足以夏、不足以秋，也即冬季的阴气中潜伏着阳气之生机，一如死灰可以复燃，因而练就了春夏秋三时。这既是对天道规律的客观认识，也是对自身作为明遗民所处险恶政治环境的清醒，故著述多用典晦涩、陈义玄奥。但他仍然希望将天道规律转化为人事规律，提醒同仁及儿孙为传故朝"旧火"而努力。

方以智儿子方中通（清初著名数学家和天文学家），曾以"天留一磬击新声"回答父亲"冬炼三时传旧火"的愿望，表达了传承方氏学术思想、复兴中国儒家道统的信心和决心。没想到这一"留"，就是300余年！直到《东西均》等著作在20世纪50年代被发现，才引起学术界的轰动。

公元1100年左右，黄庭坚来桐城访龙眠居士李公麟，赋诗曰"诸山何处是龙眠，旧日龙眠今不眠"，预言龙眠山自李公麟之后，将不会再寂寞。果然，经过宋元的积淀，到了明清时期，桐城就人文蔚起、气象万千了。龙眠山水铭记的不只是"宋画第一"的书画大师李公麟，也必然铭记了方以智这位堪称世界级文化巨匠的伟大乡贤。

第六章
"皖江三诗人"与凤仪坊

桐城也有诗派,而桐城桂林方氏更被誉为桐城诗歌创作第一大户。明末清初的邓森广有《论龙眠诸子诗》,赞曰:"吾党尚风雅,龙眠诸子始。岂不怀古英,既贵洛阳纸。"又云:"尔止得其神,曼公伐其髓","其族推尔瞻,疾书倒侧理","邵村兄弟良,蒸蒸戾容止"。对方文(尔止)、方以智(曼公)、方尔瞻,以及方邵村兄弟等方氏诗人极为推崇。而自清初到乾隆时期,方文、方世举、方贞观,又合有"皖江三诗家""方氏三诗人"之称。

桐城有诗派，方氏称第一①

清代乾隆时期的诗坛名宿袁枚说："鱼门太史于学无所不窥，而一生以诗为最。"他所说的鱼门太史，即程晋芳，字鱼门，号蕺园，清代经学家、诗人。虽云为歙县人，实际自高祖就已迁居扬州。程氏家族不仅是两淮盐业领袖，也是扬州当地的文学世家。然而，程晋芳却说"余之诗盖出于桐城两方，兼采其说而学焉"。程晋芳所说的"桐城两方"，是指兄弟诗人方世举、方贞观。

一、"无物类之牵缠"

最初引起笔者注意桐城诗人方世举，还是多年前读到他的一首《麦鱼五十韵》。其中写道："河伯多所縢，鳞鳞繁有徒。鲲大几千里，复产白小鱼。二寸亦已甚，麦鱼尤悬殊。江湖耻容纳，纳者惟沟渠。出时刈宿麦，其细即麦如。一水三十里，上下乃绝无。"②作者写到这里加了自注："起包家圩，止鸭子湖。"这一片麦鱼产区，恰好就在笔者老家一带。

笔者小时候在家就网过麦鱼。母亲常以"麦鱼干"炖鸡蛋或辣椒炒"麦鱼干"招待客人，我们也就有机会解馋，鲜美无比。而今离家几十年，很难再有此口福，却仍然回味无穷，故而读到方世举此诗倍感亲切。想当年，方苞、刘大櫆、姚鼐等桐城派诸大家，必也享受过包家圩、鸭子湖的这道美食吧，这道"一水三十里，上下乃绝无"的吾乡鲜美土产，不知赋予了他们多少创作的灵感？

以本地土产麦鱼入诗，估计其他古今诗人皆无，桐城诗歌吟咏"无

---

① 本文首发于2024年10月30日《新安晚报》"徽派文史"，收入本书时略有修改。
② 方世举：《春集堂》四集，载《清代诗文集汇编》第二百三十七册，上海古籍出版社，2010年，第15页。

物类之牵缠",信手拈来,由此可窥一斑。毕竟桐城也有诗派。明末清初的邓森广就有诗赞曰:"吾党尚风雅,龙眠诸子始。岂不怀古英,既贵洛阳纸。"①近代以来,学者论述桐城诗派益甚。钱锺书就认为"桐城诗胜于文",并在《谈艺录》中专论"桐城诗派"。吴孟复著有《桐城文派述论》,其中也有专节论述桐城诗派。然钱氏与吴氏的桐城诗派之持论,仅就清代桐城派中诗人而言。实际上桐城诗派早于桐城文派,明末清初的陈焯就在《龙眠风雅》序中揭示:诗"以地著者,又因以派分矣","有明三百年来诗体三变,龙眠之名卿硕士,与四方分坛立埠者未尝不声光相接,而坚守朴学,一以正始为归者,固自如也"。②毛奇龄亦于《龙眠风雅序》中云:"予思江左言诗,首推云间。……而其时齐驱而偶驰者,龙眠也。故'云龙'之名,彼此并峙。"③晚清的姚莹则在《桐旧集序》中,将桐城诗派推前到明代正德年间的齐之鸾肇始,而称有明一代诗家作者如林,即使《龙眠风雅》亦未能极其盛。今天讨论桐城诗派的学者已经很多,桐城有诗派已为学界定论,本文自不必赘言。

二、"诗歌创作第一大户"

邓森广又云:"尔止(方文)得其神,曼公(方以智)伐其髓","其族推尔瞻(方尔瞻),疾书倒侧理","邵村(方亨咸)兄弟良,蒸蒸戾容止"。④对桐城方氏诗人尤为推崇。最近,桐城老辈学者杨怀志先生出版了《桐城诗派研究》,更是极赞桐城桂林方氏"连绵不绝,代有闻人,且人人有集,为桐城诗歌创作第一大户"。⑤

以"诗歌创作第一大户"称誉桐城桂林方氏诗人,其言并不虚张。桐城方氏支派较多。这里的桐城方氏,主要是指桐城桂林方氏,"桂林"

---

① 邓森广:《论龙眠诸子诗》,载潘江辑、彭君华主编《龙眠风雅全编》第三册,黄山书社,2013年,第1323页。
② 陈焯:《龙眠风雅序》,载潘江辑、彭君华主编《龙眠风雅全编》第一册,黄山书社,2013年,第6页。
③ 毛奇龄:《龙眠风雅序》,载《清代诗文集汇编》第八十七册,上海古籍出版社,2010年,第279页。
④ 邓森广:《论龙眠诸子诗》,载潘江辑、彭君华主编《龙眠风雅全编》第三册,黄山书社,2013年,第1323页。
⑤ 杨怀志:《桐城诗派述论》,安徽大学出版社,2023年,第8页。

二字亦非今广西桂林,而是称誉方氏家族科举之盛。据不完全统计,明清两代,桐城桂林方氏有进士 31 人(不含武进士),居全县之首;举人、贡生、秀才更是不计其数了。

从桐城第一部大型诗歌总集《龙眠风雅》(初编 64 卷)来看,399 位作者中,方氏诗人有 74 位;9 011 首诗中,方氏诗人诗作 2 451 首,均为全书之最。《龙眠风雅》(续集 28 卷)154 位作者中,方氏诗人有 25 位;5 863 首诗中,方氏诗人诗作有 811 首,亦为诸家之最。方以智的堂弟方孝标,在《与潘木崖书》中,就潘江对方氏的推重表示:"首以断事之忠贞,终以家密之之苦节,于衰宗先后能诗者网罗略尽,而以先君子与先兄环青、亡弟子留各为一全卷,且云此国家之光,不徒桂林之盛。"①方以智的孙子陈正璪(跟母亲陈舜英姓),也曾感慨指出,《龙眠风雅》乃"潘木崖先生手订诗也。前编以断事公始、太史公终,其论定方氏不綦重哉?"②

方孝标、陈正璪所说的"断事公",即其五世先祖方法,明建文朝己卯(1399)举人,曾任四川都指挥司断事。明成祖发起靖难,甲申年逮诸藩不署贺表者,方法被逮,舟次望江时,跳江自沉。所说的"家密之""太史公"即方以智,为崇祯朝己卯(1639)举人、庚辰科(1640)进士。甲申年大明倾覆,方以智遂栖隐方外,也是自沉殉国。因此,陈正璪在诗中咏叹:"吾宗断事至太史,十世相承不偶然。先后登科己卯岁,死生完节甲申年。两山爪发埋霜雪,一水英灵接雨烟。诗史有人开具眼,特书首尾在龙眠。"③

而从清季徐璈纂修的《桐旧集》来看,该集共收录明初至清道光二十年(1840)本邑 84 个姓氏、1 200 余位作者、7 700 余首诗,其中,仅方氏就有四卷,收录 141 位诗人、1 120 首诗作,无论是人数、卷数,还是诗歌总数,都为桐城各家族之冠。近人陈诗编纂的《皖雅初集》皇皇四十余卷,桐城一县诗人诗作就占有五分之一强,而桐城方氏诗人诗作总数亦居全省之最。当然,如果再讨论桐城桂林方氏的诗歌家集,以及方氏

---

① 方孝标:《与潘木厓书》,载潘江辑、彭君华主编《龙眠风雅全编》第一册,黄山书社,2013 年,第 14 页。
② 陈正璪:《五峰集》卷五"七言律诗",中国基本古籍库藏本,清乾隆九年(1744)刻本。
③ 同上。

历代诗人的诗集,那数量就更是蔚为大观了。《龙眠风雅全编》整理者指出,这些诗人大多有诗集存世,也有衮然成帙而未有集名,有的方氏诗人平生诗作数量庞大,方畿的诗作就有近万首。清人方于穀编有67卷《桐城方氏诗辑》,共收录方氏家族130位诗人5 022首诗。同时,他自己还著有《拳庄诗钞》正、续集十四卷1 534首诗,附编于该辑之后。以学术影响海内,而不以诗鸣的方以智,据查至今仍有存诗1 700余首。方氏诗人的个体创作之盛亦可由此窥见一斑。

三、启导了桐城派的形成

诚如明末邓森广所言,方氏诗人多领袖群伦。以《龙眠风雅》《桐旧集》看,嘉靖间,方向(字与义)"旧结诗社,效辋川故事,绘所居湖山八景各为一咏,好事者属而和之"。万历间方大任、方大铉与同里叶灿、王宣等相为砥砺,唱和不断;崇祯间,方尔瞻与何应珏、江中龙结南溪社;方拱乾在家乡龙眠结社,参与者六人有"六骏"之誉;方若素与姚康、吴绍廉等结金兰社;方苞的祖父方帜,曾与里中诸名士结环中社。在金陵,流寓桐人十五子结"潜园社",方孝标、方亨咸、方育盛兄弟皆参与其中,为诗雄冠一时。方以智早年在家乡城南泽园结永社,并与松江陈子龙等遥相呼应;后游吴越,流寓金陵,主盟复社,诗名更大著,时人已谓其卓然名家;与陈子龙等松江诗人倡结"云龙"社,云即"云间",松江府别称;"龙"即龙眠,桐城别称。龙眠诗派的序幕即由此而开启,与云间诗派并峙齐驱、各擅胜场。

方于穀还说:"彤管流徽,吾桐最盛。"这亦非虚言。据当代学者傅瑛的《明清安徽妇女文学著述辑考》,全书共九卷,列有654位明清安徽女性文学作家。其中,桐城才媛诗人两卷(还有部分在其他卷)近160人,超过了全省的四分之一;而方氏才媛有26人,数量最多。明清时代桐城还有众多的名媛诗社,如"清芬阁""纫兰阁""茂松阁""松声阁""保艾阁""宜阁"等,以方维仪的"清芬阁"影响最大。其从弟方文有诗赞曰:"清芬才调更绝人,诗文秀洁无纤尘。书法直追王子敬,绘事不让李公麟。"方维仪不仅以诗名,书法、绘画也都誉美天下,并且还有著述多种,她的学问和大节清风也深刻影响了其侄方以智。故而方以智说:

"嗟乎！女子能著书若吾姑者,岂非大丈夫哉！"

在这些星光灿烂的方氏诗人中,锋镝消磨而忠节无改的明遗民诗人群体尤为引人关注。邓森广《论龙眠诸子诗》评述明末清初40余位桐城诗人之高风,方氏诗人就超过半数。早年即以诗名于时,以匡时救世自许,却因国变而又郁愤早逝的方其义(卒年三十)、方授(卒年二十七),其泣血之吟,惨不忍读。以"嵞山体"著称的遗民诗人方文,可谓杜陵、香山之后终生关注现实的卓越诗人。学者朱丽霞认为,方文的诗"在当世即产生了极大影响,吴兆骞、陈维崧即视'嵞山诗'为圭宝。至迟到康熙初,嵞山诗已以其自成一家的特色传遍大江南北,而且直接影响了清代诗坛,其最明显的例证即启导了桐城诗学的形成","作为地域文学的明显标志,嵞山诗成为后期的桐城诗的先导"。并进一步指出,"事实上,桐城派作为影响至巨的地域文学流派,其最终形成波澜是一批具有相同诗学主张及近似生活经历的桐城文人共同参与打造的,绝非从天而降"。①

方世举、方贞观兄弟,则以诗鸣于雍正、乾隆年间。马其昶《桐城耆旧传》中列有"方氏三诗人传",称:"方文之后,方氏以诗名尤著者二人,一曰南堂先生(方贞观),一曰息翁先生(方世举)。"②学者蒋寅甚至指出:"桐城诗学是在特定历史时期形成的,具体说就是雍正至乾隆时期,其标志性人物通常被举出姚范和刘大櫆,但实际成就和影响更大、更值得注意的,应该是方氏两兄弟——方世举和方贞观,他们与国初著名诗人方文并称'方氏三诗人'。"③

---

① 朱丽霞:《"嵞山体"与"少陵体"、"长庆体"——桐城派先驱方文诗歌论》,《安徽大学学报》(哲学社会科学版)2014年第1期。
② 马其昶:《方氏三诗人传》,载马其昶撰、彭君华点校《桐城耆旧传》卷七,黄山书社,2013年,第26页。
③ 蒋寅:《方氏诗论与桐城诗学的发展》,《安徽师范大学学报》(人文社会科学版)2014年第6期。

方文：少年才气亦飞扬[1]

聪明、伶俐的孩子总是惹人怜爱的,何况又能如流水般地吟诵古诗名篇呢？明万历四十五年(1617)的一天,凤仪坊左氏宅中,有位虚龄才6岁的方姓小男孩,面对堂堂御史大人左光斗的问话,就敢于镇定自若、清脆响亮地背诵杜甫的名篇,让御史大人惊讶不已。方左两家因此订下了儿女婚约,一时竟传为佳话。

这个小男孩名叫方文,字尔止,明亡后号嵞山、明农、忍冬、淮西山人等,一生致力于诗歌创作,在明末清初诗坛上很有影响,钱谦益称其为诗坛"国手"。[2]因方文的诗歌崇"杜"宗"白"而又自成一家,故有"嵞山体"之誉,与吴伟业"梅村体"、王士禛"神韵体"、施闰章"宣城体"并称,但方文有强烈的遗民情结,故而其诗的时代感更强。同为遗民诗人的屈大均,就称许方文："一代悲歌成国史,二南风化在诗人。"

一、少保惊且喜,许他掌上珠

马其昶在《左忠毅公年谱定本》中记载了这段佳话："……(左)公问：读何书？对曰：读杜诗。曰：能诵《秋兴》乎？对曰：能。请赐卮酒,每歌一篇,倾一卮酒,音节慷慨。(左)公有感于怀,掀髯起舞,遂约婚媾。"[3]

马其昶的这段文字写得极其生动,仿佛上演了一场精彩的折子戏：

第一折,序幕揭开：人物上场,御史大人左公与一个6岁小男孩有问有答,御史大人问得很有难度,6岁小男孩答得却轻松自信。这就留

---

[1] 本文2008年4月12日首发于"龙眠寒柳"博客,编入本书时有修改。
[2] 钱谦益：《牧斋有学集》,钱曾笺注、钱仲联标校,上海古籍出版社,1996年,第542页。
[3] 参见合肥李国松集虚草堂 清光绪三十年(1904)刻本《左忠毅公年谱定本》卷上,第7页。

下了悬念,引起观众的强烈好奇。

第二折:戏中有诵、有饮,诵得慷慨激昂,饮得酣畅淋漓。让观众紧张而叹服不已,仿佛也跟着左公畅饮了一回琼浆美酒。

第三折:左公竟然被小男孩的朗诵感动得掀髯起舞。整部戏到此进入高潮。而观众也似乎不由自主地跟着左公舞蹈起来。

这部戏的"舞台",就在左公位于桐城凤仪坊(今北大街)的家里。

左光斗(1575—1625),字共之,又字遗直,号沧屿。公未及弱冠,就与兄弟一道随父亲左出颖入城而居,以优异成绩考入县学成为秀才,授徒副宪戴完先生家,与戴完两孙同时中举,万历三十五年(1607)中进士。他的继配就是戴完的孙女。

自为官以来,左公最倾力的就是接引人才,如抗清名将史可法就是他慧眼选拔出来的。① 家居时,左公也时常嘉勉邑中后生。这年候命归里,左公与老友方大铉(1563—1618)重聚,6岁的小男孩方文侍立一旁,左公见他甚是伶俐可爱,遂问他:"能背诵杜甫的诗《秋兴》吗?"这个小男孩居然毫不犹豫地答道:"能!"

杜甫,自号少陵野老,一生漂泊,是唐代伟大的现实主义诗人,被后世尊为"诗圣",其诗更被誉为"诗史"。《秋兴》八首堪称杜甫的巅峰之作,表达了对家国前途的关注和对人生命运的思考,但也正因为思想内涵深刻、艺术手法高妙,理解起来有一定难度。可是,6岁的小方文居然能一字不漏地全部背诵出来,而且抑扬顿挫、音节慷慨,似乎对这八首诗已经理解得极为透彻了。这让左公惊讶不已,立即与老友方大铉订下了婚约。

吾邑桐城向有"亲上加亲"的传统,民间也一直盛传桐城"张、姚、马、左、方"五大文化著族均是世代姻亲。从方氏家谱来看,方大铉第三女"适知县左国柱,忠毅公光斗子"。左国柱,字子正,号硕人,又号醒园,生于万历三十四年(1606),崇祯十二年(1639)中副榜贡生,荫授浙江武康知县,明亡后挂冠而归。方文后来有诗称,因这次朗诵《秋兴》,左公许婚,父亲方大铉非常高兴,谓"老友结重姻"。那么,左国柱与方

---

① 方苞名篇《左忠毅公逸事》有载。

大铉这个第三女,很可能也是订的"娃娃亲"。因为方文订婚这年,左国柱也仅13岁而已。

二、失怙零丁最,咏诗引惊呼

经历了明清鼎革的天崩地坼后,顺治癸巳(1653)秋,漂泊在外的方文回到了家乡桐城,回到了凤仪坊。很显然,重访左公府第"噉椒堂"是必须的。而这时,左公与其父方大铉都已去世多年了。

这次接待方文的,是妻弟左国材(字子厚,号越巢,左公第四子)。应左国材之约,方文写了一首长篇五言古体《噉椒堂》[①],起笔就从6岁时的那场"折子戏"开始写,深情回忆了儿时的那段佳话:

> 我昔登兹堂,总角六龄耳。先君官司农,少保尚御史。老友结重姻,拜谒携小子。小子幼诵诗,《秋兴》如流水。抗声吟席上,少保惊且喜。一首饮一杯,八杯尽醉矣。踰年我遂孤,少保去京市。

方文这首回忆诗,仿佛冲口而出,明白如话而又生动形象,这是他的诗歌特色,时人称:"得少陵之风骨,深知其阡陌者,(尔止)一人而已。"少陵,即杜甫。其实方文亦酷好陶渊明、白居易诗风,而他又恰与这三人同为壬子年生。钱塘画家戴苍为其作《四壬子图》,图中陶渊明、杜甫、白乐天均高座,而方文谨恭弯腰,呈诗于前。方文有诗《赠戴山人葭湄》:"前年冬月涉邗水,董相祠边访知己。武林戴生居隔垣,为我曾图四壬子。柴桑范度本天人,杜标风标并绝尘。何幸置我于其侧,意态相关若有神。因持此图示同调,人人叹息夸精妙。"

方氏家族历来诗人辈出,清代又有两个很著名的方氏诗人分别是方世举与方贞观,他们与被称为"宗匠""国手"的方文一起,又合有"桐城方氏三诗人""皖江三诗家"之称。

看来,马其昶的那段传神记载,其参考原本应该就是这首《噉椒堂》诗。

左公以杜甫为媒、以《秋兴》"选婿"后,回到了京城赴任新职。次年

[①] 方文:《噉椒堂诗》,载《嵞山集》(上)卷二,上海古籍出版社,1979年,第12页。

(1618),在家丁忧的方大铉起复京官,任户部主事,但到了九月二十五日,不幸疾发,卒于官邸。方文有诗写给弟弟孔矩说:"儿时失怙最零丁,尔甫三龄我六龄。"①

母亲王氏(大铉侧室)苦节育子,又为方文请了塾师,从10岁开始学习作诗。这年清明时节,正适合郊外踏青赋诗。小方文随塾师出郭郊游,行至龙眠山下的丁翁家,见有绛桃、绿梅两树,繁花正盛,不由得流连忘返。塾师遂命方文赋诗绝句。方文早胸有成竹,仿佛曹子建七步成诗,塾师话声刚落,他就朗声一气呵成。丁翁闻之大喜,叹为少年奇才,并将其诗书于屏间。②

那丁翁岂能料到眼前的小小少年,竟是后来名震天下的诗坛"宗匠"呢?这两首七绝,方文四十年后犹记得。丁翁儿子过访方文并话旧,方文遂背诵了儿时这两首诗。其一曰:"龙眠山下野人家,一片寒香覆白沙。闻说当年种梅子,如今梅子复梅花。"其二曰:"龙眠山下野人家,一族繁英似青霞。闻说当年种桃子,如今桃子复桃花。"背诵毕,两人大笑,笑声里充满了沧桑。

方文想起了什么呢?

三、可怜珰祸作,悲愤仰天吁

方文想起左公在京9年,那年腊月里突然回到桐城。其《噉椒堂》诗写道:"九载别始还,我已隶博士。学文虽未成,爱我笔清泚。时时立堂下,训诲非一指。"

此时方文虽虚龄16岁,但"我已隶博士",已成为县儒学里的"博士弟子员",是个秀才了。这说明左公看人极准:从前那位6岁就能熟背杜甫《秋兴》八首的小男孩,果然是个难得的才俊。方文仍自谦"学文虽未成",爱才的左公却"爱我笔清泚",不仅称赞他文笔清晰而明洁,还时时将他喊过来,"时时立堂下,训诲非一指",精心指点他做学问。

---

① 方文:《七弟尔从初度招同陈尔靖小饮》,载《嵞山集》(上)卷九,上海古籍出版社,1979年,第12页。
② 方文:《忆予十岁时初学为诗》。载《嵞山集》(下)卷五,上海古籍出版社,1979年,第9页。

第六章 "皖江三诗人"与凤仪坊

可惜的是,左公还没来得及看到女婿长大成才,就横遭珰祸,被残酷迫害致死。方文在《噉椒堂》诗中接着写道:

> 未几珰祸作,果见泰山圮。合族田俱卖,此堂幸未毁。旧庐分仲季,阀阅嗣前美。休那姚先生,口不妄臧否。锡名曰噉椒,厥义何碕礣。復为文记之,秀折妙无比。

由方文此诗可知,今桐城"左忠毅公祠"边的左公故居"噉椒堂",堂名乃当时的姚休那先生所题。姚休那即姚康(1578—1653),字休那,原名士晋。笔者查了《休那遗稿》中的《噉椒堂记》:"是堂也,盖左氏忠毅之旧物,既往,而复归季君子厚者也。予为名之曰噉椒者何?此未易言之也。"①

为什么"未易言之"呢?休那先生接着有解释。

原来,嘉靖时期名臣杨继盛(号椒山),以直言敢谏著称,曾多次上疏弹劾权奸严嵩父子,遭诬陷下狱,被迫害致死,后追赠太常少卿,谥号"忠愍",世称"杨忠愍"。此事被人写成了传奇剧本,杨氏遂名闻天下,乃至"穷谷深山莫不感动"。左光斗为官以来,行事皆以杨椒山为榜样,处处与阉珰和权奸斗争,遭阉珰迫害,天启四年(1624)被削籍归里。

可能预见到今后会有不测,左光斗于家中为八十老父祝寿时,安排上演杨椒山剧,有"祸恐续椒山"之意,以试探老父反应。当演至椒山慷慨赴死时,他看到老父也"意色甚壮",心中就有了底。次年(1625)缇骑来逮,左光斗投袂而起,表示"从椒山矣!"慷慨赴死。所以姚康说:"此名堂之以噉椒也。"

方文犹记得那年三月,当缇骑虎狼般突至,整个县城震动。左太公率全家为儿子举行了生祭。戴名世在《左忠毅公传》里写道:"缇骑至桐,光斗泣语诸弟曰:'父母老矣,吾何以为别?'家人环泣,生祭县中。"县中,即县城也。

马其昶在《左忠毅公年谱定本》里也有述:"家人环泣,生祭县中。父老子弟张檄示击缇骑,公曰:'是速死矣。'固止之。槛车出郭,县人拥

---

① 姚康:《噉椒堂记》,载《休那遗稿》卷二,清光绪十五年(1889)姚氏五桂山房活字本,第33页。

马首号泣,焚香拜北阙,复拜缇骑,缇骑皆为流涕。壮士数百人赍粮从公,欲伏阙为公讼冤。公至黄河始知之,譬以利害,固辞谢。"

当缇骑至桐城时,里中热血者张榜召集勇士,要予以抗击。方文、方以智等一班任侠少年,很可能参与其事。但都被左公严厉禁止,左公不愿因此背上有负国家和朝廷的骂名。方文只能看着槛车扬尘而去,仰天悲啸长吁!

四、才如不羁马,偃蹇困泥涂

天启二年(1622),因母亲吴令仪不幸病逝,随父母宦游在外的方以智回到桐城,与年纪相仿的六叔方文有了更多相处时间。虽然他不久又随父方孔炤进京,在帝都学习和生活,但很快又因父亲忤珰削职而回到了故乡。

从此,这对叔侄"乌石托竹林,共读连理书"。①所谓"连理书",是指方以智曾祖父、方文祖父方学渐的著述。明嘉靖时期,方学渐庭前曾出现枫杞二树"连理"之祥,故题其堂曰"连理",于树下筑亭亦曰"连理",其著作则称《连理堂稿》。②而所谓"乌石",是指东郭乌石冈。这里离城三里(1 500米)左右,有方氏三世祖墓和四世祖姑墓在此,也曾有旧宅在此。方文与方以智曾课读这里的东郊慧业堂。方以智《博依集》中有诗《同黄云飙、二白肄业东郊慧业堂之作》,又有《九日与慧业诸子登高分韵之作,比年未冠,故云》等诗。

为了给家中子弟创造良好的读书环境,被削职在家的方孔炤,决定于城南郊外五印寺附近、南河边,新建一座读书小园——泽园。又在其父方大镇的指示下,先后延请邑中名师王宣、白瑜等,教授方氏子弟。王宣最精《河》《洛》,著有《物理所》等,方以智受他影响,自幼就对"物理"感兴趣,后来著成《物理小识》。白瑜家在桐城南乡石塘湖,地近大龙山和郡城,建国后属桐城县杨桥区,20世纪70年代末划归安庆市郊区,今属安庆市宜秀区。这一带古属枞川,所以人们又习称其为"枞川

---

① 方以智:《秋歌寄怀尔止叔玉龙峡中兼问南行以何日发》,载黄德宽、诸伟奇主编《方以智全书》第八册,黄山书社,2019年,第249页。
② 参见本书第九章《桐城方氏研究中的"连理"之谜探析》。

白瑜"。石塘湖距桐城县城百余里,故方以智《博依集》中常有"百里从师常负笈""驾舟如枞川"等诗句。

方文就跟随方以智在泽园读书。同时入园读书的还有方豫立、孙临、吴道凝等人。此外还有周岐(字农父),他幼从姐夫左光斗城居读书,故与方文相识较早。周岐能进入泽园,也是经方文介绍。方以智有诗《初识农父(有序)》记此事,序中说:"乙丑,学于雾泽轩,从六叔闻农父言行,素心慕之,未尝得遇。一日,六叔置酒,一见如故识,各以诗为赠。"①

晚明士子结社成风,这几位少年也在泽园结为"永社"(简称泽社),后来钱澄之也加入其中。他们在勤研举业的同时,几乎日日歌诗咏酒。方以智在《孙武公集序》中说:"余往与农父、克咸处泽园,好悲歌,盖数年所,无不得歌至夜半也。农父长余,克咸少余,皆同少年。所志同,言之又同。往往酒酣,夜入深山,或歌市中,傍若无人。人人以我等为狂生,我等亦相谓天下狂生也。"②

方文与方以智同学14年。他在《庐山访从子密之》诗中称:"与尔同学十四年(自丙寅至己卯),寒冬夜夜抵足眠。当时文章各自负,岂知穷达分天渊。"③丙寅,即天启六年(1626);己卯,即崇祯十二年(1639)。

方文一直很自负,弱冠时游历金陵,即以诗名播海内。他在一张画像中自题:"年少才如不羁马。"而在泽园学子中,方文也确实深得老师白瑜的喜爱,有诗曰:"一入吾师门,目予曰良驹。日夜鞭策之,稍与凡马殊。"可惜遭遇明清鼎革的大时代,不事新朝的方文,长期颠沛流离,故而他又诗曰:"本期千里足,流光蹑天衢。讵知二十载,偃蹇困泥涂。"④白瑜老师本来期望他成为千里马,哪知这20年来,他竟然一直困顿于泥泞不堪之中,成了采药卖卜的遗民,"乱世救贫无计策,诗家采

---

① 方以智:《初识农父》,载黄德宽、诸伟奇主编《方以智全书》第八册,黄山书社,2019年,第286页。
② 方以智:《孙武公集序》,载黄德宽、诸伟奇主编《方以智全书》第九册,黄山书社,2019年,第311页。
③ 方文:《庐山访从子密之》,载《嵞山集》(上)卷三,上海古籍出版社,1979年,第21页。
④ 方文:《哭白安石老师》,载潘江辑、彭君华主编《龙眠风雅全编》第三册,黄山书社,2013年,第1246页。

药有吟哦"。

所以,方文《噉椒堂》诗接着写道:"我忝少保婿,风节颇自矢。虽非乘龙客,亦不涸羊豕。所恨当明时,因厄未曾仕。那知坚忍性,得力反在此。"他与左国材相视苦笑。国材也是难得的才子,与兄国柱、国棅、国林合有"龙眠四杰"之称。但当时的世道毕竟如此,他们究竟还能何为?

好一个"那知坚忍性,得力反在此"。既然不愿折节新朝,那就乐得逍遥世外好了。

康熙壬申(1692),齐方升由金陵回到桐城,访同里潘江,并奉上方文遗作《嵞山全集》。此时,方文已去世23年了。这套全集乃是其女婿王概(字东郭,又字安节,浙江秀水人,长居金陵,笃行嗜古,旁及诗画,擅名于时),在岳父死后21年,仍竭尽财力为之刊印。潘江读其诗,感慨尤深:"嵞山先生诗最富,口摩心追惟恐后","把酒遥酹呼先生,千首诗传不死矣","嗟乎生男勿喜女勿悲,有婿能传绝妙辞。从此铁函心史出,长与清碧谷音垂"。① 在这首长诗里,潘江还有附注:"先生常诵放翁'身后人传千首诗'之句以自慰。"可见,潘江对方文其人其诗评价甚高。

---

① 潘江:《齐方升归自白门携王安节所刊嵞山全集至,张灯快读,喜而有作,并柬安节》,载《四库禁毁书丛刊》集部第一百三十二册,北京出版社,2000年,第470页。

这对闻名天下的诗人是堂兄弟

乾隆壬戌年(1742),方苞以"年近八旬,时患疾痛"辞官归居金陵。①翌年春,自金陵回故里桐城展墓,并处理陡岭山(俗称方家月山)祭田,在家乡陆续消磨了近一年时间,直到甲子年(1744)三月作《祭田记》。②陪同他的诸多桐城本地亲友中,有一对方氏堂兄弟,在当时的全国诗坛颇负盛名,他们就是南堂先生方贞观和息翁先生方世举。马其昶《桐城耆旧传》称:"方文之后,方氏以诗名尤著者二人,一曰南堂先生,一曰息翁先生。"③

一、江都程晋芳,师事两诗翁

以桐城方氏诗人之挺然林立、高标之众,何以这对堂兄弟诗人受到马其昶的特别推举呢?且从乾隆四十二年(1777)说起。姚鼐在这年撰《刘海峰先生八十寿序》(《惜抱轩文集》卷五),文中提道:

> 曩者,鼐在京师,歙程吏部、历城周编修语曰:"为文章者,有所法而后能,有所变而后大。维盛清治迈逾前古千百,独士能为古文者未广。昔有方侍郎,今有刘先生,天下文章,其出于桐城乎?"

歙程吏部、历城周编修的这段话可不得了,被认为就是姚鼐创建"桐城派"的主旨,也是姚鼐公然高举"桐城派"大旗的开始。尤其是"天下文章,其出于桐城乎?"这句话,从此以后就几乎家喻户晓了。

老程、老周分别是谁,姚鼐竟然需要借重他们的话?

---

① 刘季高校点《方苞集》之《方苞年谱》,上海古籍出版社,2008年,第886页。
② 方苞此文参见方传理《桐城桂林方氏家谱》卷四十九"垄墓",清光绪六年(1880)刻本。
③ 马其昶:《方氏三诗人传》,载马其昶撰、彭君华校点《桐城耆旧传》,黄山书社,2013年,第26页。

原来，姚鼐所说的"历城周编修"，是山东历城（今属济南）人周永年（1730—1791），字书昌，乾隆三十六年（1771）进士，而姚鼐正是这一科的山东会试同考官。后来，姚鼐与周永年又是同僚。周永年学问渊博，文章冠绝一时。有论者认为，《四库全书》的纂修，周永年不仅有倡导之功，而且为之作出了巨大的贡献。周永年与姚鼐或因学问文章而惺惺相惜，对桐城多有推崇。

这里要提醒重点关注的是，被姚鼐置于周永年之前的"歙程吏部"，即程晋芳（1718—1784），字鱼门，号蕺园，清代经学家、诗人。虽云为歙县人，实际自高祖就已迁居扬州。程氏家族不仅是两淮盐业领袖，也是本地的文学世家。程晋芳由御赐举人授中书，与周永年是同科进士，与姚鼐、周永年一起参与纂修《四库全书》。他一生好藏书，又好施与，所交皆一时名流。

如果再深入一步，就会发现：程晋芳竟然还是桐城方氏的亲戚。其为方贞观的《南堂诗钞》作跋文透露，"桐城方贞观，余族伯父水南先生其姻也"。①

程晋芳所说的族伯父水南先生，即程嗣立，字风衣，号篁村，工诗、擅书画，好接济友朋，交游甚广。其著《水南遗稿》卷一有诗《闻方南堂南归作归山图寄赠》，卷二有诗《方南堂索山水漫题》《方断事公墓》《川贞姑墓》，不仅写与方贞观的交游，竟然还谙熟方家先辈的故实。关系如此密切，毕竟两人是亲家翁。据《桐城桂林方氏家谱》方贞观"小传"载：贞观育有三子四女，其中第三女适山阳程彤；第四女适程遵，未嫁卒。程彤、程遵俱贡生嗣立子。②而程嗣立的父亲程之韺、祖父程量入，都是当地首屈一指的风云人物。

在清代，两淮盐商为全国商界巨擘。程量入、程之韺父子都曾位居两淮总商之位。康熙为平定三藩，众商捐赀助饷，悉取办于程之韺，之韺因此被特赐五品服，为诸商之冠。康熙、乾隆数度南巡，程氏盐商都极尽逢迎之事，受到皇室器重和赏赐。而乾嘉时期崛起的扬州学派，也

---

① 程晋芳：《南堂诗钞跋》，见《勉行堂文集》卷五。
② 方传理：《桐城桂林方氏家谱》卷十八《方贞观小传》，清光绪六年（1880）刻本，第27—28页。

与以程氏等为代表的两淮盐商崇儒好古、鼎力支持分不开。由此可见，扬州程氏在清代政治、经济、文化上的影响力。

仅就程晋芳而言，当时的诗坛名宿袁牧就说："鱼门太史于学无所不窥，而一生以诗为最。余寄怀云：'平生绝学都参遍，第一诗功海样深。'寄未一月，而鱼门自京师信来，亦云'所学，唯诗自信。'不谋而合，可谓知己自知，心心相印矣。"①程晋芳在当时诗坛上的地位，也由此可窥一斑。

如此说来，难怪姚鼐要借重山东周永年、扬州程晋芳之口，来举起"桐城派"的大旗呢！

可是，您知道程晋芳的老师是谁吗？就是方世举和方贞观这对堂兄弟。程晋芳自己就说过方世举："尝止余家，余从而学诗，其议论专主唐宋大家，而于杜苏尤嗜焉。其初名世举，师事竹垞老人。"②"余之诗盖出于桐城两方，兼采其说而学焉。"③可见程晋芳对其师方世举、方贞观的推重。

实际上，早在康熙年间，时人就将方世举与大学士李绂并称了。李绂，出自临川李氏家族，人称穆堂先生，历经康、雍、乾三朝，身兼文人、官吏、学者三重身份，早年致力于辞章，以诗文著称。方世举曾北游京师 10 年，其诗歌常被李绂夸耀于时人，当时的名臣硕儒多与方世举交游，方世举因此而声名日盛。

此外，袁枚《随园诗话》的广泛流传，或许也是一大贡献。话说清代中叶以后，书籍市场上有四大畅销书，分别是《三国志演义》《红楼梦》《聊斋志异》和《随园诗话》。袁才子这套诗话，从清代乾隆中叶到民初这 150 年间，刊刻本就有 50 种以上，这是当时最流行的白话小说都难以企及的。刻本多就意味着读者多。而诗话中多次提及包括方世举、方贞观在内的桐城方氏诗人，故事脍炙人口，以致传播极广。

这就可以理解，为什么马其昶要特别指出：方世举、方贞观两人是方文之后，"方氏以诗名尤著者"。当然，康、雍、乾时代，方以智、方孝

---

① 见袁枚《随园诗话》第十卷。
② 程晋芳：《春及草堂诗抄跋》，见《勉行堂文集》卷五。
③ 程晋芳：《南堂诗钞跋》，见《勉行堂文集》卷五。

标、方授、方其义等诸多方氏诗人著作被禁毁,也影响了他们诗名此后几百年的传播。

二、扬州曾为客,联姻江都程

程晋芳所说的"两方",其中方世举(1675—1759),字扶南,号息翁;方贞观(1679—1747),原名世泰,字贞观,以字行,号南堂,晚号三乳老人。两人都有诗文集行世。马其昶又说:"两先生皆少詹事坦庵曾孙,而孝廉章钺孙也。"这对堂兄弟都是方拱乾的曾孙、方章钺之孙。上文提及的方孝标,则是他们的伯祖父,而方章钺是方孝标的五弟。

方拱乾(1596—1666),初名若策,字肃之,号坦庵,凤仪坊桂林第主人方大美第五子,原为崇祯元年(1628)进士,"馆选第一、文名震当时",官少詹兼翰林学士。明亡10年后,复出任清廷翰林学士、升少詹事。但他晚年还有一个别号更具特殊意义:甦庵,有时也自称甦老人,这与他受其子方章钺江南科场案株连有关。当时,66岁的他,不得不率全家几十口人,在万里之外的苦寒之地宁古塔,煎熬着日日夜夜。

正当不敢有任何生还希望之时,朝廷突然题准流人可以筑修城楼赎罪。拱乾孙、孝标子方嘉贞遂上书认修城门楼,流放近3年的拱乾一家因此得以赦还。一个"甦"字,可谓饱含了死而复生的万般感慨:"纵观史册,从未有六十六岁之老人,率全家数十口,颠连于万里无人之境,犹得生入玉门者。"①

由于"既老且贫,无家可归",方拱乾遂"白头皂帽侨寓淮扬间","赋诗卖字,徜徉山水"。② 流寓扬州期间,方氏父子、祖孙几代人与江南时贤名流交往甚密,如冒襄、顾梦游、李长祥、王士禄、宗元鼎、杜濬、陈维崧等。当然,更少不了当地的巨族扬州程氏,方氏与程氏两个家族甚至还结成了姻亲。

从程晋芳来看,其与桐城方氏并不限于"族伯父水南先生其姻"这层关系。方世举有诗《题表弟程午桥编修篠园》:"性癖衣冠嬾,心清风

---

① 方拱乾:《何陋居集自序》,载李兴盛主编《何陋居集·甦庵集》,黑龙江大学出版社,2010年。
② 清道光《桐城续修县志》卷一二"人物志·宦绩",第23页。

露香。兼葭有秋水,蟋蟀自西堂。昭代容闲逸,端居合典常。扬州花重地,萧寂灌簹筼。"①程午桥即程梦星,字午桥,乃是程文正之子,他们为"父子进士";而程晋芳的祖父程文阶是程文正之弟,意味着程晋芳就是方世举的表侄。

这种表亲关系,在《桐城桂林方氏家谱》方世举的"小传"中得到了印证:方章钺第三子云泌,配江都程氏孝廉牧女,生三子,长即世举。程晋芳也说:"息翁之尊人御生(方氏家谱写为芋僧),为余祖姑夫,以故息翁与先君子为中表兄弟。"②这表明,方世举的母亲就是程文正、程文阶的女兄或女弟。而程文正、程文阶都是程之馦之子,也即方世举的母亲就是程之馦之女。

不幸的是,康熙五十年(1711)冬,"南山集"案发,正在京都诗酒风流的方世举、方贞观等,都因已故伯祖父方孝标牵扯此案而受到株连,合族百余人口再次被远戍关外。10年苦寒之地的流放,改变了他们的人生轨迹。赦归后,他们与其曾祖父方拱乾一样也流寓扬州,从此不再关注时事,以吟咏山水消磨余生。

但方世举还没完全放弃学问,潜心著成《韩昌黎诗编年笺注》十二卷。这部书堪称总结前人注本基础上完成的一部集大成之作,历来被认为是韩集注本中成就最高者。"它不仅在韩诗编年方面具有创新性,而且笺注方法也具有清人注释的时代特色,具有极高的学术价值。后世注本如钱仲联《韩昌黎诗系年集释》、童第德《韩集校注》等,都对其成果有大量借鉴引用。章学诚《〈韩昌黎诗集编年笺注〉书后》云:'是亦攻韩集者不可不备之书也。'"③此外,方世举还著有《春及草堂诗集》四卷、《江关集》一卷、《汉书辨注》四卷、《世说考义》、《家塾恒言》、《兰丛诗话》等。

方世举、方贞观流寓扬州,曾栖止于程氏家,程晋芳因此得以跟随两翁学诗,谓"余之诗盖出于桐城两方,兼采其说而学焉"。程晋芳后来

---

① 方世举:《春集堂》初集,载《清代诗文集汇编》第二百三十七册,上海古籍出版社,2010年。
② 程晋芳:《春及堂诗抄跋》,见《勉行堂文集》卷五。
③ 郝润华、丁俊丽:《方世举及其〈韩昌黎诗集编年笺注〉》,《周口师范学院学报》2010年第3期。

也果然不负两翁期望,成为一代大家。姚鼐曾有诗称赞程鱼门的学问:"六艺高论玉麈挥,百家杨秉莫能非。欣登云阁仍簪笔,却送春艭忆钓矶。再应征书丞相老,三为祭酒大夫稀。圣朝举欲留儒者,岂得归田志不违?"①

三、直言与论诗,方苞也折服

话说乾隆甲子年(1744)十一月,77岁高龄的方苞又一次回桐城展墓。方苞直系先祖的墓基本都在今桐城境内,主要有东郭乌石冈祖墓、城北方家月山祖墓、龙眠黄龙山和三峰山祖墓,以及城西碧峰山祖墓、嬉子湖松山祖墓、吕亭寄母山祖墓等。

《方苞集》中有《展断事公墓》诗两首,其一曰:"不拜称元诏,甘爱十族书。壮心同岳柱,寒骨委江鱼。天壤精英在,衣冠想像馀。拜瞻常怵惕,忠孝检身疏。"其二:"高皇肃人纪,义气忾怀瀛。作庙襃余阙,开关送子英。微臣知国耻,大节重科名。呜咽穷泉路,应随正学行。"另有《川姑墓》诗一首:"欲践曹娥迹,孤嫠谁保持?门缨中有变,节孝两无亏。七十不环琪,千秋作表仪。忠魂应少慰。有女是男儿。"②

跟随方苞祭祖的相关亲属,如方世举、方贞观、方正瑗、陈正璆等也赋诗以和。方正瑗的《潇洒集》载乾隆甲子年(1744)诗作中,有《五世祖忠烈公墓和望溪兄韵》《拜川贞老姑墓》两题,诗题基本与方苞诗题相同。这足以证明方苞展墓诗作于乾隆甲子年。

而方世举的《和望溪兄省墓二诗》,题目并不相同或相似。如其诗题为《龙眠山》者,前序介绍了断事公事迹后,又说"陶潜陆机皆有例也。兄必欲叙事,姑从而和之"。诗其一曰:"杀运生人杰,兴朝斥尔书。天荒剩鸡犬,地尽托龙鱼。国命孤衷系,师恩九族馀。沧江刀锯外,网密水云疏。"其二:"直下一千尺,寸心澄四瀛。生居百僚底,死夺万夫英。故冕山招复,新貂鬼唾名。至今蜀父老,犹唱杜鹃行。"又如其诗题为《乌石冈》者,与方苞《川姑墓》诗题亦不同,题目即点明了墓址所在[位

---

① 姚鼐撰、姚永朴训纂《惜抱轩诗集训纂》,宋校永校点,黄山书社,2001年,第370页。
② 徐璈辑《桐旧集》第一册,杨怀志、江小角、吴晓国点校,安徽大学出版社,2016年,第297—298页。

于桐城东郭三里(1 500米)外的乌石冈],前有序云:"葬断事公女川贞,今与母卷孺人同祀列女祠首。"诗曰:"三从半生了,两痛一身持。天苦石难补,月羞弦下亏。古人云有守,女子岂无仪。髣彼飞蓬影,居然烈士儿。"①虽然方世举的和诗年代不详,但方世举在和诗之后,紧接着又有《兄回白下索诗寄五十韵》,其中自注曰:"国初官制国史鸿文院秘书三院,今拜归翰林,兄初授翰林侍读。"而方苞本人与正史皆无"初授侍读"之说,抑或为"初授侍讲"之误。据此,可证方苞雍正十年(1732)亦曾回桐展墓,则方苞这年回桐展墓诗已失载。

此外在《春集堂》初集里,还有《同望溪兄拜先断事公墓》一首,此题与乾隆甲子年的方苞展墓诗题相似,表明方世举甲子年(1744)也曾陪同方苞省墓并有和诗。

方正瑗又有《题息翁春游试杖图》七绝五首。其中一首曰:"不动山前老衲家,深红浅碧野梅斜。忽思三十年来事,除夕狂吟雪煮茶。"诗中"不动山前",当是指凤仪坊的大宁寺,该寺旧名不动山大宁禅寺,宋代建于县西,洪武二年(1369)移建于凤仪坊。从这首诗来看,方正瑗与方世举同辈之间,在晚年也是经常交游的,彼此都有"忽思三十年来事"的沧桑之感。

方苞乾隆甲子年(1744)回桐城,还有一件重要的事,就是为其十世先祖东谷公重立墓碑,并撰《復田保公荫碑记》:"邑治东北寄母山,方氏九世邹太君、十世南安丞东谷公墓在焉。余以展墓循视封树,见墓西偏田陌中大木葱郁,与墓荫相连,俨同松楸。问之,则扶南私产也。谂我农夫,毋伤柯干。扶南曰:'然则捐诸公。'余曰:'计树酬直,弟立捐契,则子孙无敢毁伤。'于是,苞及从侄元醴、峒、观永、求义、国宝、求显,从孙浩,以二百金酬扶南。扶南亲笔立契:田畔树木尽归墓荫,嗣有敢戕其一枝一叶者,与盗墓树同。时乾隆甲子十一月,十六世孙苞等记。"②方世举去世后,也附葬于东谷公墓近。

---

① 方世举:《春及堂集》第三集,载《清代诗文集汇编》第二百三十七册,上海古籍出版社,2010年,第2页。
② 方苞撰碑文,载方传理《桐城桂林方氏家谱》卷四十九"垄墓",清光绪六年(1880)刻本,第60页。

今人多以为方苞不作诗,但方世举《春及堂》第三集中,屡提与方苞论诗。如《望溪兄特以诗稟下问,适有事牵未及展读,连书迫促,因先呈长句二十韵》,诗中开头就说:"迢迢双鲤一诗筒,三度封题半月中。薄海交游踪迹断,隔江兄弟性情通。"可见方苞所寄诗作甚多,半个月内就连寄了三次。方苞个性耿直且往往出言无忌,方世举的个性恰好也是如此。在读完方苞所寄诗篇并寄还时,方世举《又呈二十二韵》中也就直来直去地规劝方苞:"吾兄但不官,何事不第一。不必更声诗,声诗复孤子。""今请箧衍藏,毋取异己疾。""兄宜挥门墙,诗乃使摘抉。"都是劝方苞不要执意作诗,后来方苞果然鲜见为诗,《方苞集》里仅存诗 15 首。而戴名世曾侍方苞父亲方仲舒之侧,听方仲舒论诗:"诗之为道,无异于文章之事也。今夫能文者,必读书之深而后见道也明,取材也富,其于事变乃知也悉,其于情伪乃察也周,而后举笔为文,有以牢笼物态而包孕古今。诗之为道,亦若是而已矣。"戴名世因此感叹:"然则先生之诗,固以为文之道为之,是即先生之文也。其所以教二子之为文者,即以己之所以学诗若教之而已矣。而二子之禀承家法,悉得先生之诗学以为文,其所为跌宕淋漓、雄浑悲壮者,犹之先生之诗也。"[①]可见,方苞并非不能为诗。戴名世认为方舟、方苞为文"一落笔辄名天下",是禀承家法、参透了为诗之道而已。

四、方氏杜诗学,发文派先声

袁枚说:"桐城二诗人,方扶南(世举)与方南塘(贞观)齐名。鱼门爱扶南,余独爱南塘。"[②]南塘即方贞观,又写作南堂,年纪虽比方世举小 4 岁,然诗歌艺术水平毫不逊于其从兄。袁枚活跃乾嘉诗坛 40 余年,为性灵派三大家之首,他如此推崇方贞观,不是没有理由的。

方贞观,方云存次子。方氏家谱云:"(方贞观)弱冠补博士弟子,顾屡困场屋,遂一意为诗,有时名。以事牵,徙客京师十年,所造皆倒屣迎。兴县孙文定公为馆职时,学诗于公。后公归籍,文定以少司成提学

---

① 戴名世:《方逸巢先生诗序》,载王树民编校《戴名世集》卷二,中华书局,1986 年,第 30 页。
② 见袁枚《随园诗话》卷十三。

安徽,公复补弟子员,为文字交,时人以为美谈。雍正十三年,诏开宏词科,文定上公名于朝,公以诗谢之,坚辞不就。"①

虽然早年科举不顺,但方贞观一意为诗,"徒客京师十年,所造皆倒屣迎"。可见其诗名之盛。家谱中提到一件传为美谈的事:山西兴县的孙嘉淦(谥号"文定")任职翰林院时,曾随方贞观学诗。后来,方贞观归故里,孙嘉淦"以少司成(国子监司业)提学安徽",方贞观得以补弟子员。雍正三年(1725),朝廷开博学鸿词科,孙嘉淦又荐举方贞观,但方贞观以年老坚辞不就。

孙嘉淦是何许人?据《清史稿》,孙嘉淦乃康熙五十二年(1713)进士,历经康熙、雍正、乾隆三朝,孙嘉淦是清前期颇有胆识的宰相级官员,也是一位卓越的学者,著述颇丰,后世史学家认为"山西清代名臣,实以嘉淦为第一人"。《随园诗话》卷八提到,袁枚曾以秀才投诗孙嘉淦,孙氏赞袁枚"满面诗书之气"。后袁枚于乾隆三年(1738)中举,正出于孙嘉淦门下,孙的神道碑就是袁枚写的。

这样看来,方贞观算得上是袁枚的老师的老师。

但袁枚推崇方贞观的诗,并非仅出于这种师谊,其《随园诗话》解释为何"独爱南塘":"以其诗骨清故也。扶南(方世举)苦学玉溪、少陵两家,反为所累,夭瘀性灵。南塘如:'风定孤烟直,天遥独鸟沉''因潮通估客,隔苇见渔灯''闰年入夏花犹在,积雨逢晴草怒生',皆扶南所不能。至于'无意怀人偏入梦,未报恩门羞再入',其妙在真。又,'清风时一来,悠然复徐歇',真陶诗之佳者。"②

然而,方贞观的诗也不唯"诗骨清""妙在真""真陶诗之佳",更在于婉转情深、言短意长。诚如常山李可淳《方贞观诗集序》云:

> 予与贞观先生游近三十年,其诗凡数变。最初学张籍、王建,既又学孟东野;三十以后,尽弃其所素习,沉淫于贞元大历之间,镕炼淘汰,独标孤诣,务极雅正。而贞观固欿然,自以为未足。未几患难,归京师隶入旗籍,弃先垄,别亲故,行动羁縶,出入恐惧,人事

---

① 方贞观列传,载方传理《桐城桂林方氏家谱》卷五十二,清光绪六年(1880)刻本,第63页。
② 见袁枚《随园诗话》卷十三。

都废，何有于诗？顾其屈郁抑塞之气，羁孤离别之感，转喉即露，随露随掩，愈掩愈出，宛转沉痛，言短意长，贞观之诗至此始造其极。夫难生虑表流离颠踬，穷愁无聊，讬之讴吟，贞观之诗之工亦大可哀矣！如是者十年得复归江南，今又经十年矣。所为诗益造平淡，益近自然，惜多散逸，所存仅若干首。顾读之辄令人流连往复，如其悲喜而不能自已，何其入人之深也！尝见粤人陈恭尹之论诗云：感人以理者浅，感人以情者深，感人以言者有尽，感人以声者靡涯。诗之道所以后六经而独存也，贞观其庶几乎！[1]

李可淳此序，可谓方贞观诗歌特点的精准评价。受《南山集案》牵连，方贞观曾隶入旗籍，流放10年，这是其诗歌"始造其极"的转折点，归来后的诗风则"益造平淡，益近自然"。而读之"辄令人流连成往复，悲喜而不能自已，何其入人之深也！"有《南堂诗抄》六卷传世。

然而，方贞观又不仅仅以诗名，还以精微独到的诗论为天下叹服。其诗论主要见于《方南堂先生辍锻录》，作于雍正、乾隆时期。该书开宗明义将诗歌别为三类："有诗人之诗，有学人之诗，有才人之诗"，最称许"诗人之诗"，其次则"才人之诗"，尤批判"学人之诗"。相关论述可谓集前人之大成，又多独得之见。方贞观自己也以"诗人之诗"为高标，吟咏情性，讲究意境之美，与后来袁枚的诗歌观念较相似，但比较而言，方氏更注重以律论诗。

清代前中期，桐城出现了非同寻常的杜诗研究热潮。这种热潮肇始于方拱乾。方拱乾自称"寝食少陵"，而方世举亦云："余家传诗法，多宗老杜。先宫詹公（方拱乾）又集学杜之大成，晚而批杜，章法、句法、字法皆有指授。"[2]方世举虽然一生于韩诗用力最深，所著述《韩昌黎诗集编年笺注》亦最为人称道，但他晚年所著《兰丛诗话》中讨论最多的是杜诗得失，阐发自己的杜诗观。方贞观对杜诗批评也甚用力，今南京图书馆藏《方南堂先生手批杜诗》二十卷，周采泉《杜集书录》称："每卷均有题识，批语均以蝇头小楷写在书眉上。编者所见眉批之精莫与伦比，于

---

[1] 李可淳：《方贞观诗集序》，载《四库禁毁书丛刊补编》第八十三册，北京出版社，2005年。
[2] 方世举：《兰丛诗话》，载郭绍虞编选、富寿荪校点《清诗话续编》，上海古籍出版社，1983年。

杜诗抑扬参半,但都有卓见。"①

　　自清初方拱乾始,直到方世举、方贞观辈,方氏学人及其子弟、亲属有关杜诗学术著作至少有十六种。比较而言,即便是较为富裕的通州大邑,如苏州、杭州、宁波等,也不过数种而已。桐城作为江北小邑,有如此多的杜诗学术研究,可谓罕见。学界认为,这在一定程度上为桐城派的出现提供了理论准备。安徽师范大学程维教授指出,更奇特的是,他们"提出自己的核心阐释理论,即'以意逆志'说。这种阐释模式偏向于文学本位,因而将注意力集中在诗歌章法、意脉等问题上,为桐城派章法学的出现提供了理论积淀。而桐城杜诗学为'以意逆志'所设计的阐释法门和学习路径,正是刘大櫆、姚鼐'因声求气''由粗入精'理论的先导"。②

---

① 周采泉:《杜集书录》,上海古籍出版社,1986年。
② 程维:《清前中期桐城杜诗阅读传统与桐城义法的生成》,《文学遗产》2023年第6期。

"怀西楼"上那轮明月[①]

他站在这座小楼左侧的一角,眺望着连绵不尽的城外西山。皎洁的月光如水一样铺洒下来,照着他那有些茫然的脸。他就是自诩为"伤魂野夫"的方文,号嵞山,是明遗民杰出诗人(图7)。时人陈维崧有诗称扬方文的诗作:"字字精工费剪裁,篇篇陶冶极悲哀。"孙枝蔚也赞叹:"看似寻常最奇崛,成如容易却艰难。"当代学者严迪昌《清诗史》称方文"严于是非,尤重大节",其诗"真气淋漓"。

方文倚立的这座小楼叫"怀西楼",主人乃是邑庠生左国鼎(字夏子,号非楚),其妻方氏是方文侄女、方以智妹。[②] 怀西楼创建于其祖父左出颖,后归出颖第七子左光先,光先又将此楼授予他的长子左国鼎。这在钱澄之的《怀西楼记》里有叙述。[③]

清顺治十年(1653)的农历九月十六日夜,一场宴席刚刚在怀西楼散去。

久客他乡的方文,自这年回桐以来,心情一直郁郁。多少从前的亲戚故旧、同学好友,如今仍然天各一方。如方以智流离岭南近10年,刚返回桐城不久,就因皖府逼他出仕,愤而直奔南京天界寺受戒为僧;钱澄之仍仆仆于道途,至今未归;孙临因抗清而牺牲于闽海浦城,方授则因抗清不顺,悲愤至极,客死他乡;就是年纪轻轻的方其义、左国昌,也于国破家亡的忧患之中,先后郁郁病卒。

明月不堪千里共。今夜,又无奈送别了好友曾灿、左国棅二人。

[①] 本文2021年首发于"六尺巷文化"公众号。
[②] 据方氏家谱,方孔炤与吴夫人育有三女,其中第二女适生员左国鼎御史光先子,第三女适曹石岳光禄履吉子;然据方以智《慕述》诗,其第二妹适光禄履吉子台岳,第三妹适御史左光先子国鼎。
[③] 钱澄之:《怀西楼记》,载彭君华校点《田间文集》卷九,黄山书社,1998年,第163页。

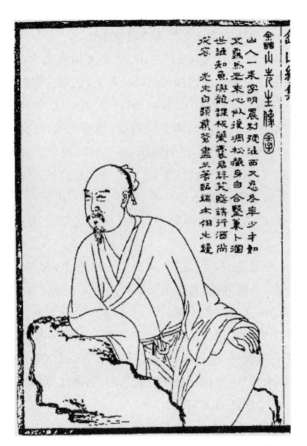

图7 盫山先生像,来源于古怀堂藏板《盫山续集》

正是秋将尽、冬将临时节,参与此次饯行的同邑好友潘江、陈垣、张秉哲、陈式、马之琼、左国材等人,也陆续起身陆续告辞,不久他们将为生计而各奔南北。只有那轮静静高悬的明月,依然是如此饱满、晶莹,却又是如此清冷、孤绝。

左国鼎默默地走过来,两人都眺望着连绵不尽的龙眠西山,以及西南方向的那一轮明月。左国鼎与他们不同,他不能到处奔波,而要守在家乡,守在龙眠山下的怀西楼,守在年迈父母的身边,以尽作为人子的孝道。

方文又想起昨天傍晚的事来。那时,他正与潘江、左国材、左国鼎、张秉哲、曾灿等人站在北拱门城楼上,眺望晚霞与红叶相映的西山,分韵赋诗。适逢左光先老先生在其第三子左国治陪同下,自投子寺策杖归来。老先生遂盛情邀请方文等人至其家小饮。

老先生字述之,一字罗生,号三山,乃是被阉珰杀害的"天启六君子"之一的左光斗七弟。天启四年(1624)举人,崇祯元年(1628)任福建建宁知县,升任御史,于崇祯十四年(1641)巡按浙江。他以五兄左光斗为榜样,举贤惩贪,多有善政,明亡后归里,渔樵为偶,松菊自娱。今年已七十有四,身体还算硬朗,白须飘飘,颇具仙风道骨。大家谈起老先生当年主政建宁、巡按浙江的往事,称赞老先生忠直不阿,政声卓著。

老先生突然老泪纵横,长叹一声,摆手道:"不堪回首、不堪回首!"

方文知道,老先生始终耿耿于怀的,就是当年浙江东阳的"许都之乱"。

许都是东阳当地的名门之后,虽身为一介书生,却与方以智、方文一样,为人豪爽,慷慨好施,喜欢结交桀骜之士。在明末乱世之时,许都招募义勇练兵,举义旗以备杀贼。但此时,朝廷为应对农民军和清兵的双重挑战,不断催促各地加大粮饷征缴力度。东阳知县姚孙棐征缴过激,许都麾下负气煽动,举兵起义,适逢许都丧母,其麾下兵士都以白布缠头,人称"白头兵",一时所向披靡,破东阳、陷浦江、攻义乌,进而围困郡城金华府,整个浙江为之大震。

崇祯十七年(1644)正月,许都起事之后,不仅攻城略地,其他不法之徒也趁机假借义军旗帜索饷各村各户,甚至公然抢劫普通民众,所带来的破坏和恶劣影响极其严重。巡按御史左光先此时充任平息动乱的总指挥,虽然一时间"治兵调发遍境内",却被义军各个击败。左光先又调集各地数万官兵合力围剿,起义军实力才不断削弱。

许都退守括苍山,继续立寨扬旗。由于许都与当时的复社领袖陈子龙是故交,陈子龙又是绍兴府推官,为左光先部下。他自告奋勇,单枪匹马闯入许都大营,劝许都毁营垒、纳兵械、散徒众。许都在困境之下,被迫以六十人随陈子龙赴省城杭州请降。

许都投降后,金华本地的士大夫必欲杀之而后快,劝陈子龙将许都"诛之于途"。陈子龙以"杀降不祥"而拒之。但浙省官员合议必杀许都,以绝后患,将许都等六十人同斩于钱塘江边。

第六章 "皖江三诗人"与凤仪坊

"许都之乱"平定了,争议却一直未平息。

鉴于李自成、张献忠都是反复投降、反复起事并不断壮大的深刻教训,加上金华本地士大夫的强烈呼声,浙省官员决策处斩许都也是不得已而为之。但许都与复社名流之间的故交关系,特别是陈子龙对此颇为寒心;而左光先与东阳知县姚孙棐又是同乡。一时间各种非议纷起。

几个月后,李自成攻进了北京,崇祯帝在景山自尽。把持南明"弘光"小朝廷的阮大铖遂以"许都事件"为由,企图将东林和复社等正直人士斩尽杀绝。左光先自此隐于家乡,不再与世人往来。

"心绪已同霜叶赤,泪痕长共石泉流。"听着老先生长长的叹息,方文搁下了杯子,心中涌起了两句诗。明亡后,方文断绝了入仕之念,浪迹他乡,刻意为诗,纪写乱离悲愤,颇得老杜沉雄顿郁之致,自成一家。因其字"尔止",号"嵞山",故其诗亦有"尔止体""嵞山体"之说,与吴伟业的"梅村体"、施闰章的"愚山体"并称于世。

而此时此刻,方文与左国鼎立于怀西楼左侧,眺望连绵不尽的西山,以及西南方向的那一轮明月,列数着天各一方的同学故旧,方文又说起了远游计划:"我来故国那能久,亦欲相随鸾鹤群。"

又是一个秋风萧瑟的日子。

"桐风初御晚凉还,屐齿同乘物外闲。百尺楼头书万卷,千重树里屋三间。瀹香细泼秋前茗,远黛平招雨后山。半醉袒肩横说易,一生天放老夫顽。"远在山东的方文,接到钱澄之寄来的《左夏子怀西楼》《怀西楼记》等诗文时,正在大明湖畔凭吊堂姐方孟式,她的丈夫张秉文在"济南保卫战"中与清兵决战牺牲,而她则率妾婢数十人自沉湖底而死。

"故国有怀唯涕泪,新诗无字不悲酸。"想起在怀西楼为曾灿、左国栋饯行的那个月夜,转眼已经过去7年了。

钱澄之此时又号"西顽",他的诗尽洒遗民血泪。诗中提及的左夏子就是左国鼎。方文是在顺治十七年(1660)正月,与同学钱澄之相遇于杭州的。他们游历西湖诸胜,并与钱塘的明遗民分韵赋诗后,两人决定乘舟归桐城。这一次在故乡又盘桓了数月,应定陶知县马之瑛等人的邀请,方文再度赴山东。钱澄之则留在了县城,"经营三四载,新构小茅茨""市上还防虎,山中不闭门"(时有虎入城)。钱澄之在《龙眠山居杂兴》等诗文里，书写着城居生活的点点滴滴。

读《怀西楼记》等诗文，方文仿佛跟随着钱澄之，又重新登上了怀西楼。钱澄之在文章中，用了一段左国鼎的原话：

> 夏子曰：吾亲在西焉。吾之居，吾祖父创也，吾亲以授诸吾。而城西有吾弟子周（左国治）庐，吾亲从之居，弟少也，吾晨昏则有间焉。是故，西，吾亲所在也，吾望西山晓，知吾亲兴焉；西山暮，知吾亲定焉；雨，则如睹其愁寂；霁，则如承其愉悦也。四时之间，一日之内，西山之气候不齐，其所以触吾怀者亦不一。故吾之西向而楼，非犹夫人之西向而楼也；吾之于西，盖未能一时之去诸怀也。

左国鼎"未能一时之去诸怀"，当然是时刻关心着居住在西山之侧的双亲吧。可惜，左光先老先生已于去年辞世。那么，这时的左国鼎又"怀"什么呢？

钱澄之在文章中抒发了一通感叹：

> 夫左氏自忠毅公（左光斗）抗节死珰祸，而又有侍御公（左光先）以直声著闻，称一门忠贞。吾于夏子之孝思，而知为其作家忠之本也。夫为人一日不忘其君，必为人子一日不忘其亲者也。或曰：侍御之志在西山，非此山之谓也。见西山而有怀，非徒不忘其亲，亦以不忘其亲之所不忘也。若是，则夏子之怀，又非寻常瞻依者之可同日语矣。

原来，侍御（左光先）之怀，表面看是"志在西山"，却又"非此山之谓也"；而夏子（左国鼎）之怀，岂只是"不忘其亲"，也是"不忘其亲之所不忘也"。如此，则怀西楼之"怀"字，在钱澄之看来，就非同寻常了！

方文读到这里，眼前就晃动着左光先、左国鼎父子的身影。想起自己6岁时，曾随父亲方大铉赴左家噉椒堂，御史大人左光斗听自己背诵杜诗，每背一首，左公就倾一杯酒，听到兴头，掀髯起舞，两家遂定下了婚约。而今，父亲逝世已有40余年；凤仪坊之北，怀西楼不远的噉椒堂旁边，就是明末朝廷敕建的"左忠毅公祠"，仿佛祭祀大明王朝远去的背影。

他抬起头来。天空中一轮明月，仿佛依旧悬挂在故乡的怀西楼上，如此饱满、晶莹，却又是如此清冷、孤绝。

第七章
桐城派与凤仪坊

万历四十六年(1618),南直隶桐城县城凤仪坊,方氏桂林第喜事连连。这年秋天,太仆寺卿方大美第五子方拱乾,年方23,乡试高中举人。而就在前不久的四月初三,方拱乾的长子出生,这孩子初名玄成,字孝标,后因避康熙讳改元成,以字行;号楼冈,晚号钝斋。

晚年的方孝标,沉潜著述,其《滇黔纪闻》被同乡后辈戴名世引用,酿成《南山集》大案,戴名世被处斩,殃及方孝标白骨乃至子孙。而为《南山集》作序的方苞,也系入刑部大狱"拟斩"。或许是命不该绝,方苞出狱了,转身就成了百代文章宗师。

从桐城方氏学派到桐城派①

今人若问,有清一代最大的文学流派桐城派,何以会出现于桐城这个蕞尔小城?可能不同的学者有不同的答案,但基本上都会上溯到清初的戴名世与方苞,以为桐城派之开先者也。

戴名世、方苞皆以文胜,方苞更被誉为"古文巨擘,国朝二百余年之冠"。②继起者刘大櫆不仅善为古文,亦以诗著称,姚鼐兼而得之则集大成。几位先生皆桐城人,且弟子众多;尤以姚先生几十年讲学不辍,高徒林立,徒子徒孙遍天下。于是,时人就有"天下文章其出于桐城乎"之惊叹,桐城派的旗帜得以树立。

然溯考戴名世、方苞、刘大櫆、姚鼐四先生之学与文,无论义理、考据,还是文章、经济,莫不渊源于明代的桐城桂林方氏先正。

方苞曾以"制行在程朱之后,文章介韩欧之间"自许。所谓"程朱",即宋代理学之谓也。与一般人印象中僵化的"理学"教条不同,桐城宋明理学,始兴于明代正德年间的儒宗何唐,继起于嘉靖时期的先正赵锐、赵鈛、戴完、胡效才、方效、朱杲等,至万历时期方学渐以布衣主坛席,坚持"揭性善、致良知"从日用人伦做起,注重"崇实躬行"和"与时俱进",桐城方氏学派随之崛起。③黄宗羲《明儒学案》将方学渐列于"泰州学派",也即通常所称"王学左派"。吴孟复先生说,该学派"是随着资本主义萌芽而兴起的一种进步的学术流派"。④桐城文化也因此而成为巍

---

① 本文连同后续《这对山遥水隔的表兄弟走到了一起》《一桩奇案又连着另一桩奇案》《转身,他成了百代文章宗师》合为一篇,以《从桐城方氏学派到桐城派》为总题目,获"讲安徽故事,述名人风采"征文大赛二等奖。
② 刘声木撰《桐城文学渊源考撰述考》,徐天祥校点,黄山书社,2012年,第83页。
③ 详见本书第五章"桐城方氏学派与凤仪坊"。
④ 见朱曙辉主编《桐城古今》吴孟复序,中国展望出版社,1990年,第9页。

然高峰。康熙朝文华殿大学士、礼部尚书张英认为:"明善先生以布衣振风教,食其泽者代有其人。至于砥砺名节、讲贯文学、子弟孝友仁睦,流风余韵,皆先生縠诒也。"①清初学者、诗词大家朱彝尊也有类似观点:"方氏门才之盛,甲于皖口。明善先生实浚其源,东南学者推为帜志焉。"②可见早在清初,方学渐就已经被公认为桐城文化的"实浚其源"者。

自幼就有着雄大学术抱负的方以智,发誓要"坐集千古,折中其间",又善于"借泰西为郯子"而会通中外,"聚古今之议论,取天下之聪明",成为桐城方氏学派的集大成者。历史学家侯外庐曾指出,方以智"以当时的圣人、集大成者、通人自居,是以大科学家和大哲学家自豪",是"中国的启蒙大哲学家""中国的百科全书派大哲学家""笛卡尔思想的中国版"。(侯外庐:《方以智——中国的百科全书派大哲学家》)研究方以智卓有所成的港台学人张永堂更进一步认为:"方以智是在明末清初重建儒学运动中的一位极具特色的思想家,他所提出的方案不但远胜清初三大儒的王夫之、黄宗羲、顾炎武,而且更是我们今日复兴文化运动中最好的借镜。"(张永堂:《方以智的生平与思想》序)

可惜的是,方以智的一百多种著作,在清代多被焚毁或只在家族内部秘传。所幸《通雅》(《物理小识》也附于该书尾)这部"函雅故,通古今"的大书得以公开印行,直接影响了清代学人,开创了有清一代学术新风。

《四库全书》总纂官纪昀,在《四库全书提要》中极力推崇方以智的《通雅》,认为明中叶的杨慎虽博洽但好伪说;焦竑也喜考证,但动辄引用佛典,失于芜杂;"然以智崛起于崇祯中,考据精核,迥出其上,风气既开,国初顾炎武、阎若璩、朱彝尊等沿波而起,始一扫悬揣之空谈。"③后来,梁启超在《中国近三百年学术史》中,也作如是评价:"要之,密之(方以智)学风确与明季空疏武断相反,而为清代考证学开其先河则

---

① 徐璈:《方学渐小传》,载《桐旧集》卷一,民国十六年丁卯(1927)九月,原刻本影印。
② 朱彝尊:《静志居诗话》卷十四,人民文学出版社,1990年,第425页。
③ 永瑢等:《四库全书总目》,中华书局,1983年,第1028页。

无疑。"①

纪昀、梁启超所称的"考据""考证学",其实就是清初以来流行的"汉学"。所谓"汉学",《现代汉语词典》解释为:汉代人研究经学着重名物、训诂,后世因而称研究经、史、名物、训诂、考据之学为汉学。然汉儒并无"汉学"之谓,乃是清儒遵循以经学为主的汉代学术,又因为他们追求的是一种朴实无华的考据功夫,故又称朴学。"汉学"在乾嘉时期达到极盛,有"乾嘉学派"之谓。

就在此时,有着宋明理学背景、而又尊方苞为宗师的文章大家——姚鼐,在龙眠山下的凤仪坊振臂一呼,大力提倡"义理、考据、辞章"并重。于是,"天下高文归一县","天下文章出桐城",诞生了有清一代影响最大、延续时间最长、流衍地域最广、服膺作家最多的文学流派——桐城派。有学者因此指出,在中国文学史上,还没有其他任何一个文学流派能与桐城派比肩。

然而,奇怪的现象出现了:表面上似乎与"汉学"分庭抗礼的桐城派,在其大本营里,仍有一批"汉学"成就卓著的学者。仅就姚鼐所在的凤仪坊而言,如方以智之子方中通。查道光《桐城续修县志》"理学卷",清初的方中通与其高祖方学渐、曾祖方大镇、祖父方孔炤、父亲方以智均列于其中,故有"一门五理学"之盛誉。而方中通"崇实学、敦实行","缵承先绪,研究天人律数音韵六书之学晚年从游士日众"。主要成就在数学和天文学方面,所著《数度衍》二十四卷,内有"尺算"一卷、"几何约"一卷、"笔算"两卷,此外还著有《数度衍》《律衍》《音韵切衍》《篆隶辨从》《易经深浅说》《心学宗续编》《继善录》诸书。其子方正珠、方正瑴与方苞、戴名世同时代,也是精于考证训诂、详于度数艺术的名家。方正珠还曾受召进宫,向康熙皇帝演示算学。据王熙《王文靖公集》载:"奉召于乾清门,同满汉正卿及翰林学院学士等恭睹上亲算乐律历法,并令善算人于御前布算《九章》等法,测日水平日晷,午后始出。"这里提到的"善算人"就是方正珠。而方正瑴的生徒之众,时人谓"从游半江左,到处拥生徒"。又有凤仪坊东门胡氏胡宗绪、胡虔,扶风马氏马宗琏,以及

---

① 梁启超:《中国近三百年学术史》,朱维铮校注,复旦大学出版社,2016年,第167页。

姚鼐的伯父姚范等，都是经史百家、天文地理、小学训诂、九章音律之类，莫不精通。

对此，清末学者谭献干脆一言以蔽之："至于我朝通儒辈出，以名物训诂求微言大义于遗经，寻厥滥觞，实始于密之（方以智）先生之《通雅》。然则桐城方氏七世家学，不独灵皋侍郎（方苞）文辞授授之先河，抑亦阎（阎若璩）、顾（顾炎武）之流一代经师之先河也。"①学者徐道彬在《论戴东原与方以智》一文里指出："徽州的戴震对桐城方以智之学，无论在治学方法上，抑或是在哲学思想上，都有诸多的继承和推阐。""作为乡邦后学，戴震对方氏的《通雅》和《物理小识》等著述多有涉猎，并加以引用和推阐。""方以智的治学理论，为乾嘉时期的学者作了很好的学术铺垫，使得传统的考据之学由此迈向全新的时代。"②而戴震是清代汉学巨擘，皖学集大成者，被誉为"前清学术第一人"。

这不就等同于指出，无论是清初兴起、乾嘉极盛的"汉学"，还是引领有清一代文坛数百年的桐城派，溯其源流，似乎都无法撇开桐城方氏学派吗？可见，自明代正嘉时期滥觞，到万历时期奠基并持续壮大的桐城方氏学派，入清以后由于政经形势突变而渐趋分化，或与汉学合流，或与宋明理学（程朱理学）并轨。而由方氏学派到桐城派，实现义理、考据、辞章三者合一，也就渐渐顺理成章、水到渠成了。

至于后来人批判清代汉学家脱离实际，沉溺于故纸堆中；梁启超甚至批判桐城派学人没有循着密之（方以智）的路走，而是循着灵皋（方苞）的路走，并为之叹惜。其实都打错了板子。须知，那可是一个气氛肃杀、"文字狱"高产的时代。

---

① 方昌翰辑《桐城方氏七代遗书》"谭献叙"，彭君华校点，黄山书社，2019 年，第 2 页。
② 徐道彬：《论戴东原与方以智》，见李仁群主编《方以智研究》（第一辑），安徽大学出版社，2021 年，第 113、114、131 页。

这对山遥水隔的表兄弟走到了一起

还是从方孝标说起。方孝标为方以智从弟,年龄相差7岁。从方氏家族内部来看,方以智属于"中一房"第十四世,方孝标则属于"中六房"第十四世。

与抗清失败而逃禅方外、最终蹈水为大明殉节的方以智不同,方孝标或许并没有多少遗民情结。明亡后两年,也即顺治三年(1646),方孝标就考中了清朝的举人,顺治六年(1649)中式进士,改庶吉士,官内弘文院侍读学士。而他的父亲方拱乾,在长子方孝标、次子方亨咸等相继成为清朝进士后,也复出任清廷翰林学士、升少詹事。

在《依园记》中,方孝标自叙:"己丑春官词林,备顾问者十年。"也即自顺治六年(1649)至顺治十六年(1659),他都是顺治皇帝身边的顾问词臣,颇受器重,顺治帝甚至直呼其号"楼冈",以示亲切。

方苞与方孝标同属于"中六房",但方苞已经是第十六世了。方苞的曾祖父方象乾(1584—1650)是方拱乾(孝标之父)的三哥。方象乾以崇祯间恩贡生,初授黄州通判,以功擢升为高州海防同知,后又升迁为广州府同知,转兵部副使。翁"慷慨负气节,振人之急,不惮领身营救,有古人风义"。①

而戴名世与方家也是累世姻亲。据方、戴两家的家谱:戴名世的曾祖母为方氏老长房第十二世方必栋女。方必栋,又称方大栋,戴名世为曾祖父戴震作《孟庵公传》,提及曾祖母的父亲时,就写作"大栋"。戴名世的祖母为方学渐女儿的女儿,即麻溪吴应宠之女,也是吴一介的女孙、吴应宾侄女。方学渐与吴一介是同里且同学,曾孙方以智就是吴一

---

① 见《道光桐城续修县志》,江苏古籍出版社,1998年,第461页。

介曾外孙、吴应宾的外孙。戴名世母亲是方旭之女,方旭与方学渐同一个房头,其曾祖父方初,与方学渐祖父方祉是同胞兄弟。

如此算来,戴名世与方苞不仅有累世姻戚关系,而且两人的辈分也相同,还属于远房表兄弟。但学界认为,他们俩结识并交游,可能始于京师太学期间。此时戴名世已经39岁,方苞也已24岁了。毕竟,方苞家族明末就迁居金陵,与在桐城的戴名世相隔较远。戴名世幼时家境贫寒,其父戴硕以授徒为生,曾在去县百余里之外的陈家洲教书,直至客死于此。戴名世早年亦以授徒为生。因此,戴名世与方苞的结识不可能过早。值得注意的是,戴名世年轻时亦曾授徒陈家洲。而后来崛起的桐城派大家刘大櫆,就是这里的陈洲刘氏。戴名世为文提倡"精、气、神",刘大櫆也强调"神气、音节、字句",说明刘氏是受到戴氏影响的。

可是,金陵作为明代的留都和江南十四郡首府,与桐城的关系实在太密切了。不仅自明末以来,桐城诸多大族流寓于此,且桐城读书仕子乡试必往金陵。多少明清桐城先贤,都在金陵留下了他们徘徊的身影。

戴名世自然也不能例外,年轻时就曾游学金陵。他与方苞的最初结识,其实很有可能就始于金陵。戴名世在康熙十八年(1679)就说过:"始余居乡年少,冥心独往,好为妙远不测之文,一时无知者,而乡人颇用是为姗笑。居久之,方君灵皋与其兄百川起金陵,与余遥相应和,盖灵皋兄弟亦余乡人而家于金陵者也。"①在《方百川稿序》中又进一步表示:"顷余家青溪之涯,与二方子四五里而近,时时相过从。"②

当意气纵横的戴名世与年轻奋发的方苞相遇,纵论时事人情、挥斥诗文经卷时,他们究竟要选择走哪一条学术之路呢?

方苞的父亲方仲舒,有很深的遗民情结,其交游多"楚越遗老、乡邦俊人",更包括钱澄之、方文、张怡、杜濬、黄周星等遗民中之遗民。他们抱着不与清廷合作的态度,游离于世外,在一定程度上也深刻影响了后学方苞、戴名世等人。

---

① 戴名世:《方灵皋稿序》,载王树民编校《戴名世集》,中华书局,2000年,第53页。
② 戴名世:《方百川稿序》,载王树民编校《戴名世集》,中华书局,2000年,第50页。

生性傲放、才情沛然的戴名世,颇以古文自负,又好讥评时政、臧否人物,竟为时人深嫉。其实,戴名世还在故乡桐城时,就因思想活跃、放言高论,而为乡里忌惮,甚至有人欲加以驱逐。吴孟复先生曾指出,戴氏诗文确实多有愤激之语,如其言"以杀人得天下者,终亦为天下人所杀",举"五胡乱华"时之僭窃帝号者,笔锋所向,显指清廷。但吴先生认为:"惟此'狂悖',并非罪该万死,而是十分难得。因为这才不愧为'清议',这才不愧于方法、左光斗、方以智、钱澄之的一脉之传。"①吴先生此言甚为重要。一般认为,桐城派是由方苞上启归有光,下启刘大櫆、姚鼐而流衍天下的;那么是否也可以说,桐城派另一条线索,则是由戴名世上启方以智、方孝标、钱澄之、潘江等,而与方苞共同下启刘、姚呢?

　　方孝标在《钝斋文选》自序中说:"文之存、不存,有幸、有不幸也。""其不足存而能存者,不幸也。""恐余之文虽能存,然终不足存。"②这"不幸"二字,果然被他自己言中。他的《钝斋文选》涉及南明纪闻和史事,被同乡后辈戴名世引用,酿成了有清一代最大奇案、千古奇案。

---

① 吴孟复:《桐城文派述论》,安徽教育出版社,1992年,第64页。
② 方孝标:《钝斋文选自序》,载石钟扬、郭春萍校点《钝斋文选》,黄山书社,2007年,第157页。

一桩奇案又连着另一桩奇案

万历四十六年(1618),南直隶桐城县城凤仪坊,方氏桂林第喜事连连。这年秋天,太仆寺卿方大美第五子方拱乾,年方23,乡试高中举人。而就在前不久的四月初三,方拱乾的长子出生,这孩子初名玄成,字孝标,后因避康熙讳改元成,以字行;号楼冈,又号钝斋。

从学风上来看,方以智早期尚诗歌、好博雅、崇实学,后期不得不逃禅方外,于是穷究易理,会通三教,试图通过"钟声敲出铎声"来让"死路走成活路"(方以智《愚者智禅师语录》卷一),以图保留文明薪火、复兴中华。

方孝标则顺应了清初程朱理学大兴的要求,在顺治时期就参与经筵讲学,时间长达10年之久。这段时间,方孝标对程朱理学大加阐扬,认为理学可经世致用,是有益于世的学问。但是,方孝标同时也对批判陆王心学的思潮,保持客观、审慎的态度,主张兼收并蓄。

正当方拱乾、方孝标父子在清廷还算游刃有余时,不幸的事发生了。顺治十四年(1657),岁次丁酉,江南科考案突发,五弟方章钺牵涉其中,本来有着锦绣前程的方孝标,从此改变了人生的航向。

震怒不已的顺治帝,召来少詹事方拱乾、弘文院侍读学士方孝标父子问个究竟。方孝标已经知道是被人猜疑和陷害:因为主考官之一也姓方,就有人向顺治帝参奏,说桐城方家与主考官方猷"联宗有素,乘机滋弊,冒滥贤书",方章钺被徇私录取。方拱乾、方孝标父子赶紧据实回报:一者,方家出自江南安庆府桐城县,从未与出自浙江严州府遂安县的主考方猷联宗;二者,方章钺的二兄方亨咸有丁亥科会试齿录,长兄方孝标有己丑科会试齿录,三兄方育盛有甲午科乡试齿录,均可查实,并无联宗、同宗关系。因此,方章钺不在回避之列。其实,顺治帝也明白,桐城方家是科举世家,代有闻人学者,方章钺自幼颖慧,试辄高等,以其才华,中式举人亦并非难事。

但顺治帝对此案的处理仍然极为严厉。因为除了方章钺莫须有的"联宗"外,还有多人涉及舞弊嫌疑,更有人在刑审时承认与考官有关节。而那些落选的士子们"哭文庙,殴帘官",到处散发匿名帖,沸议一直不断。甚至还有士子专门写了一本影射这场考试的书《万金记》,"万""金"两字,显然指向主考官方猷与钱开宗的姓氏,这本书也被放到了顺治帝的案头。虽然经过前后三次复试折腾,查了一年多也没有实质结果,刑部还是提出"正主考方猷问斩,副主考钱开宗处以绞刑;十八房考流放尚阳堡,举人方章钺等应革去举人之名"的处罚建议。顺治帝仍然意犹未已,连番追责,并下严旨:将主考官方猷、钱开宗立即正法,妻子家产籍没入官;将叶楚槐等十八名同考官即处绞,妻子家产籍没入官;并将方章钺等有作弊嫌疑的考生俱着责四十大板,家产籍没充官,父母、兄弟、妻子并流徙宁古塔。处罚之重,可谓残酷至极!

顺治十五年(1658)十二月,江南丁酉科考案查处结束。次年闰三月初,方拱乾、方孝标父子等一家几十口人,被押送起行,踏上前往宁古塔的艰难之路。宁古塔在今黑龙江省宁安县,清初属于蛮荒苦寒之地,且距京城路途近万里之遥。被流放宁古塔,基本等于判了死刑,不病死在路上,也有可能被虎狼吃掉。

"出塞送春归,心伤故国非。""时序有还复,天心何忤违。"(方拱乾途中诗《出塞送春归》)方孝标、方亨咸兄弟陪着年逾花甲的父母,经过近半年的行程,终于抵达宁古塔,着手建起简陋的居所。一家几十口作为"流人",从此就在这苦寒之地煎熬着漫长的日日夜夜。次年夏,孝标三弟方育盛、四弟方膏茂也抵达宁古塔的寒天风雪之中。

但艰苦的日子并没有让他们废弃诗书。他们不仅与其他"流人"诗酒唱和、相互鼓励,还向当地土人传播文化知识和生产技能。这无形中促进了东北与内地的文化交流,为开发和保卫东北边疆作出了重要贡献。方拱乾的《何陋居集》还是黑龙江现存第一部诗集,《绝域纪略》(又名《宁古塔志》)是黑龙江第一部风物志。

方孝标长子方嘉贞,自从父、祖出塞东北后,屡击登闻鼓,上疏请以身代,情词哀切之至。顺治十八年(1661)冬,得知依照新出的《大清会典事例》,东北流人可以认修城门楼赎罪,遂告贷四方。第二年正月,流放宁古塔近3年的方孝标一家几十口,终于重回久别的故乡。方拱乾喜而为诗:"果然无妄福,竟赐再生还。绕膝灯前笑,加餐看牢颜。"方家认修的都城阜城门(一说是正阳门),阅三年工竣,方嘉贞积劳成疾,卒年才四十有三。

在谪戍宁古塔3年间,方孝标改变了以前的放谈心性,更加关切民生和社会现实。赦归后寓居扬州养亲5年,后游走于越闽三载,再率弟侄访黔入滇3年,并以所见所闻南明史事著成《滇黔纪闻》。

关于方孝标与弟侄这几年的游走,包括高阳等在内的一些学者考证认为:方拱乾、方孝标父子,以及陈名夏等一些明朝旧臣,甚至进宫为妃的董小宛,他们入清后投靠清廷,是带有明遗民复国使命的;方孝标与弟侄游走浙闽和黔滇,就是暗中联络反清力量,方孝标还与逃禅为僧后"无一日不反清"的方以智在福建秘密接触;方孝标到了云南,逗留时间也不短,为的是怂恿吴三桂反清。但最终,明遗民的复国努力没有成功。

康熙十年(1671),方以智因另外一场奇案"粤案"被逮,在万安拜谒了文天祥墓后,蹈水自沉于惶恐滩。方以智陷入的这场清初奇案,直到如今仍为学界探讨不休。

方孝标不久也将长期寄居在外的妻小接回,送归故乡桐城居住。但老母亲不愿再回到触目伤心的故乡,方孝标于是买下金陵翟氏弃园,更名为依园,以侍养老母,从此家居金陵,沉潜著书,后整理付梓《钝斋文选》,《滇黔纪闻》也被收入该书中。康熙三十五年(1696),方孝标去世,享寿八十,与夫人刘氏合葬于江宁安德门石子冈。

江南丁酉科考案发当年,戴名世还是一个不到5岁的顽童。

随着年纪渐长,戴名世越来越喜欢读太史公书,对前明史事的兴趣也日益浓厚。当他往来于燕、赵、齐、鲁、河、洛、吴、越之间,一边课徒自给、卖文为生,一边考求前代奇节伟行,时时著文以自抒湮郁,气逸发不可控御。他在《与刘大山书》中说:"二十年来,搜求遗编,讨论掌故,胸中觉有万卷书,怪怪奇奇、滔滔汩汩,欲触喉而出。"

一向恃才放傲的戴名世,遍访遗书时得到方孝标这本《钝斋文选》,如获至宝。能得到戴名世这般重视,也足见方孝标的才学之高。毕竟,方拱乾、方孝标父子都曾是顺治帝的身边词臣,没有真才实学是不可能跻身此位的。方以智曾为"吾弟楼冈"方孝标的诗集作序,高度评价其诗,其实也是赞其才学之不凡:"古意新声,络绎奔会,要归大雅,本温柔敦厚之教。不佚于佻,不炫于艳,不俶诡以跃冶,又不衰飒以塞责,殆学道之所蕴乎?"①

　　醉心于前明史事的戴名世,对《滇黔纪闻》仔细阅研吸收,所作传记、笔记等文章都常常加以采用。尤云鹗抄录了老师戴名世古文百余篇,刊刻行世。由于戴氏居桐城南山冈,遂命名为《南山集偶钞》。此书一经问世,即风行江南各省,发行量之大,流传之广,在当时同类的私家著作中是罕见的。

　　康熙四十八年(1709),戴名世中式会试第一,殿试一甲二名("榜眼"),授翰林院编修。然而仅两年后,《南山集》祸作。因该书多采方孝标《钝斋文选》中的《滇黔纪闻》,被左都御史赵申乔弹劾,谓其"肆口游谈,倒置是非""语多狂悖,呈一时之私见,为不经之乱道"。

　　康熙帝大怒,更认定方孝标就是吴三桂的谋臣方光琛,身仕伪朝(吴三桂),其《滇黔纪闻》以弘光、隆武、永历为帝,尊其年号,大逆已极!着刑部严加审问。康熙五十一年(1712)正月,刑部审结作出判决:戴名世、方孝标二人之祖父子孙兄弟及伯叔父兄之子,凡年16岁以上皆拟立斩;15岁以下者及母女妻妾姐妹、子之妻妾,给功臣家为奴;方氏族人拟发往乌喇、宁古塔;所有为戴名世《南山集》作序者也都拟处斩刑。

　　就在此时,江苏巡抚张伯行参劾两江总督噶礼揽卖举人,索取巨额贿赂。噶礼岂甘罢休?仗着身为康熙乳母之子,又有皇太子胤礽撑腰,遂反加弹劾张伯行七条罪状,包括在苏州私自印行《南山集偶钞》3 000余部,包庇为《南山集偶钞》作序之方苞,企图把张伯行打入戴名世、方苞一党,致使《南山集》案越加复杂。

---

① 方孝标撰《钝斋诗选》附录一,唐根生、李永生点校,黄山书社,1996年,第400页。

次年二月,戴名世被斩,所著《南山集偶钞》《孑遗录》书板即予禁毁。尽管此时方孝标已死多年,仍被掘墓锉骨;儿子方登峄同其子式济、兄云旅(孝标第三子)、云旅子世樵并妻子等均遣戍黑龙江卜魁(今齐齐哈尔)。方世举、方贞观等因与方孝标同属一脉,亦受牵连流放长达10年之久。

而为戴氏《南山集》作序的汪灏、方苞、方正玉(方以智孙)、尤云鄂等人,自然也难以全身事外。

从江南丁酉科考案,到"粤案",再到《南山集》案,一桩奇案连着另一桩奇案,实际上都是清廷借机打击有怀明情结的江南知识分子。严迪昌先生指出:"桐城方氏是皖中最负盛名的世家大族之一,较之宣城梅家,不仅族巨裔繁,而且屡世官宦,与明朝依附至深,并以刚直称。所以,甲申、乙酉之后,毋论方氏族裔归顺与否,在相当长一段时期里均深遭疑忌,案狱频起。"[1]

果然,后来的士人都埋首于故纸堆里,焚膏油以继晷、恒兀兀以穷年了。

---

[1] 严迪昌:《清诗史》,人民文学出版社,2011年,第168—169页。

转身,他成了百代文章宗师

于方苞而言,《南山集》案可谓其一生中最刻骨铭心的记忆。

惨遭杀身之祸的戴名世,姓名遂成为敏感词,从此被时代隐身,但他的《南山集》一书,仍流芳文坛 200 多年,"戴名世"也被民间化身为神秘的"宋潜虚"。

由《南山集》一书可以看出,戴名世确实学贯古今,其史论、史传、游记、序跋等,都显示了超卓的见识。时人对戴名世的高评,或许方正玉《孑遗录序》最为典型:"褐夫氏以董醇贾茂之才,具盲左腐迁之识。太冲作赋,纸贵洛阳;伯玉碎琴,声闻辇下。词场酒社,争传惊座之名;歌院禅房,咸诵倚楼之句。顾韩昌黎文高八代,不上宰相之书;赵元叔望重一时,直达司空之座。"[①]

戴名世所作古文深得司马迁、韩愈文法;而他的一些为文主张,为桐城派的形成奠定了相当的理论基础。清末梁启超更视戴名世"史识、史才,实一时无两",在《中国近三百年学术史》中指出,"南山(戴名世)于文章有天才,善于组织,最能驾驭资料而镕冶之,有浓挚之情感,而寄之于所记之事,且蕴且浅,恰如其分,使读者移情而不自知"[②]。或许正因如此,清末黎庶昌编辑《续古文辞类纂》就收入了戴名世的六篇文章,上海国学扶轮社也将戴名世与方苞的文章汇为《方戴合钞》。而今人已将戴名世与方苞并视为桐城派的开山鼻祖。

在《南山集》案发之前,生于明遗民家庭的方苞,深受父亲方仲舒的影响。方仲舒自成童就弃作时文,唯与遗民诗酒游谈,广陵邓孝威为刻

---

① 方正玉:《孑遗录序》,载王树民编校《戴名世集》,中华书局,2000 年,第 457 页。
② 梁启超:《中国近三百年学术史》,朱维铮校注,复旦大学出版社,2016 年,第 301 页。

其集,却一再致书,必毁所刻而后止。晚年,方苞要为父亲录集,亦不允许。或许他的诗中多涉"反清"内容,自知必不容于"时"。方苞年轻时所交游亦多为明朝遗老,不可能没有怀明情结。他曾为《无可和尚截断红尘圆轴》作画外题跋,在叙述叔祖方以智传奇的一生时,就表达了对方以智声名气节的推崇,以及对明遗民文化的认同。方苞也曾以凌厉的笔锋抨击时事人情,发出不满的喟叹,其思想之激进,言辞之峻切,并不亚于戴名世。

但方苞又是一个妥妥的学霸,还是个学生时,就已名闻遐迩了。康熙三十年(1691),方苞随老师高裔进京,游于太学,即以文名动京师。名臣李光地见其文,惊叹:"韩、欧复出,北宋后无此作也。"状元、文才颇受康熙器重的韩菼读到方苞之文,几欲毁掉自己的文章,他由衷赞叹:"庐陵无此深厚,南丰无此雄直,岂非昌黎后一人乎?"①正是在太学期间,方苞又与时文、古文都为天下倾慕的戴名世往来切磋,经常放言高论,被太学生目为"狂士"。

自19岁开始参加科举,方苞接连斩获桐城县岁试第一、南京乡试第一(解元)、京师会试第四的好成绩。阅卷考官看到方苞的试卷,激动不已:"得方子灵皋卷,沉雄酣博,寝食《史》《汉》,而渣滓悉融;穿贯儒先,而形骸胥化。洵推起衰式靡巨手!"殿试在即,皇帝亲自面试即将开场。人们都私下议论,认为状元肯定是方苞无疑,"朝论翕然,推为第一人"。可是,值此关键时刻,得知母亲生病消息,方苞急忙弃考回家了。或许,方苞骨子里还是根本不在乎所谓的功名吧。后来,又因丁外艰和《南山集》案,未能及时补考。这就意味着,进士功名就此与方苞擦肩而过。

他的好友戴名世却在3年后的殿试中一举夺得榜眼;刚过而立之年的族弟方式济,也在这次殿试中得以及第,授内阁中书。

那时意气踌躇的戴名世,怎会料到两年后《南山集》案突发?方孝标大概也没想到自己死后多年,还受到此案株连,被挫骨扬灰,方式济

---

① 李光地、韩菼的称赞,见苏惇元辑《方苞年谱》,载方苞著、刘季高校点《方苞集》附录一,上海古籍出版社,2008年,第869页。

等族中子孙也再一次谪戍东北苦寒之地。

方苞被逮入刑部大狱"拟斩"。无论狱中环境多么恶劣,方苞仍坚持天天看书作文。同狱者不解,夺其书掷于地,质问他:"垂死之人,读书写作何为?"方苞从容答曰:"朝闻道,夕死可也!"狱中两年,方苞竟然写成了《礼记析疑》和《丧礼或问》两书。后来,他追忆狱中所见所闻,写成脍炙人口的《狱中杂记》,深刻揭露了清代监狱里的黑暗与腐败。

幸有李光地积极营救。康熙也就做了个顺水人情,以"戴名世案内方苞,学问天下莫不闻"为由,将方苞从狱中解出,允许其以布衣入直南书房。由一个待斩的阶下囚,变成了皇帝身边的秘书,方苞感觉做了一场噩梦。

获得新生后,方苞接受了李光地等人的劝诫,将"治经"作为"治道之途径",以"接程朱之武",从原来的激进敢言,走向曲折迂回、谨言慎行:行事,更加注意准于"礼法";为文,尤为重视"义法",以程朱、孔孟为祈向,以韩欧为宗主;论诗,则主张情境真切、温柔敦厚,而又能发挥伦理教化作用。《桐城文派史》指出,方苞倡言义法,对此前的中国古典文论进行了综合与创新,是桐城派整个文论体系的起点与基石。而他的古文创作,不仅为当时的文坛引入清新雅洁之风,也为后世桐城派作家铺就了一条可资拓展延伸的新路。①

或许是被隶入旗籍的缘故,尽管身在大内、侍从皇帝,主要从事修书工作,也直接参与建言献策,被别人羡慕无比,方苞却似乎有些郁郁寡欢。在康熙身边做了近10年秘书,康熙每每称赞方苞所撰文辞:"此即翰林老辈兼旬就之,不能过也!"曾几次要授予方苞官职,朝廷大员也屡屡疏荐方苞,但都被方苞婉言谢绝。故而民间都说方苞是"布衣宰相"。

直到雍正即位,方苞及家人才被彻底赦罪,恢复了汉籍。从此,方苞不再受等同于奴隶的旗籍之困辱,名正言顺地走上了仕途。自雍正九年(1731)特授詹事府左春坊左中允开始,累迁至翰林院侍讲、侍讲学士、内阁学士兼礼部侍郎、《一统志》馆总裁、《皇清文颖》馆副总裁等。

---

① 江小角等:《桐城文派史》上卷,安徽教育出版社,2021年,第161页。

乾隆初再入南书房,任礼部右侍郎、三礼馆副总裁、经史馆总裁等职。可谓位高而望重矣。乾隆七年(1742),方苞辞官归居南京,闭门谢客,著述终老。

后来的桐城文人,汲取戴名世和方苞的惨痛教训,极力避开严酷的"文字狱",主动适应当时的社会环境,宣扬程朱理学,创作载道之文。当然,更重要的原因还在于,清廷以中华文化正统自居,以程朱理学和孔孟之道治国,契合了天下知识分子"学以用世,以道事君"的儒家入世追求。

不过,梁启超仍在《中国近三百年学术史》中指出,桐城学风后来没有循着密之(方以智)的路走,而是循着灵皋(方苞)的路走,感叹"这是很可惜的"。这显然有梁氏对方苞的成见以及清末民初对旧传统批判的潮流。

其实,方苞不仅是文章宗师,更是学术宗匠,其广涉经史子集,尤深经学,《春秋》与三礼之学成就更非俗儒可及。吴孟复认为,方苞虽"制行在程朱之后",却是"颜李学派"中人,学术上兼容并包,有进步意义和启蒙意义。"方苞从狱中出来后干什么?给康熙校《历算会书》。康熙看中方苞的学问,不是文学而是科学。他与李光地、梅文鼎相知,也在科学方面。"[①]吴老这样说,是有根据的。康熙曾设立类似法国科学院的蒙养斋算学馆,方苞在其中近10年,作为康熙帝的科学顾问,参与纂修御制历算诸书,涉及天文、历法、代数、几何、测绘等专业科技知识,被称为"经术湛深第一人"。对此,顾颉刚说了句公道话:"人们谈起方苞,只看他是一位桐城派文章的宗匠,而模糊了他的学术工作。他屈抑了二百年了。"[②]

何况一代有一代之文学。以方苞为鼻祖、以姚鼐为集大成的桐城派,是清代流衍全国,参与作家人数最多、持续时间最长、影响最大的文学流派。

---

① 见朱曙辉主编《桐城古今》吴孟复序,中国展望出版社,1990年,第8页。
② 顾颉刚:《方苞考辨〈周官〉的评价》,载《文史》第37辑,中华书局,1993年,第1页。

方苞究竟是不是桐城人？[①]

什么？"桐城派"鼻祖方苞是桐城人，难道还是个需要讨论的问题吗？

一部桐城书，半部张方姚。桐城作为国家历史文化名城，最突出的特点就是名闻海内的文化世家众多，其中张氏、方氏、姚氏三家尤为突出。方氏则崛起最早、进士最多，方苞更是桐城乃至从皖江到南京坊间最熟悉、常热议的先贤之一。

因明清鼎革之际天崩地坼，先辈不得不流寓南京，方苞自己实际上出生于六合，子孙也从此未归故里桐城，这就导致总有"方苞究竟是不是桐城人"的疑问，论者或谓"方苞高祖方大美迁居金陵"，或谓"方苞是出生于金陵的第四代"云云。笔者觉得有必要撰此小文进行探讨。

一、高祖方大美：因贵且贤继祖宅

万历丙子（1576）秋试放榜，年才23岁的方大美高中举人，捷报传至家乡桐城，方氏家族立即沸腾起来。祖父东谷公方梦旸喜不自胜，立即赶赴南京，携孙大美拜访家居此地的母家亲戚（方梦旸母亲是金陵邹氏），一边感谢邹氏亲戚对大美在南太学读书和参加乡试的照顾，一边与友人尽情饱览金陵山光水色，发思古幽情，抒今日之怀。

没想到刚回桐城，方氏族长、各支族人代表等，早已在祖宅"桂林第"恭候，一致决定："是居也，舍思济其谁？"[②]思济是方大美的字。合族共推方大美继承祖宅"桂林第"。方大美之孙方育盛后来以《光啟堂

[①] 本文于2023年7月22日首发"渡菴删馀"公众号。
[②] 方孝标：《光啟堂记》，载方孝标撰、石钟扬等校点《方孝标文集》卷四，黄山书社，2007年，第314页。

桂树歌》长歌赋咏，其中有句曰：

> ……（桂林第）相传子孙复子孙，子孙世共德星里。垂训不得售他人，族之贵者当奋起。遂归吾祖（同卿公）又吾兄（学士公孝标），不共沧桑嗟变更。门内遗留一百载，我今来见倍多情……①

诗中作者自注的"同卿公"即桐城桂林方氏中六房第十二世方大美，因曾官太仆寺卿，故有此称，又尊称"太仆公"。"学士孝标公"即方大美冢孙方孝标（十四世），曾累官至侍读学士。

方氏祖宅"桂林第"，位于今桐城北大街寺巷口，今已不存，乃是其第六世先祖方自勉与方自宽兄弟联手创建，原有"翕乐堂"，门坊"内曰桂林，外曰进士第"。门前有坊四座，分别是"光前启后""科第承芳""谏台济美""诰赐显扬"。方氏家谱说，桂林第在"嘉靖间，并归惟力"。惟力即第九世方克，曾任御史和泉州知府，属于族中"贵且贤"者。他承继祖宅后，曾作修饰，并增置"孚萃堂"。但他两子皆夭折，在他去世后，合族又共推"贵且贤"的浙江布政司理问方绰继承祖宅。方绰却表示"不受价"，也反对转卖给外人，于是由"资丰豪一乡"的方迩（第十世）暂时维持祖宅。

直到方大美中举，其祖父方梦旸又"有盛德于乡里"，族人于是共推大美继承祖宅。方大美遂出钱将整个"桂林第"买了下来，再作修饰，易门题曰"清朝侍御"，并增置"光启堂"。桂林第因此成为方大美后裔的"龙眠世屋"，方孝标《光启堂记》对此亦有详载。

方大美去世于万历甲寅（1614）。此时的大明王朝还未到强弩之末，离彻底崩溃的崇祯甲申（1644），至少还有30年。桐城这座小城暂时还安宁如常。可见，所谓"方苞高祖方大美迁居金陵"之说，是没有任何根据的。

二、曾祖方象乾：客地应怜多难身

方苞的曾祖方象乾（1584—1650），原名若节，字圣则，号广野，又号闻庵，是方大美第三子。据方氏家谱，方象乾性慷慨好施。天启年间，

---

① 方育盛：《光启堂桂树歌》，载潘江辑、彭君华主编《龙眠风雅全编》第九册，黄山书社，2013年，第4371页。

东林党人、同邑左光斗被阉珰逮入诏狱,坐槛车离开桐城县城时,方象乾"敛千金为治装"。有亲戚"罢官负铜买金三十镒,公为代偿之"。

潘江《龙眠风雅》云:方象乾由恩贡授湖广监纪通判,以督饷剿寇升高州海防同知,"转广州府同知,督师海上"。曾大破海寇,"有散花神女助阵之异"。"历任至兵备副使,未几解绶,流寓广州韦村,病卒。"

但据方氏家谱列传,方象乾曾于崇祯末在凤阳总督幕府赞画军事,仅以两封信就智平总兵刘超叛乱。因功"授高州海防同知。与狼兵战胜。转广州清军同知,征海寇,擢守广州,历任按察司副使,备兵岭西,分守平乐左江,猺獞帖服"。"徵拜太仆寺卿,力辞解组归。中途阻兵,复返广州。数年卒。孙绥远年十九,间关获丧归"。方象乾辞官后,因兵事所阻未能及时归乡,而是"依番禺同姓以居",数年后"得偏枯疾"(瘫痪),卒于广州,时为顺治庚寅(1650)。

绥远,马溪公方帜的长子,字履开,一直随侍在祖父方象乾身边,"以官籍入广州郡庠,叙平狼功,授贡生"。方绥远虚龄19岁时正是顺治辛卯(1651)。这年正月,顺治帝大婚,宣布大赦天下。方绥远"谒抚军,请护丧得归"。趁机扶祖柩返桐,但并未将祖父归葬桐城老家,而是葬在太平府繁昌县西五里亭。这与当时的战乱影响有关。

明清交替,世乱不堪。桐城往日的宁静不再,世家大族纷纷流离。寓居太平府的就有青山何如宠家族(流寓当涂)、马埠吴国琦家族(流寓当涂);桐城方以智家族、孙临家族、吴道凝家族等家族,则多流寓金陵。张秉文家族最初也寓居太平府芜湖县,后来因擢升才携家赴任江西。

虽然方苞自己说过:"曾大父副使公,以避寇乱,之秣陵,遂定居焉。"(《大父马溪府君墓志铭》),但方象乾迁居金陵之前,很可能最初就流寓在太平府繁昌县,并在此置有家产。他卒后归葬不得,遂葬于此,也就合乎情理了。方苞曾感叹:此地"去桐与金陵,各三百里而近。余乡欲与其地士大夫联婚姻以便祭扫而不得也"。

三、祖父方帜:生长桐城遭变乱

最初导致桐城世家大族不得不纷纷流离的,就是一场史称"甲戌桐变"的乱民起事。崇祯七年甲戌(1634)八月,桐城发生以汪国华、黄尔成为首的乱民聚义,攻入城中,大肆焚烧部分士绅家产。这导致城中诸多世族不得不外逃金陵、太平府等地。

但是,无论方象乾最初可能携家寓居太平府繁昌县,还是后来迁居金陵,从其长子方帜、次子方戭生年来看,这两人应该都还出生于桐城祖宅,并非出生于繁昌或金陵。

方帜,字汉树,又字翰书,号马溪,为方绥远之父。因其生年为万历乙卯(1615),且为安庆府学廪贡生,曾与里中诸名士结环中社,故方帜必定出生于桐城。其长子方绥远生于崇祯癸酉(1633),此时"桐变"尚未发生,表明方帜是在桐城结婚育子。何况方绥远出生这年,方以智等一班同学少年,正在桐城放浪山水,被里人目为"龙眠山下狂生"呢!

方戭,字周臣,号鞠溪,生于天启三年癸亥(1623),至崇祯七年(1634)"桐变"时已经11岁,这表明方戭也出生在桐城。方戭由县学生中顺治丁酉(1657)江南乡试第一百一十六名举人,廷试第一,可惜两年后就英年早逝,墓葬桐城。

大明倾覆、清兵南下后,方象乾已为仕"广州清军同知"。当方绥远随侍祖父征战于岭外时,父亲方帜正携家滞留在金陵。清廷定鼎,方帜虽受铨选,却无意出仕,常与遗民耆旧唱和,诗怀故国。直到康熙十三年(1674),廷议再授官,方帜无奈出任芜湖训导,后亦卒于芜湖,已是康熙丁卯(1687)。因遭遇"宗祸",被仓促葬于桐城,术士称葬地"阴流入圹,祸犹未已"。方苞信然,10多年后将祖墓迁葬江宁。

由此来看,方苞曾祖方象乾、祖父方帜、伯父方绥远,都生于桐城、长于桐城。然则,何来"方苞是出生于南京的第四代"之说呢?如果说"方苞是生于南京的第四代",则其曾其祖其父都必生长于金陵。可见此说之谬。

四、父亲方仲舒:结交多是旧遗民

方苞的父亲方仲舒,字南董,又字董次,号逸巢,生于崇祯十一年戊寅(1638),此时距"甲戌桐变"已经过去4年,则他有可能出生于金陵。如此说来,方仲舒可能是生长于金陵的"桐一代"。

可以与其同辈宗人方中通、方中发作对比。"甲戌桐变"时,方以智妻潘翟已身怀六甲,也不得不与家人避居金陵。当年十一月初八,次子方中通就出生于金陵,故有小字曰"钟生"。其堂弟方中发则出生于武昌(因祖父巡抚征战湖广,父母随征),有诗赠与方中通曰:"君生石头城,我生武昌府。虽为桐城人,生长非故土。"这首诗,同样适用于"生长非故土"的方仲舒,我们无法否认方仲舒是桐城人这个事实。

方苞的从侄方观承曾说:"吾方氏世家桐城,曾王父赠光禄公(方兆及)观察沛东,卒于官。曾王母吴太夫人携王父归桐,寻迁金陵家焉。"方观承的曾祖父方兆及,生于万历癸丑(1613),卒于康熙丁未(1667)。自幼就过继为方兆及嗣子的方登峄,此时才8岁。可见方观承认为,其家居金陵,是在曾祖父方兆及去世之后。而方氏家谱方登峄列传又云:"年十六补弟子员,侨寓怀宁,以康熙丁巳奉太宜人迁居金陵。"这就明确指出,方观承祖辈真实迁居金陵的时间,是在康熙丁巳(1677)。

方观承的父亲方式济生于康熙丙辰(1676),此时其家还侨寓怀宁,直到满周岁后,方式济随祖母吴氏迁居金陵。因此,相对可能出生于金陵的"桐一代"方仲舒来说,比他晚两辈且后来成为"乾隆五督臣"之一的族孙方观承,生年为康熙戊寅(1698),当是生于金陵的"桐一代"。方氏家谱载方观承"于桐城建宗祠,望江建忠烈祠,江宁建家庙并各备祭产。复置义田,以养族之贫者。购试资田,以助桐士乡试之力不足者"。可见其故里桐城情结如此。①

方仲舒与其父方帜一样有着浓厚的遗民情结,早年就读于国子监,却旋归金陵,终身不仕。他虽自少好读书,却性格豪旷,胸无畦畛,不可一日无友朋。其所交游者,多为遗民耆老,其中又多是桐城宗戚、故旧,最著者当是方文、方授、钱澄之等人,诗酒游谈,风雨无间。家道中落后,原配姚夫人又早卒,宗老方文做媒,仲舒入赘六合吴氏。

康熙七年(1668)夏四月十五日,方苞出生于六合留稼村。康熙十二年(1673),方苞6岁,随父自六合归居上元。六合古称棠邑,明洪武二十二年(1389)由扬州府改属应天府,清顺治二年(1645)改应天府为江宁府,六合属于江宁府。上元、应天、江宁,都是今南京的别称,六合

---

① 关于方观承"购试资田"事,笔者曾撰有《一座梁碑亭,百年风雅事》,参见本书第九章。

今则属于南京市辖区。

五、方苞：先世桐城未敢忘

康熙五十八年己亥（1719）夏四月，52岁的方苞贻书示侄道希兄弟："自逸巢公以上，祖之宜世祀者五：始迁于桐者曰德益公；建文朝死节，配享正学先生祠者曰断事公；德重于乡者曰东谷公；起家为大夫者曰太仆公；始迁金陵者曰副使公。馀亲尽则祧。"

这段话中尤值得一提的是"德重于乡"的东公谷，即方梦旸，字子旦，号东谷，是方苞第十世直系先祖，曾任南安丞。方大美能继承祖宅"桂林第"，固然与其年少得志为举人有关，更得益于其祖父方梦旸"德重于乡"。①

方氏祖宅"桂林第"传至第八世时，"时同居凤仪坊，五服之属萃一堂"（方印列传）。随着家口众多，不得不开始分房异居，基本上人各一庄。方梦旸的祖父方圭勤奋创业，为后辈留下了厚实的家底，等到方梦旸主持家业时，他毫不看重钱财，经常热情帮助他人；亲戚乡邻遇有缓急，到他家拿钱拿物就像取自己的暂存一样。里人也服其正直公道，凡有争诉，都来找他评理。

尽管如此，方梦旸仍常遭险恶之境。在父亲去世后，他将父亲生前应收一千金票据，当着所有欠债人的面，全部付之一炬，以求散财为安。有乡人想低价买好地，方梦旸就按他的价格贱卖给他；这人却诡言地太薄，方梦旸就退钱给他。有大盗摸上门来，不仅斩杀数仆，还尽窃家藏，临走又纵火焚烧，烈焰竟日不息。有个邻居，盘算着方家遭受火灾，田契可能已化为灰烬，遂侵占其地数十丈。为帮助叔母处理变故，方梦旸到金陵找人，却有两个刺客暗中跟随。方梦旸察觉后，连忙从小道赶回家，也绝口不向他人透露此事。

不得已，方梦旸遂奉嫡母高氏与生母邹氏回到县城居住。从第八世方圭离城乡居，到第十世方梦旸重回城中，方氏"中六房"这一支开始了新的崛起。当方梦旸携孙方大美到金陵应举，舟过当年差点被刺客

---

① 关于方梦旸事迹，参见本书第三章《方梦旸：泯默笃行的真君子》。

暗害之地时，泪下不已："这是我万死一生之地啊！"孙方大美亦不由泣下。

万历九年（1581）春，桐城出现大饥荒，方梦旸遍施里中。就是这年仲夏，方梦旸偶得病疽，即令家人治后事："我这一生多灾多难，有好几次差点送了命。既然能寿终正寝，还有什么不满足呢？"等到安葬到寄母山那一天，远近数百人跟着棺材号哭不已。

方苞每言"苞先世家桐城"。经常自称"龙眠方苞""桐城方苞"。这是理所当然的。由前文所述，毕竟其祖其父都还是桐城人。而且方苞还能回原籍地参加科考，说明其学籍仍为桐城。乾隆甲子年（1744）十一月，方苞又一次从金陵回桐城祭祖，并为邑治东北的寄母山祖墓复立新碑，作《复田保公阴碑记》。在碑记中，方苞写道："邑治东北寄母山，方氏九世邹太君、十世南安丞东谷公墓在焉。"方苞的十一世直系先祖方学尹墓则位于城西龙井山中。自十二世太仆公及以下，直系先辈墓葬基本不在桐城了。

方苞又曾书示侄道希："礼有百世不迁之宗，以收族也；有五世则迁之宗，亲者属也。遭家震愆，今在金陵者，独先君逸巢公后耳。"①然方苞写此书时，族弟方式济尚戍东北苦寒之地，生死未知，其子方观承兄弟常仆仆千里道途往返，行踪不定。直到乾隆时，方观承才发迹，金陵遂不再仅逸巢公（方仲舒）之后了。

---

① 方苞：《己亥四月示道希兄弟》，载刘季高校点《方苞集》（下）卷十七，上海古籍出版社，2009年，第477页。

从"家家桐城,人人方姚"说起

"家家桐城,人人方姚。"桐城派文章盛行天下时,这句话曾经十分流行。这不仅因为方苞是该流派的创始人,姚鼐是该流派的集大成者,可能也因为方、姚这两大家族的文人学者辈出,而他们的弟子又遍及天下。于是方、姚二字,一度竟然成了"桐城派"的代名词。其实在桐城,方、姚两家不仅世居凤仪坊,而且居第也是庭连院接;最让人称奇的,数百年来,这两大家族一直是回还往复的姻戚关系。

一、相交自天顺,佳话至今传

明代景泰时期的莆田状元柯潜,为桐城方家写了一篇《翕乐堂记》。尽管后来《桐城桂林方氏家谱》历经十多次续修,这篇文章始终保存在家谱中,成为桐城方、姚两家最初缔结世谊的重要见证。

翕 乐 堂 记[①]

桐城称大姓者方,方称佳子弟者琳。琳有母弟四,曰玘,曰佑,曰瑜,曰瓘;从弟二,曰瑶,曰玠。自幼时同室而居,同釜而爨,迄于今馀二十年矣。凡百家政,一听长者之命,而长者亦公于命,不敢容累黍私。诸弟昼趋事惟谨,入夜辄阖坐,温温笑语至更馀始休。一门之内,不支柱而合,不交瘝而乐,方之唐张公艺、宋李自伦之风,岂多让哉?

琳兹举阴阳训术,谒选吏部,刑科给事中姚君景阳赐书"翕乐"二字襃之,俾归而扁诸堂间。与佑过余于玉河堤上,求记其事。

---

① 方传理:《桐城桂林方氏家谱》卷六十一"家政篇",清光绪六年(1880)刻本。

佑,乡贡士也,向时赴春闱,道出徐州,遇余于舟次,立谈间,倾倒如平生。既而弃舟就陆,挂鞯而去,交好之情,终始无或渝者。观其于人若此,于其家可知也;于其弟如此,于其兄可知也。

夫自粟布之谣一兴,而民彝物则,日流于微矣。虽以髫髫之童,犹漓其真,况于长而日炽于私邪?育于同胞,犹生嫌隙,甚或寻戈旦夕,相视如仇,而况于群从邪?然则方氏之风,吾不意幸见于今,彼不为方者,闻之可少愧矣!

诗曰:"民之秉彝,好是懿德。"请歌之为方氏兄弟之颂。又曰:"靡不有初,鲜克有终。"请歌之,为方氏来裔之规。歌已,遂书以为记。

赐进士及第司经局洗马兼翰林修撰经筵官莆田柯潜记。

这篇《翕乐堂记》的作者柯潜(1423—1473),字孟时,号竹岩,福建莆田县人,景泰辛未(1451)科状元,初授翰林院编修,后以东宫侍从,恩升翰林院学士兼经筵官,历任代宗(景泰)、英宗(天顺)、宪宗(成化)三朝的省、会试主考官及殿试读卷官,廉洁公正,素负重望。又以文章雄世,著述丰赡,有"柯家文章"之称。因此,方氏家谱中保留柯学士的这篇记文,亦可谓世代荣光。

柯潜开篇即指出,"桐城称大姓者方,方称佳子弟者琳"。文中提及的方琳事迹,与方氏家谱中第七世方琳的"列传"内容基本相似。关于方氏"翕乐堂",据方氏家谱"家政":"桂林第祖居在寺巷口。宣德间,自勉祖买乡进士黄镕基地而创建者也,是为七房之祖居。姚给事匾其堂曰'翕乐',柯学士潜为之记。后析为七股,与义作书力言不可。嘉靖间并归惟力,加修饰名'翕乐''孚萃',堂有记。时惟裕不受价,为书预防转移,寻属子孝,今属大美。"[1]这个记载,又可与方孝标《光啟堂记》一文相参。[2]

方氏家谱中所称"姚给事",以及柯潜《翕乐堂记》中的"刑科给事中姚君景阳",就是姚氏第五世祖姚旭(1417—1486),字景阳,号菊泉,别

---

[1] 方传理:《桐城桂林方氏家谱》卷六十一家政篇,清光绪六年(1880)刻本。
[2] 可参阅本书第三章《方孝标与龙眠世屋桂林第》。

号了心子。还在幼年时,父亲姚顯见他聪慧不凡,"常抚之曰:此子异日必兴吾宗"。① 景泰辛未(1451),姚旭高中进士,正是状元柯潜榜,任刑科给事中。

可见,方氏"翕乐堂"得名于姚旭题匾,闻名于柯潜题记,就是方氏第五世方懋(字自勉)、方恕(字自宽)兄弟二人共同创建的"桂林第"。

方氏家谱中方琳的"列传"记载:"天顺间,知县赵公重其人,辟为县阴阳训术,上天官。京都名贤若柯学士潜、张给事宁、姚给事旭辈,皆乐与之游。旭名其堂曰'翕乐',潜为之记,宁旭辈竞以诗文赠之。"这个"天顺间"具体是指什么时间?据《麻溪姚氏先德传》来看,姚旭天顺丁丑(1457)被谪郑州,这年正是天顺元年。而据方氏家谱,方佑恰好是这一年成进士。再根据柯潜的这篇记中仍称方佑为乡贡士,显然这个"天顺间"应该就是天顺元年春闱放榜之前。这一年,方懋的长子方琳(字廷献),被桐城知县赵公"辟为县阴阳训术",也赴京参加吏部谒选,可能与三弟方佑同行赴京。因为同里姚旭的关系,兄弟俩得以与京都名贤张宁、柯潜等交游。姚旭有感于方氏累世同堂,方琳、方佑等七位兄弟又同堂而居、同釜而爨,遂题赠"翕乐堂"匾。大家也竞相题诗为赠,柯潜最后作《翕乐堂记》,成为传颂至今的佳话。

二、庭连又院接,婚媾三百年

"桂林第祖居在寺巷口。"方氏家谱"家政"篇明确记载了方氏祖居桂林第的具体位置。寺巷,这条仅能两人并行、看起来很普通的巷子,因方、姚两大家族聚居于此,其实很不平凡。

所谓寺巷,因这里曾有"大宁寺"而得名。桐城现存最早的古县志——《弘治桐城县志》卷三"寺观"载:"大宁寺,在县东凤仪坊。旧名不动山大宁禅寺,在县西五里,宋碧岩禅师建;洪武二年,僧妙清徙建于此,遂为大丛林。"②明隆庆时期,著名理学家史惺堂远道来桐城,拜谒退休在家的前贵州巡抚赵釴,邑中名流几乎全部到场,他们就在城东大

---

① 见姚莹编《桐城麻溪姚氏先德传》卷之一"姚顯传"和卷之二"姚旭传",清中复堂全集本。
② 见明《弘治桐城县志》卷三"寺观"篇,国家图书馆藏明弘治刻本。

宁寺禅堂举行会讲，后又赓和成帙。可见这里也曾是邑中学术会讲重地。如今，大宁寺早已不存，姚莹故居的院落里还有几块残碑，寺巷这个地名却一直保留了下来。

有一年正月，笔者游历桐城，漫步古城旧称凤仪坊寺巷一带，见诸多闻名海内的文化世家，结宅聚居，庭连院接，彼此间又是世代姻亲，遥想当年，这里硕儒名臣辈出，而今深宅依旧，不禁徘徊嗟叹久之。想起著名文博专家姚翁望（姚莹曾孙）有文章指出：姚氏中复堂，宅东旧有小园，邻大宁寺，故轩名曰"钟韵"；宅西邻寺巷，旧有竹一丛，太湖石二，红绿梅各一，红白月季各一，为先人慎宜轩在焉，旧有联云："门临青竹邀君子，窗有红梅见故人。"

此时，红梅傲放，青竹挺拔，正好应景，笔者不禁在心里吟哦起来："居民伴桐溪，高坛植百柳。姚居寺巷东，方居寺巷右。前邻噉椒堂，声闻惜抱叟。缓步不多时，又仰双桂秀。堂观锦绣丛，天尺诗盈袖。莫道庭院深，梅花吹庭牖。门当户亦对，式宴皆亲友。文质且彬彬，尽是经纶手。济济伟衣冠，高名焕星斗。"

拙诗中所谓"高坛植百柳"，是明代桐城学者方学渐，曾于桐溪边创建"桐川会馆"用来讲学，馆前植柳树坛，每月举行大小两会，邑内外学者纷至沓来。诗中提及的"噉椒堂""惜抱""双桂""天尺"等，指聚居在这里、庭连院接的左氏、姚氏、马氏等文化世家。

后来，读清末诗人吴光祖诗，见其亦有这种感慨。如其写《北拱门》："投子不闻钟，黯然况暮冬。姚方通故宅（内有方学渐祠、姚鼐故庐），左戴比邻封（左光斗祠、戴氏宗祠相距咫尺）。郭外荒无赖，楼头壮改容（城楼已废）。几年关锁后，樵采喜重逢。"①就涉及凤仪坊一带的姚家、方家、左家、戴家等，他还指出姚鼐故居就在县城北门内中学后身，让笔者深感这里的世家聚居格局，几百年来一直没有多大变化。

就从拙诗中所谓"姚居寺巷东，方居寺巷右"来简单梳理一下，说说方、姚两大世家的姻戚关系吧。

姚旭是桐城麻溪姚氏读书仕进第一人。也正是从他开始，麻溪姚

---

① 吴光祖：《回照轩诗稿》卷四，民国刻本。括号中的话，为吴光祖自注。

氏家族犹如旭日初升,由耕读之家脱颖而出,转型为科第连绵的仕宦名族,长达数百年兴旺不衰。英宗复辟的天顺元年(1457),朝政紊乱,某御史仗着后台硬,不循旧例,与给事中争座位。刚直敢言的姚旭愤而上奏,希望朝廷借此事件整饬朝纲。英宗皇帝虽然如奏,恢复了旧例,但还是偏袒某御史,而将姚旭谪放为郑州通判,同时外放的还有一位上奏的给事中耿裕(河南卢氏人,字好问,后官至尚书加太子太保),姚旭诗《和耿好问韵》有句云"批鳞同出建章宫"即指此事。

与姚旭的个性相近,天顺庚辰(1460)升任监察御史的方佑,也是风裁严峻,被时人称为"真御史"。两人既是同里,又意气相投,结为秦晋之好也就顺理成章。查姚氏家谱:姚旭育有五子,长子姚相,即翠林公,其后裔称"麻溪东股";第三子姚楫,即杏林公,其后裔称"麻溪西股";有一女,适方隆。而据方氏家谱:方隆正是方佑的独子,其配为"姚氏参政旭女"(姚旭后来官至云南参政,故姚氏后裔称"大参公")。方隆出生于天顺戊寅(1458)六月,夫人姚氏出生于景泰丙子(1456)十月,比方隆还年长两岁。

自此以后,方、姚两家姻戚往来不断。姚旭的长子姚相,有女嫁方氏第九世方说;第三子姚楫,有女嫁方氏第九世方宿。姚楫次子姚琛,娶方氏第八世方圭的次女;第三子姚琮,有女嫁方氏第十世方焘;第五子姚琢,娶方氏第八世方夏的次女;第四子姚珂,有子希颜,其女嫁方氏第十二世方大镇。而姚琛育有三子,以长子希廉这房人才最为兴盛,姚莹在《姚氏先德传》中感叹:"自明季以来,读书仕宦人物称盛者,皆葵轩(即姚希廉)后也。"希廉育有六子:承虞、祖虞、自虞、本虞、宾虞、昉虞,其中祖虞娶的是方氏第九世方克的孙女,自虞、宾虞也都配方氏女。姚琛次子希舜,有一女嫁方氏第十一世方学本。

而方氏第十一世方之纬,有女适姚氏第十一世姚森林(参政姚孙桀子);第十一世方学植(配姚希尹女),有女嫁姚麟,方学闵的长女嫁姚氏第十世姚之兰。方氏第九世方轮有女嫁姚叔虞。姚祖虞有女嫁方氏第十二世方大珩,自虞有两女分别嫁方启轫和方大照,昉虞有女嫁方若崙……

方、姚之间这种错综复杂的姻亲关系,一直保持到近代。难怪惜抱先生姚鼐就曾指出,"方氏与姚氏自元来桐,略相先后,其相交好为婚媾二三百年"。① 这是姚鼐应其连襟方汝葵邀请,作《方氏文忠房支谱序》时说的。方氏文忠公是指方以智。在《方染露传》中,姚鼐还写有一个非常生动的日常细节:"余里居中,寡交游,惟君尝乐与相对。一日,在余家共阅《王氏万岁通天帖》,疑草书数字不能释。君次日走告余曰:'昨暮吾妻为释之矣。'举其字,果当也。"② 方染露即方赐豪,他是方以智的玄孙,曾祖方中履,祖父即"潇洒公"方正瑗。

其实,这种现象在桐城世家望族中并非仅见,桐城著族张氏、马氏、左氏、吴氏、何氏、叶氏等,都参与了这个姻亲网络,成为几百年的通家。以青山何氏为例,何思鳌自栖霞任上致仕,仲子如申、幼子如宠于万历年间同中进士后,奉公夫妇从青山祖屋迁往桐城县城北门内居住,如申、如宠遂与凤仪坊及其附近的方氏、姚氏、吴氏等家族结成姻戚关系。清代乾隆时期的诗人姚兴泉在《龙眠杂忆》中写道:"桐城好,世好结朱陈。姑本内姑原识性,舅为外舅不嫌贫。亲上更加亲。"并附注曰:"乃因亲结亲,世族喜之。"③ 姚氏与张氏的姻戚关系也一样复杂,甚至曾引起乾隆皇帝的猜忌。话说乾隆六年(1741),都察院左都御史刘统勋向皇帝奏了一本,称大学士张廷玉历经三朝重用,门庭显赫,门生党羽、本家戚党充斥朝野,尤其是风闻现在缙绅望族,张、姚两姓占据一半,请求"将张、姚二姓部册有名者"详悉查明,二姓官员"三年之内,停其升转"。早就对老臣张廷玉不满而又乾纲独断的乾隆帝,趁机革了张廷玉的职。

正如当代著名作家舒芜所说:"那个时候,我们那里世家的观念非常深,打不破的,结成一个关系网,互相串在一起,一环套一环。比如,以我的外祖父马其昶为中心,就可以画出一个网络图:外祖父自己是姚家的女婿,他的一个姐姐一个妹妹都嫁到了方家,另有一个妹妹嫁到姚家,还有一个妹妹嫁到左家。外祖父六个女婿,除了一个是湖北人之

---

① 姚鼐:《方氏文忠房支谱序》,载《惜抱轩全集》文后集卷一,中国书店出版社,1991年,第197页。
② 姚鼐:《方染露传》,载《惜抱轩全集》文集卷十,中国书店出版社,1991年,第117页。
③ 姚兴泉:《龙眠杂忆》,桐城文物管理所1982年翻印,第36页。

外,全是桐城的张、姚、方等名门大族。他的一个儿媳又是从姚家娶的。这样,以外祖父为中心,桐城张、姚、马、左、方五大家族就串得很紧了。恐怕五大家族里面任取一人为中心,都可以画出一个串联五家的网络图。"①

三、埙箎相迭奏,学问有渊源

桐城世家望族之间的联姻,不唯有"亲上加亲"的传统,更重视"门当户对"。以寺巷口桂林第主人、太仆寺卿方大美(方苞高祖)为例:方大美幼子、宫詹学士方拱乾,有女嫁兵部职方姚孙棐(自虞孙、之兰子)的长子、知州姚文烈。拱乾长子、侍读学士方孝标,有女嫁文烈子、举人姚士陛;拱乾次子、御史方亨咸,有女嫁刑部尚书姚文然(孙棐第三子)第三子、贡生姚士坚。进士姚之骐子、文学姚孙森,配太学生方大羹女,而方大羹是方大美的胞弟。文学姚孙森又有长女适贡生方承乾(大美第二子)的次子方晋燨,次女适贡生方应乾(大美第四子)长子、文学方仪。姚孙森长子、知县姚文焱,配贡生方体乾(大美长子)女;次子、州同姚文燮,文燮长子、知州士莱,又娶方仪次女……

对此,学者汪孔丰认为,世家望族往往通过联姻策略来维护和巩固家族的政治、经济、社会等方面利益,从而进一步强化家族的凝聚力与影响力。②

桐城文化世家之间的联姻,也有利于文化上的交流与促进。如姚文燮《莲园诗草序》云:"余儿时见先君子(姚孙森)与舅父坦庵公(方拱乾)相唱酬。稍长,悉授以法,同伯氏彦昭(文焱)与楼冈(方孝标)、邵村(方亨咸)、与三(方育盛)、敦四(方膏茂)诸中表,埙箎迭奏,竞相雄长,以博两翁欢。还青(方畿)司马忘年而鼓吹之。自庭内以及寰中,无不知两家群从诗学之有本也。"③姚文燮的父亲姚孙森,有诗《送方三计偕北上》,方三即方孔炤,诗中有句曰:"同居不同行,居者自凄绝。眷恋天

---

① 舒芜:《家世与童年》,载《舒芜口述自传》,人民文学出版社,2014年,第18—19页。
② 汪孔丰:《清代桐城文化家族的姻娅网络及其文化特征——以麻溪姚氏为中心》,《河北科技大学学报》(社会科学版)2017年第4期。
③ 姚文燮:《无异堂文集》卷十一,民国五石斋钞本。

上轺，虚此山间月。"就是写他们居为邻、学为友之事。从方正瑷《连理山人诗钞》也可以看出，这部诗集的编次、校字、参阅、授梓，集中了其子、其婿、其甥以及姻表弟和受业门生13人，基本上都出自互为姻戚的方、姚、张、左等桐城主要文化世家。

学者徐雁平认为："世家联姻，讲求门当户对，往往能延续数代。如此着意讲求，有利于家风与家学的培育，亦可使家风与家学不断累积，渐臻醇美。""世家对婚姻的讲求，表现在时间的脉络上是书香与风雅的延绵，表现在空间上是家教（家风与家学）发散性扩展。"①

明清时期，桐城还十分重视女训，出自名门、饱读诗书的女子往往在家族文化传承中发挥了重要作用。姚兴泉有诗曰："桐城好，母氏更操心。有父做官还做客，教儿宜古宜今。宵共补衣灯。"并附注："吾乡宦游与远幕者，十居八九，故幼稚得力于母教者尤多。"②诗中所谓"宜古又宜今"，宜古，当有传承弘扬之义；宜今，就是不泥古而尊今、崇实。如果从桐城派古文"雅洁"的要求出发，雅就是宜古，洁就是宜今。学者徐雁平指出："不能忽略女性群体的存在……然而在构造有情的人文世界过程中，自有其不可湮灭的功绩。"③

晚明的"清芬阁"方维仪被称为"一代女宗"，她虽因夫丧而守志于娘家，却抚教方以智等侄子侄女，俨如人师。拙著《方维仪传》梳理了以方维仪为中心的方、姚两家亲戚关系：姚之兰的母亲方太孺人，是方维仪祖父方学渐的堂妹；姚之兰夫人方孺人是方学渐的堂侄女、方维仪的堂姑母。而方维仪母亲又是公公姚之兰从祖父姚希颜之女，姚希颜就是方维仪的外祖父。方维仪的夫君姚孙棨，姚孙棨弟弟孙棐有两女，长女姚凤仪嫁方畿次子方于宣，次女姚凤翔嫁方孝标第三子方云旅。姚凤仪、姚凤翔这两个侄女都深得方维仪喜爱，惜方于宣去世早，方维仪曾为姚凤仪《蕙绸阁诗集》作序，并有诗《赠方侄女凤仪》诗曰："鸾凰翔霄汉，双飞连理枝。岂知归六载，与君永别离。独幸生一男，状貌颇岐

---

① 徐雁平：《清代文学世家姻亲谱系》，凤凰出版社，2010年，第11页。
② 姚兴泉：《龙眠杂忆》，桐城文物管理所1982年翻印，第22页。
③ 徐雁平：《清代文学世办姻亲谱系》，凤凰出版社，2010年，第17页。

巍。两女未垂髫,朝暮膝前嬉。"①姚凤仪所生的两女,又分别嫁姚士垒(姚文烈第三子)和姚士基(姚文然第四子)。

有"清风阁"遗风的方遵贞,与上文提及的方染露同属方以智玄孙辈,不过她是方中通曾孙女,祖父是方正瑹。她能诗擅绘,有"白描妙手"之谓。夫君为姚孙棐的玄孙姚时,而姚时母亲又是方以智长子方中德孙女、方正玭女。方、姚两家世戚关系通过他们得到进一步巩固。可惜,方遵贞的命运也与方维仪一样不幸,夫君姚时22岁就去世了,她既要服侍公婆,又要哺育幼子,家境非常艰难。儿子姚棻渐长,她只得"画荻教子",亲授章句。姚棻不负众望,考取二甲进士,历官贵州、云南、福建和江西等省巡抚。他在进京朝见乾隆皇帝时,先后奉呈母亲作品《遵贞阁诗集》《白描罗汉册页》。乾隆大为欣赏,品题后,嘱内官收入《秘殿珠林》,并御书赐匾"柏贞萱寿",还先后两次赏赐大缎、貂皮等。

姚棻的夫人又是方浩之女。方浩是方氏"中六房"十八世,字孟亭,号逊庵,雍正庚戌(1730)进士,历官蒲州、潞安知府,擢江西广饶九南道,调吉南赣道按察使司副使,授中宪大夫。方浩还有个次女嫁的是姚孙棐的六世孙姚岳。据姚棻后人说,姚棻旧居就在凤仪坊北后街寺巷,即姚莹故居(寺巷8号)的斜对面。而姚莹夫人正是方氏"中七房"方裕昆之女,姚莹曾孙姚翁望是当代著名文博专家,翁望夫人又是著名画家方鸿寿的姑母。方鸿寿的新婚大事,就是在姚莹故居对面的潇洒园举办的。潇洒园的前身为方以智故居廷尉第(又称"远心堂"),因其孙"潇洒公"方正瑗而改称,画家方鸿寿是方以智的十一世孙、方正瑗的九世孙。

这里再提一件当代学人所述逸事。据吴孟复先生《桐城近世名人序》:"孟复少时师事姚蜕私先生(永朴),先生授以《旧闻随笔》,读而爱之。益读马抱润(其昶)《桐城耆旧传》,复闻姚师及凌寒老人(方槃君)、仲斐先生(方彦忱)所称述,于桐城先辈之嘉言懿行,识之较多,每拳拳服膺而唯恐失之也。"②这段话中提到的姚永朴,为姚鼐曾侄孙、姚莹之

---

① 潘江辑、彭君华主编《龙眠风雅全编》第二册,黄山书社,2013年,第540页。
② 吴孟复:《桐城近世名人传序》,载操鹏主编《桐城文史》总第十四辑《桐城近世名人传》(续集),1996年10月第1版,安庆市公园印刷厂印刷。

孙,姚浚昌之子,其伯兄为姚永楷,弟为姚永概,姐适马其昶(马茂元祖父),皆桐城派名家。凌寒老人方槃君,即方宗诚之子方守敦,夙承家学,擅诗文,书法尤享时誉。马其昶弟子方彦忱乃方以智后裔,京师大学堂毕业,也是姚永朴女婿,他对马茂元、吴孟复等晚辈爱护备至。吴孟复在《我的读书、治学与教学》中还提及:有一日,方彦忱邀吴孟复等出桐城东门,往方家莱园眺龙眠之胜。履石过河时,为众人即景讲《诗经》"深则厉"之"厉"。出园返城时,方彦忱又提及方家月山老茔上有方苞所书碑,并带大家前去拜瞻。

  总之,走进桐城凤仪坊,就走进了中国文化世家联袂共生的传统生态圈,走进了"家家桐城、人人方姚"的文脉传承典型场域,能够观察到明清时期地域文化繁荣发展的生动细节。学者汪孔丰认为,桐城传统文化世家的累世联姻,具有文化衍生之机制:"不仅有利于桐城文化生态的良性发展,也对桐城派文人群体的形成与发展产生了积极而重要的影响。"[①]学者张秀玉也指出,桐城县域内文化传统的继承发展状况,与数个主要世家的文化影响力密切相关,体现了家族文化与地域文化的联结和相融,也进一步推动了家族间的横向文化关联和区域文化繁荣,促成桐城文脉历经五六百年而繁盛不绝。[②]

[①] 汪孔丰:《清代桐城文化家族的姻娅网络及其文化特征——以麻溪姚氏为中心》,《河北科技大学学报》(社会科学版)2017年第4期。
[②] 张秀玉:《明清桐城文脉代际传承原因浅探》,《光明日报》2024年5月20日第14版。

第八章
从凤仪坊走来的那些才媛

清代诗人方于榖曾自豪地说:"彤管流徽,吾桐最盛!"比方于榖更早的潘江,也说过类似的话:"龙眠彤管之盛,倡自纫兰张夫人方孟式、清芬姚节妇方维仪,久登词坛。"而潘江的母亲吴坤元,与方维仪相鼎峙数十年。后世的桐城才媛,受方孟式、方维仪、吴坤元的影响,或殷勤教子而为母仪,或守忠贞而成峻节,或能诗文而发铮铮雅音,或擅绘事而笔沾花露。她们的创作题材小至闺阁唱和、鼓励亲友,大至咏史忧时、江山社稷,皆能挥洒成章、娓娓成篇;有的才媛竟然还能旁及九章算法、六壬数术,真不愧是"香闺学士""巾帼丈夫"。

"贞老姑"方川贞事迹考

在桐城方家,一直传说有位"贞老姑"(或称"贞姑"),有的方姓人家里还存有"贞老姑"牌位,与先祖牌位放在一起,重要日子里都要祭祀。这位"贞老姑"就是方氏第六世祖姑方川贞,附葬于桐城东郭乌石冈三世先祖巡检公方谦墓右。《桐城桂林方氏家谱》中《外传》篇排在第一的就是方川贞(图8):"吾家老姑者,未嫁守节,老于母家,人称老姑,乡党莫不曰方老姑、方老姑云。"①方氏历代先辈几乎都有诗文写方川贞,即

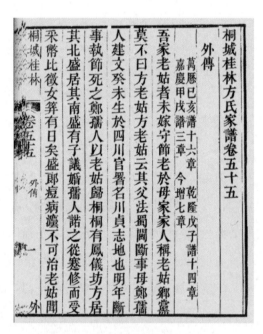

图8 方氏家谱"外传"中的方川贞

---

① 方传理:《桐城桂林方氏家谱》卷五十五"外传",清光绪六年(1880)刻本,第1页。

使很少写诗的方苞也有《川姑墓》诗存世。方川贞在方氏家族中的影响是如此之大,然而,有关她的事迹似乎又很模糊、难以确考。

一、方家有女是男儿

人们大多知道桐城派鼻祖方苞不作诗,但方苞也有数量极少的诗存世,《川姑墓》就是其中之一,诗曰:"欲践曹娥迹,孤嫠谁保持?门缨中有变,节孝两无亏。七十不环瑱,千秋作表仪。忠魂应少慰,有女是男儿。"①

这首诗很可能有两个题目。在上海古籍出版社刘季高校点的《方苞集》中,这首诗的题目为《川姑墓》,诗如上;前面还有《展断事公墓二首》。而黄山书社徐天祥等校点的《方望溪遗集》,虽未刊方苞这首诗,但有《展川贞姑墓小引》,前面也有《展断事公墓小引》,这两篇小引都收于该书"碑传类",其实这两篇小引应该都属于诗前序。

方苞为何称赞老祖姑方川贞是男儿呢?这要从川贞父亲方法说起。②

话说朱元璋的孙子朱允炆即位,是为建文帝,随即紧锣密鼓实施"削藩",防止那些朱姓藩王坐大祸乱。早就觊觎帝位的燕王朱棣不愿坐以待毙,以"清君侧、靖内难"的名义起兵,攻进南京,夺取了侄子的皇位,时称"靖难"之役。朱棣还诛杀建文的顾命老臣方孝孺十族,并逮捕天下诸藩不贺不服者。方法是方孝孺的门生,效其师大节不夺,亦被诏逮。当囚船经过望江县时,方法朝着家乡桐城的方向再拜后,趁看守不注意,跳江自尽殉国。

此时女儿方川贞有何表现?据方苞《展川贞姑墓小引》:"生于四川,族人称曰川老姑。初欲自沉求父尸,以曾许嫁盛氏子中止。无何,盛氏子病死,遂撤环瑱,侍母抚二弟。卒年六十有七。邑中列女祠,母郑孺人为首,次贞姑。"③

方苞这篇"小引"虽然叙事极其简略,却写出了方川贞的主要事迹:一是父亲方法自沉殉节,她欲自沉求父尸;二是夫死守节;三是侍母;四是抚二弟。同时还指出,邑中"列女祠",贞姑位居其次,位于其母郑孺人之后。

---

① 方苞:《川姑墓》,载刘季高校点《方苞集》,上海古籍出版社,2008年,第791页。
② 有关方法的事迹,详见本书第二章《方法:方氏"忠孝节义"之精魂》。
③ 方苞:《展川贞姑墓小引》,载徐天祥等校点《方望溪遗集》,黄山书社,1990年,第107页。

二、闾巷高名并山斗

明末著名才媛方维仪也有六首《三叹诗》①,分别咏叹方法、郑孺人和川贞老姑。其中,最后两首咏贞老姑的诗如下:

> 忠臣配节妇,生女亦奇人。未嫁歌黄鹄,终年守赤贫。雨风常暴变,组练自灰尘。誓死庭前柏,相看八十春。
>
> 时抱亡臣泪,能继老母裳。人生谁不死?苦节倍堪伤。临没独端坐,中庭闻异香。一门有如此,诚可对先王。

《三叹诗》诗前还有一段较长的序:

> 余四世祖蜀断事公名法,当靖难时,不肯署名贺表被逮,至望江江上遂自沉焉。夫人郑氏德华抱其爪发,归而守志。有女育于川,遂名川贞。许聘盛,及笄,盛郎卒,其翁姑欲更嫁之,川誓以死,乃依母而终,享年八十。属纩之日,异香满室,三昼夜红光照耀不绝,端坐逝焉。吾家诸子弟,闻以内外事,莫不禀成而后行,宗族乡党化之,皆尊称曰"老姑"云。湮没至今,表扬尚阙。家廷尉以谕蜀之差,讼于当道,于是金陵表忠祠、成都显忠祠皆奉断事俎豆,駸駸乎遗风较著矣。余哀老姑高节,爰赋《三叹》云。

方法本来是方氏五世祖,可能一世祖失考的原因,方维仪记方法为四世祖。方维仪的诗与序,所述事件与方苞表述大致相同,突出忠臣(方法)、节妇(郑孺人)、奇人(方川贞),但更为详细:不仅记述了朱棣"靖难"时,方法被逮而跳江自沉的经过,以及后来因"家廷尉"(方维仪父亲方大镇)"讼于当道",方法得以奉祭于金陵表忠祠和成都显忠祠;更浓墨重彩地写了方川贞誓节而终的事迹,尤其是方川贞去世时"异香满室,三昼夜红光照耀不绝",颇有神话色彩。

方维仪的堂弟方文(号嵞山),有《老姑行为姚姐夫人七十寿》,虽是写其堂姐方维仪,却以诗咏贞老姑开篇:"吾家先世有老姑,髫年未嫁亡其夫。竟以处子终漆室,寿介八旬贞不渝。"方文写贞老姑,其实感叹末

---

① 方维仪:《三叹诗》,载潘江辑、彭君华主编《龙眠风雅》第二册,黄山书社,2013年,第546页。

世人心衰变,而突出其堂姐方维仪"苦节煌煌照青史",与"去已久"的川贞老姑一样,都是"闾巷高名并山斗"。①

三、忠节传家是表仪

"断事死靖难,其女遂不字。以此启桂林,阀阅十三世。"这是方维仪弟弟、湖广巡抚方孔炤的《棘庐述》诗句。而在记述家史的长篇四言诗《慕述》中,方以智开篇就提及五世祖方法与其女川贞:"我祖断事,今祠表忠。死逊国节,投身望江。其女不字,守冢以终。以此传家,凤仪雍雍。"在其下有小字自注:"断事公讳法,字伯通,中洪武己卯,出正学先生门,为四川断事。不降靖难,逮过望江,遂沉于江。今祀南京表忠祠。其女守义至老,号川贞姑云。"②

方以智《慕述》长诗,以"忠孝节义"四个字贯穿全篇,历数先辈事迹,包括投水殉国的伯姑方孟式(室名纫兰)、教子侄俨如人师的仲姑方维仪(室名清芬阁):"纫兰、清芬,世传双绝。不负家学,伟哉闺阁。仲姑抚我,耄犹教学。"直至同胞一弟三妹,再写自己,并及三子,最后强调"家风律律,勿忘折肱"。

此外,方世举、方正瑗等方氏后裔,都有诗咏叹老姑方川贞。如方世举有《和望溪兄省墓二诗》,乃是步韵方苞《展断事公墓二首》,另有《乌石冈》诗一首,也是步韵方苞《川姑墓》,诗题虽不同,却点明了墓址所在,前有序云:"葬断事公女川贞,今与母卷孺人同祀列女祠首。"诗曰:"三从半生了,两痛一身持。天苦石难补,月羞弦下亏。古人云有守,女子岂无仪。髡彼飞蓬影,居然烈士儿。"③方正瑗的《潇洒集》载乾隆甲子年(1744)诗作中,有《五世祖忠烈公墓和望溪兄韵》《拜川贞老姑墓》两题,诗题基本与方苞诗题相同,也都是步韵方苞之作。

方中发(方其义独子)有《祖德述十首》,第一首即咏断事公方法,第二首则写方川贞老姑"芳名追死父,苦节伴孀亲",其余七首依次是天台

---

① 方文:《老姑行为姚姐夫人七十寿》,载《嵞山集》卷三,上海古籍出版社,1979年,第25页。
② 方以智:《慕述》,载黄德宽、诸伟奇主编《方以智全书》第十册,黄山书社,2019年,第366页。
③ 方世举:《春及堂集》三集,载《清代诗文集汇编》第二百三十七册,上海古籍出版社,2010年,第22页。

公方印、明善公方学渐、文孝公方大镇、贞述公方孔炤、纫兰阁方孟式、清芬阁方维仪、方忠公方以智、孝节公方其义。几百年来,方法、方川贞父女已成为方氏家族的精神图腾。方氏族人不厌其烦地诗赞断事公方法,并盛赞川贞老姑,从中汲取忠孝节义的精神力量,也就是方以智所说的"以此传家,凤仪雍雍""家风律律,勿忘折肱"。

四、史志诗文各不同

方川贞的事迹也被记载在地方史志中。如康熙六十年(1721)《安庆府志》载"贞女"篇,其中"方川贞"条曰:"断事方法女,许聘盛郎,未笄郎卒。川贞曰:'吾业已受盛聘。'乃服衰往哭,献双履。欲殉,为众所阻。请于兄曰:'能养我终身乎?'兄许之。归与母郑同守。家人称为老姑。年七十以完节终。"①

清代康熙十二年(1673)《桐城县志》所载,与府志完全相同。这说明府志内容来源于县志。道光七年(1827)《桐城续修县志》的记载,自称据康熙十二年县志,但其内容更简略:"方法女,名川贞。许聘盛某,未笄盛卒。女服衰往哭,献双履。欲殉,为众所阻。归与母郑同守,卒年六十八。"清代乾隆《江南通志》则云:"方氏女,桐城人,许字盛某,未嫁夫亡,服衰往哭,归依兄居七十年卒。"

可见,官修史志都略去了方法沉江之事,《江南通志》甚至连方法都不提,只写方川贞未婚夫死、归而守节,这就将方川贞等同于一般烈女节妇了。这也不奇怪,乾隆时期文字狱达到巅峰,史志纂修人员不得不小心翼翼。尤其是《江南通志》关于方孟式的记载,更与史实不同。本来,丈夫张秉文作为大明山东左布政使,牺牲于济南抗清战役,方孟式与姜陈氏等十几人共赴水死。《江南通志》却改为:"流寇至,秉文殉难。方率妾杨氏陈氏同蹈后河死。"将张秉文、方孟式的壮烈殉国写成死于寇难了。

而方氏后裔则不然,他们的诗文一再强调方川贞与方法的关系,写方法必写其女方川贞,写方川贞也必提其父方法,将方川贞之守节与方

---

① 张楷:《安庆府志》卷二十二"贞女"篇,中华书局,2009年,第554页。

法投江放到同样的高度,同时书写、同时歌颂。特别是方氏家谱《外传》,记载最为详细。在整部外传中,诸多女主一般只占不到半页的版面。但居首的方川贞,篇幅在全部外传中最长,其传文占据了整整六页,甚至具体到人物的行为和对话,极为生动感人。最后还有赞曰:"我先世娣节,岂独断事烈烈哉!程、郑双嫠,老姑终处,凛凛冰霜躞踵矣。"①

五、相关问题再探寻

(一) 方川贞究竟是姐姐,还是小妹?

方苞《展川贞姑墓小引》写方川贞:"初欲自沉求父尸""侍母,抚二弟"。这表明,方苞认为方川贞年纪要长于方懋、方恕(方法的两个儿子)。

但无论家谱还是史志,抑或方氏后裔诗文,都说方川贞出生于父亲方法的四川任上,故名川贞。而且方川贞在盛郎卒后,欲殉未成,遂请于兄曰:"能养我终身乎?"兄许之。这表明至少方懋的年纪要比方川贞大。

方法是建文元年己卯(1399)中举,赴任四川;而方法跳江自沉于永乐二年(1404)。则方川贞出生年份在1309—1404年。

方氏家谱中,方懋、方恕兄弟的小传指出:方懋生于洪武庚午(1390),方恕生于洪武甲戌(1394)。则方法跳江自沉时,方懋已经15岁,方恕已经11岁。而方川贞如果出生于父亲任上,只能是小妹。

(二) 方川贞卒年寿数究竟多少?

上文所列相关史志、家谱和方氏后裔诗文显示,方川贞卒年竟然有多种:一是方苞所说"卒年六十有七";一是方维仪所说"享年八十";一是方文所说"寿介八旬";一是道光《桐城县志》和家谱《外传》所说"春秋六十有八";一是康熙《安庆府志》和康熙《桐城县志》、乾隆《江南通志》所说的"卒年七十"。

那么究竟哪一种说法是对的呢?还是来查方氏家谱。方川贞《外

---

① 方传理:《桐城桂林方氏家谱》卷五十五"外传",清光绪六年(1880)刻本。

传》中,有一部分写方川贞晚年事迹,尤其是终老时的景象,比方维仪所写更为神异:

> 兄嫂次第即世,老姑艾矣,晓畅事理,度支赢诎,唯所质会。诸侄有大计必请于老姑,老姑可则行,否则止。诸妇及女,惟老姑是师;稺孙依依,每晨兴必于其外寝盥栉,小婢传茗,始出就塾。蕺二孤岳、壶,老姑子之,燠哺督教,二孤卒赖有立。成化庚寅病,叹曰:'赘疣人世,今得解免。其附先人首邱。'卒,霾日终风,飞鸟数百,翔鸣屋极,室隐隐如雷,红光烁烁,出牖如火,家人丧之,不异大母。①

据此,方川贞卒于成化庚寅(1470),卒年六十有八,则方川贞出生于建文四年(1402),意味着其父永乐二年(1404)跳江自沉时,方川贞还不足3岁。

至于方苞所称方川贞"初欲自沉求父尸,以曾许嫁盛氏子中止",显然是一种书写的升华,这可能与方苞遵循儒家传统说教的诗学观有关,故而对方川贞的故事有意进行了改造。但方苞平生不绝意为诗,极少的诗作也不甚流传,他的这个"改造"并没有被人们普遍接受。

如果方维仪与方文所称卒年80是对的,即使以方川贞建文己卯(1399)出生于四川,则方川贞卒年应为成化己亥(1479);或依据家谱《外传》推算方川贞建文四年(1402)出生,则卒年应为成化壬寅(1482)。

而家谱中方岳的小传又说:"老姑殁,依桂林公。"桂林公即方懋第三子、方川贞之侄方佑。五房第八世方岳、方壶兄弟,是方恕的长子方瑶之子,也是方川贞的侄孙。方瑶年36即早逝,其子方岳生于景泰乙亥(1455),次子方壶生于景泰丙子(1456)。家谱说这兄弟俩幼孤,同育于老姑。假如方川贞卒于成化庚寅(1470),则此时方岳15岁、方壶14岁,均未成年;假如方川贞卒于成化己亥(1479)或成化壬寅(1482),则方岳、方壶都已成人,不可能再依桂林公方佑。因此,家谱《外传》所称卒于成化庚寅(1470),春秋六十有八,应该是准确的。至于方维仪所说

---

① 方传理:《桐城桂林方氏家谱》卷五十五"外传",清光绪六年(1880)刻本。

"享年八十"与方文所称"寿介八旬",可能出自传说,也有可能与方苞一样,有书写的升华。

总之,断事公方法的跳江自沉,方川贞与母亲郑孺人的守节自励,成为激励方氏后裔的精神力量。如附葬在方法墓边的曾孙方向,本是成化皇帝身边的京官,前途不可限量,然而,他崇尚先辈气节,刚正不阿,名动天下。方向的从弟方岳,少时即孤,与弟弟方壶同育于老姑方川贞,虽一介布衣,一生波折,仍然"孤不废家,贫不失志"。在明清鼎革的大时代,百科全书式大学者方以智,晚年于江西万安拜文天祥墓后,在惶恐滩跳江殉国;而他的伯姑方孟式,在丈夫抗清牺牲后,也毅然蹈水自沉。他们都是效其先祖忠贞孝义而以身殉国,气节彪炳千秋。

桐溪畔的方家"春晖楼"往事[①]

这一次,方大镇毅然决然地上了"请辞疏"。

人生最幸福的,莫过于陪伴父母到老;人生最遗憾的,莫过于"子欲养而亲不待"。3 000年前《诗经》就反复咏叹:"陟彼岵兮,瞻望父兮。陟彼屺兮,瞻望母兮。"那不得不奔波在外的宦游人、羁旅客,日夜思念着家中的白发双亲,想象着双亲也在日夜思念着远行的自己,既温暖着旅程,又焦虑着归梦。

父亲方学渐逝世有近10年了。在外宦游几十载,而今已是京官的方大镇,日夜思念的正是高龄老母亲赵太恭人。

一、想起了两位老祖母

一接到朝廷的批文,方大镇就带着孙子方以智(乳名东林)立即从京城出发,不顾自己也已年逾花甲,风尘仆仆,昼夜兼行。

当小城东北那座耸峙的投子青山,如凤凰展翅一般,远远地映入眼帘;当潺潺的桐溪(今称龙眠河)流水声,终于欢唱着传到耳际,方大镇不断催促车夫加快速度。

跨过桐溪桥,就进入了东作门。方大镇却叫停了车夫。下了马车后,他牵着孙子方以智的手,缓缓步行。

在五世祖断事公方法的忠烈坊前,方大镇整理衣服,神情庄重地拜了拜。或许,他又不由得想起了二百多前的往事,想起断事公船到皖江,再拜家山龙眠后,毅然跳江自沉的壮烈;也想起四世老祖母程太君独自抚孤、训子读书的坚毅;想起五世老祖母郑太君与川贞老姑,在艰

[①] 本文原发于2021年7月"六尺巷文化"公众号,收入本书时有删改。

难岁月里的守节自励。①

"《诗》首关雎,《礼》标内则,乃人道之始。女子之行,于亲也,孝妇也;节母也,义而慈,止矣。吾家自程、郑两位老太君著节,川贞老姑继之,倡率而行孝顺、睦姻、勤俭、慈惠,乃家之所由兴也。"②方大镇对孙子方以智说。

方以智从小就常听断事公的故事,对程、郑两位老太君和川贞老姑的事迹也不陌生。

程太君,即方氏第四世先祖方圆(字有道)的夫人。方圆生于元致和元年戊辰(1328),耕读传家,崛起于田间,曾任元宣使,却不幸早卒,年才42岁。方圆有个弟弟方智(字有庆)从军后下落不明。正是元明交替时期,天下纷乱,兵燹连年,方氏族属也因此而离散四方。程太君才33岁,长子方端尚未成年,次子方法才九个月,幼子方震还在妊中。面对"时乱、宗孤、子幼"三难,程太君带着孩子,坚守凤仪坊旧庐,占籍而居,独撑门户,依靠绩麻纺布艰难度日。此时,乡里百姓习武斗狠,民风彪悍。程老太君担心孩子们沾染不良风气,更不甘方氏门庭就此萧条,她整理丈夫遗留下来的书本,亲自教授孩子们读书。后来,仲子方法(断事公)举于乡,方氏衣冠之绪复振。方法殉节后,老太君又与方法的妻子郑太君相守,80岁时去世,守节47年。

"东林你可知道,当乱世、亢孤宗,抚襁褓、掬遗腹,程老太君真是太不容易啊!"方大镇感叹道。

郑太君即方法的妻子,字崇德,同邑郑宗甫女。她自幼熟读《孝经》《论语》《列女传》,纺麻、刺绣等女工样样精进,深得父母怜爱,非名家不字。嫁入方家后,孝顺婆母,激励丈夫读书科举。方法官四川断事,郑太君偕行。听闻朱棣发起靖难,郑太君就对丈夫方法说:"妇道、臣道,一也!委身事人,时艰而背之,其何以明贞烈?"方法不由得肃然起敬:"妇人能有如此不凡见识!"后来,方法效其师方孝孺大节不夺而被逮,永乐二年(1404)囚船到望江时,方法跳江自尽。郑太君携方懋、方恕二

---

① 程、郑两位老太君和川贞老姑事迹,见本书第二章《方法:方氏"忠孝节义"之精魂》。
② 方大镇的这段话,乃据方氏家谱《内传》序言而写。本文关于方氏诸多老祖母事迹,均据《桐城桂林方氏家谱》卷五十四"内传"。

子及女川贞回桐守节,此时她才34岁。她将祖居让给了方法的哥哥方端一家,自己则携儿女在城东隅另建茅庐,对儿女说"孺子要务世德,不要争世居"。并迎养程太君,说:"夫君大义而不能孝养老母亲,请让媳妇我代行孝养。"两位老祖母从此形影相吊。郑太君还时常教育子女要尊重伯父,她自己也以对待婆母的礼节对待嫂子,怜爱侄子们甚至超过自己所出。晚年,县中父老请于县令,希望将郑太君事迹奏闻朝廷。郑太君让长子方懋去传话推辞:"夫子逐万里之涛,未亡人无从释憾,奈何以空帷买名,以烦贤士大夫?"县令"嘉异,表其宅"。安庆知府王公得悉此事,上疏朝廷,礼部核实后,旌诏还未下时,郑太君已经去世。卒前曾遗命:将多年珍藏夫君余发和指甲的竹筒,纳入自己怀中,一起入葬。

方以智的仲姑、明末才媛方维仪,有诗如此抒写郑氏老祖母:"当初归皖邑,肠断不堪闻。抱发悲昏日,看江思故君。家门宁寂寞,儿女共辛勤。母教风声远,千秋皎白云。"写尽了老祖母对夫君的那种断肠思念,那种"抱发悲昏日"的愁苦,但又甘守寂寞、孜孜于母教和家风,千辛万苦地把儿女抚教成人,带给家族振兴的希望。

方大镇对孙子方以智说:"断事公殉国,郑老太君守节近四十年,植孤而誓柏舟,亦足当于夫子之节烈啊!"

二、不能忘却的"祖训"

穿过熟悉的凤仪坊牌楼,转过大宁寺,前面矗立着宏伟的五举人坊"桂林坊"。这座建于明弘治元年(1488)的牌坊,气势不凡。方大镇在这里停留了会儿,对孙子方以智又谈起了方氏"始称凤仪,继称桂林"的家族荣光。[1]

边走、边看、边想着,这就到了寺巷口。但见祖宅"桂林第"前那几座熟悉的牌坊耸立巍然。方大镇又不厌其烦地向孙子方以智介绍:

"诰勅显扬"坊,乃为赠御史自勉公方懋、封给事中廷实公方瑜、赠知府与济公方舟立的。第七世先祖廷辅公方佑于天顺元年(1457)成进

---

[1] 关于五举人坊"桂林坊",可参阅本书第三章《吾氏胡为称桂林》:方氏"桂林"族名探源》。

士,官至四川道御史;成化元年(1465),朝廷敕赠其父自勉公如官,其母许老太君得赠孺人。第八世先祖与义公方向于成化十七年(1481)中进士,官至南京户科给事中,不久其父廷实公因覃恩得封如官,其母徐老太君得封孺人。第九世先祖惟力公方克,于嘉靖五年(1526)成进士,历官至贵州道御史;嘉靖十六年(1537)皇太子出生,方克的父亲与济公方舟得赠南京贵州道御史;后方克官知泉州知府,考绩优,升任陕西苑马寺少卿,朝廷又加赠其父入官,方克母亲刘老太君也得封孺人加赠恭人。

"谏台济美"坊,谏台,顾名思义是台官与谏官的合称。第七世先祖廷辅公方佑、第九世先祖惟力公方克,都曾官至御史,为台官;第八世先祖与义公方向曾官至户科给事中,为谏官。他们坚守"言官"职责,立朝徇义,直谏敢言,铁面无私,被誉为"真御史""真男子"。

为什么诸多老祖母也得到了赠封?并不能简单理解为常例。正是因为她们的鼎力内助,才有这些前辈的炳炳功德啊!方大镇娓娓讲述着。

就说八世先祖与义公方向的夫人王孺人吧。她是城中"东楼王氏"王子刚之女,敬事舅姑,婉事伯仲,与二姒相处和谐。方向起家南京户部给事,因弹劾中贵,被谪为万里之外的云南多罗驿丞,临行前不放心双亲。王孺人说:"君为鲍,妾为桓;君为梁,妾为孟。君不逮将父,妾当代你当子,孝养双亲。"所谓"为鲍为桓",鲍即西汉鲍宣,其妻桓少君虽出自富贵人家,嫁过来后却能着短布衣裳,勤俭持家,孝顺父母,修行妇道,为里人所称。所谓"为梁为孟",即东汉梁鸿家贫好学,其妻孟光以耕织为业,两人举案齐眉,相敬如宾,世传为佳话。能知道这些典故,可见王孺人也是才学不凡。为了让远行的丈夫减少后顾之忧,王孺人主动承担了本该丈夫承担的一切,孝养公婆,为两位老人先后送终。方向归来后内疚地说:"为两尊人送终,如果没有你,我这不孝之罪谁能赎之啊!"方向升为安陆知州,王孺人偕行,佐助夫君廉靖为官。为节省开支,王孺人亲自纺麻织布,还带着婢女在署中隙地种菜;听到鸡叫就起床准备早餐,送到公堂时,诸吏才来。方向升任琼州知府时,已无意渡海赴任。王孺人鼓动说:"男子悬弧即志四海,不欲宣猷泽万里乎?"琼州特产珍珠,方向任期结束,也没有带一颗归来。这都是王孺人反复叮嘱警示的。王孺人对三个儿子要求很严,无日不举先德训诲他们。在王孺人的教导下,长子博洽能文,仲子用心力田,季子潜心力学,各有所成。

方大镇又分别讲了"科第承芳""光前启后"等牌坊背后的故事。它们彰显着方氏家族的科第荣耀、仕宦辉煌和祖先功德。①

而方氏祖居"桂林第"门坊上,高悬着端庄厚重的"进士第"匾,三个大字结体严整、笔法刚劲雄健。"桂林第"到此时,已历经200余年岁月,现由族兄方大美及其子孙继承。而大美也已去世有10年了,想起从前兄弟同朝为官、互为勉励,方大镇又不免生出几多感慨。想到这里,他的神情严肃起来,对孙子方以智说,关于桂林第,关于这些牌坊,历代先辈都反复叮嘱,要求子孙世守,经常修饬。不能世守,则让于族中其他贤者。决不能鬻于他姓。"否则,以不孝论!"

三、那一年"捧檄"赴京

再右转,就是被人们称为"廷尉第"的自家庭院了。即将见到老母亲,方大镇还是有点忐忑。没想到的是,刚穿过"远心堂",就看见满头白发的老母亲端坐在小楼正门里。看到儿子和孙子的那一刻,老人家的眼神有些惊讶,起身就将孙子方以智拉进了怀里,连呼"东林我昂!东林我昂!"(昂,桐城土音。我昂,即我的孩子。)

方大镇不禁热泪盈眶。

这座小楼是方大镇早年在家读书问学的地方。今天,他决定为"远心堂"后面这座小楼,取个新的名字:"春晖楼。"

为什么要取这个新的楼名?方大镇专门写了首诗。在这首《春晖楼》诗前序中,他这样解释道:昔人云"难将寸草心,报答三春晖",盖为慈母咏也。吾母既寿而康,爰取诗义,以名吾楼。②

其实早在两年前,也即天启二年(1622)六月,方大镇被提拔到大理

---

① 方氏祖宅"桂林第"前的几座牌坊,参见《桐城桂林方氏家谱》卷六十一"家政"篇,第4—5页。
② 方大镇:《春晖楼》,载《荷薪韵义》之《荷薪韵》一,日本内阁文库藏明刻本。

寺时,就曾有挂冠而去的想法。由于从万历帝逝世到天启帝即位,不到两年时间就换了三位皇帝,阉党魏忠贤之流开始把持着朝政,纲废纪弛,内忧外患日益加剧。方大镇无心于残酷的门户之争。他为自己取了个新号"桐川宁澹居士",打算回到家乡后,一边孝养老母亲,一边接武父亲方学渐的"桐川会馆"讲学事业。

老母亲却严肃地批评了他:"主上新御,弓旌贲于四海,而畴昔响往诸贤无弗应者。尔奈何尚淹,不以此时'捧檄',一就正其所学,更复何待乎?"①

老母亲的这个责问,实际上是用了"毛义捧檄"的典故。《后汉书》记载,东汉的毛义有孝名,接到朝廷派他担任守令的公文,表现出很高兴的样子。朋友张奉因此看不起他。后来毛义母亲去世,毛义立即辞官,张奉这才明白,毛义不过是为了让母亲高兴而屈就为官,感叹自己知友不深。后世遂以"捧檄"作"为母出仕"典故。

表面看来,老母亲责备的是:新皇上(天启皇帝)才登基没多久,正求贤若渴着呢,四海诸贤无不响应。你还算饱学之士,早有大志,此时不向朝廷奉献你的学问,更待何时?就算"捧檄"为老母亲赴任去吧!但实际上,老母亲还有另一层用意:方家乃衣冠旧族,祖上颇多刚直名臣。此时朝政虽乱,但你怎能不效法祖上,激流勇进,正色立朝,重振家声呢?

那时,东林大儒冯从吾、邹元标等人也似乎看到新帝开元的希望,聚于京都琳宫会馆,创办了"首善书院",热情邀请方大镇前来讲学。方大镇听从了母亲的意见,赴京再任职大理寺,不久擢升本寺左少卿。大理寺是掌管司法的,古称廷尉,因而乡人又尊称方大镇为廷尉公,他的桐城府第被邑人称为"方廷尉第"。

在大理寺的位置上,方大镇又为官近两年,为恢复朝纲尽了自己的最大努力。他还学习邑中前辈余珊曾上"十渐疏"的做法,将父亲方学渐写的《治平十二箴》重新整理后上奏。但是,他清醒地看到,门户之争

---

① 见方大镇《闻斯录序》,载冯从吾著、刘学智等点校《冯从吾集》续集卷二,西北大学出版社,2015年,第493页。

日趋激烈,朝堂内外相互倾轧、明枪暗箭,而正直为官者很难有所作为,上至内阁大学士、下至各部臣工,纷纷引疾乞归。

方大镇在朝堂之上越来越孤独,曾赋《长安春兴》遣愁:"春风燕市昼苍茫,何处荆高醉酒场。匕首求来过易水,头颅带得入咸阳。吹光欲试青萍剑,卧雪何须白玉床。共道鹓鸿满台阁,可知虎鼠斗东方。"①荆高,本指刺杀秦王的荆轲及其好友高渐离,这里指刚正不阿的侠士;虎鼠,是指大搞内斗的阉珰。现实是异常残酷的,方大镇"欲试"青萍剑斩阉珰而不能,唯有面对"易水"击剑悲歌。

没想到魏忠贤视"首善书院"为眼中钉,不仅找借口驱逐冯、邹等人,还下令捣毁包括"首善书院"在内的全国所有书院。方大镇愤而上疏"论书院不当毁",阉珰又矫旨攻击他。

"陶潜当日留三径,毛义何情恋一官。"②天启四年(1624)雪花漫天之际,心灰意冷的方大镇,既不能有所作为,又不愿意同流合污,更加惦记着故乡的白发老母亲,加上又卜得"同人于野"卦,遂称疾力辞,回到了桐城。不久,包括同乡左光斗在内的杨涟、袁化中、魏大中、周朝瑞、顾大章等六位东林党人,被魏忠贤矫旨杀害,史称"天启六君子"。

四、实心实事报"春晖"

好在老母亲这次并没有多加责备。老人家虽已年届八旬,身体还算康健硬朗,这让方大镇颇感欣慰。他想起《诗经》里的名句:"陟彼岵兮,瞻望父兮。陟彼屺兮,瞻望母兮。"为此,他专门赋诗《春晖楼》:

春 晖 楼③

岵瞻不可极,中宵横涕泗。

老母幸康宁,有怀岡能寐。

力疏辞秦役,聊以慰所志。

---

① 方大镇:《长安春兴》,载方于毂辑《桐城方氏诗辑》卷一,道光元年(1821)祠经堂刻本。
② 方大镇:《丙申两尊人南还舟中赋别》,载陈济生辑《天啟崇祯两朝遗诗》卷四,中华书局,1958年,第275页。
③ 方大镇:《春晖楼》,载《荷薪韵义》之《荷薪韵》一,日本内阁文库藏明刻本。

> 小楼树之背,晨昏幸得侍。
> 海曙起城闉,远岑叠空翠。
> 开窗纳新景,交木送凉吹。
> 慈颜坐其中,翟冠霞为帔。
> 羞醑娱芳晨,犹愧莱子意。
> 春晖难报答,寸草还自致。
> 取以名吾楼,三复兹诗义。

这座小楼面对的,正是连绵不尽的龙眠群山,松涛如海,青山叠翠。老母亲坐在其中,"开窗纳新景,交木送凉吹",享受着儿子如老莱子一样"戏彩娱亲"。

老母亲出自桐城本地著名的文学世家桐陂赵氏。方大镇曾在其外祖赵锐先生的神道碑里提及:"(赵锐)先生有女三。季即吾母,少庄淑,为先生所钟爱,慎择以字吾父,曰:是子沉颖俊劭,能世其曾王父天台令之德者,其达者乎?命之曰达卿,而馆之。"

赵锐先生所看重的方学渐,虽然后来科举不顺,一生只是一介布衣,却创办了用于讲学的"桐川会馆",四方学者多归之。还经常应邀讲学于皖江两岸、江右及东吴,这在重科举功名的时代,是极为罕见的。方学渐逝世后,学者私谥为"明善先生"。

赵太恭人作为"贤内助",对丈夫方学渐的支持很大。康熙《桐城县志》这样称述:"理学方学渐妻赵氏,均州守赵锐女,恭勤贞静。学渐贫,不以父贵骄其夫。佐夫为大儒。凡学渐所为建祠堂、立会馆诸大事,皆力助之。足不逾房阈(门限)。唯亲纺织,至老不以子贵稍倦勤也。"《桐城桂林方氏家谱》"内传"则称:"……公(方学渐)力学为大儒,实资太恭人为内助。"

"力疏辞秦役,聊以慰所志。"方大镇在《春晖楼》诗中,提及辞官归里的原因。但他又在《和归去来辞韵》中写道:"归去来兮,世路多岐,将焉归?人生洵有以自老,岂物喜而已悲。慕往哲之高蹈,旷千载其可追。"表达了"永桐溪乎蔼轴,踵彭泽其焉疑"的决心。这龙眠之阳,桐溪之畔,山清水秀,风物尤美,不正是孝养母亲的彭泽东篱、悠然南山吗?

随着方大镇归来,母亲全力支持、父亲终生致力的"桐川会馆",社事又开始日益兴盛,各地学者纷至沓来。方大镇将"桐川会馆"进行了修缮扩建,并按书院模式进行管理和发展,当时的兵备道张九德还专程来祝贺,并题写了新的馆名"鸣鹤书院"。方大镇经常跟晚辈们说:"桐川会馆不仅是明善公(方学渐)期冀'美成在久'的事业,更凝聚众多同道者的厚望。"因为经过这么多年的经营,"桐川会馆"已经不仅仅属于方家了,它已是合邑学人的共同事业,是为国家培养人才的重要阵地。

不久,儿子方孔炤也因反对阉党被削职,载籍归里。方大镇积极讲学,勉励儿子方孔炤不堕其志,督促孙子方以智闭关城南"泽园"读书向学。此外,他还组织修缮祠堂、续置祠田、修订祠约,牵头募集资金修筑东门而南至向阳门的一段河堤,彻底解决了洪水一来就决堤漂屋的灾害。

"春晖难报答,寸草还自致。"方大镇用自己实心实事的躬行,给晚辈们作出了答案:何以报春晖?尽忠国家是也,孝养慈亲是也,不忘先人遗泽而发扬光大,亦必是也。

"慈颜坐其中,翟冠霞为帔。"老母亲赵太恭人端坐在春晖楼里,满头的白发一丝不苟。她平静地看着方大镇和晚辈们进进出出、忙来忙去,不时地过来向她问候。她的神情依旧是那样严肃,时常提及先辈们的德行,并一再叮嘱:"凡门律家规,一秉明善公之彝训。"她的目光却一直柔和。

有大丈夫志概的方氏"三节"

冰天雪地的大名府,寒风阵阵呼啸。方孔炤彻夜难眠,晨鸡还未唱晓,即起床掌灯磨砚。这次,他想上报朝廷的是《请旌表臣门三节疏》。①

这一天是崇祯十七年(1644)甲申正月二十三日。

一、请旌三节扶元气

就在本月,传来李自成称帝西安、国号"大顺"的消息。而在此前的崇祯九年(1636),盘踞关外、虎视眈眈的皇太极,早已将国号改为"大清"。大明政权至此已经岌岌可危。何以值此关头,方孔炤竟然要上报《请旌表臣门三节疏》?

近来,都察院右佥都御史、钦差总理河北山东等处屯务的方孔炤,在焦灼的日子里煎熬着。②先是于庚辰(1640)正月被权相参劾、囚禁西库,辛巳(1641)七月侥幸出狱后,远谪海疆宁波,而今再北上屯田,却再也不许辖一兵一卒。姚文然曾有诗赠他:"曾张幕府汉阳墟,八捷功名在孟诸。销刻今朝司马印,艰难前日乐羊书。汉家转饷元黄阁,北道开屯比白渠。□□□□□□,悬知新命不时除。"③

曾经战场上"八战八捷"、屡建奇功的方巡抚,如今只是徒有虚衔的"钦差屯务总理",已经很难有所作为。

这期间,虽是外臣,崇祯也曾两次召见方孔炤。每次全家都枕戈治

---

① 《请旌表臣门三节疏》见方昌翰辑、彭君华校点《桐城方氏七代遗书》,黄山书社,2019年,第338页,并参考志书等文献。下文不再注明出处。
② 《桐城桂林方氏家谱》说方孔炤此时乃左佥都御史,然《桐城方氏七代遗书》中,这篇请旌疏落款为右佥都御史。
③ 姚文然:《送方仁植前辈屯田河北》,载江小角等点校《姚文然全集》中册,安徽大学出版社,2021年,第44页。

装,只待朝廷令下,就驱驰沙场,以报国家。儿子方以智甚至激动地赋诗云:"枕戈辞崞浦,稽首佩刀囊。感激天恩重,全家治队装。"方孔炤亦曾抱着极大希望,呕心上奏万字《刍荛小言》。然而,每次都被权臣从中作梗,所提主张终不为崇祯帝所纳。甚至已经被推为兵部尚书,结果还是不了了之(姚文然诗中所称"销刻今朝司马印")。但见朝堂内外,党争依旧;诸多臣工与抚督,不是战死、就是被囚被斩,临阵脱逃、变节投敌者更不在少数。

面对当下的国事衰败、民生凋敝,方孔炤每日里忧心如焚,而又无可奈何。济南正是山东左政使张秉文抗清战死、其妻方孟式投湖自尽之地。方孔炤如今屯务山东河北,时时勾起对伯姐方孟式和姐夫张秉文的怀念。到今年正月,恰值他们殉难五周年。

昨天夜里,他忽然想起父亲方大镇当年上《请谥从祀名臣》和《褒崇理学》二疏的事来。① 父亲当年上此二疏,其旨有二:一是希望通过表扬理学名臣,以树立百世楷模;二是希望"以维风教",也就是《诗大序》所言"风以动之,教以化之",简单来说就是风俗教化。

方孔炤受此启发,决定上报《请旌表臣门三节疏》。所谓"三节",是指他的三个姐姐:殉难济南的伯姐方孟式,以及守节终身的仲姐方维仪、季姐方维则。方孔炤为方氏"三节"专门上疏朝廷,当然不是为了一家之"哀荣"。而是从"以彰风化"出发,企图挽救末世混乱的人心,并寄希望于以人心的扶正,来恢复国家元气,挽救国家前途命运于危亡:"窃闻《春秋》书纪叔姬之归,去国能全其节;《国风》著卫共姜之誓,矢死不易其操。故阐幽之典恤纬不遗,而叙伦之纲营蒯弗弃,所以挽固下流,敦尚彝轨,国制甚宏也。"

因此,方孔炤要上的这个疏,一定程度上堪比其父方大镇当年所上的《请谥从祀名臣》和《褒崇理学》二疏。在一个礼崩乐坏而致天崩地坼的末世,如何坚持儒家理念,让思想混乱、不知所措的民众,从大乱中抽身而回,不失诗书礼义春秋;特别是处在紧要关头的文臣武将,不失民族大节,不失为人操守。这正是当年众多学人都深入思考的大问题。

---

① 关于方大镇此二疏,可参阅本书第四章《廷尉公方大镇及其"远心堂"探由》。

中国千百年来,之所以每次跌落深渊都能跃然而起,也正是因为薪火始终不灭而文明传承不断。

二、忠孝传家志不渝

在《请旌表臣门三节疏》中,方孔炤简要介绍了方氏理学世家的情况:"臣祖封御史方学渐,礼义饬躬,潜心理学,教授生徒,门人私谥曰明善。垂训臣父大理寺左少卿臣方大镇、臣叔户部主事方大铉,世修家学,罔敢失坠。"方孔炤的祖父方学渐,父亲方大镇和仲父方大铉,都是当时著名的理学名臣。

理学可以说是明人齐家治国平天下的正统法理和准则,它包括程朱理学和陆王心学,都是对唐宋以来儒学思想的继承和发展,并吸收融合了佛、道等思想,或称"新儒学"。方学渐、方大镇、方大铉乃至方孔炤,均是尚风节、崇理学而又注重躬行实践的硕学通儒。他们或讲学乡里,教授生徒无数;或正色立朝,仕学并行。他们的子孙又都是方氏家学的坚定追随者,始终坚持薪火相传。①

方孔炤紧接着表示:在家学熏陶下,"闺帏遗则,爰及三女"。家中有三位女性深受理学影响,她们分别是:"其二为臣胞姐,长适山东左布政使臣张秉文,以殉难殁于济南",即方孟式,室名纫兰阁;"次适儒童姚孙棨",即方维仪,室名清芬阁。她俩都是方大镇的女儿,方孔炤的胞姐,方以智的胞姑母。"其一为臣同堂姐,适儒童吴绍忠",即方维则,室名茂松阁,她是方大铉的女儿、方文的胞姐、方以智的堂姑母。方维仪的丈夫姚孙棨,方维则的丈夫吴绍忠,都不幸因病早逝,她们守节几十年,"皆丁幼年孀居,忽六十矣"。

分别简要介绍了"三节"事迹后,方孔炤又借乡人士之赞叹来表彰"三节"虽为女儿身、却有男儿志:"自臣邑连年兵火,流离寒素,两姐饘粥不赡而不渝其志。乡人士莫不赞叹之,以为有三丈夫之概焉。在臣伯姐(方孟式),生沐冠帔,从容就义。秉文已蒙赐恤,烈妻应荷同褒。在臣仲姐(方维仪)、叔姐(方维则),为士人妻,不幸而失所天,甘茹藜

---

① 可参阅本书第五章"桐城方氏学派与凤仪坊"。

藿,终身荆布,割绝纷华;中遭离乱,诵读不废。迹其行事,后凋更难。"

其实,"三节"事迹,业经旧抚臣黄希宪、旧按臣迟大成、徐之垣等先后采风,上报朝廷。而女子因贞仪节义受到表彰都是有先例的,如"臣僚中,有子孙为其母祖,弟侄为其姑姐,循例入告,咸奉恩俞"。方孔炤表示,现在之所以上报此疏,乃是连年兵火,"今臣邑已成草莱,合家漂泊出寄",如果不及时向朝廷报告、叩请旌表,以荣被泉壤、鼓励风俗,就不仅是臣下罪过,也对不起先祖、先朝老臣,就是不忠不孝。

而忠孝是方氏子弟传家和立身之本。由此可见,值此明廷危亡旦夕,方孔炤却紧急上报《请旌表臣门三节疏》,反复强调"尽忠""死节""操守""志概",岂仅仅在于为"三节"之哀荣乞恩? 更在于"鼓励风俗"——希望能够鼓舞朝廷上下、朝堂内外都能够保持忠孝气节,真正做到一致对外、同仇敌忾、力挽狂澜!

或许,他还想借此机会提醒朝廷、提醒崇祯:对于曾经立下赫赫战功,而今却不许辖一兵一卒,顶着"屯务总理"的虚衔,而被困在大名的方孔炤来说,忧心如焚之外,除了上此《请旌疏》,究竟还能再做些什么呢?①

三、夫殉国难妻死节

自崇祯十一年(1638)冬开始,清兵在皇太极的率领下,绕道蒙古,突破长城,连克北京附近 48 座城池,并分几路南下,其中,多尔衮率领的 12 万清兵最为强悍,沿着运河往南一路烧杀掳掠,剑锋直逼济南。

一场兵力极为悬殊的惨烈的"济南保卫战",就这样打响了。

据《山东通史》《齐鲁文化通史》《济南府志》《历城县志》等记载,明末"济南保卫战",是济南有史以来最惨烈的一次守城之战。因发生在戊寅(1638)己卯(1639)之间,岁末年初之际,所以史称"戊寅之变"或"己卯之变"。

张秉文、方孟式就是在这场战役中殉难的。②

---

① 关于方孔炤的事迹,可参阅本书第四章《方孔炤:从桐溪边走出的文武兼备奇才》。
② 关于张秉文、方孟式殉难济南和这场战役情况,拙著《方维仪传》中有专章叙述。

第八章 从凤仪坊走来的那些才媛

在《请旌表臣门三节疏》中,方孔炤先后有这样的文字写其伯姐方孟式:"长适山东左布政使臣张秉文,以殉难殁于济南。""伯姐方氏随宦冰清,兼通文艺,手著《纫兰》之编,相夫子于道。济南城危时,婢仆劝归里舍,臣姐不肯,曰:'臣当尽忠,妻当死节。'遂分嘱遗事,间道遣谢亲戚,托六尺孤。己卯正月二日城陷,臣姐约同妾媵,齐赴后院池中死。"

张秉文先后历任福建、荆襄、广东、江西等地要职,有着丰富的地方工作经验和执政一方的能力,自崇祯九年(1636)秋迁任山东左布政使以来,尽管适逢乱世,但治理山东也颇有政绩,深得民心,与驻济南的德王(藩王)朱由枢家族相处也很和谐。

当十二万清兵将济南这座美丽的城市包围得密不透风时,已经是崇祯戊寅年(1638)临近年关的腊月二十三了。

此前,山东巡抚颜继祖却奉总监军高起潜之命,带领守在济南的重兵北上勤王。可是,令颜继祖晕头转向的是,他的人马在五十天内居然被调防三次,直到兵疲马乏,最后才令其专防与河北相邻的德州府。之所以如此,是因为高起潜得到的消息,判断清兵即将围攻德州。颜继祖的原防地济南由此空虚。

实际上,清兵仅在德州虚晃一枪,将颜继祖骗开后,就兵分两路,迅速直插到仅有千余老弱乡兵的济南城下。

方孟式眼见衣不解甲的丈夫,头发一夜之间几乎全白,却仍然激励丈夫说:"我已急遣两子归桐,以毕后患。夫子之死生唯官守,妾之死生唯夫子,无有二心!"意思是妻子应该与丈夫同死生,你若身殉国家,我也必将身殉丈夫。

在战斗最为激烈的这一天,各种真真假假的消息不断飞来,一家人焦虑不安,唯方孟式沉静而坐。这时有人来报:"主公可能已经脱围而去!"方孟式听了立即怒斥:"你这是听信谣言了!你们的主公岂是贪生怕死之徒,怎么可能弃城而走!"

但她想了想,又嘱咐侍婢:"我已做好了必死的准备。若是万一有什么不测,请你们立即将我推入大明湖!"并安排家仆在湖边提前堆放一些石头待用。

史载:己卯年(1639)正月初二,济南"城遂陷"。已经与清兵激战了九昼夜的张秉文,带着几个贴身侍卫,继续与攻进城内的清兵进行巷战,不幸在城西门楼中箭,却仍然奋力杀敌数人,终因寡不敌众、力不能支,被刺身亡。

与此同时,巡按御史宋学朱也因受伤被俘,被清兵绑在城门楼上纵火烧死。山东按察副使、盐运使、兵备道、济南知府、同知、通判、都指挥使、儒学教授、历城知县,以及全城官员和守兵,先后全部遇难。末代德王家族中多位成员最后也壮烈牺牲,践行了"天子守国门,君王死社稷"的明代帝王贵族誓言。

当有人匆匆裹着一身血衣闯进来时,方孟式猛地站起来。她似乎明白了什么。只听那人跪伏在地上,向方孟式哭诉道:"报告夫人,我们主公已不幸战死!"

方孟式听了,顿时泪如雨下:"这回的消息,果然是真的了!"遂转身对张秉文的两位如夫人大小陈氏说,"我曾与夫子说过,我要和夫子同死生!你们俩保护好孤幼回故乡吧"。说着就急急地向官署后湖走去。

"您既然要慷慨赴死,我等又岂能偷生苟活呢!"大小陈氏也都泪如雨下,声音悲怆,她们也紧跟着方孟式来到湖边。

方孟式回头看到陈夫人,说:"咱们的孩子克偶及幼女皆在襁褓中,而你又身怀六甲,哪里能都去赴死!你要争取活下去,好好照顾我们的孤儿吧!"

"我愿与主母将衣服打结到一起!"小陈夫人擦去眼泪说。方孟式见她意志决绝,就点了点头,两人遂将衣带打结在一起,又各抱起一块石头。方孟式对身后的侍婢大喊:"推我!推我!"二人堕入湖水,顷刻间就不见了。侍婢十多人也都各抱起一块石头,紧跟着"扑通扑通"堕入湖中。

"……在臣伯姐,生沐冠帔,从容就义。秉文已蒙赐恤,烈妻应荷同褒。"方孔炤在《请旌表臣门三节疏》中写道。

四、守志清芬犹著书

"不愿同年同月同日生,但愿同年同月同日死。"这句恋人间常用的誓言,似乎正适合方孟式与她的丈夫张秉文(字含之),尽管她比丈夫还年长两岁。

万历十五年丁亥(1587),福建建宁知府张淳,"遣使千里合婚"①,为长孙张秉文定亲,女方就是他的同里兼同学方学渐的孙女方孟式。而这一年,张秉文才3岁,方孟式5岁,可见定的是娃娃亲。从此,他们的命运就紧紧地联系在一起。

似乎转眼间,青梅竹马的他们长大了。万历辛丑年(1601)九月,龙眠山的天似乎特别高,龙眠河的溪水也特别清澈,21岁的方孟式这一天正式出嫁到张家。有意思的是,她17岁的妹妹方维仪,也同日出嫁到邻里姚家,夫君是姚孙棨(字前甫)。虽然张家居城南,姚家居城北,方家居城东,但小城毕竟不大,彼此来往密切。方孟式与张秉文、方维仪与姚孙棨,这两对年轻人的婚姻,不仅门当户对、才子配佳人,而且也巩固了家族之间回还往复的姻娅关系链。

当方维仪还时常在梦中,浮现当年新婚燕尔时,两对新人"并辔燕市,扬榷风雅,欢相得也"(张秉文《清芬阁集序》)的一幕,时光已如绕城而过的桐溪水一般悄悄流远,他们姐弟的命运早已是天壤之别。

姐姐方孟式婚后不久,张秉文就高中举人,很快又喜摘金榜,官秩也不断迁升,方孟式基本上长年随夫宦游在外。而弟弟方孔炤也于5年后大婚,不久高中二甲进士,携妻吴令仪出守一方。

方维仪原以为,嫁入门当户对且是表亲的姚家,从此就开始了琴瑟相和、相夫教子式的幸福生活,而且今后也很容易复制双方父母的人生模板,走上那种科举成名、夫荣妻贤、子孝家和的道路。

可是,方维仪的夫君姚孙棨,虽然"生而沉静颖敏,读书知孝悌。师傅旨趣,一闻百彻。广猎经史,目不释卷",却不幸苦读成疾,"容颜憔悴,棱棱柴骨"。方维仪要日夜为丈夫侍汤喂药。婚后第2年,姚孙棨即去世,留下一个遗腹女,抚育才9个月又突然夭折。

"天乎! 天乎! 一脉不留,形单何倚? 万物有托,余独无依!"一向自视甚高,且才学为时人称羡的方维仪,从此觉得天塌了、地陷了。她写《伤怀》诗,悲怆地呐喊:"此生何蹇劣,事事安可详? 十七丧其夫,十

---

① 方孟式:《纫兰阁诗集》卷十,清康熙三十四年(1695)刻本。

八孤女殇……人世何不济,天命何不常!"在《死别离》诗中,她泪血泣诉着无奈和绝望:"昔闻生别离,不言死别离。无论生与死,我独身当之。北风吹枯桑,日夜为我悲。上视沧浪天,下无黄口儿。人生不如死,父母泣相持。黄鸟各东西,秋草亦参差。余生何所为,余死何所为。白日有如此,我心当自知。"

"常坐清芬堂,花月照窗北。"方维仪不得不回到娘家,于清芬阁寡居守志。她在心中默念着"未亡人即是儿孙",不仅要代丈夫尽儿孙之孝,还要抚教娘家失母的侄子侄女。她以《独坐》自咏漫长的寡居岁月:"僻境无人至,清芬阁独居。梁间新燕去,墙外老槐疏。风韵笛声远,花残月影馀。编摩情未厌,坐卧一床书。"时人称她"篡组西室,尚友汉昭,以自况耳",也就是说,方维仪并没有自怨自艾,而是以汉代的才女班昭为榜样,不废诗书。她还私自给丈夫姚孙棨取了谥号"良隐子",为他治墓圹,并在旁边留下自己的墓门,以待将来同穴。

在长篇自况体《申哀赋》中,方维仪历数古今著名女性人物及其事迹,表达自己要"踵前贤之所之,乐清静以消忧,侍高堂之年迈,折灵芝以寄佩,寓天地之大德"的不俗心志。她认为"圣贤之道,志不可夺;沟壑不忘,苦节之贞。性相近也"。在方维仪看来,寡妇苦节守志,其性质与古往今来的仁人志士抱守节操,其实完全一样。"余依于吾家,朝夕得侍太恭人,近接媚姻,被沾有德,安之若命,岂非天乎?"意思是,她寡居于娘家,受先德教诲,安之若命;早晚服侍祖母和母亲,抚教侄子侄女,做自己该做的事。对比古往今来的那些被称赞的女子,并没有什么不同。

所以,方孔炤在《请旌表臣门三节疏》中称扬仲姐方维仪:"年十八而孀,归宁反舍,读书研性,不出户庭,女成士行。著有《清芬集》《闺选》《尼惑》《微生》等编。私谥其夫为'良隐子',自撰墓文,治圹待尽。侍养臣母太恭人,与人子之服劳无异也。"

五、足昭彤管亦丈夫

紧接着,方孔炤就写到了其第三姐方维则:"叔姐方氏亦年十七而孀,臣叔父母已即世,遂依吴门老姑,朝夕纤纺,以资孝养。暇则言笑无矧,唯奉《搴兰馆家集》而咏言之。"

方孔炤提到的《搴兰馆家集》,是方大铉的诗文集。方大铉,字君节,号玉峡,由府学生中万历癸卯(1603)乡试经魁,癸丑(1613)中会试经魁,二甲进士,授刑部主事,改户部主事,病逝于任上。原配萧氏育有两女,方维则即其次女。明末著名诗人方文(嵞山),就是方维则的弟弟,乃大铉侧室王氏所生。

万历辛卯年(1591),是一个兔年,方维则生于这年"三月初十未时"(据桐城《马埠吴氏宗谱》)。后来她成了吴自峒的孙媳妇、诸生吴绍忠的妻子。而吴檄与吴自峒有"父子进士"之称,故而吴绍忠与方维则的这门亲事,也可谓中国古代传统意义上的"门当户对"。

但方维则很不幸,与姚孙棨一样,吴绍忠也是年纪轻轻就去世了。方维则苦节自守几十年,奉旨旌表,崇祀列女祠,也获得了"节妇"的哀荣。《桐城桂林方氏家谱》"外传"中有方维则的专条,称其与张姑如耀(方孟式)、姚姑仲贤(方维仪),鼎峙而三为"方氏三节"。诚如朱彝尊《静志居诗话》所谓"白圭无玷,苦节可贞,足以昭诸彤管矣"。

康熙癸卯年(1663)也是一个兔年。依桐城《马埠吴氏宗谱》记载,方维则"卒于八月二十丑时。公妣合葬西城外爽来庵"。这就意味着方维则享寿七十有三。但是,《桐城桂林方氏家谱》"外传"云:方维则"尝预营寿藏于西郭之兔耳山。与姚门姑皆寿八十有四,可谓节而享矣"。查相关史载,发现说法各不相同。这就让方维则的生卒年变得扑朔迷离起来。

持"十六而寡,寿八十四"之说的较多:方氏家谱记载,方维则"年十四适生员吴绍忠,十六而寡,一子殇"。"与姚门姑皆寿八十有四。"潘江《龙眠风雅》"方维则"小传与此一致:"十四适吴,十六而寡,卒年八十有四。"《桐城方氏诗辑》载:方维则"尝预营寿葬于兔儿山,与夫同穴,卒年八十有四"。朱彝尊《静志居诗话》云:"方氏三节,一为孟式,同夫殉国;一为维仪,十七而寡,寿八十有四;一为维则,十六而寡,寿亦八十有四。"《晚晴簃诗汇》也指出:"季准与从姐仲贤俱工诗,年十六寡,寿八十有四,亦与仲贤同。"尤其是方维则的弟弟方文有《老姑行为姚姐夫人七十寿》明确指出,"二姐十七守贞同,次第皆登七十岁。"她们年届七十时,方文写诗祝寿。

不同于上说的则有:方孔炤《请旌表臣门三节疏》说"叔姐方氏年十七而孀"。《御选明诗》又指出,方维则"年十六孀居,守志七十年"。《道光桐城续修县志》载:"吴绍忠妻方氏,年十六矢守,苦节六十三年。"《历代妇女著作考》认为:"季准与仲姐俱早寡,年八十余。"除了方孔炤所说的"年十七而孀"外,大多持"年十六而寡"说,但十七与十六差别并不大,或以周岁计或以虚岁计而已。而有关享年说法不一,或云"守志七十年",或云"苦节六十三年",或云"年皆八十余"。

按理,桐城《马埠吴氏宗谱》的记载最为靠谱。但将以上情况综合分析后,笔者认为《马埠吴氏宗谱》的这条记载或有错讹。

首先,方孔炤称方维则为"叔姐"(伯姐是方孟式,仲姐是方维仪),表明方维则的实际年龄要稍长于方孔炤。但据《方谱》,方孔炤出生于万历辛卯(1591)二月二十三日,与《吴谱》中的方维则同龄,却比方维则早出生半个月,不当称方维则"姐"(女兄)。

其次,依《吴谱》,吴绍忠"生于万历戊子年(1588)七月初五申时,公得年二十,卒于万历丁未年(1607)六月十一丑时"。如果这个记载没错,则吴绍忠去世时,方维则16周岁,或17虚岁。如果吴绍忠和方维则出生年份都是准确的,那么很可能方维则的出生月份有误——也许续修家谱时,老谱"正月"的"正"字迹模糊,被误成"三"月了。

最后,从享年来看,《吴谱》记录只有73岁,而其他诸说多认为享年80以上。朱彝尊、潘江虽是清初人,其实与"方氏三节"基本上是同时代,尤其潘江既是方氏同里又有姻戚关系,且潘江于明万历四十七年(1619)出生时,方维则才28岁。他们的记录应该不会有错,方维则与方维仪均年至八十有四,确实是"节而享矣"。

"秋月照人明,关山万里征。旄头天上来,风晕海边生。鼓角羌儿曲,铙歌汉将营。此行何以报?愿筑受降城。"方维则这首《关山月》,与方维仪的《从军行》风格相似:"玉门关外雪霜寒,万里辞家马上看。昼夜沙场那角甲,报君直欲破楼兰。"都写出了守边报国的豪迈情怀。虽然漫长的守节,让容颜憔悴,她们的诗文却不总是月冷花寒。王端淑《名媛诗纬初编》指出,方维则的诗"伦仪确至,实造化鬼神所惮"。《方谱》称方维则"所著《茂松阁集》,与《纫兰》《清芬》亦若华萼然"。惜其存诗数量远不及方孟式与方维仪,已经不能综观全貌,但其经历与志概足以与纫兰、清芬鼎峙为"三节"。

进出"清芬阁"的那些才媛

尽管方以智说过，仲姑方维仪不仅待他们如亲生，将几个侄子侄女抚育成人，"诸子女饮食当治，衣裳当干，俱身先操作，间命婢，必慰论遣之，其淑慎如此！"而且"智未束发，梦梦不知所奉，既稍长，离经小学，克共侍命"。还苦心教他们学问，可谓"俨如人师"。所以，方以智动情地说："于是乎，自智不得逮事吾母，以不得不子于姑，敢不母事吾姑，以不敢死其亲乎？"①方以智的这些叙述，也常常引起研究桐城"母教"的学者的关注。

但是，方氏"三节"的深远影响，并非仅仅在"母教"方面。

一、世传双节烈，纫兰与清芬

> 吾母信善，秉宫谕诲。建幢幡林，通瞿轮慧。敬事堂上，塞渊主馈。礼宗唱和，二姑相慰。黻佩遗集，綵帕渍泪。唯我二母，一节一烈。纫兰清芬，世传双绝。不负家学，伟哉闺阁！仲姑抚我，耄犹教学。诚以芜迹，医卜可托。苦瓞连根，吞不自觉。②

上面这首四言诗，节选自方以智的家史长篇《慕述》。他在写这篇家史的时候，正在为父亲方孔炤庐墓。诗中不仅写到母亲吴令仪与两位姑母唱和的事，还特别指出，这两位姑母，也即纫兰阁方孟式与清芬阁方维仪"不负家学"，这个观点与其父相同；她们"一节一烈"，还被誉为"世传双绝"。

为了进一步说明两位姑母的节烈与双绝，方以智还随文附注："伯

---

① 方以智的这段叙述出自《清芬阁集跋》，载黄德宽、诸伟奇主编《方以智全书》第九册，黄山书社，2019年，第295页。
② 方以智：《慕述》，载黄德宽、诸伟奇主编《方以智全书》第十册，黄山书社，2019年，第370页。

姑适张钟阳秉文,己卯山东方伯,殉济南城。姑牵诸姬投池死。有《纫兰阁集》。仲姑适姚孙棨,孙棐之兄,十七而寡,著《宫闱史》《清芬阁集》,善白描大士。智十二丧母,为姑所抚,《礼记》《离骚》皆姑授也。"对方以智来说,如果说明初方氏五世祖方法以跳江自沉殉国,其忠烈精神一直感召着方氏子孙;那么,几年前伯姑方孟式投水自尽时的大义凛然,可能更让他受到震撼。后来,方以智参与组织扶持抗清的南明政权,失败后不惜落发为僧,继续召集有志之士反清复明,应该说有其伯姑方孟式的深刻影响。经历了刀刃环颈、九死一生的方以智,始终志不变节,当然也有其仲姑方维仪终身坚贞自守的言传身教,乃至乱世中仍嘱他"诚以芜迹,医卜可托",实际上也是要求他乱世(芜迹)中遵循忠孝节义的家风,以医卜为生,既可自救、亦可救人。

这让笔者又想起了方以智年轻时写的《清芬阁集跋》:"姑少好诗书,善白缋古先生,不事诸娣倢笑,有丈夫志,常自恨不为男子,得树事业于世,又不幸遭此穷苦,膺心居矜,又安敢以女子著书名哉。""嗟乎!女子能著书若吾姑者,岂非大丈夫哉!"方维仪素有大志,却遗憾非男儿,不能树事业于世。方以智却认为仲姑就是"大丈夫",在后来的长篇家史《慕述》诗中,也再次称赞两位姑母"传哉闺阁",这与其父方孔炤称赞方氏三节"有三丈夫之概"如出一辙。

多年后,方以智在金陵高座寺闭关。时值方维仪七十寿庆,诸多友人于金陵赋诗相贺,方以智有诗《寿清芬阁仲姑七十》[①]:

> 世号清芬作礼宗,明星婺女照吾桐。久歌黄鹄为琴谱,半以班麟纪汉宫。诗订纫兰哀伯姊,门看植柳慰司空。自书七十年中事,霜雪人间写一通。

> 冰心看破海中沤,笔墨庭闱凤世修。常画白衣真面目,闲将形管著春秋。当时爱我忧天分,此日全家载铁舟。却献华严童子颂,夜神弹指万重楼。

诗中所谓"诗订纫兰哀伯姊,门看植柳慰司空"。前一句是说在方

[①] 黄德宽、诸伟奇主编《方以智全书》第十册《建初集》,黄山书社,2019年,第316页。

孟式殉国牺牲后,方维仪怀着悲哀的心情,整理编订了方孟式的《纫兰诗集》;后一句是说方维则孀居后,方维仪又与其相依相勉,以告慰仲父方大铉。也即方以智所说的"礼宗唱和,二姑相慰"。

方以智《寿清芬阁仲姑七十》前面,还写有一段小序,提到"天下以纫兰、清芬称之云"。可见在当时,方孟式、方维仪已经是天下皆知,这大概也是在明末的大都会金陵,诸多士人争相为方维仪庆寿的原因。

二、连枝夸咏絮,携手看停云

崇祯二年(1629)冬,方以智为仲姑方维仪《清芬阁集》写了一篇跋文,文中提及方维仪"自丙午岁(1606)与余母朝夕织纴以下俱共事,殷勤之余,时或倡咏,伯姑间归而和之,闺门之中雍雍也"。

方以智的这几句话,大有玄机,揭示了"很可能是中国历史上最早的女诗人社团"的秘密:明代万历末期,几个来自世代书香门第、显赫官宦世家的才女,因缘际合,聚到了一起,组建了一个有文学社团性质的组织——清芬阁诗社,"以文史为织纴",在中国古代女性文学史上,发出了一道独特而绚丽的光芒。

方孟式、方维仪都擅绘事,侄子侄女后来也都受她们熏陶而成为丹青妙手。如博学宏通的方以智,在绘画上也卓然有成,形成了自己独特的风格,今犹有四十余帧绘画作品存世。假如方以智留有一幅记忆中的"清芬阁诗社雅集图",那画中的人物,除了其仲姑方维仪外,必然有以下四人。

首先是方孟式,字如耀,方大镇长女,张秉文妻。家居城南的阳和里"涉园",东郊乌石冈又有方家陪嫁的小东皋园林,园林里有她的"纫兰阁",其诗曰:"吾居纫兰阁,乃在乌石冈。"不论是留守在家,还是随夫宦游,方孟式与妹妹方维仪、弟媳吴令仪等人一直诗词唱和不断。她平时躬行着"德言容功"这四个字(传统礼仪中要求妇女具备的妇德、妇言、妇容、妇功等四种德行),认真当好贤内助,使丈夫不为家庭琐事分心,能够全力以赴地处理政事。闲暇则诗书相娱,所绘大士像,"得慈悲三昧"。著有《纫兰阁集》前后集八卷,又有诗集十四卷,今国家图书馆有藏。方维仪为《纫兰阁集》作序说:"伯姐与余道义笃爱,同志务学,每览先贤闺范之操,才智执节之义,揣摩赏鉴,相契于心,虽远千里,气求声应,而诗书往来,亦未尝间。"方孟式的诗典雅而工,情思细腻,绝无雕琢做作痕迹。清初女诗人王端淑《名媛诗纬初编》选其诗二十一首,并题评云:"其诗规画古人处,不无拘拟,然浑洁方正,非复香奁中物。"

其次是方维则,名季准,以字行。方以智称她为季姑。她虽然独守城西吴氏"父子进士第"中的"茂松阁",但"矢志靡他",是清芬阁诗社"时或倡咏"者之一,著有诗集《茂松阁集》。《名媛诗纬初编》称其"结缡二载,夫殒,育男复殇,方矢节几死者数矣。无何,姑舅继殁,方苦不自胜"。选其诗六首,编者论曰:"《朔风》诗清迥,非凡调所到。诗传人,人传诗,两者均有之矣。"方维则大量的时间与方维仪在一起,其诗《宿姚清芬阁》可以为证:"连榻不成寐,长天不肯明。入帘疏月影,高枕远风清。香气静生室,禅堂空拂云。相依能白首,古学自然成。"(王端淑《名媛诗纬初编》卷十)可见,她平素与方维仪"连榻"相依。由于命运相似,诗风也相互影响。

再次是吴令仪,字棣倩。她是方以智的母亲,吴应宾仲女,资性颖慧,喜书史、乐禅妙,能文擅诗。自从万历三十四年(1606)嫁到方家后,与方维仪朝夕相处,"时或倡咏"。她虽然因"善病"而"溘夕朝露",生命如朝露一样短暂,仅在方家生活了16年就英年早逝,方维仪的"清芬阁"诗社却因为她嫁到方家而得以成立。她"师事清芬阁,词翰甚美",以方维仪为师,擅作长短句(词),有《馩佩居遗集》。① 方孔炤称其妻:"雅怀道种,亦解禅偈,亦诵悟真。喜摹钟卫,句勒长短,克称馈职,而不妨彤管。"可见其诗文绘事乃至崇佛解禅,都与方维仪所好差不多。《名媛诗纬初编》选其诗十首,编者评论曰:"方夫人诗高老如鸡群之鹤、木群之松。""与方仲贤(维仪)一流人物,而彼孀此殀,天之报施善人竟何如也!"

最后是吴令则。她是吴令仪的姐姐,诸生何应琼之妻,博通经史,著有《环珠室集》二卷。潘江称其"少从宗一公(吴应宾)学诗,声调婉

---

① 吴令仪的"馩佩居",应在方氏远心堂内。可参阅本书第四章《方以智出生于凤仪坊廷尉第》和《康熙丙寅年远心堂那场火灾》。

丽,尤能相夫佐读。艰于嗣,为广畜媵侍,著《环珠室集》以见志"。《龙眠风雅》选其诗五首。王端淑《名媛诗纬初编》选其诗一首,称其"颖敏贞静,雅好读书。遵闺范,尚礼义,孝父母"。"每临清风明月,索句咏怀,辄焚其稿。桐人向有太史女丈夫之称焉。"并评论其诗曰:"然七言一律不特风雅,亦征温淑,如此立念设想,可追国风一脉。"因无育,遂为夫君何应琼广纳媵妾,自己则一心虔诚向佛,常回城居于娘家,与同样礼佛的方维仪、方维则三人成为诗社的"铁三角"。

"潄润纫兰工,茹檗清芬矢。松阁励秋声,自号女学士。中闺扇雅风,须眉所深耻。"①这是明末诗人邓森广在《论龙眠诸子诗》中,评价部分杰出的桐城才媛诗人。其中:"潄润纫兰工",是指方孟式;"茹檗清芬矢",则是指方维仪;而"松阁励秋声",是指吴令仪的侄女吴坤元,字璞玉,吴令仪侄女,潘江的母亲。虽然是晚辈,但从生年看,吴坤元出生于1600年,而吴令仪生于1593年,可见年纪相差不太多。吴令仪卒时,吴坤元已经22岁;方维仪卒于1668年,吴坤元卒于1679年,这表明她们在吴令仪卒后仍有40余年交集。故而大学士张英在为吴坤元《松声阁集》作序时,称吴坤元"与清芬阁(方维仪)相鼎峙数十年"。吴坤元也是丈夫早逝而守节抚子。张英称其诗"发为醇仁感恻之吟,使闻者莫不肃然起敬,悠然而长思。一如感发于三百篇之遗音"。方孔炤亦在序中指出:"夫人阅世荼苦,而翰墨益蕴藉,非朝华夕秀之谓也。"吴坤元与吴令仪、方维仪等多有唱酬。如写给吴令仪的《赠方夫人》:"羡君黻佩三朝贵,顾我衰慵七字吟。"在方维仪八十寿辰时,吴令仪亦有诗《寿清芬阁姚太夫人八秩》。

由此可见,以方维仪为中心的清芬阁诗社,其成员主要是方氏姐妹与吴氏姐妹。方孟式就曾有诗记载她们聚社清芬阁、雅集称觞的情景:"忆昔春深日,清芬阁聚群。连枝夸咏絮,携手看停云。卮酒寒花艳,离亭落叶纷。谁怜孤影寝,残焰冷秋雯。"(《纫兰阁诗集》卷七《怀孀妹》)。

其实,清芬阁诗社的外围成员,还有方维仪弟媳倪夫人(姚孙棐夫

---

① 邓森广:《论龙眠诸子诗》,载潘江辑、彭君华主编《龙眠风雅全编》第三册,黄山书社,2013年,第1324页。

人)、吴夫人(姚孙棨夫人)等。如方维仪《戊寅随母亲楚养得娣倪太夫人书赋以寄赠》,其中有句云:"自从年少至如今,顾复恩情岁月深。忆昔亦园常欢聚,牡丹台畔听幽禽。"①可见她们自少及老就一直相伴。而她们的晚辈渐次长大后,也逐渐参与进来,聚集在方维仪身边。如方以智的女儿方御为曾为弟媳陈舜英诗集作序曰:"……余亦归里门,此番故乡团圆,破涕为笑,十倍金陵矣。定省之余,得与诸弟妇暨马妹吟咏唱和,用是娱亲。当是时,姚祖姑居清芬阁中,余辈每就订正,争妍竞胜,不异举子态、悬甲乙于试官也。而一门雍睦,实为桐邑冠。"②

三、君子尚其志,才调更绝人

与历史上的女诗人结社相比较,清芬阁诗社至少有以下四个鲜明特色。

首先,以诗文为织纴。她们不以务女红为己任,从纺织、刺绣、缝纫等传统的妇功里解脱出来,像文人一样读书赋诗、挥毫泼墨,所以被誉为"香闺学士"。方以智在跋文里,还特别强调几位姑母与自己母亲唱和,可谓"闺门之中雍雍也"。"雍雍"二字,后来也出现在方以智长篇家史诗《慕述》中,当写到其五世祖方法的忠烈,有云"以此传家,凤仪雍雍"。所谓"雍雍",或取意于《诗经·周颂·臣工之什》中的《雍》篇:"有来雍雍,至止肃肃;相维辟公,天子穆穆。"或取意于《礼记·少仪》"鸾和之美,肃肃雍雍",都是赞美天子端庄的仪容、高尚的品格,可以纲纪天下。方以智赞美方法的忠烈大义就是方氏世代传承的家风,也赞美清芬阁诗社的唱和是郑重其事的,其应该有一套可执行的诗社规则吧。

其次,成员都有传世作品。清芬阁诗社成员都是通经史、工诗文,兼擅书法绘画,都有诗文集和绘册传世,其中以方维仪所著最丰,有《清芬阁集》八卷,《楚江吟》一卷,《尼说七感》《归来叹》;另编纂有《闺范》《宫闺诗史》《宫闺文史》《宫闺诗评》等。论者认为,她们的作品或"音格高娴,沉着痛快",或"清新婉丽,神骨秀绝",或"一洗铅华,归于质直"。

---

① 方维仪这首诗见潘江辑、彭君华主编《龙眠风雅全编》第二册,黄山书社,2013年,第543页。
② 方御:《文阁诗选序》,载方中通《陪集·续陪》附《文阁诗选》,康熙继声堂刻本。

诗社成员之间还相互为诗文集作序。尤以方孟式有编选付梓自己文集的自觉。她随夫宦游，纳交名媛，视野开阔，曾说："余抱病适志，小有积什，附游豫章、闽、粤山水奇胜。"并督促不愿以才学扬名的方维仪编印诗文集。王士禄《宫闱氏籍艺文考略》《燃脂集》、康熙《御选明诗》、朱彝尊《明诗综》以及《江南通志》等重要典籍，均选录有清芬阁诗社成员的诗词。清初诗坛盟主钱谦益，就将方氏姐妹诗词选入《列朝诗集》；乾隆时沈德潜编《明诗别裁集》《国朝诗别裁集》、道光间恽珠编《闺秀正始集》，以及道、咸间黄秩模辑《国朝闺秀诗柳絮集》等，也都选录了她们姐妹的诗作。真可谓"择琳琅之一枝，存湘间之斑泪"了。

再次，有杰出的领袖作家。清代学者朱彝尊在其《静志居诗话》里这样高度评价她们："龙眠闺阁多才，方、吴二门称盛。夫人才尤杰出。"夫人即方维仪。这是对方维仪才学的充分认识和肯定。其实早在忆幼年时，方孟式、方维仪姐妹随父亲方大镇宦游河北及京华，那时她们姐妹就喜欢吟咏，清丽恬淡的诗风受到时人的夸赞："侍雪而咏，辄津津向林下风。"吴坤元曾写诗赞誉方维仪："厥志闻君已遂初，令名久矣重播珇。吟成谢氏因风句，学并班姑续汉书。"清初名家王端淑《名媛诗纬初编》认为，方维仪"庭不留春、风霜满户，山川草木悉成悲响，天地间何可无此人？"为了"扬其节烈，爱惜才华"，王端淑选编了方维仪诗二十首，认为其作品"愁音苦绪，读不能竟"，充满了那种孤寂清冷的意象，无法排遣的苍凉，以及悲慨苍劲的汉魏风骨。

最后，在文学史上地位也是突出的。近代著名文学史家梁乙真评论曰："明之季世，妇女文学之秀出者，当推吴江叶氏，桐城方氏……而方氏娣姒，亦无不能文诗，其子弟又多积学有令名者。故桐城之方，吴江之叶，自后尝为望族，不仅为有明一代妇女文学之后劲也。"可见，清芬阁诗社在明季文学史上的地位并不一般，而方维仪在社中处于主导的角色。她还在吴令仪协助下，编著了《宫闱诗史》《宫闱文史》二书，分正邪二集，集古今女史诗文成编，以昭明女子才华，批判淫靡之声。这在历史上开创了以女子眼光编评古代女作家作品的新视角。对此，清末马其昶在《桐城耆旧传》中也赞曰："君子尚其志焉。"

在清芬阁诗社中，方维仪不仅"上下古今，娓娓成章"，学成就最高，书法和绘画也渊源有自,被时人"咸捧如宝",称其"白描大士,不亚李公麟"。从弟方文就有诗称赞其"诗书画三绝":"清芬才调更绝人,诗文秀洁无纤尘;书法直追王子敬,绘事不让李公麟。"(《嵞山集》卷三《老姑行为姚姐夫人七十寿》)。然而,方维仪从不炫其才,认为"女子无仪,吾何仪哉?"诗词草成后,多焚弃之;所绘精美的佛像,也从来不让人收录成集,自认为不过是"末技"罢了。

四、清刚犹磅礴,风雅自铮铮

清初著名诗人王士祯指出:"纫兰、清芬二夫人者,其为诗类,皆清刚磅礴,绝无所谓靡曼女子之习。盖在天地为正气,在海内为女宗,在家庭为母仪。故其人足传,其诗传也。"[①]尽管方氏"三节"名闻天下,其实她们的高行和才学,对桐城、对身边人的影响可能更为深刻。正如方以智诗中所咏:"世号清芬作礼宗,明星婺女照吾桐。"

比如方子耀。她是方孔炤长女,明末抗清英雄孙临的妻子。母亲吴令仪去世时,她才9岁。据方中履《姑母孙恭人传》,方子耀与兄方以智及弟妹"皆育于仲姑清芬阁中","恭人学图史礼法,清芬实兼母与师"。丈夫孙临能挽强弓,喜谈兵,好结交,慷慨时事,南明时起兵抗清,牺牲于福建仙霞关。方子耀亦曾效其伯姑方孟式拟自沉殉节,却侥幸未死。烽火连天之际,她与老仆相扶,潜行于山谷林莽间,历经千难万险回桐城后,抚育二子,垂涕而教,有《寒香阁训二子说》,守节38年,72岁时去世。方维仪曾作五古长诗《赠长侄女》,其中有句云:"九岁依吾居,朝夕未离侧。伤尔早无母,抚之长叹息。""宛转教数字,殷勤调平仄。""诲尔语谆谆,听之当努力。"[②]

又如陈舜英。溧阳探花陈名夏第三女,方以智次子方中通妻,字玉佩,有《文阁诗选》存世。潘江称其:"幼读书,明大义。""时舅太史公(方以智)遁迹岭表,姑万里追寻。陈弃母家所遗产业不受,鬻钗钏迎姑归桐,极孝养。""训子孙以学,行承先志。"邓之诚《清诗纪事初

---

① 见吴坤元《松声阁集》第三集张序,民国二十六年(1937)铅印本。
② 见潘江辑、彭君华主编《龙眠风雅全编》第二册,黄山书社,2013年,第538页。

编》卷一称其:"诗亦超脱,唯触事兴悲,盖境遇使然。"陈舜英诗有《清芬阁老姑授古琴新法》:"晴窗棐几一炉香,试取瑶琴出锦囊。别有七条弦上曲,相看指法岂寻常。"又有《同孙姒张娣录诗恭请姚老姑评阅》:"昨宵拈韵剔银镫,今日求分甲乙称。试取枯肠还一润,且将曲木再经绳。老姑自合为师傅,娣姒原来是友朋。从此和歌勤问字,不愁诗思不能增。"陈舜英两女方如环、方如璧,诗亦多富文采、婉约可诵。孙女方宁,喜浏览诗史,爱读祖姑《清芬阁集》,故斋名为"又清阁";每闻里闬间有节义事,则亟称羡之不去口;居常侍庭除,即景抚怀,间发为歌咏。惜嫁甫数月,夫亡而殉节。方中通为《又清阁遗稿》作序略,称其"能抒其志之所在"。

再如方御。方以智长女,适吏部李香岩子李极臣,著有《旦鸣阁稿》(其长女又嫁弟中通之子方正瑝)。邓之诚称其为《文阁诗选》作的序言,"清言娓娓,如叙家常,不作议论,才女也"。潘江则称其"德性贞淑,幼聪敏,读《子虚赋》三过成诵","生平喜读书,吟咏成帙"。《龙眠风雅》收其诗二十三首。其中,《己未归宁度岁远心堂与诸弟侍慈大人》诗云:"冉冉年华去似尘,团圆且庆一番新。离家反是还家日,负累权为却累人。槛外梅花谁氏腊,灯前椒酒故园春。预愁风雨催归棹,来岁今朝忆老亲。"《春日思归》:"春来开遍满园花,燕语莺啼日又斜。怅望龙眠在何许?重重山里是吾家。"《寄怀诸弟》:"枫杞家声旧泽长,怜予憔悴独他乡。梦回落月江千里,秋老长天雁几行。出处总无惭父祖,才名都不重膏粱。未知归计何年遂,好共忘忧侍北堂。"《书怀》:"黻佩回头正少年,岂知荆布老难全?伤心几日繁华梦,折尽平生福万千。"《中秋夜忆长女兼寄婿鞞上,婿即余仲弟子》:"无人知此恨,有女系予思。""承欢翻胜我,长得侍帏。"多写对故乡龙眠和亲人的热切思念。其诗提及"枫杞家声""度岁远心堂"和"黻佩"等,也是方学渐旧居白沙岭和方以智故居远心堂的重要佐证。

再如姚孙棐的长女姚凤仪。她是方于宣(字遂高)的妻子,著有《蕙绸阁诗集》。在娘家,姚凤仪是方维仪的侄女,方维仪是她的伯母;在婆家,她又是方维仪的从孙媳妇。方维仪《赠方侄女凤仪》中有句云:"莫云孀妇苦,孟母无两儿。机断三迁教,贤范古今师。尔子学成日,揭显当有时。峻节垂青史,百世为母仪。"①方维仪还曾为其诗集作序曰:"吾侄女幼而敏慧,随宦潆水,辄傚谢庭韵事。适吾宗遂高,益覃心风雅,生一子二女。不幸遂高早世,女年甫廿一,其境愈苦,其节愈坚,其诗亦愈工。不意癸卯冬又弃我而逝。传其诗,正所以传其节耳。"②姚凤仪的丈夫也不幸早逝,她与伯母一样苦节自守而又不废诗书。

又如姚孙棐的次女姚凤翙,字季羽。她是方云旅之妻,有《梧阁赓噫集》。她从小跟从伯母方维仪读书,潘江为其传曰:"夫人幼从其伯母方太夫人受业,即世所称为清芬阁者,教之以《内则》《女训》,琚瑀珩璜之节,以及经史、诗赋、书画之学。然深自韬晦,不欲以女子炫才华,间有吟咏,亦写其至性,弗预付藻缋。""所为诗甚富……清真宛秀,别出机杼。即置之唐才媛如鲍君徽、张夫人诸集中,何多让焉。"③吴坤元亦有诗赠云:"自是香闺多学士,青山闲杀老尚书。"清人徐树敏、钱岳《众香词》称姚凤翙诗:"含英咀华,深得风人之旨。其淑德隽才,姻党稳定之,艺林诵之。"

再如张莹,方以智第三子方中履妻。她生于官宦之家、诗书门第,父亲张秉贞是兵部尚书,大学士张英是其堂哥。但《龙眠风雅》续集说她自嫁到方门以来,就"屏绝华靡,无姬姜纨绮之好","躬甘藜藿,孝友婉媐"。极得太夫人潘翟之欢。张莹性喜读书,从方中履学诗,"能明义理、识大体"。适逢改朝换代,方氏一门遭难多端,张莹"无怖容惧色,手书及合山,惟以大义相勖勉"。方中履"抗志林泉",远离城市,一心整理先代遗著,张莹亦成夫志。"其母孔太君与文忠公(方以智)先后即世,丧祭皆尽礼无悔,夫人之力居多。"④所著《友阁诗》,大学士张英及邑侯王公为之序以行世。其《自题友阁》云:"茗可烹泉香可焚,市嚣心远昼稀闻。松筠冉冉怀空谷,燕雀啾啾自一群。忧患难堪中学佛,利名不到处论文。高谈莫笑裙钗辈,烂熟人情付晓云。"⑤足见其不俗心志。

方氏"三节"身边的才媛还有很多。如方以智的妻子潘翟,著有《宜

---

① 见潘江辑、彭君华主编《龙眠风雅全编》第二册,黄山书社,2013年,第540页。
② 同上书,第2708页。
③ 同上书,第4099页。
④ 见潘江辑、彭君华主编《龙眠风雅全编》第九册,黄山书社,2019年,第3994页。
⑤ 同上。

阁诗文集》；姚孙棨的女儿姚宛，字修碧，幼读史书，好吟咏，自署所居曰"缄秋阁"，有《缄秋阁诗稿》；葛嫩娘，字蕊芳，孙临妾，著有《蕉贞咏》；方若玒妻盛氏，《龙眠风雅》存有其诗作多首，皆可诵也。孙松荫，孙临、方子耀女，著有《松荫阁诗草》；章有湘，字玉筐，又字玉仪，号橘隐居士，上海人，桐城进士孙中麟妻，著有《澄心堂诗词》《望云草》《再生集》《诉天杂记》等，其诗《上清芬阁姚夫人》有句云："前岁春王正月时，相逢邂逅称相知。促坐合尊浮绿蚁，赋诗往往同襟期。""清芬一卷香拂纸，君家才藻世无比。谢韫休题柳絮诗，班昭漫续东观史。""书法绝胜卫夫人，画像并传吴道子。堪叹孤灯五十年，湘灵哀怨托冰弦。此志争光唯日月，柏舟不数共姜坚。"①陈维崧《妇人集》称："云间章有湘，龙眠孙进士中麟妇也，工才调。与姐瑞麟、妹玉璜并擅诗名。"

五、彤管流徽盛，瑶编绝艺陈

方氏"三节"遗泽犹及后世，影响直至清末民初。从徐璈《桐旧集》、吴希庸和方林昌《桐山名媛诗钞》、光铁夫《安徽名媛诗词徵略》等诸多文献来看，后来的桐城才媛，其经历和作品往往都有方氏"三节"的影子。

乾隆时期的方遵贞，是方以智的玄孙女，自幼就以先辈方维仪为榜样，能诗擅绘，被时人称为"白描妙手"。著有《遵贞阁诗集》二卷。沈善宝《名媛诗话》卷二载："桐城姚景孟（德耀），通判马叔香室……《寄遵贞夫人并序》：嫂氏遵贞，能诗善画，敬绘白描罗汉册页，侄棻入觐进呈，仰蒙圣主品题，入于内府秘苑珠林，俾得与古名媛墨迹并传不朽，诚异数也。"方遵贞苦节60年，其子姚棻，乾隆二十六年（1761）进士，历官三省巡抚。方云卿亦是方以智的玄孙女，字怡云，号龙眠女史，著有《屏山堂诗集》四卷（另附卷首一卷），其夫吴询为序曰："内子为方密之先生之元孙女，家世风雅，且清芬（方维仪）、淮西（方文）之遗泽未泯。内子好吟咏，及笄而归余，并白之外，读书不释卷，论诗以唐为宗。"

乾、嘉间在世的姚乔龄母亲马夫人，幼通经训，娴文史，子少时，教

---

① 吴希庸、方林昌：《桐山名媛诗抄》卷二。

之学,讲授有法,俨如人师。嘉、道、咸间在世的姚芙卿,字镜宾,姚鼐曾孙女、方传尹妻,贤而多才,著有《绣馀诗》。城陷时,赋《绝命词》,自缢死。姚陆舟,姚文然长女、马方思妻,著有《玉台新咏》《闺鉴》《陆舟日记》《凝晖斋诗存》等。韩菼《凝晖斋集序》:"孺人夙工吟咏,具有风格。宗伯张公尝言龙眠闺阁之盛,明有《清芬阁集》,国朝有《凝晖斋集》,其眉目也。其生平仁厚好施予,自奉俭约,治产有法度,自纺织以至酰浆蔬菜,造作之细,具见于《陆舟日记》,而经史传记诗文,旁及九章算法,六壬数术,亦间见云。"

对此,潘江《龙眠风雅》就指出,"龙眠彤管之盛,倡自纫兰张夫人方孟式、清芬姚节妇方维仪,久登词坛"。后世桐城才媛受纫兰、清芬影响,或殷勤教子而为母仪,或守忠贞而成峻节,或能诗文而发铮铮雅音,或擅绘事而笔沾花露。她们的创作题材也不局限于"儿女情态",小至闺阁唱和、鼓励亲友,大至咏史忧时、江山社稷,皆能挥洒成章、娓娓成篇,且大多刊刻付梓,有的才媛竟然还能旁及九章算法、六壬数术,真不愧是"香闺学士""巾帼丈夫"。诚如潘江所云:"铮铮雅音,与高行并传矣。"[①]

而桐城才媛的数量也是庞大的。据光铁夫《安徽名媛诗词徵略》、施淑仪《清代闺阁诗人征略》、徐乃昌《小檀栾室汇刻闺秀词》等文献汇总,桐城清代女性诗歌作者165人(含明末与民国初年),诗词作品近千首,创作之盛可谓安徽诸县之首。[②] 当代学者傅瑛《明清安徽妇女文学著述稽考》,全书九卷,桐城才媛就独占有两卷。难怪清人方于榖曾在《桐城方氏诗辑》中自豪地说:"彤管流徽,吾桐最盛!"

---

① 见潘江辑、彭君华主编《龙眠风雅全编》第一册《龙眠风雅发凡十六则》,黄山书社,2013年,第18页。
② 吕菲:《清代桐城文化与桐城女诗人》,《文教资料》2015年第18期。

在鲁王墩拜谒方维仪

一、鲁谷空千古

鲁王墩。笔者一直觉得,这是一个有着仙气的地方。

距今至少一万年前,这个地方就有了人类繁衍、生产、生活。考古学上用"新石器时代"(neolithic)来表述这一时间段。鲁王墩大面积的新石器遗存,表明该区域至少在 5 000 年前就进入人类文明时期。那时这一带,可能并不叫"鲁王墩"。至于最先叫什么名字,已经不可考。但这里的确曾是最宜人居的地方。西北山深林茂,东南平畴沃野,鲁王河伏出其间,两岸花草丰茂,瓜香果硕,人家屋舍俨然、鸡犬相闻,人们往来欢笑,这一切宛若蓬莱仙境!

然而,历史并不总是温情脉脉、莺歌燕舞,也有战火频仍、干戈寥落。西周厉王时期的青铜器"翏生盨"铭文,就记载了发生在鲁王墩一带的战争。周厉王曾率大军南下征伐角、津、桐、遹等淮夷小国,"桐"即包括鲁王墩在内,一个桐花烂漫的古国。家园的安宁和谐,很快被来自西北方的战马铁蹄踏破。鲁王墩一带的先民,奋起抗击来自西周大军的疯狂进攻。

覆巢之下岂有完卵?与其他淮夷小国一样,桐国惨遭西周大军的扫荡。随着西周大军的远去,鲁王墩那沃野良田,几乎已被熊熊硝烟烤干,百姓从腥风血雨中挣扎过来,整理废墟,重建家园。风云几度变幻。历史的车轮上,又先后留下了春秋战国、楚汉相争、三国鼎立的痕迹。鲁王墩几度荣衰兴废。

大约也就是从三国时代开始,鲁王墩一带终于有了"鲁"字的印记。

---

① 本文撰于 2018 年 5 月 20 日,首发于"六尺巷文化"公众号。

考其源流,现存最早的桐城县志——明代弘治《桐城县志》的记载应该不是虚传。东汉末年,朝政凋敝,天下大乱,群雄逐鹿,百姓流离失所。东吴大将吕蒙屯兵于此,忙于筑城设垒抗曹,一时间,战旗猎猎、鼓角争鸣。而寓居桐城的鲁肃(字子敬),则大量施舍钱财,周济百姓,结交贤者,还曾指仓借粮给担任桐城南"居巢长"的美周郎周瑜。

当三国的风云渐渐飘散,吕蒙、鲁肃、周瑜的故事却没有远去,反而代代相传。由于是交通要塞、吕蒙屯兵处,这里又曾设为北上南下的重要驿铺——吕亭驿。南朝时这里还曾为吕亭左县,因为鲁肃寓居的原因,又有"鲁镇城"之名。① 与挥戈战场的吕蒙、羽扇纶巾的周瑜相比,这里的人们似乎更崇敬鲁肃,千古传扬鲁肃的忠孝爱民故事。就如岳飞被敬称为"岳王"、关羽被敬称为"关帝",鲁肃也被这里的人们尊称为"鲁王"。不知从何时起,鲁王墩、鲁王河也就有了现在的名字。

二、花开别有天

"子敬去已久,河山仍旧名。尽穷今日胜,因见昔人情。"这是明代贵州巡抚赵釴先生的感叹。他颇有文名,曾是"嘉靖四杰"之一。那时,他与理学大家张绪、何唐、戴完、方效、赵锐、方克、齐之鸾等一班邑中时俊,官闲或休致时节,每每载酒出游至此,感喟着鲁肃的风骨气节,赵锐先生还在这里创建了"鲁谼山庄",一边耕读一边讲学。

与赵釴等人一样,历代的桐城先贤们,曾在"鲁肃读书亭"里题诗于壁,曾在"鲁肃试剑石"前倾听石裂天惊,曾经跋涉于"鲁谼山"的崇山峻岭探古寻幽。他们或许于"寄母山"中拜谒过鲁肃孝养老母的陈迹,或许立在"投子山"巅凭吊过鲁肃弃子保民的壮烈。而鲁肃曾经指仓借粮给周瑜的地方,成了市民聚居地"指廪坊",旁边的山岭则被人们称为"指廪岭"。就这样,鲁肃在这里成了一个"王",成了这里世世代代的人们所敬奉的"神"。

硝烟散去是和平、是盛世,是强汉盛唐、是万邦来朝。但天有不测

---

① 明代的《弘治桐城县志》云:鲁肃寓居桐城,县东有鲁谼山,县南有鲁镇城,俱其所居。又云"县南七十里有鲁镇城",鲁肃时代的"县南"应是指"舒县之南",舒县旧指舒城县,则鲁镇城当距今鲁谼山不远。

风云,人们永远不会忘记的,除了战争的创伤,还有自然灾害带来的巨大苦难。"洞宾泉"的传说或许就是一个印证,吕洞宾因此与鲁肃一样,被鲁王墩一带的人民所敬奉。

大唐的某个年份,鲁王墩一带曾遭受了千年不遇的大旱,鲁王河断流干涸,两岸草木不生,再也没有了烂漫桐花,无数百姓在死亡线上煎熬。传说八仙之一的吕洞宾路过此地,目睹惨景,遂拔剑出鞘,插入地中。当他抽剑而起时,一股清冽的甘泉立刻从干裂的土地里喷涌而出。河流再次荡漾碧波、鱼跃帆扬,大地又开始鲜花怒放、蝶飞莺舞。人们在"洞宾泉"边建了一座"纯阳塔",以纪念吕洞宾,因为他的别号是纯阳子。此塔直至新中国成立之初还在,如今千年悠久的"纯阳塔"虽已不存,但"洞宾泉"依旧汩汩而流,那座吕洞宾经过的仙人桥,依旧默默诉说着传奇。

《弘治县志》有关鲁肃故事的记载,以及本地"洞宾泉"传说,也在明代布衣鸿儒方学渐的《桐彝》《迩训》等著作里反复出现。方学渐之所以在编次邑中贤者事迹时,不断提及鲁肃、吕洞宾,应该不仅与他对这些传说的浓厚兴趣有关。他甚至为了考证这些传说的真实性,还频频踏访于鲁䜌山、鲁王墩一带,留下了诸多诗文。比如,他的《鲁王墩》[①]诗这样写道:

> 春晴频载酒,地僻更探玄。
> 草密疑无路,花开别有天。
> 荒墩斜照里,野烧乱云边。
> 鲁谷空千古,临风一惘然。

首联用了一个"频"字,说明他曾频繁往来于鲁王墩。来此干什么呢?他的祖母李太君就归葬在鲁王墩的中部,他或许是为了祭祀祖母吧。但他频频载酒来此,显然不仅仅是为了祭祖,也不仅仅是为了兴游,还有一个重要目的,那就是"探玄"。

然而,"神仙渺茫不可见,桑田沧海几迁变",方学渐站在已经田荒

[①] 方学渐:《鲁王墩》,载潘江辑、彭君华主编《龙眠风雅全编》第一册,黄山书社,2013年,第226页。

地僻的鲁王墩上,面对鲁谼山吹来的千古风霜,感慨着历史传说犹如"草密疑无路"。或许从这种沧桑巨变中,他顿悟了人生乃至社会发展的真谛。作为桐城方氏学派的奠基人和桐城文化的"实浚其源"者①,方学渐著作等身,据方昌翰搜寻,其已刻者十余种,未刻或散佚的仍有十多种。其学问的核心要旨就是"揭性善以明宗,究良智而归实,括击一切空幻之说"。②简单来说就是"崇实、至善",反对当时阳明心学末流和释道人物的空谈、虚幻之论,试图别开生面、另辟蹊径。这不正是他诗中所写的"花开别有天"吗?而他的"崇实、至善"精神,不仅启迪着跟随他游学的无数士子,也一直鼓舞着后来的桐城人坚持讲贯文学,不忘砥砺名节,从而促进了桐城文化的兴盛。

三、临风一泫然

2018年端午之前的一个周末,笔者随方学渐的十六世孙方无先生,著名作家、桐城市文联主席白梦先生,以及当地的几位文史学者,专程前往鲁王墩。

这时的鲁王墩,再也不是方学渐当年所描述的"草密无路""荒墩斜照"景象。站在鲁王墩上,西眺鲁谼群山,林壑幽深,白云缭绕,宛如仙境;东瞰吕亭古驿,人来车往,一片市喧,层立的高楼遮住了沃野平畴。而鲁王河清波潋滟,两岸乡村与青山碧树相掩映,宛如长长的画廊。

我们此行目的,主要是拜谒一位明代的才女。还是在少女时代,她就已经是才名远扬的诗人,也是颇有成就的画家;她的书画作品,特别是释道人物白描形神兼备,更为时人所宝。后来,她还成立过历史上最早的女诗人社团,而她编辑历代妇女作品为《宫闺诗史》《宫闺文史》并分正邪进行点评,也开创了以女史眼光编评古代女诗人诗文的先河。

350年前,84岁的她,在经历了多少生离死别的血泪和弥漫的硝烟

---

① 见方昌翰辑、彭君华校点《桐城方氏七代遗书》"七代系传",张英称方学渐"以布衣振风教,食其泽者代有传人,流风余韵到今,皆先生之穀诒"。黄宗羲列入《明仁学案》。朱彝尊称"方氏门才之盛,甲于皖口,明善先生实浚其源,东南学者推为帜志焉"。黄山书社,2019年,第5页。
② 见叶灿《方明善先生行状》,载方昌翰辑、彭君华校点《桐城方氏七代遗书》"七代系传",黄山书社,2019年,第3页。

之后,结束了守寡66年的花寒月冷,终于安静地躺到了她亲自卜选的鲁王墩墓地,躺到了夫君姚孙棨身边。她早年亲自督修的双墓门,属于她自己的那道门,终于被合上了。而墓碑上,正是她曾亲自为丈夫题写的谥号"良隐子"。她就是方维仪,是方学渐的孙女。她和丈夫虽然没有儿女,但她俨如人师,将过早失去母亲的侄子、侄女个个培养成人,其中就有17世纪百科全书式大学者方以智。

方维仪和夫君的合葬墓,最后的记载是在清末民初姚永概的《慎宜轩日记》里。姚永概说,其十六世祖姚鼐与家人到鲁谼山来祭拜先祖,祭罢,房长再循例去祭拜方维仪夫妇,姚鼐与其他家人返回。晚上梦中,方太君批评姚鼐:"他人不知礼,汝亦无礼于我乎?"姚鼐悚然而起,遍告家人。从此以后,姚家子孙都祭拜方维仪夫妇了。

或许也是战乱的原因,自姚永概《慎宜轩日记》之后,方维仪夫妇墓似乎就从世间"消失"了。今天屈指算来,应该"消失"有100多年了吧。2018年5月,桐城博物馆叶鑫馆长告诉笔者发现了方维仪墓。我们这次就是去实地拜谒。当我们刚下车,当地文史人就指着路边两户人家小楼的中间说,"瞧,那就是!"我们都十分惊讶。

这么多年了,方维仪墓与旁边的民居就这样和谐相依,居民也不知道究竟是谁的墓,更有神秘传说是清代的"格格墓""公主墓"。同行者有人似乎恍然:"难怪叫良隐子,真是大隐隐于市啊!"还有人鉴于方维仪的历史名人重量级地位,惊呼"这真是桐城文化史上极为难得的发现!"

我们献上鲜花,洒下祭酒,整齐地立于碑前,恭恭敬敬地鞠躬敬拜。那碑后高高的坟圹,坟圹后是茂密的竹园松木,清风可揽,松篁可听。而碑前,两层微微隆起的圆形墓冢,上面有密密的、连片的青苔,开着密密而又鲜嫩的苔花。笔者蹲下身来,用手轻轻抚摸着它们,感受着沧桑岁月。青苔,自古被赋予隐者的意象。诗人说青苔是"寂寂苍苔满,沉沉绿草滋","幽鸟林上啼,青苔人迹绝"。这是何等的空寂!赋者说青苔是"重扃秘宇兮不以为显,幽山穷水兮不以为沉"。这是何等的安然!

再凝视墓碑,凝视那"良隐子前甫府君""旌表贞节方太君"等工整秀丽的楷书阴刻。笔者不是研究书法的专业人士,但笔者感觉这种字体应该就是方维仪平素最喜欢的钟繇小楷。笔者在墓边寻觅着并拣起细碎的瓦砾端详,那就是历史文献中所记载的,"良隐祠"和"今之大家"匾额碎片吗?

其实,所谓"大隐隐于市"也好,所谓"难得的发现"也罢,对方维仪自己来说,不过是《诗经》所言"女子无仪,无非无仪"罢了。她所说的"隐",应该是丈夫作为"沉静颖敏,知孝悌,广经史"的"良材",却空有一身抱负,不幸因病早逝的"隐",这是一种怎样的疼痛和哀伤?而她最终能够与自己所爱的"良人"姚孙棨,做到了"良朋偕隐",隐于鲁王墩"忠孝节义"的鲁肃传说里,仿佛映照着她一生的俯仰无愧;隐于无私滋润大地的洞宾泉声里,仿佛依旧倾诉着她对侄子侄女的谆谆关爱。正如她的诗所写的那样——"重义天壤间,寸心皎日月"。

"倚薜峰之菌阁兮,绕长溪之沧浪。仰宇宙之浩荡兮,视川流之不息。"当笔者在心中默诵着方维仪的自况文《申哀赋》时,鲁王河依旧静静地流淌,鲁獥山上依旧云卷云舒,上接白沙岭、下承龙眠路的吕亭驿,车辆依旧川流不息。尽管如此,笔者站在鲁王墩上,仍然能深切感受到"鲁谷空千古"的浑厚气息,纵横激荡着笔者的心胸。

潘翟：为何千里万里追寻①

一、一则容易忽略的遗民笔记

近来读到一则明遗民笔记，写的是明末清初著名思想家方以智，中间却有一段文字，提及其夫人潘翟，读来令人唏嘘不已：

> 公夫人潘氏，通诗书，能文。方患难中，诸郎诵读，皆手授之，为成材。公之避难粤、闽也，夫人间关往迹之。公深入闽西，夫人亦继往。公遂入平乐山中为僧。既还南，以中丞丧归桐。夫人遣侍婢请见，公曰："我已出家，不得复入内。见于先中丞之枢前可也。"既见，公曰："我既出家，子亦离俗。以一日之长，当拜为师。"遂于枢前受拜。自后，绝不许复见。②

由于一直关注方以智研究，笔者读过诸多相关历史文献。可惜的是，涉及其夫人潘翟的文字很少；即使有，也基本雷同，是那种常见的古代才女、节妇、慈母形象。有关潘翟的专题研究还是空白。

查阅方氏家谱：潘翟，字副华，副使潘映娄女，生于万历四十一年（1613）十月，但潘翟的卒年显然记错，让潘翟死在了崇祯七年（1634），如是，则后面发生的许多事都将与她无关了。实际上她很高寿，活到了康熙三十三年（1694），其卒年由方中通《陪集》、方中发《白鹿山房诗集》等可征。

方以智与他同时代的王夫之、黄宗羲、顾炎武四人，可谓雄峰并峙，被称为"清初四大儒"。但方以智年才60就"自沉"于万安惶恐滩，在四人中离世最早，他的洋洋千万言、一百多种著述，又多遭清廷禁毁，故数

---

① 本文首发于 2022 年 12 月 5 日"渡菴删馀"公众号，选入本书时略有改动。
② 张怡撰《玉光剑气集》卷二十六，魏连科点校，中华书局，2006 年，第 933—934 页。

百年来几乎一直被历史尘封。直到梁启超作《中国近三百年学术史》,才对方以智的《通雅》作出至高评价,肯定"密之学风,确与明季之空疏武断相反,而为清代考证学开其先河"。他总结方以智的学术特点主要有三端,即尊疑、尊证、尊今,不肯盲从,有自己独创的见解,而"《通雅》这一部书,总算近代声音训诂学第一流作品"。①可惜梁启超没有看到方以智其他著述,否则不知还要发出怎样的惊叹。

大约就是由梁任公肇端,近代以来有关方以智的研究不断升温。人们为方以智的学术成就倾倒,为他的传奇人生着迷。然而,很少有人关注他的夫人潘翟。故而,这则罕见的明遗民笔记,初读颇觉突兀:其情节之生动,现场感之强,让笔者顿时穿越了。

二、一位被模糊的太史夫人

任道斌先生是研究方以智的知名学者。他于20世纪80年代初出版了《方以智年谱》,2021年又推出修订本,且穷搜极讨方以智各类传记十八种,时间跨越明末到清末几百年,皆附录于书后。但仍未能穷尽。本文开头提及的那则明遗民笔记,就未收入书中。尽管任先生搜集的十八种传记,从不同角度解读了方以智的传奇人生,遗憾的是,也都只字未提其夫人潘翟。

好在,清初还有两位方以智的同乡,专门为文写了潘翟。但不知何故,研究者往往更关注文章中的方以智信息。

一位是康熙朝的大学士张英,家乡人尊称为老宰相。他应外甥方中发(方以智弟弟方其义之子)之请,作《方母潘夫人七十寿序》。

张英的文章,一起笔就表彰方以智"为才人,为学人,为忠臣,为孝子,博闻大雅,高风亮节,为近代士人之冠"。在有限的篇幅里,花了很多笔墨写方以智,且上溯其曾祖、理学名儒方学渐,中及其明末殉难的姑父张秉文和姑母方孟式,下及其子侄多人。而写潘夫人,只略述其"不以家室儿女子之累扰乱之",成就了方以智的名节。最后,张英表示,因夫人数十年来"置身冷松寒泉、冰岩雪壑之间",故不敢陈言寻常

---

① 梁启超:《中国近三百年学术史》,朱维铮校注,复旦大学出版社,2016年,第166—167页。

祝词，只"敬举其重且大有关于家国者，为夫人勉进一觞"。①

另一位是方以智的少年同学、终生挚友钱澄之，也写有《方太史夫人潘太君七十初度序》。文章篇幅较张英所写稍长，情节也要丰富得多，读后确实让人有钱澄之那样的感觉："益重其悽怆也。"尤其是文中提到，方以智40岁时，钱澄之与一班同仁于广西平乐舟中称觞宴集，"夫人出山治具，衣冠大集，行酒赋诗，此会俨然未散"。有很强的现场感。钱澄之接着写道：没过几天，身着袈裟掩饰身份的方以智，就被清兵执逮，清将马蛟麟以"官服在左，白刃在右"，逼方以智作出抉择，方以智毫不犹豫地伸颈向右。马蛟麟只得听任其出家，将其囚禁于梧州云盖寺中。这一事件，成为方以智研究中的经典事例，被频繁提及。可见，钱澄之虽然是写"方太史夫人潘太君"，却写着写着，笔锋就侧重到方以智所经受的"刀斧之锻炼"了，因为他"益感念于太史（方以智）之生平也"。②

故比较而言，本文开头提及的这则明遗民笔记，史料意义就显得十分珍贵。它与钱澄之、张英所写的寿序，以及《桐城桂林方氏家谱》中不足百字的"潘翟内传"，不仅能够相互印证，更是十分重要的补阙，使得潘翟原来的模糊形象，因此而更加清晰起来。

三、每一次相逢都是死别

结合这则明遗民笔记，根据相关史料，至少可以稍作如下现场还原：时间是甲申（1644）三月十九日，崇祯皇帝景山自尽之后，神州陆沉。

方以智前往东华门痛哭先帝时，被农民起义军逮捕，严刑拷掠至脚踝骨见。侥幸逃脱，正投水自杀，又被人发现救起，鼓舞他抗清复明。方以智遂匆匆抛妻别子，试图逃奔南都弘光朝廷。他的《瞻旻》诗集，就是主要记录这段时间行迹与心绪的。其中《纪难》有歌行体诗四组，第三组则真实记录了与妻子潘翟诀别时的情景：

拘囚二十日，乘间得脱走。鬓黑蒙土灰，蓝缕出左肘。妻孥跪

---

① 张英：《方母潘夫人七十寿序》，载江小角、杨怀志点校《张英全书》（上册），安徽大学出版社，2013年，第345—346页。
② 钱澄之：《方太史夫人潘太君七十初度序》，载彭君华校点《田间文集》，黄山书社，1998年，第378—380页。

涕泣,斯须且相守。天地已颠覆,行路平安否?予命当万死,雪耻在马首。但得脱虎穴,暇计出门后?会面杳无期,黄昏日落酉。痛哭与我诀,持刀向心剖。汝死复何益,汝善视黄口。大海生桑田,或得见老叟。心知死别离,结发断箕帚。但道长相思,吞声一挥手。①

诗中写自己被农民军拘囚二十日,乘间脱走。此时的他又黑又瘦,脸蒙土灰,衣裳破烂,不得不赶紧与妻子诀别。

潘翟携子跪下拦住他,哭着问:"天地已颠覆,行路平安否?"现在天塌了,地陷了,你还能往哪里去,路上能平安吗?

方以智回答说:"予命当万死,雪耻在马首。但得脱虎穴,暇计出门后?"要为国报仇,要为君王雪耻,这就是方以智今后的唯一使命,就是万死也不辞。只要逃出这里的虎穴,哪里还管得了出门后究竟是什么情况呢?

方以智一边回答,一边看着将要沉下地平线的夕阳,担心又有人过来抓捕,急辞之心已决绝:"会面杳无期,黄昏日落酉!"俗话说"日出卯时,日落酉时"。方以智说的"日落酉",正是黄昏时分。

潘翟则"痛哭与我诀,持刀向心剖"。一向十分坚忍的她,忍不住泪如雨下、嚎哭不已。她突然从怀中抽出用以自卫的那把剪刀,迅速向自己的胸口刺去。也许她以为,如果夫君都决心一死,那么自己何必还活着?如果夫君从此永别,说此后再也不能见面,自己又何必还活着?

方以智连忙夺下了她的刀,泪水夺眶而出:"汝死复何益,汝善视黄口。"你不能死啊!看看身边这几个可怜的孩子,你一定要把他们养育成人,拜托你了!

他哽着嗓子安慰她:"大海生桑田,或得见老叟。"老天可怜见,不管将来发生怎样的沧海桑田变化,也许我们总会有再次会面的那一天!

但他们其实都知道,这一次分别,或许就是"生别离兮死别离",从此再也难以相见了!"心知死别离,结发断箕帚。但道长相思,吞声一挥手"。

就此吞声挥别。

刀山火海中,方以智仆仆奔走。从北国到江南,从吴中到南都,从

---

① 见黄德宽、诸伟奇主编《方以智全书》第九册,第237—238页。

楚泽到岭外,从两粤到闽赣……

潘翟也不顾危险,携带7岁的幼子方中履,千里万里,不断追寻。

1646年秋,方以智到了粤海,潘翟随后赶来相逢。

1647年春,方以智深入闽西,潘翟"亦继往"。

但这兵荒马乱之中,每一次相逢都是一次死别。方以智不得不一再抛妻别子,独来独往,屡易姓名。明遗民的抗清复明大业,总是起起伏伏、险象环生。这年的九月,就有方以智投洪江自尽的传闻。

1648年冬,得知方以智到了桂林,潘翟携子立即追寻而至。秋,她携子随方以智移居广西的平乐县。

1650年10月,方以智四十生辰。在两粤的旧友新朋搞了一次小规模的聚会,潘翟当时也在舟中。这场小聚会,就是钱澄之在《方太史夫人潘太君七十初度序》中所写的"平乐舟中宴集"。

方以智终于对南明永历小朝廷大失所望,即使十次诏他入阁、拜东阁大学士,他也无心出山。为躲避清兵搜捕,他化身为僧,但还是没能逃脱。

1650年冬,方以智在平乐县被逮,清军将领马蛟麟以"官服在左,白刃在右"相逼胁,方以智毅然趋右。马蛟麟大为折服,只好听任方以智出家为僧。但方以智还是被马蛟麟软禁于梧州云盖寺中。

方以智对生还的希望渐感渺茫,写下了一篇《自祭文》,表示自甲申(1644)国变后就已心如死灰,所眷眷者,唯白发老亲而已。

"一声狮子吼,刀锯总忘机。"此时,方以智不再是之前的"伪装"和尚,似乎已经决心披缁出家了,他改名"行远",法号"无可"。

四、千里万里追寻又错过

无奈之下,潘翟只好携幼子方中履,踏上了艰辛的返乡之路。

谁能想象,潘翟这些年来遭遇的千难万险、千惊万怕?一个自幼生长于官僚贵族之家、日常以文史为织纴的女子,孱弱却又何其坚强。她不顾兵荒马乱,携带幼子跋山涉水于闽山粤海,千里万里追寻夫君。而夫君因险恶的生存环境,不得已之下,又屡屡抛妻别子。

庆幸的是,粤海有同乡又是戚党的吴鉴在,为永历小朝廷御史,巡按广西,对方家多有照顾;加之曾任崇祯朝湖广巡抚的公公方孔炤也有旧部活动于闽粤,以及方孔炤科举同年瞿式耜的友人赵秋屋等人的相助,潘翟与幼子方中履才不至于流落街头。

清顺治九年(1652)秋,方以智脱身北归。原来,清廷的苍梧兵宪彭爌是方以智的桐城同乡,而彭爌的科举同年施闰章,此时正以刑部湖广司主事奉使粤西。在他二人的斡旋下,方以智得以乘乱脱离囚禁他两年的云盖寺。

于是,潘翟又携幼子方中履继续追寻。

她此时心里想的,大约就是:夫君只要回到桐城老家,就一定会脱去暂时掩护身份的袈裟吧。毕竟,他的曾祖父方学渐和祖父方大镇都是纯儒学者,都曾不止一次地强调过:"善,莫大于明伦;恶,莫大于出家。"

可是,当潘翟终于追到桐城南乡的白鹿山庄,也即公公方孔炤的暂时栖隐之地,却听说方以智已经奔赴金陵高座寺,受戒于觉浪道盛禅师,正式出家为僧了!

潘翟含泪拜见方孔炤后,却没有留在白鹿山庄,而是立即回到了城中方氏祖居远心堂。对此,其次子方中通有诗叙及:

烽烟阻绝路迢遥,日断飞鸿入九霄。不意黄头过大庾,得依白发到中条(祖父中丞公时隐居白鹿)。墓门松柏离人泪(庄在曾祖廷尉公姚太夫人墓侧),故国川原落日凋。回首天涯千万里,一枝今幸息鹪鹩。①

方中通诗中所说的"回首天涯千万里",应该是在回想父母的千里万里奔波之苦,特别是母亲千里万里的追寻之苦吧。这首诗的标题是《奉母过白鹿山庄旋归远心堂》,其中一个"旋"字,不免让人产生联想。

五、只因一腔忠臣孝子血

原来,清顺治九年(1652)冬,方以智万里北归,行脚至江西,方孔炤

---

① 方中通:《奉母过白鹿山庄旋归远心堂》,载《清代诗文集汇编》第一百三十三册《陪集·陪诗》卷一"迎亲集",上海古籍出版社,2010年,第69页。

命中德、中通两孙赴庐山相迎。此时,距京都死别,中德、中通与父亲已有近10年未见面。故方以智诗云:"五老峰头两不识,父一瞪目儿泪血。"(方以智《五老峰上将中两儿来迎》)

方中通与兄方中德迎父亲于江西时,恰好与母亲潘翟相遇于鄱阳湖舟中。母子抱头痛哭后,他二人继续往西迎父,潘翟则率幼子继续舟行往东,心中充满了即将团聚的欢喜。

可是,当潘翟回到桐城,却听说夫君已经闭关金陵高座寺了。原本满怀希望的她,顿时感到悲戚莫名!在万分伤心无奈下,匆忙赶赴白鹿山庄拜见了方孔炤,又"旋"(立即)归城中方家祖宅远心堂。

此时,潘翟心中是何其痛苦,怎能不怨恨夫君!怨恨他不念白发老父亲和白头老姑方维仪,怨恨他不顾结发妻子之情,怨恨他不顾还有未成年儿女!而对他的执意出家,公公方孔炤竟然没能劝阻住。

当然,后来潘翟应该是知道了实情。

彼时,安庆地方官吏得知大名鼎鼎的方以智归来,遂几次三番出动,逼迫他出仕清廷。曾经"予命当万死,雪耻在马首",曾经为抗清复明而"一年三变姓"、奔走于刀山火海,曾经自己的诸多同志已经牺牲在抗清战场,方以智怎么可能甘心易服仕清?何况他早在梧州云盖寺就"自祭"了。

但是,他又不能不念及家人特别是白发老亲的安全。被逼无奈之下,方以智毅然前往高座寺受戒,闭关看竹轩(竹关)。

对此,方中通有诗痛诉:"只此一腔忠臣孝子血,倒作僧人不作儒!东西南北无块土,不辞世外还家苦。"(方中通《省亲竹关》)

方以智从此心怀不二,超脱尘外。潘翟则毅然替方以智承担了孝养老亲、培养子侄的重任。老姑方维仪深为所动,为潘翟撰《万里寻夫文》,可惜这篇文章已佚失。

六、无限伤心不敢言

"死后元知万事空,但悲不见九州同。王师北定中原日,家祭无忘告乃翁。"清顺治十二年(1655)秋,写作完倾注毕生心血的《周易时论》,方孔炤泪吟陆游《示儿》诗,吟罢即与世长辞。

方以智破关回桐奔丧,以儒礼披麻戴孝于灵前。这时,本文开头所

第八章　从凤仪坊走来的那些才媛

述《玉光剑气集》中的情节出现了：

苍梧一别，又已三年。潘翟此时多想与夫君再见一面。于是，"遣侍婢请见"。

然而，方以智竟然冰冷地回答说："我已出家，不得复入内。见于先中丞之柩前可也。"意即：我现在已经是方外之人，按戒律是不能重新回到内室的。如果你一定要和我见面，那就在先父中丞公灵柩前见吧！

既见。方以智又狠心地说："我既出家，子亦离俗。以一日之长，当拜为师。"意即：我既然已经是出家的和尚，你既然也在家吃斋念佛，但我比你出家早，你应当拜我为师。

遂于柩前受拜。自此以后，绝不许复见。

这个场景很可能就此传闻开来，成为本文开头的那则明遗民笔记之一。

这则遗民笔记也从侧面证明：明清鼎革之后，方以智为了抗清复明，确有"必死"之决心。西风落日，战甲黄沙。当他奔走于闽粤的刀山火海，包括妹婿孙克咸在内，多少同仁都已死节报国、血洒沙场。而他也是九死一生，视生死不过一昼夜、昼夜一古今而已。

此后二十年，方以智一直盘桓在佛门，异类中行。

终于，"粤难"（指方以智受人陷害被逮）发生，在拜过文天祥墓后，方以智"自沉"，也必然会"自沉"。而历史，往往遮掩于重重迷雾之中。几百年来，直到今天，人们仍在为方以智究竟是"自沉"还是"病卒"争论不休。

只有潘翟坚信夫君的忠节！当方以智自沉于文天祥经过的"惶恐滩"，消息传到家乡，长斋奉佛多年的她，痛哭出声，写下了字字是血的《哭夫子》六首诗：

岁岁望君归故里，谁知跨鹤向云天。伤心抢地惟求死，何日追随到佛前？

回忆分离出世外，吾携稚子返家园。全君名节甘贫苦，无限伤心不敢言。

一别天南逾廿年，思君容貌亦端然。余心实望能挥日，此去光阴再弗还。

　　展转思恩肠寸断，寒帷寂寞泪如泉。望君点醒南柯梦，只恐凡魂命可怜。

　　伤心一别竟成真，万里还家只苦辛。追忆当年心已碎，还期速度未亡人。

　　一生大节已完全，两地伤心只问天。无限风波悲不尽，可能相见在重泉？①

七、这一次终于相聚

　　方以智自沉后11年，顾炎武抗清复明失败，卒于山西曲洪；后21年，完成诸多重要著述的王夫之，病逝于湘西草堂，遗命碑铭"有明遗臣行人王夫之"；后24年，在儿子黄百家入朝参与康熙下令编写的《明史》后，久病不起的黄宗羲与世长辞。他们的坚贞不屈和著述都闻于当时、留于青史。

　　可是，"方以智"三个字却变得日益敏感起来，所著大多被朝廷禁毁，唯有子孙千方百计地手抄、辗转保存。

　　"那得庭前重序语，炉中空爇一枝香。"（潘翟诗）从前一直期盼能与夫君庭前重叙的潘翟，于康熙三十三年（1694）冬天，永远闭上了眼睛。如果从方孔炤灵前最后相见的那一年算起，潘翟已经苦节独守近40年。

　　流寓岭南谋生的次子方中通，挥泪写下《乙亥闻卜奔丧》："难后饥驱到海滨，四千里外失慈亲。自惭不孝空生我，尚有何颜更作人。呕血总归无用地，披麻岂算可怜身。终天恨是通天罪，负土家山敢道贫？"

　　方中通兄弟遵照遗命，将母亲安葬于父亲墓旁。

　　千里万里，始终追寻着你。这一次，潘翟终于与夫君相聚了！

八、历史也应该记住她

　　写到这里，有人不禁要问，这则明遗民笔记的作者，究竟是谁？

　　他就是清代桐城派鼻祖方苞所撰《白云先生传》的主人翁——张瑶星，初名鹿徵，清初改名张怡，上元（今南京）人。其父张可大，为明末崇

---

① 见潘江辑、彭君华点校《龙眠风雅全编》第九册，黄山书社，2013年，第4024页。

祯时的登莱总兵,"会毛文龙将卒反,诱执巡抚孙元化,可大死之"。张瑶星因此"以诸生授锦衣卫千户"。

甲申(1644)3月19日崇祯自尽后,方以智与张瑶星等人先后乘乱逃出北京。方以智后来流离南海,张瑶星见复明希望渺茫,遂寄身金陵摄山松风庵,人称白云先生。方以智的六叔兼同学方文,也隐居金陵,时常去拜访张瑶星,有诗《腊八前夕访张瑶星松风庵小饮》,其中有句曰:"况有张隐君,读书松风庵。累月未相见,中怀期共谈。"(方文《嵞山续集》卷一)方苞的父亲方仲舒为方以智的侄辈,家居金陵时亦常去拜访白云先生张瑶星,见其著书满架,多述明遗民佚事。

而这则遗民笔记就出自白云先生的《玉光剑气集》。因此,白云先生所写的这则笔记,是完全真实可信的。《方以智全书》主编诸伟奇教授在看了笔者写的这篇小文后指出:"潘翟治家严肃,牧三子克承先志,砥节力行。孙、曾数十人皆有文名。在家庭贡献上,潘较其夫大(本身就多活了二十几年)。明清之际,妇女苦难尤重,付出和贡献亦大。历史没怎么记她们,应该记住。"

【附记】潘翟(1613—1694),字副华,明南直隶桐城人,副使潘映娄之女。生于1613年十月初一,卒于1694年十一月二十四,享年82岁。据潘江《龙眠风雅》中的小传:潘翟年17,归同邑方以智为妻。婚后,"能屏去宛珠傅玑,有德耀少君之风。文忠公(方以智)年方弱冠,文名籍甚,母(潘翟)鸡鸣虫飞,克执妇道。及释褐通籍,遽遭国变,母勉以大义,万死不屈。南都党祸起,文忠公避而之四方,爱挈少子中履,间关万里,由闽之粤。寻以江南初定,君舅疾笃,归而上事贞述公(方孔炤),下抚子女,死丧婚嫁之累,一身任之,以纾文忠公内顾之忧,成其大节。长斋奉佛,独居四十馀年,年八十二而终。文忠公为完人,母为完人妇,可谓死者复作,生者不愧也已!"潘翟著有《宜阁诗文集》四卷,惜毁于康熙丙寅(1686)远心堂火灾。[①] 今存诗极少,乃由其子方中通、方中履"追所记忆,并縣掇时诀别诗十馀首,以存崖略",赖从侄潘江记录而传之。

---

① 关于这场火灾,可参阅本书第四章《康熙丙寅年远心堂的那场火灾》。

9 第九章
与凤仪坊前贤有关的桐城人文地理

究竟是"人助山川",还是"山川助人"?方学渐认为,不可偏颇执其一端,而要充分认识到"山川一也!"这就将学术思想也融入诗歌创作,从而达到"理实交融"。而做到这一点,归根结底仍是"枢机在人"。限于篇幅,本章的桐城人文地理,只涉及与凤仪坊方氏先贤有关的部分山水,不知道您有没有感觉迥然不同于其他地方呢?

这位大儒笔下的桐城北乡山水①

方学渐有不少写桐城山水的诗歌,其中一组与明代贵州巡抚赵釴所写的桐城北乡山水相似,但表达的感情不同。如赵釴《莲华峰》诗曰:"欲住青莲宇,冥心玩玄化。只是云雾多,白日在山下。"②而方学渐《莲华屋》诗曰:"晓日照芙蓉,烁灼青云里。秋色不朦情,天光净于水。"③显然写的是同一处景点,且都将莲华峰比喻为有佛家意味的"屋"和"宇"(寺庙),但与赵釴诗中的云雾缭绕、冥心玄化不同,方诗给人秋色纯净、山光唯美之感,显示了其"诗歌独宗盛唐"的主旨。继续探究发现,方学渐现存44首诗歌,有24首可以确定写的是桐城北乡山水,数量大且内容集中,对研究其行实和诗歌风格乃至桐城方氏学派都具有一定的意义。

一、布衣大儒方学渐其人及其山水诗歌

明代万历年间,桐城有布衣大儒方学渐,字达卿,号桐国崇本庵人,时人称本庵公,学者私谥"明善先生",从北乡白沙岭崛起,结社城东桐溪,建馆桐川之上,联袂无锡东林,与顾宪成、高攀龙等交游,以布衣主坛席20余年,深刻影响了桐城文化。可以说,方学渐是继桐城儒宗何唐之后,对桐城兴教倡学、醇风化俗极有贡献的学者。

当时的东吴学者陈嘉猷说:"维时东林、桐社,若岱宗、华岳相望于

---

① 2023年5月,笔者于"渡菴删馀"公众号发表3篇有关方学渐的文章,本文即在此基础上整理成稿。
② 赵釴:《助山堂杂咏十二首》第10首,载潘江辑、彭君华主编《龙眠风雅全编》第一册,黄山书社,2013年,第174页。
③ 方学渐:《莲华屋》,载潘江辑、彭君华主编《龙眠风雅全编》第一册,黄山书社,2013年,第230页。

千里之外。"清初学者朱彝尊称誉:"方氏门才之盛,甲于皖口,明善先生实浚其源。东南学者推为帜志焉!"康熙文华殿大学士张英指出:"明善先生以布衣振风教,食其泽者,代有传人;至于砥砺名节,讲贯文学,子弟孝友任睦,流风余韵皆先生之縠诒也。"清初大型诗集《龙眠风雅》编纂者潘江曰:"盖桐邑讲学之盛,未有右于先生者也。"

方学渐年轻时才气纵横,诗文俱佳,弱冠即成为府学秀才;也曾用力于举子试,惜命数不偶。于是揭良知、阐性学、辟会馆,著述凡数十万言,主要有《连理堂集》《桐川语》《桐彝》《迩训》《易蠡》《性善绎》等二十余种,惜佚失甚多,至今仅六七种存世而已。今人要了解方学渐行实,多是依靠"他述"形式的传记、转引等。因而,方学渐给人的感觉,似乎就是一个纯粹的理学家形象。

但在清初潘江编著的大型诗集《龙眠风雅》中,仍难得地保存有方学渐44首诗,可谓其诗歌"自述",突破了方学渐固有的理学家形象。

方学渐这44首诗中,有38首写山水风光名胜,用语纯任自然,抒怀体悟独到,不仅有本县山水,也涉及邻县等地。其中有8首,可以确定写的是写东乡,分别是:6首写浮山,1首写白云岩,1首写合明山;有2首写的是西乡,即《资福寺》与《与王屋寺》;有1首写的是池口,即《重登望华亭》;还有3首分别写的是邻县潜山和怀宁的名胜,即《司玄洞》《左慈丹台》《灵源观》。其余山水诗,有的因为有地名,指向明确;有的虽未写地名,但通过与赵釴所写的诗来比较,也基本可以确定地点。故总计有24首是写桐城北乡山水。

这24首写北乡山水的诗中,有20首诗分别写的是:石马潭、滑石河、盘云径、豸角峰、双木岑、走马冈、枫香庵、鹅公嶠、黄白岭、蜿蜒溪、水帘洞、楮棚湾、蜈蚣峦、赛社坛、幽玄峡、环流壑、育龙湫、泽豹岩、搏虎嵎。①清末徐璈主编的《桐旧集》论曰:"(这二十处)皆桐之山水佳处也。历今三百余年,有故迹就湮、称名改易者矣,故附识于此。"②因这20首诗风格相近,笔者认为可以有一个总题目,即《桐北山水二十咏》。

---

① 方学渐这组北乡山水诗歌,见潘江辑、彭君华主编《龙眠风雅全编》第一册,黄山书社,2013年,第229—234页。下文评论其山水诗时,不再注明出处。
② 徐璈辑《桐旧集》第一册卷一,江小角、吴晓国点校,安徽大学出版社,2016年,第28页。

可以赵釴《助山堂杂咏十二首》《龙门冲九咏》两组诗来参照。首先在题材上,方诗所咏与赵诗所写都是桐北山水;其次在艺术表现方式上,都是五言短诗,用语明快;最后在所写景点上,方诗中有些景点甚至与赵釴所写景点相同,如莲华峰、楮棚湾、幽玄峡等。方学渐创作这20首诗时,很可能受到前辈赵釴的启发和影响。依赵釴那两组诗题之例,方学渐这组诗总而名之为《桐北山水二十咏》亦无不可。方学渐的成长与桐城北乡密切相关,其孙方孔炤曾指出:桐城北乡的"龙眠、投子、寄母山、天马峰之间,先垅在焉。自蜀断事仗靖难之节,垂训十有五世矣"。[①] 可见方学渐对这一片土地是熟悉的,故而写起来也是用情之至、得心应手。

二、方学渐山水诗歌中的理实交融

方学渐自幼好学嗜道,一生提倡崇实黜虚、躬行为本。与晚年归隐山野、冥心玄化的前辈赵釴不同,从方学渐的这些山水诗可以看出,他虽以"诗宗盛唐"为主旨,却又注重"理实交融",显露出强烈的振作奋发之心。以其《桐北山水二十咏》为例,至少表达了以下六种心志。

(一)"青云可梯、振策云霄"之信念。

方学渐在《盤云径》诗中写道:"上鼓千仞石,下临百石溪。磴道千盤入,青云似可梯。"这首诗很容易让人想起李白的《梦游天姥吟留别》:"脚著谢公屐,身登青云梯。"虽然山高千仞、磴道千盤,却似"青云可梯",方学渐这种浪漫不凡之思,正是盛唐气象的显露。与这首诗相近的,还有《走马冈》:"平陆多覆辙,羊肠为坦途。振策云霄上,风雨慎驰驱。"这首诗也表达了作者虽知途艰道险,仍胸怀"振策云霄"的坚定信念。从日军明治四十二年(1909)所绘地图来看,走马冈在桐城北乡吕亭驿之东。

(二)"渥洼化龙、逐电天衢"之志概。

方学渐在《石马潭》诗中写道:"怪石潭中立,疑是渥洼驹。何当化龙去,逐电驰天衢。"这是组诗中的第一首,以潭中怪石喻渥洼之驹,期

---

① 方孔炤:《桐变十九首》,载《环中堂诗集》,国家图书馆藏清钞本。

盼能早日化龙,驱驰天衢。这很容易让人想起老杜的诗句:"飘飘西极马,来自渥洼池。"石马潭在龙眠山中,其曾孙方以智崇祯十二年(1639)春写的《龙眠后游记》也有描述:"过石马潭,徘徊拄杖,客有罢者,遂止于此。"①可见,方以智到了石马潭,也可能触景生情,想起先祖"渥洼化龙"之诗句,徘徊不已、踌躇满志。

(三)"春雨润滋、甘霖四方"之愿望。

方学渐一生奉行孝友节义,多躬行善举。其《黄白岭》诗云:"青黛从开辟,黄白定有无。我来寻大药,春雨唤蘼芜。"黄白,是指术士所谓炼丹化成金银的法术;大药,是指道家的金丹。黄白岭,也写作黄檗岭,又称剩山峰,去城十五里(7 500 米),钱澄之《黄檗山居记》称此地"盖龙眠之奥区也"。②方氏族人在此筑有山庄别业。这里大壑奔注,瀑流喧豗有声。方以智《龙眠后游记》提及来到石马潭而止,然后"西指剩山,层楼陕榭,朱槛画舫,复何在乎?"春雨蘼芜时刻,方学渐面对耸立云端的青山,一定是想起了曾寻求大药以济时世的诗仙太白。这样的心境,同样表现在《育龙湫》诗中:"灵湫开绝巘,神物此中藏。何日风雷作,甘霖浃四方?"充分寄予了作者渴求甘霖四方的理想。

(四)"雾雨玄豹、石中眠龙"之退藏。

方学渐为府学秀才时,因成绩优秀、试必高等,老师张甑山推荐其优先应举,他却躲了起来,说"功名有命。因人诡遇,吾不为也"。③ 正如其在《泽豹岩》诗中所写:"雾雨饥玄豹,长日隐深山。但求文自蔚,不怨少窥斑。"所谓雾雨玄豹,据西汉刘向《列女传·陶答子妻》:"南山有玄豹,雾雨七日而不下食者,何也?欲以泽其毛而成文章也,故藏而远害。"后喻怀才畏忌而隐居的人。唐人钱起有诗云:"分与玄豹隐,不为湘燕飞。"方学渐显然也是以"雾雨玄豹"来激励自己磨砺学问,以待时用。再如其诗《蜈蚣岙》:"此山有蟠龙,宁受蜈蚣制?长日石中眠,一朝风雨至。"同样表达了方学渐藏而不露、蓄势待发之意。

---

① 见黄德宽、诸伟奇主编《方以智全书》第九册,黄山书社,2019年,第354—359页,下文不再注其出处。
② 钱澄之:《黄檗山居记》,载彭君华校点《田间文集》卷十,黄山书社,1998年,第178页。
③ 方昌翰:《七代系传》,载彭君华校点《桐城方氏七代遗书》,黄山书社,2019年,第2页。

(五)"傲立霜天、向嵎搏虎"之勇毅。

方学渐性格沉毅,一如其《搏虎嵎》诗所云:"猛虎负嵎蹲,匹夫向嵎博。虎去石林空,巉岩横碧落。"猛虎在前,他犹能镇定自如,跃跃欲试,以决一搏。猛虎也为其气势所却,悻悻而逃,只留下"巉岩横碧落"的安宁平静。又如其诗《豸角峰》:"亭亭豸一角,孤立霜天青。圣世无邪璧,幽壑有山灵。"这首诗应是从唐人"圣代无邪触,空林獬豸归"化出,以讴歌豸立霜天的傲世者,正因为有了他们,才能"圣世无邪璧"。

(六)"放杖白云、悠哉桃源"之闲情。

自从陶渊明"发现"桃花源之后,寻觅桃花源就成了中国历代文人的共同追求。李白曾高声吟唱:"昔日狂秦事可嗟,直驱鸡犬入桃花。"王维寻寻觅觅:"春来遍是桃花水,不辨仙源何处寻。"方学渐也有这种追求闲适田园之情趣。他在《蜿蜒溪》中写道:"何事桃花源,渔郎不再入?只今蜿蜒溪,路迷云满隩。"竭力寻找心中的桃花源。而在《幽玄峡》中又慨叹:"已倦青山屐,还开玄峡罇。幽谷闻啼鸟,寒流咽石门。"当然,他并非完全优哉游哉于山水田园,同时还在真切地关心民生。如其诗《赛社坛》就提及"不采杜鹃红,坛前问桑柘"。而在《环流壑》中又写道:"胡麻殊可饭,莫教阮郎回。"

三、方学渐山水诗歌中的生动意象

方学渐《桐北山水二十咏》中,除了本文开头已经提过的《莲华屋》和上文介绍的13首诗外,还有《滑石河》《双木岑》《枫香庵》《鹅公嶡》《水帘洞》《楮棚湾》6首。这些诗都以写景生动、比喻形象,让人产生强烈共鸣。

如《滑石河》诗云:"曲曲龙眠河,磊磊河中石。步石渡寒流,雨后堤边立。"诗境虽平实,却动中有静、静中有动。一场雨后,流水漫过一块块垒石,行人小心翼翼地踏石过河,每踏一步都感觉寒意沁人,过河后仍在堤边久久站立,仿佛在回味渡河的不易。桐城龙眠山被称为隐逸名山,有"宋画第一"盛誉的龙眠居士李公麟隐居于此,山溪自西北奔来,绕城东流,向称"桐溪""大溪"。自方学渐这首诗后,"龙眠河"渐渐成为通称,足见方学渐这首诗的影响。

再以《楮棚湾》为例。方学渐的前辈赵鍨也写过楮棚湾,诗题稍有差异,叫《楮树湾》,是其《助山堂杂咏十二首》中的第十一首,并自注:山中有造纸者,诗云:"种楮满山中,不羡藤与竹。欲著书万言,毛生发渐秃。"可谓即景抒情,写出了看到造纸而引发欲著万言的冲动,却又不得不面对毛发渐秃、年华老去的无奈。方学渐也看到了楮棚湾的人们在造纸,心境却与赵鍨完全不同,他写道:"木天词赋客,争美赫蹏文。翻从造楮者,凿破剡溪云。"显然,方学渐是兴奋的,他似乎在发问:明堂高阁中的词赋客,你们竞相比美"赫蹏文",但你们可知道楮棚湾造纸之美,仿佛在凿破剡溪之云?剡溪风景秀丽,李白时时想着"湖月照我影,送我至剡溪";杜甫则每每"剡溪蕴秀异,欲罢不能忘"。方学渐以楮棚湾造纸比作凿破剡溪之云,可见他对桐城北乡楮棚湾造纸评价之高,其实这也是他挚爱乡情的真实流露。

除了风格相近的可归于《桐北山水二十咏》这组诗外,方学渐写北乡山水的还有《龙眠精舍》《鲁王墩》《访王元善》《登洪涛山》四首。其中前三首是五律,后一首属于七言绝句。

方学渐曾于桐溪(龙眠河)边结社聚徒,兴学倡道,考虑到乐群无所,遂创建了桐川会馆。他在《龙眠精舍》中,描述了会馆(精舍)群英荟萃的学术景象:"高林散紫烟,列岫敞青天。水下丹崖曲,花开石涧边。坐茵分野鹿,鸣瑟应山鹃。谁信云深处,蛟龙未稳眠。"①清末徐璈《桐旧集》辑录这首诗,并评论曰:"前四语纯用自然,极其天趣。"②窃以为后四语写讲学实景,用语更为灵动:野鹿也来"坐茵"听讲,山鹃竟然回应"鸣瑟"。尤其最后一句"蛟龙未稳眠",堪与黄庭坚"旧日龙眠今不眠"异曲同工。

而在《鲁王墩》中,方学渐竭力探寻历史:"春晴频载酒,地僻更探玄。草密疑无路,花开别有天。荒墩斜照里,野烧乱云边。鲁谷空千古,临风一惘然。"鲁王墩在桐城北乡吕亭镇,是新石器时代遗存,又流传有三国传说。站在已经田荒地僻的鲁王墩上,面对鲁谼山吹来的千

---

① 关于《龙眠精舍》这首诗,究竟写的是桐川会馆,还是碾玉峡的寥一峰别业?可参考本书第五章《方大镇〈慕诗四篇〉中的方学渐行实》。
② 徐璈辑《桐旧集》第一册卷一,江小角、吴晓国点校,安徽大学出版社,2016年,第26页。

古风霜,方学渐感慨着历史传说犹如"草密疑无路";或许从这种沧桑巨变中,他顿悟了人生乃至社会发展的真谛,那就是"花开别有天"。

与以上三首五律不同,《访王元善》这首诗则表现了另一番景致:"适国携龙剑,寻真上凤台。万竿当席出,一杏伴坛开。皎月秋偏迥,凉风夜欲回,愿从九节杖,飘渺到蓬莱。"初读此诗,因作者并未交代访问对象王元善是谁,地点也模糊,故不能将这首归为他写的桐城山水诗歌中。但笔者在他的另一部著述《迩训》中,意外发现王元善的信息:原来,金陵诸生王元善,见桐城各地讲会兴起,士风大振,因慕"桐城有人",乃寓居桐城北乡大关莲华峰下,并置田数亩,以便于定期参加桐城当地的讲会。① 有了这样的背景,再回头就容易读懂这首诗了:一位远道而来的学者,为寻求学问而隐居莲华峰下,他以此地为乐土,半耕半读,并定期参与当地讲会;而作者在一个秋月皎洁之夜来访,但见被访者王元善,正在一株盛开的杏花树下进行讲学,作者顿时萌生了要追随王元善的愿望,即一起进入这神奇的学术殿堂,"飘渺到蓬莱"。

方学渐的《登洪涛山》诗,则将人们习以为常的"登山",赋以新颖奇特的比喻,让人顿时耳目一新:"不尽云山天际流,登临如载木兰舟。徐生大药寻难见,浪指沧溟撼十洲。"据《读史方舆纪要》,洪涛山"在县东北四十里,山高广,每下雨则水下如流涛。其相近者曰旗岭"。读方学渐的诗,让我们感到:静立中的洪涛山,在高天流云的巨大背景映衬下,仿佛一叶小小的"木兰舟"。登临者则被喻为中国渡海第一人:秦人徐福,劈波斩浪,指点沧溟。这首诗洗练自然,意境超远,是方学渐"诗宗盛唐"的典型风格。

四、结语:山川与人互相为重

方学渐的山水诗歌,何以有如此动人心魄的魅力?也许,我们能从他的著述《迩训》第十七卷中找到答案。

"方子曰:山川与人相为重者也。士登高望远,心怡神旷。有不得则慷慨悲啸,托以自鸣。山川若为贤士奇矣,一经游览,加之

---

① 方学渐:《迩训》卷四,清光绪九年(1883)刻本。

品题,岩壑生光,行且不朽。贤士又不为山川奇乎?昔司马浮江渡淮,登会稽,探禹穴,其文章益雄深;李杜游秣陵、走锦江,诗更悲壮。人助山川乎?山川助人乎?噫!山川一也!有道者游之,触目皆道体;文人游之,触目皆文章。区区行乐,则一光景止耳。枢机在人,不在山川也。游者自镜焉。"①

这段论述,可谓方学渐创作山水诗歌的理论总结,主旨是论证"山川与人相为重",其要点有二:一是山川让人"心怡神旷",人则"慷慨悲啸,托以自鸣";二是山川为"贤士奇矣",贤士"一经游览,加之品题",则令"岩壑生光,行且不朽"。方学渐又举司马迁、李杜为例,侧面说明他的山水诗歌创作追求,之所以有独特的意蕴,不仅是"宗盛唐"以达"悲壮",也追求司马迁的"雄深"。

究竟是"人助山川",还是"山川助人"?不可偏颇执其一端,而要充分认识到"山川一也!"山川与人是互相为重的,是一个整体。只有认识到如此,有道者游之,才能"触目皆道体";文人游之,才能"触目皆文章"。如果仅仅停留在"区区行乐",则山水只是山水,不过是"一光景耳"。这就将学术思想也融入诗歌创作之中,从而达到"理实交融"。而做到这一点,归根结底仍是"枢机在人"。此论真乃精辟之至,确实可以为后来者"自镜"。

---

① 方学渐:《迩训》卷十七,清光绪九年(1883)刻本。

桐城方氏研究中的"连理"之谜探析①

以方以智为集大成的桐城方氏学派,因其推陈出新、独树一帜于明末清初大时代,为中国哲学发展史写下了精彩的篇章,被近代以来的研究者称为"中国十七世纪时代精神的重要的侧面"②,方以智更被誉为"中国的百科全书派大哲学家"。近年来,桐城方氏学派暨方以智研究趋热,研究领域不断拓展,研究成果丰硕喜人,但被方氏学人频繁书写的"连理"一语,尚未引起充分重视。溯源"连理",最初与方学渐庭前"枫杞连理"及其所创连理亭有关,此后"连理"就频频出现在方氏学人著述中,连理亭成了方氏后裔世守的精神支柱,而"连理"甚至成为桐城方氏家风家学的图腾符号。本文通过溯源和梳理"连理"相关问题,就方氏"连理"家风家学的积淀与传承进行探讨,进而深化对"连理"在建构并贯通桐城方氏学派中意义的认识,这对促进优秀传统文化创造性转化和创新性发展也不无启示。

一、连理亭及其旧居由来

方氏连理亭的创建,源于明代的一起祥瑞事件:"明善公讳学渐,与兄白居公同居。时庭有杞枫二树,自本及枝,纠结如一,因亭其下曰连理亭。"③方学渐(1540—1615),字达卿,号本庵,桐城桂林方氏(方氏因科举兴盛、折桂如林而称桂林方氏,学界一般直接称桐城方氏)第十一世,明代理学家黄宗羲《明儒学案》将其归入"泰州学派",学者世称"明

---

① 本文发表于《淮北师范大学学报》(哲学社会科学版)2020年第6期。
② 侯外庐:《东西均序言》,载方以智《东西均》,中华书局,1962年,第15页。
③ 方传理:《桐城桂林方氏家谱》"方学渐列传",清光绪六年(1880)刻本,以下简称《方谱》,不注出处。

善先生"。白居公,即其兄方学恒。之所以兄弟同居,是因为父母早逝。当母亲去世时,学恒18岁,学渐13岁;父亲去世时,学恒22岁,学渐17岁。兄弟二人因此同居相守。此时,庭前出现了"枫杞连理"的祥瑞事件。

古代视为祥瑞的所谓"连理木""连理树""连理枝",本是一种并不鲜见的自然现象,但古人往往惊叹为天地恩泽,并赋予祥瑞内涵。方学渐庭前的枫杞二树,"觍然连理,既开复合,观者以为昆弟之祥"。① 此事在当时格外引人注目。枫杞本是两种不同的树木,居然长成一体,且"既开复合",让人惊奇。明代崇祯朝南礼部尚书叶灿《方明善先生行状》也有这样的描述:"枫杞二树连理者三,人以为孝友之祥。"② 方以智在《慕述》中也说"维枫与杞,三交连理"。③ 方学渐庭前"枫杞连理"祥瑞事件,被载入多种史志文献。方氏后裔也不断咏叹,如方大镇《慕诗四篇》"白沙"篇,反复咏叹"白沙有杞,连理于枫""白沙有枫,连理于杞",赞美"如兄如弟,或友或躬",讴歌"以埙以箎,挹彼和风"。④ 其曾孙方以智在《慕述》中也郑重追述:"白沙手植枫杞,成连理之祥。"且提及"成连理之祥"的枫杞连理树,在"白沙",也即白沙岭,下文将细述此岭。

由于出现了"杞枫连理"祥瑞,方学渐"因亭其下曰连理亭",这就是连理亭创建的由来。方以智《合山栾庐占》第八首诗云:"连理堂传断事薪",自注曰:"先曾祖明善先生讲学传经,敦善不息,家有杞枫连理之祥,号连理堂。"⑤ 断事,即方氏五世祖方法,为桐城方氏科举崛起第一人,曾任四川都指挥司断事。在朱棣发起"靖难"时,方法毅然自沉长江,以殉建文帝。方学渐为方法的六世孙。在《慕述》中,方以智又说"连理堂稿,志林仪之"。根据方以智的说法,其曾祖方学渐号"连理

---

① 张楷:《安庆府志》卷十六"乡贤",中华书局,2009年,第24页。
② 叶灿:《方明善先生行状》,载方昌翰辑、彭君华校点《桐城方氏七代遗书》"七代系传",黄山书社,2019年,第2页。
③ 方以智:《慕述》,载黄德宽、诸伟奇主编《方以智全书》第十册,黄山书社,2019年,第366页。
④ 方大镇:《慕诗四篇》,载《荷薪韵义》之《荷薪韵》二,日本内阁文库藏明刻本。
⑤ 方以智:《合山栾庐占》,载黄德宽、诸伟奇主编《方以智全书》第十册,黄山书社,2019年,第344页。

堂",文集是《连理堂稿》。而《明诗纪事》则指出:"堂有枫杞二树,连理而生,因题堂曰连理。"①《明诗纪事》是继《列朝诗集》《明诗综》之后又一部明代诗歌总集,虽然整理于清末,但编者陈田广征文献、考辨谨严,被誉为"孤籍逸编,搜罗浩博,旧闻琐语,掇拾宏多,为一代之巨制"。②其称方学渐"题堂曰连理"并非虚言,下文将细论。

二、连理亭究竟建于何时

与连理树"既开复合""连理者三"一样引人注目的是,方氏连理亭也成为白沙岭当地的一个标志性建筑。《桐城桂林方氏家谱》卷四十九指出,连理亭为"明善公(方学渐)旧居,数传而归引除公,重茸连理亭于墓(方中履墓)之东"。引除公,即方学渐的来孙方正瑷,号方斋,又号连理山人,其诗集《连理山人诗钞》有多首诗写连理亭。其中,《金石集》卷"连理亭"诗前序曰:"亭在白沙岭,明隆庆间先明善公旧居。"③虽是介绍连理亭,却强调为明善公旧居,实际上等于说"连理亭边的连理堂旧居",毕竟亭子是不能居住的。所以方氏后人提及连理亭,实际上不仅指连理亭,也包括亭边的连理堂旧居。

方正瑷《连理山人诗钞》中《潇洒集》卷记录"重茸连理亭落成"之事,重茸的时间在乾隆戊午(1738)。诗中注解曰:"连理树自隆庆至今犹存。"④可见,方正瑷认为连理树形成于明隆庆年间。他既然强调过连理亭是"明隆庆间先明善公旧居",这就等于认为连理树的形成与连理亭的构建差不多同时。

但如果依据其前辈、明末诗人方文的一首诗,则连理树的形成时间应该更早。因从侄方豫立画了一幅"连理图",方文为赋七古长诗《启一子建作连理图赠予赋此答之》,诗中有句曰:"我祖明善真大贤,白沙旧有桑麻田。""今年与我重过白沙岭,栖息连理亭之偏。仰思二木发祥

---

① 陈田辑《明诗纪事》,上海古籍出版社,1993年,第2131页。
② 林夕:《中国著名藏书家书目汇刊·近代卷》,商务印书馆,2005年,第305页。
③ 方正瑷:《连理山人诗钞·金石集》,载《清代诗文集汇编》第三百一十三册,上海古籍出版社,2010年,第157页。
④ 方正瑷:《连理山人诗钞·潇洒集》,载《清代诗文集汇编》第三百一十三册,上海古籍出版社,2010年,第328页。

日,到今七十有九年。"方文此诗作于崇祯戊寅(1638),往前倒推79年,正好是嘉靖己未(1559)。这就意味着连理树的形成时间,并非隆庆年间,而是更早的嘉靖己未(1559)。

方文是方学渐之孙、方以智的六叔。他出生直到4岁,祖父方学渐还在世。因此,他关于连理树形成时间的记载是可靠的。方文的"嵞山体"诗自成一格,与"梅村体""虞山体"并驾齐驱。而画"连理图"的方豫立,字启一,又字子建,号竹西,擅绘事。他虽是方学渐曾孙,却比方文年长5岁。崇祯十二年(1639)春,方以智携方豫立、左国柱等里中亲戚学友游龙眠山,写成《龙眠后游记》,文中称"子建素工此(指绘画),十倍我"。家谱载方豫立"以事亲得旌表",称"孝子"。可见他也是孝友模范,因此,不难理解他为什么要绘《连理图》。方文以诗名,方豫立以画显,两人以不同的形式歌颂先祖"白沙手植枫杞,连理成祥",必然使得白沙岭连理树故事传播得更远。

既然连理树形成于嘉靖己未(1559),那么方氏后裔为什么着重强调连理亭为"明隆庆间旧居"? 笔者认为,很可能方学渐创建连理亭的时间在"明隆庆间"。因为连理树于嘉靖己未(1559)形成时,方学渐才19岁,父亲去世不久,他还在守孝之中,且家境又贫寒,可能没有构建连理亭的经济条件。而方学渐是"与兄白居公同居"的,所以当时只能"题堂曰连理",可见陈田《明诗纪事》所说并非虚言。到了明隆庆间,方学渐不仅成了郡诸生(府秀才),且已成家,其岳父赵锐先生乃致仕知府,因无嗣,所以给爱女的嫁礼丰厚。方学渐此时与兄割宅而居,由于其兄贫甚,乃将赵氏奁田(陪嫁田)也全部赠给其兄,说:"弟笔耕足自活,藉是以奉兄耳。"①说明方学渐这时已经有了一定的经济实力,连理亭正是构建于此时。而此时正是"明隆庆间"。

三、白沙岭究竟位于何处

如前文所述,连理亭在白沙岭。那么,白沙岭又究竟位于何处?据《桐城桂林方氏家谱》卷四十六记载:"白沙岭在县北三十二里,本明善

---

① 张楷:《安庆府志》卷十六"乡贤",中华书局,2009年,第24页。

公旧居。数传而归引除公,重葺连理亭于墓之东。"这条记载明确告诉我们:白沙岭在县北三十二里(16千米),且是方学渐的旧居,为方氏后裔代代相传;旧居边有连理亭,方学渐的曾孙方中履墓就在连理亭之东;方中履之子引除公方正瑗后来还进行了修葺。

查清道光七年(1827)《桐城续修县志》"桐城县全图",便知白沙岭邻近桐城三十里铺(今为桐城北乡重镇大关镇政府所在地),与方氏家谱记载一致。白沙岭老地名,近几十年来已少为人提,但直至民国二十六年(1937)桐城商务印刷所印制的桐城地图和日军参谋本部昭和十三年(1938)七月绘制的桐城军事地图仍有明确标示,与道光《桐城续修县志》所示位置基本重合。民国学者姚孟振《桐城两次沦陷纪略》,提及新四军与日军在白沙岭的战斗,其中写道:"白沙岭公路两旁山陂隐蔽,冈陇起伏,北抵大关,南至三十里铺,长十余里。"①可见,姚文中白沙岭位置,与地图标示及家谱所述也是一致的。

关于白沙岭的具体位置,方大镇在怀念父亲的《慕诗四篇》"白沙"篇中,也有清楚的描述,即"鸿山其崇""骢岭其厕"。白沙岭是一座不高的小山岭,但旁边有一座较高的鸿山,即洪涛山,方学渐曾有《登洪涛山》诗;白沙岭之西的一座大山叫骢岭,又称骢马岭、天马山,方学渐夫人赵氏即墓葬于此。方大镇庐墓时,方维仪写有《慕亭》诗:"盛夏炎蒸骢马岭,严冬冰雪木樨河。"②诗中不仅提及了骢马岭,还提及木樨河,这条河就在天马山(骢马岭)之西。

清人姚兴泉《龙眠杂忆》中有一首小令也指出了白沙岭的具体方位:"桐城好,岩峡古重关。北通齐鲁开门户,南控沅湘集市寰,雄峙万松间。"下有小注:"入小关十里为北峡关,又里许即白沙岭,为余外家发祥地。苍松数万株,由关连荫,皆数百年物也。"③可见白沙岭距北峡关仅里许。姚兴泉的外家即桐城宰相张氏,也发迹于白沙岭一带。

姚鼐是姚兴泉的族侄,乃是桐城派集大成者,有诗《雨行白沙岭至

---

① 姚孟振:《桐城两次沦陷纪略》,载《安庆文史资料》第十二辑,1985年,第277页。
② 方维仪:《慕亭》,载潘江辑、彭君华主编《龙眠风雅全编》第二册,黄山书社,2013年,第549页。
③ 姚兴泉:《龙眠杂忆·山水》,桐城文物管理所1983年翻印,第11页。

昆冲遂宿》写道:"北望双阙门,硖石何苍然。"其下注曰:"白沙岭在西北,逾岭乃至大关、小关,古所谓峡石关也,关外则入舒城县境矣。"① 这就明确指出,白沙岭在北峡关(今大关)附近,关外即舒城县。

姚鼐所谓"关外则入舒城县",方以智有《从舒还宿白沙》诗写得更清楚:"入关度岭见莲峰"②,从标题到内容,都准确指出了白沙岭的位置所在。方以智年轻时经常跃马出游,这次由舒城返桐,入关(硖石关)度岭(岐岭),就住宿在白沙岭,所宿必然是其曾祖父方学渐的连理亭旧居。方以智所见的"莲峰",即道光七年(1827)《桐城续修县志》中所称"莲花尖",也称莲花峰,"自莲花尖东北五里即麒岭(岐岭)"。③ 方以智这首诗中又有"严霜古道夹高松",与前述姚兴泉所言"苍松数万株,由关连荫,皆数百年物也"的描述类似。

四、方学渐缘何曾居白沙岭

方学渐的祖居本来在城中凤仪坊(又称"凤仪里")。令人不解的是,他的旧居何以在距城三十里(15千米)开外的北乡白沙岭?虽然未有文献直接指出原因,但《桐城桂林方氏家谱》中的一些记载,或许可以作一些线索探析。

桐城桂林方氏第五世方法后裔,居凤仪坊创建"桂林第"。随着族众裔繁,到了第八世时,开始向城外散居。中一房的方印"为学不事生",弟弟方塘"代家督、力田","耿耿善治生",置下了孔城、松山、白杨、白塥四大田庄(其中,孔城、松山在今桐城市;白杨、白塥在今枞阳县)。当然方塘自己并不是住在那些田庄,而是"筑居东郭乌石冈",与"为学不事生"的哥哥方印同居。当方塘请求"析而两之"时,方印说:"吾子一耳,弟子四,岂令我目诸子之厚薄其室也?"意思是:我仅有一个儿子,你有四个儿子,分成两份,就对孩子们不公平。于是"五分之而自取白

---

① 姚鼐:《雨行白沙岭至昆冲遂宿》,载姚永林训纂、宋效永校点《惜抱轩诗集训纂》,黄山书社,2001年,第68页。
② 方以智:《从舒还宿白沙》,载黄德宽、诸伟奇主编《方以智全书》第八册,黄山书社,2019年,第286页。
③ 廖大闻:《桐城续修县志》,《中国地方志集成·安徽府县志辑》,江苏古籍出版社,1998年,第7页。

垲一硗确者以居"。方印将家产分成五份,携家及独子方敬选择了较为偏远而又贫瘠的白垲。但方印外出为官,因病逝世于天台县令任上。他的独子方敬因"重义而轻财""宁轻与,弗轻取",乐于助人,"挥资若弃"而家道中落,以致"岁徙无宁所"。这既是他孝友的表现,也很有可能正是他迁居北乡白沙岭的原因。

当时,白沙岭一带作为联南接北的交通要塞,市镇密布,商贾云集,物流繁茂。北峡关还专门设有巡检机构,为全县四大巡检机构之一。而众多后来赫赫有名的桐城文化巨族,正在这一带耕读传家,甚至开桐城科举先声。桐城历史上首开讲学之风的理学大师何唐,就曾讲学于附近的旗岭(岐岭);著名的桐陂赵氏文学家族赵锐、赵鈇兄弟(都是何唐弟子)致仕归来也聚徒讲学于此。加之这里环境优美,生态宜居,诚如姚兴泉所描写的那样,"苍松数万株,由关连荫,皆数百年物也"。这可能是方敬将家从偏远贫瘠的白垲迁居白沙岭的另一个原因。方敬去世后,葬于东龙眠,20年后其夫人去世,则葬在白沙岭附近的鲁王墩。

而方敬之子方祉的孝友尊亲事迹,不仅被载入家谱,康熙版和道光版《桐城县志》也专门有记。可惜他与夫人吴氏先后早逝。及至第十一世方学恒、方学渐兄弟,孝友事迹更是传为美谈,这时庭前出现了"维枫与杞,三交连理"的祥瑞奇迹。

值得一提的是,2020年初新发现的桐城北乡叶家河《南阳叶氏支谱》(祠堂在白沙岭附近的天马山之阳)也提及方学渐居于白沙岭。据1942年六修谱序云:"吾邑自前明何省斋先生(何唐)倡明正学,开理学之先声,实居吾里之小旗岭(岐岭)。继之者有方明善(方学渐)、孙麻山(孙学颜)两先生。一居里之连理亭,一居里之荆冲。三先生者,世相去不过百余年,地相去不过里许或十里许,而能相率讲明圣贤之学,蔚成善俗,倚为风气。故居是地者,类皆人文郁发,士习端向,自前明以迄今日四五百年,卓然称仁里焉。"①作者乃民国北平大学教授、浮山中学校长姚孟振,其家世居大关镇白沙岭附近的笃山,与序中所称小旗岭、连理亭、荆冲,"相去不过里许或十里许"。此序还表明,连理亭早已不

---

① 姚孟振:《南阳叶氏支谱六修序》,中华民国三十一年(1942)续修,敦本堂重镌。

是一座简单的亭子,由于太出名,它甚至成了白沙岭一带的人文地标。

五、方学渐究竟何时返城

既然方正瑗(引除公)强调:连理亭是"明隆庆间先明善公旧居",而隆庆间方学渐才20多岁,那么方学渐究竟何时离开白沙岭,此后更多的时间是生活在什么地方?

据方孔炤于万历庚申(1620)跋其父方大镇《宁澹语》云:"先大父(祖父方学渐)居崇实居近五十年。"①方学渐逝世于万历乙卯(1615),上推50年,正好是嘉靖四十四年(1565)。而隆庆时代(1567—1572)仅6年,如果方学渐万历元年(1573)才离开白沙岭,则居崇实居仅42年,就不符合"近五十年"之说。方学渐也不可能是嘉靖时代(1567年之前)才离开白沙岭,否则就不会有"明隆庆间旧居"之说。因此,他只能是在隆庆时代离开白沙岭返城。究竟于隆庆时代哪一年离开白沙岭的? 方孔炤在《宁澹语》跋语中又说,"家大人(方大镇)居宁澹居近二十年"。方大镇在外为官30余年,但调迁不定,包括休假回桐、辞官归里,都从未固定居于某处近20年。因此,其居于宁澹居近20年,必然是为官之前,且其宁澹居必然在城中方学渐的府第内。已知方大镇出生于嘉靖辛酉(1561),中进士外出为官则是万历己丑(1589)已经28岁,减去宁澹居20年,表明其从出生到8岁的童年时代不居城,是随父母居住在白沙岭,而方大镇8岁时正是隆庆二年(1568),这一年距方学渐去世的万历乙卯(1615)正好47年,符合方孔炤所称祖父"居崇实居近五十年"之说。

又据叶灿《方明善先生行状》:"先是伯兄废箸更贫甚,即割宅而居,割奁田而膳。二十年怡怡无间。"方学渐与其兄割宅而居,则至少要在结婚成家之后,且只有成家了,才能"割奁田而膳",也即将外家的陪嫁田割送给其兄方学恒。由方大镇生于嘉靖辛酉(1561)十一月,方学渐已经21岁,可知方学渐至少在20岁(1560)成家。且割宅时,兄弟二人

---

① 方孔炤:《宁澹语·跋》,载方昌翰辑、彭君华校点《桐城方氏七代遗书》,黄山书社,2019年,第252页。

的宅子必然是相连的。也即割宅后,到了隆庆二年(1568)、方大镇8岁时,方学渐还住在白沙岭连理堂(已与兄割宅而居),故其所居为后裔所称"明隆庆间旧居"。

综上,方学渐最有可能于明隆庆二年(1568)离开白沙岭,回到城中,构建了崇实居。大约过了一年,方大镇9岁到了"教数之年",应该为其请塾师了。不久,方学渐专门为他创建居室兼书斋的宁澹居。因方大镇此时尚年幼,宁澹居必然在崇实居庭院内,不可能距离太远。方大镇在其中读书、结婚、生子,住了将近20年,直到万历己丑(1589)28岁中进士、外出为官。当方大镇官迁大理寺时,被里咸尊称为廷尉公,所居则被称为廷尉第。此外,还有两个重要时间节点值得重视:一是万历二十一年癸巳(1593),方学渐"应岁升廷试毕……归后构桐川会馆"。① 桐川会馆也在县城,焦竑《桐川会馆记》明确指出,"馆负城临流,据一方之胜"。② 方学渐"乃建馆桐川之上,以会同志"。③ 何如宠在《方本庵先生家史序》里也说:"先生(方学渐)居恒以崇本名堂,崇实名会。"④而白沙岭方氏连理亭仍然为方氏后裔世守。二是万历三十九年辛亥(1611)秋,方学渐应顾宪成之邀赴无锡东林书院讲学,归来时,适曾孙方以智出生于廷尉第。据方以智十世孙方叔文所撰年谱:"是年十月二十六日密之公(方以智)生于安徽桐城方廷尉第。时公曾祖明善公尚健在,命名曰东林。"方孔炤亦有诗为纪:"锡山建书院,桐溪大称善。小子既抱子,我祖相其面。名之曰东林,将来磨铁砚。"⑤

六、"连理学脉"梳理中的方氏别业辨疑

从前述方学渐的生平行实来看,白沙岭是其崛起之地,所创连理亭为方氏后裔世守,"连理"也成为方氏家风家学的象征(后文将细述),而

---

① 叶灿:《方明善先生行状》,载方昌翰辑、彭君华校点《桐城方氏七代遗书》"七代系传",黄山书社,2019年,第2页。
② 焦竑:《桐川会馆记》,载《澹园集》下册,中华书局,1999年,第829页。
③ 方学渐:《先正编序》,载李雅、何永绍辑《龙眠古文一集》卷十二,清道光五年(1825)刻本。
④ 何如宠:《方本庵先生家史序》,载李雅、何永绍辑《龙眠古文一集》卷十二,清道光五年(1825)刻本。
⑤ 见方叔文:《方以智先生年谱》,安徽师范大学出版社,2018年,第1页。

其一生事业、近50年讲学之地都在城中龙眠河畔。但是，诚如方以智所言，"吾桐素多游宴园林"。①明清时代的桐城，世家巨族别业园林众多，桐城方氏家族也不例外。仅方学渐这个房头，在方以智的生活时代就有五大读书别业：北乡白沙岭连理亭、城后龙眠山廖一峰游云阁、城南泽园、东乡浮山在陆山庄、南乡小龙山白鹿山庄。因方氏学人活动于这些别业，这些别业遂构成方氏"连理学脉"不可或缺的链条，但也导致当今学者对"方氏故里"多有误判。如蒋国保老师《方以智哲学思想研究》就误以为方学渐的崇实居、方大镇的宁澹居等都在北乡白沙岭，进而误认为方以智出生于北乡白沙岭。②罗炽后来出版的《方以智评传》可能受蒋国保老师这一观点影响，也持相同观点。③由于方以智晚年号"浮山"，曾受邀主持浮山华严寺（未成行），去世后葬于浮山，一些学者又误以为白沙岭在东乡浮山，如李圣华《方文年谱》就误认为"白沙岭在枞阳浮山北麓"④，却并未提供文献依据。罗炽甚至还误以为龙眠山廖一峰（又称"寥一峰"）也在浮山，写方以智年少时"在浮山的龙眠山廖一峰下课读"。⑤浮山与龙眠山相距百余里，罗炽斯言可谓错得离谱。实际上，方氏五大别业的创建有着一条清晰的时间轴线，也是溯源和梳理桐城方氏"连理学脉"的一条重要线索。本文很有必要对此进行辨疑。

白沙岭连理亭创建最早，即创建于明隆庆年间，为桐城方氏"连理学脉"之源头。 由前述可知，北乡白沙岭连理亭本来是方学渐的居所，自方学渐大约于隆庆二年（1568）返回城居后，连理亭旧居就成了方氏后裔的读书别业和讲学重地。如其长子方大镇《田居乙记》小序云："壬寅既归，则向白沙山中扫室问药。"⑥万历壬寅（1602）方大镇病休归来，就在白沙岭读书养病。崇祯己巳（1629），方大镇在白沙岭连理亭讲学，

---

① 方以智：《流寓草》，载黄德宽、诸伟奇主编《方以智全书》第九册，黄山书社，2019年，第120页。
② 蒋国保：《方以智哲学思想研究》，安徽人民出版社，1987年，第34—38页。
③ 罗炽：《方以智评传》，南京大学出版社，1990年，第29页。
④ 李圣华：《方文年谱》，人民文学出版社，2007年，第102页。
⑤ 罗炽：《方以智评传》，南京大学出版社，1990年，第30页。
⑥ 方大镇：《田居乙记小序》，载《宁澹居文集》，四库全书文渊阁本。

乃作"白沙晤语"。① 方氏学人不仅以连理亭为读书别业,还以此为讲学阵地。方学渐的来孙方正瑗在"连理亭"诗前序中就指出:从方学渐开始,历经方大镇、方孔炤、方以智,到他父亲方中履、伯父方中德、仲父方中通,"皆尝讲学此亭,今及不肖正瑗居六世矣"。② 实际上,一直到清末方昌翰还时常来白沙岭连理亭闭关读书,并有诗曰:"飞泉夜鸣白沙岭,开门晓对洪涛山。"③而洪涛山正是前述桐城儒宗何唐的世居之地,与白沙岭相对,距小旗岭、荆冲等地不过里许或十里许(前述姚孟振所言)。可见,连理亭为桐城方氏传承了300余年,其不唯方氏故里,亦是桐城方氏"连理学脉"之源头。

龙眠山寥一峰游云阁创建于万历末期,是桐城方氏"连理学脉"不可或缺的接续环节。龙眠山因宋代画家李公麟隐居于此并号"龙眠居士"而闻名天下。桐城的县治在龙眠山麓,故桐城又称"山城""桐山"。龙眠山上的寥一峰,距城约六里(3千米),有碾玉峡,方氏家族多人在此有读书别业,其中,方大铉(方学渐仲子,号玉峡)就有"玉龙山馆",并筑有"玉龙亭"。方孔炤(方学渐孙)有诗不仅称碾玉峡为"龙眠高士地",而且"唤作小三峡,中藏大九州"。他亦有"游云阁"别业在此。方以智极爱这里的寥一峰,称其为"寥一洞天",在《龙眠》随笔中这样记述:"碾玉峡瀑流最壮,叔祖户部公(方大铉)取以为号。寥天一峰,即老父(方孔炤)跨涧之游云阁也。"而在崇祯十二年(1639)所写的《龙眠后游记》中,方以智则明确指出:"余幼读书处,在寥一峰下,有涧石急湍,可以流觞。"且"先曾王父(方学渐)及王父(方大镇)生平所著,寿诸木者,尽藏于此"。他幻想着战乱尽快平息,"使得竟返故乡,于此枕石漱泉,读先人之书,岂不乐乎?"而寥一峰别业作为方氏学人读书和著述藏版之地,又距方学渐城居后所创建的城中讲学重地桐川会馆较近,因此,其在梳理桐城方氏"连理学脉"中是不可忽视的接续环节。

---

① 方大镇:《白沙晤语》,载《荷薪韵义》之《荷薪义》三,日本内阁文库藏明刻本。
② 方正瑗:《连理山人诗钞·金石集》,载《清代诗文集汇编》第三百一十三册,上海古籍出版社,2010年,第157页。
③ 方昌翰:《春明集·连理亭省墓》,载《虚白集诗抄》卷一,清代刻本。

东乡浮山在陆山庄创建于明末天启时期,亦为桐城方氏"连理学脉"的重要一环。浮山又称浮渡,在当时属于桐城东乡,距桐城县城九十里(45千米),为本县著名华严道场。据方大镇《归逸篇》云:"癸丑(1613)丰城黄山人为余指浮渡,戊午(1618)贵池王山人指白鹿。余并爱其山水,并因其旧室葺治之为考槃之居。"可见,浮山与白鹿(在南乡小龙山)的别业都是方大镇晚年分别听取了黄姓与王姓朋友建议后创建的。天启甲子(1624),朝廷党争剧烈,左光斗等"东林六君子"惨遭迫害。方大镇与东林党人讲学的首善书院也被魏忠贤阉党捣毁,他遂借口筮得"同人于野"卦辞职归隐,回桐城后于浮山创建"在陆山庄",辟作读书别业,命其中堂曰"此藏轩",又在游山时,兴手题书"野同岩"。携孙方以智读书岩下,此时他已64岁,孙子方以智已14岁。可见所谓"方以智出生于浮山"之说不确。"此藏轩"毁于明末战乱。方以智晚年逃禅驻锡江西青原山净居寺时,桐城合邑士绅邀请方以智归来主持浮山华严道场,他的三个儿子曾在"此藏轩"故址建庵,并请施愚山题曰"报亲庵"。但因受江西学人极力挽留,方以智未能成行,不久又因粤难牵连而自沉于万安惶恐滩,后归葬于浮山母茔外青龙。

南乡小龙山白鹿山庄约创建于明代天启到崇祯初期,为桐城方氏"连理学脉"中的一个重要阵地。方大镇在创建东乡浮山读书别业的同时,还通过形家帮助,卜选南乡小龙山(今属罗岭镇,距城百余里)的一处山场,因"并爱其山水",遂创建"白鹿山庄",作为百年归隐之地。他在"归逸篇"里说:"百年衣冠则愿藏白鹿,以其局势宏敞,法度颇合,且与枞阳(镇)邻近,可随侍先君招呼于白云颠也。"由于其父方学渐卜葬在离城百里之外的枞阳镇,方大镇每年正月元旦都要行程百里去拜墓,他在诗中写道:"问余何时当元日,年年雨雪奔枞川。余言不独省荒垅,实如世俗拜新年。假令先君今而在,独意徙居百里外?"这正是他晚年创建白鹿山庄的重要原因,而白鹿山庄所在地与枞阳镇相距不远,"可随侍先君招呼于白云巅也"。明清鼎革之际,方孔炤率全家隐居于白鹿山庄,在这里度过了他人生的最后10年,完成毕生"随时拾薪"的易学思考结晶《周易时论》,凝结了方氏几代学人心血,被认为是明代易学集大成之著,与黄宗羲《明夷待访录》、顾炎武《日知录》具有相同的时代意义。随着清初乱平,方氏后裔逐渐返回城居,白鹿山庄则为方以智的弟弟方其义的后裔继承。

城南泽园创建于崇祯二年(1629),是桐城方氏"连理学脉"中的又一个学术阵地。周岐在"泽园永社十体诗引"中指出:"泽园临南河,取丽泽之义。方潜夫(方孔炤)夫子玺卿告假还乡所建也。"命其子方以智读书其中,"学耕会友,而歌以永言,不枯不乱"。查方孔炤《职方旧草》"乞假疏",知方孔炤于尚宝司卿任上告假是崇祯二年(1629),可见泽园正是创建于此时。方孔炤还在园中构建了"雾泽轩",其父方大镇为此专门作《雾泽轩诫》:"盖取玄豹藏雾雨,泽其文章之义。"要求子孙"一定品,二慎交,三惜时,四尊闻,五持戒"。方以智也有诗记录他在泽园的读书时光:"南郊有小园,修广二十亩。开径荫松竹,临水垂杨柳。西北望列嶂,芙蓉青户牖。筑室曰退居,闭关此中久。晨起一卷书,向晚一尊酒。河梁如嚆矢,风骚为敝帚。聊以写我心,何暇计不朽。"[①]方以智在泽园与周岐、孙临、方文、吴道凝、钱澄之等结为社友,共同研经习史。而其母吴令仪英年早逝,从天启二年(1622)到崇祯九年(1636)共14年,一直厝于泽园附近。所以他在泽园读书,实际上就是读书于母亲墓侧。正如他在《慕歌》诗前序中所说:"余读书其侧,时朔伏临,非敢曰孝思,亦以识慕云尔。"泽园不仅离城中方氏藏书楼"稽古堂"和方氏家塾"东郊慧业堂"较近,且城中讲学重地桐川会馆及荷薪馆也近在咫尺。桐城方氏学派的集大成者、大哲学家方以智,在这里度过了极为重要的读书时光,奠定了其一生的学术基础。

七、"连理"在建构方氏家风家学中的主要价值意义

嘉靖己未(1559),桐城北乡白沙岭连理树的出现,仿佛是一个隐喻。正是从方学渐于树下创建连理亭开始,桐城桂林方氏方学渐这一支,迎来了家族振兴、人才辈出的曙光,颇具影响的桐城方氏学派从这里发微并逐渐崛起。不仅连理亭成为方氏后裔世守的精神支柱,"连

---

① 方以智:《泽园永兴社》,载黄德宽、诸伟奇主编《方以智全书》第八册,黄山书社,2019年,第368页。

理"二字也被方氏学人频频书写,成为桐城方氏家风家学的图腾符号,也是探索桐城文化的一个重要源头。

首先,方氏连理亭具有"克变俗习"之风气开先意义。桐城历史虽然可以追溯到春秋桐国、秦汉桐乡,但诚如方学渐所言:"桐,小国也,春秋时附庸于楚,仲尼之辙不至。"①宋元以前的漫长时期,桐城几乎都是冥冥默默,直到明清才风气大开、人文蔚起。清代学者方东树因此感叹:"桐城在江北号为望县,然自宋以前故无人物,稽之史传,寥寥如也。及明以来,乃有世家大族数十百氏蕃衍迭兴。"②而这不能不提何唐与方学渐的风气开先作用。清末马其昶为何唐作传时曾谓:"先生勇毅任道,不顾众嘲,风声流播,竟亦克变俗习。吾乡讲学之绪由此起,至方明善先生益昌大矣。"③何唐世居之地洪涛山、讲学之地小旗岭,都与方学渐所居白沙岭近在咫尺。但何唐致仕归来的讲学时间并不长,且积劳成疾,不幸于41岁就英年早逝。作为何唐的再传弟子,方学渐继其余绪,接武讲学,仍以"克变俗习"为使命,倾其一生都在大张何唐学风,倡明圣贤之学。他不但被邑中学者奉为牛耳,大江南北的邑外学者也翕然宗之;还被东吴学者顾宪成、高攀龙、陈嘉猷等视为旗帜,将其所创桐川会馆与东吴东林书院并称为华山、泰岳。自方学渐筑连理亭以来,白沙岭乃至桐城因此"蔚成善俗,侈为风气","人文郁发,士习端向,自前明以迄今日四五百年,卓然称仁里焉"。④

其次,"连理"学问具有桐城方氏学派大厦之奠基意义。"五四"前后,随着中国现代学术的兴起,方以智的学术思想逐渐受到海内外学人关注,"桐城方氏学派"开始进入学术研究视野。1987年,中国台湾学者张永堂出版专著《明末方氏学派研究初编——明末理学与科学关系试论》,明确提出"方氏学派"的命题。⑤同时期,中国香港学者冯锦荣也

---

① 方学渐:《先正编序》,载李雅、何永绍辑《龙眠古文一集》卷十二,清道光五年(1825)刻本。
② 方东树:《潜桐左氏分谱序》,载《续修四库全书本》,上海古籍出版社,2002年,第66页。
③ 马其昶:《何省斋先生传》,载彭君华校点《桐城耆旧传》卷二,黄山书社,2013年,第37页。
④ 姚孟振:《南阳叶氏支谱六修序》,中华民国三十一年(1942)续修,敦本堂重镌。
⑤ 邢益海:《方以智研究进路及文献整理现状》,《现代哲学》2013年第1期。

发表《明末清初方氏学派之成立及其主张》。中国内地学者蒋国保在国内首次以方以智研究为题完成硕士论文,并于1987年出版《方以智哲学思想研究》一书,论及方氏学人群体。尚智丛于2002年完成博士论文《明末清初(1582—1687)的格物穷理之学》,也讨论了"方氏学派"。还有诸多学者论及"方以智的学派"。直到2004年蒋国保发表《方以智与桐城方氏学派》,主张冠以地域名称,即"桐城方氏学派"。[①]总体来看,桐城方氏学派是以方学渐为开创者,以其"连理"之学为构建整个方氏学派的地基,建立了一个宏大的以易学为主、独树一帜的哲学体系,为中国思想史写下了重要篇章。如果我们从方学渐"藏陆于朱"的学术旨趣出发,可以把枫树比喻为"程朱",把杞树比喻为"陆王";从其子方大镇"藏悟于学"的学术旨趣出发,可以把枫树比喻为"悟",把杞树比喻为"学";从其孙方孔炤"藏通几于质测"的学术旨趣出发,可以把枫树比喻为"质测",把杞树比喻为"通几"。而其曾孙方以智会通三世之学,并在此基础上"坐集千古、会通中外",成为集大成者,被侯外庐称为"中国的百科全书派大哲学家"。如此,则"枫杞连理",不仅是昆弟之祥,更有桐城方氏家风家学的深刻寓意,而"连理"之学则具有构建整个桐城方氏学派理论大厦的奠基意义。方以智《易余引》落款有"因树无别,与天无二"。有学者解读为"药地",也有学者解读为"桐人""木人"。其实,"因树无别"的"因",遵循之意;"树",即指"连理树",代指方氏连理家学;"无别",没有区别。"与天无二"的谜底则指向"仁"字,因为"仁"与"天"都是由"二"与"人"组成。"仁"是儒家思想的核心,"仁"就是"天","天"就是"仁";"仁"与"天"无二,所谓天人合一、天下归仁。"因树无别,与天无二"这两句话合起来的谜底指向"仁树"二字,而方以智父亲别号就是"仁植",方以智住锡青原山净居寺时还建有"仁树楼"。这两句话表达了方以智虽无奈遁入佛门,违反了家训家规"重儒""不得为僧"要求和先祖关于"善,莫大于明伦;恶,莫大于出家"的教导,然只是"异类中行",传承连理家学并无分别,仍致力于"三教归易""三教归儒"。

再次,"连理"学脉具有"实浚其源"之文化寻根意义。桐城明清时

[①] 邢益海:《方以智研究进路及文献整理现状》,《现代哲学》2013年第1期。

期文教发达,科举兴盛,有"文章甲天下,冠盖满京华"之誉,尤其是桐城派虽肇始于桐城一隅,却流衍于海内外,引领有清一代文坛数百年,影响直至今日。究其原因,清初大学士张英一言以蔽之:"明善先生以布衣振风教,食其泽者代有其人。至于砥砺名节、讲贯文学、子弟孝友仁睦,流风余韵,皆先生毂诒也。"清初浙江学者、诗词大家朱彝尊也有类似的观点:"方氏门才之盛,甲于皖口。明善先生实浚其源,东南学者推为帜志焉。"①可见早在清初,方学渐就已被公认为桐城文化的"实浚其源"者。而方学渐崛起于白沙岭,从连理树到连理亭,再到《连理堂稿》,"连理"二字几乎成了方学渐学问的代称。其子方大镇曾明确指出,论学必须"清其源、正其本",因为"源清然后千流万派从兹皆清,本正然后千枝万叶从兹皆正"。②故而,寻根桐城文化,梳理方氏"连理"学脉,从"清其源,正其本"出发,必然要寻根桐城方氏学派,寻根白沙岭连理亭,因为连理亭可谓"实浚其源"之源。

最后,"连理"符号具有"子孙世相守"之文化传承意义。翻阅方氏各类家藏文献发现,"连理"一语已成为方氏学人累世频繁书写的图腾符号。因方学渐的著述有《连理堂集》,其子方大镇"绍连理堂本庵先生之学"③,荷薪续火,著述宏富,其中就有《连理集》。从方维仪写其父方大镇"庐中七十征连理"④,嘱咐子侄"今日绳绳者,遗风连理华"。⑤ 到方孔炤"以连理之祥而号仁植"⑥,方孔炤还在《名儿以智其义》诗中云:"连理著易蠱,荷薪以意释。两儿念此名,根本在学易。"诗中"连理"代表其祖父方学渐的学问,"荷薪"代表其父方大镇的学问,他寄望两个儿子方以智、方其义能够传承方氏家学。而方以智童年时代,与年纪相仿的从叔方文"乌石托竹林,共读连理书"。流寓他乡时,方以智还随身携

---

① 朱彝尊:《静志居诗话》,人民文学出版社,1990年,第425页。
② 方大镇:《宁澹居文集·宁澹语》,载方昌翰辑、彭君华校点《桐城方氏七代遗书》,黄山书社,2019年,第203页。
③ 方以智:《仁树楼别录》,载张永义校注《青原志略》,华夏出版社,2012年,第75页。
④ 方维仪:《慕亭》,载潘江辑、彭君华主编《龙眠风雅全编》第二册卷十六,黄山书社,2013年,第549页。
⑤ 方维仪:《三叹诗》,载潘江辑、彭君华主编《龙眠风雅全编》第二册卷十六,黄山书社,2013年,第547页。
⑥ 方以智:《仁树楼别录》,载张永义校注《青原志略》,华夏出版社,2012年,第75页。

带"连理亭"印章一枚。明清鼎革后,方以智子中通、中履仍在白沙岭盘桓,方中通有诗曰:"连理亭前树,而今尚连理。"表达不忘传承先辈学问和精神的意志。方以智孙正瑷还以"连理山人"为号,著《连理山人诗钞》。一直到清末的方昌翰,虽居城中,仍时常赴连理亭闭关著书,其有诗曰:"我祖筑亭云水间,忆昔著书曾闭关。飞泉夜鸣白沙岭,开门晓对洪涛山。波澄蘋沼见鱼戏,月上松林招鹤还。频来愿共荷锄侣,谈笑忘归桑者闲。"方以智六世孙方宝仁还搜集先世著作精心整理抄写成《连理亭方氏著述》,后裔方鸿寿先生历尽硝烟,千方百计将其保护下来,解放后捐献给安徽省博物馆,是今天研究桐城方氏学派及其集大成者方以智的重要文献。诚如方正瑷强调的那样:"子孙世相守,清露九霄深。"方氏子孙在世守和传承的基础上,不断积淀、不断阐扬,形成了颇具特色的方氏"连理"家风家学,也极大地促进了桐城文化的繁荣和发展。

八、余论

溯源和梳理方氏"连理"学脉,可以看出,由方学渐所肇始的方氏家学,自白沙岭连理树下的连理亭奠基,以方氏家传易学为根本,在"连理"这一学脉线索的贯穿之下,经方大镇、方孔炤两代的接力阐发,到方以智"坐集千古之智"而集大成,再到方以智三子(中德、中通、中履)分传父学,渐与清初考据学合流,历经200年之久,形成了别开生面的桐城方氏学派,体现了"吾道一以贯之"的传承特质,并坚持崇实黜虚、经世致用,冀图克变俗习、匡救时弊。

考察方氏"连理"家风家学,还可以看出,桐城方氏学派对桐城一邑崇文尚学的良好风气形成有着重要影响,尤其是对后来桐城文派的崛起产生了深刻影响。如清人谭献在《桐城方氏七代遗书序》中就明确指出:"桐城方氏七世之家学,不独灵皋侍郎文辞授受之先河,抑阎、顾之流一代经师之先河也已。"[①]吴孟复先生亦认为,"桐城文派在学术思想

---

① 谭献:《桐城方氏七代遗书序》,载方昌翰辑、彭君华校注《桐城方氏七代遗书》,黄山书社,2019年,第2页。

方面,又很受方学渐——方以智的影响。"①针对明代理学家重道轻文、作文害道的弊端,方氏学人特别是方以智力求回归孔子"志于道而游于艺",强调"道不自见,而见于文",在"会通千古"的基础上形成了集大成的古文思想,为桐城派后来的崛起播下了"文章薪火"。② 从这个角度来看,桐城方氏学派是"藏文于道",强调学术上的"会通"和"通变"精神;而清代崛起、以方苞为鼻祖、以姚鼐为集大成的桐城文派则是"藏道于文",在辞章中坚持以义理与考据贯穿。

"最爱池边连理树,白沙亭子旧家风。"③总之,"连理"不仅是桐城方氏家风家学的图腾符号,也是梳理和溯源"连理"学脉的关键线索。而探讨方氏"连理"家风家学的积淀与传承,进而深化对"连理"在建构并贯通桐城方氏学派中意义的认识,也能启示我们:对优秀传统文化不仅要世代传承,更期望能够"会通"而"通变",实现创造性转化、创新性发展。这既是坚定文化自信的必然要求,也是彰显地域文化魅力、提升区域核心竞争力的关键之举。

---

① 吴孟复:《桐城文派述论》,安徽教育出版社,1992年,第1页。
② 武道房:《论方以智的文章学》,《励耘学刊》(文学卷)2015年第2期。
③ 方正瑮:《初夏》,载方于毅《桐城方氏诗辑》,清道光六年(1826)饲经堂刻本。

桐城东郭乌石冈的风节气概

"乌石冈"三个字,似乎已被时间深藏在明清时期的桐城乡邦文献里,不为今人所注意。但如果要编一本桐城人文地理的书,乌石冈必是可圈可点的亮点之一。当你置身乌石冈,一定会想起《诗经》里的"陟彼高冈"之句,仿佛登冈而眺,天地间的千古之风、八荒之气立即汹涌而来,充沛胸襟。

一、乌石冈的节义之气

乌石冈最初引起人们注意的,应是从这里冲溅而起的一道血光。

元朝中后期,一个灾荒十分严重的年份。担任巡检微职的小吏方谦,主动施行善举,在乌石冈居宅门前发粟赈饥,计口而授远近灾民。有个"得粟去复来"的人使诈再次冒领,方谦"怒,剃其眉"。不料这人当夜携带凶器摸上门来,猝不及防的方谦顿时倒在血泊里。"里人哀之",共同出资出力将方谦安葬于其宅后。方氏家谱记载此事,这两家子孙因此几百年不通婚姻。

"嗟乎!利,怨之薮也!义,悦之丛也。散利行义,乃更得祸!"万历年间,已经名震皖江和东吴的布衣鸿儒方学渐,对其三世祖方谦的悲剧事件感慨万端。然而,这个起身垄亩的家族,其后世子子孙孙仍然坚持效法先祖,始终将"躬仁义""盛有德"等儒家文化精神,作为根于心性的价值取向,哪怕临祸身死,哪怕"家运岌岌"。

比如,方谦的孙子方法,无疑是这个家族,也是桐城文化史上一个里程碑式的人物。当燕王朱棣发难取其侄建文帝位,杀不肯为他草登

---

① 本文发表于《志苑》2016年第4期,《合肥晚报》2016年6月6日《发现》专刊。

基诏书的方孝孺,并大肆株连十族时,举国文臣武将都为之慑服。永乐元年(1403),诸藩表贺朱棣登极。方法时为四川都指挥使司断事,也当于所在藩司所上的贺表上署名。但他效法其师方孝孺,不肯签名。朝廷随即诏逮不附诸藩者。方法被逮,舟行至长江望江县境,他遥拜故乡,口占《绝命辞》:"生当殉国难,死岂论官卑""千载波涛里,无惭正学师",纵身跃入滔滔江流,以身死殉建文难。

作为方家第一位由科举入仕者,方法虽然"生居百僚底",其死却能"夺万夫英",垂名青史,流芳百世。方法殉难后,其妻郑氏、女儿川贞也苦节自守终生。他们的事迹后来转化为一种道德榜样,成为方氏后裔共同引以为荣、最富感召力的一笔精神遗产。而乌石冈三世祖方谦之阡(其孙女川贞附葬)、龙眠山五世祖方法之阡,也成为方家子孙世世代代朝拜的灵山和吟诵的主题。他们认同先祖笃守节义、忠贞孝悌的价值取向,居乡时,富则"好义乐施",穷则"力田自足""清苦高蹈"。居官时,在朝廷则"刚正廉直""不避权贵";在地方则"薄负省刑""劝农商,崇学校,抑豪奸"。为学者,则"秉仁蹈义""淹灌古今""会通中外";国有难,则"慨然有志""慷慨赴死"。方学渐在他所续修的家谱中总结道:方氏家族之所以"乃炽而昌",正是"行义之报也!"

方谦祖孙的事迹,不仅对其后裔影响巨大,也对其他氏族产生了榜样的力量。如出仕之前曾隐居于乌石冈读书的章纶。章纶是方法玄孙方圭的岳父,由正统十年(1445)进士入仕,历任山西大同、湖广武昌、江西南安等知府,史称其"前后靖边卫民,善政不可枚举",今桐溪曲水边尚有其"进士坊"遗址。他为官也是刚直不阿、持重守节,景泰年间因直言得罪权奸下狱遇害。

尤值一提的是明季东林党人左光斗。乌石冈是他进京或返乡的必经之地。而左、方两家也是世交和姻亲,两家以节义忠孝互为砥砺。左光斗为官清正、磊落刚直,被誉为"铁面御史"。然而,晚明的天空已经昏暗,"几年还薜荔,底事惧浮名",这是他在《出乌石冈》一诗中的忧叹。嫉恶如仇、不畏权贵的左光斗,必然要得罪权倾朝野的大太监魏忠贤。天启年间左光斗惨遭杀害,以自己的鲜血化为照亮深暗历史时空的一点霞光。方谦的裔孙方苞出生于金陵,尽管一生跌宕起伏,却不忘常回桐城展先墓,以图从祖先的事迹里汲取力量。他写有凭吊乌石冈、展瞻断事公的诗文,也写有《左忠毅公逸事》。"天壤精英在,衣冠想像馀。拜瞻常怵惕,忠孝检身疏。"忠孝节义之气从这位"桐城派"鼻祖的文字里流淌出来,继续点亮着后世子孙的人生。

二、乌石冈的竹林之风

"乌石托竹林,共读连理书。"这是年轻时的方以智写给其六叔方文的诗,回忆他们在乌石冈共同读书、追效魏晋风度的难忘时光。方以智后来被称为"百科全书式的大学者",也是与王夫之、顾炎武、黄宗羲顾并列的四大思想家之一;而遗民诗人方文则与其族中方贞观、方世举并称"桐城三诗家"。

如果追溯乌石冈的竹林风度,不可不提及方以智的八世从祖方塘。在方塘的身上,我们最能观察到的是,桐城人那种耕读传家的传统。方塘的哥哥方印"为学不事生",一心攻读,期冀科举入仕;中举授天台知县后,虽然为政仅九月余即病卒于任上,却因德政流芳千古。方塘则在哥哥治学和为官时"代家督,力田",此时方家"五服之属萃一堂",同居凤仪坊。哥哥方印去世后,方塘又独立挑起振兴家业的担子。他果然不负族望,勤奋发狠,陆续置下了孔城、白杨、松山、白塥等诸多田庄。

显然,方家此时已不是一般的富足人家了。方塘也因此可以筑居于东郭乌石冈,率子弟读书于此,他自己则悠然过起"东冈半隐"(方塘自号)的竹林生活。有人写诗称赞他:"山外红尘万虑嚣,山中清隐列仙曹。囊收花鸟春吟剧,枕破梨云午睡高。生意满庭交野草,碧香分雨煮溪毛。何应忘得清平世,坐看长风起凤毛。"(方向《东冈居士为五兄题》)

"乌石即辋川,浣花亦相拟。"东郭乌石冈尽管居于偏远城郊,却历来为雅士高人所钟爱,他们视这里为王摩诘的辋川,在这里优游林泉、曲水流觞。比如章纶、章纲、章经兄弟,他们也筑别室于此,安贫自适,诗酒相娱。章纶后来中进士,历官参政,与方家还结成了儿女亲家。两个弟弟则无意仕途,并以《题东郭闲居》明志:"白云为侣竹为邻,栖迹衡门不染尘。赢得此身闲快活,功名留与后来人。"

方塘的长子方爕,追慕魏晋风度,任达狂放,豪举不群。作为"聪警能文章"的邑诸生,他却经常"置扁壶盛酒纳靴中出游"。这样的秉性,简直就是李白诗中那位"银鞍照白马,飒沓如流星"的游侠。方夔后来果然干了一起在当时引起极大轰动的事。那是明代弘治年间。桐城县学宫正在举行庄严的"丁祭"(祭孔典礼),有个屠夫之子强行霸占了"监宰"一职。这显然严重违反"丁祭"礼法。方夔当即挥剑格杀了此人。而桐城县有关部门"重祭法不问"。方夔以利刃的白光和鲜血的殷红,祭奠了应当坚守的正义和必须维护的礼法。

这让人们更加确信乌石冈的竹林风度里,还兼有一种澎湃的侠气。多少年后,方以智、方文、吴道凝、孙临、方其义等读书于乌石冈的少年,常常列坐于清溪畔、竹林里,激扬论事。他们还"好悲歌",常常"歌至夜半",以致达到如痴如狂的地步:"往往酒酣,夜入深山;或歌市中,旁若无人。"时人以"狂生"视之。但他们又好习马术、练击剑,方以智就有诗写道:"十岁好击剑,舞衣动白日。醉后乱伤人,左右皆股栗。"读此诗,那种慷慨任达的侠士形象,立即生龙活虎般跃然于读者眼前。而这些少年同学,后来或积极抗清甚至壮烈牺牲,或甘为"野老生来不媚人"的遗民,或游于方外成就一代宗师。

三、乌石冈的理学之光

当"阳明心学"开始在明朝大放异彩的时候,桐城讲学者也兴起彬彬了。作为后来的明清程朱理学重镇的桐城,乌石冈不啻是最初发出那一抹熹微之光的地方。

这不能不提及方塘的第五子方尚。他好读书,至老不休,晚年"课子殊切",在乌石冈祖居附近辟学舍三十余间,美酒美食、恭恭敬敬地延请贤士来执教。方尚还有一双发现人才的慧眼。当在城就读的诸生何唐因贫困交不起房租,"僦居乏直,主人逐之"时,方尚说:"何生志士也。"遂邀请他到自己的学舍来读书、讲课,并让何唐接来母亲与妻子一起住,"内居母妻,外自课读",何唐因此"匡坐弦歌,讲学益力"(方学渐《理学何省斋先生传》)。方尚还将同样贫困的诸生戴完也邀请到自己的学舍,解决了其后顾之忧。

后来这两人果然都高中进士,官居要职,又先后致仕归里研究和讲授理学。何唐正是桐城首开结社讲学之风者。清末桐城派殿军马其昶尝谓："何唐先生勇毅任道，不顾众嘲，风声流播，竟亦克变俗习。吾乡讲学之绪由此起。"何唐的同乡、同年进士吴檄等人也积极响应。戴完还在东城辟"东林会"讲学，每日从游者甚众。他们在桐城播下了理学的种子，培养了一大批有所作为的学子，这其中就有布衣鸿儒方学渐的岳父赵锐、从叔方效等人。

当何唐、吴檄殁后，方效作为继起者之一，"屹然为士林典型"。他晚年"张皋比于乌石冈下"，一时从游者众多，而方效"指授经义，沛若悬河"，堂下学子则"豁然相悦"。这让我们可以想见当时的乌石冈结社讲学的兴盛景象。方学渐曾说"不孝年十六受业于石州（方效）先生"。方学渐生于1540年，则其年16时应该是1555年前后，求学不到两年，方效去世。因此，方学渐也可以说是何唐的再传弟子。难怪他在城北创建"桐川会馆"时，要祀立何唐之位呢。饶有趣味的是，何唐的儿子娶了方效的女儿，而赵锐的女儿嫁了方学渐，这种以学术为纽带而结成姻缘关系，在旧时的桐城并不鲜见。诸多家族通过回环交错的姻戚关系，在学术上互相影响提携，成为绵延几百年的文化世家。清人方东树即指出，桐城"及明以来，乃有世家大族数十百氏繁衍迭兴"。而桐城方家则是"中国世家文化的绝唱"（钱理群语）。

由于前辈的长期接续、精心经营，到了万历年间，东郭乌石冈已经成了一邑学者讲学和童子读书的重地。跟随方效学习的方学渐，大力"究良知而归实"，也逐渐崭露头角。他"七试南闱不售，泊然也"，开始以布衣主坛席讲学，里中弟子多出于其门下，周边庐舒英六池祁等邑从游者日众。清初学者潘江因此称赞"盖桐邑讲学之盛，未有右于先生者也"。清初大学士张英进而指出："明善（方学渐）先生以布衣震风教，食其泽者代有传人。"方学渐还曾漫游江南，讲学东林，与当时很多著名的理学家皆有往来，顾宪成尊其为师。黄宗羲因此将方学渐纳入泰州学派，而朱彝尊则在《静志居诗话》曰："方氏门才之盛，甲于皖口，明善先生实浚其源，东南学者推为帜志焉。"

龙年也说龙眠这座山[①]

"山尽山复起,宛若龙眠形。昔年李参军,爱此山水清。投簪赋归去,筑室当林垌。兴来索素绢,握笔濡丹青。写就山庄图,墨妙如天成。"这首吟咏龙眠山的明代诗歌,脍炙人口。诗中的"李参军",就是指曾任职参军的北宋大画家李公麟。大概自从李公麟隐居于龙眠山、号龙眠居士,所绘"龙眠山庄图"又闻名天下,写龙眠山的诗文就层出不穷了。

真是荣幸呀!笔者的故乡桐城这座千年古城,就坐落于龙眠山麓,故而桐城又称山城、桐山,而"龙眠"也历来是桐城的别称。明清时代的桐城县志称:龙眠山在县北五里(2 500米),与华崖山(今称"大徽尖")并峙。

"城上青山如屋里,东家流水入西邻。"诗中有画、画中有诗的王摩诘,怕不是也曾来过桐城吧?这里,隔城是四季的明媚山色,青鸟徘徊,白云倦游,城外有山溪缠绕、麋鹿往返。"桐城好,隔水有桐溪。分来水路丹犀北,流入山城绿亩西,浇灌足耕犁。"明初的知县胡俨有大智慧,他引清溪从北城龙眠门附近入城,穿街过巷进人家,滋润着千家万户;溪水出城后,又浇灌着无数良田,养活一方百姓。至今桐城中学校园里,胡俨的引水工程桐溪塥,依然奔流不息,激荡着古老桐城人才奋兴的文脉。

爱龙眠的李公麟,将龙眠最精华的二十处景点,都收入他的"山庄图"。笔者以为其中最妙的就是碾玉峡,毕竟被前人称为"龙眠蓬莱"呢。多少人迷恋这里的深壑飞烟,翠嶂屏立,徘徊不忍离去。你看那峡

[①] 本文发表于2024年3月1日《新安晚报》"徽派地舆",收入本书时略有删改。

谷两岸，峭壁如拱起的鱼脊；再看那瀑布飞流直下，冲进峡边深沟状的"碾槽"时，就如跳珠溅玉一般，难怪叫"碾玉峡"；但这些珠玉很快就变成了一条摆头曳尾的玉龙，所以人们又称这里为"玉龙峡"。

你要说龙眠山，就不能只说龙眠山；你要说碾玉峡，当然也就不能只说碾玉峡。笔者生也晚，不知道是爱上了李公麟，还是爱上了大学者方以智，笔者也渐渐地爱上了龙眠山、爱上了碾玉峡。对笔者来说，读李公麟、读方以智，就是读碾玉峡、读龙眠山、读桐城；而游龙眠山，游碾玉峡，就是读李公麟，读方以智，读桐城方氏。

方以智的祖父方大镇爱这里的"泻峡飞泉"，仲祖父方大铉则干脆以"玉峡"自号，在这里筑起玉峡山庄、建起玉龙亭，每日里欣赏"寥岭瀑泉"和"华崖晴雪"。方以智的伯姑方孟式，最喜爱这里的幽崖白云、明月山泉，诗曰："何处春深好，寥天洞外峰。白云奔似马，明月放如弓。碧水环丛竹，幽崖立怪松。茅亭经一卷，钟度暝烟中。"而在父亲方孔炤眼里，这里"唤作小三峡，中藏大九州"，是"琢玉散诗"和"挥墨谈骚"的最佳之处。

可要比起来，还是方以智更爱碾玉峡。峡边的寥一峰，是他自幼就随父读书的地方，他称这里为"寥一洞天"，时常在这里探悬崖、戏飞瀑、鼓啸歌。在《龙眠后游记》中，他这样写道："余生长龙眠，岁徜徉其间……余幼读书处，在寥一峰下……寥一峰之右为碾玉峡。碾玉峡又余叔王父计部公寤歌地也。此地为龙眠最胜。嶙岣壁立，飞泉澎湃。坐其下，耳无雷声，泠然若有所忘。计部公乐之，筑室其上，取以为号……六叔尔止，寓白门，不得归而乐之矣。"

方以智文中提到的计部公，就是他的仲祖父方大铉（官户部主事，又称司徒公），六叔尔止是方大铉之子方文，与方以智年龄相若且同学，是明末清初的诗坛国手，因号嵞山，其诗也被称为"嵞山体"。年轻时的方文喜欢游学四方。方以智有诗《送尔止六叔远游》："龙眠碾玉峡，司徒公所居。自构寨兰馆，著作皆璠玙。乌石托竹林，尽读连理书。今先事远游，挟剑横五湖。家学在千古，所重非轩车。顾盼天下士，慎勿夸子虚。海岳得奇观，笔记还吾庐。"与其说是写方文"挟剑横五湖"，不如说是抒发他自己"顾盼天下士"的不凡心志。正如他的另一首《秋歌寄怀尔止叔玉龙峡中》:"林下石壁数十丈,往往独酌石壁上。鸿鹄不羡鹩鹨枝,虾蟆那识鲲鱼浪。"在碾玉峡的峭壁悬崖上和澎湃飞泉声中,他感受到了"海岳奇观",觉得自己是鸿鹄,是鲲鱼。

远游而去的方氏学人,挟剑五湖、顾盼天下,却仍然警醒着自己"家学在千古",仍然惦记着要"笔记还吾庐",传承方氏家学。明清鼎革后,流寓他乡的方文、方以智,依然念念不忘碾玉峡的"瀑飞千丈雪,谷响万年雷",渴盼着"策杖重归寥一洞",回到龙眠山,重回碾玉峡,"松筠依旧栽""废业想重兴"。

写到这里,忽然想到:如果只提明代,宋人或许不甘心呢。如被誉为"宋诗开派"的北宋梅尧臣,曾担任过桐城主簿,骑马龙眠山中,写自己为老虎所惊骇:"马行闻虎气,竖耳鼻息胁。遂投山家宿,骇汗衣尚浃。"被认为是"李白转世"的诗人郭祥正,曾担任过桐城知县,与投子寺的修颙禅师为知交,写有龙眠山长歌,高咏"桐乡山水天下名,龙眠气势如长城"。郭祥正的顶头上司王安石,离任舒州通判后多年,仍不忘桐城,每咏"今日桐乡谁爱我,当时我自爱桐乡"。尤其是被誉为"宋画第一"的李公麟,一幅《龙眠山庄图》,引得苏轼、苏辙、黄庭坚极其向往龙眠。苏轼甚至表示晚年就来此归居,可惜时运弄人,他应该抱憾千年了吧。

进而又想到,如果笔者只提方以智家族,其他桐城先贤会批评我偏心。毕竟,明清两朝凡能诗能文的桐城先贤,几乎都游过、写过龙眠山,龙眠山的题咏也因此而蔚为大观。他们也都熟悉李公麟所绘的二十景,这些景点,就如前辈学人方鸿寿先生所绘,今天依然历历可循,依旧烟霞满幅。

他们在山中建别业,啸傲于林泉。如左三都馆、姚瑞隐窝、何别峰庵等。即使居于城中,也一定要面山而居,建楼望山。300多年前,钱澄之登上了城中的叠翠楼,眺望着龙眠山,感叹道:"吾每登楼睇望龙眠,李伯时之所画山庄遗址,仿佛可见。"宰相张英在大内看到了李公麟的山庄图粉本,就更加日夜惦记归隐了。他在诗中梦想着:"招我正是春明时,春烟春雨尤离奇。山翠倏忽分浓淡,峰腰云影时时移。""应是公麟捉笔在空际,伸纸泼墨写山势。楼头百幅龙眠画,雨岫晴峰落

文脉：桐城凤仪坊

埤堄。"

桐城先贤也爱以龙眠为号。如方苞自称"龙眠方苞"，方以智自称"龙眠愚者""龙眠山下一狂生"，方正瑗治印"龙眠画中人"。张英张廷玉父子都自称"桐山张英""桐山张廷玉"。而以"龙眠"冠名的诗文集更有诸多古籍珍本。清初潘江辑成大型诗歌总集《龙眠风雅》，选录从明初到清初300年间，550余位桐城前贤诗作近15 000首、300万字，皇皇近百卷。

类似以"龙眠"冠名的诗文选集，同时期还有《龙眠诗传》《龙眠诗选》《龙眠古文》等，清代中后期则有《龙眠识略》《龙眠丛书》等。更何况，因为李公麟的影响，桐城几百年来翰墨飘香，《安徽画家绘编》一书中，就有桐城明清两代书画家近140人，他们多写龙眠山水，难怪被今人誉为"龙眠画派"呢。

如果再联系到佛教典籍中的舒州龙眠山、舒州投子寺，那故事就更多了。回过头来，再说方以智所称的"龙眠最胜"碾玉峡吧。你知道碾玉峡碾的究竟是什么"玉"吗？

窃以为：那就是诗歌之玉，从唐代曹松、宋代朱氏文学家族，到清初《龙眠风雅》、清末《桐旧集》，千余年来的大雅新声；那就是文学之玉，从明末方以智的"文章薪火"，到引领有清一代文坛200余年的文章道统桐城派；那就是学术之玉，从布衣大儒方学渐道衍桐川，奠基桐城方氏学派，到百科全书式哲学家方以智为集大成者，延至清初启汉学先声；那就是艺术之玉，从李公麟的丹青妙笔，到明清以来大家辈出的龙眠画派；那就是气节之玉，从明初方法的毅然沉江，到明末左光斗拼死朝堂、张秉文喋血济南、方孟式大明湖自沉，再到孙克咸血染沙场，方以智拜谒文天祥后，于惶恐滩蹈水完节……

"龙年说龙"类的文章，年前年后如潮水一般涌来，颇有"乱花渐欲迷人眼"之感，其中多有提及与"龙"有关的地名。既然如此，那就不能不提龙眠山。可是，要提龙眠山，又怎能不提别称是"龙眠"、就坐落在龙眠山麓的桐城？又怎能不提历代与龙眠山耳鬓厮磨，而又彪炳史册的那些桐城先贤呢？

桐子溪边的仗剑少年[①]
——纪念方以智诞辰412周年

一、潇洒园里的时光诉说

龙眠山下古老的凤仪坊,幽静的潇洒园。冬阳从高树间照过来,柔和温暖,洒在一位执杖凝神的老者身上,让人有恍如隔世的感觉,仿佛时光正在迅速地倒流——412年前的万历三十九年(1611)十月二十六日,这位老者生于南直隶安庆府桐城县城凤仪坊。他出生的府第,因祖父后来官至大理寺卿而称"廷尉第",其孙方正瑗修复后改称"潇洒园"(图9)。

图9 方以智塑像与潇洒园

[①] 本文2023年12月8日(农历十月二十六日)首发于"六尺巷文化"公众号,原题为《那位少年狂生方以智》。选入本书时,略有删改。

迎接他的,是一个风云激荡的大时代。明清鼎革,社会巨变,幸或不幸?

6岁时,他就随父母宦游。12岁那年母亲去世,他只得归养于仲姑方维仪,其间曾随父方孔炤在京学习生活了两年。方孔炤因得罪阉党被削职回桐,遂在桐城南城外清溪边,建了一个幽静的园林:泽园,供儿子读书和研习举业,为其延请名师,允其结社交友,他因此号"泽园主人"。泽园时期的学习与磨炼,为他奠定了一生的学术基础和济世救时的人生志向。

当然,年轻时的他,并不甘心僦居小城,而是时常放逸"诗与远方"。他广结名士,砥砺风气,与冒襄、侯方域、陈贞慧合有"复社四公子"之称。虽然也高中进士,成为翰林,擢检讨,充任定王、永王讲官。可惜大明很快覆亡,他只能颠沛流离,逃禅方外"异类中行",最后蹈水殉节于万安惶恐滩。

他一生智集千古、会通中西,"纷论五经,融会百氏。插三万轴于架上,罗四七宿于胸中",被誉为"四真子"(真孝子、真忠臣、真才子、真佛祖)、"全能型学者"和"中国的百科全书派大哲学家"。

作为明末代表性诗人,《博依集》是他的第一部诗歌集,取意于《礼记·学记》"不学操缦,不能安弦;不学博依,不能安诗"。全集共十卷、六百余首,包括其15岁至22岁的诗作,恰好是泽园时期的作品,多为拟古而喻今。读《博依集》,我们能从中感到,他的足迹几乎遍及故乡桐城。

他就是方以智,字密之,号泽园主人,又号曼公、愚者、药地等。在他诞辰412周年之际,笔者再次拜读《博依集》,被那勃发的才情、激烈的壮怀、慷慨的悲歌深深感染,仿佛那位少年狂生,与他的一班学友,还活跃在龙眠山下、桐子溪边,以及城郊泽园里。

二、"舞衣动白日"的仗剑少年

"丈夫在乡里,乡里多不喜。磨得宝刀新,尽杀乡里人。"当笔者初读方以智《侠士行》诗句时,先是不由得大惊失色,继而又忽然血脉偾张。少年方以智那种睥睨一切的狂生形象,就这样呈现在我们面前。

第九章　与凤仪坊前贤有关的桐城人文地理

方以智的《独漉篇》也是类似的主旨：

> 天寒雨雪，水寒冰结。冰上可渡，雪中无路。虎有爪牙，不至人家。彼欲杀我，岂用镆邪？遂游他乡，荆棘在傍。饮食言笑，但如平常。剑虽在掌，难掉罗网。安得相知，与之偕往。波险且深，风伤我心。丈夫举事，必待黄金。既贱复贫，骨肉无情。有仇不报，何以为人？

作为乐府古题，"独漉篇"原为四言体，写污浊之世，儿女为父报仇。安史之乱爆发后，李白从秋浦到浔阳，上庐山，入永王幕府，曾借用此题，并改为杂言体，抒写欲效神鹰搏击九天之壮怀，试图歼灭叛军，为国雪耻。

方以智借用此题，仍袭用四言体，同样表达了报国的壮怀。此时，晚明朝廷内外交困，国势已危如累卵。

少年方以智曾"十岁好击剑，舞衣动白日。醉后乱伤人，左右皆鼓慄"（方以智《咏怀诗》）。那时的他，就有游侠天下的壮思，向往与诗仙李白一样，"十步杀一人，千里不留行。事了拂衣去，深藏身与名"。他与学友读书于家乡城郊泽园时，每每自问"安居那能成豪杰？"正如他在《独漉篇》诗中所言，"有仇不报，何以为人？"开篇即以"天寒雨雪，水寒冰结"极写残酷的现实，在这样的环境下，天下士子如何能安心于一张书桌？所以，他要手提镆邪宝剑，与同道举事，斩尽比虎狼还狠毒的敌房，以图报效国家。

这类惊心动魄的慷慨诗章，在《博依集》中是比较常见的。如《塞下曲》："少年持戟辞家出，饮马朝从太白窟。远望尘灰掩日光，空中尽是长城卒。"又如《轮台歌》："火照金山夜吹角，远望轮台将星落。平明击鼓大军行，车骑将军不姓霍。"

从大明的日趋衰败中，方以智似乎预见了自己的未来。他后来的人生，果然是"天寒雨雪，水寒冰结"，每每遭遇"荆棘在傍""雪中无路"的险恶境地，常常面对"波险且深，风伤我心"的困顿之局，不得不悲叹"我生何不辰，天地遂崩裂"。尽管经历了万里流离、举火荒村、刀锯环颈的种种不堪，他却始终提剑在手，没有忘记年少时为报国仇的誓言。

方以智这首《独漉篇》,用语通俗易懂,然沉郁而又悲壮,激人热血,催人奋起。值得一提的是,方以智的同学钱澄之,也写有四言体《独漉篇》,其中诗云:"我有雄剑,夜夜龙吼。赠君报仇,取备沥酒。"同样壮怀激烈。这表明,方以智《博依集》中包括《独漉篇》在内的诸多诗作,应该就是他们在泽园期间,共同研习古体时而摹拟创作,并借题发挥的。

三、"愿同黄鹄飞"的龙眠狂生

方以智年少时就有"挹东海之泽、洗天下之垢"的决心,矢志以天下为己任。当他读书龙眠山下,每每心生"危坐望西山,草舍在城东;双鹤四海志,岂愿居园中"的不甘,经常自问:"胡为长郁郁,守此乡里城?"(方以智《咏怀诗》),叹息:"行侠二十年,寂寞入乡里。"决绝地表示:"丈夫不成功,故乡何必归!"(方以智《古诗十九首》)。

有趣的是,方以智诗中说"草舍在城东",其祖父方大镇诗中也有"草堂今负郭"之说,正好是对应的。因为出生成长于桐溪边,方以智早年的诗歌《博依集》中,总是信手拈来"溪上""溪边""河上""河东"等意象。有时,他还亲切地称桐溪为"桐子溪"(也因此相应地称龙眠山为"桐子山")。但与祖父方大镇不同。为官30余年的方大镇,暮年唯以"河上翁"自居,表示要"永桐溪乎蔼轴,踵彭泽其焉疑"(方大镇《和归去来兮辞》),其诗作中频频书写的是"溪上""河上""溪边"的归隐与闲适。

"徘徊在千里,愿同黄鹄飞。"(方以智《咏怀诗》)少年方以智可不想就此隐居。在《博依集》里,方以智更多的是感叹自己"僦居羞井里"。他自问,"胡为处斯世,终日常兢兢";他惆怅,"读书无所用,何为空闭关";他盼望,"出门当及早,驰马长安道";他担心,"寂寞空自多,功成亦已老"。(方以智《杂作四首》),因为"少年为文章,老大一何速","人生无几何,适意当及早"(方以智《古诗十九首》),"丈夫志功名,晚成不如早"(方以智《寄金绿堤》)。他不希望一辈子埋首书桌,想尽可能早地驰马长安、博取功名,不要空空等到寂寞老去。

但方以智要博取的,并非那世俗的浮名:"行行欲何为,岂以慕浮名?"(方以智《咏怀诗》)所以,被家人约束在泽园读书的他,常常这样设想着:"荣耀出门时,黄金饰马耳;宝剑生白日,回顾生青紫。"(方以智《古诗十九首》)毕竟,满腹才华的他,有这种奋起大力、击水三千的自信。

这种自信,在《柬农父及子远舅氏》诗中,也表露无遗:

> 繁霜如雪尚孤征,莫道能无故国情。
> 斥鷃抢榆方大笑,牵牛负轭总虚名。
> 凌云久动江湖气,仗剑时成风雨声。
> 海内只今信寥落,龙眠山下有狂生。

诗题中的农父,即周岐(字农父),在泽园学友中年纪稍长;子远舅氏,即吴道凝(字子远),虽为舅氏,年纪却比方以智小1岁。此外,还有年纪相仿的方文(方以智六叔)、钱澄之、孙临(字克咸,后改字武公)等人,在泽园结成永社(简称"泽社"),相为砥砺。他们甘愿"久与世俗弃",不屑与无知乡里小儿为伍,睥睨那些甘于草间蹦跳的凡鸟,嘲笑那些徒好虚名的庸碌之辈,表示"富贵何繁华,视之如草芥""委蛇保荣禄,达士视草芥"(方以智《古诗十九首》),立志要做翱翔九天的大鹏。

关于泽园社友的情投契合、把臂交游,方以智在《孙武公集序》里有叙述:"余往与农父、克咸处泽园,好悲歌,盖数年所,无不得歌至夜半也。农父长余,克咸少余,皆同少年。所志同,言之又同。"

明代以来,桐城"荐绅布满九列,荣戟相望。其子弟多鲜衣美食,傔从如云,以亭榭声伎相竞尚"。而泽园社友更以"驰马佩宝刀,驰骤如云烟"般游侠自任。方以智则称:"往往酒酣,夜入深山,或歌市中,傍若无人。人人以我等为狂生,我等亦谓天下狂生也。"

四、"黾勉事著述"的桐溪学子

如果你以为年少时的方以智,就是个睥睨天下的狂生,或者就是一副纵马驱驰的游侠形象,那你肯定大错特错。方以智始终没有忘记的,是那句"长大磨铁砚"的祖训。

412年前的万历三十九年(1611)十月二十六日,方以智出生时,曾祖父方学渐刚从无锡东林书院讲学归来,呼其曾孙为"东林",谓"长大磨铁砚!"希望他将来能做一个饱学之士。满月后七日,方孔炤占易,抱子于家庙,拜谒祖宗,喜而为诗曰:"锡山建书院,桐溪大称善。"

方孔炤之所以提"桐溪大称善",是因为"桐溪"与方家有着特别的渊源。

方氏家族里居于桐城凤仪坊,与龙眠河也即桐溪的渊源极深。始祖方德益自江南而来,定居凤仪坊,曾慷慨捐资捐物,建成一座石甃桥,时称"桐溪桥"。这座历经数百年沧桑的古桥,几经重修,仍雄跨在东作门外的大河之上。乾隆《江南通志》云:方德益"以好义称。……桐溪水出龙眠,暴涨则激石漂木不可渡。议桥者难焉。德益捐金造桥,甃石坚致,迄嘉靖末犹赖之"。

明万历年间,布衣大儒方学渐曾结"崇实"社于桐溪边,创建桐川会馆,"馆负城临流,据一方之胜"。学者以东林书院并称,誉为相望于千里之外的"泰山"与"华岳"。金陵状元、学界领袖焦竑更是称赞:"是地也,虽追踪杏坛可也,而四书院者勿论矣。"(焦竑《桐川会馆记》)

方以智的祖父方大镇退职归来,组织修缮了桐川会馆,续置了"至善堂",表示"不毁旧馆,以明繇旧;而特创新馆,以表维新"。同时,又于会馆之北添置"荷薪斋"(荷薪馆),颜曰"宁澹"。这位以"河上翁"自居的明末著名学者,其诗作中频频出现的"溪上""河上""溪边"等,成为他隐居讲学的真实写照。

在《家训》中,方孔炤这样写道:"三峰矗矗,桐水汤汤。我祖基之,爰开讲堂。我父绍之,荷薪在旁。颜曰宁澹,三命循墙。小子舞象,咏南山章。"所谓"三峰",就是龙眠山中的三峰山,方家祖坟所在,大概是风水好,里人又称其为"方家龙窝"。所谓"桐水",就是龙眠河,也即桐溪。方孔炤这首《家训》,基本讲述了其祖方学渐"爰开讲堂",其父方大镇"荷薪在旁"的经过,而方孔炤年少时(舞象),这里正是他读书为学("咏南山章")的地方。

因而,桐溪对于方氏家族来说,有着特别的寓意。在《施公筑舍天柱峰谈经,庚午偶来桐溪,饮中赋赠》的诗题中,方以智还郑重提及"桐溪"二字:

> 长卿名沛郡,教授树儒宗。楫渡三江水,堂开九子峰。汉书成校秘,周礼阐司农。命驾逾千里,登天过八重。摛词倡白雪,按律

起黄钟。忘倦断轮老,求多卖菜佣。空笼言献鹄,挥麈学屠龙。刚戾时瞑目,支离尚溃廱。门前无客扫,庑下为人舂。文史胡床满,逍遥毕秒冬。

除了这首《施公偶来桐溪》,方以智还有另一首《赠蓉城施公》,赞其:"天柱悬青霞,明德时高卧。仲淹门下人,当世王者佐。"施公,即池州府青阳县学者施达(字下之)。因九华山旧属青阳,李白写有"昔在九江上,遥望九华峰,天河挂绿水,秀出九芙蓉"的诗句,故青阳又称蓉城。方以智诗中的"天柱悬青霞",即写九华山天柱峰。该峰高耸入云,登其巅可俯瞰整个九华。

皖江两岸的学者历来交流不断,前辈学人方学渐就曾讲学于桐川、秋浦之间,"大江南北无不响德而问业者"(何如宠语)。江南的学者越江来桐川会馆,问学切磋,也是习以为常。

九华山天柱峰下,曾有阳明讲堂。当年方学渐讲学于此,施下之正是从游者之一。方学渐去世后,施下之在此重起讲堂,"堂开九子峰",授徒谈经,这番渡江访问桐溪学者方大镇,并"初设皋比座"。方以智诗题中的"庚午",即崇祯三年(1630),此时他已虚龄二十。他在诗中称赏施公才望高雅,或许也有自我反省,决心要改变从前的放浪任侠,要效施公榜样,回归书桌,致力学问。

其实,"三岁知平仄"的方以智,自6岁时随父母宦游,遍览名山大川,就已经留心著述学问了,表示"少承父母训,嗜学戒放逸"。忍不住放浪山水、醉酒悲歌时,又不忘拿自己的名字来自我提醒:"名余曰以智,字余曰藏密。"担心自己"蹉跎无一成。"(方以智《丁卯冬作》)母亲吴令仪的墓最初就在泽园附近,他在《慕歌》里说:"余读书其侧,时朔伏临,非敢曰孝思,亦以识慕云尔。"以诵读之声告慰母亲在天之灵。

17岁那年,方以智在《咏怀诗》中再次表示,要"矢志友古人,黾勉事著述"。弱冠时载籍出游,一时名噪东吴。文坛大佬、大学士文震孟称赞他:"盖年甫弱冠,已著述数十万言。""其人复翩翩俊异,洵一时之轶材也。"同邑大学士何如宠亦不吝称许:"密之年甫弱冠也,倜傥雅俊,负大才,著书好古,志在千秋。"

施公来桐溪时,方大镇正在北乡大关的天马山为母亲庐墓,故而赋诗《赠施下之》:"秋浦施先生,飘然顾吾庐。笔花纷世圃,理窟涌心珠。搜罗彻毫毛,汪博悬江湖。卜筑天柱峯,烟霞独相娱。时危道故泰,主盟狎吾徒。"并自注曰"时在慕亭"。

可见,施下之不仅"飘然顾吾庐",到了桐溪之畔;还"主盟狎吾徒",与桐川社友及泽社方以智等学子兴会幽讨。很可能也上了天马山"慕亭",与正在庐墓的方大镇晤面,方大镇则"短言聊以赠,神悯亦与俱"。

而铭记着"磨铁砚"的方以智,和他的一班任侠少年,当然也"撰杖得侍坐"。彼时,桐子溪流水活活,龙眠山云气苍茫,一切仿佛就在昨天。

紫来桥：一座古桥的叙事方式[①]

"桐城好，桥跨大河滨。捐俸经营赖良弼，筑堤防御有恭人。七省是通津。"这首脍炙人口的小令，作者乃是清代文学家姚鼐的堂伯父姚兴泉。小令中提及的一座古老的石桥，名曰"紫来桥"，自东向西横跨于龙眠河两岸。在历史文化名城桐城，这座全长不过五十余米的古桥，一头连着"文脉凤仪坊"，一头通向"诗礼六尺巷"。代代相传的小城故事，就在这条河里流淌，就在这座古桥深深的车辙和斑驳的砖石间弹唱。南来北往的人们慕桐城之名而来，总要到紫来桥上走一走，也就走进了这座春秋为桐国、秦汉为桐乡的古老桐城，走进了这个诗礼之乡、文化之邦的灵魂深处。

一、古桥连着"文脉凤仪坊"

宋末元初，硝烟渐渐散尽，龙眠山下的小城又恢复了往日的熙熙攘攘。山上千溪万壑汇奔而来，流经城东凤仪坊，陡然变得雄浑激荡。倘若正逢雨季，往往山洪暴发，激石漂木，冲毁了无数民房。而这里仅有一座简易的木桥，平时通行就十分不便，洪水季节往往被冲垮。

就在这时，有位定居在学宫附近的读书人，慷慨捐资捐物，组织人们将旧有的木桥改建为石礅桥。这就是龙眠河上这座古桥的前身，人们亲切地称为"桐溪桥"。这位读书人名叫方德益，率全家由江南辗转迁徙而来不久。他选择与学宫为邻，目的就是让后世子孙沐浴儒学书香，可见其目光远大，深谙诗礼传家、文德兴邦之旨。现存桐城最早的

[①] 本文原发表于 2021 年 3 月 30 日光明网，后压缩刊于 2024 年 2 月 20 日《新安晚报》"徽派地舆"。

明代《弘治县志》显示,桐溪桥头还有一座"桐溪桥坊",是否纪念这次修桥壮举?笔者以为一定是的。遥想那时,流连"长虹卧波"和巍巍桥坊的人们,也一定诗情荡漾。明代弘治桐城县学训导许浩,在《桐溪桥记》中就有此感叹:"步行者、骑行者、车行者、负担行者,如履平地,殆不知其溪也。"

光阴随着清澈的桐溪水潺潺奔流。到了明代万历后期,一个春光明媚的日子。桐溪桥东边桥头那儿,有几个人正在热烈地讨论着什么。原来,大明御史方大镇,利用告假在家的机会,与邑绅吴叔度(曾任黄州知府)一起,找到县令王廷式商量:桐城东门大河桐溪桥附近的一段堤岸,向未筑堤,常受水患侵扰,每次发洪水总要决去数百丈,最惨烈时甚至漂去几百户人家。今年有必要在新一轮洪水来临之前,启动东门大河段堤岸修筑工程。

县令王廷式犹豫不决:目前县库收入有限,而且多被征作兵饷,筑堤资金短缺。方大镇当即表示,愿捐出个人俸禄六十金。王廷式深受感动,也捐资六十金。当时正在安庆检查工作的两淮巡盐御史龙遇奇听说后,又拨帑币二百金。县中士绅闻讯纷纷解囊,于是这个城防工程得以顺利进行,并在梅雨季节洪水到来之前竣工,可谓"鸠工累石,屹屹岩岩",洪水之势明显趋缓,城防安全得到保障。因当时方大镇和龙遇奇都是御史,故邑人感其德,将这段河堤名为"绣衣堤",以不忘其恩。

方大镇就是方德益的十二世孙,他在《新堤记》中详细记载了这件事。诚如明代"公安派"代表作家袁宗道对桐城方氏的赞誉:"凡昌炽之门,其始必有笃行君子,泯泯默默,不显其声名,以深其根,故其发必大。"自明代以来,从影响深远的"桐城方氏学派",到引领清代文坛二百余年的"桐城文派",皆为方德益的后裔开创或领袖。其家族进士数量居科举大县桐城第一,举人和府县秀才无数,可谓人文蔚起,簪缨不绝,门祚绵延数百年而不衰。方以智、方苞、方观承、方东美,一个个如雷贯耳的名字,定格在历史的画卷上。

或许,这就是为什么有"话到桐城必数方"(美术家黄苗子)之说,你也就因此理解了:为什么"桐城方氏是继曲阜孔氏以后对中国文化影响最大的家族,是中国文化世家的一个绝唱"(北大教授钱理群)。自方德益以来,方氏家族就盘桓在这座古桥的西头、城东凤仪坊。而与方家世代姻亲的姚鼐家族,也同样世代盘桓于此,所以历来又有"家家桐城,人人方姚"的佳话流传。他们与这里的诸多文化世家一起,通过这座古老的石桥,走向了京城,走向了更远的地方。难怪人们称这里为"文脉凤仪坊"呢!

二、古桥通向"诗礼六尺巷"

康熙二十一年(1682),又是阴雨绵绵的梅季。一个10岁的少年从遥远的京城来到桐城,第一次站在东作门前的龙眠河边。看着被汹涌的洪水冲得摇摇欲坠的木桥,以及涉险过河的行人,听着父亲张英讲述已被战乱摧毁的桐溪石桥故事。这位出生于京城的少年,心中暗暗想着:什么时候能将故乡的石桥恢复,让过桥的人们不再有危险?

少年就是后来赫赫有名的大清首辅张廷玉。50年后的雍正十一年(1733),雍正皇帝感念大学士张英"旧学积勋",不仅"命祀于京师之贤良祠,又赐祭于本籍",而且"命廷玉归里躬襄祀典,复赐万金为祠祀费"。张廷玉深感"恩隆礼重,无与为比"。在完成了祠事之后,"尚余赐金之半",他决定去实现少年时代的梦想:"彗行旅而慰夙愿者,莫若东门之桥矣。"于是,"嘱弟侄外甥辈,经理其事;并择方外之人精修苦行及仆之服勤向义者,赞襄之"。

东门石桥工程历时3年:起始于雍正十三年(1735)正月,完工于乾隆二年(1737)六月。张英从前给张廷玉描述的桐溪石桥,终于重新横跨于龙眠河两岸。"桥身长十五丈,广一丈五尺,左右周以石栏",而且在大河两边"垒巨石为岸,高一丈,西长十有六丈,东长八丈",以抵御洪水的冲击,兼以拱卫石桥。更重要的是,还在东西两头分别建有桥亭,亭里有煮茶卖酒的,方便来往行人休息和躲避风雨。桥的实用性、安全性、景观性大大增强,过往行人到此怎不流连?市民平素没事时,也总喜欢来桥上看山看水、聊个热闹。新修石桥时,也汲取了以往的教训:"从前之桥所以易毁者,由溪身悉淤沙积砾,橛下不得深,每雨猛蛟起,辄随波以逝。"新石桥之所以比以前更加稳固,就是因为:"今则掘沙见土,深入地中丈许,悉以橛衔巨石奠其底,上建石矶六,矶垒石为层,铸铁轴以键。上下石交处,又为铁铤以合之,并融树汁、米汤杂黄壤白垩以实其罅。"这正是此桥至今依旧岿然稳立的原因。

里人为新修复的石桥取名"良弼桥"。张廷玉在《良弼桥记》一文中写道:"(工程)为费六千三百。里人乐之,名桥曰良弼,盖取世宗皇帝赐书'调梅良弼'之额以为予功。"所谓"调梅良弼",乃是雍正皇帝曾赐予张廷玉的御书匾额,称赞张廷玉能够使国家机构运转协调,是善调鼎中之味的贤良宰相、辅弼大臣。

2012年冬季,紫来桥防洪工程建设现场,意外发掘出石碑一块,题为《良弼桥碑记》。这块已经隐身270余年的石碑,立于乾隆二年(1737),长2.42米、宽0.95米、厚0.17米,乃是合邑绅士耆庶公立。从千余字的碑文中,我们现在仍能想象当初古桥修复竣工时,全城民众齐聚欢庆的盛况。碑文赞曰:

> 从此清波碧浪间,穹然翼然。望之如垂虹偃龙。人影山光,掩映图画;往来负贩,前歌后应,鼓掌雷忭,若踏云路、登仙台。南北之行过是桥者,未尝不揽辔瞻眺,感叹公之仁德。是诚一邑之壮观、千秋之普利也!

碑文"感叹公之仁德",公即张廷玉。贵为大清首辅的他,为何念念不忘故乡桐城的一座石桥?因为他是从父亲张英的"六尺巷"里走出来的,传承了张氏家族"终身让路,不失尺寸"的那种"礼让精神"。而"公之仁德",不也正是同里先辈如方氏家族那种"崇德尚义"的笃行君子之风吗?

当然,"六尺巷"故事已经家喻户晓,本文不必再赘述。而究其精神要义,并不仅仅在于,贵为宰相的张家主动退让三尺地基;也不仅仅在于,作为市民的吴家不畏权贵却也退让三尺。诚如"桐城派"开山者之一的戴名世指出的那样,桐城是一个"家崇礼让,人习诗书,风俗醇厚"的礼仪之邦。历代《桐城县志》等乡邦文献里,反复书写的就是倡行圣贤之道、君子风度,奉行德义和礼让精神。

三、古桥叙说着"桐城文化传奇"

值得一提的是,张廷玉在《良弼桥记》中还透露了一个信息:"吾姐姚太恭人及吾侄妇姚恭人共捐千金,沿溪筑堤,以卫民居,是又好行其德,而为兹桥计久远之美意也。"经查张姚两家族谱,乃知姚太恭人是张英之长女,也是姚士薰之妻;而姚恭人则是姚士薰之长女,张若霈之妻,张若霈又是张廷玉之侄。两个恭人是母女关系。她们捐千金所筑河堤,至今仍被里人亲切地称为"恭人堤"。

这对母女"恭人",正是本文开头那首小令中所提及的"筑堤防御有恭人"。清代的"恭人堤",与明代方大镇主导的"绣衣堤"一起,久久地、牢牢地矗立在龙眠河岸,与紫来桥共同构成了坚固的城防工程,确保了桐城这座小城的一方安澜。

实际上,张英之妻姚含章也是姚士薰的姑母,而张廷玉之妻乃是姚文然(姚鼐高祖)之女、姚士薰的堂姑母,张廷玉又有女嫁姚士薰之子。由此可窥见,张、姚两家的世代姻亲关系。如果再将方氏也梳理一下,会进一步发现,张英的外祖母就是方德益的十二世孙女;张英大伯父为方德益的十三世孙女婿。而张英女婿姚士薰的祖母与母亲分别是方德益的十三世、十四世孙女。张氏、方氏、姚氏这三个桐城最著名的文化世家,他们之间这种血脉相连的世代姻亲关系,自明代一直保持到清末,就如同这龙眠河上的紫来古桥一样,久久地、牢牢地联系着两岸,洪水再也冲不断。

在紫来桥周边,除了张氏、方氏、姚氏最为著名外,还有诸多闻名海内外的名门望族,如桐城左氏(名臣左光斗家族)、桐城马氏(桐城派作家马其昶家族)以及桐城吴氏(名臣吴自峒、吴叔度等吴氏家族)、桐陂赵氏(贵州巡抚赵钺家族),他们不仅在这里比邻而居,结成了稳固的世代姻戚关系网,也形成了联袂共生的学术和文学纽带,绵延数百年传承不断,书写了桐城"文章甲天下,冠盖满京华"的奇迹,可谓研究中国文化世家集群的一个极佳范本。笔者曾在《桐城凤仪坊的那些名门望族》(发表于《书屋》2020年第7期)一文里感慨:这种特有的区域人文气象,仿佛"宋画第一"龙眠居士李公麟笔下的云蒸霞蔚,不仅可管窥桐城"人习诗书、家崇礼让"的人文盛概,也可寻绎中国优秀传统文化的传承脉络。

你不知道的灵泉山风雅韵事[①]

桐城人大概都知道古灵泉寺,知道那里有黄庭坚读书台,却不一定知道灵泉山。拙著《方维仪传》第五章提道:万历壬寅(1602),方维仪的父亲方大镇,请病假归来,带着儿子方孔炤,住到了离城三十里(15千米)远的白沙岭连理亭旧居:"白沙山中,扫室问药。清风明月而外,不能不寓目竹素(读书)。"其实这段文字,出自方大镇的《田居乙记小序》。但这个故事还有另外一个不为人知的情节:方大镇想在白沙岭连理亭安心读书,城西灵泉山慈云庵附近有个谢山人,却几次三番催他回城,还写了首《怀白沙》诗让人送过来。方大镇遂赋诗《酬谢山人寄怀白沙之作用来韵华字》以答。

这个灵泉山及慈云庵,在明清两朝的桐城,当算得上一个"宝藏打卡地"。

一、灵泉山上有"偕乐亭"

明隆庆初,时年不满30的年轻知县周芸(字用馨,别号仰南,今湖北省天门市人),偕邑中士绅,登上桐城县署后的一座山,四下一望,顿觉心旷神怡。但见:"群山垣列,而村居市廛秩秩于白云紫雾之中。龙眠水、桐陂水穿闾里左腋,蜿蜒如白龙南下;而练潭、鸭湖、白兔河诸水,绵注而络汇之,与山演渌生奇。"[②]

县署后的这座山就是灵泉山,因上有灵泉而得名。据《弘治桐城县志》载,灵泉:"四时不竭,相传饮可愈疾,故名。"泉边有灵泉寺,"在县西一里,宋铠禅师建;洪武丙辰,僧永真重建"。《康熙安庆府志》却指出,

---

[①] 本文2022年12月首发于"渡蒄删馀"公众号,收入本书时略有删改。
[②] 赵钺:《偕乐亭记》,载《无闻堂稿》第五卷,明隆庆六年(1572)玄对楼刻本。

灵泉寺"明嘉靖间建寺,后山半,有石如盘,相传黄庭坚曾过此,每踞其上,以望团亭诸湖,名望湖石。顺治乙未(1655)僧依故址建庵",望湖石亦称黄庭坚读书台。

灵泉山并不甚高,却可举目百里。当周知县登上灵泉山四望的时候,桐城还没有后来万历初期建成、被誉为"江淮第一城"的高大砖石城墙,而是低矮的、若有若无的土城墙。

周知县却感叹道:"桐无城郭而安,不贸易而足,岂非山水郁盘,风气完聚故耶?"他认为灵泉山这样的好地方,"诚不可以无亭"。

于是,"廓其巅,为屋三楹,期月始成"。用了一个月的时间,建了一座亭。"一时观者欣怿,如突入层霄,山水骤合"。亭建好后,李县丞、张主簿、丁县尉等人筹划伐石以纪。但究竟该取一个什么好听的名字呢?周知县就向老前辈、退休巡抚赵釴先生请教。

赵老先生对这位年轻知县很是欣赏,认为他来桐为令,"适万事更新之日""询俗察情""以赤心临民"。很自然地,赵老先生想起了自己从前任职滁州时,曾修复了欧公的醉翁亭、丰乐亭等名亭,也想起了范公的千古名篇《岳阳楼记》。于是,他为灵泉山这座亭子取名为"偕乐亭"。

有名亭当然还需有名记。老巡抚赵釴退休后,携子鸿赐徜徉家乡山水,"尝制油幕为行亭,率日游一山"。他对桐城山水太熟悉了,一篇近八百字的《偕乐亭记》,当场一挥而就。

作为明代嘉靖文坛"四杰"之一,赵老先生的文笔清远、兴托不凡。他将桐城山水作了一番比较后,极赞灵泉山"秀而磅礴"。综观全文,主旨就是通过强调"与民偕乐",进而达到"与民相适相爱",境界或又高于欧公矣!

隆庆二年(1568),周知县与邑中士绅,过正学书院,登灵泉山,再次燕集于偕乐亭。老巡抚赵釴高兴地赋诗四首为记:

饮 偕 乐 亭[①]

赵　釴

偕乐亭在灵泉山麓,正学书院之后。山不甚高,举目百里。仰

---

① 赵釴:《饮偕乐亭》,载《无闻堂稿》第十七卷,明隆庆六年(1572)玄对楼刻本。

南周令观风至此,一旦经始,不劳而成。燕喜既毕,诗以为贺。时隆庆二年。

(一)

郁郁烟霞此地藏,谁将弦诵破天荒。
只缘往昔堂廉远,顿觉于今耳目长。
百里桑麻映桃李,四围山水作金汤。
纵饶洪谷犹难画,应发樽前子固狂。

(二)

一行作吏废巡游,可奈民间万亩秋。
亭有欧公方是乐,楼无范老不知忧。
幅员吴楚东南近,表里江湖日月浮。
却叹前人多逸事,佳山偏为使君收。

(三)

绕云石磴拟蓬莱,缥缈凌风亦壮哉。
志士何尝拘簿领,好山合为起楼台。
泉崖有待谁当主,门馆无私客任来。
经始已多贤宰意,赋诗深愧大夫才。

(四)

凤起龙眠两斗奇,灵泉佳丽少人知。
偶逢朱邑飞凫日,正是终军弃繻时。
华馆倏开桐子国,芳名应续岘山碑。
遥思后日频过此,一度登临一赋诗。

(凤起、龙眠,两山名)

二、灵泉山边有"宜秘洞天"

隆庆元年(1567)十一月十三日,正在家读书的赵鈇,忽然听到门外传呼:"史先生来也!"老先生既惊讶又高兴。原来,鄱阳史惺堂先生远道来访。

惺堂,史桂芳之别号,嘉靖三十二年(1553)进士。赵老先生退休回来后,就经常听五弟赵铢谈到史惺堂逸事:"先生延平守也,弟时为将乐丞;见史翁至,一竹筒令两人负之,二革囊令一人担之;其饮食如斋,其居处如借。一郡肃然,若异人陟降,怀私挟诈者已先去十之六七矣。"

史先生听说桐城有个"宜秘洞天",乃是赵老先生创设,就专程来访。这方洞天,正与灵泉山相邻。赵老先生有《宜秘洞纪》状写了这方宝地:

> 出桐城柴巷口,山之北麓,有石负土而立,高可八九尺,长可二十余丈。以竹为坡,以池为带,以仙姑井为液,以杜鹃山为弁,以灵泉山为左填,以道观山为右翼,以凤凰诸峰为屏几,以龙眠诸水为肠胃,以城郭高台为藩卫,且硌砑盘曲,若岩洞然。客有劝余辟之者,余不应,题曰:宜秘洞天。①

可见,灵泉山边的这方宜秘洞天,并不是类似王安石游过的褒禅山那样的山洞,而是一块"负土而立"的巨石,借势周边山水及城郭高台,使得这里看起来更像是一方洞天。

赵老先生在这里,"指竹石为竹君石丈,镌之崖间。问之,曰:吾父号一竹,外父号石山,志吾思云……对竹君石丈,如临二老"。他平时讲学于这个宜秘洞天,每日从游者数十人,好不热闹。

老先生还"置义田一区,其田租岁可三百二十斛,一以供洞中宾客之费,一以供祠堂二祭之需,有馀则以济族人之贫乏者",表示要"无愧于范文正公家范"。

对此,跟从赵老先生游学的方学渐,撰文称赞赵老先生有范希文遗风,"岂非达人之旷举,邦国所视为典型者乎?"

这次史惺堂来到,赵老先生睹其颜色听其言论,果然"若清风披襟,明月入室",顿觉"心灵爽然"。于是,喊来曾任副宪的邑中学者戴完、齐遇等,率领一班弟子,赴城东大宁寺禅堂举行"会讲";讲毕,大家又一起,自东作门出来,绕道而行,到了宜秘洞天。

"一时从游者三十余人,室不能容。"赵老先生不好意思地说:"隘矣!"

史惺堂却不以为然,清了清嗓子,吟起了北宋邵康节的诗:"更小亭

---

① 赵釴:《宜秘洞纪》,载《无闻堂稿》第六卷,明隆庆六年(1572)玄对楼刻本。

栏花自好,尽荒台榭景才真"之句。吟毕,又索来纸笔,将邵康节的诗全部书写在纸上,令诸生一同吟唱。待吟至"虚名误了无涯事,未必虚名总到身",众人无不感悟。

傍晚,众人步行回城,宿于城东大宁寺禅室。赵老先生兴致未减,又吟唱起《睡猿图诗》。史惺堂问是谁所作?赵老先生回答不知其人。大家相与咏叹,"跃然有凤凰千仞之想"。

史先生到了安庆后,又次韵分示诸同游者,并缀以警语。从游者三十余人"因赓和成帙,镌而藏之,作宜秘洞天一公案也"。

隆庆改元(1567)腊月初一,赵老先生仍意犹未尽,将这一"公案"写成《宜秘洞纪事》。

三、灵泉山下有"慈云庵"

本文开头提及的谢山人究竟是谁呢?笔者平时习惯翻阅《龙眠风雅》,无意中发现,"慈云庵"三个字出现的频率相当高,继而又发现晚明诸多桐城大佬,如何如宠、方大任、刘胤昌、左光斗、倪应眷、姚康、夏统春、杨胤昌等,都有诗涉及慈云庵,或都与谢无逸、谢中隐有交游。

后来,笔者可以基本确认:这个家住慈云庵附近,时常习静慈云庵的谢山人,就是谢逸,别号无逸,又号中隐。《龙眠风雅》存其诗三十三首,这个数量,对一个布衣诗人来说,是相当可观的,超过了很多赫赫有名的先达,如方大镇存诗仅十八首。

关于慈云庵,《康熙安庆府桐城县志》载:"在县西一里,明万历间邑绅创建,明末庵毁,顺治辛卯(1651)山主姚孙棐、僧大定全建。"

老谢既然住在慈云庵附近且时常习静于慈云庵,方大镇就干脆用"慈云石室"代指老谢的家了。他的《酬谢山人寄怀白沙之作用来韵华字》[①]写道:

慈云石室闭烟霞,醉里挥毫不问家。
早向高僧开贝叶,更怜知己赠瑶华。
松筠晚岁供书榻,鹿豕归林扰客车。

---

① 方大镇此诗见陈济生《天启崇祯两朝遗诗》卷四,中华书局,1958年,第279页。

> 驄岭龙山三十里,忆君真似隔天涯。

可惜的是,现在已经找不到谢山人《怀白沙》诗了,但从方大镇这首酬诗,还是可以看出方大镇与谢山人的不同立场。方大镇是一位崇实黜虚的纯儒学者。而晚明的桐城,城里城外寺庙道院众多,士绅百姓佞佛好禅似乎更甚。故而方大镇在诗中客气地称赞对方"闭室慈云""醉里忘家",且"早向高僧开贝叶",你赠诗予我,可谓"知己赠瑶华"啊!

而实际上,方大镇更想远离这种佞佛好禅的风气,避居于三十里(15千米)外的白沙岭,"松筠晚岁供书榻,鹿豕归林扰客车"。白沙岭与乾马山(又称"驄岭")相邻,故而在诗中以驄岭代称,委婉地表达自强不息的"乾"卦之意。龙山,即龙眠山。两地相距不过三十里(15千米),却"忆君真似隔天涯",或许就是表明儒释相隔的态度。

尽管如此,但谢山人"性放达不羁",且"折节读书,以能诗名里中",桐城仍有诸多先达,如"何相国、吴宫谕、方中丞、叶宗伯皆乐与之交,诗筒往复,殆无虚日,洵盛世词坛之美谈也"。刘胤昌更有诗称赞谢山人"家仅数椽仍是借,吟才一字即争传"(潘江《龙眠风雅》)。可见老谢的才气纵横。

老谢则自称,平时"不是寻僧便看山"。潘江还说,老谢曾预题墓碑诗:"一拳买得屏西地,生用登临死即埋。碑上预题三路字,圹前宽拨两重阶。岁时好与儿孙集,魂魄还同麋鹿偕。"这种旷达的魏晋风度,影响了很多桐城名士,特别是明末的姚康、陈昉,清初的徐翥,清末的吴鳌,都有这种预题自己墓碑之举。

老谢习静慈云庵,与时贤名流诗筒往复,不时燕集。从《龙眠风雅》相关人员的诗来看,除了经常相互问候、经常雅集于慈云庵外,主要就是"听禅闻妙"吧。如左光斗《中隐习静慈云兰若,寄怀奉答,兼呈石公上人》有"听来妙义深开示"句,《同中隐访化卿谈禅》有"坐深闻妙义,近得解无生"句。老谢《春日同杨兰似过慈社》,也有"一乘闻妙法,半日寄闲身"句。当然,还可以"听雨闻磬":如姚康《慈云庵坐雨暮》有"雨出偏于物对宜,听残僧磬下帘迟"句;可以"看雪探梅":如杨胤昌《新正寄望同闻日唯夏广生看雪因探梅小园便憩慈云庵分寒字》,有"盛雪应占瑞，闲情共觅欢。酒馀新岁沥，梅破入春寒"句；可以"赏竹探幽"：姚孙棐《冬日访夏广生于会心园谢中隐山人留饮阅其近作赋赠》，有"竹色依依寒色盈，绕林残雪畅幽情"句。当然，还可以"登山揽月""远峰对酒""听溪看云"等等，不一而足。

秀而磅礴的灵泉山，并不是与尘世隔绝的，也不仅仅止于这些风雅韵事。读《偕乐亭记》可知，在赵釴看来，与龙眠山的"邃"、凤凰山（投子山）的"峭"，且"游者岁不能一至"不同，灵泉山最有烟火气，"民枕山而居，为县之右间"，居民与它相依相偎、寸步不离。

其实，灵泉山这里还有点仙气呢！"唯灵泉山秀而磅礴，为县之后龙，自仙姑井至王母塔，横亘数里，皆其支也。"且上有灵泉，"四时不竭，饮可愈疾"。这里还是"太霞福地"。《康熙安庆府志》载："太霞宫在西城外。晋裴、阮、郭三仙同游邑中，彩霞烛天，因祀之，呼为太霞福地。元至正五年建，后废。顺治庚寅道士陈瑞徵因故址重建。"

更重要的是，灵泉山这里有书香。从前，山上有黄庭坚读书台，"间之中为正学书院、为辅仁会所"，以及桐溪书院、钱家书院，还有后来赵釴读书讲学的"宜秘洞天"。今天，这里已是才俊辈出的知名学府桐城中学。我们不能忘怀，吴公冀望人才奋兴而力书"勉成国器"，阮公祝愿学子潜心深造好成"欧亚通才"。灵泉山这里更有正气，从明代周芸的偕乐亭，到清初张英的远峰亭，再到近代以来的爱景亭、后乐亭，点缀在这一方山水之间，解读着官民偕乐、家国情怀，如同山水谐和，也如同天地大美。

你不知道的龙眠河风雅韵事[1]

公元1620年是明朝万历四十八年,岁次庚申。这一年的正月十三,上元前三夜,朗月当空,灯影灼灼,桐城县东郭龙眠河流水潺潺,两岸游人如梭。休假在家的福建福宁知府方孔炤,与其他大户人家一样,在河中陈放了几十节龙灯。他的父亲方大镇偕家中老小,沿着河堤缓步游赏,吟出诗句"天中皓魄何皎皎,波光灯影纷相射"。今天,就让我们回到400年前,一个上元节将近的热闹之夜,跟随先贤方大镇的步伐,到龙眠河边漫步吧。

一、最爱桐溪环会馆

方大镇首先来到了父亲明善公方学渐创办的"桐川会馆"门前。虽是严冬时节,周边依旧桐柏森森、垂柳摇姿,更有蜡梅灿然开放,香气扑鼻撩人。

桐川会馆,其实本来叫崇实会馆。皖人张楚培为明善先生方学渐著述《庸言》作序:"吾友方达卿,修道桐川之上,崇实黜华。"方学渐《庸言》第一篇文章就是"崇实论",强调"有实心必有实德,有实德必有实行",批判时人溺于释老空虚风气,希望"同志之士相与讲求崇实之学",以成世道之砥柱。大约因学界领袖、金陵状元焦竑撰《桐川会馆记》的广为传播,崇实会馆遂被时人习称桐川会馆。

桐川会馆创建后,四方学者纷至沓来,影响实在不小,这可以从时人的评价看出。东吴学者陈嘉猷称誉:"本庵方先生倡道桐川,筑崇实之馆以待四方同志之来会者,鹿洞、鹅湖不啻已。""维时,东林、桐社,若

---

[1] 本文2023年4月首发于"渡菴删馀"公众号,收入本书时略有删改。

岱宗、华岳,相望于千里之外。"(陈嘉猷《东游记序》)如此,则桐川会馆不亚于宋代的鹿洞鹅湖,更能与无锡东林书院比肩,堪称当时的两大学术高地。而学界领袖、金陵状元焦竑也是不吝美言:"是地也,虽追踪杏坛可也,而四书院者勿论矣。"(焦竑《桐川会馆记》)认为桐川会馆可以追踪孔子杏坛,更不用说北宋的白鹿洞书院、岳麓书院、嵩阳书院、应天书院等四大书院了。

此刻,游人都在河边欣赏漂流的龙灯。桐川会馆显得比平时要安静得多。方大镇与弟弟方大钦(字君典,号唐山)在桐川会馆门前徘徊不已,不时向身边的年轻人叙说着什么。方大镇又吟出几句诗:"先子旧业二十年,寂寞小溪环精舍。白头领此意无穷,日夕磨砻未可罢。"

据叶灿撰《方明善先生行状》,桐川会馆大约创建于万历二十一年(1593),而方学渐逝世于万历四十三年乙卯(1615),前后正好20年。故方大镇诗云"先子旧业二十年"。

"最爱溪边杨柳风,深心剀切好谁同。"方大镇时刻不能忘记的是,父亲方学渐去世前两年,曾紧紧握住他的手,满是期待:"美必久而后成,道必守而兼创。吾意欲与汝共图会事。"正是肩负着这样的使命,方大镇修葺旧馆,并在旁边续置新馆至善堂,将会馆加挂"鸣鹤书院"匾,又在至善堂北置荷薪馆,要求子孙践行"创为守、久为美、光而大"。后来,方大镇的子孙也确实不辱使命,被战火摧毁的桐川会馆,清初在方中德、方中通、方中履、方中发兄弟及其子辈们的努力下,又得到重新修复,方氏子弟继续讲学其中。

"旧学商量,新知培养。"在大力推动中华优秀传统文化创造性转化、创新性发展的新时代,在桐城致力打造人文胜地的今天,笔者常常想,什么时候在清流潺潺的龙眠河边,遵循古代书院格局和桐城古建风貌,修复绿树掩映、群花翠筱中的桐川会馆(鸣鹤书院),竖起融通古今文化的新地标,以不负先贤"创为守、久为美、光而大"的厚重希望?

二、绣衣遗爱至今在

方大镇一行继续缓步而前,就来到了东门"绣衣堤"上。这里灯火更盛,游人穿梭于桐溪桥(今紫来桥)两岸,熙熙攘攘,热闹非凡。

第九章 与凤仪坊前贤有关的桐城人文地理

"你们看!"大家顺着方大镇的手指,回首向桐川会馆望去。方大镇继续说:"自从这绣衣堤修好后,汛季洪水之势就趋缓了,会馆之前乃有沙出焉,近且成洲矣!"

方大钦也说起了绣衣堤故事。原来,东门一带从前深受水患侵扰,尤其自东门而北、向阳门而南的一段,向未筑堤,每次发洪水总要决去数百丈,最惨烈时甚至漂去几百户人家。前任县令刘时俊虽然启动了修堤工程,不料中途调走,致使工程搁置了10余年。其间灾害不断,对东城居民威胁越来越大。邑绅吴叔度(字勿铭,号青芝)等心急如焚,拟筹款筑堤,遂率先在邑中开展募捐,但几经努力,缺额仍然较大。

这吴叔度虽然是方孔炤的长辈,年纪也比方孔炤大了近20岁,却与方孔炤是进士同年,此时正在工部都水司员外郎任上,修河架桥自然是其职责所在。估计是趁着休假在家,就带头搞起了募捐修堤义举。说起来,吴叔度与方家也是亲戚。吴叔度是张淳的女婿,而张淳又与方学渐同学,且联创桐川会馆;张淳的长孙张秉文正是方大镇的大女婿。大约中国古代的小城都是这样,桐城尤为典型。在桐城小城漫步,你会发现,那些在中国文化史上有着一定影响的世家大族,如张、姚、马、左、方、吴、叶、赵、盛等家族,不仅学术上砥砺共进,还庭连院接、各有园亭之胜,也基本上都是打断骨头连着筋的亲戚关系。

巡按御史方大镇归里听说募捐事后,立即向吴叔度了解情况,两人一起去找邑令王廷式进行协商。王廷式表示,目前县库收入有限,且多被征作辽饷,但他愿自捐帑金六十金。方大镇立即表示也捐六十金。正在皖府巡察的巡盐御史龙遇奇,听曾经的上司方大镇说起此事,遂慷慨捐帑二百金。在他们的带动下,邑中士绅纷纷捐款。

于是,修堤工程顺利启动。重点择要害两段,上一段二十丈,下一段六十丈,率先施工。并邀请里中长老吕宗望、程望里,以及方家老仆方魁三人作为监工。工程从孟冬开始,共花了四个月时间,正好在洪水到来之前的孟春结束。

当时邑中诸老议论说,蓝台(巡盐御史)龙公捐助独多,按台(巡按御史)方公既出力又出资,可不能忘了他们的恩德。于是将此堤命名为"绣衣堤"。所谓绣衣,乃是御史的古称。绣衣堤的故事,方大镇

409

后来撰有《新堤记》。窃以为,我们今天完全可以在龙眠河边、东作门附近,重立方大镇这个碑记,并更名为《绣衣堤记》,不知读者诸君意下如何?

三、揉蓝一曲水潆洄

"揉蓝一曲水潆洄,何事谈玄向此间。"方大镇带领大家穿过方氏始祖创建已经 300 余年的桐溪桥,边走边向大家说起前辈赵釴的这句诗。

其实,赵釴写的是其好友戴完的东林馆。戴完,字仲修,号浑庵,又号东林,年龄比赵釴小 7 岁,也出自方大镇外祖父赵锐(号恒庵)先生门下。

戴完年少得志,高中进士二甲第三名,也就是全国第六名,与同里赵釴、阮鹗同榜。他的仕途也较为顺利,历官户部主事、刑部郎中、江西提学、贵州佥事。但他正直敢为,不满权臣严嵩柄国乱为,毅然称疾辞归,时年才 42 岁。想一想,这个年龄还有无数士子在拼命考秀才、考举人。很多人为戴完惋惜,如果他不早退,官至更高位乃至宰辅也未必不可能。但他效法同样也是"早退"的先正何唐、赵锐,于龙眠河边结社聚徒,以讲学倡道为使命,自称"东林戴完"。

当赵釴也称病辞归,高兴地发现老友戴完讲学之地,可谓"东流第二曲也"(他认为碾玉峡是龙眠第一曲):这里位于东门外河壖之地,积沙成堤,外衣以石,环城以棘,实以柽柳,间以花竹,弦诵其间。虽"去市不数武,却车马不喧,杳然如在洲渚间也"。赵釴还看见好友胡沙墅、胡泽庵、林未轩等也经常参与其中,遂撰《东林歌》五首以纪其盛况。其中有句曰:"松枝为屋柳为城,三径玄关昼不扃。怪底红尘都不到,耳边常闹是溪声。""金石歌声日出林,个中谁最是知音。笔者来拾取溪头月,挂在檐前照客心。"

方大镇讲到这里,又向大家提及父亲方学渐在《桐川会馆先正编序》中说:"学渐师事赵、戴,得闻省斋(何唐)绪论。"可见,方学渐也是戴完的弟子。

值得一提的是,笔者近撰《这位大儒笔下的桐城北乡》[①],以为方学

---

① 该文曾发于"渡菴删馀"公众号,后删改为《这位大儒笔下的桐城北乡山水》。

渐写有23首桐城北乡诗歌。其实,笔者还看漏了一首,那就是《访王元善》:"适国携龙剑,寻真上凤台。万竿当席出,一杏伴坛开。皎月秋偏迥,凉风夜欲回,愿从九节杖,飘渺到蓬莱。"写的正是北乡大关的莲华峰,以及莲华峰下寓居的金陵诸生王元善。王元善怎么跑到这里来隐居呢?方学渐在其《迩训》中有记录。原来,王元善见桐城各地讲会兴起,士风大振,因慕"桐城有人",乃定居桐城大关莲华峰下,并置田数亩,以便于定期参加戴完的"东林会"。

四、郁郁烟霞此地藏

与过往行人不时打着招呼,方大镇等人走过东林馆,但见前面一座八角都挂有彩灯的亭子,原来是"尘外亭"。方孔炤记得前辈赵鈇写有《尘外亭》诗,于是就背诵给大家听:"白水抱长堤,青杨雨后齐。今朝楚狂隐,只在桐陂西。冠敝裁新箬,诗成续旧题。卜巢双鸟至,应许共幽栖。"

方大镇笑道,其实赵前辈更为称许的是城北"偕乐亭",他的《偕乐亭记》堪比欧阳文忠公的《醉翁亭记》。毕竟是明代嘉靖文坛"四杰"之一,赵老前辈文笔清远、兴托不凡,主旨就是通过强调"与民偕乐",进而达到"与民相适相爱",境界或又高于欧公矣!故而,赵老前辈还有四首偕乐亭诗,其中一首云:"郁郁烟霞此地藏,谁将弦诵破天荒。只缘往昔堂廉远,顿觉于今耳目长。百里桑麻映桃李,四围山水作金汤。纵饶洪谷犹难画,应发樽前子固狂。"

方大钦点头称是,提起赵老前辈居家辟"宜秘洞会",日与从游者数十人,引起了当时著名学者如耿天台、史惺堂、罗近溪、焦弱侯、张甑山等的关注。江西著名学者史惺堂曾不期而至,与邑中乡绅士子会讲于"宜秘洞天",成就一桩"宜秘洞天公案"。宜秘洞在县北杜鹃山麓,与正学书院、辅仁会所相邻。方孔炤也提及祖父为赵氏撰《义田碑记》:"学渐于公为从子婿,曾从游宜秘洞。"感叹赵老前辈:"岂非达人之旷举,邦国之视为典型者乎?"

众人指点河中竞相游弋的各式龙灯,目不暇接。隔河相望桐川会馆,方孔炤不由得想起去年秋天,于馆前柳墅宴坐之事。所谓柳墅,即馆前柳林，祖父方学渐于此筑坛进行课讲，而父亲方大镇退职归来，称此为柳墅，常与社友于此宴坐。去年秋天一日，暑气消散，淡月在天，高柳熏风，鸥群也似乎游来凑兴。众人就在平堤上摆放炊具，把杯论道，分韵赋诗。方孔炤援笔书"斯"字，张幔于溪上，制联曰："风吟高柳天光外，月弄清溪云影中。"方大镇笑了，也作联曰："泌乐衡栖明主赐，雩风沂浴大家春。"

"方会长赏灯雅兴啊！"忽然有人大声招呼道。方大镇仔细一看，原来是邑人齐鼎名（字调宇，号重客），他是齐之鸾的孙子，家居城南太平坊，方大钦夫人正是其兄弟齐策名之女。此刻他正和王宣（字化卿，号虚舟）以及刘胤昌兄弟等并携家人，在河洲放灯观灯。众人都赞齐家百节龙灯最长最为可赏。

夜已渐深，众人从落水桥过河，绕桐川会馆，回到廷尉第远心堂，兴致依然不减。方孔炤率先援笔赋诗"群龙水月"，方大钦等人也乘兴各作诗一首。方大镇让孙子方以智呈上笔来，吟哦再三，提笔写道：

《庚申正月十三夜，儿子陈灯河州赋群龙水月，君典亦有诗。余讽此歌》①

庚申上元前三夜，火树杂沓东城下。天中皓魄何皎皎，波光灯影纷相射。象德文明利在田，奋角扬鬐昭变化。春容烂漫盈郊原，士女如云动惊诧。先子旧业二十年，寂寞小溪环精舍。白头领此意无穷，日夕磨砻未可罢。今宵偶举见子情，匪以游观侈声价。正欲吾辈乘时各峥嵘，长令此地辉煌无代谢！

---

① 方大镇此诗，见日本内阁文库藏明刻本《荷薪韵义》之《荷薪韵》一，第24页。

灵泉寺里那位大器晚成的读书人①

明代南直隶桐城县署后有一座灵泉山,因山有灵泉而得名,泉边有一座古老的灵泉寺,传说北宋黄庭坚曾在此读书。周边人家虽繁,然灵泉寺内颇是雅静,深得读书人喜爱。天启年间,有一位因弹劾阉党而被削职的官员,闲居在家,每天都要去灵泉寺读书,晨往暮归,像童子就塾一样。他还规定自己,每天必须读完一定页数的《二十一史》。这个人就是年近花甲才中进士,却在十几年间就从七品县令飙升至蓟辽总督、兵部尚书,最后还获加授上柱国的方大任。

一、一介读书人

方大任(1565—1634),字玉成,号赤城。因被罪削职回到桐城,一时无事,方大任一边读书,一边整理高祖方向的遗诗,并请他的同乡好友叶灿作序。叶灿(1566—1643),字以冲,号曾城。两人可谓总角之交、至老不渝。叶灿的诗文集《读书堂稿》和《天柱集》,其中写给方大任的诗占比最多,文后往往附有方大任的点评;方大任的诗集基本遗失了,所幸潘江《龙眠风雅》还保留了他的107首诗,其中写给叶灿的诗也不少,有句云:"眼底交游能几人,叶生于我情最真。"表明他俩关系非同一般。难怪潘江称他俩"志趣忻合,自为诸生以迄解巾登仕、挂冠归田,胶漆之谊始终一致,其唱和之盛,比于长庆(元稹和白居易)、松陵(皮日休与陆龟蒙),而名位与出处大节亦复相埒"。②

叶灿应约作《刻方给谏公诗叙》,因方向曾任"给事中",故称"方给

---

① 本文发表于2024年6月19日《新安晚报》"徽派文史",收入本书时略有修改。
② 潘江:《方大任传》,载彭君华主编《龙眠风雅全编》第二册,黄山书社,2013年,第604页。

谏"。叙文后,还附有卓发之的评论:"绝不经意,生气满楮。事可传,文亦可传。"①卓发之与当时诸多著名文学家和复社人物均有交游,被汤显祖等以"江左卧龙""秣陵珠树"等誉之。

读书可谓方大任一生的最大癖好。"束发慕奇癖,读书万卷馀。""掩耳谢时贤,一心抱区区。"这是方大任《咏怀诗》中的句子。他自幼颖悟绝人,又善读书,能过目成诵,才名惊动一时。叶灿说:"馆舍与余舍相近,以故余得从之游。"他们两个人读书的馆舍相邻近,常常"以诗古文相切劘。遍发古今书读之,自昼达夜,自春徂秋,孜孜矻矻,唯此一事"。

自称"大明读书人"的桐城姚康说:"但有书可读,便是人生一福。然有书者,又未必能读耳。吾乡有两先生,足为千古读书者榜样,其一为方中丞逢吉,一为少宰以冲。"②姚康在文章里写方大任天启间遭珰祸,落职后回桐城家居,尽管知道阉珰肯定不会放过自己,迟早要来抓人,还是坚持淡定地读书。后来果然诏下,有司拘逮,方大任才恋恋不舍地放下手中书。姚康因此称赞:"公之于学,黄霸、夏侯胜之事不足道矣。"黄、夏为汉时人,诏狱中仍读书问学,不畏生死。

二、大器终晚成

方大任虽然早慧颖悟,却因年少家贫,又耽于吟咏,以致屡上公车而不得及第。但方大任似乎并不在意科名。在《霞起楼诗叙》中,叶灿写方大任:"及为诸生,甚落魄,又家赤贫,人无知之者,而玉成亦不求知于世,校书小村落中,以自给,终日吟咏,泊如也。"③

直到万历癸卯(1603)39岁时,方大任才中式举人;又过了13年52岁时,满头寒霜的方大任,才与年方25岁的从侄方孔炤一起,成为丙辰科(1616)二甲进士,可谓大器晚成。"一官垂老得,百感上心多。谩道风云好,其如霜雪何?"④比较起来,叶灿比方大任要稍微幸运。叶灿于

---

① 叶灿:《刻方给谏公诗叙》,载《读书堂稿》卷四,国家图书馆藏明崇祯刻本。
② 姚康:《太白剑》,南京图书馆藏清光绪刻本。
③ 叶灿:《霞起楼诗叙》,载《读书堂稿》卷二,国家图书馆藏明崇祯刻本。
④ 方大任:《寄答谢中隐》,载潘江辑、彭君华主编《龙眠风雅全编》第二册,黄山书社,2013年,第623页。

34岁时中式万历庚子(1600)科举人,比方大任早了3年;13年后的万历癸丑(1613),叶灿中式进士,又比方大任早了3年。

在古代,攻读举子之业,往往耗费读书人一生的精力,所谓"白首老童生"更是常见,很多读书人因此对举子业又爱又恨。方大任则对举子业并不放在心上。在《霞起楼诗叙》中,叶灿写方大任只顾读书,甚至"视一博士弟子员如赘疣矣"。在叶灿的劝说下,方大任才"半以工诗、半以工举子业。而举子业遂与诗俱工。乃玉成好举子业,终不胜其好诗"。

及第后,方大任回忆多年来的寒窗苦读,不禁感慨万分。于是,他改字"逢吉",并将这些年来的手稿整理成书。为之作序的,自然就是曾与他朝暮相处、寒窗共读的叶灿了。在《方玉成稿叙》里,叶灿深情回忆从前:"忆余与玉成同读书,两人阖户拥一案,相向而坐,口吟哦而手丹铅者,日不知几何版。如此而朝,如此而暮,如此而秋,不知其几何年。"①

三、为国击权奸

与叶灿的第一份工作是翰林院编修不同,方大任第一份工作是北直隶的元成知县。几年来,方大任"爬梳蠹弊,豪右敛迹"。② 期满考优,以公正廉明为最,擢升广西道监察御史,走上了与高祖方向一样的纠察百官之路。

方向对其玄孙的影响是极其深刻的。叶灿在《刻方给谏公诗叙》中说,方大任就喜欢讲述其高祖方向的故事,"痛其一代经济之才,以忤党被谪,不得竟其用"。方向在朝廷担任给事中时,"风节凛凛可畏"。方大任担任监察御史,也是刚猛秉直、言不避祸。天启癸亥(1623),方大任奉命监理昭陵时,发现大珰魏忠贤私自逾制建造生圹,随即予以纠察弹劾。方氏家谱称,此时逆珰犹未甚,"公发其奸最早",方大任是弹劾魏忠贤最早者之一。魏忠贤当即大怒,欲加其罪,幸亏辅臣韩爌周旋其

---

① 叶灿:《方玉成稿叙》,载《读书堂稿》卷二,国家图书馆藏明崇祯刻本。
② 潘江:《方大任传》,载彭君华主编《龙眠风雅全编》第二册,黄山书社,2013年,第604页。

间、曲救得免,但方大任仍被削籍落职。

在弹劾魏忠贤时,方大任曾在上疏中表示:"臣高祖给事中方向,曾劾巨珰陈祖生于孝宗之朝;臣从曾祖方克,曾劾巨珰邱得于世宗之朝。臣为国击奸,实不敢容默,为家世羞。"①于是朝野倾瞩。方向曾经任言官,方大任也担任过言官;方向因弹劾大珰被谪,方大任也因忤珰被削籍。故而叶灿在叙中说方大任与其高祖方向:"其官言路同,其触忤大珰又同。"

崇祯朝立诛权奸,气象一新。方大任官复原职,任河南道御史,很快升为佥都御史,时年已64岁。《龙眠风雅》载:方大任出巡山海关时,依旧例只需"弥节关内"即可,但清兵虎视京城,军情瞬息万变,他还是出关巡察千余里,整肃军纪,查处因克扣兵饷而激起兵变的某督抚,与总督袁崇焕一起经画方略。次年以右副都御史巡抚顺天、出守通州时,正值清兵大肆攻掠,遂与镇守将帅谋策定计,营垒固防,顽强坚守。通州保全,北京围解,方大任却因此病重而乞休。

有意思的是,方大任虽然大器晚成,官衔却如坐了直升机一般,十几年间就从区区七品县令,飙升到蓟辽总督、兵部尚书,最后得授资德大夫、正治上卿,特进一阶加授银青荣禄大夫、上柱国,远远超过了那些少年登科者,可谓一时旷典。许多人一辈子都达不到的高度,他似乎就轻松实现了,这当然与他确实有点本事,又赶上多事之秋而临危受命有关吧。②

"腰围全减鬓全稀,空有京尘满素衣。关吏相逢应笑杀,年年持得故缛归。"这首《归及北峡关志感兼寄以冲君节》诗,题中以冲即叶灿,君节即方大铉。诗写年老归乡之感,虽官居高位,归来仍是一介寒儒。这时他隐居于城后的玉屏山庄。马其昶《桐城耆旧传》称扬方大任:"公性清峻,官至开府,家无千金之资。"并提及一事:朝廷暗中监察战争前线官员动静,有次查到方大任的一封家书,居然"无一字语私",崇祯皇帝得报后嗟叹久之:"真忠臣也!"

---

① 马其昶:《叶尚书方巡抚传》,载彭君华校点《桐城耆旧传》,黄山书社,1990年,第127页。
② 《桐城桂林方氏家谱》等文献载方大任累官至顺天巡抚,本文同时采信方显允《光绪十五年乡试朱卷》和方铸《光绪九年会试朱卷》所载家史。

四、举贤无所讳

在明末朝政混乱、人才匮乏之际,方大任奉公举贤、不避亲仇,曾联合同乡左光斗,上《荐同邑三贤疏》,借用庄子"无用之用为大用"的观点进行阐述。但庄子强调"无用是大用",目的是逍遥于世外,以获得精神自由;而方大任更强调"无用"的"入世之用"。因为有用之用显而易见,无用之用隐而难知。"四海之大,岂曰无人?耳目未及,不敢妄举。"可见,方大任的观点具有很强的现实针对性,对于今天如何做到"人尽其才、才尽其用"也不无启示意义。

在奏疏中,方大任与左光斗共同举荐了三位同邑乡贤。第一位是原任翰林院编修的吴应宾。吴氏22岁时登进士,却因目疾而告归,数十年来绝意仕宦。然其学问渊深,且居乡讲学与著述,对挽救当时混乱的人心极为有利。而当前最大的隐患,就是分门户而重恩仇,植朋党而忘君国,以至于水火不容。方大任认为,"其弊皆属之有我,而其根起于不识性。倘使应宾在位,决无此事;倘使人能读应宾之书,破除我见,会归性宗,又安得有此事?"第二位是原任四川巡抚吴用先,本是满腹经纶之才,却赋闲在家8年,"优游白社";第三位是原任陕西布政的盛世承,可谓"卷历世之功名",这几年却"栖遁青门"。

朝廷果然从善如流。吴应宾得以诏加左春坊左谕德、兼翰林院侍读,仍致仕里居,以著述和讲学为主。吴用先复召为工部侍郎,再擢为蓟辽总督,使蓟辽兵政焕然一新、边疆要塞安定无事,惜天启乙丑(1625)阉珰杀害左光斗等正直臣工,吴用先遂愤而辞归。盛世承也复起重用,同样遭珰祸被削籍归里,后于崇祯时起复,累官至南光禄寺卿。

一座梁碑亭，百年风雅事[①]

"昔年为刊梁碑在，珍重园亭好护持。"最近，偶然读到民国学者程丙昭《绥园遗稿》油印稿，其中有一首《赠王紫瑛》的诗，对他提到的梁碑亭，以及百年前的一段风雅事，颇是感慨。

程丙昭，字绥园，出自桐城簪缨世家，其十世祖程芳朝曾中式进士一甲二名榜眼。丙昭少时即文名卓著，民国期间，曾任城区教育会长及县立第一女子学校校长。有一天，程丙昭在整理县学宫东边的园圃时，偶然掘得一块古碑，书碑者竟然是梁巘。惊喜之余，他抚碑久之，不敢确信。

梁巘者谁？是被誉为"第一书家"的清代皖派大师邓石如的老师。据《清史稿》载：梁巘(1726—1784)，字闻山，安徽亳州人。乾隆二十七年(1762)中举，官湖北巴东知县。晚辞官，主讲寿春书院10余年，以工李北海（李邕）书闻名大江南北，与梁同书、梁国治并称"三梁"，与孔继涑并称"南梁北孔"。

这样一位大书法家，何以在桐城留有一块书碑，且湮没无闻已久？

程丙昭找到朋友方守敦、方仲斐来鉴定。这两人也非同寻常。方守敦，号凌寒，近代诗人、书法金石名家，为桐城派后期大师方宗诚之子，曾助力吴汝纶创办桐城中学。方仲斐即方彦忱，为明末著名学者方以智后裔，清季举人，与兄方伯恺曾留学日本，与朱光潜、方东美合称"桐城三位国学大师"。

经方守敦、方仲斐共同审定，确认这块古碑是亳州梁巘笔法无疑，

[①] 本文2021年5月29日首发于"渡菴删馀"公众号，后整理发表于《安徽日报》客户端，收入本书时略有删改。

而且文献有载可征。梁巘《自书论跋》也确实提到过桐城这块碑刻,碑名就是《方捐科举盘费碑》,位置在学署。所谓"方捐",据《道光桐城续修县志》,乃是乾隆三十二年(1767),直隶总督方观承捐资在家乡设立的试资田,"为邑中寒士科举之费"。由于资助对象突破了血缘关系,面向全县士子,义举被梁巘书碑,立于县学宫之内。《桐城桂林方氏家谱》和地方史志等资料表明,方氏试资田经方氏后裔逐渐增置,并与姚氏、张氏等地方宗族合作,善举一直存续至民国。

大概是程丙昭、方守敦、方仲斐都认为此碑意义重大:不仅在于书碑者乃一代书法大家,更在于前贤捐献试资田的善举值得彰扬。三人遂各为题跋,并请来石工刻于碑旁。

值得一提的是,这个石工居然是一位青年女郎。她叫王紫瑛,乃是继承父亲王明仓石匠手艺,以此养家。此时,女郎父亲老石匠还在世,曾经主修过本地有数百年历史的古桥紫来桥砌石,以及大横山抗日烈士纪念碑刻等重大工程,是颇有声名的石刻大师。

程丙昭三人学养深厚、名重一时,书法各有造诣,而梁碑如此珍贵,附碑题跋为什么不请王明仓老石匠主刀,却请其女王紫瑛主刀?大概是王紫瑛的刀工也是声名显著。据紫瑛大师之子、今年已经84岁的方寿永先生说,其母自幼临摹古今各大书家法帖,对各种字体不同笔画特色了如指掌;18岁时就主持过邻县宿松的长江名胜石刻《小姑山记》,最能显露其精工,不仅能刻出书家之笔锋,尤能剔除其败笔。"母亲刻碑时,对书家败笔一目了然,剔除只是顺手而为,并非有意为之,也不指望书家赞赏,从此扬名于世。"

果然,王紫瑛不负众望,她的刀工精美绝伦。程丙昭在《赠王紫瑛》诗后自注中说:"余因请女士刊之鉴赏者语于碑旁,由是金石刻画之名大振。"

时任桐城中学校长的孙闻园,还将此碑移入了公园(今桐城中学),"构亭以庇之,即今之梁碑亭也"。

程丙昭究竟是哪一年发现这块梁碑,并请王紫瑛镌刻题跋的?根据桐城中学校史等相关资料查得,民国十二年(1923),孙闻园第二次任桐中校长期间,倡建桐城公园,地理老师朱伯建设计"五洲地图碑"。王紫瑛参与刻碑、刻柱、砌石等工程。石柱撰文者之一、学者方寿衡（号篁石）曾赞曰："王紫瑛刻石神味隽永，得钱以养亲，皆人所难能者也。"石柱另一撰文者方守敦先生亦称赞："紫瑛刻字，不留败笔。"

那么可以肯定，梁碑的被发现应该早于民国十二年（1923）。此时王紫瑛尚不足25岁。而程丙昭、方守敦、方仲斐都已是耄耋老者。

民国十八年（1929）暮秋，程丙昭与邑中学者方守敦、方寿衡诸君散步东郊。东郊紫来桥头处因为有方伯恺家的花园——莱园，有亭台水榭、曲槛回廊、雕梁画栋，花木掩映、勃郁葱茏，四时风景极佳。故邑人常到此郊游。

三人游园后，过王明仓老石匠家，受到王紫瑛女士盛情招待。程丙昭归家后写了一首七律《赠王紫瑛》：

> 昔年为刊梁碑在，珍重园亭好护持。
> 黄绢倘题称绝妙，乌衣此去是门楣。
> 不从金石夸能事，且喜庖厨擅职司。
> 异味纷罗同盛扰，醉归满树夕阳迟。

程丙昭在诗中回忆当年发现梁碑、筑亭护碑的往事，盛赞王紫瑛碑刻艺术"绝妙"。诗后，程丙昭又郑重加以自注：

> 梁碑者，梁闻山先生所书碑也。余曾于旧学宫东偏洿圃掘得之。经凌寒、仲斐二公审定，笔法确系毫梁，且有微考。各题跋于上，余因请女士刊之鉴赏者语于碑旁，由是金石刻画之名大振。孙君闻园移碑公园，构亭以庇之，即今之所谓梁碑亭也。

两年后，程丙昭去世，享年七十有七。他应该是怀着欣慰的心情走的。因为他发现了湮没已久的珍贵碑刻——梁碑，并促成建设"梁碑亭"，以便"珍重园亭好护持"。梁碑亭在当时已成为桐城一景。

而石刻大师王紫瑛因为"梁碑亭"，因为桐城公园（今桐城中学）碑刻，更加名声大振，享有"大师"之誉。民国三十一年（1942），省政府在潜山为抗日阵亡战士建纪念塔、纪念碑、忠烈祠及三座亭阁，王紫瑛应省政府特邀，承担了所有刻柱、刻碑、刻匾等工程。

一座梁碑亭，百年风雅事。

如今，距程丙昭发现梁碑，时光已经过去了近百年，"梁碑亭"所在的桐城中学也走过了120周年校庆。但令人遗憾的是，梁碑与"梁碑亭"不知何时又神秘地消失了。程丙昭的《绥园遗稿》油印稿至今未公开付梓。

百年前的那一段风雅，似乎被人们渐渐遗忘。

前不久，桐城中学老校友、年逾80的老画家盛东桥先生告诉我们：20世纪70年代，他就听闻"铁木社"的姚骥说，梁碑在桐中搭桥了。我们听后，不禁扼腕顿足长叹：梁碑可是堪比"国保"级文物啊！

盛老又说："穿过桐中的小河，当年就在我教室西侧墙边有几根石条搭着，直接往南去大餐厅也有石条搭着。现在河全没有了，我估计不会填了的，有可能都用水泥板和其他东西搭上的。"

盛老这番话，给了我们重新发现梁碑的信心。桐城中学负责人得知消息后也联系到我们，表示已经指示"桐溪塥"修复工程人员，留心寻找梁碑。笔者颇感欣慰：在珍视历史文化传承的今天，一个城市的文脉一定会得到保护，一个城市的历史记忆一定会被打捞出来、得到珍存。

你不知道的大关名山莲花峰[①]

桐城四塞皆山,尤以西北为胜,如龙眠,如挂车,如洪涛,如岐岭,如投子,如栲栳,如王屋,如鲁䩅。风景与人文交融,有着说不尽的故事和传奇。然近期偶翻乡邦文献,发现北乡大关的莲花峰出现频率也很高,却不知什么原因,其名在今天已久不为世闻。北宋改革家、文学家王安石游和州含山县褒禅山时,曾叹息"古书之不存""后世之谬其传而莫能名者,何可胜道也哉!"今观夫北乡莲花峰,不禁也油然而生同样的感慨。

一、小龙尖若莲花放

北峡雄关,三国界分吴魏,宋时桐城九镇之一,今称大关镇。其间多山水奥区,历代题咏甚夥。笔者不才,亦有咏《周婆冈慈济寺》:"胜因一脉自曹溪,胜概因循杳不迷。佛刹黄冠何旷远,楚州青社更幽栖。小龙尖若莲花放,投子峰惊碧落齐。千载禅林回首处,老僧又送夕阳低。"其中有句"小龙尖若莲花放",乃因曾被小龙尖与莲花尖两座稀见山名吸引,而莲花又往往与佛教相联系,故而在诗中特予强调。

莲花峰,也称莲华峰、莲花山、莲花尖,与小龙尖(又称小龙峰,注意不是桐城南乡之小龙山)相对峙。在史志和古人诗文中,"莲华"往往与"莲花"并举。究其原因,不唯"花"通"华",大概也如王安石慨叹花山被误为华山、花山洞被误为华阳洞那样:"今言'华'如'华实'之'华'者,盖音谬也。"

莲花峰或曰莲花尖,不知得名自何时,其名今亦久不见称。但其具

[①] 本文2023年4月21日首发于"渡菴删馀"公众号,收入本书时略有删改。

体方位,道光《桐城续修县志》有详细描述:

> 由金字寨来者,唐家岭分脉东行,折而北,右分枝南为庙基尖(上有天池),尽于虎栈岭之西。左枝东行至小龙尖,折而南行至枫香岭(岭左为双忠庵,孙临及杨文骢之墓在焉)。小龙尖之后东为研山(又曰龙头山),东为伏儿岭,折而南为周婆冈,又南为慈济寺。……自唐家岭东北十里,至莲花尖……自莲花尖东北五里至麒岭(即斾岭,一作岐岭)。

由此段描述可知,从金字寨来龙,由唐家岭分脉,左至小龙尖,右至莲花尖。小龙尖往南即枫香岭,有双忠庵,乃明末抗清将领杨龙友与孙克咸合墓所在,故称双忠。而莲花尖往东北五里(2500米)就是著名的岐岭(亦称"麒麟山""麒岭"),旧有岐岭镇,中有老街霸王街(也不知得名源自),曾是明代正德、嘉靖时期桐城儒宗何唐结社讲学之地。清代后期的桐城派作家刘开,在其《过岐岭记》中指出:"岭之左曰莲花尖,小龙峰之所依倚也。"

所幸的是,有幅难得一见的民国桐城地图,对莲花尖、小龙尖均作了明确标示,而其东部麻笃山名至今犹存,为我们辨识莲花尖方位提供了重要参照。

二、唐岭原即唐山

前述道光《桐城续修县志》记载中,有个神秘的唐家岭,莲花尖、小龙尖等皆由其分脉而来,且唐家岭距莲花尖仅十里。而康熙二十三年(1684)《桐城县志》所载地图,也有个显著的"唐山"标示,其位置大约就在唐家岭附近。那么,唐家岭就是唐山吗?

再看道光《桐城续修县志》另一段记载:

> ……北黄草尖东南为卧龙寺,是谓鲁锇山。尽于项家店之北。东北为妈儿石,又北为唐家岭。唐家岭分脉,起虎头寨,南过试剑石岭(起顶上有天池),北分一山为范龙尖(上亦有天池),南分一枝至清泉寺(谷林寺)。

将这段记载,与康熙二十三年(1684)《桐城县志》地图进行对比就会发现,道光县志有关描述与康熙地图标示基本相符:康熙地图中,鲁䜣山东北就是唐山,而道光《桐城续修县志》描述鲁䜣山东北为唐家岭;康熙县志地图中,清泉寺(谷林寺)正在唐山之南,而道光县志载唐家岭之南分一支至清泉寺。戴名世曾由鲁䜣踰唐家山而至石门冲,见两山纵横千寻,排空凌云,相向错互,嗟异若在世外,而徘徊久之(见其《石门冲记》)。

这不啻表明,唐家岭就是唐山。那么,它与桐城儒宗何唐之"唐",以及方学渐季子方大钦的"唐山"别号,或许有些渊源吗? 待考。

三、桃花迷却武陵川

由道光《桐城续修县志》记载可知:莲花峰(尖)东北五里(2 500米)即到岐岭。而岐岭又称麒岭,应是麒麟岭之简称。明代退休巡抚赵釴(1512—1569),晚年曾盘桓于这一带,其《从玄玄峡登麒麟山》诗云:

> 耸身直上麒麟岭,谷转云深世少传。
> 长啸去天应尺五,惊看悬沫已三千。
> 烹茗自取林间叶,刳木旋分石上泉。
> 从此声名人莫问,桃花迷却武陵川。

探源岐岭又何以称麒麟岭,大概亦渊源有自。原来,陕之关中平原西部古为西岐,为周室肇基之地,而麒麟又是周人祖神。因此,考桐城之岐岭亦称麒麟岭,或许这里曾是周姓家族聚居地吧。明末,桐城方以智结"泽社"于南郊,有社友同学周岐,其名或亦源于此故。

赵釴晚年尤爱北乡岐岭一带山水,谓之"桃花源"与"武陵川",筑居其间,名其堂曰"助山堂",并作有《助山堂记》:

> 余有田一区,在麒麟山中。见高峰叠嶂,四顾墙立,而竹树骈植,苍翠相辅,意其中必有人不及知者,令土人为导,日游一山。见笃山之孤特,小龙之峭丽,麒岭之崔嵬,石鼓之蜿蜒,莲花峰之高秀,舞蹈岭之徊翔,玄玄峡之郁盘,龙门冲之幽深。虽不能与名山争胜,亦一方之伟观矣。因为堂于石鼓山下……名其堂曰助山……

在《助山堂记》中,赵釴称莲花峰"高秀"。他还为这里的山水写了

12首五言诗,即《助山堂杂咏十二首》,分别是:石鼓山、木犀涧、小龙峰、舞蹈岭、笃山、麒麟山、金紫砦、观音洞、玄玄峡、莲华峰、楮树湾、金山寺。这些名胜,在本文前述康熙地图及道光《桐城续修县志》中都有记载。其中,小龙峰即小龙尖,莲花峰即莲花尖,金紫砦也称金鸡寨。

赵釴《莲华峰》诗曰:"欲住青莲宇,冥心玩玄化。只是云雾多,白日在山下。"在古人诗文中,"青莲"与"莲花"往往都与佛教相联系。明代中叶以后,佛事尤盛,桐城各地大兴寺庙,仅北乡就有卧龙寺、清泉寺(谷林寺)、金山寺、龙门寺、龙门禅院、圆通寺、慈济寺等,或为宋代所建,或为明代新修。赵釴晚年也不可避免地受到释老影响,故曰"欲住青莲宇,冥心玩玄化"。

四、芙蓉烁灼青云里

值得关注的是,明代布衣大儒方学渐(1540—1615),或受赵釴启发,也依赵釴五言风格,写有一组北乡山水诗歌。其《莲华屋》诗云:"晓日照芙蓉,烁灼青云里。秋色不朦胧,天光净于水。"

显然,方学渐此时风华正茂,故而诗中并无一丝冥心玄化之意,而给人秋色纯净、山光唯美之感。作为侄婿,方学渐也曾从学于赵釴,但与晚年归隐的赵釴不同,诗风往往振作奋发。

因与兄学恒友爱,所居白沙岭门前有枫杞连理之祥,方学渐曾筑连理亭,文集称《连理堂集》。方学渐深受开桐城讲学先声的何唐影响,是桐城方氏学派奠基人。民国北平大学教授姚孟振,世居白沙岭附近的笃山,曾为北乡叶家河《南阳叶氏支谱》序云:"吾邑自前明何省斋先生(何唐)倡明正学,开理学之先声,实居吾里之小旗岭。继之者有方明善(方学渐)、孙麻山(孙学颜)两先生。三先生者,世相去不过百余年,地相去不过里许或十里许,而能相率讲明圣贤之学,蔚成善俗,倚为风气。"

方学渐所筑连理亭,一直为其后裔世守至清末民初。其曾孙方以智年轻时,尤爱纵马周游,有诗《从舒还宿白沙》,首句即是"入关度岭见莲峰":关者,北峡关也;岭者,岐岭也;莲峰者,莲花峰也,表明莲花峰颖出于他山,最先进入视线。而题中所谓"宿白沙",当然是宿其曾祖明善公白沙岭旧居也!

至于方学渐《莲华屋》诗所谓"晓日照芙蓉""天光净于水",也许是借周敦颐家住庐山莲花峰下之典,表达那种"出淤泥而不染"的淡泊名利。但笔者更以为他的"烁灼青云里"在不经意间成为一种隐喻:与周敦颐为宋代理学开山祖师一样,方学渐也是桐城方氏学派开山鼻祖,后裔鸿儒接踵、累世理学,巍然一座耸入青云的文化高峰。

五、岩树分霄翠欲烟

被称为安徽戏剧之祖的阮自华(1562—1637),有年春天宦游归来,刚踏进北峡关内,顿觉风景不同于之前:"山花绕地碧将然,岩树分霄翠欲烟。岐术宛随村舍住,新泉遥共涧痕穿。南方景物真堪画,春鸟声音自可怜。一入故乡情思好,蒲前山水记当年。"(阮自华《入北峡关》)

窃以为,阮自华所见"岩树分霄",其中山势最高、能分青霄者,必然为莲花峰。故而后来的学霸戴耆显(1580—1605)也有诗句曰:"天开青嶂涌莲华"(戴耆显《山庄杂咏》)。

万历二十八年(1600)庚子科乡试,20岁的戴耆显,就与兄耆昌同时中举,时人"以机云方之",即以陆机、陆云二陆比拟他兄弟二人。耆显24岁时又中得进士,考了个二甲第一(传胪),可惜25岁时就早逝于官署。他的一生,虽如一闪而过的流星,所作诗文也大多遗失,但《龙眠风雅》里仅存的27首诗歌,至今仍大放异彩。故而潘江赞其"早慧能文,藻艳秀丽,为当时绝唱"。其兄耆昌亦早逝且不存片纸诗文,或是命数也乎!

之所以注意到戴耆显与莲花峰的关系,是因为最近才得知他就葬在北乡"三十里铺东北金牛山"。于是顺藤摸瓜,又发现了莲花峰下的新秘密。

西乡望族"香山戴氏",自第七世戴完中进士后城居,遂为城中巨族。戴完(1519—1597)也可谓学霸,24岁中举,25岁考中二甲第三名进士,官至江西提学、贵州按察副使,正当官运亨通时,却于42岁这年辞归,在城东龙眠河畔筑"东林会馆"讲学,弟子无数。

不知道是受到热爱北乡的好友赵鈜影响,还是戴完自己卜选佳城于麻笃山之蒋山,以至于他的子孙与北乡发生了密切联系。如他的儿辈,别号均与北乡山水相关:君禧,号龙门;君祐,号莲峰;君祉,号洪岚。但戴完的诗文都遗失了,他的墓葬也渐渐湮没无闻。

方学渐有一首《访王元善》诗:"适国携龙剑,寻真上凤台。万竿当席出,一杏伴坛开。皎月秋偏迥,凉风夜欲回,愿从九节杖,飘渺到蓬莱。"写的正是北乡大关的莲花峰,以及寓居莲花峰下的金陵诸生王元善。王元善怎么来这里寓居呢?方学渐在《迩训》中也有记载:原来,王元善见桐城各地讲会兴起,士风大振,因慕"桐城有人",乃定居大关莲花峰下,并置田数亩,以便定期参加讲会。

如此说来,戴完很有可能生前,大约暮年吧,就已迁居莲花峰了。如不然,这里距城四十余里(20多千米),王元善寓居城郭附近,岂不更方便参加戴完的讲会?且莲花峰距何唐从前讲学之地岐岭也不过五里(2 500米)而已,再加上赵釴也隐居、讲学于附近,这里真可谓山水峥嵘、人文荟萃,一派"携剑寻真"(议论风生)、"万竿当席"(生徒云集)的蓬勃学术气象。

难怪阮自华一踏入北峡关内,就感觉迥然不同于其他地方呢!清末的曾国藩在《求阙斋日记》中也有同样的感叹:"小关本名北峡,巡检驻扎于此。大关本名南峡,即古碎石也。此二关为南北要隘。自此以北,犹有北方风景;自此以南,水皆南流。""自昨日入桐城境后,山水即极苍翠明秀,为出京以来所未见。今早新雨,千岩竞秀,万壑滴翠,尤步步可爱。"

跋

方 无[①]

明末,江南富庶繁华之地南直隶。松江府华亭县,与远隔千里的安庆府桐城县,突然联系密切起来。

华亭以陈子龙为首,桐城以方以智为首,两地的年轻人结成了"云龙社"。云,乃松江府华亭县别称"云间"之云;龙,则是桐城别称"龙眠"之龙。坐落于长江北岸的桐城,有一座龙眠山,因"宋画第一"的龙眠居士李公麟而闻于天下。而西晋名士陆云的故事,亦使"云间"流传至今。"云间"与"龙眠"共倡大雅,唱和不断,涤荡着当时流行的诗歌风气。

其实,云间、龙眠两地的密切联系,并不始于陈子龙与方以智。云间的前辈、书画大家董其昌,与桐城的前辈、理学大师方大镇,是万历己丑科(1589)进士同年。方大镇是桐城方氏学派的重要传人,他仕学并举,巡盐两浙、巡按吴越时,每到一地都要为诸生讲学,与学者研讨。而董其昌曾应万历天启间重臣桐城吴用先之请,为其父撰写《吴来仪公墓志铭》,亦曾为东林大儒桐城左光斗书其传,今天均为书界至宝。

自"云龙社"闻于天下,时人即有盛誉:"予思江左言诗,首推云间。……而其时齐驱而偶驰者,龙眠也。故'云龙'之名,彼此并峙。……其于江介诸先正,历历称举,皆有伦有等,可备谱牒。"在《龙眠风雅序》里写下这段话的,是学识渊博、卓然名家的毛奇龄,而毛奇龄正是陈子龙的学生。

[①] 作者方无,系方以智十三世孙,热心传承弘扬桐城文化,多年来奔走促成方以智故居、左忠毅公祠等桐城历史名人故居的修复;搜集整理先辈遗作,促成《方以智全书》出版发行。

毛奇龄的这段话，显然是指向云间与龙眠皆有门派之实。当代学者谢明阳认为，云间诗派、龙眠诗派就是由"云龙社"而开启序幕的。

云间诗派的旗手陈子龙，被誉为"明诗殿军"，其诗歌有着沉雄瑰丽的独特风貌。致力于"坐集千古，会通中西"的大哲学家方以智，年轻时也以诗名声动天下，为龙眠诗派领袖，他一生不废吟咏，存世的诗作10余部、1 700余首，诸体皆备，在明末清初的诗歌史上占有重要位置。

上海、桐城两地之间的这种密切关系，一直持续到近当代。民国年间，笔者的祖父方鸿寿与他的姑丈姚翁望，就是从龙眠山下的凤仪坊走向黄浦江畔的大都市，成为上海美术专科学校国画系同班同学。他们的同里马茂元、方令孺、吴芝瑛、杨永直等一大批桐城人，也在上海留下了激情燃烧的岁月记忆。严凤英的《天仙配》正是从大上海唱响全国的，乡间小戏种黄梅戏从此成为深受群众喜爱的全国五大戏曲剧种之一。

在长三角加速一体化的新时代，两地之间的经济联系日趋紧密。以上海为龙头的长三角资本和产业，在安徽、在桐城书写着创新发展的新辉煌，沪上桐城籍精英也在各行各业大显身手。两地间的文化联系更是不断加强，这些年来不少桐城学者和作家的书籍，在"中国出版重镇"上海出版发行，畅销长三角、海内外。这或许也可以说是新时代"云间""龙眠"的精妙合奏。陶善才先生的这本《文脉：桐城凤仪坊》，得到复旦大学出版社的高度重视，能够借助上海的国际化大都市平台"营销"笔者的家乡桐城，感到十分荣幸。

方以智当年有句诗："醉挽江东年少群，登高能赋更多闻。"现在，捧读《文脉：桐城凤仪坊》这本书，那些风云激荡的往事，似乎立即闪回到眼前，耳际仿佛还能听到陈子龙、方以智等云间、龙眠才俊的诗酒放谈。

以上海为龙头的长三角，有着诸多灿烂历史与现代文明交相辉映的明星城市。桐城虽是一座小城，也同样具有地域文化研究的"范本"意义。正如清初文学家方孝标所说，桐城"屏蔽江淮，控吴带楚，衣裳文献，会盟中原，屹然称巨区"，这里秀丽的山水、古老的街巷，有自己独特的人文积淀，仍然散发着蓬勃的生机与恒久的魅力，崇文重教的风气代代相传，院士之乡、人文胜地、智造名城，已经成为新的名片。凤仪坊只是这座小城之一隅,却崛起了诸多影响巨大的文化世家,走出了无数以忠孝节义、文章学术名播海内的旷世英杰,是长三角的一处重要文化标识地。

  习近平总书记指出:"历史文化是城市的灵魂,要像爱惜自己的生命一样保护好城市历史文化遗产。"旧邦新命,弦歌不辍。在建设中华民族现代文明的新时代文化实践中,无数的学者和作家,致力于讲好中国故事,传承与弘扬城市人文精神,促进优秀传统文化的保护传承和创新发展。作为第一本介绍桐城凤仪坊的书,《文脉:桐城凤仪坊》是作者历经多年稽古钩沉、爬梳剔抉的重要成果。这本书的出版,对于进一步发掘和激活这座小城的历史人文富矿,使其与长三角同频共振、共谱文化新篇,无疑将会起到积极的作用。

后 记

显然，与大多数桐城人一样，最初引起笔者关注乡邦文史，无非就是"桐城派"三个字。从"天下文章，其出于桐城乎？"到"前辈名声满天下，后来兴起望尔曹"，再到"勉成国器"，这种自豪感激励着我们充满热情地去探寻、去追慕。

桐城文化太厚重了！梳理桐城文史，笔者觉得，一巷一坊，作为最突出的文化地标，诠释了"何以桐城"，演绎着这座小城的人文精神。六尺巷已经有无数的人写过，而凤仪坊由于地名一度消失，逐渐隐身于历史的背后。为聚焦地域文化特色，溯源桐城文脉，近期笔者对这些年来所写的部分旧作，断断续续地进行了删订。最初整理出与凤仪坊相关的稿件计有74篇，但考虑到总字数较多，最后权衡仅保留51篇。成稿于2008年的《少年才气亦飞扬》，或许是笔者的第一篇文史类文稿。而当初笔者也不会想到，今后要结集成这样一本小书。本书的所有文章，基本上都是业余阅读有所感而偶然为之，时间跨越16年之久，似乎可称得上是"十六年磨一剑"。

在快节奏而多媒介的现代生活中，有耐心阅读，有静气思考与写作，更令人敬佩。笔者的师长和朋友中间就有不少这样的学有所成、业有所专者。其实，桐城前贤读书治学有诸多宝贵经验。如方以智"出门常携一卷书"，坚持"随时积薪"，传奇直隶总督方观承有"学积寸阴随处惜"的自励，钱澄之则强调"必求其深"，姚鼐认为要"多读多为"而"贯通变化"。笔者受到启发，不顾"入圈"桐城文史之迟，于繁忙的工作之余，陆陆续续读了一些书、写了一些小文，其间那种寻寻觅觅的辛苦，那些反反复复的求索，甚至还有不能为人理解的执着，往往一言难尽、欲说还休,只有甘苦自知。

这要感谢诸多师长、朋友的热情帮助和鞭策。早在去年年底,方以智十三世孙方无先生,就鼓励笔者将这些年的文史类文章集结付梓,后来又多次问及,并认真审阅了书稿、撰写了跋文。方苞本房后裔、蚌埠市委原书记方平先生,近年来热心弘扬桐城文化,得知情况后也时时予以勉励,不仅亲自为本书作序,还慷慨捐资,个人全额承担本书出版费用。畅销书作家、复旦大学出版社的王联合教授,以及责任编辑朱枫老师,自始至终不厌其烦地指导。安徽大学江小角教授著述繁富,每有新作出版必赐赠,使笔者获益匪浅。桐城市图书馆吴苏琴馆长、青年摄影家戴佐楠先生为本书提供了精彩摄影。

尤需指出的是,本书部分文章曾经首发于"六尺巷文化"和"渡菴删馀"公众号,受到很多师友特别是"桐城稽古堂"微信群师友的热情转发和留言点评,这次删订时充分吸收了留言意见。部分也曾陆续发表于相关学报和报刊,有幸得到编辑老师的厚爱与赐正。更令我感激的是,部分文章因参加方以智研究相关论坛,得到了蒋国保、诸伟奇、王国良、张永义、邢益海、周建刚、孙显斌等专家教授的赐教。

诸多师友固本开新、薪火相传的使命意识和担当精神,激励着我不敢懈怠。在这本小书得以出版之际,谨致以衷心的感谢!

就在今年10月,习近平总书记来到了咱家乡桐城,走进了历史文化街区,走过了六尺巷,强调要弘扬中华传统美德,保护好历史文化遗存,推进创造性转化、创新性发展。这是亲切的教导,这是殷切的期望!

作为一名桐城文史研究者,笔者倍感振奋、备受鼓舞。这本小书的出版可谓恰逢其时。不过,第一次以溯源文脉的视角,钩沉方、姚等桐城文化世家,聚焦几乎湮没不彰的凤仪坊,笔者还是很忐忑的。毕竟,桐城文献之浩瀚,岂可尽读?凤仪坊之史事,惜亦未能尽知。这51篇小文也难成系统,只是对凤仪坊的"蠡测管窥"。限于学识谫陋,问题肯定不少,恳请专家学者和广大读者不吝教正!

陶善才
甲辰冬月于淝上

图书在版编目(CIP)数据

文脉:桐城凤仪坊/陶善才著.--上海:复旦大学出版社,2025.1(2025.5重印). -- ISBN 978-7-309-17789-3

Ⅰ.I267

中国国家版本馆 CIP 数据核字第 2025T2H669 号

文脉:桐城凤仪坊
陶善才 著
责任编辑/朱 枫

复旦大学出版社有限公司出版发行
上海市国权路 579 号 邮编:200433
网址:fupnet@fudanpress.com http://www.fudanpress.com
门市零售:86-21-65102580 团体订购:86-21-65104505
出版部电话:86-21-65642845
上海盛通时代印刷有限公司

开本 787 毫米×960 毫米 1/16 印张 27.75 字数 399 千字
2025 年 1 月第 1 版
2025 年 5 月第 1 版第 2 次印刷

ISBN 978-7-309-17789-3/I·1441
定价:88.00 元

如有印装质量问题,请向复旦大学出版社有限公司出版部调换。
版权所有 侵权必究